Insel

EUROPAVERLAG

Louise Boije *af* Gennäs

FEUERRACHE

Thriller

Widerstandstrilogie
Band 3

Aus dem Schwedischen
von Ricarda Essrich

EUROPAVERLAG

Die schwedische Originalausgabe ist 2019 unter dem Titel *Verkanseld* bei Bookmark förlag, Schweden, erschienen.

Dieses Werk ist fiktiv und der Fantasie der Autorin entsprungen. Die wiedergegebenen Artikel sind jedoch echt, genau wie die bislang unaufgeklärten »Affären«, die sie zum Thema haben. Bitte beachten Sie, dass Realität und Fiktion in diesem Buch parallel existieren.

© 2019 by Louise Boije af Gennäs
Published by agreement with Nordin Agency AB, Sweden
© 2020 der deutschsprachigen Ausgabe
Europa Verlag in Europa Verlage GmbH, München
Umschlaggestaltung: Hauptmann & Kompanie Werbeagentur, Zürich,
unter Verwendung eines Designs von Elina Grandin
Lektorat: Antje Steinhäuser
Layout & Satz: Robert Gigler & Danai Afrati
Druck und Bindung: CPI books GmbH, Leck
ISBN 978-3-95890-243-5
Alle Rechte vorbehalten.
www.europa-verlag.com

In Erinnerung an meinen Vater,
Hans Boije af Gennäs (1922–2007)

»Nur die Verteidigung ist gut, sicher
und dauerhaft, welche von dir selbst
und von deiner eigenen Tapferkeit abhängt.«

Aus *Der Fürst* (1532)
von Niccolò Machiavelli (1469–1527)

1. KAPITEL

Mama stand in ihrem hellblauen Morgenmantel in der Küche und brühte duftenden Kaffee auf. Papa war gerade von einer Langlaufrunde heimgekehrt und zog, wo immer er mit geröteten Wangen und geschmolzenem Schnee auf der Mütze entlangging, eine kleine Dampfwolke hinter sich her. Vor dem Fenster schien die Sonne auf das schneebedeckte Örebro, das Thermometer zeigte minus fünf Grad. Die Szene erinnerte an ein Bild aus einem Buch von Elsa Beskow. Ich selbst saß am Küchentisch und aß meinen Brei, und auf dem Boden spielte Lina mit Esmeralda, unserem Kätzchen.

»Sara«, sagte Papa, »*hast du nicht Lust, mit mir eine Runde in der Vena-Loipe zu drehen? Es ist eine Wohltat – für Körper und Seele!*«

Ich sah meinen Vater vor mir, wie er da stand, mit seinem breiten, freundlichen Lächeln, und ich wusste, nichts hätte ihn mehr gefreut, als wenn ich ihn begleitet hätte, nach Norden über den Kasernvägen und dann auf der Vena-Loipe in den Wald hinein. Wir hätten die Sonne im Rücken, die Luft wäre frisch, und wir würden ein Tempo halten, bei dem wir uns beide ordentlich anstrengen müssten, dabei aber trotzdem die fantastische Winterlandschaft mit blauen Schatten über dem leuchtend weißen, harschen Schnee genießen könnten.

»Ja«, sagte ich. »*Ich komme mit, Papa.*«

Ich erhob mich vom Küchentisch, nahm meine Jacke und zog die roten Fäustlinge mit dem traditionellen Lovvika-Muster an, die Torstens Frau Kerstin mir gestrickt hatte. Doch plötzlich veränderte sich das Bild. Der Himmel vor dem Fenster verdunkelte sich und füllte sich mit dicken lila Gewitterwolken. Der Schnee war fort, stattdessen peitschte Regen gegen die Fenster. Lina und das Kätzchen waren verschwunden, und als Mama sich vom Spülbecken zu mir umdrehte, war keine Spur mehr von ihrem sonst so klaren Blick unter dem lockigen braunen Haar zu sehen. Wo vorher ihre Augen gewesen waren, wies ihr Schädel nicht mehr als ein Paar leere Augenhöhlen auf.

Voller Panik drehte ich mich zu Papa um. Seine Augen sahen aus wie immer, und er öffnete den Mund, um etwas zu sagen. Doch anstatt der Wörter quoll eine hellgraue Aschewolke aus seinem Mund und wirbelte durch den Raum. Und ich sah, dass Papa keine Zähne mehr hatte.

Dann warf sich Micke auf mich, und ich schrie.

⇉ ⇇

Ich stand am Fenster und sah in die Nacht hinaus, trank ein Glas Wasser und versuchte, meinen Puls wieder unter Kontrolle zu bringen. Aus Linas Zimmer drang kein Laut; dieses Mal schien ich sie nicht geweckt zu haben. Unsere kleine Küche ging direkt zum Nytorget hinaus, der ruhig und friedlich dalag. Der Herbst war schon zu spüren, auch wenn die Bäume noch keine Blätter verloren hatten. Eine einsame Frau mit einem Bullterrier bewegte sich unter den Laternen von einem Lichtkegel zum nächsten.

Den ganzen Sommer über hatte ich nichts von BSV gehört. Nach Johans und Mamas plötzlichem Tod Ende des Frühjahrs war ich mehrere Wochen kaum ansprechbar gewesen. Erst lag ich beinahe eine Woche im Krankenhaus, dann war Sally mit mir nach Örebro gefahren und hatte mich bei Ann-Britt und ihrer Familie untergebracht. Ich war so weit wiederhergestellt, dass ich an Mamas Beerdigung auf dem Nordfriedhof teilnehmen konnte, doch ich erinnere mich an kaum etwas. Ann-Britt kümmerte sich ganz rührend um mich, brachte mich ins Bett, versorgte mich mit Essen und ließ mich ansonsten wie ein Gespenst in ihrem Haus und Garten umherschleichen, während ich wieder und wieder durchging, was passiert war. Zunächst konnte ich nicht weinen, doch mit der Zeit – je mehr ich darüber redete – kamen die Tränen. Ann-Britt wurde nicht müde, mir zuzuhören, genauso wie Sally und Andreas, wenn sie mich besuchten.

Ab Anfang Juli kam ich langsam wieder auf die Beine. Beschämt musste ich mir eingestehen, dass ich meine kleine Schwester, der es auch schlecht ging, völlig vernachlässigt hatte. Es war, als tauchte ich aus einer ganz anderen Welt auf – erst jetzt erkannte ich, wie schwer das alles für Lina sein musste, die erst ihr geliebtes Pferd und danach ohne Vorwarnung unsere Mutter verloren hatte, nur knapp ein Jahr nach dem Tod unseres Vaters. Auch Lina hatte bei Ann-Britt gewohnt, doch ich hatte ihre Existenz kaum wahrgenommen. Die Ereignisse des letzten Jahres hatten mich sehr mitgenommen, und nun forderte der Stress seinen Tribut.

Im Juli funktionierte ich beinahe wieder normal und konnte langsam auch für Lina da sein. Doch zu meiner Verwunderung musste ich feststellen, dass Lina ganz anders auf all das Schreckliche reagiert hatte, das uns widerfahren war. Sie war nicht zusammengebrochen, obwohl sie allen Grund dafür gehabt hätte. Stattdessen hatte sie regelrecht eine Schutzmauer um sich herum aufgebaut, und keiner von uns verstand so richtig, was innerhalb dieser Mauer vor sich ging. Ann-Britt sah mich hilflos an.

»Sie weint nicht«, sagte sie leise. »Ich weiß nicht, was ich machen soll.«

Ich versuchte, mit Lina zu sprechen, jedoch ohne Erfolg. Sie sah mich mit Härte im Blick an und weigerte sich, über ihre Gefühle zu sprechen.

»Ruh dich lieber aus«, sagte sie stattdessen. »Du brauchst das.«

Also ruhte ich mich aus. Meine Kräfte kehrten langsam zurück, physisch und mental, doch gefühlsmäßig war ich immer noch ganz unten. Mamas Tod war mir unbegreiflich. Nicht, dass es passiert war. Das verstand ich, und ich ahnte auch, wie sie gestorben war, auch wenn ich noch nicht dazu in der Lage gewesen war, mich damit auseinanderzusetzen. Aber dass Mama tatsächlich *fort* war, dass sie nicht mehr da sein und ich nie wieder mit ihr sprechen würde?

Das war unfassbar.

Bei meinen langen Spaziergängen durch die Stadt – während alle anderen am See im Alnängsbadet in der Sonne brieten und die extreme Sommerhitze Örebro so stark im Griff hatte, dass das Universitätskrankenhaus alle Operationen bis auf Weiteres einstellen musste – wälzte ich all die unbeantworteten Fragen. In dem gut einen Jahr, das seit Papas Tod vergangen war, war so viel passiert, aber ich wusste immer noch nicht, wer hinter mir her war und warum.

Gedanklich ging ich alles, was ich erlebt hatte, wieder und wieder durch, und je mehr ich grübelte, desto surrealer schien das Ganze. Nachts lag ich wach und wälzte mich im Bett herum oder suchte im Garten Abkühlung. Die Waldbrände in der Gegend wirkten wie ein Abbild meines Innersten: eine verwüstete

Landschaft, zu nichts mehr zu gebrauchen. Was passiert war, ergab schlicht keinen Sinn.

Falls die menschliche Seele wirklich in der Lage sein sollte, Unangenehmes von sich fernzuhalten, um heilen zu können, dann war es genau das, was meine Seele gerade tat: Sie deckte einen Mantel über alles Schreckliche und suchte nach alternativen Erklärungen für das, was passiert war. Ich fing an zu verstehen, dass wir Krieg, Folter und unmenschlichen Verlusten ausgesetzt sein und trotzdem weiterleben können – unser Überlebensinstinkt ist so stark, dass wir sogar unsere eigenen Erinnerungen manipulieren, um zu überleben.

Bis Ende Juli war ich die Ereignisse so oft durchgegangen, dass ich es beinahe leid war, und ich hatte entschieden:

BSV gab es nicht wirklich.

Das Ganze war womöglich eine Reaktion auf Papas Tod: Die Trauer war übermächtig geworden und hatte dazu geführt, dass ich mir einige Dinge einbildete und andere größer machte, als sie eigentlich waren. Ich hatte psychologische Fachartikel gelesen, in denen die Rede von *Screen Memories* war: fiktiven Erinnerungen, die die tatsächlichen Ereignisse überdeckten, weil diese nicht auszuhalten waren. Mein Gehirn hatte viele Situationen und Ereignisse erfunden, um das Unbegreifliche begreifbar zu machen: dass mein geliebter Papa bei einem Unfall in unserem Sommerhaus umgekommen war.

Wahrscheinlich war ich psychisch aus dem Gleichgewicht geraten – vielleicht befand ich mich schon an der Grenze zu einer Psychose – und bildete mir daher Dinge ein, die nie passiert waren.

Hatte es Bella überhaupt gegeben, oder war sie nur ein Produkt meiner Fantasie?

All diese unerklärlichen Ereignisse, hatten sie wirklich stattgefunden oder hatte mein Gehirn sie konstruiert?

Forschungen zufolge gab es im Leben jedes Menschen ein Zeitfenster, in dem Schizophrenie ausbrechen kann, irgendwann im Alter zwischen zwanzig und fünfundzwanzig Jahren. Ich war fünfundzwanzig, und das Muster schien zu stimmen. Die Frage war, ob ich Hilfe brauchte oder ob schon die Erkenntnis über mein mögliches Krankheitsbild ein Zeichen dafür war, dass ich gesund wurde?

Wenn es BSV tatsächlich gegeben hätte, hätten sie sich dann im Sommer nicht zu erkennen geben müssen?

Egal, wie oft ich meine Sachen durchsuchte, ich konnte kein einziges der »Siegel« mit den Buchstaben BSV, dem Schild und drei kleinen Kronen finden, die ich doch angeblich so oft gesehen haben wollte.

Wo waren die Zettel hingekommen?

Hatten sie vielleicht nie existiert?

Eine leise Stimme in mir protestierte und sagte, dass ich natürlich all das erlebt hatte. Aber ich tat mein Bestes, um sie zum Schweigen zu bringen.

⇒ ⇐

Im August kümmerte ich mich um einige praktische Dinge. Sally und Andreas halfen mir dabei, die Wohnung auf Kungsholmen zu verkaufen, und taten eine Dreizimmerwohnung in der Skånegatan am Nytorget auf. Sie war sehr teuer, doch mit dem Verkauf der Wohnung und meinem Anteil an Mamas Erbe konnte ich sie mir nicht nur leisten, es blieb auch noch eine Menge Geld übrig. Die Wohnung wurde versteigert, Sally gab für mich ein Angebot ab und gewann. Das Wichtigste war jetzt, für Lina und mich so schnell wie möglich ein neues Zuhause zu schaffen, damit sie ihr Leben weiterleben konnte und sich nicht in der Trauer vergrub. Und ich wollte weder nach Östermalm noch nach Kungsholmen zurück. Der Nytorget auf Södermalm war perfekt. Außerdem behielten wir Mamas Auto, damit wir schnell und unkompliziert nach Örebro fahren konnten, wenn wir wollten.

Ann-Britt half uns den Sommer über, unser Elternhaus auszuräumen und alles einzulagern. Weder Lina noch ich waren derzeit in der Lage, etwas auszusortieren, doch wir wollten das Haus auch nicht leer stehen lassen. Wir waren uns einig, dass wir unsere Kindheit hier hinter uns lassen und zusammen in Stockholm neu anfangen mussten, auch wenn es ein furchtbares Gefühl war, das Haus, in dem wir aufgewachsenen waren, zu verkaufen. Aber Lina wies zu Recht darauf hin, dass wir immer wieder nach Örebro fahren und nach dem Haus sehen müssten, wenn wir es behielten. Und schon der Gedanke daran, das leere Haus zu betreten, fühlte sich an, als würde ich Schorf von einer Wunde kratzen.

Über Ann-Britts Kontakte fanden sich schon nach wenigen Wochen zwei Familien, die sich für das Haus interessierten und gegeneinander boten. Die nettere Familie gewann, und mit einer Mischung aus Erleichterung und Trauer unterschrieben Lina und ich den Kaufvertrag. Als wir zum letzten Mal die Tür hinter uns zuzogen und abschlossen, weinten wir beide, doch dann überwog die Erleichterung, dass wir hier zukünftig nicht mehr von unseren Erinnerungen überwältigt werden würden.

Noch nie war ein Geldsegen so wenig reizvoll gewesen wie jetzt. Doch Sally half mir, ihn in Aktien und Fonds anzulegen.

»Du bist jetzt eine ziemlich vermögende Person«, sagte sie erfreut. »Immerhin etwas, oder?«

Mein Major beim Militär hatte – obwohl er den Ruf hatte, selbst »*nie ausruhen zu müssen und nie krank zu sein*« – sehr verständnisvoll auf meine Situation reagiert und meinen Arbeitsbeginn auf den ersten September verschoben. Er hätte mir auch noch mehr Zeit gegeben, aber das wollte ich nicht. Es war Zeit, auch arbeitsmäßig neu anzufangen.

Lina hatte sich auf einige Kurse an der Uni Stockholm beworben und die Zulassung für einen Kurs in Ideengeschichte und einen in Literaturwissenschaft bekommen. Wie es ihr damit ging, so schnell mit dem Studium anfangen zu müssen, wusste ich nicht, doch sie hatte auch keinen Job, und nur rumhängen konnte sie ja schließlich nicht. An der Uni würde sie neue Freunde treffen und vielleicht nach und nach über all die schrecklichen Ereignisse hinwegkommen.

Ich hatte versucht, sie wieder zum Reiten zu motivieren, doch Lina hatte mich nur mit diesem durchdringenden Blick angesehen, der neuerdings zu ihrem Markenzeichen geworden war.

»Ich setze mich auf keinen Fall noch mal auf ein Pferd«, sagte sie. »Es wird nie wieder ein Pferd wie Salome geben.«

Inzwischen ging der Wahlkampf in die heiße Phase, ständig sah man Wahlbarometer, Politikerbefragungen und Debatten der Parteivorsitzenden im Fernsehen. Doch nie hatte mich Politik so wenig interessiert wie jetzt. Bis zu den Wahlen nächste Woche musste ich mich entscheiden, welche Partei ich wählen wollte.

Im schlimmsten Fall würde ich losen müssen.

Immer noch sah ich auf den Nytorget hinaus. Die Frau mit dem Bullterrier war verschwunden, kein Mensch war zu sehen. Beim Straßencafé auf der gegenüberliegenden Seite bewegte sich etwas, und ich schaute genau hin: Ratten. Zwei große Ratten rannten schnuppernd unter Tischen und Stühlen herum. Gut, dass Sally nicht hier war.

Die Uhr am Herd zeigte 3:45 Uhr. Die Albträume hörten einfach nicht auf, egal, ob BSV nun existierte oder nur ein Produkt meiner Fantasie war. Um halb sieben würde mein Wecker klingeln.

Ich seufzte, stellte das Glas in die Spüle und ging wieder schlafen.

»Willkommen im ›Humor-Kubus‹«, begrüßte mich Therese mit ausdrucksloser Miene, und ich schüttelte ihre schlaffe Hand.

Es war mein erster Arbeitstag in der Poststelle des Hauptquartiers des Schwedischen Militärs. Therese, ein hübsches Mädchen mit dunklem Haar und hellblauen Augen, führte mich im Erdgeschoss herum und stellte mich den Mitarbeitern vor, zeigte mir die Kantine und die Toiletten. Dann wurde ich an meinen Schreibtisch in der Poststelle gesetzt. Ich teilte das Büro mit Therese und zwei Kollegen und sollte dort den Postein- und -ausgang bearbeiten.

Nach den beiden sehr anspruchsvollen Jobs im PR-Büro Perfect Match und bei McKinsey fühlte es sich wie ein ziemlicher Abstieg an, mich nur mit dem Sortieren von Post zu befassen, Der Major hatte mich ja gewarnt, dass das passieren könnte. Ich selbst hatte ihn darum gebeten, eine Stelle beim Militär für mich zu finden, egal, auf welcher Ebene. Ich selbst hatte eine erheblich glamourösere und besser bezahlte Probezeit von sechs Monaten bei McKinsey abgelehnt.

Meine Erinnerungen an die Zeit dort im letzten Frühjahr schienen in eine Art Nebel eingehüllt zu sein.

War Johan wirklich ermordet worden?

In meiner Erinnerung war er der absolute Traummann. Wahrscheinlich würde ich nie mehr einen so anständigen, intelligenten, lieben und humorvollen Mann treffen.

Hatte ich mir die Details rund um seinen Tod ausgedacht, um die Trauer bewältigen zu können?

War er vielleicht eines natürlichen Todes gestorben, und ich weigerte mich nur, das zu akzeptieren?

Wurde ich allmählich verrückt?

Diese und andere Fragen gingen mir in meiner ersten Arbeitswoche ständig durch den Kopf, während ich Briefe öffnete, las, in grüne Mappen legte und dafür sorgte, dass sie in die richtige Abteilung im Haus gelangten. Abends beeilte ich mich, nach

Hause zu kommen, aß etwas, wusch ab und ging schlafen. Und am nächsten Tag ging das Ganze von vorne los.

Gegen Ende der Woche blickte ich auf meine ersten Arbeitstage zurück. Die Arbeit war furchtbar langweilig. Und meine Kollegen rissen es nicht gerade mit ihrer lustigen Art raus. Alle drei waren irgendwie seltsam: Therese und zwei Männer. Alle in den Dreißigern und keiner schien den Kontakt zu mir oder zu den anderen zu suchen. In den ersten Tagen hatte ich nacheinander mit allen zu Mittag gegessen und versucht, ins Gespräch zu kommen. Doch das war gar nicht so einfach.

Therese hatte wie ich auch Wehrdienst geleistet, doch sie *»mochte das Militärische nicht«* und *»war im Grunde eher Pazifistin«*. Klas, ein großer, hagerer Typ im Anzug, war Betriebswirtschaftler, hatte jedoch *»Schwierigkeiten gehabt, einen Job zu finden«* und *»solange den hier genommen«*. Wir stellten fest, dass Klas wie ich eine Katze besaß, aber das war auch schon das einzig Positive, was es über ihn zu sagen gab. Sture, ein recht ansehnlicher Typ mit einem breiten Lächeln, das ich zunächst für freundlich hielt, fasste meinen Vorschlag, gemeinsam zu essen, als Einladung auf und machte mir ziemlich unanständige Angebote. Nach ein paar Tagen musste ich ihm über den Kopierer hinweg mit ein paar deutlichen Worten klarmachen, dass ich kein Interesse hatte und er es aufgeben konnte. Danach würdigte er mich keines Blickes mehr.

Wenn dies ein Anzeichen für den Zustand des schwedischen Militärs war, war die Lage ziemlich finster. Als ich am Donnerstagabend nach Hause kam, sah ich Papas Hefter nach Texten über das Militär durch. Seit dem Frühjahr war es das erste Mal, dass ich mich wieder dazu aufraffen konnte, in den Heftern zu lesen. Und was ich las, hob meine Stimmung nicht gerade.

Was ist bloß aus unserem Militär geworden?

Unsere Parteien im Reichstag werfen sich gegenseitig
»Versäumnisse bei Investitionen für unsere
Streitkräfte« vor. Ein wenig unbeholfen führen wir
die »Wehrpflicht« ein und ziehen eine Handvoll
Jugendliche zur Ausbildung ein.
Über die Ursachen dafür, dass wir uns in einer unter
Sicherheitsaspekten prekären Lage in einer unruhigen
Welt befinden, erfährt man nichts. [...]
Im Jahr 2006 war die Operation ›Schweden abrüsten‹
abgeschlossen. Und zwar offenbar mit partei-
übergreifendem Konsens. Was war passiert? Unser
Militär bestand aus zwei voneinander unabhängigen
Teilen. Anlagen und Material auf der einen Seite,
eine allgemeine Wehrpflicht für die Personal-
versorgung auf der anderen.
In der Nachkriegszeit verfügte das Militär über
genügend Ressourcen, um nach und nach rund 800 000
Mann zu bewaffnen. In nur einer einzigen Maßnahme
wurden sowohl die Wehrpflicht als auch Hunderte feste
Anlagen und Waffensysteme abgeschafft, mit einem
Anschaffungswert von Hunderten Milliarden (!) Kronen.
Was blieb, war eine verkrüppelte Luftwaffe ohne einen
Großteil ihrer Flottillen und Stützpunkte. [...]
Es dauerte nicht lang, bis das militärische
Hauptquartier alarmiert feststellte, dass Gotland,
einst gut befestigt, ohne Verteidigung dastand.
Sämtliche Anlagen waren verschrottet oder
verschleudert worden, genau wie im restlichen Land.
Allmählich begann eine Kehrtwende mit der
Wiedereinführung der Wehrpflicht. Das Problem ist nur,

dass Anlagen, Material und Kompetenzen verschrottet, verschenkt und zu Spottpreisen verkauft worden waren. Und das ohne eine nennenswerte politische Diskussion. Da fragt man sich doch: Kann das noch einmal passieren? Welches Regelwerk legitimiert eine solch beispiellose Kapitalvernichtung und einen Doktrinwechsel, ohne das Oberhaupt, nämlich das schwedische Volk, zu fragen? Wer seitens der Verantwortlichen hat genug Rückgrat, um seinen Anteil an diesem Übergriff zuzugeben: »Ich war dabei, ich lag falsch«. Das ist keine Frage, es ist eine Aufforderung.

Arvid Eklund, Leserbrief in der *Borås Tidning*, 25.10.2017

...

Heute zeigt sich der damalige Oberbefehlshaber Owe Wiktorin kritisch: »Man hat die wichtigste Aufgabe des Militärs vergessen, nämlich die Verteidigung Schwedens.«

SVT, Reihe: Interne Dokumente, dokumentiert von Pär Fjällström, 08.04.2015.

...

So wurde aus den Schweden ein Volk ohne Verteidigung

Die Kriegstaktik der verbrannten Erde sieht vor, bei einem Rückzug ein vollkommen zerstörtes Land zu hinterlassen. Dem Feind soll so wenig bleiben wie möglich. In den Verteidigungsbeschlüssen von 2000

und insbesondere von 2004 wurde diese Taktik auf dem eigenen Territorium angewendet, und nach dem Rückzug ist fast nicht geblieben. Es war, als hätte man mit einem Mähdrescher gearbeitet: Ein Kommando nach dem anderen verschwand. […]
Trotz der Streitigkeiten im Reichstag waren sich die Regierung unter Göran Persson und die bürgerliche Opposition über die Fahrtrichtung einig. Auch das Hauptquartier hatte kein Interesse daran, dieses Fass aufzumachen. Warum das so ist, zeigt sich in »Die Illusionen des Friedens: Der Untergang und Fall des schwedischen Militärs 1988–2009« von Wilhelm Agrell (Atlantis Verlag).

Agrell ist als sachlicher Analytiker bekannt, dennoch fiel das Ergebnis seiner Untersuchung sehr kritisch aus – wie hätte es auch anders sein können. Wenn Verteidigungsminister Sten Tolgfors davon spricht, dass ganz Schweden verteidigt werden muss, ist es, als würde er in Zungen reden. Hier und jetzt, zu Hause und in der Ferne.

In den Neunzigerjahren stand fest, dass die Tage der Angriffsarmee gezählt waren. Man benötigte eine neue Armee. Reformen wurden beschlossen, und eines Tages war die Verteidigung des Territoriums Geschichte, ohne dass – wie Agrell betonte – dies beabsichtigt gewesen wäre.

Da waren Pläne, die nicht aufgingen, es bestanden Verpflichtungen aus Bestellungen für Material, das nicht länger benötigt wurde, der Sparzwang der Politiker – all das führte zu einer regelrechten Militärfarce. Agrell beleuchtet auch die Triebkräfte hinter dem Prozess: die Priorisierung internationaler

Einsätze und die Investition in eine netzwerkzentrierte Kriegsführung. [...]
Der entscheidende Fehler, der zum Untergang des Militärs geführt hat, ist nach Agrell jedoch die Tatsache, dass ein Paradigmenwechsel stattgefunden hat, dem die Vorstellung einer neuen, gesamteuropäischen Sicherheitsordnung zugrunde lag. Ein Time-out wurde zu einem Black-out. Wenn Schweden nicht bedroht wird, ist auch keine Verteidigung nötig – außer in Weitfortistan.
Nach dem russischen Georgienkrieg zerbrach die Idee des ewigen Friedens in tausend Scherben.

Claes Arvidsson, Leitartikel *Svenska Dagbladet*, 26.09.2010

...

Als sich 2011 russische Kampfjets in der Nähe des schwedischen Luftraums aufhielten (was zu Zeiten des Kalten Krieges ganz normal war, aber in den Neunzigerjahren aufgehört hatte) und immer neue Berichte über Sichtungen von fremden U-Booten an den Küsten aufkamen, ging der Oberbefehlshaber Sverker Göranson 2013 mit einer Aussage an die Öffentlichkeit, die das schwedische Volk zu Tode erschreckte – und die Politiker sehr wütend machte. Der Oberbefehlshaber antwortete auf die Frage, wie gut das schwedische Militär derzeit sei: »Wir können uns bei einem Angriff auf eine begrenzte Anzahl von Zielen verteidigen. Wir sprechen hier von einer Woche, die wir allein schaffen.«

Durfte er das sagen, oder war das eine geheime Information? Trotz einer Anklage hielt der Oberbefehlshaber an seiner Aussage fest.

Alyson J.K. Bailes, eine britische Diplomatin in mehreren skandinavischen Ländern, die auch Leiterin des Friedensforschungsinstituts Sipri in Stockholm gewesen war, sagte im Dokumentarfilm »Was ist mit den Streitkräften passiert?«:
»Schweden hat seine Streitkräfte in den letzten Jahren reduziert und besitzt jetzt fast die kleinste Armee in Skandinavien – obwohl das Land doppelt so groß ist wie die anderen. Ich glaube, das Volk wird sich sehr wundern, wenn es davon erfährt. Und ich denke, wenn externe Verteidigungsexperten näher hinsehen, könnten sie zu der Schlussfolgerung gelangen, dass Schweden über nicht genug Ressourcen verfügt, um sich zu verteidigen.« [...]

Karlis Neretnieks, ehemaliger Rektor der Militärhochschule:
»Es gäbe einen Wettlauf um schwedisches Territorium, wenn sich in unserer Nähe eine Krise abspielen würde. Die Russen würden enorm profitieren, wenn sie Gotland ›leihen‹ dürften. Das kostet nichts, es geht schnell, und sie könnten sagen: ›Wir tun Euch nichts, Ihr bekommt Gotland in 2-3 Monaten zurück, wenn wir die baltischen Staaten dazu gebracht haben zu tun, was wir wollen.‹ Warum sollten die Russen dem widerstehen?«

Das verschwundene Militär, Ingrid Carlqvist, Gatestone Institute, 07.08.2015

Am Freitag machten wir schon um halb fünf Feierabend, und ich entschied spontan, in der Stadt ein wenig bummeln zu gehen. Dann würde ich mir zu Hause die Schlussdebatte der Parteivorsitzenden im Fernsehen ansehen – es war wohl meine letzte Chance, mir vor der Wahl am Sonntag eine Meinung zu bilden.

Irgendwie fühlte es sich merkwürdig an, in die Stadt zu gehen; seit Mamas Tod hatte ich außer zum Lebensmitteleinkauf keinen Fuß mehr in ein Geschäft gesetzt. Doch es war an der Zeit, für etwas mehr Normalität in meinem Leben zu sorgen, auch wenn ich mich dabei eigenartig und einsam fühlte.

Ich schrieb Lina eine SMS und fragte sie, ob wir uns treffen wollten. Keine Antwort.

Was machte man nach der Arbeit, wenn man in meinem Alter war und in Stockholm wohnte?

Während meiner Zeit bei McKinsey hatten wir so lang gearbeitet, dass ich danach kaum mehr als mein Fitnessprogramm – oft zusammen mit Johan – schaffte. Davor, in der Zeit mit Bella, waren die Wochenenden von Anfang an voll verplant – Pläne, die Bella oder Micke gemacht hatten und an die ich mich einfach dranhängte.

Aber was sollte ich jetzt tun, mit normalen Arbeitszeiten und ohne eine beste Freundin oder einen Freund, die das Planen für mich übernahmen?

Ins Nordiska Kompaniet zu gehen war immer eine Möglichkeit. Das Kaufhaus hatte bis 20 Uhr geöffnet, und viele Frauen schlenderten gerne durch die verschiedenen Etagen, auch wenn sie sich dort nicht viel leisten konnten.

Mit der Tasche über der Schulter ging ich den Lidingövägen entlang Richtung Stadtmitte und dann die Sturegatan hinunter zum Stureplan. Es war Anfang September, und im Humlegården-Park spielten Kinder im goldenen Licht der Nachmittagssonne.

Einige Bäume färbten sich bereits rot oder gelb, andere waren immer noch grün und kräftig. Doch ich verband so viele Erinnerungen mit diesem Platz, dass ich mir nicht gestattete, stehen zu bleiben und den Anblick zu genießen. Stattdessen ging ich schneller in Richtung Stureplan und folgte dann der Birger Jarlsgatan bis zur Hamngatan.

Auch die Bäume im Berzelii-Park waren noch weitestgehend grün. Mit diesem Ort verband ich nicht so viele Erinnerungen, daher konnte ich wieder langsamer gehen. Ich ging die Hamngatan hinauf am Norrmalmstorg und Kungsträdgården vorbei zum Haupteingang des Kaufhauses NK.

Vor dem Eingang in das prachtvolle Gebäude blickte ich geradewegs in ein Gesicht aus der Vergangenheit: Nicolina, die Stylistin, die mich für meine Arbeit bei Perfect Match eingekleidet hatte und mit der ich im Frühjahr einen Kaffee auf dem Stureplan getrunken hatte. Damals war sie in ein Auto gesprungen, in dem der Mann mit dem silbernen Stock saß. Jedenfalls meinte ich ihn gesehen zu haben.

Unsere Blicke trafen sich.

»Hallo!«, sagte Nicolina freundlich und winkte, ohne jedoch langsamer zu werden.

Sie ging vorbei, und ich sah ihr nach. Modisch gekleidet wie immer, mit der gleichen großen Tasche über der Schulter, die ich noch von unserer ersten Begegnung im Sturehof kannte.

Eine zufällige Begegnung?

Warum nicht? An einem Freitagnachmittag waren doch alle in der Stadt.

Nicolina verschwand im Gewimmel, und ich setzte meinen Weg durch den Haupteingang des Kaufhauses fort.

Im NK war es sehr voll. Im Lichthof fand eine Modenschau statt, und an einem Stand in der Schmuckabteilung wurden »Herbstaccessoires« verkauft – was auch immer das bedeuten sollte. Ein Haufen aus rotem Laub als Hut? Goldgelbe Pfifferlinge um den Hals? Drei Fliegenpilze als Bikini, für den Herbsturlaub auf Mauritius? Ich lächelte und dachte daran, dass Sally diesen Begriff gemocht und meinen Scherz ausgiebig ausgeschlachtet hätte.

Sie fehlte mir, wir hatten uns lange nicht gesehen.

Die Modenschau war zu Ende, und die jungen, düster dreinblickenden Models verschwanden in Richtung Kosmetikabteilung. Ich ging ein paar Stufen die Treppe zum Café Entré hinauf, doch dann blieb ich plötzlich stehen.

Wohin sollte ich gehen?

Gab es etwas, das ich mir ansehen wollte?

In diesem Moment stand er plötzlich vor mir, ganz nah, und sah mir direkt in die Augen.

Tobias.

Der Mann, der sich als Therapeut ausgegeben und behauptet hatte, mich hypnotisieren zu können. Als ich ihn später bei einer Begegnung in der U-Bahn damit konfrontiert hatte, hatte er so getan, als hätte er mich noch nie gesehen.

Jetzt hatte er anscheinend die Strategie gewechselt.

»Sara«, raunte er mir zu. »Hör mir zu.«

Er stand so nah vor mir, dass ich seinen Atem spüren konnte. Ich wich zurück. Da packte er mich mit beiden Händen.

»Du musst mir zuhören«, sagte er und starrte mich mit seinen intensiven blauen Augen an. »Ich weiß, dass du sauer bist, aber vergiss das jetzt. Komm mit: Wir müssen uns unterhalten.«

Ich war derart überrumpelt, dass ich nicht widersprach. Tobias führte mich an den Taschenabteilungen und dem Bereich, der gerade umgebaut wurde, vorbei bis vor die Aufzüge. Hier war es nicht ganz so voll.

»Hör mir zu«, sagte er ganz nah an meinem Ohr. »Du schwebst in Lebensgefahr, und deine Schwester auch. Kannst du ihnen nicht einfach geben, was sie haben wollen?«

Ich wich zurück.

»Aber wer sind *sie*? *Was* wollen sie von mir? Ich verstehe das einfach nicht!«

Tobias sah mich ernst an.

»Ich habe dich immer gemocht. Denk doch mal nach! Sie wollen *dich*!«

Plötzlich umarmte er mich heftig und drückte mir dabei fast die Luft ab.

»Viel Glück, Sara«, sagte Tobias ganz nah an meinem Ohr und ging dann schnell davon.

Ich stand immer noch da und blickte ihm nach. Etwas an seinem Verhalten passte nicht ins Bild. War er high gewesen? Verrückt geworden? Der Unterschied zwischen unserer Begegnung in der U-Bahn, wo er eiskalt behauptete, mich nicht zu kennen, und diesem überspannten Geflüster und der Umarmung konnte nicht größer sein.

Oder war ich vielleicht diejenige, deren Kopf nicht richtig funktionierte?

Verrückt, verrückt, verrückt.

Die kleine protestierende Stimme in meinem Kopf widersprach vehement. »Du bist nicht verrückt«, sagte sie. »*Was will Tobias?* Versuche zu verstehen, was er sagt und was er meint!«

Es gelang mir nicht, meine Gedanken zu ordnen, nicht hier und nicht jetzt. Also atmete ich tief durch, schob den Henkel meiner Tasche auf der Schulter zurecht und ging zurück zum Lichthof.

Ein neuer Nagellack. Das wäre doch eine gute Idee, jetzt zum Herbstanfang, oder?

Fünf Minuten später stand ich an der Chanel-Theke und sah mir die Nagellacke an, als mir jemand auf die Schulter tippte. *Nicht schon wieder*, dachte ich und drehte mich um. Ich rechnete damit, Tobias zu sehen, doch ich irrte mich. Hinter mir standen zwei Wachleute des Kaufhauses, ein Mann und eine Frau.

»Ich muss Sie bitten, in Ihre Tasche sehen zu dürfen«, sagte die Frau.

»Warum?« Ich zog die Augenbrauen hoch. »Ich habe nichts gestohlen!«

»Das werden wir sehen.«

Ich gab ihr meine Tasche, und sie öffnete sie. Dann zog sie, zu meiner Verwunderung, eine kleine rosa Abendtasche mit einem Schnappverschluss in Form eines Totenkopfes daraus hervor.

»Die habe ich nicht eingesteckt!«, rief ich. »Ich habe diese Tasche noch nie gesehen!«

Die Wachleute sahen sich an.

»Wir bringen Sie in den Sicherheitsraum«, sagte der Fachmann. Seine Kollegin nickte.

»Was soll das heißen?«, sagte ich. »Sie müssen mir glauben: Ich habe diese Tasche nicht gestohlen!«

»Sicherheitsraum«, sagte die Frau. »Oder der Festnahmenraum, wenn Ihnen das lieber ist.«

Festnahmenraum?

»Kommen Sie freiwillig mit? Dann können wir Sie nämlich loslassen«, sagte der Wachmann freundlich.

Ich gab nach. »Natürlich.«

Wir nahmen die Rolltreppe ins Untergeschoss, und ich ging von den Wachleuten flankiert durch den neuen Tunnel bis zu einer abgelegenen Tür, wo sie einen Zahlencode eintippten. Dahinter befanden sich mehrere Büroräume und ein Verhörraum mit einer Glaswand, auf deren beiden Seiten je ein Stuhl stand.

»Soll das ein Scherz sein?«, fragte ich.

»Setzen Sie sich«, sagte die Frau und deutete auf den einen Stuhl. »Wir werden sehen, ob Sie noch zu Scherzen aufgelegt sind, wenn wir die Aufnahmen der Überwachungskameras angesehen haben.«

Der Wachmann betrat einen kleinen Raum, in dem ein Mann vor einer ganzen Reihe Bildschirme saß. Sie sprachen leise miteinander, vermutlich darüber, welche Filme und Zeiten sie kontrollieren wollten. Währenddessen setzte sich seine Kollegin auf die andere Seite der Glaswand, ausgestattet mit einem Notizblock und einem Stift. Sie nahm meinen Namen und meine Daten auf und begann dann, mich zu verhören.

Warum war ich im Kaufhaus? Wollte ich etwas kaufen? Wie lange hatte ich mich dort aufgehalten?

»Hören Sie«, sagte ich. »Ich habe das Geschäft, in dem sie diese Taschen verkaufen, nicht einmal betreten, bin nur daran vorbeigegangen.«

Da ging mir plötzlich auf, was passiert war. Warum hatte ich das nicht sofort verstanden?

»Wie sind Sie eigentlich auf mich gekommen? Ich war ja in der Kosmetikabteilung, als Sie mich angesprochen haben.«

»Jemand hat uns einen Tipp gegeben«, sagte die Fachfrau. »Er meinte, er hätte gesehen, wie Sie etwas aus dem Taschenladen in Ihre Tasche gesteckt hätten. Doch er hatte es sehr eilig, deswegen konnten wir seinen Namen nicht aufnehmen.«

Tobias.

Das war natürlich nicht sein richtiger Name.

»Ein Mann kam zu mir und wollte mit mir reden. Das muss er gewesen sein. Wir gingen zu den Aufzügen hinüber. Er verhielt sich merkwürdig und umarmte mich. Dabei muss er mir die kleine Abendtasche untergeschoben haben, ohne dass ich es gemerkt habe.«

»Warum hätte er das tun sollen?«, fragte sie ruhig.

Das war natürlich eine gute Frage. Jedenfalls hier draußen, in der Wirklichkeit.

Ihr Kollege stand in der Tür.

»Auf den Überwachungsfilmen ist nichts«, sagte er. »Sie haben mit dem Mann gesprochen, der uns den Tipp gegeben hat, aber dann zog er Sie um die Ecke, wo wir keine Kameras haben.«

»Dann soll sich die Polizei darum kümmern«, sagte die Fachfrau in bestimmtem Ton. »So verfahren wir immer, wenn wir nichts auf den Aufnahmen haben, aber die aufgegriffene Person trotzdem Diebesgut in der Tasche hat.«

»Sie sind schon auf dem Weg«, sagte der Wachmann.

»Ich habe nichts gestohlen«, sagte ich müde.

Die Frau sah auf das Preisschild auf der kleinen rosa Tasche mit dem Totenkopf.

»Nicht schlecht«, sagte sie. »Dieses kleine süße Spielzeug kostet fast 20 000. Alles ab 1000 Kronen gilt als schwerer Diebstahl.«

Die Polizisten hatten mich aus dem Sicherheitsraum geholt und aus dem Kaufhaus geführt.

Hoffentlich treffen wir niemanden, den ich kenne, dachte ich.

Ob ich wohl einen guten Anwalt brauchte?

Ich erkannte, dass ich keine Ahnung hatte, welche Folgen das Ganze für mich haben könnte.

Jetzt saßen wir vor dem Kaufhaus in einem Polizeiwagen, einer der Polizisten hatte gerade einen Bericht geschrieben. Er riss einen Durchschlag ab und gab ihn mir.

»Das ist für Sie«, sagte er.

»Was passiert jetzt? *Ich schwöre:* Ich habe diese Tasche nicht gestohlen! Da war ein Mann, der sie mir in die Tasche gesteckt haben muss!«

»Das sagten Sie schon«, sagte der Polizist.

»Ich arbeite bei den Streitkräften«, sagte ich. »So etwas passt nicht zu mir.«

Der andere Polizist lachte – es war ein kurzes, glucksendes Lachen –, ohne etwas zu sagen.

»Werde ich meinen Job verlieren?« Ich spürte einen Kloß im Hals.

»Das glaube ich nicht«, sagte der erste Polizist. Dann sah er mich an.

»Nur damit wir uns richtig verstehen: Normalerweise hätten wir Sie mit aufs Revier genommen und Sie wegen Diebstahls belangt. Beim ersten Mal gibt es dafür in der Regel eine Geldstrafe. Wie das Militär als Ihr Arbeitgeber sich verhalten wird, weiß ich nicht. Ich kann Ihnen nicht sagen, warum, aber dieses Mal werden Sie nicht angezeigt. Eine klare Ansage, anscheinend von höchster Stelle. Es liegt jetzt eine ruhende Strafanzeige gegen Sie vor ...«

Er klopfte auf sein Exemplar des Berichts.

»... und die steht fünf Jahre lang in Ihrer Akte. Ansonsten sind keine weiteren Folgen zu erwarten.«

Jetzt verstand ich gar nichts mehr. Doch seine Worte hallten in meinem Kopf nach: *von höchster Stelle*. Plötzlich sah ich wieder Katarina vor mir, die Oberärztin in der Pathologie in Örebro, als sie mir erklärte, warum ich Papas Obduktionsbericht nicht sehen durfte: *»Auf Weisung von höchster Stelle.«*

»Aber *warum*? Ich verstehe das nicht! Können Sie mir das erklären?«

Jetzt drehte sich der andere Polizist um und sah mich an.

»Was verstehen Sie nicht?«, sagte er irritiert. »Dass Sie ein unglaubliches, völlig sinnloses Scheißglück hatten? Ich weiß nicht, was für Kontakte Sie haben, aber wenn Sie ein Kanake aus Akalla wären, wäre es nicht so glimpflich abgelaufen. So viel kann ich Ihnen sagen.«

Er starrte mich wütend an und nickte in Richtung Straße. »Und jetzt verschwinden Sie, bevor wir es uns anders überlegen.«
Ich öffnete die Autotür und tat, was er sagte.
Der Polizeiwagen fuhr mit quietschenden Reifen davon.

⇉⇇

Da Lina nicht zu Hause war, verbrachte ich den Abend allein und versuchte, der Schlussdebatte der Parteiführer im Fernsehen zu folgen.
Ich verstand nicht ein Wort von dem, was sie sagten.

⇉⇇

Nach dem Schrecken im Kaufhaus blieb ich das Wochenende über zu Hause und ließ es ruhig angehen. Am Sonntag verließ ich kurz das Haus, um wählen zu gehen, und nachdem ich eine Weile auf die verschiedenen Wahlzettel gestarrt hatte, ohne sie wirklich zu sehen, nahm ich aufs Geratewohl drei Zettel und steckte sie in den Wahlumschlag. Nicht besonders zufriedenstellend, aber wenigstens hatte ich meine bürgerliche Pflicht erfüllt. Lina weigerte sich, auch nur zum Wahllokal zu gehen; sie behauptete, ihre Stimme würde nichts ändern. Als ich anfing, die Wahlberichterstattung im Fernsehen zu verfolgen, ging sie demonstrativ in ihr Zimmer und schloss die Tür.

Auch ich hielt es nicht besonders lange vor dem Fernseher aus, aber als ich am nächsten Morgen aufstand und auf meinem Telefon Nachrichten las, sah ich, dass keiner der Blöcke eine Mehrheit erzielt hatte. Rot-Grün hatte 144 Mandate bekommen, die Allianz 143 und die Schwedendemokraten 62.

Auf dem Weg zur U-Bahn versuchte ich zu verstehen, was das bedeutete, doch das Ganze war schwer zu durchschauen.

An der Ecke Nytorgsgatan und Bondegatan saß eine Obdachlose, vor der ein Pappbecher stand. Ich hatte sie bereits ein paar Mal gesehen; dies schien ihr fester Platz zu sein. Sie war recht kräftig, und einmal, als sie auf dem gegenüberliegenden Bürgersteig ging, sah ich, dass sie humpelte. Jetzt hielt ich vor ihr an, nahm einen Hunderter und ließ ihn in ihren Becher fallen. Sie sah nicht einmal auf, sondern murmelte nur ein paar unverständliche Worte. Doch ich konnte sehen, dass sie heftige Narben im Gesicht hatte, eine sah nach einer schweren Hasenscharten-OP aus. Ihre Oberlippe war immer noch ein wenig gespalten.

Obwohl meine Aufgaben nicht besonders herausfordernd waren, arbeitete ich in der kommenden Woche so hart, wie ich nur konnte.

Abends war ich so müde, dass ich auf direktem Weg nach Hause ginge, Essen in der Mikrowelle aufwärmte und mich mit einem klassischen Roman auf der Couch niederließ. Ich arbeitete mich durch Jane Austens beste Werke, die mich meiner Mutter näherbrachten – Austen war eine ihrer Lieblingsschriftstellerinnen gewesen. Danach ging ich auf die Geschwister Brontë und Charles Dickens los. Lina saß meist in ihrem Zimmer und sah fern, aber ich schaffte es nicht einmal, mit ihr zu reden. Mein Impuls, Sally anzurufen, hatte sich gelegt: Darum würde ich mich ein anderes Mal kümmern.

Das Wochenende verging in einem gleichmäßig ruhigen Tempo, aber am Montag – als ich den Job beinahe automatisch machte und tatsächlich mehrmals wegen der Kombination aus Langeweile, nächtlichen Albträumen und den Romanen, die ich verschlang, über dem Computer eingenickt war, nur um unter Thereses prüfendem Blick hochzuschrecken – wurde ich zum Major gerufen.

»Setzen Sie sich«, sagte er.

Ich nahm ihm gegenüber am Schreibtisch Platz. Mein Herz pochte, ich hatte einen trockenen Mund; ich wollte diesen Job einfach nicht verlieren.

»Wenn es um die Sache bei NK letztes Wochenende geht, das kann ich erklären«, sagte ich.

Der Major sah mich freundlich an.

»NK?«, fragte er verwirrt, ohne mit dem Lächeln aufzuhören. »Davon weiß ich nichts. Was Sie in Ihrer Freizeit tun, geht mich nichts an, solange Sie Ihre Arbeit gut machen!«

Das galt aber vielleicht nicht für Diebstahl.

Offenbar hatte der Major noch keine Informationen über die Ereignisse in dem Kaufhaus erhalten.

»Ich habe gute Neuigkeiten«, sagte er. »Ich muss zugeben, ich bin etwas erstaunt, weil Sie von allen in Ihrer Abteilung als Letzte dazukamen. Auf der anderen Seite haben Sie konsequent gute Ergebnisse abgeliefert.«

Konsequent gute Ergebnisse? Alles, was ich getan hatte, war, die Post in grüne Umschläge zu stecken. Eine Achtjährige hätte meinen Job übernehmen können. Aber strategisch wäre es wahrscheinlich unklug gewesen, ihn in diesem Moment darauf hinzuweisen.

»Befehl von oben«, sagte der Major erfreut, »Sie werden versetzt. Und das nicht etwa auf der gleichen Ebene. Es geht für Sie in der Hierarchie ein ganzes Stück nach oben. Glückwunsch!«

Irgendwas ist faul, irgendwas ist faul, irgendwas ist faul.

»Aha«, sagte ich vorsichtig. »Was bedeutet das?«

»Das bedeutet«, der Major sah auf seine Notizen, »dass der Stabschef Sie oben in der achten Etage haben will, als seine Assistentin. Dort sitzen der Oberbefehlshaber und die anderen hohen Tiere. Sie werden dort ganz gut zu tun haben, denn Sie sollen zum einen als Sekretärin arbeiten, zum anderen an Strategiegesprächen teilnehmen. Man will ganz einfach Ihre Meinung hören, ohne dass Sie dabei zu viel Raum einnehmen. Außerdem sollen Sie sich die ganze Zeit bereithalten, auch administrativ zu arbeiten.«

Warum ich – *why me?*

»Als Assistentin des Stabschefs verwalten Sie seinen Terminkalender und dienen als Pförtner«, erklärte der Major weiter. »Ohne Sie bekommt man keinen Termin bei ihm. Sie koordinieren seine Besuche und treiben Unterlagen ein. Und ganz unter uns: Solange der Stabschef Sie mag, haben Sie Macht. Mag er Sie nicht, werden die Messer gewetzt. Keine Ahnung, wo Sie dann landen.«

Ich sollte die Motive hinter der Entscheidung des Stabschefs hinterfragen.

Ich sollte eine vollständige Erklärung vom Major verlangen.

Auf der anderen Seite wusste ich ja, wie das Militär funktionierte – nicht alle Entscheidungen waren rational, und es gab kein richtiges »Wer-zuletzt-kommt-geht-zuerst«-System, egal, was der Major versuchte anzudeuten.

Ich würde nicht mehr mit grünen Umschlägen arbeiten müssen.

»Das klingt ganz hervorragend«, sagte ich und lächelte zuckersüß. »Wie schön!«

In dieser Sekunde spürte ich zum ersten Mal seit Mamas Tod einen Funken echter Freude. Es war, als würde die Sonne am schwedischen Winterhimmel endlich – wenn auch nur für eine Sekunde – zwischen den Wolken hervorkommen, nach einer schier unendlichen Reihe trostloser, grauer, bleischwerer Tage.

Daher hielt ich mich mit meinen Fragen zurück, jedenfalls bis auf Weiteres.

Dann schloss sich die Lücke in den Wolken wieder, und alles wurde wieder grau.

Am Freitag der gleichen Woche, ein paar Stunden vor Feierabend, erhielt ich eine E-Mail vom Major.

»*Der Stabschef hätte gerne, dass Sie heute Nachmittag mit zur After-Work-Party des Hauptquartiers im Tre Vapen gehen, damit er Sie den Leuten in seiner Abteilung vorstellen kann. Sind Sie bereit?*«

Es war einer dieser Tage, an denen ich ungeschminkt zur Arbeit gegangen war, in verschlissener Jeans und einem ausgeleierten, fleckigen Pulli, mit ungewaschenem Haar. Während meiner Zeit bei Perfect Match war so etwas nie vorgekommen und auch nicht bei McKinsey. Doch nach dem Tief, durch das ich diesen Sommer gegangen war, gab es immer noch Momente, in denen ich noch nicht vollständig funktionieren wollte oder konnte und mir meine Umgebung daher völlig egal war. In meinem Verschlag in der Poststelle konnte ich vielleicht so aussehen. Aber in diesem Aufzug mit meinem zukünftigen Chef zum After Work im Verwaltungsgebäude zu gehen und der ganzen Abteilung vorgestellt zu werden, vielleicht den Oberbefehlshaber zu treffen, war undenkbar.

Ich betrat den großen Waschraum in der Nähe der Kantine und betrachtete mich im Spiegel. Ein kräftiges »*Fuck you!*« ging von meiner gesamten Erscheinung aus; ich sah mit anderen Worten genauso aus, wie ich mich fühlte.

Doch so konnte ich nicht zur After-Work-Party gehen. Wir hatten noch keinen Vertrag unterschrieben, meine Anstellung war noch nicht geklärt. Und ich wollte doch so gerne weg aus der Poststelle.

Was sollte ich tun?

»*Ich hole Sie in einer halben Stunde ab*«, hatte in der E-Mail des Majors gestanden.

Mit anderen Worten: keine Zeit, nach Hause zu rasen und sich umzuziehen.

Plötzlich kam jemand aus einer der Kabinen. Es war Therese.

35

Ich setzte alles auf eine Karte.

»Red alert, red alert.« Ich verwendete einen Code aus meinem Wehrdienst.

Sie sah mich ausdruckslos im Spiegel an.

»Was ist los, brauchst du einen Tampon?«, fragte sie, während sie sich die Hände wusch.

Ich atmete tief durch.

»Therese, ich könnte wirklich deine Hilfe gebrauchen.«

Ich erklärte die Situation. Die ganze Zeit ruhte Thereses ausdrucksloser Blick auf mir, und beinahe hätte ich meine Erläuterungen unterbrochen, um zu prüfen, ob sie wirklich einen Puls hatte.

»Daher habe ich mich gefragt«, sagte ich vorsichtig, »ob du vielleicht Make-up dabeihast?«

Therese begutachtete mich von oben bis unten, ohne die Frage zu beantworten.

»Kleidergröße 38?«

Ich nickte.

»Ich auch«, sagte Therese.

Ohne weitere Worte zog sie ihren Blazer aus. Erst jetzt bemerkte ich, was sie trug: einen klassischen Blazer, wahrscheinlich von Ralph Lauren oder so, eine frische hellblaue Bluse darunter sowie einen braunen Bleistiftrock. Dazu ein Paar dunkelbraune Lederstiefel.

Ein dezentes Outfit, in dem sie sehr hübsch aussah.

»Los jetzt«, sagte sie tonlos. »Du hast wahrscheinlich nicht viel Zeit, oder?«

»Was, wir sollen die *Kleider tauschen?*«

Wieder dieser ausdruckslose Blick.

»Tut mir leid, aber ich denke, andernfalls solltest du lieber gar nicht zum After Work gehen. Du siehst in dem, was du da anhast, total schäbig aus.«

Ich zögerte nicht länger, sondern schälte mich stattdessen aus meinen Sachen, bis ich in BH und Slip dastand. Therese tat es mir nach, und wir tauschten unsere Kleider. Meine Gedanken schweiften zum Waschraum in unserem Quartier ab, in dem zwanzig Personen – fünf Frauen und fünfzehn Männer – innerhalb von acht Minuten duschen, die volle Montur anziehen und sich zum Appell im Hof aufstellen mussten. In so einer Situation war kein Platz für Schüchternheit: Manchmal musste man sich vor den Augen der Männer ausziehen und duschen.

Das härtete ab.

Offenbar hatte Therese in etwa die gleichen Erfahrungen gemacht. Jetzt schlüpfte sie in meine Jeans und den ausgeleierten Pulli und kramte dann in ihrer Handtasche.

»Kajal, Mascara und Lidschatten«, zählte sie auf und legte die Schminkutensilien in einer Reihe auf den Rand des Waschbeckens. »Und einen rosa Labello. Bitte schön, bedien dich!«

»Therese, du bist unglaublich!«

»Du kannst ja mal an mich denken, wenn du in die höheren Sphären aufgestiegen bist«, antwortete sie trocken. »Wenn ich mich bis dahin noch nicht davongemacht habe.«

»Worauf du dich verlassen kannst. Das vergesse ich dir nie!«

Ich schminkte mich schnell, und das Ergebnis war ganz okay: In Thereses klassischen Klamotten konnte ich mich sehen lassen. Therese dagegen sah in meinen Sachen noch ungepflegter aus, als ich sie je gesehen hatte.

Plötzlich war Klas' eindringliche Stimme vor der Tür zu vernehmen.

»*Sara, bist du da drin? Du hast Besuch!*«

Therese und ich nahmen unsere Sachen und gingen hinaus. Klas, der mir den ganzen Tag gegenübergesessen hatte und genau wusste, wie ich gekleidet gewesen war, brachte kein Wort hervor. Er starrte uns beide wortlos von oben bis unten an.

»Bitte frag nicht«, bat ich ihn.
Klas hob die Augenbrauen.
»Dann versuche ich mich zu beherrschen.«
Am Empfang stand der Major und wartete.
»Sie sehen gut aus«, begrüßte er mich und lächelte. »Perfekt!« Ich antwortete nicht, erwiderte aber sein Lächeln und folgte ihm aus dem Gebäude.
Therese, meine neue Heldin, hatte die Situation gerettet.

Die After-Work-Veranstaltung fand im Restaurant Tre Vapen statt, in den Räumen des Hauptquartiers auf der Banérgatan, wo die gesamte militärische Verwaltung untergebracht war. Als der Major und ich dort ankamen, waren schon etwa fünfzig Personen versammelt. Ich erkannte einige von ihnen, auch wenn ich mir ihre Titel noch nicht hatte einprägen können: einige ältere Herren aus der Verwaltung, einige Kolleginnen und Kollegen aus dem Joint Operations Center und ein paar, die oben beim Oberbefehlshaber in der achten Etage saßen. Die Decke war hier im Restaurant so niedrig, dass die Leute sich beinahe zu ducken schienen. Auf einem Tisch standen Wein, Bier und irgendeine Bowle, dazu gab es Snacks wie Chips und Salzstangen. Der Stabschef – in Uniform – sah aus, als habe er blendende Laune, während er sich mit einem blonden, stark sonnengebräunten Mann unterhielt. Neben ihnen stand eine gut aussehende dunkelhaarige, etwa sechzigjährige Frau.

Den Stabschef erkannte ich sofort als »Christer« wieder, den ich sowohl bei der Party mit Bella als auch von der Feier bei McKinsey getroffen hatte. Aber ich tat, als sei nichts gewesen. Es konnte Zufall sein, dass wir uns in den gleichen Kreisen bewegt hatten. Es war an ihm, sich zu erkennen zu geben, wenn er das wollte.

Der Major dirigierte mich direkt zu ihm.

»Christer, das ist Sara«, sagte er.

Wir schüttelten einander die Hände, und der Sonnengebräunte wandte sich ab in Richtung Getränketisch.

»Freut mich!«, sagte der Stabschef mit einem herzlichen Lächeln. »Willkommen, Sara! Wir freuen uns sehr, Sie bald bei uns auf der achten Etage begrüßen zu dürfen.«

»Danke«, sagte ich. »Es wird sicher sehr spannend.«

Irrte ich mich, oder sah ich in seinen Augen ein ganz kurzes Funkeln, das da nicht sein sollte? Ein winziges Aufblitzen anderer Absichten als der, die er schon offenbart hatte?

Du bist paranoid, schalt ich mich selbst. *Hör auf.*

Gleichzeitig wusste ich, dass ich alle etwaigen Warnzeichen in den Wind schlug, weil ich diesen Job so verzweifelt haben wollte. Die Alarmglocken läuteten Sturm, doch ich brachte sie mit Watte zum Schweigen.

»Das ist meine Frau Anna«, sagte der Stabschef und wandte sich der Dunkelhaarigen zu. »Anna, das ist Sara. Sie ist die Tochter von Lennart. Erinnerst du dich? Wir haben ihn vor ein paar Jahren in Paris getroffen.«

Paris?

Anna sah leicht überheblich auf mich herab und lächelte.

»Natürlich, ich erinnere mich.«

»Ich habe Ihren Vater über die Jahre mehrmals getroffen«, sagte der Stabschef, nun wieder an mich gerichtet. »Ein sehr begabter Mann. Er spricht immer so herzlich von Ihnen und ist vollkommen überzeugt, dass Sie eine Zukunft beim Militär haben werden.«

Warum sprach er in der Gegenwartsform?

»Ich weiß«, sagte ich, »davon hat er immer geträumt.«

»Und jetzt kann er wahr werden. Dafür werden wir sorgen, nicht wahr?«

»Auf jeden Fall«, sagte ich.

»Könnten wir hier noch etwas Wein bekommen?«, fragte Anna und schwenkte ihr leeres Weinglas in der Luft. »Oder fehlt es euch etwa auch an diesen Ressourcen?«

Ein paar Sekunden lang war es ganz still, dann reagierte der Major.

»Ich kümmere mich darum«, sagte er, nahm ihr Glas und eilte zum Getränketisch.

»Wie geht es Lennart?«, fragte der Stabschef mich ungerührt. »Immer noch so neugierig und eigensinnig?«

Er wandte sich an seine Frau, immer noch mit einem breiten Lächeln.

»Dieser Mann versteht wirklich, was das Wort ›Feuerrache‹ bedeutet«, sagte er. »Ich habe selten jemanden getroffen, der so sehr bereit war, für seine Überzeugungen einzustehen, und sich gleichzeitig so unerschrocken gezeigt hat.«

Wieder wurde es still. Anna sagte nichts, sondern lächelte nur und starrte vor sich hin.

»Mein Vater ist tot«, sagte ich. »Er starb vor gut einem Jahr bei einem Unglück in unserem Sommerhaus.«

Der Stabschef sah mich an.

»Das tut mir wirklich leid zu hören. Mein Beileid.«

In diesem Moment sah ich wieder das Funkeln in seinen Augen, und die Gewissheit raubte mir fast den Atem.

Du wusstest es, dachte ich. *Du hast es die ganze Zeit gewusst.*

Der Major kehrte mit einem gefüllten Weinglas zurück, das er Anna reichte.

»Sie sind ein Engel«, sagte sie und nahm einen tiefen Schluck. »Da könnte man fast den Glauben an das Militär zurückgewinnen.«

»Kommen Sie«, sagte der Stabschef und ergriff meinen Arm. »Ich stelle Ihnen ein paar Ihrer zukünftigen Kollegen vor. Dort drüben steht der Oberbefehlshaber. Möchten Sie ihn kennenlernen?«

»Ja, gern«, sagte ich.

»Entschuldigt ihr uns?«, wandte er sich an seine Frau und den Major.

Sie sah ihn mit hochgezogenen Augenbrauen an.

»Was würdest du tun, wenn ich Nein sagen würde?«, fragte sie.

Der Stabschef antwortete nicht und führte mich zu einer Gruppe Menschen, in der ich wieder ein paar erkannte, aber nicht einordnen konnte. Ich dachte, ich hätte den Mann auf einem von Andreas' Bildern im Frühjahr gesehen, doch ich war mir nicht sicher. Ihm gegenüber, ein wenig abseits, stand Georg, der dunkelhaarige Anwalt, und unterhielt sich mit einem Mann in Uniform. Er nickte mir zu und lächelte. Neben ihm stand Olov, einer der Männer bei McKinsey, die an den Ereignissen um Ola beteiligt gewesen und mich für meine Zivilcourage gelobt hatten.

Ein Stück weiter weg entdeckte ich den Stock mit dem silbernen Griff, der an die Wand gelehnt war.

Ich sah mich um. *War der Weißhaarige hier?* Jetzt würde ich erfahren, wer er war.

Ich konnte nirgends einen älteren Herrn mit weißem Haar entdecken.

Plötzlich stand Georg neben mir.

»Ich soll dich von Berit grüßen«, sagte er leise. »Sie ist zurück.«

Berit? Ich bekam kein Wort heraus.

»Warum hast du dich nicht gemeldet?«, fragte er weiter. »Hast du den Film bekommen?«

»Welchen Film?«

»Ach, egal«, sagte er. »Hauptsache, du bist jetzt hier. Wir haben viel Arbeit vor uns.«

Ich starrte ihn an.

»Was meinst du mit ›wir‹? Ich glaube, du verstehst nicht ganz, wie wenig ich weiß!«

Georg sah sich um.

»Da du im Hauptquartier sitzt, bist du dem inneren Kreis ganz nah«, sagte er. »Da läuft etwas, und zwar weit mehr als das, was wir schon wissen. Und du wirst an ganz zentraler Stelle agieren.« Er sah mir in die Augen.

»Der Widerstand *braucht dich*, Sara!«

»Sara«, sprach mich der Stabschef plötzlich an, »kommen Sie und lernen Sie den militärischen Assistenten und die politischen Berater des Oberbefehlshabers aus dem Außenministerium kennen. Sie sitzen wie wir im achten Stock.«

Ich riss mich zusammen und lächelte Georg freundlich an.

»Natürlich«, sagte ich zu ihm, »du meldest dich also? Lass es dieses Mal nicht so lange dauern!«

Er nickte kurz und machte auf dem Absatz kehrt. Ich folgte dem Stabschef in die andere Richtung.

Papiere, Papiere und noch mehr Papiere.
Dokumente über Dokumente.
Ich muss die ganze Zeit an die kleinen Wichtel in der Weihnachtsausgabe von Donald Duck denken, diese Myriaden von Wichteln, die ganz umtriebig arbeiten, um alle Spielsachen für die Kinder zusammenzubauen und sie dann in den Sack des Weihnachtsmanns zu befördern. Lässt man diesen Film rückwärtslaufen, bekommt man schnell einen Überblick darüber, wie die Demontage des schwedischen Militärs vonstattengegangen ist. Stück für Stück. Stein für Stein. Baustein für Baustein, in etwa so, als würde man abends die Lego-Kreationen der Kinder wieder auseinandernehmen und in die Schublade legen.

Systematisch, um eine fast schon manische Ordnung zu schaffen.
Besser gesagt Unordnung.
Wer sagt, dass wir eine starke Armee brauchen?
Ich sage das, obwohl ich im Grund meines Herzens Pazifist bin.
Aber ich habe den russischen Bären und den amerikanischen Adler von Nahem gesehen, und ich weiß, dass keiner von beiden zum Spielen aufgelegt ist.
Besiegen werden wir sie nie. Aber vielleicht können wir es so teuer wie möglich machen, wenn sie uns angreifen, statt uns in Ruhe zu lassen, nicht nur wirtschaftlich, sondern auch in anderer Hinsicht.
Wie also konnte es zu dieser Demontage kommen?
Man hatte sie von langer Hand geplant.
Ich habe so viele Papiere und Dokumente und so viel geheimes Material, dass ich das ganze Haus damit tapezieren könnte. Trotzdem lässt sich das Ganze auf eine einzige Sache reduzieren.
Einer oder einige haben unser Militär freiwillig auseinandergenommen, während das schwedische Volk vor dem Fernseher gesessen und geschlafen hat.
Diese Personen haben nicht auf eigene Initiative gehandelt.
Sie hatten starke, sorgfältige Auftraggeber.
Der Auftrag, unser Land zu verkaufen, war schwer durchzuführen, doch gleichzeitig so viel einfacher, als man sich hätte vorstellen können.
Ich besitze alle Unterlagen, die es braucht, um exakt nachzuweisen, wie und auf wessen Veranlassung es passiert ist.
Doch das letzte Puzzleteil, der letzte Baustein, fehlt mir noch.
Wohin soll all das führen, und wie hängen die Teile zusammen?
Ich weiß, dass es um sehr viel Geld geht. Um enormes menschliches Leid und zunehmende Instabilität in der Region.
Und keiner weiß, wie man es aufhalten kann.

Kann mir jemand helfen, jemand, der klarer sieht und das versteht? Jemand, der vielleicht sogar versuchen könnte, all das Entsetzliche aufzuhalten?
Wach auf, schwedisches Volk!
Der Adler und der Bär sind da.
Habt ihr Lust, mit ihnen spielen?

—≡ ≣—

Das ganze Wochenende dachte ich über das nach, was passiert war, während ich die hellblaue Bluse von Hand wusch, trocknete und bügelte und Blazer und Rock ausbürstete und zum Lüften auf den Balkon hängte. Der Major und ich hatten die After-Work-Party gemeinsam verlassen und uns auf der Straße voneinander verabschiedet. Er hatte mich leicht verlegen angesehen.

»Ich muss mich für Christers Frau Anna entschuldigen«, sagte er. »Sie wird leicht reizbar, wenn sie trinkt.«

»Sie hat wenigstens den Alkohol als Ausrede«, erwiderte ich.

»Das kann man leider nicht von allen behaupten.«

Der Major lachte.

»Berufskrankheit«, sagte er. »Die Leute können sich nur schwer entspannen, wenn Außenstehende wie die vom Außenministerium dabei sind. Man ist ständig auf der Hut. Bei den Dinnerpartys für die Offiziere ist das anders.«

»Ich verstehe.«

Jetzt stand ich auf dem Balkon und grübelte, während ich Thereses Klamotten aufhängte. Ihre Großzügigkeit im Waschraum hatte ich immer noch nicht ganz verdaut. Es wäre viel einfacher für sie gewesen zu sagen: »Tut mir leid, ich habe kein Make-up dabei«, und die ganze Sache zu vergessen. Dass sie bereit war, ihre Klamotten mit mir zu tauschen – ein ziemlich intimer Moment, den sich viele Frauen kaum mit ihrer besten

Freundin vorstellen können, geschweige denn mit einer Fremden –, und mir ihre Schminksachen geliehen hatte, zeugte von echten Freundinnenqualitäten. Wenn es etwas gab, was ich für Therese tun könnte, würde ich keine Sekunde zögern.

Natürlich konnte es auch bedeuten, dass Therese mit dem Widerstand in Verbindung stand. Was hatte Georg mit seinem kryptischen Kommentar zu einem Film, Berits Rückkehr und *an ganz zentraler Stelle agieren* gemeint? Er schien mich für erheblich besser informiert zu halten, als ich tatsächlich war.

Während ich darüber nachdachte, raschelte es auf dem Balkon nebenan, und eine unserer Nachbarinnen machte sich mit einer Packung Zigaretten und einem Aschenbecher bemerkbar. Ich wusste, dass in der Nachbarwohnung ein lesbisches Paar wohnte, wir waren einander bereits mehrmals im Treppenhaus begegnet, hatten uns aber noch nie vorgestellt. Jetzt trafen sich unsere Blicke, und sie trat ans Balkongeländer und streckte die Hand aus.

»Hallo, Nachbarin«, sagte sie. »Ich heiße Aysha, und die Frau da drinnen, das ist meine Freundin Jossan.«

»Sara«, stellte ich mich vor und schüttelte ihre Hand. »Ich wohne hier mit meiner kleinen Schwester Lina.«

»Willkommen im Haus«, sagte die dunkel gelockte Frau mit den hellgrünen Augen.

Die Balkone lagen so nah beieinander, dass wir hätten hinüberklettern können. Stattdessen zündete sich Aysha eine Zigarette an und reichte mir die Packung.

»Magst du eine?«, fragte sie.

»Nein danke, ich rauche nicht.«

»Gut für dich. Schlechte Angewohnheit.«

Ich lachte.

»Ich war bei der Armee. Da brauchte man eine gute Kondition.«

»Oje«, sagte Aysha, »ich bin Pazifistin.«
Sie sah mich an.
»Du siehst gar nicht so militärisch aus. Ich kenne da ein paar Lesben vom Nytorget, die viel gewalttätiger aussehen als du.«
Ich lächelte ein bisschen. Mir gefiel ihre Art, geradeheraus, ohne dabei aggressiv zu sein.
»Ich bin an der Oberfläche nett und freundlich, darunter verstecke ich meine brutale Seite«, sagte ich.
Aysha nickte nachdenklich.
»Genau wie meine Freundin«, sagte sie. »Das sind die Schlimmsten. Das fühlt sich jedes Mal an, als würde man gegen eine Wand laufen.«
Eine Weile standen wir nur da und sahen in den Innenhof des Hauses hinunter.
»Seit wann wohnt ihr hier?« wollte ich wissen.
»Seit zwei Jahren. Die Eigentümergemeinschaft ist ganz okay, nicht annähernd so schlimm wie in anderen Stadtteilen. Ein paar Freunde aus Gärdet haben mir Schauergeschichten erzählt, bei denen an den Müllschluckern Schilder hingen: *Es ist nicht gestattet, Tretroller oder Bügeleisen in den Müllschlucker zu werfen! Das gilt auch für Tretautos, Bootsmotoren oder ausgediente Haushaltsgeräte! Zuwiderhandlungen werden geahndet!!!*«
Ich lachte.
»Es gibt genug verrückte Menschen, die Hauspolizei spielen, nicht nur in Eigentümergemeinschaften.«
Aysha runzelte wieder die Stirn.
»Was bedeutet ›*geahndet*‹? Das habe ich mich immer schon gefragt.«
Ich zog mein Telefon hervor.
»Wir googeln«, schlug ich vor. »Ich glaube, es heißt so etwas wie ›bestrafen‹.«

»Ich kenne nur ›ahnen‹«, Aysha blies eine Rauchwolke aus, »aber das hat damit wohl nichts zu tun.«

»Hier. Ahnden: strafen, gegen jemanden vorgehen.«

»Alles klar«, sagte Aysha. »Ich gelobe, gegen jedes Bügeleisen und jeden Bootsmotor vorzugehen, der durch unseren Müllschlucker poltert. Vielleicht nehme ich die Sachen sogar mit nach Hause und schaue, ob ich sie reparieren kann, und dann kommen sie an unsere kleine Nussschale draußen beim Sommerhäuschen. Ich bastle gerne.«

»Das mit dem Bootsmotor verstehe ich ja, an der Nussschale«, sagte ich. »Aber das Bügeleisen?«

»Als Anker«, klärte Aysha mich auf.

Ich nickte bedächtig. Wir sahen einander an.

»Komm doch bei Gelegenheit mal auf ein Bier rüber«, lud Aysha mich ein. »Mit deiner Schwester zusammen.«

»Sehr gern.«

Als ich hineinging, fühlte ich mich wieder etwas besser, ungefähr so hatte ich mich auch gefühlt, als der Major mir von meinem neuen Job erzählt hatte. Ein Sonnenstrahl zwischen ansonsten bleischweren Wolken.

Doch dann war das Gefühl auch schon wieder verschwunden.

Für Sonntagabend hatte ich Andreas und Sally zum Essen eingeladen. Seit ich wieder in Stockholm war, hatten sie sich ein paarmal gemeldet, um sich mit mir zu treffen, aber ich gab vor, müde zu sein, und versteckte mich hinter meinen Romanen. Jetzt würden wir uns endlich sehen, und ich freute mich darauf.

Auch Lina wollte dabei sein, und ich hoffte, dass wir sie würden aufmuntern können. Ihre Härte, die sie noch im Sommer an den Tag gelegt hatte, war einer Gleichgültigkeit gewichen, doch weil ich sie so gut kannte, wusste ich, dass sie nicht echt war. Im Gegensatz zu mir hatte sie ihre Trauer tief in sich eingeschlossen, und ich war zu sehr mit meiner Trauer und Flucht vor der Wirklichkeit beschäftigt gewesen, um ihr helfen zu können.

Um Punkt sieben stand Sally im Flur, mit weit aufgerissenen Augen. Hinter ihr erklomm Andreas die letzten Stufen der Treppe.

»Was ist los?«, fragte ich sie, während ich ihr die Jacke abnahm. »Hast du ein Gespenst gesehen?«

»Eine Ratte«, antwortete sie. »Draußen im Park, direkt gegenüber der Haustür!«

»Entspann dich«, beruhigte ich sie. »In Stockholm wimmelt es von Ratten. Ja, tut mir leid, aber so ist es nun mal.«

Andreas kam herein, und wir drei umarmten uns.

»Drei Millionen, habe ich mal irgendwo gelesen«, sagte er freundlich zu Sally. »Man sagt, in Großstädten würden dreimal so viele Ratten wie Menschen leben. Aber in Östermalm ist es am schlimmsten.«

»Und in Sundbyberg«, fügte ich hinzu. »Ich habe einmal das Café von Ratten befreit: Du machst dir keine Vorstellungen.«

»Ich glaube, mir wird schlecht«, stöhnte Sally gequält.

»Wie wird man Ratten los?«, fragte Andreas interessiert.

»Nein, nein, nein, nein, nein!« kreischte Sally und hielt sich die Ohren zu, während sie ins Wohnzimmer ging. »Hört sofort auf, alle beide, sonst gehe ich!«

Andreas sah mich verwundert an.

»Rattenphobie«, flüsterte ich und deutete in Sallys Richtung. »Ein Überbleibsel aus der Kindheit.«

Ich hatte gekocht, den Tisch in der Küche so hübsch wie möglich gedeckt, und jetzt öffnete ich eine Flasche Wein. Lina hatte sich nicht gemeldet, also fingen wir ohne sie an.

»Zum Wohl. Auf euch. Danke, dass ihr mir so großartig durch diesen schrecklichen Sommer geholfen habt«, sagte ich.

Wir stießen an, und während wir tranken, betrachtete ich meine Freunde.

Andreas, leicht hinkend, mit seinem rötlichen Haar und seiner schmutzigen Brille.

Sally, mollig und selbstsicher, mit leuchtenden blaugrünen Katzenaugen, umrahmt mit schwarzem Kajal.

Plötzlich spürte ich, wie unendlich gern ich sie hatte.

»Wo ist Lina?«, fragte Andreas und stellte sein Glas ab.

»Sie kommt«, sagte ich. »Hoffe ich jedenfalls. Ich habe ihr gesagt, dass wir um sieben anfangen wollen.«

Sally sah mich an, sagte aber nichts.

Ich spürte einen Kloß im Hals. Die kleine Stimme in meinem Kopf protestierte vehement, aber ich fand, ich könne es genauso gut gleich hinter mich bringen.

»Hört zu«, sagte ich. »Ich habe nachgedacht. Letztes Jahr haben wir Kalle Blomquist gespielt, was fürchterlich schiefgegangen ist. Ich übernehme die volle Verantwortung dafür. Aber jetzt muss ich euch etwas fragen.«

»Schieß los«, sagte Andreas.

»Ich glaube, das alles hatte mit nicht verarbeiteten Emotionen nach dem Tod meines Vaters zu tun. Sicher, es sind ein paar merkwürdige Dinge vorgefallen, das stimmt. Aber alles zusammen hat wahrscheinlich zu diesen Hirngespinsten geführt.«

»Hirngespinsten«, wiederholte Andreas neutral.

»Wie meinst du das?«, fragte Sally.

Verrückt, verrückt, verrückt.

Ich fasste all meinen Mut zusammen.

»Vieles kann ich nicht erklären«, sagte ich. »Gleichzeitig finde ich nirgendwo auch nur einen dieser Zettel mit BSV darauf, und das müsste ich doch, wenn es das Siegel tatsächlich gegeben hätte?«

Sally und Andreas sahen erst einander und dann mich an.

Beide sagten nichts.

»Ich bin mir einfach nicht mehr sicher«, fuhr ich fort. »Wer war Bella? War sie real? Manchmal frage ich mich sogar, ob es Johan tatsächlich gegeben hat.«

Die Stille breitete sich zwischen uns aus, und ich stellte fest, dass mir Tränen die Wangen herabliefen.

Schließlich räusperte sich Sally.

»Weißt du, Süße, ich wünschte, ich könnte sagen, dass du recht hast. Aber ich habe das Siegel gesehen. Und Andreas auch. Dass die Zettel aus deinen Schubladen verschwunden sind, bedeutet nicht, dass es sie nicht gegeben hat.«

»Eher im Gegenteil«, fügte Andreas hinzu.

»Und ich habe Bella kennengelernt«, sagte Sally. »Sie war wunderbar. Genau wie Johan.«

Andreas sagte: »Wenn du das wirklich denkst, macht mir mehr Sorgen, dass es ihnen offensichtlich gelungen ist, in deinen Kopf einzudringen. Sie machen deine Realitätswahrnehmung platt, und das war die ganze Zeit ihr Ziel.«

»Aber wer sind ›sie‹?«, antwortete ich. »Versteht ihr nicht? *Wer* treibt Spielchen mit meinem Kopf? Ich bin wirklich froh, dass ihr auf meiner Seite seid, aber über wen sprechen wir hier eigentlich? Versteht ihr nicht, dass ein Hirngespinst die viel logischere Erklärung ist?«

»Ein Hirngespinst bei uns allen?«, sagte Sally trocken. »Denn Andreas und ich sind beinahe genauso in die Sache verstrickt wie du, und wir wissen, dass all das tatsächlich passiert ist.«

»Komm schon, Sara«, sagte Andreas, »du weißt das auch.«

In dieser Sekunde löste sich etwas in mir, und alle Dämme brachen. Diese kleine Blase aus Hoffnung, die ich rund um die Theorie aufgebaut hatte, dass ich mir alles einbildete und das Leben ganz ohne BSV weiterging, was mir eine normale Zukunft ermöglicht hätte, zerplatzte.

Ich weinte so heftig, dass ich mich setzen musste. Sally ließ sich neben mir auf der Couch nieder und legte den Arm um mich, Andreas saß auf der anderen Seite und tätschelte mir unbeholfen die Hand.

»Ich kann nicht mehr ...«, brachte ich zwischen den Schluchzern hervor. »Ich kann einfach nicht mehr!«

»Natürlich kannst du!«, sagte Sally. »Denk daran, was dein Vater gesagt hat: ›Sara, du bist stark wie ein Bär.‹«

»Er hat mich verlassen. *Alle* verlassen mich.«

»Wir nicht«, widersprach Andreas. »Wir sitzen hier! Das Wenigste, was du tun kannst, ist, an uns zu glauben, oder?«

Er hatte recht. Und ich glaubte an sie, an alle beide.

Ich trocknete meine Tränen und erzählte, was im Kaufhaus und bei der After-Work-Party passiert war.

»Clever«, sagte Andreas mit Bewunderung in der Stimme. »Man muss trotzdem seinen Hut ziehen vor so viel Durchtriebenheit.«

»Erzähl uns noch mal, was dieser Georg gesagt hat«, forderte Sally mich auf. »Ich schreibe es auf.«

Plötzlich war ein Schlüssel in der Wohnungstür zu hören. Es war Lina.

Sie betrat das Zimmer und blieb mitten im Raum stehen, während sie die Schultertasche ablegte. Sie sagte nichts, starrte uns drei nur an: Sally, die ihren Arm um mich gelegt hatte, Andreas, der meine Hand tätschelte, und ich, mit rot geweinten Augen, umgeben von lauter Rotzfahnen aus Toilettenpapier.

Und wir sahen sie an. Lina hatte einen kurzen schwarzen Rock und graue Uggs an, trug eine schwarze Lederjacke und etwas zu viel Mascara, dazu ein Glitzer-Shirt und einen Ausdruck in den Augen, den ich nicht zu deuten wusste.

Was war bloß aus meiner pferdenärrischen, warmherzigen und fürsorglichen kleinen Schwester geworden?

Und wer war dieses defensive, harte und gefühllose Mädchen, das an ihre Stelle getreten war?

»Sorry, dass ich zu spät bin«, sagte Lina, nahm ein Glas aus dem Schrank und füllte es mit Wein.

Sie trank ihn in tiefen Schlucken. Dann sah sie uns drei mit ausdrucksloser Miene an.

»Okay«, sagte sie und wischte sich den Mund mit dem Handrücken ab. »Wann essen wir?«

— ❦ —

Weil ich Lina nicht erzählt hatte, was wir erlebt hatten, konnten wir beim Essen nicht offen reden. Es war mein Fehler: Ich hätte Lina von Anfang an einweihen sollen. Doch im letzten Herbst, als Mama und sie allein im Haus in Örebro wohnten und Einbrüche und Graffitischmierereien aushalten mussten, wollte ich sie nicht verängstigen. Und dann hatten sich die Ereignisse im Frühjahr überschlagen – Mamas Zusammenbruch, Salomes Tod, Johans Tod, Linas Schulabschluss und schließlich Mamas Tod –, sodass ich keine Gelegenheit hatte, das Thema anzusprechen.

Jetzt musste ich einsehen, dass ich den Moment verpasst hatte. Wie sollte ich Lina jetzt, mit der Haltung, die sie mir gegenüber zeigte, erklären, dass sie die ganze Zeit in Gefahr gewesen war, ich ihr aber nie davon erzählt hatte? Dass diese Bedrohung unseren Eltern und Salome das Leben gekostet hatte? Unmöglich.

Also sprachen wir über belangloses Zeug, über die Uni, über unsere Arbeit und über Filme, die wir gesehen hatten. Hin und wieder spürte ich Sallys und Andreas' Blicke auf mir. Sie wirkten verwundert und unruhig, als ob sie nicht richtig verstünden, was hier vor sich ging und welche Rolle sie dabei spielten. Aber zu diesem Punkt konnte ich nichts sagen, auch nichts Beruhigendes. Ich wusste genauso wenig wie sie.

Gegen zehn gähnte Lina ausgiebig und sagte, sie würde schlafen gehen. Sie machte keine Anstalten zu helfen, räumte nicht einmal ihren Teller ab. Nach ein paar Minuten im Bad ging sie in ihr Zimmer und schlug die Tür geräuschvoll zu.

Sally nickte in ihre Richtung. »Sie ist wütend«, sagte sie leise. »Auf wen? Und warum?«

»Ich weiß es nicht«, antwortete ich. »Auf mich wahrscheinlich. Ich habe ihr die Wahrheit nicht erzählt, vielleicht spürt sie das.«

»Das glaube ich nicht«, sagte Andreas. »Sie ist gerade auf alles und jeden wütend. Auf das Leben, das sich derzeit nicht von seiner besten Seite zeigt. Oder auf dich. Schwer zu sagen, wie man ihr helfen könnte. Lass ihr noch ein wenig Zeit.«

Wir räumten den Tisch ab und zogen ins Wohnzimmer um, weil es nicht so nah an Linas Zimmer war wie die Küche. Dort ließen wir uns um den Tisch nieder und zündeten eine Kerze an.

»Ich habe über eine Sache nachgedacht«, sagte Andreas. »Dein Vater muss ihnen gesagt haben, dass du besitzt, was sie haben wollen. Sonst würden sie dich nicht so verfolgen.«

»Er hätte mich niemals absichtlich in diesen Mist hineingezogen.«

»Möglich«, räumte Andreas ein. »Aber genau das hat er getan.«

Ich schüttelte den Kopf.

»Ihr wollt, dass ich akzeptiere, dass eine Menge unerklärliche Dinge in meinem Leben passiert sind. Gehen wir mal davon aus, dass es BSV tatsächlich gibt und sie aus einem Grund, den ich nicht verstehe, hinter mir her sind. *Warum sollten sie dann jetzt damit aufgehört haben?* Warum diese lange Pause im Sommer? Rücksichtnahme ist nicht gerade ihre Stärke. Trotzdem haben sie Lina und mir nach Mamas Tod die Chance gegeben, wieder auf die Beine zu kommen. Ist das aus deren Sicht nicht kontraproduktiv?«

»Könnte man meinen«, sagte Sally. »Oder sie brauchen dich in Bestform, um das zu bekommen, was sie haben wollen.«

»Du weißt ja auch nicht, ob sie sich in der Zwischenzeit an Lina herangemacht haben«, sagte Andreas.

Der Gedanke war mir noch gar nicht gekommen.

»Übrigens: schöne Grüße von Torbjörn«, wechselte Andreas das Thema. »Tobbe. Mein Kontakt bei der Polizei. Er hat gefragt, wie es dir geht, und meinte, das Angebot mit der neuen Identität steht noch.«

»Das kann er sich sonst wohin stecken«, sagte ich. »Als ob er sich besonders bemüht hätte, als wir uns getroffen haben.«

Ich schüttelte den Kopf.

»Glaubt ihr, dass sie sich an Lina rangemacht haben?«

Wir sahen uns an.

»Glaube ich nicht«, sagte Sally. »Sie ist nur einfach gerade sehr verstört.«

»Denk dran, dass sie erst neunzehn ist. Ihre ganze Welt ist zusammengebrochen«, sagte Andreas. »Bekommt sie Hilfe?«

»Sie geht zweimal pro Woche zu einem Therapeuten. Aber sie weigert sich, mit mir darüber zu sprechen. Ich darf den Therapeuten nicht mal anrufen. Lina ist ja volljährig.«

»Gehst du zu einem Therapeuten?«, fragte Sally.

Ich verneinte.

»Von Therapien habe ich seit der Sache mit Tobias erst mal genug. Nie wieder könnte ich einem Therapeuten vertrauen.«

»Tobias«, sagte Sally und schüttelte den Kopf. »Ab jetzt auch *der NK-Mann*.«

Wir schwiegen eine Weile.

»Was machen wir jetzt?«, fragte Andreas. »Außer das Leben zu genießen, meine ich?«

»Ich werde versuchen, an Lina heranzukommen«, sagte Sally. »Wenn das für dich in Ordnung ist, Sara. Ich könnte mit ihr essen gehen und versuchen, ein wenig zu reden. Was meinst du?«

»Gern«, sagte ich. »Lina braucht jede Unterstützung, die sie kriegen kann.«

»Du auch«, sagte Andreas. »Was BSV betrifft: Ich glaube keine Sekunde, dass sie aufgegeben haben. Sie warten auf den richtigen Augenblick. Und das sollten wir auch tun. Währenddessen befassen wir uns mit dem Material, das wir haben, und versuchen, es uns zwischendurch so angenehm wie möglich zu machen, damit wir nicht verrückt werden. Wir sollten ausgehen und es ordentlich krachen lassen!«

Sally und ich starrten ihn an. Das war ein so ungewöhnlicher Vorschlag von Andreas, dass wir beide in Lachen ausbrachen.

»Hört, hört!«, sagte Sally.

»Was denn?«, sagte Andreas. »Wir können doch nicht wie die Hühner auf der Stange sitzen und darauf warten, abgeknallt zu werden.«

Ich seufzte schwer. Es klang beinahe wie ein Knurren.

»Ich will, dass sie aus ihren Löchern kriechen und ihre hässlichen Fratzen zeigen«, sagte ich. »Oder wenigstens ein Lebenszeichen von sich geben. Das Warten ist fast schlimmer, als wenn es richtig zur Sache geht.«

»Du hast doch gerade erst im NK eine Dosis gehabt«, sagte Andreas. »Wenn das kein Lebenszeichen war ...«

»Ja, da hast du wohl recht.«

Andreas sah mich an.

»Ich sollte das eigentlich nicht sagen, aber wir haben keine Geheimnisse voreinander. Die andere Sache, über die ich die ganze Zeit nachdenken muss, ist: *Warum bist du immer noch am Leben?*«

Sally und ich starrten ihn an. Keiner sagte etwas.

»Und wir auch!« Andreas sah Sally an. »Was wollen sie von uns?«

»Wenn ich etwas zu bieten hätte, ließe sich das leichter erklären«, stimmte Sally zu.

Andreas wühlte in seiner Tasche. »Hast du nicht gesagt, deine Mutter hätte BSV mit der italienischen Mafia verglichen?«, fragte er mich.

»Ja, stimmt«

Andreas legte einen Artikel auf den Tisch.

»Hört zu«, sagte er. »Das hier stammt aus *TT/Svenska Dagbladet* und handelt von der 'Ndrangheta, der Mafia, die ganz unten in der Stiefelspitze von Italien tätig ist. Soll ich es vorlesen?«

»Leg los«, sagte Sally.

»›*Die 'Ndrangheta, die ihre Basis in Süditalien hat, setzte 2013 rund 472 Milliarden Kronen um*‹«, las Andreas. »›*Demoskopia schätzt, dass 215 Milliarden aus dem Drogenhandel stammen und 175 Milliarden aus der illegalen Abfallwirtschaft. Ein etwas kleinerer Betrag – 26 Milliarden Kronen – kommt aus Erpressungen und Wucherzinsen auf Kredite. Waffenhandel, Prostitution, Markenfälschungen und Menschenhandel brachten zusammen 9 Milliarden Kronen ein. Man geht davon aus, dass die 'Ndrangheta weltweit rund 60 000 Personen beschäftigt, mit rund 400 Schlüsselpersonen in 28 Ländern. Die Organisation weist eine strenge Klanstruktur auf, ihre Wurzeln reichen bis in das frühe 15. Jahrhundert.*‹«

Lose Erinnerungsfetzen tauchten in meinem Kopf auf. Björn, auf dem Bahnsteig, als wir uns zum letzten Mal sahen: »*Dass es um viel geht, ist ja nicht zu übersehen*«, hatte er gesagt.

»*Aber woher und in welcher Form? Da komme ich nicht weiter. Ich wollte dich einfach nur warnen und dir sagen, dass du vorsichtig sein sollst* ...«

»Skarabäus. Kodiak. Charolais«, zählte ich mechanisch auf.

»Warte, nicht so schnell«, unterbrach uns Sally fassungslos. »*472 Milliarden Kronen? Wurzeln bis in das frühe 15. Jahrhundert?*«

»Ola war nur ein kleines Licht«, sagte ich.

Andreas wühlte weiter in seinen Artikeln und las uns Bruchstücke daraus vor.

»Aus Svenska Yle: ›Das organisierte Verbrechen in der EU setzt jährlich bis zu 110 Milliarden Euro um. Meist stammen die Gelder aus dem Drogenhandel.‹ ... Aus Säkerhetspolitik.se: ›Das organisierte Verbrechen setzt jedes Jahr Hunderte Millionen Kronen um – allein in Schweden ... Geld, Mobbing, Bedrohungen und Gewalt können manchmal Beamte dazu bringen, wichtige Informationen preiszugeben, was die Arbeiten der Behörden erschwert. Schikanen, Bedrohungen und Gewalt gegen Politiker, Journalisten und andere Vertreter einer offenen Gesellschaft können so langfristig die Demokratie bedrohen ... Ein Bericht der UN gab an, dass jeden Tag über 140 000 Opfer von Menschenhandel sexuell misshandelt werden. Es gibt keine Anzeichen dafür, dass die Aktivitäten weniger werden, und die Gewinne sind so hoch, dass Menschenhandel häufig mit dem internationalen Drogen- und Waffenschmuggel verglichen wird ... Die Mehrheit der Menschen, die illegal nach Schweden gebracht werden, um dort ausgenutzt zu werden, landet in der Prostitution, aber viele werden auch als billige Arbeitskräfte zum Beispiel in der Baubranche oder in der Gastronomie ausgenutzt oder müssen betteln gehen.‹«

Er sah uns an.

»Das ist wirklich heftig«, sagte er. »Hier von Åklagare.se: ›Der weltweite Umsatz des organisierten Verbrechens wird auf 500 bis 1 500 Milliarden Dollar pro Jahr geschätzt. Allein der Drogenhandel macht ca. 200–400 Milliarden Dollar aus, er ist laut zahlreichen Berechnungen das zweitgrößte ›Gewerbe‹ der Welt nach dem Waffenhandel. Größer als Schwedens Bruttonationalprodukt und größer als die Automobil- und Ölindustrie.‹«

Schweigend saßen wir da.

»Was pflegte dein Vater noch mal zu sagen, Sara?«, sagte Andreas und warf die Artikel auf den Tisch. »*Follow the money?*«

⇉ ⇇

Am Montag saß ich bei der Arbeit an meinem Schreibtisch und steckte Papiere in grüne Umschläge, als ich plötzlich einen Anruf von meiner Bankberaterin bei der SEB erhielt. Sally hatte mir bei allen Transaktionen geholfen, seit Mama gestorben war, doch sie hatte auch darauf bestanden, dass ich eine eigene Bankberaterin bekam.

»Damit du es nicht auf mich schieben kannst, wenn etwas schiefgehen sollte«, sagte Sally und lachte auf.

Also hatte ich, seit ich im Hauptquartier arbeitete, angefangen, die SEB-Filiale am Karlaplan zu nutzen, die einfacher zu erreichen war als die Filiale in den Söderhallen, in der Sally arbeitete. Meine Bankberaterin hieß Lotta, eine fröhliche, nette Frau in den Dreißigern. Und diese rief mich nun an.

»Wie geht es Ihnen«, fragte Lotta.

»Danke, gut.«

»Unglaublich, dass sie ihn verhaftet haben, oder?«, sagte Lotta. »Ich hatte mich schon gefragt, ob das wirklich irgendwann passieren würde!«

Der »Kulturschaffende«, Jean-Claude Arnault, war an diesem Tag wegen des Verdachts der Vergewaltigung festgenommen worden.

»Ich auch«, sagte ich. »Hoffen wir, dass er in Haft bleibt.«

»Was für ein Mensch!«, sagte Lotta aufgebracht. »Entschuldigen Sie, dass ich mich so aufrege, aber das Thema beschäftigt mich sehr.«

»Mich auch.«

Wir plauderten eine Weile, und ich begann mich zu fragen, was Lotta wollte – sie hatte ja wohl nicht nur angerufen, um über Arnault zu sprechen.

»Ich wollte fragen, ob Sie heute nach der Arbeit hier vorbeikommen können«, sagte Lotta. »Ich würde gerne eine Sache mit Ihnen besprechen. Wir haben bis 17 Uhr geöffnet. Schaffen Sie das?«

»Wenn ich kurz vor fünf kommen darf und wir es schnell machen«, antwortete ich.

»Das können wir«, sagte Lotta.

Um fünf vor fünf saß ich Lotta an ihrem Schreibtisch gegenüber. Sie war ein sportlicher Typ, mit blondem Pferdeschwanz und roten Wangen, und sie sah aus, als käme sie gerade von der Piste. Ich wusste immer noch nicht, was sie wollte.

Jetzt kam sie direkt zur Sache.

»Ich wurde Ihnen als Bankberaterin von Ihrer Freundin Sally empfohlen, die bei der SEB in den Söderhallen arbeitet«, sagte Lotta.

»Stimmt«, sagte ich. »Sally fand, es sei wichtig, dass ich einen unabhängigen Ansprechpartner bei der Bank habe, weil sie und ich Freundinnen sind.«

Lotta nickte nachdenklich.

»Waren Sie mit Sallys Anlagestrategien zufrieden? Haben Sie Fragen zu ihrer Arbeit, ihrer Fondsauswahl oder etwas anderem?«

Ich zuckte mit den Achseln.

»Ehrlich gesagt habe ich mich nicht damit beschäftigt. Ich bekomme meine Kontoauszüge und finde, sie sehen gut aus.«

»Bei der Zusammenarbeit zwischen Ihnen und Sally gab es also keine Ungereimtheiten?«, fragte Lotta.

»Ungereimtheiten?«, sagte ich. »Was meinen Sie? Ich vertraue Sally. Warum fragen Sie?«

»Kein besonderer Grund«, sagte Lotta freundlich. »Ich wollte nur sichergehen, dass Sie sich wohlfühlen, das gehört zu den Richtlinien unserer Bank.«

Fünf Minuten später ging ich hinunter zur U-Bahn.

Unstimmigkeiten? Richtlinien? Was meinte Lotta?

All das hätte sie mich ja auch am Telefon fragen können, dann hätte ich nicht schon vor fünf Uhr in aller Eile von meinem Schreibtisch aufbrechen müssen. Auf dem Weg nach Södermalm grübelte ich weiter, aber ich verstand es einfach nicht.

Als ich zur Kreuzung Bondegatan und Nytorgsgatan kam, saß die Obdachlose in ihrer üblichen Ecke.

──⇛⇐──

»Be careful what you wish for, you might get it«, heißt es.

Das ist unzweifelhaft wahr.

Zwei Tage später kam ich um sechs Uhr von der Arbeit nach Hause. Wie üblich war Lina nicht da, und wie üblich hatte ich keine Ahnung, wo sie war. Ich hatte sie nachmittags per SMS gefragt, ob sie abends mit mir essen wollte, und falls ja, worauf sie Lust hatte. Aber sie hatte nicht geantwortet. Also hatte ich mir eine Pizza besorgt, die ich vor dem Fernseher essen würde.

Stefan Löfven war am Dienstag als Staatsminister vom Reichstag abgewählt worden, was praktisch bedeutete, dass wir jetzt nur noch eine »Übergangsregierung« hatten. Das wiederum bedeutete, dass die aktuelle Regierung, die nur agieren sollte, bis wir eine neue Regierung hatten, keine Unterstützung im Reichstag hatte und daher auch nur in begrenztem Umfang Entscheidungen treffen konnte.

Ich verstand nicht genau, was dies für Folgen haben würde, doch im Hauptquartier war die Stimmung alles andere als positiv.

»Ein Schiff ohne Kapitän«, zischte der Major, als wir uns in der Kantine begegneten und ich ihn fragte, was er von der politischen Lage in Schweden hielt.

Jetzt balancierte ich Pizza und Tasche mit einer Hand, während ich die Tür aufschloss, und als ich sie öffnete, kam Simåns heraus und strich mir um die Beine.

»Kleiner Liebling«, murmelte ich, stellte die Sachen ab und nahm ihn auf den Arm. »Auf dich kann man sich immer verlassen.«

Auf dem Teppich im Flur lag die Post: eine Mischung aus Rechnungen, Reklame und diversen anderen Sendungen. Mitten im Stapel fand ich einen etwas dickeren Umschlag. Mein Name stand mit schwarzer Tinte geschrieben auf der Vorderseite, und ich erkannte die Handschrift, obwohl kein Absender angegeben war. Mein Herz schlug schneller, während ich den Umschlag aufriss und einen drei Seiten langen, handgeschriebenen Brief herauszog, der mit ›*Meine geliebte Sara*‹ begann. Sofort suchte ich auf der letzten Seite nach dem Namen des Absenders.

›*Mit all meiner Liebe*‹, stand da. ›*Johan*‹.

Ich ging ins Wohnzimmer und sank auf die Couch, den Brief immer noch in der Hand. Dieses bekannte, unangenehme Gefühl, der Raum würde sich ein bisschen um mich drehen, stellte sich ein. Ohne dass ich es so recht mitbekam, hatte ich das Telefon in der anderen Hand und Sally am Ohr.

»Was ist los?«, fragte sie.

»Kannst du herkommen?«, flüsterte ich schwach. »Ich habe einen Brief von Johan bekommen.«

Am anderen Ende blieb es ein paar Sekunden lang still.

»Ich komme sofort«, sagte Sally dann und legte auf.

Es fühlte sich an, als wären nur ein paar Minuten vergangen, als ich das Klingeln vernahm. Gleichzeitig bemerkte ich, dass es vor dem Fenster dunkler geworden war und ich hämmernde

Kopfschmerzen bekommen hatte. Es klingelte erneut, und ich stand auf und ließ Sally herein. Sie war nicht geschminkt und hatte ihre Haare zu einem nachlässigen Knoten auf dem Kopf zusammengeschlungen. Wir setzten uns auf die Couch.

»Hast du ihn gelesen?«, fragte Sally und deutete auf den Brief. Ich schüttelte den Kopf.

»Darf ich ihn sehen?« Sie nahm ihn mir aus der Hand. Dann sah sie sich den Umschlag an.

»Er wurde vor wenigen Tagen abgestempelt«, sagte sie. Dann glättete sie die Seiten und begann, ihn vorzulesen.

»*Meine geliebte Sara. Ich weiß nicht, wie ich Dir das sagen soll, daher schreibe ich es auf. Ich mache mir Sorgen um Dich und weiß nicht, wie ich mich ausdrücken soll. Gestern habe ich Dich auf dem Nytorget gesehen, ohne dass Du mich entdeckt hast. Zuerst wollte ich zu Dir laufen, doch dann hielt ich mich zurück. Ich wollte nicht, dass Du Dich überbehütet fühlst und sauer wirst. Aber ich muss meine Unruhe zum Ausdruck bringen* ...«

Sie sah mich an und verzog das Gesicht. Dann schüttelte sie den Kopf.

»*Ich weiß nicht, wer hinter Dir her ist*«, fuhr sie fort, »*aber ich werde jeden Stein umdrehen, den ich finden kann. Irgendwo in meinem Hinterkopf erinnere ich mich an etwas aus meiner Jägerausbildung und die Vorlesung, die Bertil und Dein Vater in Karlsborg gehalten haben – ich bekomme es noch nicht zu fassen, aber da ist etwas, was nicht stimmt oder was ich vergessen habe* ...«

Sally brauchte eine Weile, um Johans Brief ganz vorzulesen. Als sie fertig war, faltete sie ihn zusammen und steckte die Blätter zurück in den Umschlag. Dann sah sie mich an.

»Tja, was sagt man dazu?«, sagte sie.»Was glaubst du, wann er den geschrieben hat?«

Ich lachte. Es klang jedoch nicht wie ein Lachen, sondern viel mehr wie ein Krächzen.

»Auf jeden Fall nicht vor ein paar Tagen«, sagte ich. »Sally: *Lebt er noch?* Oder wollen die mich fertigmachen?«

»Sie wollen dich fertigmachen«, sagte Sally bestimmt. »Wir beide haben seinen toten Körper gesehen, erinnerst du dich nicht? Ich war mit dir im Krankenhaus, als du dich verabschieden wolltest.«

Mein Kopf schien zu zerbersten, und schwarze Flecken tanzten vor meinen Augen. Panik stieg in mir auf.

»Und wenn jemand anders da gelegen hat?«, fragte ich. »Jemand, der Johan sehr ähnlich sah?«

»Es *war* Johan«, sagte Sally. Merkst du nicht, was sie tun? Sie versuchen, in deinen Kopf einzudringen und deine Realitätswahrnehmung zu verändern. Sie wollen, dass du alles anzweifelst.«

»Er hat geschrieben, dass er mich auf dem Nytorget gesehen hat«, sagte ich, und ich konnte selbst hören, wie meine Zähne klapperten. »Ich bin erst im Sommer hergezogen, und da war Johan bereits tot.«

Sally zuckte mit den Schultern.

»Du warst auch im Frühjahr auf dem Nytorget, obwohl du nicht hier gewohnt hast. Stimmt's?

Es stimmte. Ich war mehrmals hier gewesen, in Cafés und in Secondhandläden.

»Oder jemand hat den Brief geschrieben, der sehr gut Handschriften imitieren kann, damit du genau das denkst: *Lebt er noch oder nicht?* Das ist verdammt effektiv. Aber eines ist sicher: *Johan ist tot*, und daran kann niemand etwas ändern. Was immer sie dich glauben machen wollen.«

In diesem Moment steckte Lina den Schlüssel in die Tür, und wir erschraken beide. Sie kam ins Wohnzimmer und sah uns an, während sie die Jacke auszog und die Schlüssel in die Schale auf der Kommode legte.

»Ah, was macht ihr zwei Spaßvögel denn hier?«

Da konnte ich mich nicht mehr beherrschen. Ich riss den Umschlag an mich und wedelte mit ihm herum.

»Ich habe einen Brief von Johan bekommen«, schrie ich.

»*Heute Abend!* Das ist es, womit wir zwei Spaßvögel uns beschäftigen. Und du? Ich habe den ganzen Tag versucht, dich zu erreichen, aber du hattest wohl keine Lust zu antworten!«

Lina sagte nichts. Sie starrte den Brief an. Dann kam sie auf mich zu, nahm mir den Brief ab und las ihn. Mehrere Minuten lang sagte keiner von uns ein Wort. Dann sah Lina mich an.

»Du spinnst doch«, sagte sie. »Den musst du im Frühjahr bekommen haben.«

»Lag heute Abend im Flur«, sagte ich. »Als ich nach Hause kam.«

»Sieh dir den Poststempel an, dann siehst du es«, sagte Sally zu Lina. »Auf dem Umschlag.«

Lina sah hin. Dann warf sie den Brief auf den Couchtisch.

»Jemand hat ihn irgendwo gefunden, er hat wahrscheinlich vergessen, ihn einzuwerfen. Da haben sie ihn jetzt in den Kasten geworfen, um nett zu sein. Was denn: Hast du etwa geglaubt, *dass er noch lebt?*«

Sie gab einen merkwürdigen, schnaubenden Laut von sich und sah mich dann mit schwarzen Augen an.

»Alle um uns herum sterben«, sagte sie. »Ist dir das noch nicht aufgefallen?«

Dann ging sie in ihr Zimmer und schlug die Tür zu.

Sally und ich sahen einander an.

»Kann keiner behaupten, sie hätte nicht recht«, sagte Sally trocken.

Sie nahm den Brief wieder an sich und las ihn stirnrunzelnd. Schließlich sah sie auf.

»Wer ist dieser Bertil?«, fragte sie. »Ist das dieser ältere Typ von McKinsey?«

»Ich glaube schon«, antwortete ich. »Das ist jedenfalls der einzige Bertil, über den Johan und ich je gesprochen haben.«

Sally sah nachdenklich aus.

»Also Bertil von McKinsey hatte mit deinem Vater zu tun, als der in Karlsborg Vorlesungen hielt?«, fragte sie. »Das bedeutet, dass sie sich gekannt haben müssen. Wusstest du das?«

Ich starrte sie an. Dann schüttelte ich den Kopf.

Diese Information war mir völlig neu.

2. KAPITEL

Johans Brief und die Information, dass Bertil mit Papa Vorlesungen gehalten hatte, zog mich zwar herunter, spornte mich aber gleichzeitig auch an. Die Trauer rieb mich immer wieder auf, Lina hatte sie mit dem Bild beschrieben, »Schorf von einer Wunde zu kratzen«. Doch darunter flackerte die alte Wut wieder auf. Im Gegensatz zum letzten Herbst, als »Papa« mich angerufen hatte und ich ihn durch den Tunnel bis zur Olof Palmes Gata verfolgt hatte, hatten sie dieses Mal keinen Erfolg gehabt. Ich glaubte nicht, dass Johan noch lebte. Andreas und Sally hatten recht: Wer auch immer »sie« waren, sie gaben sich jedenfalls große Mühe, mich psychisch aus dem Gleichgewicht zu bringen. Doch das würde ihnen nicht gelingen.

Sally war bis spät in die Nacht geblieben, und am nächsten Abend schaute Andreas vorbei. Meine letzte Woche in der Poststelle begann, und es war mir egal, ob ich durch die nächtlichen Gespräche völlig übermüdet sein würde. Lina war bereits ins Bett gegangen. Andreas las den Brief mehrmals durch und legte ihn dann zur Seite.

»Steht da irgendwas drin, was nur Johan wissen konnte?«, fragte er.

»Quasi alles«, sagte ich. »Wenn er Salome und den Stall erwähnt, die Kosenamen, wenn er sich auf Gespräche bezieht, die wir geführt haben. Aber wann hat er das geschrieben?«

»Wahrscheinlich kurz vor seinem Tod«, sagte Andreas. »Er kann jemanden gebeten haben, ihn einzuwerfen, und dann hat diese Person ihn stattdessen eingesteckt.«

»Oder sie haben Beziehungen bei der Post. Sie stecken doch überall drin, warum nicht auch dort?«

»Und Bertil?«, fragte Andreas. »Wir müssen ihn überprüfen.«

»Auf jeden Fall«, sagte ich.

Andreas nickte und machte sich Notizen.

»Offenbar ist die Sommerpause vorbei«, stellte ich fest. »Es war wohl nur die Ruhe vor dem Sturm.«

Eine Weile schwiegen wir. Andreas starrte vor sich hin.

»Eigentlich wäre es nur logisch«, sagte er dann, »wenn sie Sally und mich beseitigen würden. Dann wärst du viel kooperativer.«

»Hast du Angst?«, fragte ich.

»Natürlich habe ich Angst«, antwortete Andreas. »Das heißt, eigentlich bin ich eher sauer. Das ist gut für uns und schlecht für sie.«

»Und Sally?«

Er lächelte.

»Du weißt ja, wie Sally ist. Eine verdammte Hornisse.«

»Ich könnte ganz viel dazu sagen, dass ihr vorsichtig sein müsst. Aber das sind leere Worte. Wenn sie es auf euch abgesehen haben, dann kommen sie auch an euch ran, egal, wie sehr wir versuchen, uns zu schützen.«

»Genau das denken Sally und ich auch«, sagte Andreas. »Also bewegen wir uns lieber frei, als teure *Türschlösser und -riegel* zu montieren, die doch sowieso nichts bringen. Sie wollen, dass wir leben, sonst hätten sie sich uns längst geschnappt. Wir sind irgendwie so was wie nützliche Idioten für sie. Aber warum?«

Ich hatte keine Ahnung.

»Wir müssen herausfinden, was sie wollen«, sagte Andreas. »Wir haben uns zu sehr auf ihre Taten konzentriert und zu wenig auf das Motiv, das dahintersteckt.«

Er zückte seinen Stift.

»Alles beginnt mit deinem Vater. Er wurde zu Tode gefoltert. Du wurdest von Fabian vergewaltigt, im Auftrag eines unbekannten Feindes. Dein Vater hat sich danach verändert.«

»Er war kaum wiederzuerkennen. Vorher lebensfroh und offen, dann in sich gekehrt, still und seltsam.«

»Bei der Vergewaltigung ging es nicht wirklich um dich. Es war nur eine Botschaft an deinen Vater«, sagte Andreas. »Eine Warnung: *Sieh mal, was wir mit deiner Familie machen, wenn du nicht gehorchst.*«

»Papa hat nicht gehorcht«, antwortete ich. »Er war nie gehorsam. Das war sein größtes Problem. Und jetzt ist seine Ungehorsamkeit zu unserem größten Problem geworden.«

»Ein Hoch auf Papa«, sagte Andreas. »Ich liebe ungehorsame Menschen.«

Wieder schwiegen wir.

»Das Problem ist nur: Wenn man ungehorsam ist, muss man einen Plan B haben. Ich glaube nicht, dass Papa überhaupt einen Plan hatte. Er reagierte heftig auf alle Arten von Übergriffen und Fehltritten, doch er hat sich nicht um einen Ausweg gekümmert für den Fall, dass er auf Widerstand stoßen würde.«

»Was offensichtlich passiert ist«, sagte Andreas. »Aber warum war sein Ungehorsam für BSV so bedrohlich, dass sie ihn zu Tode gefoltert haben?«

»Es muss um etwas gegangen sein, das er sich weigerte preiszugeben«, sagte ich. »Wird man nicht deshalb gefoltert? Weil man sich weigert, mit Informationen rauszurücken?«

»Und welche Informationen kann er gehabt haben, zu denen sie selbst keinen Zugang hatten?«, murmelte Andreas.

Ich grübelte.

»Ich weiß nur, dass er nicht der Typ war, bei dem Folter funktionieren würde«, sagte ich. »Papa war stur wie ein Esel, und er hasste es, wenn jemand versuchte, ihn zu etwas zu zwingen.«

»Sympathisch. Ich hätte deinen Vater gemocht.«

Wir wälzten das Ganze hin und her, bis Andreas nach Hause gehen musste. Als er seine Jacke anzog, öffnete ich meinen Laptop, um eine alte E-Mail rauszusuchen, die ich Johan geschrieben hatte.

Ich kam nur noch dazu, ihn aufzuklappen.

»Andreas!«, schrie ich. »Komm schnell!«

Der Computer lief nicht. Trotzdem leuchtete auf dem schwarzen Bildschirm ein heller Schriftzug.

»*Guten Abend Sara*«, stand dort in gebrochenem Weiß.

Andreas kam in Jacke hinter mir ins Zimmer.

»Was läuft hier?«, fragte ich. »Ich habe ihn noch gar nicht eingeschaltet!«

Andreas zog sein Telefon aus der Tasche und fotografierte mein Notebook. In diesem Moment verblasste der Text, und neue Wörter erschienen auf dem Bildschirm.

»*Schön, dass wir endlich direkten Kontakt miteinander haben, nicht wahr?*«

Andreas fotografierte. Ich saß wie versteinert da. Die Buchstaben verschwanden.

»Was soll ich tun?« flüsterte ich. »Soll ich antworten?«

»Tu gar nichts«, sagte Andreas. »Wir warten ab.«

»*Du hast mehrmals versucht, mit uns Kontakt aufzunehmen*«, stand da. »*Aber wir waren nicht erreichbar. Jetzt sind wir es.*«

Die Buchstaben verschwanden.

»Was wollen sie mir damit sagen?«

»Keine Ahnung«, sagte Andreas. »Vielleicht kommt noch mehr.«

»*Wo Du bist, Sara, da sind auch wir*«, tauchte auf dem Bildschirm auf.

»Wie beruhigend!«, sagte ich spöttisch.

Die Buchstaben verschwanden, und es vergingen mehrere Sekunden. Andreas und ich starrten auf den Computer.

»*Gute Nacht, Sara*«, tauchte in Leuchtbuchstaben auf.

Dann wurde der Bildschirm schwarz.

»Was zur Hölle ...?«, rief Andreas gereizt. »Wollen die dir nur Angst einjagen?«

Wir warteten noch ein paar Minuten. Als nichts weiter passierte, schaltete ich den Computer ein und stellte fest, dass meine Dokumente auf dem Desktop neu angeordnet waren und dass jemand sie geöffnet hatte. Textteile waren verschoben, einige Dokumente waren verschwunden, andere hinzugekommen. Es gab einen Bilder-Ordner mit dem Titel »Springpferde zu verkaufen«, darin einige Fotos von schwedischen Springpferden, die zum Verkauf standen.

»Hast du diesen Computer bei der Arbeit dabei?«, fragte Andreas.

»Nein«, antwortete ich. »Das ist mein privater Rechner. Derzeit benutze ich eine alte Kiste, die in der Abteilung rumsteht, aber wenn ich meine neue Stelle antrete, bekomme ich sicher einen modernen Computer. Nicht, dass es eine Rolle spielen würde. Den werden sie sicher auch hacken, und zwar völlig problemlos.«

»Komm mit auf den Balkon.«

Ich hob erstaunt die Augenbrauen.

»Warum? Bist du etwa unter die Raucher gegangen?«

Er nickte zur Balkontür, und wir gingen hinaus und zogen sie hinter uns zu.

»Okay«, sagte er. »Wir müssen davon ausgehen, dass die Telefone abgehört werden und sie sich in unsere Computer gehackt haben. Sie haben Zugriff auf unsere E-Mails, SMS und Gespräche. Deine Wohnung ist bestimmt verwanzt, aber hier draußen ist wahrscheinlich nichts. Und vermutlich *hören sie auch die Wohnungen von Sally und mir ab.*«

Andreas sah mich an.

»Auf der Arbeit haben wir einen Elefantenfriedhof«, erklärte er weiter. »Alte Computer im Keller. Ich kann drei davon mitbringen, die wir dann nicht ans Internet anschließen. Wir nutzen Datenträger oder Ausdrucke, wenn wir Informationen austauschen wollen, und wir verschlüsseln alles so, wie ich es euch gezeigt habe. Und wir müssen uns viel häufiger persönlich treffen.«

Vom Balkon nebenan war ein ratschendes Geräusch zu hören, das Andreas und mich zusammenzucken ließ. Dann leuchtete in der Dunkelheit die Glut einer Zigarette auf.

»Bitte entschuldigt die alte Lesbe und Nikotinsüchtige«, war eine Stimme zu vernehmen. »Aber ich konnte nicht verhindern, euer Gespräch mit anzuhören, und jetzt will ich nicht mehr heimlich lauschen. Ihr scheint wirklich wichtige Dinge zu besprechen zu haben.«

Es war Aysha, die zurückgelehnt in einem alten Liegestuhl saß und rauchte.

»Andreas«, sagte ich, »das ist Aysha. Sie wohnt hier zusammen mit ihrer Freundin Josefin.«

»Und ich möchte hinzufügen«, sagte Aysha und aschte auf den Porzellanteller auf ihrem Knie, »dass ihr jederzeit unsere Wohnung benutzen könnt, wenn ihr mal ungestört reden wollt. Wir werden definitiv nicht abgehört, dafür sind wir nicht spannend genug. Unser einziges Problem sind mein Vater und mein großer Bruder, und die arbeiten nicht mit technischem Gerät, sondern eher mit den Fäusten, sozusagen.«

»Ich bin Journalist und ... Dramatiker.« Eine ziemlich lahme Ausrede von Andreas.

»Das war ein Auszug aus einem Manuskript. Du weißt schon: eine ganz normale Spionagegeschichte.«

Aysha lächelte.

»Sicher«, sagte sie. »Wenn du zukünftig mehr üben möchtest, kannst du das gerne bei uns tun. Jossan und ich gehen dann einfach spazieren, während ihr übt.«

»Danke, Aysha«, sagte ich.

Mit den Fäusten?

»Die Geschichte mit deinem Vater und Bruder klingt aber ziemlich übel«, sprach ich weiter. »Möchtest du darüber reden?«

»Nicht heute Abend«, sagte Aysha und drückte ihre Zigarette aus. »Vielleicht ein anderes Mal.«

Sie sah mich an.

»Übrigens werden Jossan und ich eine Party geben, weil wir seit drei Jahren zusammen sind. Es kommen ziemlich viele unterhaltsame Leute, und es wird sicher spät und laut. Ihr seid alle eingeladen: Deine Schwester und du – und du natürlich auch.«

Dabei lächelte sie Andreas an, ihre Zähne leuchteten im Halbdunkel.

»Könnte ja ganz nett sein, einen Dramatiker auf der Party zu haben«, sagte sie.

≡≡

Der Brief von Johan und der Übergriff auf meinen Computer ließen alle Alarmglocken bei mir schrillen und mich endgültig aufwachen. Ich beschloss, am Freitag mit dem Zug nach Örebro zu fahren und Ann-Britt zu besuchen. Dann würde ich auch die Oberärztin im Krankenhaus treffen und endlich mehr über Mamas Tod erfahren.

Den ganzen Sommer über hatte ich vermieden, über dieses Thema nachzudenken. Nach Johans »natürlichem« Tod, den ich überhaupt nicht für natürlich hielt, glaubte ich eigentlich nichts mehr von dem, was man mir erzählte. Andererseits war ich nach Mamas Beerdigung dermaßen am Boden zerstört, dass ich einfach nicht in der Lage gewesen war, Fragen zu stellen. Ich wusste nicht einmal, ob Mama obduziert oder wie ein normaler Todesfall im Krankenhaus behandelt worden war.

Ann-Britt hatte gesagt, dass ich jederzeit kommen und bei ihr übernachten könne, wenn ich so weit war.

»Keine Eile«, hatte sie gesagt, als wir uns im August voneinander verabschiedet hatten. »Nimm dir all die Zeit, die du brauchst, um das Ganze zu verarbeiten. Und dann meldest du dich, wenn du dazu in der Lage bist. Wenn du reden möchtest, reden wir. Erst dann.«

Freitags setzte sich immer die ganze Abteilung zu einer gemeinsamen Kaffeepause zusammen, um das Wochenende einzuläuten, und dieser Freitag bildete da keine Ausnahme. Ich wollte mich bei den Kollegen für meine wenigen Wochen in der Poststelle bedanken, nicht zuletzt bei Therese, die mir wirklich aus der Klemme geholfen hatte. Deshalb war ich in der Mittagspause zur Bäckerei Tösse gegangen und hatte Gebäck für alle gekauft. Doch zu meiner großen Überraschung hatte der Rest der Abteilung beschlossen, mich mit einer Prinzessinnentorte zu verabschieden. Also waren jetzt alle in unserem Pausenraum versammelt und tranken frisch gekochten Kaffee.

»O Gott, ihr seid ja süß!«, rief ich begeistert. »Ich habe doch gerade erst bei euch angefangen, und bin jetzt schon wieder weg!«

»Tja, wir sind eben nett«, sagte Klas und zog die Augenbrauen hoch. »Wir denken, dass du eine beispiellose Karriere vor dir hast, und wir wollen, dass du dich dann an uns erinnerst.«

»Versprochen«, sagte ich.

Therese unterhielt sich gerade mit unserer Chefin, und ich ging zu den beiden hinüber.

»Du warst wirklich wunderbar, Therese«, sagte ich. »Ohne dich wäre ich aufgeschmissen gewesen.«

»Aha«, sagte die Chefin mürrisch. »wobei?«

»Bei allem Möglichen!«, sagte ich vage. »Therese ist einfach super!«

Die Chefin ging davon, um sich Kaffee zu nehmen, aber Therese zwinkerte mir zu.

»Sie hasst Lob, wenn es nicht sie selbst betrifft«, flüsterte sie.

»Noch mal danke für deine Hilfe mit den Klamotten. Du hast mich aus einer Notlage gerettet.«

»Danke für den Wäscheservice«, antwortete Therese. »So glatt war diese Bluse noch nie!«

Ich lachte. Dann sah ich sie an.

»Warum sitzt du in der Poststelle?«, wollte ich wissen. »Du hast doch viel mehr drauf.«

Therese sah mich ruhig an.

»Wir beide müssen uns unterhalten. Ich warte nur auf die richtige Gelegenheit.«

In diesem Moment kam Sture zu uns.

»Man darf also gratulieren«, sagte er. »Aber du wirst uns sicher vermissen, wenn du da oben bei den alten Männern sitzt.«

»Nicht *uns*«, sagte Therese trocken. »*Dich*, Sture. Dich und deinen unglaublichen Körper.«

Sture sah aus, als hätte er in eine Zitrone gebissen, und machte auf dem Absatz kehrt.

»Er hat es bei allen versucht«, sagte Therese. »Und vermutlich ist er auch bei allen abgeblitzt.«

Dann sah sie mich an.

»Der Major hat erzählt, dass deine Eltern beide viel zu früh gestorben sind, innerhalb von nur einem Jahr. Das tut mir leid. Muss eine schwere Zeit für dich sein.«

»Ja, es ist schwer.«

»Und jetzt wirst du hier im Haus ein paar Etagen aufsteigen. Sollen wir uns nächste Woche auf einen Kaffee treffen?«

»Gern«, sagte ich, während ich mich im Stillen fragte, was sie wohl von mir wollen könnte.

Ging es um den üblichen Bürotratsch oder um wichtige Informationen? Gehörte sie zum Widerstand?

Dann sah ich auf die Uhr. Ich würde rennen müssen, um meinen Zug nach Örebro noch zu erwischen.

»Du, ich muss los«, sagte ich. »Aber wir können uns gerne treffen und reden.«

»Prima«, sagte Therese. »Bis bald!«

—⁂—

Dieses eine Mal lief der Freitagsverkehr problemlos, und als ich aus der U-Bahn ans Tageslicht kam, stellte ich fest, dass ich doch noch ein bisschen Zeit hatte. Ich hatte mich in den letzten Wochen fast nur drinnen aufgehalten, also ging ich jetzt durch den Haupteingang des Hauptbahnhofs und lehnte mich dort gegen eine Wand, während ich die Menschen beobachtete, die kamen und gingen. Ein Mädchen in unförmigen grünen Hosen und Bomberjacke kam schlendernd auf mich zu. Sie hatte Rastazöpfe, die ihr bis auf die Taille reichten, und eine runde Brille auf der Nase, und sie las beim Gehen in einem Buch. Etwas an ihr kam mir bekannt vor. Als sie nur noch ein paar Meter von mir entfernt war, sah sie auf. Es war Veronika.

Veronika, die von Sally, Flisan und den anderen in der Mittel- und Oberstufe konsequent gemobbt worden war. Anfangs waren

Veronika und ich Freundinnen gewesen, und sie war sogar mal mit uns im Sommerhaus gewesen. Doch dann hatte das mit dem Mobbing angefangen, und Veronika und ich hatten uns voneinander entfernt. Nur wenige Freundschaften waren stark genug, um Mobbing zu überstehen. Sie hatte es damals noch schlimmer erwischt als mich: Sie war blass, dürr und flachbrüstig gewesen, und als Sally eines Tages nach dem Sportunterricht vorne am Pult eine Installation aus ihrem mit Watte ausgestopften BH arrangierte, wechselte Veronika die Schule. Seitdem hatten weder Sally noch ich je wieder etwas von ihr gehört oder gesehen.

»Veronika!«, rief ich jetzt.

Sie hielt inne und sah mich prüfend an. Einen Augenblick lang bekam ich beinahe Angst – sie sah so misstrauisch aus. Doch dann erkannte sie mich offenbar, und ihr Gesicht erhellte sich. Sie lächelte mich an.

»Hallo, Sara!«, sagte sie, kam zu mir und umarmte mich.

»Himmel, ist das lange her! Ach, jedes Mal, wenn ich an dich denke, erinnere ich mich an damals, als wir in eurem Sommerhaus waren. Es war so schön dort. Weißt du noch, als wir im Wald heimlich geraucht haben?«

Ich hatte mit Veronika heimlich geraucht? Daran konnte ich mich überhaupt nicht erinnern.

»Wie geht es dir?«, fragte ich. »Sally und ich haben vor Kurzem über dich gesprochen und uns gefragt, was mit dir passiert ist. Eine Zeit lang war es ja für dich und für mich echt schwierig in der Schule.«

»*Sally!*«, sagte Veronika und ließ es gleichzeitig wie ein Lachen und ein Schnauben klingen. »Ja, das kann man wohl sagen. Aber weißt du: *Life goes on.* Man muss einfach das Beste aus der Situation machen.«

»Ich habe mich immer gefragt, was aus dir geworden ist«, sagte ich.

Veronika lächelte.

»Das Mobbing in der Oberstufe war das Beste, was mir passieren konnte«, sagte sie. »Wir sind nach Stockholm umgezogen, und ich habe neue Freunde gefunden, die nicht so affig waren wie ihr vom Karolinska-Gymnasium. Ich ging aufs Södra-Latin und habe mich auf Kampfsportarten und Kickboxen konzentriert.« Sie unterbrach sich kurz, dann erschien ein kleines Funkeln in ihren Augen.

»Und auf zivilen Ungehorsam«, sagte sie. »Du weißt schon: Wenn man einmal gemobbt wurde und das durchgestanden hat, wird man so etwas nie wieder mit sich machen lassen. Oder jegliche andere Art von Unterdrückung tolerieren.«

Veronika sah mich an.

»Ich finde, so solltest du auch denken, Sara.«

Wir sahen uns schweigend an.

»Musst du nicht einen Zug erwischen?«, fragte sie ruhig.

Ich sah auf die Uhr hinter ihr. *Mist*, mein Zug fuhr in zwei Minuten! Ich umarmte Veronika kurz, nahm meine Tasche und rannte los, und nur dank eines netten Schaffners, der die Tür noch einmal öffnete, erreichte ich ganz knapp meinen Zug nach Örebro. Erst als ich mich auf meinen Sitz fallen ließ, fiel mir auf, was Veronika gerade gesagt hatte: »*Musst du nicht einen Zug erwischen?*«

Wie zur Hölle konnte sie das wissen?

Während der Zugfahrt starrte ich durch das Fenster auf die eintönige Landschaft. Diese Strecke war ich im letzten Jahr so oft gefahren, jedes Mal unter anderen Voraussetzungen. Jetzt war ich einsamer als je zuvor, und diese Erkenntnis ließ Angst in mir aufsteigen.

Ich betrachtete die schwache Spiegelung meines Gesichts im Fenster.

Wer war ich eigentlich?

Warum zog ich so viel Elend an, für mich und die, die mir nahestanden?

Ich hatte in der vergangenen Woche mehrere Nachrichten an BSV geschrieben und sie gut sichtbar und lesbar auf meinem Desktop abgelegt, im Ordner »BSV«. Wer in meinen Computer eindringen konnte, konnte auch jedes Wort lesen, und es war unmöglich, den Ordner zu übersehen. Ich hatte einige sehr deutliche Statements hinterlassen: dass ich immer noch nicht wusste, wer BSV war, dass ich nicht verstand, was sie wollten, und ob sie die Freundlichkeit hätten, mich ins Bild zu setzen, um endlich zu klären, inwiefern ich ihnen dabei helfen konnte – und wollte –, zu bekommen, was sie brauchten.

Als ich meine Nachrichten erneut las, kam ich mir total idiotisch vor. Ich hatte keine Antwort erhalten, und ihr Schweigen schien mich mit Verachtung zu strafen. Als gehe BSV davon aus, dass ich Zeit schinden wollte und eigentlich wusste – und die ganze Zeit gewusst hatte –, worauf sie aus waren. Oder worauf warteten sie sonst?

Draußen wurde es langsam dunkel, und der Herbstnebel hüllte die Landschaft mehr und mehr ein.

Die Angst nagte an mir; das Gefühl von Einsamkeit war beinahe unerträglich.

Plötzlich hatte ich Veronikas Worte wieder im Ohr: »*Wenn man einmal gemobbt wurde und das durchgestanden hat, wird man so etwas nie wieder mit sich machen lassen. Oder jegliche andere Art von Unterdrückung tolerieren. Ich finde, so solltest du auch denken, Sara.*«

Am Bahnhof in Örebro wartete überraschenderweise Ann-Britt auf mich. Wir umarmten uns, und ich schalt sie scherzhaft dafür, dass sie sich an diesem ungemütlichen Herbstabend vor die Tür begeben hatte, um mich abzuholen.

»Ist es nicht schön, abgeholt zu werden?«, fragte sie, zufrieden über meine offensichtliche Freude.

»Ganz wunderbar. Danke, Ann-Britt!«

Wir spazierten gemeinsam zum Haus der Familie, wo Ann-Britts Mann Göran wartete. Die beiden Töchter Maria und Carina waren längst aus dem Haus, aber Maria würde am Wochenende aus Lund nach Hause kommen, um auf eine Party zu gehen, daher wurde ich im Zimmer ihrer großen Schwester Carina einquartiert. Das Gefühl von Familienzusammenhalt und Wärme war mir aus meiner Kindheit so vertraut, dass mir die Tränen in die Augen stiegen, als ich mit meiner Tasche das Schlafzimmer betrat. Ann-Britt bemerkte es, sagte aber nichts.

»Dann wasch dir mal die Hände, wir essen gleich«, sagte sie. »Es gibt Rehrücken mit Bratkartoffeln aus dem Ofen und selbst gemachtem Maronenpüree.«

»Das schmeckt himmlisch!«, sagte ich kurz darauf, als ich am Esstisch saß und den ersten Bissen probiert hatte. »Ich habe kein selbst gekochtes Essen mehr gegessen seit ... Ich meine, mit Reh und Gelee und Kartoffeln und Soße und so.«

»Und Maronenpüree«, sagte Göran und zwinkerte mir über sein Weinglas zu.

»Genau. Dazu wäre ich in meiner Dankesrede noch gekommen.«

Als wir mit dem Essen fertig waren, zog sich Göran ins Fernsehzimmer zurück, um die Nachrichten zu sehen. Ann-Britt und ich ließen uns in der Küche nieder. Besorgt sah sie mich an.

»Wie geht es dir in Stockholm?«, fragte sie. »Und wie geht es Lina?«

»Na ja, es wäre übertrieben zu sagen, dass es uns gut geht. Aber wir schlagen uns durch.«

»Wie ist der neue Job im Hauptquartier?«

»Ich bin aufgestiegen. Ich werde jetzt Assistentin des Stabschefs.«

»Toll!«, sagte Ann-Britt. »Du warst ja immer schon so tüchtig bei den Streitkräften.«

»Jedenfalls habe ich nichts gegen eine Versetzung, so viel ist sicher«, sagte ich. »Ich möchte gerne aus der Poststelle weg.«

»Und Lina?«, fragte Ann-Britt.

Ich zögerte.

»Sie spricht nicht viel. Ich glaube, sie ist sauer auf mich.«

»*Sauer?* Warum das denn?«

»Ich weiß es nicht. Im Sommer hast du mir die Möglichkeit gegeben, mich auszuweinen und über das, was passiert ist, zu sprechen. Dafür bin ich dir ewig dankbar. Aber Lina ... sie hat irgendwie alles in sich eingeschlossen.«

Ann-Britt nickte.

»Ich habe damals schon gesehen, wie unterschiedlich ihr mit der Situation umgegangen seid. Ich habe versucht, mit ihr zu sprechen, ich weiß nicht, wie oft. Zum Schluss schnauzte sie mich an, ich sollte aufhören, mich einzumischen. Weißt du, ob sie zu diesem Therapeuten geht?«

»Sie behauptet es jedenfalls.«

»Ich werde mal meine Fühler ausstrecken. Ich werde dir nicht sagen, wie ich es mache, aber ich habe meine Kontakte.«

Ich zögerte. Dann nahm ich all meinen Mut zusammen.

»Ann-Britt, weißt du, ob Papa an irgendwelchen merkwürdigen ... *Projekten* gearbeitet hat? Etwas, was mit alldem zusammenhängen könnte?«

Ann-Britt sah mich verblüfft an.

»Was meinst du?«, fragte sie. »Was für Projekte?«

»Ich weiß es nicht genau«, sagte ich. »Aber er hatte eine große Sammlung von Dokumenten und Zeitungsausschnitten zu Hause, Dokumentationen zu verschiedenen schwedischen Affären. Du weißt schon: Waffenschmuggel, der Palme-Mord, die Saudi-Affäre. Solche Dinge. Habt ihr je darüber gesprochen?«

»Das fragst du besser Göran«, sagte Ann-Britt. »Jetzt ist er wahrscheinlich vor dem Fernseher eingeschlafen, aber frag ihn, bevor du am Sonntag fährst. Wir haben uns häufig mit deinen Eltern getroffen, als ihr Kinder noch klein wart. Es war so einfach, sich mit der ganzen Familie zu treffen, und ihr Kinder konntet spielen, während wir zu Abend gegessen haben. Damals kamen wir oft auf diese Themen, auch solche, die weit in der Vergangenheit lagen.«

»Wie zum Beispiel?«, fragte ich. »Warum soll ich Göran dazu befragen?«

Ann-Britt lächelte.

»Weil Göran, der ja in der Justiz arbeitet, und dein Vater sich nicht einig waren. Es ging um Ebbe Carlsson und Anna-Greta Leijon und um das, was in den Achtzigerjahren passiert ist. *Er* war eine Art sonderbarer Privatdetektiv, *sie* musste seinetwegen von ihrem Posten als Justizministerin zurücktreten, und es gab mächtig Aufruhr rund um diese Geschichte. Göran und Lennart hatten danach unterschiedliche Sichtweisen auf diese Sache.«

Papas Ordner.

Die Texte über Ebbe Carlsson hatte ich bereits gelesen. Die Artikel über Leijon konnte ich raussuchen.

»Inwiefern *unterschiedliche Sichtweisen?*«, fragte ich.

»Göran ist ein paragrafentreuer Jurist«, sagte Ann-Britt. »Dein Vater war da flexibler und meinte, manchmal heilige der Zweck die Mittel.«

Sie machte eine Pause.

»Eigentlich war es wohl dieser Streit, der dazu führte, dass sich unsere Familien voneinander distanziert haben«, erklärte sie dann. »Danach hatten wir nicht mehr so viel miteinander zu tun, auch wenn Lennart und ich immer einen guten Draht zueinander hatten.«

In was warst du da verwickelt, Papa?

»Vor ein paar Jahren tauchte dein Vater eines Abends hier auf. Er meinte, er müsse mit uns reden und es sei wichtig. Ich bat ihn herein, aber er wollte nicht.«

»Was wollte er denn?«

»Er stand dort im Flur und sagte, er schulde uns eine Entschuldigung für seine Einstellung im Fall Ebbe Carlsson. Er habe falschgelegen, und es sei ihm wichtig, uns das zu sagen.«

Sie lächelte.

»Göran war völlig perplex. Er konnte sich kaum an die Diskussion erinnern, es war ja so viel Zeit vergangen. Doch dann klopfte er deinem Vater auf die Schulter und sagte, es sei ›wirklich kein Weltuntergang, wenn man unterschiedlicher Meinung‹ sei. Er versuchte, Lennart auf einen Drink hereinzubitten, aber Lennart lehnte ab. Er wollte sich nur entschuldigen, sagte er. Und dann schwang er sich auf sein Fahrrad und fuhr nach Hause.«

Eine Weile saßen wir schweigend da.

»Papa war sehr stur«, sagte ich dann. »Aber er konnte zugeben, wenn er einen Fehler gemacht hatte.«

»Ich weiß. Doch das war es nicht, was Göran und mich so irritiert hat. Es war vielmehr die Tatsache, dass es deinem Vater so *unglaublich wichtig* war: sowohl während des Streits als auch viel später, als er um Entschuldigung bat. Wir haben es nicht verstanden.«

Wieder unterbrach sie sich kurz.

»Und ich muss gestehen, dass ich es immer noch nicht tue«, sagte sie. »Verstehst du es?«

Lauschangriffe auf Kommunisten, Krankenhausspione und Bordellbesuche von Justizministern. Wo es in den Siebzigerjahren einen sozialdemokratischen Skandal gab, gab es auch eine Vertuschung, und wo es eine Vertuschung gab, konnte man davon ausgehen, dass Ebbe Carlsson dahintersteckte.
Er war der anonyme Verleger, der sich in den inneren Kreisen der Partei bewegte, sich unmöglich aufführte und untragbar wurde, dann aber wieder zurückkehrte. Zuletzt war er für eine geheime Untersuchung im Palme-Mordfall zuständig. In seinem letzten Fall – im doppelten Wortsinn – riss er sowohl Justizminister als auch Polizeichefs mit sich in den Abgrund. [...]
Nachdem man den damaligen Untersuchungsleiter Hans Holmér rausgeworfen hatte, forschte Ebbe Carlsson, ein enger Freund von Holmér, privat weiter und verfolgte die »Kurdenspur«. Er hatte die inoffizielle Erlaubnis der Regierung, bekam einen Leibwächter, ein Polizeifahrzeug und Zugang zu geheimen Dokumenten.
Im Mai 1988 unterzeichnete Anna-Greta Leijon ein Empfehlungsschreiben, in dem sie Ebbe Carlsson ihre Unterstützung versprach und alle bat, ihm zu helfen. Am 1. Juni wurde der Leibwächter Carlssons vom Zoll in Helsingborg mit illegaler Abhörausrüstung aufgegriffen. Am gleichen Tag explodierte die Affäre in der Zeitung *Expressen*.
Am 7. Juni trat Anna-Greta Leijon zurück.
Im Laufe des Sommers fanden Verhöre vor dem Verfassungsausschuss zur Frage, inwieweit die Regierung beteiligt war, statt. Später, in einem Nachbeben der Affäre, traten sowohl der Leiter der Reichspolizei als auch der Leiter der Säpo zurück.

1992 starb Ebbe Carlsson an Aids, im Alter von
44 Jahren.

Erik Helmersson, *TT Spektra*, 27.01.2009

...

... von Sverker Åström, Leif Backéus und Anna-Greta Leijon bis hin zu Abbe Bonnier und Ingvar Carlsson – alle bezeugten, wie charmant, intelligent, witzig und umtriebig Ebbe Carlsson war. Ein soziales Genie mit einem unübertroffenen Netzwerk. Auch Worte wie übergriffig, manipulativ und unvernünftig fielen. Und sozialdemokratisch. Denn wenn es etwas gab, zu dem Ebbe Carlsson in guten wie in schlechten Zeiten stand, dann war es die Partei.

Jedes Mal, wenn jemand etwas vertuschen musste – wie die Geijer-Affäre, die Lauschangriffe auf die Linken oder den Fall mit dem Krankenhausspion im Sahlgrenska Krankenhaus –, war Ebbe Carlsson da und dementierte.

Jeanette Gentele, *Svenska Dagbladet*, 30.01.2009

...

Eine Analyse der Ebbe-Carlsson-Affäre lässt erkennen, dass es innerhalb der Behörden eine Verschwörung auf höchster Ebene gab, um neben der rechtlich einwandfreien und regulären Morduntersuchung eine akzeptable Scheinlösung des Palme-Mordes zu organisieren.

Svenska politiska mord (Schwedische politische Morde), www.politiskamord.com

Schon am nächsten Morgen ergab sich eine gute Gelegenheit, mit Göran zu sprechen. Wir hatten gemeinsam in der Küche gefrühstückt, als Ann-Britt und Maria los mussten, um etwas in der Stadt zu erledigen. Ich bot an, den Abwasch zu übernehmen, und Göran sagte ruhig: »Ich helfe dir.«

Als die Haustür ins Schloss fiel, nahmen Göran und ich unsere Kaffeetassen und ließen uns am Tisch nieder.

»Ann-Britt hat mir erzählt, dass du mit mir sprechen willst«, sagte Göran und lächelte. »Über deinen Vater. Schieß los.«

»Ich wollte dich eigentlich nur fragen, ob du weißt, womit Papa sich beschäftigt hat. Ich habe ganz viele Hefter mit Unterlagen zu nicht aufgeklärten schwedischen Mysterien gefunden, die er stapelweise gesammelt hat. Und dann sind ein paar merkwürdige Dinge passiert.«

»Wie zum Beispiel?«

Ich überlegte. Es war schwer, A zu sagen, aber nicht B, doch so gut kannte ich Göran nicht. Ich entschied mich für einen Mittelweg.

»Ich glaube, dass Papa ein paar Leute gegen sich aufgebracht hat. Und dass einige von ihnen nachtragend sind.«

Göran lachte.

»Na ja, man könnte sagen, Leute gegen sich aufzubringen war so etwas wie die Spezialität deines Vaters«, sagte er. »Wir hatten einmal einen Streit über Ebbe Carlsson, der uns beinahe unsere Freundschaft gekostet hat. Das war, bevor ich Amtsrichter geworden bin, damals habe ich noch als Staatsanwalt gearbeitet. Ebbe Carlsson war damals für mich und meine Kollegen ein rotes Tuch. Doch Lennart hatte eine andere Sicht auf die Dinge. Ich erinnere mich, dass ich vor Wut kochte, doch das war nichts im Vergleich dazu, wie Lennart sich aufgeregt hat. Doch dann hat er sich, glaube ich, ein wenig beruhigt, und schließlich kam er zurück und entschuldigte sich.«

Gedankenverloren starrte er vor sich hin.

»Viel mehr weiß ich nicht«, sagte er dann. »Aber es gibt jemanden, der dir wahrscheinlich das eine oder andere erzählen könnte. Lennart und er hatten viel miteinander zu tun, sie haben gleichzeitig die Fallschirmjägerausbildung absolviert und dann zusammengearbeitet. Er ist Anwalt geworden, soweit ich mich erinnere, darüber bin ich mit ihm in Kontakt gekommen. Aber dann hat er sich in Richtung Finanzwesen orientiert ... wie hieß er noch gleich?«

»Georg?«, versuchte ich. »Dunkelhaarig, in den Sechzigern?«

»Nein ...«, sagte Göran abwesend. »Vielleicht war es Bengt irgendwas ...?

Sein Blick klärte sich, und er sah mich direkt an, während er mit den Fingern schnippte.

»*Bertil*. So hieß er. Irgendwo muss ich noch seine Karte haben. Warte, ich hole sie.«

—≡≣—

Nach meinem Gespräch mit Göran fuhr ich zum Universitätskrankenhaus Örebro, um die Oberärztin der Abteilung zu treffen, in der Mama gelegen hatte: Doktor Elvira Kovacs. Der »Bertil«, von dem Göran gesprochen hatte und dessen Visitenkarte jetzt in meiner Handtasche lag, war der gleiche, den ich bei McKinsey kennengelernt hatte und der in Johans Brief erwähnt wurde. Doch hätte Johan nicht früher mal etwas gesagt, wenn Bertil mit Papa Vorträge in Karlsborg gehalten hätte? Er konnte den Brief einfach nicht geschrieben haben.

Doktor Kovacs und ich saßen in ihrem Büro und unterhielten uns.

»Wie schön, dass Sie sich gemeldet haben«, sagte sie freundlich. »Wir hatten nie die Gelegenheit, richtig über den Tod Ihrer

Mutter zu sprechen. Dann hatte ich Urlaub, und später habe ich erfahren, dass Sie mit Ihrer Schwester nach Stockholm gezogen sind.«

»Ich wäre vorher auch nicht in der Lage gewesen, darüber zu sprechen«, sagte ich. »Die letzten Monate waren sehr schwer für mich, erst der Tod meines Vaters, dann wurde das Pferd meiner Schwester getötet, und dann der unerwartete Tod meiner Mutter.«

»Eigentlich kam er nicht ganz so unerwartet, jedenfalls für uns, die wir in der Medizin arbeiten. Aber natürlich war es für Sie als Angehörige ein Schock.«

»Was meinen Sie? Wieso kam ihr Tod für Sie nicht unerwartet?«

»Ihre Mutter hat einen schweren Verlust erlitten«, sagte Doktor Kovacs. »Der Stress in Kombination mit der Trauerarbeit wurde zu viel für sie, und schließlich landete sie bei uns. Wenn solche Situationen entstehen, können sie sich unserer Erfahrung nach – und das ist, das möchte ich betonen, nicht klinisch erwiesen, weil auf diesem Gebiet nicht genug geforscht wird – in zwei Richtungen entwickeln. Entweder erholen sich die Patienten und kehren in ein normales, wenn auch verändertes Leben zurück. Oder die Patienten haben so große Schwierigkeiten, die Situation zu akzeptieren, dass ihr Körper am Ende aufgibt.«

»Meine Mutter war fünfundfünfzig Jahre alt. Sie hatte sich so sehr darauf gefreut, nach Hause zu kommen.«

»Ich weiß«, antwortete Doktor Kovacs. »Ich habe sie, am Tag bevor sie starb, gesehen. Sie war glücklich, sie liebte ihre beiden Mädchen und hat sich sehr darüber gefreut, dass Sie sich so großartig um die Abiturfeier Ihrer Schwester gekümmert haben.«

Doktor Kovacs legte ihre Hände auf meine. Eine Träne lief mir über die Wange.

»Also warum ist sie dann gestorben?«, flüsterte ich. »Sie hat nicht aufgegeben! Sie wollte nach Hause kommen!«

»Haben Sie schon einmal davon gehört, dass Krebspatienten sich gegen Ende ihrer Behandlung plötzlich scheinbar erholen? Sie zeigen eine bemerkenswerte Verbesserung, und alle in ihrer Umgebung freuen sich und blicken positiv in die Zukunft. Und dann sterben sie plötzlich ganz unerwartet.«

»Ich habe davon gehört«, sagte ich. »Woran liegt das?«

»Es gibt keinen medizinischen Begriff dafür. Ich persönlich glaube – ohne dass das wissenschaftlich belegt wäre –, dass der Körper aufgibt, wenn der Stress – oder die Trauer – übermächtig wird. Im Fall Ihrer Mutter könnte man sagen, sie ist an gebrochenem Herzen gestorben.«

Wir sahen einander an.

»Kann man auch in meinem Alter an Stress oder gebrochenem Herzen sterben?«, fragte ich sie. »Ich bin fünfundzwanzig.«

»Warum wollen Sie das wissen?«

Ich beantwortete die Frage nicht und sagte stattdessen: »In einem Normalfall hätten Sie wahrscheinlich recht. Aber in Bezug auf meine Mutter liegen Sie falsch. Und es gibt da ein paar Dinge, die mir nicht klar sind.«

Doktor Kovacs sah mich freundlich an.

»Fragen Sie mich, was Sie wollen. Ich tue, was ich kann, um Ihnen zu helfen.«

»Ich habe Grund zu der Annahme, dass meine Mutter ermordet worden sein könnte.«

Es wurde still. Wir starrten einander mehrere Sekunden lang an.

»Es spielt keine Rolle, warum ich das glaube«, sagte ich. »Aber ich möchte gern so viel wie möglich über ihren Tod erfahren. Wie ist es dazu gekommen, und welche Todesursache hat man gefunden? Wurde sie obduziert?«

Doktor Kovacs blickte nach unten. Erst jetzt sah ich, dass sie Mamas Akte vor sich liegen hatte.

»Nein. Wir haben Ihre Schwester und Sie gefragt, und auch die Frau, bei der Sie gewohnt haben ...«

»Ann-Britt«, warf ich ein.

»Aber Sie fanden, es sei nicht nötig. Als Todesursache wurde festgestellt ...«

Sie blätterte in der Akte.

»... Herzstillstand. Er kam ganz unerwartet, wie das bei Herzstillstand meist der Fall ist, und der Tod trat im Grunde sofort ein. Es gab nichts, was wir hätten tun können.«

»Kennen Sie ein Präparat namens Nowitschok?«, wollte ich wissen. »Eine Kombination aus Nervengiften, die durch den Mord an Kim Jong-nam und den Mordversuch am Ex-Spion Sergei Skripal international bekannt wurde. Als Todesursache wird dabei Herzstillstand festgestellt.«

Doktor Kovacs sah mich skeptisch an. »Ehrlich gesagt verstehe ich nicht ganz, worauf Sie hinauswollen.«

»Lassen Sie es mich anders formulieren: Kann man einen Herzstillstand medikamentös verursachen?«

Doktor Kovacs hob die Augenbraue.

»Wie meinen Sie das?«

»Indem man dem Patienten ein Präparat verabreicht, das einen Herzstillstand provoziert, ohne dass festgestellt werden kann, dass man es vorsätzlich gemacht hat? Damit alle an eine natürliche Ursache denken?«

Doktor Kovacs schlug die Akte mit bestimmter, beinahe strenger Miene zu.

»Sie haben viel Trauerarbeit zu leisten«, sagte sie, »nach dem Tod beider Elternteile. Ich selbst bin zu Hause in Polen in einer ähnlichen Situation gewesen. Meine Eltern starben beide, noch bevor ich fünfzehn wurde.«

»Das tut mir leid. Aber hier geht es nicht um eine Trauerreaktion, sondern um äußerst durchdachte Fragestellungen. Sie haben gesagt, Sie würden alle meine Fragen beantworten.«

»Natürlich«, sagte Doktor Kovacs. »Und *ja*, man kann einen Tod herbeiführen, der wie ein natürlicher Herzstillstand aussieht. Man verabreicht dem Patienten eine Injektion. Der Tod tritt binnen weniger Minuten ein.«

»Okay, danke. Ich würde auch gerne wissen, ob das Personal zu der Zeit Unbefugte gesehen hat, vielleicht jemanden, der meine Mutter an dem Abend besuchte, als sie starb. Ich weiß, es gab da eine sehr nette dunkelhaarige Schwester, die oft bei Mama war. Sie hieß Julia. Könnte ich mit ihr sprechen?«

»*Julia?*«, fragte Doktor Kovacs. »Ich glaube, wir haben keine Julia hier in der Abteilung.«

»Doch, ganz sicher«, bestätigte ich. »Ich bin ihr mehrmals begegnet. Vielleicht haben Sie als Oberärztin nicht immer sämtliches Personal in den Abteilungen im Blick?«

Doktor Kovacs erhob sich.

»Ich werde gleich mit unserer Stationsleitung sprechen. Bitte warten Sie hier solange.«

Ich wartete. In einer Ecke tickte eine Uhr. Vor dem Fenster zogen die Wolken schnell vorbei und ließen hin und wieder ein paar Sonnenstrahlen durch. Nach ein paar Minuten war Doktor Kovacs zurück, wieder mit ihrem üblichen Lächeln auf den Lippen.

»Ich habe mit unserer Stationsleiterin Gisela gesprochen«, sagte sie. »Wir haben hier keine Julia, aber Gisela ist eingefallen, von wem Sie sprechen. Sie meinen natürlich Ihre Cousine.«

In meinem Kopf stand plötzlich alles still.

»*Meine Cousine?*«, fragte ich. »Ich habe keine Cousine, die Julia heißt.«

Doktor Kovacs blätterte in der Akte.

»*Dienstag, 14. April*«, las sie vor. »*Die Patientin bekam Besuch von ihrer Nichte Julia. Sie ist ausgebildete Krankenschwester und beim Universitätskrankenhaus Örebro angestellt. Sagt, sie habe ihre Tante sehr gern und werde sie häufig besuchen, weil die eine Cousine in Stockholm lebt und die andere noch zur Schule geht. Hilft gerne bei der Verabreichung von Essen u.Ä.*«
Die mir schon vertraute eisige Kälte breitete sich in mir aus.
»Meine Mutter hatte keine Geschwister«, sagte ich gedehnt. »Ziemlich schlau von ›Julia‹, sich meiner Mutter auf diese Weise zu nähern. In einer Schwesternuniform.«
Jetzt lächelte Doktor Kovacs nicht mehr. Sie sah einfach nur verzweifelt aus.

—≋≋—

Mama war tot und begraben, es war zu spät, um noch herauszufinden, was passiert war. In der Abteilung, in der Julia gearbeitet hatte, erinnerte man sich sehr gut an sie, doch Anfang des Sommers war Julia spurlos verschwunden und nicht einmal mehr als ehemalige Mitarbeiterin in den Akten zu finden. Doktor Kovacs vermittelte zwischen den verschiedenen Abteilungen, Personalräumen und Archiven des Krankenhauses, aber ich wusste von Anfang an, was das bringen würde: nichts. Ich dankte für ihre Hilfe und nahm den Bus zurück zu Ann-Britt.

Ich versuchte Georg, den Anwalt, telefonisch zu erreichen. Keine Antwort.

Ich versuchte Bertil, den Finanzmann, telefonisch zu erreichen. Keine Antwort.

Neben seiner Tätigkeit für McKinsey hatte er offenbar ein kleineres Büro im Valhallavägen, im schlimmsten Fall würde ich ihn einfach dort aufsuchen.

Ich beschloss, Wochenende zu machen.

Samstagabend war Ann-Britts Mann Göran zum Abendessen verabredet, und ich wollte Ann-Britt ins Restaurant einladen. Maria war aus Lund zurück, wo sie Medizin studierte, wollte aber mit ihrer Clique aus dem Gymnasium auf eine Party gehen. Als ich mich fertig machte, klopfte sie an meine Tür.

»Komm rein!«, rief ich.

Maria trat ein und schloss die Tür hinter sich. Sie war fertig gestylt und sah hübsch aus.

»Du siehst gut aus«, sagte ich. »Ich hoffe, du hast einen schönen Abend!«

Maria lächelte, wirkte aber besorgt.

»Ich wollte kurz mit dir reden. Tratsch liegt mir eigentlich nicht, aber ich möchte Lina helfen. Ich mag sie nämlich sehr. Aber sie hat sich sehr verändert ...«

Maria sah traurig aus.

»Lina war auch auf die Party eingeladen, auf die ich heute gehe«, sagte sie. »Aber als ich sie fragte, ob sie kommt, hat sie nur gelacht. ›Örebro?‹, sagte sie. ›Niemals!‹ Ich finde das schade, denn sie hat viele Freunde, die sie wirklich mögen ...«

Sie schwieg einen Moment und schien all ihren Mut zusammenzunehmen.

»Aber darüber wollte ich eigentlich nicht mit dir sprechen«, sagte sie schließlich. »Ich weiß, dass Lina erzählt, sie würde Ideengeschichte und Literatur an der Uni Stockholm studieren. Aber ich habe eine Freundin, die auch dort studiert, und sie meint, Lina ist nie da.«

»Was meinst du damit? Ich habe ihre Zulassung gesehen.«

»Ich weiß. Aber meine Freundin sagt, dass sie seit August in keiner einzigen Vorlesung war. Darum frage ich mich: *Was macht Lina den ganzen Tag?*«

Von all den Informationen, die ich im Laufe des Tages erhalten hatte, war ich so überwältigt, dass ich kaum begreifen konnte, was Maria da sagte. Aber ich dankte ihr dafür, dass sie es mir erzählt hatte. Dann gingen Ann-Britt und ich ins Restaurant. Dort tat ich mein Möglichstes, um dem Gespräch über die Arbeit, die Ausbildungen der Kinder und den neuesten Klatsch aus Örebro zu folgen, doch meine Gedanken schweiften immer wieder in verschiedene Richtungen ab. Ann-Britt sah mich prüfend an, sagte aber nichts.

Als wir wieder zu Hause waren, setzte Ann-Britt Kaffee auf, und wir setzten uns ins Wohnzimmer.

»Wie geht es dir, Sara?«, fragte sie freundlich. »Du wirkst etwas abwesend. War es schwer für dich im Krankenhaus?«

»Ja ... das Ganze ist im Moment sehr hart für mich«, antwortete ich ausweichend. »Der Abend mit dir natürlich nicht.«

Ich überlegte, ob ich ihr erzählen sollte, was ich im Krankenhaus erfahren hatte und was Göran und Maria erzählt hatten. Aber Ann-Britt kam mir zuvor. Sie nickte in Richtung einer Plastiktüte, die auf dem Couchtisch lag.

»Ich habe noch etwas für dich. Ich weiß nicht, ob jetzt der richtige Zeitpunkt ist, aber es fühlt sich nicht gut an, es noch länger zu behalten. Ich möchte es dir gern jetzt geben, wenn das in Ordnung ist.«

»Was ist es denn?«, wollte ich wissen.

Durch die Plastiktüte konnte ich die Konturen eines Buchs erkennen.

»Ich hätte natürlich früher etwas sagen müssen«, sagte Ann-Britt. »Du musst mir glauben, dass ich den ganzen Sommer über darüber nachgedacht habe. Aber es ging dir nicht besonders gut, und ich wollte es nicht noch schlimmer machen. Wenn du findest, dass das falsch war, tut es mir leid. Ich glaube, du weißt, dass ich nur das Beste für Lina und dich will.«

»Das weiß ich«, beruhigte ich sie. »Was ist es?«

Ann-Britt beantwortete die Frage nicht.

»Zuerst möchte ich dir erzählen, wie es dazu gekommen ist«, sagte sie stattdessen. »Es war an einem der letzten Abende deiner Mutter. Ich war im Krankenhaus, um sie zu besuchen. Sie war ganz klar und fühlte sich gut. Freute sich darauf, zu euch nach Hause zu kommen. Doch kurz bevor ich ging ...«

Sie verstummte, als wüsste sie plötzlich nicht mehr, wie sie die richtigen Worte finden sollte.

»Sie wurde so ernst«, sagte Ann-Britt und sah mich direkt an. »Und dann fragte sie mich, ob ich dir dieses Buch geben könnte, wenn ihr etwas zustoßen sollte. Ich scherzte darüber und fragte, was denn *jetzt noch* passieren sollte, wo sie doch ganz bald nach Hause gehen würde. Doch ihr war nicht nach Scherzen zumute. Sie hatte es unter dem Kopfkissen liegen, als würde sie es verstecken. Und sie sagte: ›Wenn mir etwas zustößt, sorge dafür, dass Sara es bekommt. Denn dann kann ich es ihr nicht mehr erzählen.‹ Nichts weiter, keine Erklärung.«

Ann-Britt zog ein in dunkelrotes Leder gebundenes Buch aus der Tüte und gab es mir.

»Das ist das Tagebuch deiner Mutter«, sagte sie. »Sie gab mir das Tagebuch und das Telefon, aber das weißt du ja schon.«

Zum zweiten Mal an diesem Tag begriff ich rein gar nichts.

Tagebuch?

Meine Mutter hatte Tagebuch geschrieben? Im Krankenhaus hatte sie gesagt, sie habe angefangen, Dinge niederzuschreiben, um sie nicht zu vergessen, aber Papiere oder Briefe waren nie aufgetaucht – BSV hatte sie sicher entsorgt. Dass sie im Zimmer ein Handy gehabt hatte, wusste ich, aber ein *Tagebuch?* Davon hatte sie kein Wort gesagt.

Ann-Britt griff wieder in die Tüte.

»Wie du weißt«, sagte sie, »war ich eine der Ersten vor Ort, nachdem deine Mutter gestorben war. Sie hatten dich, mich und Lina angerufen, aber du warst in Stockholm, und Lina ging nicht ans Telefon. Ich bin sofort zum Krankenhaus gefahren. Deine Mutter lag im Bett, sie hatten sie hübsch zurechtgemacht, ihr ein Nachthemd angezogen, Kerzen angezündet und ihre persönlichen Dinge zusammengeräumt. Als ich ankam, lag dieser Zettel auf ihrem Nachttisch. Das Personal hatte ihn nicht bemerkt, also steckte ich ihn in die Tasche und versuchte, ihn dir in Stockholm zu geben. Aber dann waren wir alle so mitgenommen. Wie auch immer: Hier ist er. Ich weiß immer noch nicht, was das ist. Du?«

Sie hielt etwas hoch, von dem ich schon wusste, was es war. Der kleine Zettel mit dem Siegel, geformt wie ein Schild und über den Buchstaben drei kleine Kronen. Im Wappen standen die drei Buchstaben: BSV.

⇒ ⇐

Die Realität übertrifft die Fiktion.
Ich weiß nicht, wie oft ich mir eingestehen musste, dass diese
Behauptung wahr ist.
Man denkt, man kennt die, die einem nahestehen, doch stille
Wasser sind tief.
Als ich Ebbe zum ersten Mal traf, irgendwann Anfang der
Achtzigerjahre, fand ich ihn unsympathisch. Ich mochte sein
Aussehen nicht, und er kam mir unzuverlässig und aalglatt vor.
Aber das war, bevor er den Mund aufmachte.
Binnen weniger Minuten waren wir in ein sehr interessantes
Gespräch vertieft. Ebbe war belesen und vernünftig, er stellte
die richtigen Fragen und brachte selbst einige interessante
Beobachtungen an. Er brachte mich zum Zuhören, Lächeln und

Lachen, und unsere Gespräche waren auf eine Art und Weise spirituell, wie ich es sonst mit fremden Menschen nicht erlebe. Als wir uns verabschiedeten, fühlte es sich bereits an, als wären wir seit Langem Freunde.
Jetzt weiß ich nicht mehr, was ich von Ebbe halten soll. War er wirklich nur ein ahnungsloser Trottel, ein Charmebolzen mit sehr überzeugendem Mundwerk?
War er nicht viel eher genau der Mann mit dem messerscharfen Verstand, für den wir ihn alle hielten, dabei aber mit einer ganz anderen und viel gefährlicheren Agenda, als wir begriffen? Tat er nicht de facto sein Bestes, um zu verbergen, was eigentlich vor sich ging?
Ein paar Jahre nach unserem ersten Treffen stießen wir bei einer Veranstaltung aufeinander, und ich sah zu, dass ich ein paar Minuten an der Bar mit ihm sprechen konnte. Wenn man Ebbe sah, bekam man gute Laune; hatte er Zeit für ein Gespräch, wusste man, dass einem ein paar lustige Minuten bevorstanden.
Dieses Mal sah ich ihm in die Augen und stellte ihm eine ganz einfache Frage.
»Ebbe«, sagte ich, »steckst du hinter dem Autorenpseudonym Bo Balderson?«
Ebbe verzog keine Miene. Er nahm nur einen Schluck von seinem Bier und lächelte mich an.
»Wer weiß …«, sagte er. »Die Realität übertrifft die Fiktion.«
Ich unternahm noch einen Anlauf.
»Aber damit nicht genug«, sagte ich. »Du persönlich hast die Spuren hinter Palmes Mörder so effektiv verwischt, dass sich niemals herausfinden lässt, wer es getan hat.«
Ebbe sah mir mehrere Sekunden lang direkt in die Augen. Dann stellte er sein Bier ab.
»Dieses Gespräch ist beendet«, sagte er.

Dann drehte er sich um und ging.
Jetzt weiß ich, dass Ebbe recht hatte. Die Realität übertrifft die Fiktion.

⇒ ⇐

Nachdem ich mich fürs Bett fertiggemacht hatte, schlüpfte ich in Carinas Zimmer unter die Decke. Dann schlug ich Mamas Tagebuch auf.
Zunächst blätterte ich nur darin, um mir einen Überblick zu verschaffen. Dann fing ich an zu lesen.
Es verging eine Stunde, dann noch eine. Ich hörte, wie Maria nach Hause kam, ins Bad und dann zu Bett ging.
Als ich die letzte Seite gelesen hatte, sah ich auf die Uhr auf meinem Nachttisch.
Es war halb fünf. In ein paar Stunden musste ich schon wieder aufstehen.
Ich löschte das Licht, brauchte aber dennoch eine Weile, um einzuschlafen.
Es fiel mir schwer, das, was ich gerade gelesen hatte, zu verdauen.

⇒ ⇐

Am Sonntagabend saßen wir zu dritt auf Sallys Sofa: Sally, Andreas und ich. Ich hatte ihnen von meinem Wochenende erzählt: das Zusammentreffen mit Veronika, die Gespräche mit Ann-Britt und Göran, was Doktor Kovacs im Krankenhaus gesagt hatte, die Visitenkarte mit Bertils Namen sowie das, was Maria mir über Lina und ihr Studium erzählt hatte. Zusammen hatten wir alle Themen von allen möglichen Winkeln beleuchtet.
Das Tagebuch hatte ich mit keinem Wort erwähnt.

»Shit«, sagte Andreas und warf einen Pizzarand zurück in den Karton, »da ist so viel passiert! Mein Wochenende bestand nur aus der Waschküche und alten Folgen von ›True Detective‹.«

»Erste oder zweite Staffel?«, fragte Sally.

»Die erste natürlich. Die brillante. Die zweite ist nur W*aste of time.*«

»Bald kommt die dritte raus«, sagte Sally.

Dann wandte sie sich an mich.

»Hat Veronika wirklich gesagt, dass das Mobbing das Beste war, was ihr passieren konnte?«, fragte sie. »Jetzt werde ich zum ersten Mal seit zehn Jahren gut schlafen.«

»Du schläfst jede Nacht gut«, sagte ich. »Tu doch nicht so.«

»Ich glaube, ihr konzentriert euch auf die falschen Dinge«, warf Andreas ein. »Wie *zur Hölle* konnte sie wissen, dass du den Zug kriegen musstest? Ihr habt euch am Eingang getroffen, sie war auf dem Weg nach drinnen. Du hättest auch gerade angekommen sein können!«

Sally sah mich aus schmalen Augen prüfend an.

»Warum habe ich das Gefühl, da ist etwas, was du uns nicht sagst?«

»Ich weiß es nicht«, sagte ich und gähnte. »Ich muss nach Hause und schlafen. Morgen wartet der Stabschef auf mich.«

»Na, dann hau schon ab«, sagte Andreas freundlich. »Für die Sicherheit des Reiches!«

Während des gesamten frostigen Spaziergangs vom Ringvägen bis zum Nytorget stellte ich mir immer wieder diese eine Frage: *Warum hatte ich ihnen nichts vom Tagebuch erzählt?*

Vielleicht musste ich das, was ich darin gelesen hatte, erst noch ein bisschen sacken lassen.

4. Mai 2010. *Lennart und ich hatten heute so einen wunderbaren Tag! Wir waren draußen beim Sommerhaus und haben Frühjahrsputz gemacht, ich hatte eine Thermoskanne mit Kaffee und belegte Brote dabei. Die Mädchen gaben vor, lernen zu müssen, aber das durchschauten wir sofort. Trotzdem durften sie zu Hause bleiben, es schien nicht nötig, sie zu zwingen.*

Als wir ankamen, befreiten wir zunächst das Grundstück von Unrat, der sich über den Winter angesammelt hatte, dann brachten wir die Beete in Ordnung. Das dauerte eine Weile, aber der Aufwand hat sich gelohnt. Lennart harkte den Kies und ich putzte die Fenster im Haus. Als wir fertig waren, war es schon beinahe drei Uhr. Es hatte sicher zwei- oder dreiundzwanzig Grad, uns war ziemlich warm. Lennart sah mich an und sagte: »Wir gehen baden!«

»Du spinnst«, sagte ich. »Das Wasser hat nicht mehr als zehn oder fünfzehn Grad!«

Doch seine Vorfreude steckte mich an, also eilten wir ins Haus und zogen Badesachen an. Dann liefen wir zum Steg und kletterten über die Badeleiter ins Wasser. Lennart zuerst, dann ich. Und natürlich war es eiskalt, aber auch so unfassbar schön! Nachdem wir aus dem Wasser gestiegen waren und uns umgezogen hatten, setzten wir uns auf der Treppe in die Sonne, aßen Brote und tranken Kaffee. Und ich dachte im Stillen, dass das Leben nicht schöner sein könnte.

Doch heute Abend telefonierte Lennart lange mit Fabian, und ich konnte hören, wie seine gute Laune sich in rasende Wut verwandelte. Er hatte sich mit dem Telefon in unser Schlafzimmer eingesperrt, ich konnte daher nicht hören, worüber sie sprachen. Die Mädchen und ich saßen nach dem Abendessen in der Küche und plauderten.

Plötzlich hörten wir, wie Lennart im Schlafzimmer schrie und tobte, und wir drei erschraken heftig. Kurz darauf kam er zu uns,

er war wie von Sinnen. Er starrte uns an und atmete heftig, als wäre er gerannt.
»Was ist los, Papa?«, fragte Sara. »Was ist passiert?«
Lennart starrte sie nur in blinder Wut an. Ich glaube, er hat sie – oder irgendeinen von uns – kaum wahrgenommen.
»Ich gehe raus!«, brüllte er, nahm seine Jacke und verschwand durch die Haustür.
Er schlug sie mit aller Kraft hinter sich zu. Die Mädchen und ich saßen ganz still da und starrten uns nur an.

...

14. Oktober 2012. Ich sitze allein zu Hause. Lennart ist draußen beim Sommerhaus, Gott weiß, was er da an einem so dunklen, düsteren Abend macht. Lina ist im Stall bei Salome, und Sara ist mit Flisan und Sally in irgendeiner Pizzeria.
Ich weiß nicht, was mit Lennart los ist oder was ich machen soll. Wenn ich es nicht besser wüsste, würde ich denken, er hat eine andere. Aber das ist es nicht, das weiß ich. Es ist etwas, an dem er arbeitet, und es hat nichts mit seinem normalen Job zu tun. Aber was? Und warum sagt er nichts?
Er hat lange gebraucht, um über meine Untreue hinwegzukommen, aber es ging. Ich dachte, dass wir eine Vereinbarung getroffen und all das hinter uns gelassen hätten, vor vielen Jahren. Kommt diese Geschichte jetzt zurück und verfolgt uns? Oder läuft da etwas anderes?
Als ich neulich nach seiner letzten Stockholmreise seine Tasche öffnen wollte, ging er auf mich los, beinahe rasend. Ich durfte seine Sachen nicht anfassen! Seit wann darf ich seine Sachen nicht anfassen? Seit wir verheiratet sind, kümmere ich mich nach jeder einzelnen Reise um die Schmutzwäsche der Familie, warum sollte das plötzlich anders sein?

Was hat er in dieser Tasche?
Das Gleiche, als ich neulich abends etwas an seinem Computer nachsehen wollte. Er lief noch, also ging ich davon aus, dass ich einfach das, was ich suchte, googeln konnte. Da kam er hereingerauscht und klappte so schnell das Notebook zu, dass er beinahe meine Finger eingeklemmt hätte. Ich durfte auf keinen Fall »in seinem Rechner rumschnüffeln«. Ich schnüffle nicht! Aber seit wann haben wir Geheimnisse voreinander?
Ich frage mich, ob es ihm gut geht. Hoffentlich ist er nicht ernsthaft krank, denn dann weiß ich nicht, was ich tue. Ich schaffe es nicht, mich allein um die Familie zu kümmern.

...

25. November 2015. Ist es wirklich möglich? Ist es MÖGLICH? Ich weiß nicht, was ich glauben soll. Ich habe Lennart immer vertraut, ihm immer geglaubt. Aber kann das wirklich stimmen? Kann es wahr sein? Ich habe keine Möglichkeit, das, was ich erfahren habe, von jemand anderem bestätigen zu lassen. Lennart hat ja gesagt, dass ich niemandem etwas erzählen darf.

...

3. Januar 2016. Wir haben einen Code vereinbart für den Fall, dass wir einen brauchen. Wenn es zu einem Notfall kommt, was durchaus passieren kann. Der Code ist »SELL1984«. Er steht für Sara-Elisabeth-Lina-Lennart und das Jahr, in dem wir uns kennengelernt haben: 1984. Außerdem ist »1984« von George Orwell Lennarts Lieblingsbuch. Und ich glaube, dass er das Wortspiel »SELL1984« mag: Verkaufe die Big-Brother-Gesellschaft – oder wirf sie raus. Ich finde den Code sehr gut und werde ihn nie vergessen. Und später werden wir ihn den Mädchen sagen.

20. März 2016. Guter Gott, hilf mir! Ich weiß nicht, ob ich das Richtige tue. Ich bin damit ganz allein, ich kann niemanden um Rat fragen.

Vor allem nicht Lennart.

Wird er verstehen, warum ich so handeln musste?

Wird er mir jemals verzeihen können?

3. KAPITEL

Am Montag sollte ich meinen neuen Job als Assistentin des Stabschefs antreten, daher musste ich versuchen, alle Gedanken an Mamas Tagebuch beiseitezuschieben. Ich hatte mich wie vereinbart morgens um halb neun auf der achten Etage eingefunden, und der Stabschef war schon da. Er wies mir einen kleinen Schreibtisch neben den Aktenschränken in seinem Vorzimmer zu und nahm mich dann mit zu einer Führung auf der Etage. Das Büro des Oberbefehlshabers, sein Adjutant und Sekretär, die politischen und militärischen Berater des Oberbefehlshabers: Alle waren hier oben auf dem sogenannten blauen Teppich versammelt.

»Aber der Teppich ist doch grau?«, stellte ich verwundert fest.

Der Stabschef lachte.

»Früher lag auf der gesamten Etage ein blauer Teppichboden«, sagte er, »daher haben sich alle im Haus angewöhnt zu sagen, sie müssen oben auf dem ›blauen Teppich‹ Bericht erstatten. Wir hängen hier an Traditionen.«

Das stimmte.

An den Wänden hingen bunte Wappen, und der Stabschef bemerkte meinen fragenden Blick.

»Geschenke von Angehörigen der Streitkräfte aus dem Ausland«, sagte er. »Es ist Tradition, dass man einander solche Wappen schenkt.«

Um neun Uhr waren wir fertig, und alle anderen saßen bereits in ihren Büros. Aus dem Verhalten der Angestellten schloss ich, dass der Oberbefehlshaber ein Chef war, der respektiert wurde und mit dem man sich besser nicht anlegte.

Ich hatte das Gefühl, endlich bei den Streitkräften angekommen zu sein, die ich vor ein paar Jahren verlassen hatte und die von einer gewissen Ordnung, Disziplin und einem Vorwärtsstreben geprägt waren.

Zunächst gab der Stabschef mir einen Stapel Dokumente – Unterlagen für bald stattfindende Termine –, die abgetippt und in mehreren Exemplaren ausgedruckt werden mussten. Genau die Art von Arbeit, die der Major mir angekündigt hatte. Ich arbeitete schnell und zögerte nur einmal bei einem mir fremden Wort. Es stand in einem kurzen Satz, in einem Dokument, das mit einem Geheimvermerk versehen war: »Darum kümmert sich Osseus.« *Osseus?* Wer war das? Handelte es sich um eine Person, einen Rang, einen Geheimbund oder eine Organisation? Ich verstand es nicht, hatte aber auch keine Zeit, mich eingehender mit dem Thema zu beschäftigen. Es war wohl einfacher, den Stabschef ganz offen zu fragen.

Bis zur Mittagspause war ich mit den Dokumenten fertig, daher klopfte ich an seine Tür.

»*Herein!*«, rief er, und ich betrat sein Büro.

Dem Stabschef gegenüber saß eine blonde Frau in Tarnkleidung mit Pferdeschwanz. Ich hatte sie bereits vorher in der Abteilung gesehen, sie machte einen sympathischen Eindruck.

»Hallo, Sara«, sagte der Stabschef. »Das ist Mira, haben Sie sich schon kennengelernt?«

Mira stand auf, und wir gaben uns die Hand. Meine Frage zu Osseus schluckte ich herunter. Das Dokument hatte ja einen Geheimvermerk, die Frage musste auf einen besseren Zeitpunkt warten.

»Mira, Dienstgrad Hauptmann, ist meine rechte Hand bei Kontakten zu den verschiedenen Verbänden«, sagte der Stabschef. »Sie ist Schwedin, aber in den USA aufgewachsen. Sara kommt aus Örebro.«

Er sah uns beide an.

»Wollen Sie beide nicht zusammen Mittag essen und einander ein wenig kennenlernen? Oder haben Sie andere Pläne?«

»Keine Einwände«, sagte Mira mit einem freundlichen Lächeln.

»Ich auch nicht.«

Ich legte die Dokumente auf seinen Schreibtisch.

»Ich bin hiermit fertig«, sagte ich.

»So etwas hätte bei Ihrer Vorgängerin mehrere Tage gedauert«, sagte der Stabschef und lächelte.

Er überflog die verschiedenen Unterlagen, und ich bemerkte, dass er das Dokument mit dem Geheimvermerk und »Osseus« oben auf den Stapel legte. Es war beinahe, als wollte er, dass ich es sah.

»Haben Sie Fragen dazu?«, wollte er wissen. »Oder lief alles problemlos?«

»Nein, keine Fragen«, sagte ich.

Der Stabschef lächelte mich an und nickte kurz.

»Gut. Strategiebesprechung um 14 Uhr im Konferenzraum, ich hoffe, dass Sie dabei sein können.«

»Auf jeden Fall«, bestätigte ich.

»Es ist ziemlich formell. Sie können hinten sitzen, aber sprechen Sie nur, wenn Sie gefragt werden.«

»Ich verstehe.«

Mira und ich gingen hinunter zur Kantine. Sobald wir den Raum betraten, desinfizierte sie ihre Hände, und ich folgte ihrem Beispiel. Mira sah mich nachdenklich an und lächelte, während sie ihre Hände einrieb.

»Typische Berufskrankheit bei vielen, die hier arbeiten«, sagte sie. »Viele von uns waren im Ausland stationiert, und da haben wir uns angewöhnt, die Hände vor dem Essen zu desinfizieren. Das sitzt so tief, dass sie gezwungen waren, auch hier in der Kantine Desinfektionsstationen aufzuhängen.«

Jede mit einem Tablett mit einem Mittagsgericht und Salat beladen, setzten wir uns an einen Fenstertisch. Ich studierte Mira, während sie aß. Sie war süß, auf eine etwas unpersönliche Art – schlank und sehnig wie die meisten gut trainierten Soldaten –, und sie sprach mit einem schwachen amerikanischen Akzent. Ich spürte sofort ein starkes Vertrauen und fragte mich, woher das wohl kam.

Nach einer Weile sah Mira auf und bemerkte, dass ich sie betrachtete. Sie lächelte wieder.

»Du siehst aus, als würdest du grübeln«, sagte sie.

»Nein, tu ich gar nicht«, wehrte ich ab. »Es ist nur alles hier so neu für mich, das ist alles. Du machst mich neugierig. Seit wann bist du hier? Gefällt es dir beim Stabschef? Wo in den USA hast du gelebt?«

»Ich habe schwedische Eltern, bin aber in Arizona aufgewachsen«, sagte sie. »Warte, bis du mich Englisch sprechen hörst, dann weißt du, was ich meine. Ich bin als Teenager nach Stockholm gekommen und wusste immer, dass ich zu den Streitkräften wollte. Wehrdienst, Offizierslaufbahn, das Übliche.«

»Und wie bist du hier gelandet?«

»Zuerst war ich zwei Jahre in Afghanistan, dann sechs Monate beim MUST, und dort habe ich den Stabschef getroffen«, sagte Mira. »Du weißt schon, der Nachrichtendienst MUST. Zuständig für die Überwachung von ausländischer Spionage und anderem, was außerhalb von Schweden passiert oder gegen Schweden gerichtet ist.«

Ich lachte.

»Ja, ich weiß«, sagte ich. »Und sie beschaffen Informationen für uns hier im Lande. *I spy*.«

»Tut mir leid«, sagte Mira und lachte ebenfalls. »Ich wollte nur nichts als selbstverständlich voraussetzen. Wie auch immer: Dort haben wir uns kennengelernt, und ich arbeite jetzt seit einem Jahr für ihn. Ich reise viel, und es gefällt mir hier. Und du? Was hast du für einen Hintergrund?«

Ich fasste kurz mein Studium und meine Jobs zusammen.

»Nicht schlecht«, sagte Mira. »Und warum hast du dich wieder bei den Streitkräften beworben? Es klingt so, als hättest du auch in anderen Bereichen Chancen gehabt.«

»So genau weiß ich das gar nicht. Es war eher so ein diffuses Gefühl: Ich möchte etwas bewirken, nützlich sein. Es geht mir nicht ums Geldverdienen. Verstehst du das?«

Mira lächelte.

»Viel Geld verdienst du hier nicht, das stimmt«, sagte sie. »Was das Nützlichsein betrifft, da bist du hier genau richtig. Wir sind ständig vom Aussterben bedroht, wie du weißt.«

»Stimmt«, sagte ich. »Ziemlich erschreckend, dieser Abrüstungsprozess in den letzten Jahren.«

»Nicht wahr?«, sagte Mira. »Am schlimmsten war es zwischen 2004 und 2006, aber wir sind noch nicht vollständig wiederhergestellt. Das schwedische Volk sollte besser genau aufpassen, angesichts Putin, Trump und Konsorten. Aber es passt nicht auf. Es ist ganz damit beschäftigt, Castingshows zu gucken.«

Ich lächelte. »Meine Rede.«

»Ist wahrscheinlich kein Zufall, dass der Stabschef uns zusammengebracht hat«, sagte Mira. »Er weiß, was er tut.«

Ich sah mich in der Kantine um.

»Erklär mir doch das mit den Klamotten«, sagte ich. »Das frage ich mich schon, seit ich hier angefangen habe. Warum haben einige eine weiße Uniform an, andere Anzug und Krawatte, und wieder andere tragen – so wie du – Flecktarn?«

»So zeigt man, wo man hingehört«, sagte Mira. »Alle, die hier im Haus arbeiten, Stabsoffiziere also, tragen die Stabsuniform. Entweder Hemd und Krawatte oder die Felduniform in Flecktarn. Wer die trägt, zeigt, dass er lieber draußen im Feld wäre. Eher eine symbolische Entscheidung, aber man hat die Wahl.«

Mira zeigte diskret in verschiedene Richtungen, während sie sprach.

»Wer auf einem Schiff arbeitet, ist es gewohnt, sich zum Essen umzuziehen. Sie sind meist strenger gekleidet«, sagte sie und nickte in Richtung einer weißen Uniform. »Beim Heer ist es umgekehrt, da gilt eher der Kodex: *Wie dreckig kann man sein?*«

Ein erneuter diskreter Fingerzeig, nun zu ein paar Männern in grüner Kleidung mit Tarnfarbe im Gesicht.

»Bei der Luftwaffe gibt es Stabsoffiziere und Piloten, die selbst hier im Hauptquartier ihren Overall tragen. Ihre Botschaft lautet: *Ich wäre lieber draußen und würde fliegen.*«

Ich grinste. Das machte Spaß.

»Den höchsten Status haben die Spezialkommandos«, setzte Mira fort. »Sie sind am heißesten. Wer dazugehört, ist extrem gut trainiert. Nicht diese Bodybuilder-Muskeln, sondern mehr rundum gut gebaut.«

Zwei solcher »Leckerbissen« kamen an unserem Tisch vorbei, und Mira hob die Augenbrauen.

»*See what I mean?*«, sagte sie.

Ich nickte und musste lachen.

»Diejenigen, die beim MUST arbeiten«, setzte Mira ihre Erklärung fort, »tragen meist Zivilkleidung. Der Dresscode bei MUST ist etwas schicker: eher Anzug und Krawatte.«

Sie lehnte sich zurück und lächelte mich an.

»Ich könnte hier als Aufzugführerin arbeiten und bei denen, die den Aufzug betreten, allein aufgrund der Optik sagen, wo sie hinwollen. Krawatte und Anzug? *Sechste Etage, MUST?*«

Ich lachte. Mira war wirklich sympathisch, wie schön, dass der Stabschef uns zusammengebracht hatte.

Mit einem Tablett in der Hand kam Therese an unserem Tisch vorbei. Sie sah mich, grüßte aber nicht einmal, warum, wusste ich nicht. Stattdessen ging sie weiter bis zur hinteren Ecke des Raums und setzte sich mit dem Rücken zu uns.

Mira bemerkte, dass ich Therese nachblickte.

»Du«, sagte sie leise, »ich spreche eigentlich nicht schlecht über andere Personen, aber nicht alle hier sind freundlich. Du musst genau aufpassen, mit wem du dich abgibst.«

»Meinst du Therese?«, fragte ich.

Mira nickte.

»Wir waren zur gleichen Zeit in Afghanistan.«

Afghanistan?

Therese war in Afghanistan gewesen?

»Bist du sicher, dass wir über die gleiche Person reden?«

»Hundertprozentig. Warum sie allerdings in der Poststelle arbeitet, kann ich mir nicht erklären, sie muss sich ganz schön danebenbenommen haben. Die Poststelle ist schließlich nicht die Abteilung, in der man *endet*, sondern die, in der man *anfängt*. So wie du.«

Ich sah zu Therese hinüber. Sie sah aus wie das Klischee einer Außenseiterin, wie sie über ihr Tablett gebeugt dasaß und aß und sich die ganze Zeit leicht wegzuducken schien. Das kannte ich schon aus unserer gemeinsamen Zeit in der Poststelle.

»Ich habe ein paar merkwürdige Dinge über sie erfahren, seit wir zurück sind«, sagte Mira. »Du weißt schon: Dies ist ein Arbeitsplatz, der die Leute aus ganz unterschiedlichen Gründen anzieht.«

»Ich verstehe. Danke für den Tipp.«

Ich zögerte eine Sekunde, aber nur eine. Es war an der Zeit, meine Bedenken über Bord zu werfen.

»Mira«, begann ich. »Was ist ›Osseus‹? Weißt du das?«

»Wie soll das heißen?«, fragte sie mit gerunzelter Stirn. »›Osseus‹?«

Ich nickte.

»Nein.« Mira schüttelte den Kopf. »Das Wort habe ich noch nie gehört.«

Als wir mit unseren Tabletts aufstanden, erkannte ich plötzlich ganz hinten am Fenster einen Mann wieder. Er war groß, blond und trug einen Bart, und er saß vornübergebeugt und sprach energisch mit einem eher klein gewachsenen Mann im Anzug. Wie hieß er noch gleich?

Eddie. Einer unserer Kunden bei McKinsey, der auch auf der großen Party in der Piazza gewesen war.

»Du«, sagte ich zu Mira, die stehen blieb. »Groß und blond, da hinten am Fenster. Wer ist das und was macht er hier?«

Mira sah zu Eddie rüber.

»Ich glaube, er ist IT-Berater«, sagte sie. »Manchmal ziehen wir Externe zur Unterstützung hinzu.«

Berater? Wir von McKinsey waren die Berater gewesen; diesen Typ kannte ich doch als Lieferanten aus der Modeindustrie!

»Der Mann, mit dem er spricht«, setzte Mira fort, »ist auf jeden Fall beim MUST. Ganz eindeutig.«

Gemeinsam mit Mira verließ ich die Kantine.

Nach dem Mittagessen kehrten wir in die Abteilung zurück, und um zwei Uhr begann die Strategiesitzung. Der Oberbefehlshaber hatte eine Gruppe von rund zwanzig Personen zusammengestellt, die alle vor dem Konferenzraum warteten. Um Punkt 14 Uhr kam er, und alle standen auf.

»Kommen Sie herein«, sagte der Oberbefehlshaber und ging voran in den Konferenzraum.

Er ließ sich am kurzen Ende des Tisches nieder, auch die höherrangigen Offiziere nahmen Platz. Mira und ich setzten uns zusammen mit ein paar anderen in die Stuhlreihen dahinter. Es folgten Diskussionen über aktuelle Themen, nach einer Tagesordnung, die vor der Ankunft des Oberbefehlshabers verteilt worden war.

Ich versuchte, bei den verschiedenen Punkten so gut wie möglich mitzukommen, aber es war schwierig, wenn man nicht eingeweiht war. Nur über einen der Punkte wusste ich Bescheid: die Veränderung, die gerade erst stattgefunden hatte – vom freiwilligen Wehrdienst zu einer Wiedereinführung der Wehrpflicht.

Während der Diskussion wandte sich der Stabschef plötzlich an mich.

»Wir haben eine neue Mitarbeiterin«, sagte er und sah mich an. »Meine Assistentin, Sara. Sara, würden Sie aufstehen und kurz erzählen, wer Sie sind und was Sie bisher gemacht haben?«

Ich sah, wie sich zwanzig Augenpaare auf mich richteten, und tat, worum er mich gebeten hatte. Dann setzte ich mich wieder.

»Ich würde gerne Ihre Meinung zu den Themen hören, von denen ich denke, dass Sie uns dabei helfen können«, sagte der Oberbefehlshaber zu mir. »Aber natürlich dürfen Sie sich auch zu anderen Dingen äußern.«

»Im richtigen Maße«, flüsterte ein Mann zu meiner Rechten. Ich wandte den Kopf um und sah ihn an. Er war dunkelhaarig und hatte braune Augen, sah gut aus und war ebenso wie Mira in

eine Tarnuniform gekleidet. Basierend auf ihrer Beschreibung in der Kantine würde ich sagen, dass er den Spezialkommandos angehörte. Als sich unsere Blicke trafen, lächelte er.

Der Oberbefehlshaber merkte davon nichts. Aber Mira tat es. Sie zwinkerte mir zu.

Ganz ohne Vorwarnung wandte sich der Oberbefehlshaber erneut an mich, die ich doch keinerlei hochrangige Person war.

»*Sara*«, rief er vom kurzen Ende des Tisches aus. »Was halten Sie von der Wehrpflicht und der militärischen Grundausbildung? Welche Bedeutung hatte die Ausbildung für Sie, und wie könnte man sie Ihrer Meinung nach in Zukunft für Jugendliche attraktiver machen?«

Ich atmete tief ein.

Hätte der Stabschef mich nicht wenigstens darauf vorbereiten können, dass diese Frage kommen würde?

Dann stand ich auf und beantwortete sie, so gut ich konnte.

Nach der Besprechung, als wir alle gerade den Raum verließen, kam der Typ mit den braunen Augen und der Tarnuniform auf mich zu.

»Hallo«, sagte er. »Ich heiß Marcus. Willkommen im Hauptquartier. Sorry, dass ich dich da drinnen abgelenkt habe, ich wusste nicht, dass man dich fragen würde.«

»Ich auch nicht«, sagte ich. »Ein ziemlicher Schock war das, direkt am ersten Arbeitstag.«

Marcus nickte bewundernd.

»Es lief auf jeden Fall sehr gut«, sagte er. »Bis bald mal!«

Dann ging er, und ich kehrte an meinen Arbeitsplatz zurück.

Als ich am Montagabend nach Hause kam, saßen Sally und Lina im Wohnzimmer. Sally hatte bereits am Sonntag angekündigt, dass sie mit Lina ausgehen würde, und die beiden schienen bester Laune zu sein. Ich dagegen war völlig fertig und hatte großen Hunger; außerdem waren auf dem Nachhauseweg die Gedanken an Mamas Tagebuch mit aller Kraft zurückgekehrt.

War meine Mutter untreu gewesen? Mit wem? Wann? Hätte ich nicht etwas bemerken müssen?

»Hallo«, sagte ich zu Lina und Sally. »Gibt es etwas zu essen?«

»Nö«, sagte Lina vergnügt. »Ich habe vor ein paar Stunden gegessen.«

Ich warf ihr auf dem Weg in die Küche einen Blick zu.

»Und dir ist nicht in den Sinn gekommen, dass ich vielleicht auch etwas hätte essen wollen?«, fragte ich über die Schulter hinweg.

Lina antwortete nicht. Stattdessen wandte sie sich an Sally.

»Verstehst du mich jetzt?«, sagte sie ironisch.

»Sorry«, rief Sally mir zu. »Wir waren davon ausgegangen, dass du schon gegessen hast. Hast du übrigens das von Arnault gehört?«

»Ich habe überhaupt nichts über irgendetwas außerhalb des Hauptquartiers gehört«, sagte ich. »Was ist passiert?«

Sally streckte sich mit zufriedener Miene auf der Couch aus.

»Jean-Claude Arnault wurde einstimmig zu zwei Jahren Gefängnis verurteilt«, sagte sie. »Sag also nicht, bei Gericht würde nicht hin und wieder Recht gesprochen!«

»Das finde ich super«, sagte ich. »Wirklich. Ich bin nur so unglaublich müde.«

Ich schloss die Küchentür hinter mir, schaltete den Ofen ein und nahm einen tiefgekühlten Fischauflauf aus der Truhe. Keine Ahnung, warum Lina die ganze Zeit so unfreundlich war. Es war, als habe sie sich in eine ganz andere Person verwandelt als die, die sie vor Mamas Tod gewesen war. Ich hatte sie immer noch nicht zu ihren Kursen an der Uni befragt; sie würde wahrscheinlich gar nicht antworten.

Erschöpft ließ ich mich am Küchentisch nieder und wartete darauf, dass der Auflauf heiß wurde. Da fiel mir ein, dass ich zwar die entgangenen Anrufe gesehen, aber den ganzen Tag über meine Mailbox nicht abgehört hatte. Sally hatte angerufen, Andreas auch. Dann hatte ich einen Anruf aus Örebro erhalten von einer Nummer, die ich nicht kannte. Ich hörte die Nachricht ab.

»Hallo, Sara«, sagte eine freundliche Stimme. »Hier spricht Martin von der SEB Bank in der Drottninggatan in Örebro. Wie Sie wissen, war Ihre Mutter viele Jahre lang bei uns Kundin, und ich muss gestehen, dass uns ein Fehler unterlaufen ist. Wir haben festgestellt, dass Ihre Mutter hier ein Schließfach hatte. Das hätten wir Ihnen natürlich mitteilen müssen, bevor das Nachlassverzeichnis erstellt wurde. Aus irgendeinem Grund ist das leider untergegangen. Würden Sie mich bitte zurückrufen unter ...«

Ich notierte mir die Nummer auf einem Zettel, der auf dem Tisch lag.

Ein Schließfach? *Mama?*

Genau wie das Tagebuch hatte sie ein Schließfach mit keinem Wort erwähnt.

Was hatte sie dort verwahrt?

—≡≡—

Als der Fischauflauf fertig war und ich ihn am Küchentisch sitzend aß, sah Sally durch die Tür.

»Lina möchte zur Bar Central gehen und ein Bier trinken«, sagte sie leise. »Möchtest du mitkommen?«

»Nein danke. Ich bin echt geschafft von der Arbeit.«

»Wie ist es in der neuen Abteilung?«, fragte Sally. »Hast du den Oberbefehlshaber schon getroffen?«

»Ich glaube, es wird ganz großartig. Aber lass uns ein anderes Mal darüber sprechen.«

Sally sah mich an.

»Du weißt doch, warum ich mich gerade so auf Lina konzentriere. Ich glaube, sie braucht das jetzt.«

»*Komm schon, Sally!*«, rief Lina aus dem Flur. »*Wir gehen jetzt!*«

»Überhaupt kein Problem«, sagte ich. »Ich bin wirklich nur total müde. Viel Spaß!«

Sally winkte mir zu und ging, und ich war froh, endlich allein zu sein. Ich spülte, dann ging ich in mein Zimmer, und als ich auf dem Bett saß, die ganzen Kissen im Rücken und Simåns auf meinem Schoß, schlief ich auf der Stelle ein. Ich schaffte es nicht einmal mehr, mich auszuziehen.

In die Arbeit beim Stabschef fand ich mich schnell ein. Sie machte Spaß und forderte mich im genau richtigen Maß, und allmählich verwandelte sich die Erschöpfung der ersten Tage in mehr Energie und ein zunehmendes Interesse für meine Aufgaben. Es fühlte sich an, als sei ich endlich angekommen.

Auch der schwedische Reichstag kam langsam wieder in die Spur, auch wenn die Situation sicher seit vielen Jahren die seltsamste war, in der sich Schweden befunden hatte. Am Dienstag erhielt der Parteiführer der Moderaten Ulf Kristersson vom Reichstagspräsidenten den Auftrag, eine Regierung zu bilden.

»Abwarten«, sagte der Stabschef, als wir einmal gemeinsam im Aufzug nach unten fuhren und über die mögliche Regierungsbildung sprachen. »Abwarten.«

Mehrmals versuchte ich, Mamas Bankberater von der SEB in Örebro zurückzurufen, erreichte ihn aber erst am Mittwoch.

»Es tut mir leid, dass ich so schwer zu erreichen war«, sagte er, »aber hier ist gerade sehr viel los. Wir sind dabei, alle Schließfächer aufzulösen, dabei haben wir auch Ihres entdeckt. Ich muss mich wirklich für unser Versehen entschuldigen. Könnten Sie herkommen und das Fach leeren, damit wir es auflösen können?«

»Zusammen mit meiner Schwester, meinen Sie, oder?«, sagte ich. »Wir haben unsere Mutter zu gleichen Teilen beerbt.«

»Nein, in diesem Fall nicht. Sie sind als Alleinbegünstigte eingetragen. Das heißt nicht unbedingt, dass Ihre Mutter unfair war. Vielleicht liegen auch gar keine materiellen Werte im Bankfach. Aber Sie sind berechtigt, es allein abzuwickeln. So wollte es Ihre Mutter. Wann können Sie kommen?«

»Sie haben vermutlich zu den üblichen Bürozeiten geöffnet?«, fragte ich.

»Ja, eigentlich schon«, sagte Martin. »Aber im Rahmen der Auflösung aller Schließfächer bieten wir Öffnungszeiten an einigen Tagen abends an, um es den Kunden so leicht wie möglich zu machen. Wann würde es Ihnen passen?«

»Ich muss sehen, wann es mit der Arbeit zu vereinbaren ist«, sagte ich. »Kann ich Sie zurückrufen?«

»Natürlich. Melden Sie sich einfach. Oder ... hätten Sie am kommenden Wochenende Zeit? Ich kann eine Ausnahme machen und Sie am Sonntag treffen. Normalerweise machen wir das nicht, aber zum einen ist es recht wichtig, dass wir das Bankfach auflösen, zum anderen war es ja unser Fehler, dass wir die Nachlassfeststellung verpasst haben. Ich weiß, dass Sie einen neuen Job haben und stark eingespannt sind.«

»Ja, sehr gerne, wenn das möglich wäre!«

Wir vereinbarten einen Termin am Sonntag. Nach dem Telefonat saß ich noch eine Weile mit dem Telefon in der Hand da.

Irgendwas ist faul.

Am Freitagabend fand bei unseren Nachbarn Aysha und Jossan eine Party statt. Lina wollte sich keine »*entgleisenden Lesben*« ansehen, aber Sally und Andreas hatten beide Lust auf eine Party und waren daher mit von der Partie.

Wir stimmten uns mit einem Bier bei mir zu Hause ein. Durch die Wand waren Gelächter und Musik zu hören.

»Klingt schon ganz gut«, sagte Andreas. »Ich denke, wir können bald rübergehen.«

»Wo ist Lina?«, wollte Sally wissen.

Ich schüttelte den Kopf.

»Keine Ahnung.«

Ich hatte Sally und Andreas von dem berichtet, was Maria mir erzählt hatte, aber Lina immer noch nicht gefragt, ob sie ihre Kurse hingeworfen hatte. Derzeit war ich dazu einfach nicht in der Lage.

»Okay«, sagte Sally. »Komm, Sara, wir verschwinden noch kurz im Bad, und dann sollten wir rübergehen.«

»Na, dann putzt euch mal heraus«, sagte Andreas und öffnete noch ein Bier. »Ich halte solange hier die Stellung.«

Sally und ich frischten vor dem Spiegel das Make-up auf. Ich beobachtete, wie sie noch mehr Kajal auflegte und dann zufrieden ihr Spiegelbild betrachtete. Ihre Augen leuchteten.

»Du siehst aus wie eine Mischung aus Kakan Hermansson und diesem, äh, schwulen Tenor«, sagte ich. »Rickard Söderberg.«

»Perfekt«, sagte Sally zufrieden. »Genau das, was ich an einem Abend wie diesem brauche.«

Die Wohnungstür der Nachbarn war nicht verschlossen, man konnte sich also direkt in das Getümmel stürzen.

»*Inferno*«, schrie Sally in mein Ohr, um die Musik auf der Tanzfläche zu übertönen. »Das wird super!«

In der Küche war es ruhiger, und dort begrüßten wir Aysha und Jossan, die mit ein paar Typen Shots tranken. Jossan war eine typische schwedische Blondine, süß und liebreizend. Aber von Aysha wusste ich, dass sich hinter der süßen Fassade ein bärenstarker Wille verbarg. Und das mochte ich.

»Schön, dass ihr gekommen seid«, begrüßte Jossan uns freundlich. »Lakritz oder Tequila? Oder Wodka?«

»*Vodka love*«, sagte Sally und hielt ein Shotglas an die Flasche. »Dann tanze ich viel besser.«

Aysha sah uns an. »Seid ihr drei nur Freunde?«, fragte sie. »Oder sind welche von euch zusammen?«

Sally und Andreas sahen einander und dann mich mit hochgezogenen Augenbrauen an.

»Nur Freunde«, sagte ich.

»Bisher«, sagte Andreas bedeutungsvoll. »Aber die Nacht ist noch jung!«

Aysha lachte.

»Ansonsten gibt es hier genug Kandidaten, ihr habt die Wahl, falls ihr rummachen wollt. Kommt, ich stelle euch ein paar Leuten vor.«

Wir gingen hinaus auf den Balkon, wo mehrere Gäste standen und rauchten.

»Das sind die Ungesunden«, raunte Aysha. Dann sagte sie lauter: »*People*: Das sind unsere Nachbarn«, rief sie. »*Sara, Andreas und Sally*. Alle Singles!«

Auf dem Balkon brach Jubel aus, jemand klatschte in die Hände. Wir begrüßten verschiedene Personen, und plötzlich fühlte ich, wie schön es war, einfach trinken, lachen und glückliche Menschen treffen zu dürfen. Ich war fünfundzwanzig Jahre alt: Irgendwann musste ich es mir auch mal gut gehen lassen.

Jossan stand mit den Schnapsflaschen neben uns.

»*Sho-o-ots!*«, rief sie, und die Leute streckten ihr gierig ihre Gläser entgegen.

Sie füllte nach, und wir tranken, und dann stand ich plötzlich drinnen auf der Tanzfläche, umringt von schwitzenden Schwulen und Lesben. Neben mir tanzte ein langbeiniger Typ mit rabenschwarz gefärbtem Haar und einem T-Shirt in Regenbogenfarben. Er umfasste mich und wirbelte mich herum, bis ich laut lachte. Uns gegenüber tanzten zwei Lesben mit einer Wodkaflasche zwischen sich, und sie tranken Shots aus dem Mund der anderen. Ich war ein wenig betrunken, nicht sehr, nur so viel, dass ich glücklich war. Ich kannte keine der Personen um mich herum, doch sie waren fröhlich und freundlich, und wir hatten Spaß. Ich hatte seit Linas Abiturfeier nicht getanzt, und das war schon mehrere Monate her. Ich brauchte das.

Kurz vor Mitternacht stand ich mit Aysha und ein paar Frauen auf dem Balkon.

»Jetzt kommt ein *Jessica's Temptation*«, sagte Aysha. »Komm schon, Jessie: Zeig uns, wie's geht!«

Die Frau, die Jessica hieß, hatte eine Flasche Tequila und mehrere Shotgläser auf dem Tisch neben sich gestellt, dazu einen Salzstreuer und ein paar Zitronenspalten. Sie zog eine Rothaarige mit gepiercter Nase zu sich heran.

»Sandra, du fängst an«, sagte Jessica zu ihr.

»Welche Ehre«, sagte Sandra.

Jessica öffnete ein paar Knöpfe ihrer Bluse, goss zunächst einen Spritzer Tequila auf ihre Brust und streute dann Salz darauf. Sandra beugte sich vor und leckte gierig das Salz ab, nahm ein Shotglas mit Tequila und schluckte den Inhalt. Zum Schluss biss sie in eine Zitronenspalte.

Jessica goss einen weiteren Schuss Tequila über ihre Brust und rief:

»Ne-e-xt!«

»Wo ist Sally?«, fragte ich Aysha. »Das würde ihr gefallen.«

»Ich habe sie eine Weile nicht gesehen«, sagte Aysha.

Ich auch nicht, daher ging ich zurück in die Wohnung. Die Musik war etwas ruhiger, und es waren nicht mehr so viele Menschen auf der Tanzfläche; vielleicht hatten die Nachbarn sich beschwert.

In einer Ecke im Flur sah ich Sally und Andreas. Sie knutschten heftig.

Ich blieb wie angewurzelt stehen. Das hatte ich nicht erwartet, und ich wurde von Gefühlen überwältigt: Freude, aber auch Eifersucht und das unerwartete Gefühl, ausgeschlossen zu sein.

Mobbingopfer.

Reiß dich zusammen, schalt ich mich selbst. *Sei nicht so verdammt missgünstig!*

Aber das war schwer. Ich hatte nicht vorhergesehen, dass das passieren würde.

Plötzlich stand der Langbeinige im Regenbogen-T-Shirt neben mir.

»Nein, wirklich!«, sagte er mit gespielter Entrüstung und einem Blick auf Sally und Andreas. »*Heterogeknutsche!* Zwei Katzen unter den Hermelinen! Soll ich dazwischengehen und sie rauswerfen?«

Seine Worte weckten mich aus meiner merkwürdigen Eifersucht.

»Eugen«, sagte er und streckte mir die Hand entgegen.

»Sara«, sagte ich und schüttelte sie.

Dann hakte ich mich bei ihm ein.

»Wir wollen sie nicht weiter stören«, sagte ich und nickte in Sallys und Andreas' Richtung, »denn sie brauchen das wirklich, alle beide. Komm, wir zwei gehen jetzt tanzen.«

Gegen zwei Uhr hatte ich genug, ich wollte nur noch ins Bett. Sally und Andreas hatten sich auf ein Sofa verzogen und knutschten weiter, aber ich wollte sie nicht unterbrechen, deshalb stahl ich mich heimlich davon.

Zurück in meiner Wohnung, hielt ich kurz inne. War ich *wirklich* eifersüchtig auf Sallys und Andreas' Knutscherei?

Nein, eigentlich nicht. Ich war nur so stark abhängig von den beiden.

Linas Zimmertür war verschlossen, daher vermutete ich, dass sie schlief. Ich zog mich um und ging in mein Zimmer. Eigentlich wollte ich nur mein Telefon ans Ladegerät hängen, bevor ich einschlief.

Da sah ich, dass ich eine E-Mail bekommen hatte.

Wer schrieb um halb drei morgens E-Mails?

Ich öffnete mein Postfach. Der Absender war unbekannt, und ich konnte nicht herausfinden, wer die E-Mail geschickt hatte. Sie hatte keinen Betreff und keinen Text, aber es war eine Datei angehängt.

Sollte ich sie löschen?

Meine Neugier gewann die Oberhand, und ich öffnete die Datei. Es war ein Video, daher dauerte es eine Weile, bis ich es heruntergeladen hatte. Doch dann erschien ein Kästchen, in dem ich auf Play drücken konnte.

Ich tat es.

Es vergingen mehrere Sekunden, bis ich verstanden hatte, was ich mir da ansah. Dann sah ich plötzlich alles glasklar.

Das Video war abends aufgenommen worden, durch ein Küchenfenster in Olovslund.

Es war nur ein paar Minuten lang, aber als ich es ansah, wurde mir eiskalt.

Die Bildsequenzen zeigten in aller Deutlichkeit, wie ich, Sara, Fabians Stiefelknecht mit einem Lappen bearbeitete. Der gleiche

Stiefelknecht, der ein paar Minuten davor die Ursache dafür gewesen war, dass Fabian rückwärts die Treppe hinuntergefallen war, sich das Genick gebrochen hatte und jetzt tot war.

Im Film wischte ich sorgfältig meine Fingerabdrücke ab. Dann stellte ich den Stiefelknecht auf den Küchentisch, genau dorthin, wo ihn die Polizei kurz darauf finden würde, während ich beteuerte, dass er dort die ganze Zeit gestanden und ich ihn nicht berührt hatte.

Dieses Video zeigte deutlich, wie ich die Polizei in Bezug auf Fabians Tod bewusst angelogen hatte.

Worüber könnte ich sonst noch gelogen haben?

Wer hatte mich durch Fabians Fenster gefilmt?

Und wie wollte er den Film jetzt nutzen?

Hatte Georg über diesen Film gesprochen? Gehört er also BSV an und nicht dem Widerstand?

In meinem Kopf hallte Olas Stimme nach, völlig aus dem Zusammenhang gerissen:

»*Du bist so eine verdammte Idiotin! Du begreifst nicht mal, was du da in Bewegung gesetzt hast!*«

»Mist, wie unschön!«, sagte Andreas. »Sind wir sicher, dass das echt ist?«

Es war Samstagnachmittag, und wir saßen zu dritt vor meinem Computer: Sally, Andreas und ich. Ich hatte sie direkt nach dem Aufwachen angerufen, unsicher, ob ich sie zusammen oder einzeln antreffen würde.

Doch beide hatten bei sich zu Hause in ihren eigenen Betten gelegen und geschlafen, und bisher hatte ich mich nicht getraut, sie auf den Abend bei Aysha und Jossan anzusprechen.

Wir hatten das Video ein paarmal abgespielt und versucht zu verstehen, wer vor Fabians Fenster gestanden und gefilmt haben könnte, doch bisher hatten wir keine anderen Theorien als die übliche: BSV.

Ich dachte kurz nach, bevor ich auf Andreas' Frage antwortete.

»Ich erinnere mich nur verschwommen an die Tage, in denen ich bei Fabian gewohnt habe«, sagte ich. »Aber ich sehe vor mir, dass jemand in der Dunkelheit zwischen den Bäumen auf seinem Grundstück stand und uns beobachtete. Ich dachte, ich hätte mir das eingebildet, natürlich, aber das war offenbar nicht der Fall. Also *ja:* Es ist echt.«

»Müssen wir uns Sorgen machen über das Video?«, fragte Sally.

»Andreas?«

Er saß eine Weile schweigend da. Dann schüttelte er den Kopf.

»Ich weiß nicht«, sagte er. »Das hängt davon ab, wer es hat und was sie damit vorhaben. Du hast gesagt, die Polizei hat sich besonders für den Stiefelknecht interessiert und ihn auch im Verhör erwähnt? Und du hast gesagt, dass du ihn nicht berührt hast?«

»Genau«, sagte ich. »Ich habe erzählt, dass er auf dem Küchentisch gestanden hat und Fabian ihn manchmal polierte.«

Wieder schwieg Andreas.

»Das ist nicht gut, ganz und gar nicht«, sagte er. »Auf der anderen Seite haben sie vielleicht gar nicht vor, es der Polizei zu zeigen, sondern wollen dich nur unter Druck setzen.«

»Dann gehen wir jetzt erst mal davon aus«, sagte Sally. »Und dann vergessen wir das hier, bis wir einen Anlass haben, etwas anderes zu tun.«

Sie sah mich an.

»Du wirst es nicht schaffen, wenn du dir diesen Mist zu Herzen nimmst«, sagte sie. »Du musst die Sachen wegschieben und an etwas anderes denken.«

»Gut«, sagte ich. »Klingt nach einem Plan.«

»Das sehe ich auch so«, sagte Andreas.

Sie sahen einander nicht an, und ich musste schmunzeln.

»Und ihr beide?«, fragte ich. »Wenn wir schon das Thema wechseln wollen: Es ging ja gestern Nacht ganz schön heiß her auf dem Sofa, als ich gegangen bin.«

Sally sah vollkommen unberührt aus. Sie klimperte mit den Wimpern und sah mich mit der gleichen überheblichen Miene an, die Simåns aufsetzte, wenn er sein Missfallen ausdrücken wollte.

»Ein Arbeitsunfall, sozusagen«, sagte sie. »Wie ich gestern bereits sagte: *Vodka love.*«

Dann beugte sie sich vor und klappte den Deckel meines Notebooks resolut zu.

Ich sah Andreas an. Er zuckte die Achseln, ohne etwas zu sagen, aber er grinste.

»Du hattest recht, als ich aus Örebro zurückkam, Sally«, sagte ich. »Es gibt da etwas, was ich euch nicht erzählt habe.«

Beide sahen mich an, ohne etwas zu sagen.

»Ann-Britt hat mir Mamas Tagebuch gegeben.«

»*Tagebuch?*«, fragte Sally und spitzte die Ohren. »Ach Quatsch! Sie hat Tagebuch geschrieben? Hast du es gelesen?«

Ich nickte.

»Und?«, fragte Andreas.

Ich seufzte. Dann zog ich das Tagebuch hervor, in dem ich ein paar Stellen markiert hatte.

»Lest selbst«, sagte ich.

»Himmel«, sagte Andreas und legte das Tagebuch auf seinen Knien ab. »Ja, das erklärt einiges!«

»Ich weiß nicht, wie ich das alles interpretieren soll«, sagte ich. »Meine Mutter hatte also einen *Liebhaber?*«

»Kann es Fabian gewesen sein?«, fragte Sally.

Angewidert verzog ich das Gesicht, aber Sally sah mich lang an.

»Habe ich eigentlich mal erzählt, dass mein Vater drei Monate lang eine Freundin hatte, als wir in der Mittelstufe waren? Etwa zu der Zeit, als ich anfing, dich zu mobben?«

»*Eine Freundin?*«, fragte ich. »Deine Eltern waren doch das perfekte Paar!«

Sally zuckte die Achseln.

»Jedenfalls war es so. Eines der größten Traumata meines Lebens. Mama warf ihn raus und stellte ein Ultimatum, und nach einer Weile trennte er sich von der Frau und kam mit eingezogenem Schwanz nach Hause. Warum ich das erzähle ...«

»... nach so vielen Jahren!«, warf ich ein.

»... nach so vielen Jahren, ist, dass man nie alles weiß über Menschen und ihre Ehen«, sagte Sally. »Vielleicht am wenigsten bei seinen Eltern. Ich rate dir: *Halte dieses Detail von dir fern*, du hast genug, womit du dich gerade auseinandersetzen musst. Es spielt ohnehin keine Rolle mehr!«

Ich atmete tief ein.

»Morgen fahre ich nach Örebro. Mama hatte ein Bankschließfach, das aufgelöst werden muss.«

Andreas runzelte die Stirn.

»Morgen ist Sonntag«, sagte er.

Ich erklärte, was Martin gesagt hatte. Sally und Andreas sahen sich an.

»Okay«, sagte Sally. »Wir kommen mit und sehen uns das, was im Schließfach liegt, gemeinsam an, okay?«

Ich lächelte sie an.

»Hervorragend. Das Auto stottert, zickt hin und wieder rum, im schlimmsten Fall bleiben wir liegen. Aber nächsten Montag fahre ich zur Inspektion in die Werkstatt, mal sehen, was die sagen.«

»Keine Panne bitte«, sagte Sally mit einer Grimasse. »Das ist das Letzte, was wir jetzt noch brauchen.«

»Ich tue mein Bestes«, sagte ich. »Sonst rufen wir den Abschleppdienst.«

Am Sonntag holte ich Sally und Andreas ab, und wir fuhren gemeinsam nach Örebro. Wir parkten im Zentrum und legten die Strecke zur SEB-Bank zu Fuß zurück. Martin sah aufrichtig erstaunt aus, dass wir zu dritt waren. »Und Ihre Schwester?«, fragte er. »Sie ist nicht dabei?«

»Sie sagten doch, das sei nicht nötig«, sagte ich.

Die Wahrheit war, dass ich mir so viele Sorgen über den Inhalt des Bankfachs machte, dass ich Lina nicht dabeihaben wollte. Sie fuhr ständig die Klauen aus, und ich wollte in Ruhe herausfinden, wie ich zu dem, was Mama hinterlassen hatte – was immer es war – stand, bevor ich es Lina zeigte.

»Dann wollen wir mal sehen«, sagte Martin und holte die Schließfachkarte hervor, auf der man unterschreiben musste.

An den Unterschriften konnte ich sehen, dass es Mamas Handschrift war. Sie hatte das Schließfach fast zehn Jahre lang besessen und bei jedem Besuch selbst unterschrieben. Mit einer Ausnahme: dem letzten Besuch, kurz vor ihrem Tod. Da war eine andere Person an ihrem Schließfach gewesen.

Ann-Britt.

»Wie ist das möglich?«, fragte ich und deutete auf die Unterschrift. »Hatte Ann-Britt eine Vollmacht?«

»Ja. Weil Ihre Mutter im Krankenhaus lag, hat sie dieser Person eine Vollmacht erteilt, und dann ist die Betreffende gekommen und war am Schließfach. Die Aufzeichnungen der Bank zeigen, dass sie ... von Henrik in Empfang genommen worden ist. Den kennen Sie ja.«

Henke.

Sally und ich sahen einander an.

»Ein Schulfreund von uns«, erklärte Sally.

»Ich weiß«, sagte Martin. »Wollen wir dann?«

Wir gingen hinunter in das Gewölbe, in dem die Schließfächer untergebracht waren, und fanden das richtige Fach. Es war recht groß, und ich erschauderte angesichts dessen, was ich wohl darin finden würde. Martin und ich schlossen das Fach gemeinsam auf und öffneten die Tür.

Alles, was in dem großen Fach lag, war ein Handy. Es war nicht geladen, sah aber ganz neu aus.

Plötzlich erinnerte ich mich an Ann-Britts Worte, als sie mir das Tagebuch gegeben hatte: »*Sie gab mir das Tagebuch und das Telefon, aber das weißt du ja schon ...*« Ich war davon ausgegangen, dass sie Mamas normales Handy gemeint hatte, aber vielleicht meinte sie eigentlich dieses hier. Sie musste davon ausgegangen sein, dass wir das Schließfach längst geöffnet hatten.

»Aha«, sagte Martin und lächelte. »Scheint so, als müssten Sie nach Hause fahren und ein Ladegerät suchen. Können wir dieses Bankfach jetzt auflösen?«

»Natürlich«, sagte ich.

Abends, als wir zurück in Stockholm waren und das Handy aufgeladen hatten, setzten wir drei uns aufs Sofa. Das Telefon enthielt nichts außer einem Film, der sich unter dem Icon für Videos befand.

Georgs Stimme bei der After-Work-Party: »*Hast du den Film bekommen?*«

Hatte er diesen hier damit gemeint?

»Los«, sagte Andreas, und ich drückte auf den kleinen Pfeil im Bild. Mamas Gesicht im Krankenhausbett, bleich und ausgezehrt. Sie sah direkt in die Kamera, und am Winkel konnte man erkennen, dass sie es wahrscheinlich selbst aufgenommen hatte.

»*Sara*«, sagte sie leise. »*Ich muss dir etwas sagen.*«

»*Sag es einfach*«, war eine ungeduldige Stimme im Hintergrund zu hören. »*Wir haben nicht so viel Zeit.*«

»Stopp!«, sagte ich. »Spul zurück!«

Wir begannen von vorn. Als die Stimme im Hintergrund zu hören war, drückten wir auf Pause und sahen uns an.

»Das ist Berit«, sagte ich.

»*Ich wusste es!*«, sagte Sally. »Ich dachte doch, dass ich sie am Tag der Abiturfeier gesehen habe!«

»In Örebro?«, fragte ich. »Warum hast du nichts gesagt?«

»Ich hatte es völlig vergessen. Aber da muss sie deine Mutter besucht haben.«

»Lass es weiterlaufen«, sagte Andreas, und ich drückte erneut auf den Pfeil.

Mama sah besorgt in die Kamera.

»*Falls mir etwas zustoßen sollte und sie meine Aufzeichnungen zerstören, siehst du auf jeden Fall das hier*«, sagte sie. »*Ich bitte Ann-Britt, das Telefon in das Schließfach zu legen. Hab keine Angst vor dem Widerstand, du kannst ihnen vertrauen. Aber nimm dich in Acht vor Papas alten Freunden, vor allem Bertil. Ihm kannst du nicht trauen.*«

Sie machte eine Pause. Es sah aus, als fiele es ihr schwer, das Folgende zu sagen.

»*Hätte ich das geahnt, hätte ich sie niemals ins Haus gelassen*«, sprach sie weiter. »*Ich habe sie Papas Sachen durchsehen lassen, weil sie damit drohten, sonst dir und Lina etwas anzutun.*

Aber der Major weiß nichts, halt dich an ihn. Und kümmere dich um Lina, mein Liebling!«

Mama fing an zu weinen. Im Hintergrund war wieder Berits Stimme zu hören, noch ungeduldiger.

»Nun lies schon, bevor jemand kommt.«

Mama nickte nervös und versuchte, ihre Tränen wegzuwischen. Dann sprach sie weiter.

»Papa hat mir einen Zettel hinterlassen, den sie nicht gesehen haben. Ich habe ihn ganz unten in mein Schmuckkästchen gelegt. Ich weiß nicht, was es bedeutet, aber ich lese ihn dir laut vor. ›Sara – ehre unsere Geheimnisse. Erinnere dich an deinen Namen. Und vergiss niemals den Familiencode.‹«

Dann blickte sie direkt in die Kamera.

»Und dann wollte ich dir noch sagen, dass ich Papa nie traurig machen wollte«, sagte sie. *»Denk daran, Sara! Er ist immer so gut zu Lina und dir gewesen.«*

Plötzlich sah man, dass eine Person durch die Tür hinter Mama den Raum betrat. Dann sah man nur noch ihre Bettdecke in Nahaufnahme, als habe ihr jemand das Telefon aus der Hand geschlagen. Danach wurde das Bild schwarz.

Sally, Andreas und ich sahen einander an.

»*Ehre unsere Geheimnisse*«, sagte Sally. »*Erinnere dich an deinen Namen. Vergiss niemals den Familiencode.*«

»Inwiefern hat sie deinen Vater traurig gemacht?«, fragte Andreas. »Verstehst du, was das bedeuten soll?«

Ich schüttelte den Kopf.

»Ich habe nicht die geringste Ahnung.«

Die zweite Arbeitswoche lief gut an, und ich fühlte mich wohl: Der Umgang mit dem Stabschef war einfach, und meine Aufgaben machten mir Spaß. Am Montag rief Sally an und wollte hören, wie es mir nach der Sache mit dem Tagebuch und dem Film ging. Ich gab vor, mich gut zu fühlen, aber eigentlich verdrängte ich jeden Gedanken daran. Auch Andreas rief mich Montagabend an, jedoch nicht, um über das Tagebuch und den Film zu sprechen. Am Donnerstag dieser Woche fand eine große Party bei seiner Zeitung *Expressen* statt, und er wollte wissen, ob ich Lust hatte mitzukommen.

»Ich?«, fragte ich erstaunt. »Das geht doch nicht, ich arbeite ja gar nicht dort!«

»Vor der Party bei den Nachbarn bist du ewig nicht mehr aus gewesen. Außerdem kannst du da Börje kennenlernen, meinen Chef, und das schadet ja nicht, wenn wir ihn später vielleicht mal brauchen.«

»Meinst du, um etwas zu veröffentlichen?«, fragte ich.

»Vielleicht«, sagte Andreas. »Er hat ein ziemlich großes Netzwerk, das vielleicht mal nützlich sein könnte.«

»Und Sally? Kommt sie auch mit?«

Andreas lachte kurz auf.

»Sally wurde gefragt, hat aber dankend abgelehnt. Sie hat Todesangst, dass ich das, was auf der Party passiert ist, wichtiger nehme, als es war.«

»Und du?«, fragte ich. »Was willst du von Sally?«

»Ich?«, sagte Andreas. »Ich arbeite nur.«

»Okay, ich komme mit. Was für ein Rahmen, und wie lautet der Dresscode?«

»Bier und Wein, ein Buffet und betrunkene Journalisten. Versuche, dich wie eine coole Kulturjournalistin zu kleiden, der der Rest der Welt scheißegal ist.«

»Kein Problem«, sagte ich ironisch. »Ich setze da ganz auf mein normales Outfit. Und du?«

»Was meinst du?«

»Du solltest dich vielleicht etwas mehr mit deinem Aussehen beschäftigen.«

»Ach Quatsch«, sagte Andreas, sehr von sich überzeugt. »Die Leute lieben mich für meine unverwüstliche Seele.«

»Hört, hört«, sagte ich.

Es würde sicher Spaß machen, mit Andreas auf eine Party zu gehen.

Am Dienstagnachmittag kam der Stabschef mit leicht besorgter Miene zu mir.

»Sara, ich weiß, dass es sehr kurzfristig ist, aber ich bräuchte morgen Ihre Hilfe. Können Sie tagsüber mit einigen wichtigen Unterlagen, die die Kommandoleitung des Kronobergsbataillons, KRAG, braucht und die persönlich übergeben werden müssen, nach Växjö fahren? Ich wollte selbst fahren und hatte eigentlich nicht einmal vor, Sie mitzunehmen, aber jetzt werde ich in einigen Besprechungen hier im Hauptquartier gebraucht. Was sagen Sie? Sie fliegen von Bromma mit der Morgenmaschine und reisen abends wieder zurück.«

»Kein Problem«, sagte ich, »das gehört zu meinen Aufgaben. Sagen Sie mir einfach, was ich machen muss.«

Der Stabschef sah mich dankbar an.

»Danke, Sara«, sagte er. »Sie haben wirklich die richtige Einstellung für diese Position.«

Der Mittwochmorgen brach sonnig und kalt an, mit perfektem Flugwetter. Wir hoben in Bromma gegen neun Uhr ab und landeten knapp eine Stunde später in Växjö. Ein im Voraus gebuchtes Taxi wartete, es sollte mich und meine wichtigen Papiere – nicht unbedingt in dieser Priorisierung – zum

Kronobergsbataillon bringen. Dort würde ich auf einen Leutnant treffen und meine Dokumente übergeben. Ich wusste nicht, was die Mappen enthielten, doch beim Militär waren persönliche Übergaben von Dokumenten mit Geheimvermerk nicht ungewöhnlich. Etwas hatte ich jedenfalls während meiner Zeit bei den Streitkräften gelernt: Stelle niemals Befehle rund um geheimes Material infrage.

Das Taxi rollte durch Växjö, und ich nutzte die Zeit, um mir die Stadt anzusehen – ich konnte mich nicht daran erinnern, je hier gewesen zu sein. Es war eine wohlhabende Stadt, vielleicht etwas kleiner als Örebro, aber mit einer ähnlichen Mischung aus frei stehenden Häusern und Wohnblöcken. Der Besuch war eine willkommene Abwechslung zu Stockholm, und ich fühlte mich hier ganz einfach wohl.

Ich hatte mich auf den Besuch des Kronobergsbataillons gefreut, aber als ich im Taxi saß, erhielt ich plötzlich eine SMS vom Leutnant: Er wolle den Treffpunkt ändern und sich lieber in der Stadt treffen, falls das möglich war? Wir könnten früh zusammen zu Mittag essen, und dann stünde es mir frei, ein wenig durch Växjö zu schlendern, bis es Zeit war, zum Flughafen zurückzufahren.

Mein Flug würde nicht vor vier Uhr gehen, daher hatte ich reichlich Zeit. Ich bat den Taxifahrer, mich zu der Adresse zu bringen, die ich vom Leutnant erhalten hatte, und plötzlich befand ich mich mitten im Zentrum Växjös. Eine – wie der Name Storgatan schon verriet – große Fußgängerzone verlief durch den Stadtkern. Der Leutnant hatte mich gebeten, zu einem Restaurant namens PM & Vänner zu fahren. Das Gebäude, vor dem das Taxi hielt, erwies sich als schickes Hotel mit mehreren Restaurants, von denen eines einen Michelin-Stern hatte. Hoffentlich wollte der Leutnant nicht dort essen. Doch ich hätte mir keine Sorgen machen müssen: Er wartete vor dem Hotel, ein Mann in

Uniform mit sehr kurz geschorenem Haar, und hatte uns einen Tisch in dem einfacheren Bistro reserviert.

»Willkommen in Växjö«, begrüßte er mich, schüttelte mir die Hand und stellte sich als Jonas vor. »Wahrscheinlich wundern Sie sich über mein unprofessionelles Verhalten, aber an einem so schönen Tag bekommt man Hummeln im Hintern, wenn man nur drinnen sitzt. Ich wollte gerne in die Stadt kommen, und essen müssen wir ja ohnehin, ich ebenso wie Sie. Papiere austauschen können wir überall.«

Ich wunderte mich ein wenig über seine entspannte Haltung, die ich von meiner eigenen Zeit bei den Streitkräften nicht kannte. Andererseits hatte ich es auch nie zum Leutnant geschafft.

Jonas und ich setzten uns an einen Tisch im Bistro und tauschten Dokumente gegen Quittung, und dann bestellten wir ein frühes Mittagessen. Das passte mir sehr gut, denn ich hatte das Frühstück ausgelassen und nur am Flughafen in Bromma einen Latte getrunken. Jonas aß Fisch, ich einen großen Salat, und wir tranken beide Mineralwasser, während wir über dieses und jenes plauderten. Brett Kavanaugh war gerade zum Richter am Obersten Gerichtshof in den USA ernannt worden, trotz zahlreicher Proteste und Zeugenaussagen, die ihn beschuldigten, er habe viele Jahre lang Frauen sexuell belästigt. Das gefiel weder Jonas noch mir.

»In einer modernen Gesellschaft ist es absolut unseriös, Männer, die sich so verhalten, laufen zu lassen«, sagte er. »Wie Sie wissen, sind wir bei den Streitkräften viel strenger geworden. Das ist die einzige Möglichkeit, wenn wir die besten Männer und Frauen rekrutieren wollen, egal welche sexuelle Veranlagung, welchen Hintergrund, welche Religion sie haben.«

»Das finde ich auch«, sagte ich. »Hier habe ich endlich mal das Gefühl, dass Schweden trotz allem auf dem richtigen Weg ist.«

Jonas sah mich an und lachte.

»›*Trotz allem?*‹ Sind Sie skeptisch?«

»Ich stelle nur von Grund auf alles infrage.«

Um kurz vor zwölf sah Jonas auf seine Uhr.

»Oh, jetzt muss ich mich aber beeilen. Ich muss um zwölf zur nächsten Besprechung im Büro sein. Aber bleiben Sie ruhig sitzen und trinken Sie noch einen Kaffee. Ich zahle alles zusammen auf dem Weg nach draußen.«

Wir gaben uns zum Abschied die Hand, dann stand er auf und verschwand. Die Kellnerin kam mit meinem Kaffee, und plötzlich hatte ich zum ersten Mal an diesem Tag das Gefühl, mich entspannen zu können. Die Dokumente waren übergeben, die Quittung steckte in meiner Tasche. Ich hatte natürlich keine Möglichkeit, dem Stabschef über den Zustand des Kronobergsbataillons zu berichten, aber das war andererseits auch nicht meine Aufgabe. Jetzt konnte ich einfach hier sitzen und es ruhig angehen lassen, auf dem Handy die Zeitung lesen und endlich mal die liegen gebliebenen E-Mails abarbeiten.

Um Punkt zwölf gingen im Bistro die Lampen aus. Da es draußen sehr sonnig war, stellte das für uns Mittagsgäste kein größeres Problem dar. Doch auch an der Bar ging das Licht aus, und aus der Hotellobby war eine gewisse Unruhe wahrzunehmen.

Als die Kellnerin an meinem Tisch vorbeiging, hielt ich sie auf.

»Was ist passiert?«, fragte ich. »Warum sind alle Lampen ausgegangen?«

»Tja«, sagte sie mit einem leicht irritierten Lächeln, ohne stehen zu bleiben, »wenn ich das wüsste.«

Sie eilte weiter aus dem Bistro in den Hotelteil, aus dem man ein lautes, rasselndes Geräusch hören konnte. Ich überlegte kurz, dann beschloss ich: Es war sinnlos, an einem so schönen Tag hier drinnen zu sitzen, wenn es auch noch einen Stromausfall gab. Ich hatte Sneakers an; ich konnte genauso gut einen Spaziergang machen. Der Strom würde sicher in ein paar Minuten wieder da sein.

Ich entschied, an der Rezeption vorbeizugehen; dort hätte man sicher Vorschläge für eine schöne Spazierrunde. Vorhin auf dem Weg ins Restaurant waren wir an der Rezeption vorbeigekommen, die mit mehreren sympathisch aussehenden Personen besetzt war. Aber als ich jetzt dorthin zurückkehrte, erkannte ich die Rezeption kaum wieder. Eine große Wand, anscheinend aus Metall, war vor dem Tresen heruntergezogen worden, und davor stand eine blonde Frau im Kostüm. Sie sah nervös aus.

»Was ist passiert?«, wollte ich von ihr wissen. »Warum haben Sie die Rezeption geschlossen?«

»Wir haben einen schwerwiegenden Stromausfall«, antwortete die Frau. »Ich vertrete die Hotelleitung und kann Ihnen helfen, falls Sie Fragen haben. Derzeit versucht das Personal, den Gästen in ihren Zimmern zu helfen, falls diese dort etwas benötigen.«

Wie es schien, hatte das gesamte Hotel keinen Strom mehr.

»Haben Sie kein Notstromaggregat, das anläuft, wenn es einen Stromausfall im Hotel gibt?«

Die Frau lächelte.

»Nicht nur wir haben einen Stromausfall«, sagte sie. »Er betrifft große Teile Südschwedens, und derzeit weiß keiner, wann der Strom zurückkommt.«

Langsam ging mir auf, was sie da sagte. Durch die Drehtür trat ich hinaus auf die sonnige Straße, und überall – in allen Schaufenstern, die ich vom Taxi aus gesehen hatte – herrschte Dunkelheit.

Die Leute schlenderten umher und unterhielten sich im Sonnenschein. Einige hatten sich auf Bänken niedergelassen. Eine

Art Wochenendgefühl hatte sich über die große Straße gelegt: Es hatte keinen Zweck, etwas Sinnvolles machen zu wollen, es gab keinen Strom, und man wusste nicht, wann wieder alles funktionieren würde.

Ich sah auf mein Handy: zehn nach zwölf. War vielleicht auch der Flugverkehr betroffen? Und der Zugverkehr? Wie würde ich dann nach Hause kommen?

Neben dem Hotel gab es eine kleine Terrasse, auf der ein paar Tische in der Sonne standen. Dort ließ ich mich nieder. Ich konnte genauso gut hier noch einen Kaffee trinken, während ich nachsah, was die Nachrichtenseiten über diese Sache zu berichten hatten. Das *Aftonbladet* war in der Regel auf dem neuesten Stand, sie meldeten sicher etwas.

Ich setzte mich etwas bequemer hin und hielt nach einer Kellnerin Ausschau, konnte aber niemanden entdecken. Also nahm ich mein Handy und tippte auf die *Aftonbladet*-App.

Nichts. *Es konnte keine Internetverbindung hergestellt werden,* teilte mein Smartphone mir mit.

Irritiert öffnete ich mein E-Mail-Postfach; ich würde dem Büro mailen und sie bitten müssen, mir Informationen zu schicken.

Das Postfach war tot. *Es konnte keine Internetverbindung hergestellt werden,* stand erneut auf dem Display.

Unbehagen breitete sich in mir aus: Was, wenn mein Flug deswegen gecancelt würde? Ich musste den Flughafen anrufen und die Abflugzeiten prüfen.

Schnell tippte ich auf das Google-Symbol, um die Daten vom Flughafen in Växjö zu finden.

Nichts. *Es konnte keine Internetverbindung hergestellt werden,* sagte das Telefon.

Dann vielleicht das Taxiunternehmen? Von ihnen musste ich doch Informationen bekommen können, sie wussten sicher, wie es am Flughafen aussah. Und dann könnte ich ein Taxi vorbestellen, das mich rechtzeitig abholte; es erschien mir sinnvoller, gestrandet am Flughafen zu sitzen als hier in einer sonnigen Fußgängerzone, umgeben von dunklen Schaufenstern.

Wieder drückte ich auf Google, um die Nummer von Växjö Taxi zu suchen.

Es konnte keine Internetverbindung hergestellt werden, behauptete mein Smartphone.

Plötzlich stand die Kellnerin neben mir, die gleiche Kellnerin, die uns beim Mittagessen im Bistro bedient hatte. Dankbar sah ich zu ihr auf, aber sie wirkte überhaupt nicht gut gelaunt.

»Noch mal hallo«, sagte ich freundlich. »Wie schön, dass Sie kommen! Dieser Stromausfall ist total verrückt, mein Telefon und das gesamte Internet sind tot!«

Sie sah mich wütend an.

»Glauben Sie mir, das weiß ich!«, sagte sie.

»Könnte ich vielleicht einen Latte bekommen?«, fragte ich sie freundlich. »Am besten einen richtig starken.«

Die Kellnerin stemmte eine Hand in die Hüfte und legte den Kopf ein wenig schief. Sie starrte mich an, trotzdem hatte ich nicht das Gefühl, dass sie auf mich sauer war.

»Klar, wenn Sie *Bargeld* haben!«, sagte sie sauer.

»Bargeld?«, fragte ich verblüfft. »Wieso?«

Ihre Wut schien mit jedem der Worte, die jetzt in einem Schwall aus ihr hervorbrachen, zuzunehmen. »*Weil in dieser Stadt kein einziges verdammtes Kartenlesegerät funktioniert*, daher kann ich nur in bar abkassieren! *Passend!* Und damit Sie es gleich wissen: Die Geldautomaten funktionieren auch nicht! Und wer *zur Hölle* weiß, wann der Strom zurückkommt?«

Weitere anderthalb Stunden waren vergangen, und langsam bekam ich in meinen Sneakern Blasen an den Füßen. Die Sonne strahlte von einem klaren blauen Himmel herab, und es war schwer zu glauben, dass Växjö und Umgebung von einer Krise betroffen sein sollten. Die Menschen saßen kurzärmelig da, lachten und unterhielten sich, ein paar Männer tranken Bier vor einem Imbiss, und am Ufer des Växjösees schlenderten händchenhaltende Paare. Doch unter der Oberfläche brodelte es, es war eine Unruhe zu spüren, die mit jeder Minute zunahm.

War es wirklich so einfach?

Wäre es wirklich so einfach, uns außer Gefecht zu setzen?

Auf Anraten der Kellnerin war ich rund um den Växjösee spaziert und hatte mir sogar die Kunstwerke angesehen, an denen man vorbeikam. Doch jetzt war ich wieder an meinem Ausgangspunkt und spürte selbst, wie meine Unruhe in gleichem Maße zunahm wie die Wut der Kellnerin. Es war gleich zwei Uhr, mein Flug sollte um vier gehen. Was sollte ich tun, wenn ich hier strandete, ohne Bargeld und ohne Internetanschluss? Ein immer wieder von Störungen unterbrochenes Telefonat mit dem Stabschef hatte ich zustande gebracht, bei dem er sich angesichts dessen, was ich berichtete, sehr aufregte und mich versprechen ließ, sofort ins Büro zu kommen, wenn – *falls* – ich es noch am Abend zurück nach Stockholm schaffen sollte. Als ich ihn fragte, was über den großen Stromausfall bei den Zeitungen im Internet zu lesen war, kam seine Antwort kurz und abgehackt: »*Nichts.*«

Nichts?

Warum berichteten die Zeitungen nichts über dieses Ereignis, das große Teile Südschwedens betraf?

Jetzt ging ich zurück in Richtung Zentrum. Rechts von mir türmte sich der Dom von Växjö auf, und plötzlich erblickte ich etwas, das mir Hoffnung gab: Das Wort »Smålandsposten« leuchtete mir von einem Schild an einem niedrigen Gebäude entgegen. Ich beschleunigte meine Schritte. Es schien, als würde ich mich von der Rückseite nähern: Eine Tür stand offen, einen Stein als Türstopper davor, und auf der Außentreppe lehnte sich eine Frau gegen die Wand und rauchte.

Ich ging zu ihr hinüber, etwas außer Atem von meinem kleinen Endspurt.

»Hallo«, sagte ich. »Ich heiße Sara und bin zum ersten Mal in Växjö. Was ist passiert? Haben Sie Strom bei der Zeitung?«

Die Frau betrachtete mich freundlich. Dann schnipste sie die Zigarettenkippe mit Daumen und Zeigefinger weg und nickte dann in Richtung der Türöffnung.

»Dunkel wie in einem Grab«, sagte sie. »Sehen Sie selbst.«

Sie ging durch die schwarze Türöffnung, und ich folgte ihr. Im Zeitungshaus war es dunkel, die Computer liefen nicht. Journalisten und anderes Personal saßen in kleinen Gruppen rund um kleine Kaffeetische oder standen in losen Grüppchen zusammen. Meine neue Freundin nahm mich mit zu einer der Gruppen und erklärte, dass ich heute zu Besuch in Växjö war.

Ein älterer Mann sah mich spitzbübisch an.

»Tja, hier wird auf jeden Fall keine Zeitung gemacht«, sagte er. »Keiner der Rechner funktioniert.«

Ein anderer Mann mittleren Alters sah von der Sitzgruppe auf, in der er sich niedergelassen hatte.

»Sind Sie Journalistin?«, fragte er.

»Nein, ich arbeite im Hauptquartier der Streitkräfte in Stockholm.«

Mehrere wütende Ausrufe wurden laut, als man von meinem Beruf erfuhr. Meine neue Freundin erhob die Stimme.

»Beruhigt euch«, rief sie. »Es ist doch nicht *ihre* Schuld, dass der Strom weg ist!«

»Bist du sicher?«, rief ein Mann von der anderen Seite des Raumes, was mit lautem Gelächter quittiert wurde.

»So also sieht unsere Verteidigung aus?«, fragte eine Frau an einem Schreibtisch. »Jemand zieht den Stecker, und schon geht in ganz Schweden nichts mehr?«

Jemand zieht den Stecker, und schon geht in ganz Schweden nichts mehr.

Sie sprach aus, was ich gedacht hatte.

Am Nachmittag kam der Strom zurück. Die Schaufenster waren wieder beleuchtet, und ich konnte ein Taxi bestellen, um zum Flughafen zu fahren. Dort stellte ich fest, dass mein Flug planmäßig gehen sollte, doch zunächst mussten alle Passagiere die gründlichste Sicherheitskontrolle durchlaufen, die ich je erlebt hatte – Schuhe aus; Leibesvisitation; vollständige Durchsuchung des gesamten Handgepäcks.

Ein freundlicher Mann mittleren Alters, der vor mir in der Schlange stand, wandte sich an eine Flughafenmitarbeiterin und sagte: »Glauben Sie etwa, jemand von *uns* steckt hinter dem Stromausfall?«

Sie antwortete nicht, daher wandte er sich stattdessen zu mir um: »Auf den Nachrichtenseiten im Netz steht überhaupt nichts dazu, obwohl die gesamte Infrastruktur ausgefallen ist! Ist das nicht merkwürdig?«

»Heben Sie bitte die Arme über den Kopf«, forderte ihn die Mitarbeiterin grimmig auf.

Ja, das war in der Tat merkwürdig. Ich grübelte, während wir durch die zunehmende Herbstdämmerung nach Bromma flogen und auch auf der gesamten Taxifahrt bis zum Hauptquartier.

Der Stabschef erwartete mich in seinem Büro, er war bester Laune.

»Willkommen zurück«, sagte er. »Hat die Übergabe gut geklappt?«

»Ganz problemlos«, sagte ich und legte die Quittung auf seinen Schreibtisch. »Doch sie geschah nicht beim Bataillon, sondern in einem Restaurant in der Stadt. Der Leutnant wollte es so.«

Der Stabschef nickte, warf einen Blick auf die Quittung und legte sie in eine Schublade seines Schreibtisches. Dann lehnte er sich im Stuhl zurück, die Arme hinter dem Kopf verschränkt, und lächelte mich an.

»Erzählen Sie mir vom Stromausfall«, sagte er.

Ich berichtete genau, was ich erlebt hatte, und während ich sprach, hatte ich die ganze Zeit dieses merkwürdige, mir schon bekannte Gefühl, das ich nicht genau greifen konnte. Der Stabschef hörte mir gebannt zu, mit augenscheinlich großem Interesse. Er nickte aufmunternd, als ich mich über Details ausließ. Nachdem ich fertig war, setzte er sich auf.

»Haben Sie in Växjö jemanden gesehen, den Sie kennen?«, fragte er. »Außer dem Leutnant, mit dem Sie zu Mittag gegessen haben?«

Ich überlegte. Dann schüttelte ich den Kopf.

»Nein, niemanden.«

»Das ist gut, Sara«, sagte er. »Sie haben mir heute mit der Übergabe wirklich einen großen Gefallen getan. Es tut mir leid, dass Sie mitten in diesen Stromausfall geraten sind, aber solche Dinge passieren.«

Er fing an, seine Sachen zusammenzupacken, um nach Hause zu gehen.

»Die Zeitungen haben im Internet überhaupt nichts darüber berichtet«, sagte ich. »Das finde ich seltsam.«

»Die sind wirklich unberechenbar«, sagte der Stabschef gleichgültig.

»Gehen wir?«

Ich begleitete ihn durch das Haus, hinaus auf den Lidingövägen bis zum Valhallavägen, wo wir in unterschiedliche Richtungen mussten. Doch erst in der U-Bahn fiel mir ein, warum mir dieses Gefühl, das ich gehabt hatte, als ich ihm vom Stromausfall berichtete, so bekannt vorgekommen war. Es war genau wie damals, als ich ihm erzählte, dass Papa tot war: *Du wusstest es. Du hast es die ganze Zeit gewusst.* Der Stabschef hatte all das, was ich ihm gerade erzählt hatte, bereits gewusst.

Am Donnerstagabend trafen Andreas und ich uns zunächst bei ihm zu Hause, damit ich in Ruhe erzählen konnte, was ich in Växjö erlebt hatte. Vielleicht war es Zufall, dass ich genau zu dem Zeitpunkt dort gewesen war, als es zu dem Stromausfall kam, aber so fühlte es sich nicht an.

»Ehrlich gesagt«, sagte ich, während ich Andreas vom Schrank zum Bad und in den Flur folgte, »fühlte es sich so an, als sei die Übergabe selbst, die ich für den Grund der Reise gehalten hatte, völlig nebensächlich gewesen. Auch dass der Leutnant und ich uns in der Stadt statt draußen beim Kronobergsbataillon getroffen haben, war meiner Meinung nach kein Zufall – sie wollten mich beim Stromausfall mitten in der Stadt haben.«

Andreas hielt sich zwei Pullover an, einen grünen und einen blauen. »Den grünen«, sagte ich.

»Okay«, sagte Andreas und zog den Pullover an. »Ich glaube dir. Aber *warum?*«

»Ich weiß es nicht, aber so war es. Komm, jetzt gehen wir auf diese Party.«

Zu Fuß gingen wir zu dem Hochhaus, in dem die Zeitung *Dagens Nyheter* ihren Sitz hatte, und fuhren mit dem Aufzug ganz nach oben, um zur Party zu kommen. Dort hatte man einen fantastischen Ausblick über Stockholm, von dem ich mich nur schwer lösen konnte, doch schließlich hatte ich mich sattgesehen und folgte Andreas zur Party.

Überall in dem riesigen Raum standen und saßen Leute, und obwohl die Party erst vor einer Viertelstunde begonnen hatte, waren schon mehrere Hundert Personen da. Angestellte stellten ständig neue Platten auf das Buffet, und an der Bar musste das Personal ganz schön schwitzen, um Weingläser und kalte Biere hervorzuholen und gleichzeitig den Gästen nachzuschenken.

»Wie die Geier«, sagte Andreas zufrieden. »Wie bei einer ganz normalen Promiparty, nur dass hier die Leute noch spitzere Ellenbogen haben. Man ist ja schließlich Journalist. Ich selbst bin ein Geier mit sehr spitzen Ellenbogen.«

»Nichts gegen mich. Gibt es Essen und Alkohol kostenlos, bin ich allzeit bereit.«

»*First things first*«, sagte Andreas. »*Auf zur Bar!*«

Wir drängelten uns bis zur Bar durch und versorgen uns mit je einem Glas Wein, und Andreas stellte mich einigen seiner Kollegen vor. Dann stellten wir uns mit unseren Getränken ans Fenster.

»Eine Sache, die aufkam, als ich letztes Mal in Örebro war: Was weißt du über Anna-Greta Leijon und all das, was passiert ist, bevor sie zurücktreten musste?«

»Das ist sehr lange her. Warum willst du das wissen?«, fragte Andreas.

»Mein Vater hatte einen Hefter über sie angelegt, aber da standen andere Dinge drin, als ich erwartet hatte«, sagte ich.

»Die Entführung?«, wollte Andreas wissen.

Ich nickte.

In diesem Moment kam einer von Andreas' Kollegen zu uns herüber.

»Wie lange wollt ihr hier noch mit leeren Gläsern rumstehen? Nicht sehr repräsentativ die Truppe, Andreas.«

»Du hast recht«, sagte Andreas und wandte sich an mich. »Trink aus! Zeit nachzufüllen.«

Gehorsam stürzte ich den restlichen Wein hinunter und folgte Andreas und seinem Kollegen zur Bar.

»Noch mal rot?«, wollte Andreas wissen, als wir dort ankamen.

»Auf jeden Fall. Das ist doch ein Rotweinabend, oder nicht?«

»Anfangs schon. Wenn das Tanzen losgeht und die Leute anfangen zu schwitzen, geht man zum Bier über.«

»Es wird auch getanzt?«, fragte ich erstaunt.

»Komm, jetzt holen wir uns was zu essen. Lass uns ein anderes Mal über die Leijon sprechen.«

Durch das Gedränge kämpften wir uns vor bis zum nächsten Buffet und nahmen uns jeder einen Teller mit Halterung, an der man sein Weinglas befestigen konnte. Dann versorgten wir uns mit Lachs, Roastbeef, Salaten, Kartoffeln, Käse und Brot. Gerade wollte ich Andreas auf der anderen Seite des Tisches etwas zurufen, als ein Mann neben mir seinen Arm ausstreckte, um Kartoffelsalat zu nehmen. Mein Blick fiel auf seine Hand, an der am kleinen Finger ein goldener Siegelring prangte.

Ich erstarrte. Das Emblem auf den Siegelring stellte ein Wappen mit den Buchstaben BSV und den drei kleinen Kronen dar.

Der Raum begann sich zu drehen, und beinahe hätte ich meinen Teller fallen gelassen. Ich sah zu ihm auf, und für eine Sekunde trafen sich unsere Blicke. Er war blond, hatte ein kantiges Gesicht und sah aus, als wäre er etwa sechzig.

Ich hatte ihn definitiv schon einmal gesehen. *Aber wo?*

Auf dem Fest im Djurgården mit Bella?

Bei dem Kundenevent mit McKinsey in der Piazza? Oder war es vielleicht gerade erst gewesen, auf der After-Work-Veranstaltung des Hauptquartiers? Der Sonnengebräunte?

Mir fiel nicht nur sein Gesicht auf, sondern auch seine Kleidung: hellblaues Hemd, graues Sakko, rote Krawatte mit blauen und weißen Symbolen darauf. Jedes Detail brannte sich in mein Gedächtnis ein.

Eine Sekunde später hatte er sich umgedreht und ging davon. Andreas sah mich von der anderen Seite des Tisches an.

»Warum so geschockt?«, rief er. »Hattest du eine Zigarettenkippe in der Remoulade? Wäre jedenfalls nicht das erste Mal.«

Ich stellte Teller und Weinglas ab und umrundete blitzschnell das Buffet.

»Komm! Lass deinen Teller stehen, wir essen später.«

»Was ist denn los?«, fragte Andreas.

Aber er kannte mich gut genug, um zu wissen, wann ich es ernst meinte, stellte daher seinen Teller ab und folgte mir. Ganz hinten an der Bar entdeckte ich den Rücken des Mannes.

»Da«, sagte ich leise zu Andreas. »Blondes Haar und Sakko, nimmt gerade ein Weinglas. *Wer ist das?*«

»Ich habe keine Ahnung. Von hier aus kann ich nichts sehen. Wieso?«

»Frag deinen Chef!«, sagte ich und nickte in Richtung Börje. *»Los jetzt! Ich warte hier.«*

Andreas ging zu seinem Chef hinüber, und ich beobachtete ihn, ließ aber gleichzeitig den Blonden nicht aus den Augen. Ich sah, wie Andreas Small Talk machte und ein paarmal lachte, dann aber diskret auf den blonden Mann deutete. Sein Chef murmelte eine Antwort, dann kam Andreas zu mir zurück und nannte mir den Namen des Mannes.

»Er sitzt im Vorstand der Zeitung«, sagte Andreas. »Jurist und Geschäftsmann. Netter Kerl, laut Börje jedenfalls. Vorstandsprofi in der Medienwelt: hat irgendwie überall seine Finger im Spiel.«

»Er trägt einen Siegelring mit dem BSV-Siegel.«

Andreas starrte mich an.

»Du machst Witze!«, sagte er.

Wir sahen zu dem Blonden hinüber, der sich nun einer kleinen Gruppe von Leuten angeschlossen hatte. Darunter waren, wie ich sehen konnte, einige namhafte Kolumnisten, solche, die mit Bild in der Autorenzeile abgebildet wurden.

»Komm«, sagte Andreas. »Wir schleichen uns rechts und links an ihm vorbei. Du zuerst.«

Ich ging langsam an der Gruppe vorbei, als der Blonde gerade über etwas lachte. Eine Sekunde später hob er mit der rechten Hand sein Weinglas an den Mund und nahm einen Schluck. Er trug überhaupt keinen Ring an den Fingern der rechten Hand. Die linke war nicht zu sehen, sie war unter dem Teller verborgen, den er festhielt.

Ich ging weiter und versuchte nachzudenken. Er hatte zu meiner Linken gestanden. Den Salat hatte er doch sicher mit der rechten Hand genommen, oder?

Am Fenster angekommen, wandte ich mich um und sah, wie Andreas dicht an der Gruppe vorbeiging. Er blieb bei dem blonden Mann stehen und sagte etwas zu ihm. Fasziniert sah ich, wie der Mann den Teller in seine rechte Hand nahm, während er die linke mit dem Handrücken nach oben drehte.

Andreas hatte ihn ganz einfach nach der Uhrzeit gefragt.

Kurz danach stand Andreas neben mir. Wir sahen in die Dämmerung über Stockholm hinaus.

»Nichts an der rechten Hand«, sagte ich. »Ich hätte schwören können, dass er mit der rechten Hand Salat genommen hat und dass der Ring dort am kleinen Finger saß.«

»Links auch nicht«, sagte Andreas.

Ein paar Sekunden schwiegen wir.
»Glaubst du, ich habe es mir eingebildet?«, fragte ich kaum hörbar.
»Ich glaube, dass wir die Finger in die Innentasche seines Sakkos stecken und nachsehen müssten, was er dort versteckt. Aber das ist leider nicht möglich. Also gehen wir jetzt zu unseren Tellern zurück. Eins noch: Sieh dir seinen rechten kleinen Finger an, wenn du an ihm vorbeigehst.«
Wir gingen wieder an der Gruppe vorbei, diesmal Andreas zuerst und ich etwas später. Der Blonde stand mit dem Rücken zu uns, doch er hatte wieder das Weinglas in der rechten Hand. Ich schielte auf seinen kleinen Finger.
Dort, wo ein Ring gesessen haben könnte, war die Haut blasser als drum herum und auch ein wenig eingedrückt.

[...] Sie war damals Justizministerin und hatte in ihrem Eifer, Olof Palmes Mörder zu entlarven, ein geheimes Empfehlungsschreiben für den Verleger Ebbe Carlsson verfasst, der die PKK-Spur in Großbritannien verfolgen sollte. Anna-Greta Leijon hatte schon früher mit Terrorakten zu tun gehabt, u.a. im Zusammenhang mit der Stürmung der Westdeutschen Botschaft in Stockholm 1975. Vier Personen, davon zwei Mitarbeiter der Botschaft, starben bei dem Drama.
»Die Terroristen richteten die beiden Botschaftsmitarbeiter direkt hin, mehrere Personen wurden bei der Explosion verletzt«, sagt Leijon, die damals Einwanderungsministerin und damit für die Terrorismusgesetze und die Umsetzung von Ausweisungen

gemäß Regierungsbeschluss verantwortlich war. Doch damit war das Drama noch nicht vorbei. Ein Jahr später deckte die Säpo die Racheaktion »Operation Leo« auf, die darauf abgezielt hatte, Anna-Greta Leijon in einer eigens dafür gebauten Holzkiste zu entführen. Das »Kommando Siegfried Hausner« sollte die westdeutsche Regierung dazu zwingen, die inhaftierten Botschaftsbesetzer freizulassen.
»Wäre es ihnen gelungen, hätte ich das nicht überlebt«, stellte Leijon fest. »Niemand überlebt in einer solchen Kiste. Natürlich war das schrecklich. Vor allem wenn die Kinder so klein sind. Aber ich muss versuchen, so normal wie möglich weiterzuleben. Sonst macht man es sich nur selbst schwer. […]
Monica Antonsson, *Hemmets Veckotidning*, 21.08.2012

...

Die Terroristen – so leben sie heute

1977 wollten sie Anna-Greta Leijon entführen – heute gehören sie zur gesellschaftlichen Elite. […]
Lesen Sie in der nächsten Ausgabe von Dagens Arbete, wie die Reporter Mikael Bergling und Fredrik Nejman untersucht haben, wie es den schwedischen Terroristen ergangen ist.

Einige haben Top-Jobs als Forscher, Oberärzte und Geschäftsführer.
Als Dagens Arbete die Mitglieder der Gruppe der Reihe nach anruft, variieren die Antworten:
»Ich werde ein Buch darüber schreiben«, sagt einer

von ihnen, heute als Forscher und Universitätsdozent tätig.

»Ich habe das hinter mir gelassen. Das Ganze ist sehr sensibel und kann mir sehr schaden, wenn es rauskommt«, sagt ein anderer, der als IT-Experte arbeitet.

Ein Dritter legt sofort wieder auf.

Die Einzige, die sich interviewen lässt, ist Anna-Karin Lindgren, 59. Sie lebt in Stockholm und ist in Frührente.

»Ich schäme mich. Aber jetzt will ich die Geschichte ein für alle Mal abschließen. Die anderen haben wahrscheinlich Angst um ihre Karrieren«, sagt sie.

[...]

Hintergrund war die Besetzung der westdeutschen Botschaft 1975. Leijon war politisch für die Ausweisung der fünf überlebenden Terroristen verantwortlich. Einer von ihnen starb kurz nach der Auslieferung.

Als Kröcher Leijon über die Ausweisung sprechen hörte, wurde er sehr wütend, griff nach einer Pistole und schrie:

»Ich werde ein Flugzeug kapern und sie befreien.«

Da sagte Anna-Karin Lindgren:

»Wäre es nicht besser, Anna-Greta Leijon zu entführen statt eines Flugzeugs?«

Hans Österman, *Aftonbladet*, 27.06.2005

Als ich abends nach Hause kam, saßen Sally, Lina und ein fremder Typ im Wohnzimmer. Sobald ich den Raum betrat, stand er auf und streckte mir seine Hand entgegen. Er war groß, dunkelblond und attraktiv.

»Hi«, sagte er. »Du musst Linas Schwester sein.«

»Stimmt. Ich heiße Sara. Und du bist …?«

»Ludwig«, sagte er, lächelte breit und zeigte mir dabei seine beinahe unnatürlich weißen, ebenmäßigen Zähne.

Er hatte sein Haar zu einem langen Pferdeschwanz im Nacken zusammengebunden und schien ungeheuer selbstbewusst. Ich fand ihn vom ersten Moment an unsympathisch.

Ich wandte mich an Sally. »Hattet ihr einen schönen Abend?«

»Auf jeden Fall«, sagte Sally. »Und du? Wie war die Party mit Andreas?«

»Sehr gut. Hört zu: Ich gehe jetzt ins Bad und mache mich bettfertig, und dann denke ich, dass wir hier Schluss machen sollten. Es ist nach eins, und wir müssen alle morgen arbeiten. Lina, du hast bestimmt Vorlesungen, oder?«

»Du bist meine Schwester, nicht meine Mutter«, sagte Lina.

Niemand sagte etwas. Ich ging in die Küche, um ein Glas Wasser zu holen, und schloss die Tür. Nach ein paar Sekunden kam Sally hinterher und schloss die Tür wieder hinter sich.

»Entspann dich ein bisschen«, sagte sie. »Lina hat heute Abend seit vielen Monaten endlich mal wieder einen fröhlichen Eindruck gemacht.«

»Wer ist er? Ich mag ihn nicht.«

»Wir sind uns im Nosh and Chow begegnet. Ich glaube, sie haben sich vorher schon mal getroffen, kennen einander aber nicht direkt. Er war den ganzen Abend sehr nett zu Lina.«

»Ich habe ein ungutes Gefühl bei ihm«, sagte ich. »Wie alt ist er? Dreißig?«

Sally sah belustigt aus.

»Er ist sechsundzwanzig. Meinst du nicht, dass du ein *kleines* bisschen überfürsorglich bist?«

»Weiß ich nicht. Ich verlasse mich auf mein Bauchgefühl.«

In diesem Moment öffnete sich die Küchentür, und Ludwig stand in der Türöffnung.

»Du hast recht, Sara«, sagte er freundlich. »Morgen ist ein normaler Arbeitstag, daher gehe ich jetzt. War nett, euch kennenzulernen!«

»Gleichfalls!«, sagte Sally mit einem Lächeln.

Ich sagte nichts, und Ludwig ging. Aber sobald die Wohnungstür ins Schloss gefallen war, wurde auch die Tür zu Linas Zimmer geschlossen. Mit einem Knall.

Das schien zur Gewohnheit zu werden.

Freitags gingen alle meist recht früh am Nachmittag nach Hause, also schloss ich mich dem Strom zur Rezeption an. Am Durchgang durch die Sicherheitstüren hatte sich eine kleine Schlange gebildet, und während ich wartete, bis ich dran war, spürte ich eine Hand auf meiner Schulter.

Es war Therese.

»Hallo«, sagte sie im gleichen freudlosen Tonfall wie immer. »Wie geht's?«

»Gut, und dir?«

Therese lächelte ein wenig schief und verzog das Gesicht. Direkt neben uns ging gerade der Stabschef vorbei und warf uns kurz einen Blick zu.

»Grüne Hefter«, sagte Therese. »Du kennst das ja.«

»Schönes Wochenende, Sara!«, rief der Stabschef und passierte mit seiner Karte die Sicherheitstür.

»Danke, Ihnen auch.«

In der hinteren Schlange ging Marcus durch die Sicherheitstür, und ich blickte ihm nach. Dann sah ich Therese an. Als sie mir auf der Damentoilette geholfen hatte, war ich regelrecht verliebt in sie gewesen, aber das, was Mira mir erzählt hatte, hatte mich verunsichert.

Es gab nur eine Möglichkeit, Klarheit zu bekommen.

»Sollen wir einen Kaffee trinken gehen?«, fragte ich sie. »Ich habe heute keine Termine. Du?«

Sie schüttelte den Kopf.

Zwanzig Minuten später saßen wir einander im Café-Bereich der Bäckerei Tösse gegenüber, jede eine Tasse Kaffee vor sich. Therese hatte ein Stück Prinzessinnentorte genommen, ich Schokokuchen.

»Also, was machst du so in deiner Freizeit?«, fragte ich sie. »Treibst du Sport? Oder triffst du dich oft mit Leuten hier in Stockholm?«

Ich musste feststellen, dass Therese und ich nicht sonderlich viel miteinander zu bereden hatten. Das hier könnte sehr zäh werden.

Zu meiner Verwunderung schob sie jedoch Torte und Kaffeetasse zur Seite, stütze die Ellenbogen auf den Tisch und beugte sich zu mir.

»Hör mir jetzt zu«, sagte sie. »Du bist viel zu unvorsichtig.«

Ich saß regungslos da. Meine Kuchengabel lag neben dem unangetasteten Schokokuchen.

»Was meinst du damit? Man wirft mir immer nur kleine Puzzleteile hin, aber ich bekomme kein Gesamtbild. Kannst du es mir erklären?«

Therese sah sich in der Konditorei um. Um diese Zeit war es recht ruhig: Die Heuschreckenschwärme aus Caffè-Latte-Mamas mit Babys, Schulkindern und älteren Damen waren schon nach

Hause gegangen, und das Personal war an der Kasse und in der Küche beschäftigt.

»Du hast den Film bekommen«, sagte Therese leise. »Es gab eine kleine Verzögerung, aber jetzt hast du ihn gesehen.«

»Welchen meinst du?«, fragte ich, so ruhig ich konnte.

»Den aus dem Bankschließfach deiner Mutter natürlich.«

»Natürlich. Aber was wollt ihr von mir?«

»Ich kann dir jetzt nicht mehr sagen. Man wird Kontakt mit dir aufnehmen. Aber bitte: *Nimm dich in Acht!* Sie lauern hinter jedem Busch dort draußen – was du vielleicht anhand des Clips aus Olovslund gemerkt hast –, und man weiß nie, wem man trauen kann.«

»Es wäre leichter, wenn die Informationen etwas eindeutiger wären.«

»Wir kennen noch nicht das ganze Bild. Aber da läuft etwas sehr Hässliches, dem wir einen Riegel vorschieben müssen.«

»Aber wie?«

Therese sah mir in die Augen.

»Kümmere dich ein bisschen mehr darum, wie du dich schützen kannst«, sagte sie. »Bei *sämtlicher* Kommunikation, ob im Real Life oder auf elektronischem Wege. Sonst können wir dich nicht einsetzen, und das werden wir müssen.«

Mich einsetzen?

»Du bist kein *Rookie* mehr«, sagte sie spöttisch. »Und du bist uns keine Hilfe, wenn du dich selbst oder andere in Gefahr bringst.«

Aber wer seid ihr denn? Warum stellt ihr euch mir nicht richtig vor?

Ich hatte keine Ahnung, wer Therese war oder ob man ihr trauen konnte.

»Du«, sagte ich stattdessen. »Was hältst du von Mira?«

Therese verzog das Gesicht.

»Ich kenne keine Person, die so heißt«, sagte sie.

»Ach komm schon«, sagte ich. »Ihr seid zusammen in Afghanistan gewesen.«

Therese sah auf den Tisch und dann zu mir hoch.

»Ich war nie in Afghanistan«, sagte sie ruhig.

Dann sah sie hinter mir durchs Fenster, stand dann ohne ein weiteres Wort auf, nahm ihre Sachen und verschwand. Es ging so schnell, dass ich nicht mal sehen konnte, wohin sie ging – zur Toilette oder in den Küchenbereich? Auf dem Tisch standen immer noch ihre Prinzessinnentorte und der Kaffee.

»Oh, hallo, Sara!«, sagte eine Stimme, und ich sah auf.

Der Major stand freundlich lächelnd an meinem Tisch.

»Hier sitzen Sie also und lassen es sich gut gehen!«, sprach er weiter und blickte auf die Teller und Tassen. »Wo steckt Ihr Freund? Auf der Toilette?«

»Ja, genau«, presste ich hervor.

»Eigentlich wollte ich nur Brot kaufen«, sagte der Major, »und ich muss mich auch beeilen, aber mir ist heute eine Sache eingefallen: Haben Sie eigentlich Ihre alte Gruppe kontaktiert?«

Die alte Gruppe? In meinem Kopf klingelte nichts.

»Sie wissen schon: über die wir neulich gesprochen haben«, sagte der Major, »mit denen Sie zusammen den Wehrdienst absolviert haben. Nadia und Rahim und die anderen.«

Alle meine E-Mails und SMS.

All die unbeantworteten Anrufe.

»Ach so, *die* Gruppe«, sagte ich leichtfertig. »Nein, habe ich nicht. Ich bin nicht dazu gekommen.«

»Tun Sie es!«, sagte der Major. »Ich denke wirklich, es wäre für Sie alle schön!«

Ich lächelte und nickte kurz. Der Major sah auf die Uhr.

»Also, jetzt muss ich mich beeilen, sonst verärgere ich meine Frau. Schönes Wochenende!«

Er verschwand in Richtung Brottheke, und ich blieb allein am Tisch sitzen. Der Major winkte mit der Brottüte, als er ging, und ich winkte zurück.

Noch eine halbe Stunde saß ich am Tisch, ohne etwas von dem, was vor mir stand, anzurühren. Von Therese war keine Spur zu sehen, und sie war auch nicht zurückgekommen. Dann ging ich.

Ich lief die Sibyllegatan bis zum Östermalmstorg hinunter, um dort die U-Bahn bis zum Medborgarplatsen zu nehmen. Gerade als ich den Abgang zur U-Bahn erreichte, spürte ich ein plötzliches Unbehagen. Ich drehte den Kopf, und da, zwanzig Meter hinter mir, ging Marcus. Als er mich sah, schaute er weg und verschwand in einem Geschäft, doch es gab keinen Zweifel: Marcus verfolgte mich. Ich erinnerte mich genau daran, dass er das Hauptquartier vor mir verlassen hatte, also musste er dort gewartet haben, bis ich herauskam.

Sofort ging ich die zwanzig Meter zurück und betrat das Geschäft, in dem Marcus verschwunden war. Hinter dem Tresen stand ein junger Typ im Anzug, ansonsten war der Laden leer.

»Guten Tag«, sagte er freundlich. »Kann ich Ihnen helfen?«

»Hier ist gerade ein Mann in Tarnuniform reingekommen. Wo ist er hingegangen?«

Der Anzugträger runzelte die Stirn.

»*In Tarnuniform?*«, fragte er. »So jemanden habe ich hier nicht gesehen.«

»Aber das war doch erst vor einer Minute! Sie müssen ihn gesehen haben.«

Er schüttelte den Kopf mit vollkommen unschuldiger Miene.

»Ich stehe hier seit vier Uhr«, sagte er, »und in der letzten halben Stunde ist außer Ihnen niemand hier gewesen.«

Ich spürte, wie müde ich plötzlich war.

»Na fein«, sagte ich sarkastisch. »Vielen herzlichen Dank für die Hilfe.«

Dann verließ ich den Laden und nahm die U-Bahn nach Södermalm.

Als ich zu Fuß am Nytorget ankam, saß die Obdachlose wie üblich in ihrer Ecke an der Bondegatan, und ich legte ein paar Münzen in ihren Becher. Unsere Wohnung war leer; Lina war nicht zu Hause. An sich nichts Ungewöhnliches, daher dachte ich nicht weiter darüber nach. Sehr ungewöhnlich war dagegen, dass auch Simåns weg war.

Normalerweise kam er immer angesaust, sobald ich die Wohnungstür aufschloss, doch jetzt konnte ich nirgends auch nur seine Schwanzspitze entdecken. Ich ging ins Wohnzimmer und rief nach ihm.

»Simåns. *Simåns!* Wo bist du?«

Kein Kater. Ich ließ mich auf alle viere nieder und sah unter den Möbeln nach, sah in Schlafzimmer, Küche und Bad nach: Er war nirgends zu sehen. Zuletzt klopfte ich an Linas Tür. Wir hatten die ungeschriebene Regel, nicht das Zimmer der anderen zu betreten, aber in dieser Situation musste ich es tun – es hätte sein können, dass Simåns dort den ganzen Tag eingeschlossen war, ohne Wasser und Katzenklo. Als Lina nicht antwortete, öffnete ich die Tür.

Simåns war nicht in Linas Zimmer. Aber auf ihrem Schreibtisch lag ein Paket Kondome, halb leer. Ich spürte, dass mein Puls schneller ging, obwohl mich das Sexleben meiner volljährigen Schwester doch wirklich nichts anging. *Warum hatte Lina Kondome?* Sie hatte keine feste Beziehung, und der einzige Typ, den sie mit nach Hause gebracht hatte, war Ludwig. Waren sie zusammen? Oder trieb sie sich in der Stadt rum und riss Männer auf? Ich hatte nicht einmal mitbekommen, dass sie ihre Unschuld verloren hatte.

Ich musste mich zwingen, die Tür zu ihrem Zimmer zu schließen. Dies war kein Thema, das ich mit ihr diskutieren konnte, nicht so, wie unsere Beziehung derzeit aussah.

Und wo war Simåns?

Ich suchte noch mal die ganze Wohnung ab, dann rief ich Lina an.

»Hast du eine Ahnung, wo Simåns ist?«, fragte ich sie. »Er ist nicht in der Wohnung.«

»Ich bin auf dem Weg nach Hause«, sagte Lina. »Ich sehe in meinem Zimmer nach, sobald ich da bin.«

Ich zögerte.

»Ich bin schon hineingegangen. Er ist nicht da.«

»Du bist *in mein Zimmer gegangen?*«, sagte Lina langsam.

»Ich habe nur die Tür geöffnet, um zu sehen, ob Simåns eingesperrt war.

Lina sagte nichts mehr, stattdessen drückte sie das Gespräch einfach weg.

Ich sah auf und betrachtete mein Spiegelbild quer durch den Raum.

Wie hatte es nur so weit kommen können?

Lina kam an diesem Abend nicht nach Hause. Ich lief herum, suchte nach Simåns, rief nach ihm: im Innenhof, im Treppenhaus und draußen auf dem Nytorget. Keine Spur von ihm. Schließlich ging ich hoch in die Wohnung und druckte Zettel mit einem Foto von Simåns und dem Text »*Hat jemand unseren Kater gesehen?*« Als ich im ganzen Haus Zettel aufgehängt hatte, kehrte ich in die Wohnung zurück und ließ mich auf dem Sofa nieder, ohne Licht einzuschalten oder auch nur meine Jacke auszuziehen. Ich war vollkommen erschöpft.

Da klingelte es an der Tür. Mühsam stand ich auf, um zu öffnen. Draußen standen Jossan und Aysha, jede mit einem vollen Wäschekorb in den Händen.

»Unten im Keller miaut etwas«, sagte Aysha ohne Begrüßung. »Wir haben auf dem Weg nach oben deine Zettel gesehen.«

»Oh, wunderbar!«, sagte ich. »Übrigens: vielen Dank für die Einladung neulich! Es war wirklich toll!«

»Ja, ja, später«, sagte Jossan. »Jetzt müssen wir Simåns finden.«

Sie stellten die Wäschekörbe bei sich im Flur ab, dann gingen wir zu dritt in den Keller. Ich hatte dort unten nachgesehen, jedoch nicht die geringste Spur von Simåns entdeckt. Dieses Mal hörte ich ihn schon von Weitem: Sobald man in die Nähe der Waschküche kam, miaute er durchdringend aus einem verschlossenen Verschlag.

Aysha prüfte die Stabilität der Tür, dann sah sie sich um. Ganz hinten befand sich ein unverschlossener Keller mit einfachem Werkzeug, das die Hausgemeinschaft benutzen konnte. Jossan ging hinein und kam mit einer Eisenstange zurück. Sie schob die schmale Spitze direkt am Schloss zwischen Tür und Wand und brach die Tür auf.

Simåns stand direkt vor der Tür und zitterte am ganzen Körper. Ich stürzte mich auf ihn und nahm ihn auf den Arm, doch er war so hysterisch, dass er gleichzeitig kratzte und biss.

»Armer kleiner Kerl«, sagte Jossan. »Wer ist denn bloß so geisteskrank und schließt eine Katze in einen Verschlag ein? Glaubt ihr, das war jemand aus dem Haus?«

Ich antwortete nicht, redete nur beruhigend auf Simåns ein. Es dauerte mehrere Minuten, bis er aufhörte, ganz laut zu miauen und zu erzählen, was er alles Schreckliches erlebt hatte. Doch dann entspannte er sich in meinen Armen. Wir gingen in Richtung Treppe.

»Wir haben noch eine Dose Sardinen und einen halben Liter Sahne«, sagte Aysha und kraulte Simåns hinter dem Ohr. »Ob das wohl etwas für diese kleine Mieze ist?«

»Ganz sicher«, sagte ich.

Ich konnte an nichts anderes denken als daran, wie dankbar ich war, dass Simåns wieder da war.

»Ich werde dem Beirat erzählten müssen, dass ich den Verschlag aufgebrochen habe«, sagte Jossan zu Aysha.

»Ich komme für alle Schäden und ein neues Schloss auf«, sagte ich.

Wir waren jetzt im Treppenhaus, wo das Licht viel heller war als in den Kellergängen. Josefin sah sich Simåns genauer an.

»Was hat er denn da um den Hals?«

Ich sah nach. Simåns trug immer ein rotes Lederhalsband, schon ziemlich abgetragen, aber ganz weich und hübsch. Jetzt war etwas daran befestigt. Ich nahm es ab.

Es war ein dünn zusammengerollter Zettel. Ich gab ihn Aysha, und sie wickelte ihn ab.

»Was ist denn das Verrücktes?«, fragte sie und sah uns an.

Dann las sie den Zettel laut vor.

»*How many lives do I have left?*«

Wir drei sahen uns an.

»Steht da sonst noch etwas?«, fragte ich.

»Nein.« Aysha drehte den Zettel um. »Nichts, nur dieser Satz.«

Jossan sah mich verwundert an.

»Weißt du, wer das getan hat?«

Ich schüttelte den Kopf.

»Nein, keine Ahnung, wer das war und was er oder sie wollen.«

Als wir auf unsere Etage kamen, gingen wir in Ayshas und Jossans Küche, und sie versorgten Simåns mit Sardinen auf einem Teller und einem Schälchen Sahne. Das schien ihm zu gefallen, er aß und trank, als habe er sehr lange nichts mehr bekommen. Während er die Leckereien genoss, standen wir daneben und sahen ihm dabei zu.

Unvermittelt wandte sich Aysha an Jossan.

»Basir kann das aber nicht gewesen sein, oder? *So* bescheuert ist er doch nicht.«

»Das glaube ich nicht«, sagte Jossan. »Es ist ja nicht mal unsere Katze.«

»Wer ist Basir?«, fragte ich.

»Mein Bruder«, sagte Aysha. Mit einem Mal sah sie müde aus. Sie ließ sich auf einem Stuhl nieder.

»Du weißt schon: *der klassische, super anstrengende große Bruder mit Kontrollwahn*«, sagte sie.

»Das hast du sicher schon tausendmal gehört: Er kann nicht akzeptieren, dass ich lesbisch bin, daher lässt er sich ständig neue Drohungen einfallen. Er meint, ich würde die Familie entehren, und Papa beteiligt sich einigermaßen halbherzig daran. Manchmal wollen sie herkommen und mich schlagen, manchmal dafür sorgen, dass wir rausgeworfen werden, manchmal Jossan anzeigen. Hin und wieder haben Basir und seine Kumpel uns in der Stadt verfolgt.«

»Hat er euch physisch etwas getan?«

»Bisher nicht«, sagte Aysha.

»Basir ist in mehr als einer Hinsicht ein klassischer Mann«, sagte Jossan. »Er ist faul, ein bisschen feist und immer davon überzeugt, dass er recht hat. Aber er ist keiner, der rumläuft und sich prügelt. Also bin ich nicht besonders besorgt.«

»Wenn er euch bedroht, müsst ihr ihn anzeigen. Denkt an all die Ehrenverbrechen, die nie aufgeklärt werden. Ihr könnt zur Statistik beitragen, indem ihr es öffentlich macht, damit die Leute auf das Problem aufmerksam werden.«

»Du hast recht«, sagte Aysha. »Das habe ich nicht bedacht.« Ich sah sie an.

»Bist du traurig? Oder hast du Angst?«

Sie verzog das Gesicht zu einer Grimasse.

»Eher traurig als ängstlich. Weißt du, als wir klein waren, war Basir mein bester Freund. Ich vermisse ihn. Oder den, der er mal war.«

Jossan schnaubte.

»Ich sag's ja: *Männer – was stimmt bloß nicht mit ihnen?*«

Mitten in der Nacht, als ich auf die Toilette musste und mich im Bad im Spiegel ansah, stellte ich fest, dass unterhalb meines Auges ein Muskel zuckte.

Ich fing an, Tics zu entwickeln.

Verrückt.

Am Samstagvormittag rief ich eine Tierärztin an, die mir mein Kollege Klas empfohlen hatte, ebenfalls Katzenbesitzer. Die Tierärztin hieß Cia und hatte eine Praxis in Gamla Enskede, und zu meiner großen Verwunderung nahm sie das Telefonat selbst an. Ich erklärte ihr, dass Simåns eingesperrt worden war und ich gerne untersuchen lassen würde, ob er irgendwie verletzt war.

»Kommen Sie vorbei«, sagte Cia, »ich arbeite heute bis eins.«

Cia wohnte in einem wunderschönen Holzhaus und hatte ihre Praxis im Erdgeschoss untergebracht. Simåns und ich kamen sofort dran, und sie untersuchte ihn sorgfältig.

»Dem kleinen Kerl fehlt nichts«, sagte sie. »Doch ich würde an Ihrer Stelle versuchen herauszufinden, wer im Haus verrückt genug ist, ihn einzusperren. Es könnte ja noch mal passieren.«

»Es muss nicht unbedingt jemand aus dem Haus sein«, sagte ich.

Cia sah mich an.

»In jedem Fall ist es ein Katzenhasser. So etwas passiert hin und wieder, bei Hunden genauso wie bei Katzen. Es ist wirklich verrückt, welche Freiheiten sich manche Leute gegenüber den Haustieren anderer herausnehmen.«

Ich sagte nichts.

»Haben Sie schon einmal überlegt, ihn zu chippen?«, fragte Cia und zog eine Broschüre hervor.

»Was bedeutet das?«

»Normalerweise implantiert man Tieren einen Chip, der eine individuelle Identifikationsnummer enthält. Sie können ihm aber auch einen Ortungschip einsetzen, um jederzeit nachvollziehen zu können, wo sich das Tier befindet. Eignet sich gut für Hunde und für Katzen, die häufig weglaufen. Man findet sie im Nullkommanix wieder.«

Sie sah mich an.

»Wenn Sie einen Katzenhasser in der Nähe haben, könnte es wirklich sinnvoll sein, um nachzusehen, wo Simåns ist. Wenn er plötzlich wieder verschwunden sein sollte.«

Simåns miaute laut auf meinem Schoß, er hasste es, zum Tierarzt zu gehen, weil er immer davon ausging, dass er nicht mit dem Leben davonkommen würde. Jetzt waren wir schon eine halbe Stunde hier.

»Vielen Dank für den Tipp«, sagte ich und streichelte ihn. »Ich denke darüber nach und melde mich dann wieder.«

Ich verbrachte den größten Teil des Tages mit Simåns auf dem Schoß vor dem Fernseher. Sally und Andreas kamen vorbei, und zwischendurch tauchte Lina in regelmäßigen Abständen auf, um sich umzuziehen und im Stehen eine Scheibe Knäckebrot zu essen. Ansonsten waren Simåns und ich allein.

Es fiel mir schwer, mich auf die Fernsehserien zu konzentrieren, stattdessen drückte ich meine Nase in Simåns' Nacken und schmuste, bis er lautstark protestierend miaute. Simåns war, das muss ich mir eingestehen, mein allerbester Freund. Er war für mich da gewesen, als ich mich einsam und von allen im Stich gelassen gefühlt hatte, nach der Vergewaltigung und nach Papas Tod hatte er neben mir gelegen, und während all dem, was letztes Jahr passiert war, war er mir nicht von der Seite gewichen. Simåns war nur ein Kater, aber er war sehr integer und loyal. Selten hatte ich so gut verstanden, was Lina nach dem Verlust von Salome durchgemacht hatte.

Simåns' Verschwinden hatte mich mehr geängstigt, als ich mir eingestehen wollte. Auf der anderen Seite hatte seine Abwesenheit mich endgültig wachgerüttelt, und ich verstand, dass ich etwas würde tun müssen.

Am Sonntagvormittag ging ich hinunter zum 7-Eleven und kaufte die *Dagens Nyheter* und einen halben Liter Sahne für Simåns. Ich wollte die Zeitung endlich einmal gründlich lesen, daher wollte ich für den Rest des Tages keinen Fuß mehr vor die Tür setzen, wenn ich nicht musste. Ich kochte mir einen starken Kaffee, während Simåns zu meinen Füßen Sahne von einem Tellerchen schlabberte. Dann legte ich mich mit einem großen Latte auf die Couch. Simåns rollte sich unter der Zeitung auf meinem Schoß zusammen. Er schnurrte wie ein kleiner Motor.

Die Zeitung enthielt jede Menge Analysen zur politischen Lage in Schweden. Ulf Kristersson würde im Laufe des Tages bekannt geben, dass es ihm nicht gelungen war, eine Regierung zu bilden, die vom Reichstag toleriert wurde. Die Fronten schienen total verhärtet zu sein; eine Lösung war kaum vorstellbar. Ich blätterte durch die Nachrichtenseiten und den Kulturteil und spürte, dass ich endlich ein wenig abschalten und mich mit Dingen beschäftigen konnte, die nichts mit meiner eigenen Situation zu tun hatten.

Dann blätterte ich erneut um und landete auf der Familienseite. Im nächsten Augenblick setzte ich mich so heftig auf, dass Simåns von meinem Schoß fiel und mit einem beleidigten Miauen in die Küche lief.

Rajiv Ghatan, 1970–2018, lautete die Überschrift. *Geliebter Familienvater und geschätzter Kollege.*

Ich überflog den Text. Rajiv Ghatan war plötzlich und unerwartet bei einem Unfall gestorben, hieß es darin. Er war als Kind zusammen mit seinen Eltern aus Indien nach Schweden gekommen ... in Örebro aufgewachsen ... Ausbildung in Lund und Uppsala ... dann Rückkehr nach Örebro ... Angehörige: die trauernde Ehefrau Monica und zwei Kinder von gut zehn Jahren ... Rajiv, nie werden wir dein warmes Lächeln und dein fröhliches Lachen vergessen ... Deine Freunde ...

Mein Herz schlug so heftig, dass ich kaum Luft bekam. *Ich musste mehr herausfinden.* Aber ich konnte niemanden anrufen, es gab keine Möglichkeit, die Fakten zu prüfen. Konnte ich nach den Namen der Verfasser des Nachrufs suchen? Oskar Hedgren und Linus Andersson, stand darunter. Vielleicht das Online-Telefonbuch?

Einige Minuten später presste ich mein Telefon dicht ans Ohr und hörte, wie ein Anrufsignal an ein anderes Mobiltelefon gesendet wurde. Oskar Hedgren, Bauingenieur. Wohnhaft in Örebro.

»Oskar Hedgren«, war eine Stimme zu hören.

»Guten Tag, mein Name ist Sara«, sagte ich. »Tut mir leid, Sie zu stören, aber dürfte ich Ihnen vielleicht eine Frage stellen?«

»Das hängt davon ab, worum es geht«, sagte die Stimme.
»Ich habe heute Ihren Nachruf über Rajiv Ghatan in *Dagens Nyheter* gelesen. Er hat im letzten Jahr meinen Vater obduziert, und ich mochte ihn sehr, daher war es für mich ein Schock, als ich sah, dass er tot ist. Was ich mich frage ... wie ist er gestorben?«
Oskar Hedgren seufzte schwer.
»Ein Unfall«, sagte er dann. »Es war für uns alle ein großer Schock. Rajiv fuhr allein im Auto, und der Polizei zufolge ist er bei viel zu hohem Tempo auf den Kiesstreifen neben der Straße geraten. Das Auto überschlug sich, und ... er war sofort tot.«
Eine Weile blieb es still am anderen Ende.
»Für die Familie ist es furchtbar. Die Kinder sind dreizehn und fünfzehn Jahre alt.«
Mir stiegen die Tränen in die Augen. *Ihr verdammten Mistkerle.*
»Ich verstehe«, sagte ich. »Danke, dass Sie es mir erzählt haben. Jetzt will ich Sie nicht weiter stören.«
Wir beendeten das Gespräch.
Mit dem Telefon in der Hand sank ich auf das Sofa, in meinem Kopf drehte sich ein Gedankenkarussell. Sallys Worte im Frühjahr, als ich den Kontakt zu Andreas und ihr abbrechen wollte: »*Ich werde eines Tages mit meinem Moped unterwegs sein und von einem großen deutschen Lkw überfahren. Zwar gibt es Zeugen, aber der Lkw entkommt und hatte unlesbar verschmutzte Nummernschilder. Andreas bekommt eine tiefe Depression und wirft sich aus dem obersten Stock der Redaktion. Er hinterlässt einen Abschiedsbrief, in dem er erklärt, dass er eine Therapie gemacht und Tabletten genommen hat, aber trotzdem keine Zukunft für sich sieht. Dann wird auch noch ein völlig unbekannter Therapeut mit weißen Turnschuhen auftauchen, der alles bestätigt ...*«

Ich wusste, dass mein Vater einen ganzen Hefter mit der Aufschrift *Ungewöhnliche Todesfälle nach dem Mord an Olof Palme* hatte, aber gerade war ich nicht in der Lage, ihn zu suchen. Stattdessen lehnte ich den Kopf an die Rückenlehne, während ich wütend die Tränen wegwischte, die immer noch meine Wangen hinabliefen.

Was sollte ich tun?

≡≡

Am Sonntagnachmittag hatte ich die Situation so gründlich wie nur möglich durchdacht. Natürlich hatte ich mir nach Johans Tod eingeredet, dass ich ihr nicht vertrauen konnte, aber sie hatte mir nie einen Grund zum Zweifeln gegeben. Jetzt nahm ich das Handy mit der Prepaidkarte und wählte Anastasias Nummer.

Nach kurzem Klingeln nahm sie ab.

»Hallo, hier ist Sara. Sara, von der Arbeit, im Frühjahr.«

»Oh, hallo, Sara!«, rief sie erfreut. »Wie schön, von dir zu hören, ich habe die Nummer nicht erkannt. Wie läuft's?«

»Es ist so: Ich brauche einen wirklich guten Anwalt.«

Am anderen Ende wurde es still.

»*Einen Anwalt?* Wofür?«

Unwillkürlich musste ich lachen.

»Da gibt es so viel, dass ich gar nicht wüsste, wo ich anfangen sollte. Aber ich vertraue dir, du hattest immer ein gutes Urteilsvermögen. Wenn du selbst einen guten Anwalt bräuchtest, für alles Mögliche – von Stalking bis Mordverdacht –, an wen würdest du dich wenden? Also keiner, der vor Unannehmlichkeiten zurückschreckt, sondern jemand, der mit starkem Gegenwind klarkommt.«

»Sara, wenn das wahr ist, dann sollten wir uns treffen und dieses Gespräch *live* führen. Warum kommst du nicht heute

Abend bei mir vorbei? Christos und die Kinder sind zum Abendessen bei meinen Schwiegereltern, aber ich habe so viel zu tun, dass ich zu Hause bleiben und arbeiten muss.«

»Dann würde ich dich doch nur stören«, protestierte ich.

»Auch eine Beraterin muss essen«, sagte Anastasia. »Komm einfach um sieben, dann bekommst du Pasta und ein Glas Rotwein. Aber du kannst nur eine Stunde bleiben.«

»Abgemacht.«

Um sieben kam ich bei Anastasia an, die mich sofort ins Esszimmer führte. Sie hatte den Tisch mit Kerzen gedeckt, und das Ganze sah zusammen mit den Spaghetti und dem Hühnchen in Sahnesoße wirklich einladend aus. Ich war ihr unendlich dankbar.

»Nun erzähl mal«, sagte Anastasia und drehte Spaghetti mit ihrer Gabel auf. »Von Anfang an.«

Ich erzählte meine Geschichte von Anfang bis Ende. Anastasia bekam große Augen und sah sehr beunruhigt aus. Das Essen auf meinem Teller wurde kalt. Als ich schließlich fertig war, stellte ich fest, dass ich mehr als eine Stunde lang geredet hatte.

»Das ist doch verrückt!«, sagte Anastasia. »Das übertrifft alles, was ich je gehört habe.«

Sie starrte ein paar Sekunden vor sich hin. Dann sah sie mich wieder direkt an.

»Wenn ich nicht mit dir zusammengearbeitet und gesehen hätte, welche Fähigkeiten du hast, würde ich denken, dass du das alles erfindest. Dass du ganz einfach eine Schraube locker hast. Aber weil ich dich kenne und außerdem selbst in ein paar dieser Ereignisse involviert war – wie die Sache mit Ola zum Beispiel, oder Johan –, muss ich dir einfach glauben. Und bei dem Gedanken daran, wie die Polizei sich verhalten hat ...«

Sie schüttelte den Kopf.

»... verstehe ich wirklich, warum du einen guten Anwalt brauchst. Lass mich ein paar Tage darüber nachdenken. Mir fallen auf Anhieb mehrere Namen ein, ich muss aber zuerst ein paar Dinge klären. Kann ich mich spätestens am Dienstag mit einem Vorschlag bei dir melden?«

»Das wäre super«, sagte ich. »Und übrigens: vielen, vielen Dank!«

Ich prostete ihr zu.

»Für das leckere Essen und dafür, dass du dir die Zeit nimmst, um mir zu helfen.«

Anastasia lächelte.

»Du hast das Essen kaum angerührt. Soll ich es dir in der Mikrowelle aufwärmen?«

»Nein danke. Ich esse es lieber kalt.«

Anastasia stutzte.

»Das klang gerade so, als würdest du dich auf das alte Zitat über Rache beziehen.«

Ich hob verwundert die Augenbrauen, während ich einen Bissen kalte Spaghetti mit Hühnchen nahm.

»Ich weiß nicht, was du meinst.«

»Kennst du das nicht?«, fragte Anastasia. »Ich finde, es passt gerade ganz hervorragend auf deine Situation: *Rache ist ein Gericht, das am besten kalt serviert wird.*«

Am Montag fuhr ich mit dem Auto zur Arbeit, was sehr ungewöhnlich für mich war. Aber ich musste in der Mittagspause zur Inspektion und wollte davor nicht extra nach Hause fahren. Lina und ich hatten entschieden, Mamas Auto zu behalten, auch wenn wir es nicht sehr häufig benutzten. Unser Haus hatte keine Garage, aber in Sallys Haus gab es einige Plätze in der Tiefgarage. Wir hatten über ihre Hausgemeinschaft einen der Plätze gemietet.

»Stünde unser Haus in Östermalm, hätte das nicht geklappt«, sagte Sally trocken. »Hier gibt es überhaupt nur freie Plätze, weil die Leute auf Södermalm etwas umweltbewusster sind.«

Ich persönlich glaubte eher, die freien Garagenplätze hatten mit der Wuchermiete der Hausgemeinschaft zu tun, aber das erzählte ich Sally nicht. Hauptsache, wir hatte ein Auto, das wir bei Bedarf benutzen konnten, und einen Stellplatz, wo es während der restlichen Zeit stehen konnte.

Am Montagmorgen holte ich mein Auto also bei Sally am Ringvägen ab und fuhr dann zur Arbeit. Dabei hörte ich die Frühnachrichten. Weil es Ulf Kristersson von den Moderaten nicht gelungen war, eine Regierung zu bilden, hatte der Reichstagspräsident stattdessen den Parteivorsitzenden der Sozialdemokraten Stefan Löfven mit der Regierungsbildung beauftragt, unterstützt durch den Schwedischen Reichstag.

Der Stabschef war an diesem Tag verreist und hatte gesagt, dass ich mich auf seinen Tiefgaragenstellplatz stellen konnte. Wenn ich beim Hauptquartier ankam, sollte ich direkt in die Garage fahren und mich auf den zugewiesenen Platz stellen. Bei der Wache wies ich mich aus, fuhr dann auf das Gelände und nahm den Weg in Richtung Tiefgarageneinfahrt. Gerade als ich die Rampe hinunterfahren wollte, sah ich eine Person, die auf dem Weg ins Gebäude war.

Ludwig.

Linas Freund – oder was auch immer er war.

Was machte er hier im Hauptquartier?

Ich stoppte das Auto. Sofort war ein lautes Hupen hinter mir zu vernehmen, und im Rückspiegel sah ich, wie ein aufgebrachter Mann mir mit der Faust drohte – er war beinahe auf mich aufgefahren. Ich legte den ersten Gang ein und rollte weiter in Richtung Garageneinfahrt.

Ludwig war schon verschwunden.

Der Vormittag verlief wie immer, Ludwig sah ich nirgends. Der Stabschef war in Sundsvall und mailte mir, dass er Zugang zu ein paar Berichten brauchte, die in einem der Aktenschränke lagen, und ich kämpfte damit, die Schranktüren aufzubekommen.

Ich wusste, dass es irgendwo auch einen kleinen Tresor gab, aber den sollte ich nicht öffnen – nur Eingeweihte erhielten Zugriff darauf. Aber die Aktenschränke müssten doch zugänglich sein. Ich rüttelte und riss an den Griffen, jedoch ohne Erfolg.

Eine große, dunkelhaarige Frau stand plötzlich in der Tür und sah mir mit einem belustigten, überlegenen Lächeln zu.

»Probleme?«, fragte sie und betrat den Raum.

Es war Anna, die Frau des Stabschefs, die ich beim After-Work-Event des Hauptquartiers im Tre Vapen kennengelernt hatte. Sie war hübsch: groß, schlank und dunkelhaarig, gekleidet in einen hellgelben Mantel im Stil der Sechzigerjahre.

Die Schranktüren schwangen auf.

»Hallo«, sagte ich zu Anna, beinahe ein wenig außer Atem von der Anstrengung. »Suchen Sie Christer? Ich meine, den Stabschef? Er ist heute nicht hier, er ist in Sundsvall.«

Anna antwortete nicht. Langsam blickte sie sich im Raum um, dann sah sie wieder mich an.

»Wir wollten zusammen Mittag essen«, sagte sie. »Aber das hat er wohl vergessen.«

Sie nahm eine Zigarettenschachtel aus ihrer Handtasche, zündete sich genussvoll eine Zigarette an und sog den Rauch ein.

»Es tut mir wirklich leid, aber im ganzen Haus herrscht absolutes Rauchverbot.«

Anna antwortete nicht, blies nur den Rauch aus. Plötzlich ging mir auf, dass sie wohl nicht ganz nüchtern war.

»Zuerst war ich sauer auf Sie«, sagte sie. »Ich weiß, dass Sie eine gute Freundin von Bella waren, und es ist wohl kein Geheimnis, wenn ich sage, dass diese Frau mir und vielen anderen das Leben zur Hölle gemacht hat. Ich bin froh, dass sie tot ist. Heiraten Sie niemals, *by the way*.«

Ich stand ganz still da und hörte ihr zu.

»Aber dann verstand ich, dass Sie nicht in der gleichen Liga spielten wie sie«, sprach Anna weiter. »Das hat meine Einstellung Ihnen gegenüber ein wenig geändert. Und als ich hörte, wie er in Bezug auf Lennart log ...«

Sie unterbracht sich und blies ein paar perfekte Rauchkringel aus.

»... da wurde ich wirklich sauer. Natürlich weiß er, dass Lennart tot ist! Wir haben mehrmals darüber gesprochen.«

Ich ging zu ihr hinüber.

»Anna«, sagte ich leise. »Da ist so vieles, was ich nicht verstehe. Bitte, können Sie es mir erklären? Ich verstehe einfach nicht, worum es hier geht!«

Anna lächelte. Sie schwankte ein wenig.

»Aber Ihnen muss doch klar sein, dass, wenn ich mit Ihnen reden würde ...«

Sie verzog das Gesicht zu einer Grimasse, riss die Augen auf und führte den Zeigefinger an ihrem Hals vorbei, als würde sie sich mit einem Messer die Kehle aufschneiden. Dann lächelte sie wieder und drückte die Zigarette in meinem Blumentopf aus.

»Ach, ich will mich nicht aufspielen«, sagte sie. »Ich weiß nicht besonders viel, sie erzählen mir ja nichts. Jetzt muss ich gehen.«

Sie bewegte sich in Richtung Tür, zögerte dann aber und wandte sich erneut zu mir um.

»Ach doch, eine Sache wäre da noch. Versuchen Sie 961203, das ist die Personennummer unserer Tochter. Die gilt für den Safe bei uns zu Hause, und er ist so schrecklich einfallslos.«

Sie lächelte bedeutungsvoll und wedelte mit dem Zeigefinger vor mir herum.

»Jetzt dürfen Sie mir aber nicht meine Juwelen stehlen«, sagte sie. Dann war sie fort.

≡≣

In der Mittagspause brachte ich das Auto zur Inspektion. Es gab nichts zu beanstanden, der Wagen war gut in Schuss. Am Nachmittag tippte ich eine Unmenge an Dokumenten ab und verbrachte dann mehrere Stunden damit, einen Stapel anderer Unterlagen einzuscannen und zu ordnen. Ich versuchte, nicht an BSV und ihre Machenschaften zu denken und mich stattdessen auf meine Aufgaben zu konzentrieren.

Gegen drei stand plötzlich Mira in der Tür.

»Klopf, klopf«, sagte sie gut gelaunt. »Hast du Lust, auf einen Kaffee mit in die Kantine zu kommen?«

Wir nahmen den Aufzug nach unten und besorgten uns Kaffee, dann setzten wir uns auf ein kleines Sofa. Mira hatte einmal von ihrem Freund erzählt, der im Außenministerium arbeitete, und jetzt berichtete sie freudestrahlend, dass er ihr einen Antrag gemacht hatte und sie im Sommer heiraten würden. Sofort musste ich an Johan denken – *das hätte ich sein können* –, doch ich verdrängte den Gedanken an ihn sofort wieder. Stattdessen lächelte ich Mira an.

»Wie schön! Glückwunsch!«

Mira sah nachdenklich aus.

»Was hältst du von der Ehe als solcher? Glaubst du, dass es auf Dauer funktionieren kann?«

Ich musste lachen. Die ganze Situation war wirklich komisch: Mira, drahtig und zäh, in ihrer Tarnuniform, die vor mir saß und über Hochzeitskleider mit Spitze und ihre Sorge sprach, ob die Ehe funktionieren konnte. Und auf der anderen Seite Anna, Christers Frau, die erst vor ein paar Stunden in meinem Büro gestanden und gesagt hatte: »Heiraten Sie niemals, *by the way.*«

»Warum lachst du?«, frage Mira.

»Tut mir leid«, sagte ich. »Der Kontrast ist nur so witzig! Einerseits bist du die toughe Soldatin, die in Afghanistan gewesen ist. Gleichzeitig träumst du von einer romantischen Frühsommerhochzeit im weißen Kleid. Ich mag das!«

Mira sah mich an. Ihre Augen strahlten hellblau unter dem blonden Haar hervor, und ohne die Uniform wäre sie sicher auch als Kandidatin für die Miss Schweden oder als Lucia des Jahres, die die Prozession anführt, durchgegangen.

»Geht es nicht genau darum, als Frau in Schweden? Dass man nicht wählen muss, sondern beides sein kann, wenn man möchte? Ist es nicht das, wofür wir uns einsetzen und was wir versuchen zu verteidigen?«

... Manchmal wollen sie herkommen und mich schlagen, manchmal dafür sorgen, dass wir rausgeworfen werden, manchmal Jossan anzeigen ...

Ayshas Stimme hallte in meinem Kopf nach.

»Doch«, sagte ich überzeugt. »Genau dafür setzen wir uns ein, und genau das versuchen wir zu verteidigen.«

Dann sah ich Mira ernst an.

»Ich habe mit Therese gesprochen«, sagte ich. »Sie sagt, sie sei nie in Afghanistan gewesen.«

Mira lächelte breit und schüttelte den Kopf.

»Ich sag's ja, sie ist verrückt.«

Im Laufe des Nachmittags hatte mir der Stabschef einen dicken Stapel an Dokumenten geschickt, die ich vorbereiten sollte. Er entschuldigte sich dafür, dass sie so spät kamen, würde es aber sehr schätzen, wenn ich das trotzdem erledigen könnte, bevor ich nach Hause ging, weil die Papiere für die Besprechungen am nächsten Tag essenziell waren. Ich antwortete und versprach, mich darum zu kümmern, und während ich arbeitete, leerte sich das Büro. Es war wie immer: Kaum war der Oberbefehlshaber zur Tür raus, packten alle ihre Sachen und machten Feierabend. Schließlich war ich allein.

Gegen sieben Uhr beendete ich das letzte Dokument, dann suchte ich schnell meine Sachen zusammen, um zu gehen. Als ich aufstand, fiel mein Blick auf die Aktenschränke. Ich hatte sie am Ende doch alle öffnen können und dabei festgestellt, dass der Tresor in dem ganz hinten untergebracht war.

»Versuchen Sie 961203, das ist die Personennummer unserer Tochter. Die gilt für den Safe bei uns zu Hause, und er ist so schrecklich einfallslos ...«

Morgen würde der Stabschef zurück im Büro sein und alle weiteren Nachforschungen unmöglich machen. Außerdem bestand ein durchaus hohes Risiko, dass Anna schon heute Abend – eingehüllt in eine ordentliche Alkoholfahne – ihren Mann darüber informieren würde, was sie mir erzählt hatte.

Die Versuchung war zu groß: Ich öffnete die Tür des Aktenschranks und tippte die sechs Ziffern ein.

Bingo. Die Tresortür glitt auf.

Darin lag eine Menge Dokumente, und ich blätterte sie eilig durch. Sie waren sicher alle interessant, aber eine Mappe stach mir besonders ins Auge. *Osseus* stand darauf. Ich öffnete sie sofort.

Ziffern. Verkäufe. Verträge.

Fotos von Menschen, die ich noch nie gesehen habe, die auf Parkplätzen Unterlagen austauschten.

Die Kommunikation schien größtenteils verschlüsselt zu sein. Jedenfalls verstand ich sie nicht.

Aber etwas begriff ich: Sicher wäre es eine gute Idee, die ganze Mappe zu kopieren.

Eine halbe Stunde später stand ich wieder vor dem Tresor, jetzt mit zwei kompletten Sätzen der Osseus-Akte in der einen Hand und dem Original in der anderen.

Welche anderen Akten und Unterlagen im Tresor sollte ich mir wohl noch ansehen?

Da hörte ich das Geräusch eines Staubsaugers, das sich auf dem Flur näherte. Ich wusste, dass das Reinigungspersonal im Hauptquartier zwei Aufgaben hatte: sauber zu machen und auffälliges Verhalten des Personals zu melden. Also beeilte ich mich, die Osseus-Mappe exakt dorthin zurückzulegen, wo sie gelegen hatten, dann schloss und verriegelte ich den Tresor.

Kurz darauf stand die Reinigungskraft mit einem freundlichen, fragenden Lächeln in der Tür. Ich hatte gerade meinen Mantel angezogen und war dabei, mir meine Tasche umzuhängen.

»Guten Abend«, sagte ich zu dem Mann. »Kommen Sie ruhig rein, ich wollte gerade gehen.«

Da es beinahe acht Uhr und das Hauptquartier im Prinzip leer war, nahm ich die Treppen nach unten; ich hatte keine Lust, über Nacht im Aufzug stecken zu bleiben. Meine Uggs waren weich und gaben beim Gehen kein Geräusch von sich. Gerade als ich um die Ecke zur sechsten Etage biegen wollte – wo MUST und KSI saßen, wo alle Fenster aus Milchglas bestanden und nicht einsehbar waren –, hörte ich etwas, das mich innehalten ließ. Ich zog mich in das Halbdunkel der Treppe zurück.

Eine oder mehrere Personen waren gerade auf dem Weg durch die Tür zur Abteilung.

»Wie weit ist er?«, hörte ich eine Stimme leise sagen.

»Im Prinzip fertig«, sagte eine zweite Stimme. »Aber er will ihn erst in der allerletzten Sekunde auf dem Chip speichern. Er meint, es wäre unverantwortlich, wenn er in falsche Hände geriete.«

»Gar nicht zu reden von seinen Möglichkeiten, Druck auszuüben, solange er sich nur in seinem Kopf befindet«, sagte der Erste trocken.

Sie gingen zu den Aufzügen, und ich hielt in meinem Versteck den Atem an. Ich hatte Todesangst, entdeckt zu werden.

»Ach, verdammt«, fluchte der Zweite. »Wir nehmen die Treppe, ich habe keine Lust, hier heute Nacht stecken zu bleiben.«

Great minds think alike.

Ich hörte, wie sie zur Treppe gingen, was mir endlich die Möglichkeit gab, vorsichtig um die Ecke zu spähen. Wer waren sie? Jemand, den ich kannte?

Als ich sie in Richtung Treppe gehen sah, stutzte ich.

Frasse vom Exportkreditausschuss und der Dunkelblonde, die einmal versucht hatten, mich für einen Job »für die Sicherheit des Landes« anzuwerben.

Was taten sie hier?

Und worüber hatten sie gesprochen?

— ≡€ —

Ich konnte mir einfach nicht zusammenreimen, worum es in dem Gespräch gegangen war, und grübelte darüber nach, während ich ihnen die Treppe hinunter und durch den Haupteingang folgte. Draußen sah ich mich sorgfältig um, bevor ich in Richtung U-Bahn ging, doch weder Frasse noch der Dunkelblonde waren zu sehen. Plötzlich fiel es mir wieder ein: *Mist*, ich war ja mit dem Auto da! Jetzt würde ich nach Hause fahren und es in der Garage bei Sally im Ringvägen parken müssen.

Ich stöhnte laut auf, doch es half ja nichts, ich musste hinunter in die Tiefgarage. Der Stabschef hatte mir einen großen Gefallen getan, indem er mich seinen Parkplatz hatte nutzen lassen, und morgen würde er wieder zur Arbeit kommen und parken müssen. Ich konnte mein Auto nicht stehen lassen und somit seinen Parkplatz blockieren.

Das Auto über Nacht hier zu lassen war mit anderen Worten unmöglich.

Aber ich hatte keine Lust, allein in die Garage zu gehen. Wer könnte mich begleiten?

Der Einzige, der sicher noch auf dem Gelände war, war der Wachmann, der in seinem Häuschen am Lidingövägen saß und alle ankommenden und gehenden Personen kontrollierte. Ich ging zu ihm und versuchte es zunächst mit Small Talk.

Dann sagte ich: »Ich bin heute mit dem Auto da, und es steht unten in der Garage.«

»Mit dem *Auto?*«, sagte Thomas belustigt. »Sie wissen, dass man auf dem Gelände nicht parken darf.«

»Der Stabschef hat eine Ausnahme gemacht«, sagte ich, »weil ich zur Inspektion musste. Lassen Sie uns keine große Sache daraus machen, okay? Jetzt muss ich das Auto aus der Garage holen, und ich traue mich nicht, allein hineinzugehen.«

Thomas sah mich erstaunt an.

»Warum nicht?«, fragte er. »Es ist eine beleuchtete Garage, die außerdem im abgesperrten Gelände des Hauptquartiers liegt. Das ist einer der sichersten Orte der ganzen Stadt!«

»Ich bin bereits ein paarmal überfallen worden, daher wollten ich Sie bitten, ob Sie mich vielleicht begleiten und nachsehen könnten, ob jemand dort unten ist?«

Thomas lachte belustigt.

»Was für ein Angsthase!«, sagte er verzückt. »Ich hatte Sie eigentlich für eine ziemlich toughe Frau gehalten. Und ich würde

Sie gerne begleiten, wenn ich könnte, aber ich darf meinen Posten wirklich nicht verlassen.«

Das war leider logisch. Ich dachte einen Augenblick nach. »*Nun kommen Sie schon*«, sagte Thomas. »Gehen Sie hinunter, holen Sie Ihr Auto, und dann fahren Sie nach Hause. Dort unten ist es überall hell, und ich habe keine einzige unbefugte Person auf das Gelände gelassen.«

Ich atmete tief ein.

»Okay«, sagte ich und machte mich auf den Weg.

Ich ging zur Garage hinüber. Abends in halbdunkle Garagen zu gehen war immer schrecklich, vor allem, wenn man wusste, dass das Haus ansonsten leer war. Gleichzeitig bedeutete es aber auch, redete ich mir ein, dass dort nicht mehr so viele Autos stehen würden, hinter denen sich etwaige Bösewichte verstecken konnten.

Als ich in das große, hell erleuchtete Gebäude hinunterging, stellte ich fest, dass ich recht gehabt hatte. Mein Auto stand dort fast allein in einer langen Reihe freier Parkplätze, die mit »Vermietete Plätze« gekennzeichnet waren. Das Parkdeck war lichtdurchflutet; es gab keine Möglichkeit, sich dort irgendwo zu verstecken.

Wie der Wachmann gesagt hatte: Meine Angst war völlig unbegründet.

Schnell ging ich über die weite, leere Fläche bis zu meinem Auto, schloss es auf, sprang hinein und schloss die Türen wieder. Sofort verspürte ich ein Sicherheitsgefühl – ich saß im verschlossenen Auto und konnte einfach wegfahren, und niemand würde jetzt noch an mich herankommen.

Ich startete den Motor, legte den Rückwärtsgang ein und ließ die Kupplung kommen.

Nichts passierte. Der Motor heulte auf, aber das Auto rührte sich nicht vom Fleck.

Ich führte alle Schritte noch mal von Anfang an durch: legte den Rückwärtsgang ein und ließ die Kupplung kommen. Das Auto bewegte sich keinen Millimeter. Ein schwacher Geruch von Benzin verbreitete sich langsam im Wagen.

Ich fluchte und drückte auf den Knopf, der den Motor abstellte.

Der Motor scherte sich nicht um meine Bemühungen und lief weiter.

Ich spürte, wie mir kalter Schweiß ausbrach. Vielleicht sollte ich aus dem Auto steigen und von außen nachsehen, was das Problem war. Ich betätigte die Türentriegelung und zog am Griff, um auszusteigen.

Das Auto blieb verschlossen.

In Panik drückte ich auf den Fensterheber in der linken Armlehne, um durch das Fenster aus dem Wagen zu klettern.

Die Scheiben bewegten sich keinen Millimeter. Es schien, als sei die Steuerung unterbrochen, obwohl Motor und Zündung nicht abgestellt worden waren. Ich war in ein Auto eingeschlossen, mit laufendem Motor in einer Garage in einem menschenleeren Gebäude, ohne jede Möglichkeit, den Motor abzustellen oder dort wegzukommen.

Panisch riss ich mein Handy aus der Tasche, um Hilfe zu rufen.

Kein Netz. Als ich die 112 für den Notruf eintippte, erstarb der Bildschirm.

Jetzt verlor ich endgültig die Fassung. Ich trommelte gegen die Scheiben, sodass das ganze Auto schaukelte, und schrie, so laut ich konnte, um Hilfe, obwohl niemand mich hören würde.

Mir wurde übel, und ich bekam Kopfschmerzen. Konnte es sein, dass ich Kohlenmonoxid einatmete? Ich wusste, dass es sich

um ein geruchloses Gas handelte. Aber wie kam es ins Wageninnere? Über die Lüftung?
Wie viel Zeit blieb mir noch?
Würde ich jetzt sterben?
Die Übelkeit verstärkte sich, und ich begriff, dass das Gas langsam das Innere des Wagens füllte. Bilder von Familie und Freunden wechselten sich vor meinen Augen ab: Papa, Mama und Lina; Sally und Andreas. Die Erinnerungen waberten vor mir durch die Luft, tauchten auf und verschwanden wieder.
Ein Zettel mit einem Siegel und drei kleinen Kronen.
BSV.
Dann wurde mir schwarz vor Augen, und ich verlor das Bewusstsein.

Immer mal wieder schreibt jemand ein Buch oder dreht einen Film über Menschen, die lebendig begraben werden. Sie werden von Bösewichten in Kisten gesteckt, unter der Erde oder in geheimen Kellerräumen, und dort müssen sie entweder ausharren, bis ein Lösegeld gezahlt wurde, die Polizei sie rettet oder sie sterben.
Wenige Dinge machen mir so viel Angst wie der Gedanke, in eine Kiste eingesperrt und lebendig begraben zu sein.
Als ich jung war, las ich zum ersten Mal den Begriff scheintot und was er bedeutet: dass der Körper auf jede messbare Weise aufhört zu funktionieren und das Umfeld fälschlicherweise zu dem Schluss kommt, dass man nicht mehr lebt. Danach wird die Person begraben. Manchmal wacht der oder die Betreffende auf und versucht, aus dem Sarg herauszukommen, und in Ausnahmefällen gelingt das auch. Andere Beispiele erzählen von Menschen, die tot aufgefunden wurden, nachdem sie vergeblich

versucht hatten, sich aus ihrem Grab zu befreien, mit teilweise aufgebrochenen Sargdeckeln und abgerissenen Fingernägeln. Als Kind jagte mir das, was ich da las, eine Heidenangst ein. Shakespeares Julia, Lazarus und Jesus. Alle sind irgendwie nach dem Tod wieder auferstanden.
Alfred Nobel hatte wahnsinnige Angst davor, lebendig begraben zu werden.
Anna-Greta Leijon dagegen ist eine mutige Frau.
Nicht nur, weil sie es gewagt hat, mit den Dingen, denen sie als Kind ausgesetzt war, an die Öffentlichkeit zu gehen. Auch nicht, weil sie im Gegensatz zu den politischen ihresgleichen die Verantwortung für die Fehleinschätzung in Bezug auf das Empfehlungsschreiben für Ebbe Carlsson übernahm und zur Strafe aus der Regierung geworfen wurde, obwohl ich heute weiß, dass sie insgeheim Ebbes Vorhaben kannte und verurteilte.
Vielmehr vor allem deshalb, weil es sie schaffte, weiterzuleben und sich in der Öffentlichkeit zu bewegen, obwohl sie wusste, dass eine Gruppe Menschen, die frei herumlief, sie in eine Kiste stecken und ein Lösegeld für ihr Leben fordern wollte.
Waren sie von den gleichen starken Kräften beauftragt worden, die Ebbe beauftragt hatte?
Ich habe alle Unterlagen, die Anna-Greta Leijon betreffen.
Es gibt viele Leute in diesem Land, die sich dafür schämen sollten, was sie dieser mutigen Frau angetan haben.
Mutig, manchmal an der Grenze zu leichtsinnig.
Vielleicht überhaupt nicht in der Lage, sich selbst zu schützen?
Das hat sie mit uns normalen Mitbürgern gemein.
Aus der Löwin wurde ein Lamm.
Ein Opferlamm.

Als ich die Augen aufschlug, blendete mich die starke Deckenbeleuchtung. Ich hustete und rollte mich zur Seite, dabei spürte ich scharfe Steinchen unter meiner Schulter. Als ich die Augen wieder öffnete, sah ich die Steinchen: kein Schotter, sondern zerbrochenes Glas.

»Der Krankenwagen ist unterwegs«, sagte eine Stimme neben mir.

Ich sah auf und musste den Impuls unterdrücken, ihn zu schlagen.

Marcus hockte direkt neben mir. Er hatte sich ein Halstuch so um den Kopf gewickelt, dass es Mund und Nase bedeckte.

»Erkennst du mich?«, sagte er undeutlich. »Marcus, aus dem Meeting mit dem Oberbefehlshaber. Da muss etwas mit deinem Auto mächtig schiefgelaufen sein. Was für ein Glück, dass ich da war, sonst hättest du sterben können.«

Ich sah mich um. Der Motor des Autos lief nicht mehr, und rund um das Lenkrad waren rausgerissene Kabel zu sehen. Das Fenster auf der Fahrerseite war eingeschlagen, der Boden der Garage mit Glassplittern übersät. Marcus war es gelungen, die Fahrertür zu öffnen und mich herauszuziehen, und jetzt lag ich hier neben dem Auto auf einem Teppich aus Scherben.

Oder hatte Marcus das alles vorbereitet, bevor ich kam?

Hatte er dafür gesorgt, dass mein Auto derart verrücktgespielt hatte?

Es fühlte sich an, als würden die Scherben durch die Kleider in meine Haut schneiden.

»Vielen Dank«, krächzte ich mühsam. Vom vielen Schreien war ich heiser geworden.

Marcus zog sein Halstuch aus und lächelte, dann legte er es wie ein Kissen unter meinen Kopf. Er sah irritierend gut aus, mit seinen schönen dunklen Augen und seinem durchtrainierten Körper.

»Keine Ursache«, sagte er freundlich.

Dann nahm er eine Scherbe zwischen die Finger und betrachtete sie.

»Du könntest eine Zukunft als Fakir haben, sagte ich das schon?«, sagte er.

Marcus legte die Scherbe weg und sah mich an. Er war ernst geworden.

»Aber du musst viel vorsichtiger sein.«

Was meinte er damit? Wusste er etwas über diese Sache?

Mir schwirrte zu sehr der Kopf, als dass ich meine Fragen hätte stellen können.

Die Sirene des Krankenwagens kam näher, dann tauchte er am anderen Ende der Tiefgarage auf. Marcus stand auf, um ihm entgegenzugehen.

Mühsam öffnete ich meine Tasche. Ich hatte mir schon gedacht, dass der Hefter mit der Bezeichnung »Osseus« verschwunden sein würde.

Was für ein Glück, dass ich – erfahren wie ich war – zwei Kopien gemacht und die andere in die unterste Schublade meines Schreibtisches gesteckt hatte.

4. KAPITEL

Im Krankenhaus wurde ich durchgecheckt, doch offenbar fehlte mir nichts, denn ich erhielt die Erlaubnis, nach Hause zu fahren. Die Polizeitechniker hatten mein Auto vor Ort untersucht und festgestellt, dass es ein massives Problem mit der Elektronik gegeben hatte. Sie fanden es merkwürdig, dass das Auto am gleichen Tag bei der Inspektion gewesen war, ohne dass man dort etwas festgestellt hatte, aber »manchmal passieren eben seltsame Dinge«. Dann hatte man das Auto in eine Werkstatt geschleppt, wo die Reparatur über meine Versicherung laufen würde – minus Selbstbeteiligung natürlich.

Mir blieb nichts anderes übrig, als die U-Bahn nach Hause zu nehmen.

Während ich in Richtung Nytorget lief, kehrten meine Gedanken zu Marcus zurück. Etwas an ihm war seltsam, aber ich konnte einfach nicht sagen, was es war. Einerseits hatte er mich dort in der Garage gerettet. Andererseits war ich sicher, dass er mich in Östermalm verfolgt hatte – auch wenn der Typ in dem Laden nicht zugeben wollte, dass Marcus dort gewesen war.

Oder?

Der gewohnte Selbstzweifel schlich sich an.

Hatte ich mir das auf der Sibyllegatan nur eingebildet?
Hatte ich mir alles eingebildet?
Verrückt, verrückt, verrückt.

Im Eingang zu unserem Haus stand Jonathan, mein ehemaliger Kollege von McKinsey, der mich ursprünglich für den Job angeworben hatte. Ich bekam einen solchen Schreck, als ich ihn sah, dass ich aufschrie.

»Schh!«, sagte Jonathan und hielt beschwichtigend den Finger an die Lippen. »Keiner darf wissen, dass ich hier bin!«

Wir gingen hinein und stellten uns in eine dunkle Nische hinter dem Aufzug. In mir stieg Wut auf.

»Jetzt erklär mir verdammt noch mal: Wer ist der Widerstand? Was tut ihr?«, fauchte ich.

Jonathan sah sich in alle Richtungen um und dann mich an. Er sprach sehr leise.

»Du hast heute wichtige Unterlagen kopiert«, sagte er. »Bring sie morgen um zehn Uhr zu der Bank am Kiosk im Tessinpark. Achte darauf, dass dir niemand folgt. Dann erkläre ich es dir.«

Er drückte kurz meine Schulter, drehte sich um und ging zur Tür. Ich sah ihm nach, und plötzlich erinnerte ich mich an etwas, was Berit damals im Grand Hôtel geantwortet hatte, als ich zu ihr gesagt hatte, dass ich nicht ausgenutzt werden wollte: *»Das wirst du längst, von allen Seiten, ob du es nun willst oder nicht. Lass mich es ganz deutlich sagen: Jetzt geht es nur noch darum, wie du und deine Freunde das hier überleben werden.«*

Die Tür fiel hinter Jonathan ins Schloss.

Ich stöhnte auf und ging die Treppe hinauf.

Simåns kam mir im Flur in gewohnter Schmuselaune entgegen, und eine Weile kuschelten wir auf dem Sofa, ohne dass ich auch nur meine Jacke ausgezogen hatte. Von Lina keine Spur, sie hatte auch auf meine SMS aus dem Krankenhaus nicht geantwortet.

Stattdessen hatte sich der Major gemeldet, um mich daran zu erinnern, dass ich am nächsten Abend bei ihm zum Essen eingeladen war. Ich freute mich darauf, seine Frau war sehr nett, und in letzter Zeit hatte ich nicht viele Gelegenheiten für nette Gesellschaft und Familienleben gehabt.

Ich aß eine Kleinigkeit, ging dann ins Bett und schlief beinahe sofort ein.

Am nächsten Morgen, als ich in mein Handtuch gewickelt aus der Dusche kam, stand Ludwig in Boxershorts und T-Shirt vor Linas Tür. Er hatte eine Zahnbürste im Mund.

Ich starrte ihn an und schleuderte ihm meine Frage entgegen.

»Was hast du gestern im Hauptquartier gemacht?«

Ludwig nahm langsam die Zahnbürste aus dem Mund und lächelte.

»Hauptquartier?«, fragte er. »Was für ein Hauptquartier?«

»Hör auf, ich habe dich gesehen.«

»Ich habe keine Ahnung, wovon du redest. Aber sorry, wenn ich dich gerade erschreckt habe. Das Bad war besetzt, deshalb habe ich mir in der Küche die Zähne geputzt.«

In meinem Kopf wirbelten die Gedanken umher. War Ludwig jetzt Linas fester Freund oder nur eine Affäre? Hätte ich Lina von meinen Bedenken erzählen sollen, oder ging mich das als große Schwester einer Neunzehnjährigen einfach nichts an, selbst wenn er im Hauptquartier gewesen war?

Man schien mir meine Verwirrung anzusehen.

»Entspann dich, ich mag Lina«, sagte Ludwig und grinste breit. »Du musst dir keine Sorgen machen.«

Dann betrat er Linas Zimmer und schloss die Tür hinter sich. Ich ging in mein Zimmer und zog mich an. Würde ich ab jetzt die Wohnung mit einem egozentrischen Charmebolzen mit Pferdeschwanz teilen, der kam und ging, wann er wollte? Hatte er überhaupt eine eigene Wohnung? Würden wir zu dritt frühstücken? *Was sollte ich nur tun?*

Wie als Antwort auf meine Frage öffnete Lina die Tür zu meinem Zimmer und steckte den Kopf hinein.

»Wir hauen jetzt ab. Mach's gut!«

Schnell zog sie die Tür wieder zu.

»*Lina!*«, brüllte ich.

Lina öffnete die Tür erneut und sah mich fragend an.

»Ist das dein Freund?«

Scheinbar fassungslos angesichts der Dummheit meiner Frage verzog Lina das Gesicht.

»Hat er vor, hier einzuziehen?«

»Wir sehen uns heute Abend«, sagte Lina und zog die Tür wieder zu.

Ich fühlte mich ungefähr so modern wie meine eigene Großmutter.

Als Lina und Ludwig verschwunden waren, ging ich in die Küche und öffnete den Kühlschrank. Er war fast leer. Plötzlich merkte ich, wie ungern ich zu Hause frühstücken wollte; es gab ohnehin kaum etwas zu essen, und sicher fanden sich überall Spuren von Ludwig. Ich warf die Kühlschranktür wieder zu, nahm meine Sachen und ging.

Heute gab es Frühstück im Urban Deli.

Urban Deli am Nytorget, schräg gegenüber von unserem Haus, war einer meiner Lieblingsorte. Ich bestellte Frühstück und Kaffee, nahm mein Tablett und setzte mich an einen Tisch am Fenster. Während ich aß, ließ ich meinen Gedanken freien Lauf, als ich plötzlich das Gefühl hatte, beobachtet zu werden.

Von draußen.

Ich hielt mitten in einem Bissen inne und sah in Richtung Straße. Zuerst dachte ich, es sei Micke, der mich schließlich doch gefunden hatte. Stattdessen lehnte ein blonder Kerl an einem Pfosten auf der anderen Straßenseite und glotzte mich an. Er hatte blond gefärbtes Haar und eine dunkle Sonnenbrille in die Stirn geschoben. Sein Gesichtsausdruck war unbeschreiblich. Wie Johnny Rotten. Oder Billy Idol. Oder Eminem, auf halluzinogenen Drogen.

Warum klingelte etwas in mir, als ich ihn sah?

Schnell wandte ich den Blick ab und tat so, als würde ich ihn ignorieren. Ich hatte eine Morgenzeitung gekauft, die ich jetzt aufschlug und las.

Nach fünf Minuten klappte ich hinter meiner Zeitung einen Schminkspiegel auf.

Mein Fan stand noch da. Und jetzt fiel der Groschen: Im Frühjahr hatte Jonathan mir ein Bild von ihm gezeigt, als er bei McKinsey zu Besuch war. Was hatte er noch mal gesagt? *»Nimm dich vor ihm in Acht«?*

Ich trank meinen Kaffee aus, nahm meine Sachen und ging. In einer halben Stunde musste ich im Büro sein, ich musste also sowieso los.

Als ich den Gehweg vor dem Restaurant betrat, stand er breitbeinig direkt vor mir und versperrte mir den Weg. Ich blieb stehen, und wir starrten uns an.

»Also gut, was willst du?«, fragte ich zornig.

Er antwortete nicht, hielt mir stattdessen einen kleinen Zettel mit dem BSV-Wappen vor die Nase.

Ich konnte mich nicht mehr beherrschen.

»Verzieh dich!«, rief ich und gab ihm einen Stoß vor die Brust, sodass er zurücktaumelte.

Woher ich diesen Mut nahm, wusste ich nicht, ich war das Ganze einfach so leid, dass ich meine Wut nicht mehr unter Kontrolle hatte. Gleichzeitig begriff ich, dass er sich auf mich werfen, mich misshandeln, vielleicht sogar töten könnte.

Der Typ wich ein paar Schritte zurück und grinste so breit, dass sein Mund sein Gesicht beinahe in zwei Hälften trennte. Dann hielt er den Zettel wieder hoch, stopfte ihn sich in den Mund kaute darauf rum. Während er ihn hinunterschluckte, sah er mich an, und in seinen Augen sah ich einen wahnsinnigen, erregten Ausdruck.

Ich hielt meine Tasche noch fester und ging in Richtung U-Bahn.

Der Blonde folgte mir nicht.

⇒ ⇐

Als ich ins Büro kam, war der Stabschef nicht da; vielleicht schlief er nach der gestrigen Reise nach Sundsvall heute aus. Ich sah mich um, aber es war niemand in der Nähe. Also zog ich die unterste Schublade meines Schreibtisches auf und nahm die Plastikhülle mit den Kopien der Osseus-Akte heraus.

Es schien noch alles da zu sein.

Aus Schaden klug geworden, beschloss ich, die Mappe so nah wie möglich am Körper zu tragen. Ich steckte sie unter meinen Pulli zwischen T-Shirt und Rockbund. Dann setzte ich mich an meinen Schreibtisch und fing an zu arbeiten. Ein paar Minuten später kam der Stabschef an, und wir sprachen kurz über die Meetings des Vortags, dann verschwand er in seinem Büro. Ich arbeitete noch eine gute Stunde, doch um fünf vor zehn stand ich auf, nahm meine Jacke und fuhr mit dem Aufzug hinunter zum Haupteingang.

Niemand achtete auf mich.

Jonathan saß wie abgesprochen auf der Bank im Tessinpark und wartete auf mich. Ich setzte mich neben ihn und zog die

Hülle mit den Dokumenten hervor. Hastig blätterte er sie durch, dann steckte er sie in seine Aktenmappe.

»Das meiste ist verschlüsselt«, sagte ich. »Worum geht es?«

»Das wissen wir nicht«, antwortete Jonathan. »Aber dank dir haben wir jetzt eine viel größere Chance, es herauszufinden.«

»Du schuldest mir verdammt viele Erklärungen. Wo willst du anfangen?«

»Zunächst einmal schulden wir dir eine Entschuldigung«, Jonathan sah mich aus seinen grünen Augen an, »und einen großen Dank für das, was du uns gerade geliefert hast. Das könnte unheimlich wertvoll sein.«

»*Osseus*. Bedeutet was?«

»Skelett auf Latein«, sagte Jonathan. »Frag mich nicht, was das soll, so weit sind wir noch nicht.«

»Der Widerstand. So nennt ihr euch? Wer seid ihr? Und wer gehört zu BSV?«

»Ich werde dir bei nächster Gelegenheit alle Fragen beantworten. Aber jetzt muss ich mit diesen Unterlagen hier los, bevor jemand kommt, der sie vielleicht noch dringender haben will als ich.«

Ein Mann ging auf der Allee vorbei, und als ich aufsah, erkannte ich Frasse. Er ging nicht langsamer, beobachtete uns aber aus der Entfernung, während er vorbeiging.

Als Frasse verschwunden war, erzählte ich Jonathan von dem Gespräch zwischen Frasse und dem Dunkelblonden, das ich gestern Abend auf der sechsten Etage belauscht hatte.

Jonathan hörte aufmerksam zu.

»Ich muss los«, sagte er dann und kramte in seiner Aktentasche.

»Halt«, sagte ich. »BSV?«

»Eine außerordentlich gefährliche Organisation, der wir auf der Spur sind.«

»Und wer seid ihr?«

»Derzeit sind die Grenzen fließend zwischen denen, denen man trauen kann, und denen, die man meiden sollte.«

»Berit?«

»Zurück in Schweden. Vertrauenswürdig.«

»Erinnerst du dich an den blonden Typen, von dem du mir ein Foto gezeigt hast? Bei McKinsey?«

Jonathan runzelte die Stirn.

»Du meinst Sergej.«

»Er ist heute Morgen vor meinem Haus aufgetaucht und hat mich angestarrt. Dann hat er ein BSV-Wappen aufgegessen.«

»Halte dich von ihm möglichst fern.«

»Wie kann ich euch kontaktieren?«

Jonathan zog einen Stift und eine Serviette hervor und kritzelte eine Nummer darauf.

»Hier. Für den äußersten Notfall. Wir melden uns!«

Jonathan stand auf, überquerte die Rasenfläche und verschwand zwischen den Gebäuden. Ich sah ihm eine Weile nach, dann steckte ich die Serviette in die Tasche und ging zurück ins Hauptquartier. Da fiel mir ein, dass ich nach zig anderen Personen hätte fragen können, die sicher interessanter gewesen wären als Berit: *Therese, Mira, Marcus.* Warum hatte ich nicht nach ihnen gefragt?

Ich setzte mich an den Schreibtisch. Der Stabschef schien nicht einmal gemerkt zu haben, dass ich fort gewesen war.

Ich suchte Bertils Nummer heraus und versuchte noch mal, ihn auf dem Handy zu erreichen. Er nahm nicht ab.

Gegen Mittag ging ich hinunter in die Kantine und desinfizierte meine Hände wie alle anderen auch – es war zur Gewohnheit geworden. Dann nahm ich mir Essen, und als ich fertig war, stand Mira neben mir.

»Sollen wir uns ans Fenster setzen?«, fragte sie. »Oder hast du andere Pläne?«

»Komm«, antwortete ich und ging vor zu einem Tisch.

Wir setzten uns und widmeten uns eine Weile dem Essen. Mira kommentierte meinen »Autovorfall« in der Tiefgarage, von dem inzwischen »alle« gehört hatten. Dann sah sie mich an.

»Wie geht es dir?«, wollte sie wissen. »Abgesehen von dieser Sache in der Tiefgarage, meine ich. Verdammter Autohersteller!«

»Ja, nicht wahr? Und das, obwohl ich gerade bei der Inspektion gewesen war.«

Mira lachte. Dann wurde sie wieder ernst.

»Hast du schon mal darüber nachgedacht, ob das jemand mit Absicht getan hat?«

»Mit Absicht?« Ich tat ganz unschuldig. »Was meinst du damit?«

Mira lächelte.

»In Afghanistan habe ich gelernt, dass fast nichts zufällig passiert.«

»Du und Freud.«

»Genau.«

Wir saßen ein paar Minuten schweigend da.

»Ich fühle mich hier sehr wohl«, sagte ich. »Es macht Spaß.«

»Freut mich zu hören.«

Ich zögerte.

»Weißt du noch, der attraktive Typ, der mit uns bei der Besprechung mit dem Oberbefehlshaber war …«, begann ich dann.

»Marcus?«, fragte Mira. »Alle sagen, dass er dich in buchstäblich letzter Sekunde hat befreien können.«

»Genau. Kennst du ihn? Ist er nett?«

Mira zuckte die Achseln.

»Auf jeden Fall sieht er echt gut aus«, sagte sie. »Ich würde nicht Nein sagen, wenn er mich retten wollte. Aber das war wahrscheinlich nicht das, was du gemeint hast?«

Sollte ich ihr erzählen, dass er mich verfolgt hatte? Das schien plötzlich unnötig zu sein.

»Nur ganz allgemein«, sagte ich.

»Ich weiß nicht, aber er gehört offenbar zu einem Spezialkommando.«

Ihr Telefon gab ein »Pling« von sich, und sie sah drauf.

»Besprechung auf Etage sechs direkt nach dem Mittagessen«, sagte Mira. »Hat Christer dir Bescheid gesagt? Ich habe eine Erinnerung bekommen.«

»Nein, er hat nichts gesagt«, sagte ich. »Vielleicht soll ich nicht dabei sein.«

»Wahrscheinlich hat er es nur vergessen. Komm mit, meist wird es ganz interessant.«

Etage sechs: die sagenumwobene Etage im Hauptquartier, wo MUST und KSI – der militärische Nachrichten- und Geheimdienst und das Büro Spezialabfragen – ihren Sitz hatten. Egal, über welche Treppe man kam, vom Treppenhaus aus konnte man durch die Milchglasscheiben überhaupt nichts sehen, und große Schilder informierten in mehreren Sprachen darüber, dass der Zutritt verboten war.

Hatte ich überhaupt eine Berechtigung, um dort hineinzugehen? Auf der anderen Seite war das eigentlich nicht mein Problem.

Mira hatte ihr Wasser ausgetrunken. Sie ging los, um sich nachzuschenken, und ich blieb mit meinem Salat zurück. Plötzlich stand Therese neben mir, wie üblich eine enorme Trägheit ausstrahlend.

»Wir müssen reden«, sagte sie monoton. »Kannst du nachher in die Poststelle kommen, bevor du nach Hause gehst?«

Hatte Therese über Afghanistan gelogen? Oder war es Mira, der man nicht trauen konnte?

Ich sah zu Mira hinüber, die sich am Getränkeautomaten mit jemandem unterhielt. Sie schien nichts bemerkt zu haben.

»Sicher«, sagte ich schnell.

»Gut«, antwortete Therese und ging davon.

Mira drehte sich um und kam mit ihrem Wasserglas zurück. Sie setzte sich und lächelte mich an.

»Wie gesagt«, sagte sie, »komm ruhig mit zum MUST auf der sechsten Etage. Im Lagezentrum des Oberbefehlshabers ist es immer spannend.«

— ≡ ≡ —

Ins Lagezentrum des Oberbefehlshabers zu gehen fühlte sich an, als würde man in eine geheime Sekte aufgenommen. Mira führte mich an den Warnschildern vorbei durch die Milchglastüren, und dabei flüsterte sie mir ins Ohr:

»Hier sitzen MUST und KSI. KSI beobachtet ausländische Spionage, während die Säpo sich um das kümmert, was hier im Land passiert.«

»Warum machen sie ein so großes Geheimnis aus ihrer Arbeit? Vor allem KSI?«

»Das war schon immer so«, sagte Mira. »Keiner, der für KSI arbeitet, spricht darüber. Wir alle kennen Leute, die für KSI arbeiten, ohne dass wir wüssten, wer es ist. Wir haben überhaupt keine Möglichkeit, es herauszufinden, und sie werden es uns niemals erzählen.«

Auf der sechsten Etage sah es im Grunde so aus wie auf allen anderen Etagen auch, mit Fluren und Büros. Mira führte mich zum Büro für besondere Angelegenheiten des Oberbefehlshabers und flüsterte mir dabei ins Ohr:

»Auf dieser Etage liegen ein paar richtig spannende Geheimnisse verborgen. Oder um es mit einem Säpo-Begriff zu sagen: Hier sammelt und schützt man das, *was am meisten geschützt werden muss*.«

»Was am meisten geschützt werden muss? Wie zum Beispiel?«

»Früher war es einfacher. Zunächst musste man feststellen, um welche Information es ging, wo sie sich befand, wer sie bearbeiten sollte und wie es mit Geheimhaltung und physischem Schutz aussah. Man war also gezwungen, genau das Gesamtbild zu *schaffen*, das nicht in fremde Hände gelangen durfte. Dabei ging es um Personal, sensible Ausrüstung, geheime Angelegenheiten, elektronische Kommunikationssysteme, Sicherheitsmängel und so weiter. Aber das Sammeln von Informationen zu diesen ganzen Dingen – also zu dem, was am meisten geschützt werden musste – *an einem Ort*, nur um es zu schützen, verursachte gleichzeitig das größte denkbare Risiko: dass die Informationen der falschen Person in die Hände fielen. Vor allem, wenn die Verantwortlichen nicht wussten, dass alles bereits in die falschen Hände gelangt war.«

Sie sah mich an.

»Wie Stig Bergling. Man ging davon aus, dass das, was am meisten geschützt werden musste, sicher in einem Tresor lag, bis er, der hier arbeitete, geschickt den Tresor öffnete und von allem Kopien machte, die er der Sowjetunion übergab.«

Ich errötete heftig und starrte vor mir auf den Boden.

Wusste Mira, was ich getan hatte? Warum hätte sie das sonst erwähnen sollen?

Was, wenn ich Staatsgeheimnisse an Jonathan verraten hatte, die nun in die falschen Hände gelangten?

Würde ich ins Gefängnis kommen, wenn es herauskam?

Vor dem Lagezentrum warteten gut dreißig Personen. Unter anderen befanden sich ein paar Dreisternegeneräle darunter, und ich erkannte den Leiter des MUST, den Chef der Einsatzleitung, den Oberbefehlshaber selbst, den Generaldirektor und natürlich meinen eigenen Stabschef. Ein wenig hinter den anderen stand, an die Wand gelehnt, Frasse. Er zuckte zusammen, als er mich sah, und einen Augenblick lang dachte ich, er würde gehen. Stattdessen wandte er den Blick ab und fing mit der Person auf seiner anderen Seite ein Gespräch an.

»Soll *sie* wirklich dabei sein?«, raunte der Chef der Einsatzleitung dem Stabschef zu und nickte in meine Richtung.

Der Blick des Stabschefs strahlte etwas Unerbittliches aus.

»Auf jeden Fall«, sagte er. »Sie hat eine Sicherheitsprüfung durchlaufen, und ich habe Mira gebeten, sie mitzubringen.«

Mira und ich hielten uns ein paar Meter von den anderen entfernt.

»Viele denken fälschlicherweise, dass alle hier für den Oberbefehlshaber arbeiten«, raunte Mira dicht an meinem Ohr. »Das ist nicht so. Wir beiden arbeiten für den Stabschef, und hier im Gebäude ist er die *Nummer eins*. Damit befinden wir uns im Auge des Orkans. Aber darüber müssen wir uns hier unten keine Gedanken machen.«

Die Türen zum Lagezentrum des Oberbefehlshabers öffneten sich, und einer nach dem anderen betraten wir den Raum. Er ähnelte einem ziemlich großen Heimkino, mit vier bis fünf Sitzreihen in geschlossener Treppenform. Ein weicher Teppich bedeckte den Boden, die Türen waren extradick und die Beleuchtung gedämpft. Ganz vorne im Raum hing ein riesiger Bildschirm. Die Teilnehmer der Besprechung setzten sich, die wichtigsten Personen in der Nähe des Oberbefehlshabers in der Mitte. Mira und ich setzten uns ganz nach oben, am weitesten vom Oberbefehlshaber entfernt.

Als alle sich gesetzt hatten, wurden die Türen geschlossen, und das Licht wurde weiter gedimmt. Eine gespannte Atmosphäre entstand, und ich war froh, dass ich in der Nähe des Ausgangs saß. Dann ging ein recht klein gewachsener Mann im Anzug, den ich nicht kannte, nach vorne und stellte sich zwischen den Oberbefehlshaber und den Bildschirm. Er begann zu sprechen.

»Der Chef des MUST«, flüsterte mir Mira ins Ohr. »Das erkennst du an der Kleidung. Und an seiner ganzen Art.«

Auf dem Bildschirm erschien eine Karte der laufenden schwedischen Einsätze weltweit, markiert in verschiedenen Farben.

»... den Oberbefehlshaber über die Entwicklungen sowie unsere Aktivitäten informieren, die im Grunde auf unserer Bündnisfreiheit basieren«, sagte der Mann im Anzug. »Was passiert gerade in der Welt, vor allem an den Orten, an denen sich schwedische Einsatzkräfte befinden, und welchen Einfluss hat das auf die Sicherheit hierzulande?«

Die Bündnisfreiheit.

Papas Hefter tauchte vor meinem inneren Auge auf.

»Neunundzwanzig Personen in diesem Raum haben eine Servicefunktion«, sagte Mira leise. »Ihr Auftrag ist einfach: den Oberbefehlshaber nach Möglichkeit mit der besten Entscheidungsgrundlage zu versorgen.«

»Was hältst du vom Oberbefehlshaber?«, flüsterte ich zurück. »Hat er's drauf?«

Mira dachte ein paar Sekunden nach.

»Sein Vorgänger Sverker Göranson hat mit härteren Bandagen gekämpft. Bydén ist sehr beliebt, angenehm im Umgang, und er kann loben. Aber er muss sich immer noch beweisen, nicht zuletzt im Hinblick auf Budgets und Mittel.«

Einer der Dreisternegeneräle in Uniform trat vor den Bildschirm und ergriff nach dem MUST-Leiter das Wort.

»... die drei Teilstreitkräfte, bei denen alle ein wenig unruhig sind«, sagte er.

Das Bild wechselte zu einer Aufstellung, wie die schwedischen Streitkräfte organisiert waren. Man hatte dort, wo Veränderungen notwendig waren, kräftige Markierungen in verschiedenen Farben gesetzt.

»Die gute Nachricht der letzten Legislaturperiode war Peter Hultqvist«, flüsterte Mira weiter. »Er war der beste Verteidigungsminister seit vielen Jahren. Weiß der Teufel, was jetzt passiert, wenn wir eine neue Regierung bekommen. Hultqvist *versteht* die Streitkräfte, er versteht, wofür Schweden sie braucht.«

Sie schwieg eine Weile.

»... Einsparungen, die es uns sehr schwer machen, neue Generationen von Wehrpflichtigen aufzunehmen«, sagte der General dort unten vor dem Oberbefehlshaber.

»In letzter Zeit hat der Krieg dort stattgefunden, wo er stattfinden sollte«, sagte Mira. »Also nicht zwischen dem Oberbefehlshaber und dem Verteidigungsminister. Sondern zwischen dem Verteidigungs- und dem Finanzminister.«

Sie unterbrach sich kurz.

»Warten wir ab, was passiert. Also, falls sie noch zu unseren Lebzeiten eine Regierung bilden.«

Eine Weile hörte ich dem Sprecher zu. Dann beugte ich mich wieder zu Mira hinüber.

»Die berühmte *Bündnisfreiheit*, die gerade erwähnt wurde, was hältst du davon?«

Mira lächelte, es war ein zynisches, kurzes Lächeln.

»Was denkst du denn?«, gab sie die Frage zurück.

Wir sahen einander an, sagten aber nichts mehr.

Ein weiterer Sprecher, dieses Mal in Tarnuniform, betrat die Bühne vor dem Oberbefehlshaber.

»Die Bündnisfreiheit ist eine Schimäre.«

[...] Was also stellt der Elefant mitten im Raum fest?
Es ist nicht die NATO, sondern der Umstand, dass die
Bündnisfreiheit eine Schimäre ist. Ein rosa Elefant,
wenn man so will.
Die Prämisse für die sicherheitspolitische Debatte
lautet, dass Schweden bündnisfrei ist. Aber das
stimmt nur im oberflächlichen, formalen Sinne. In
der Realität fungiert Schweden wie ein integrierter
Teil der NATO – und das schon seit Ende der
Vierzigerjahre.
Die gesamte Vorstellung der schwedischen
Bündnisfreiheit, früher als Neutralitätspolitik
bezeichnet, basiert auf einem Betrug.
Praktischerweise wird dieser von einer immer engeren
Zusammenarbeit mit der NATO und von einer breit
verankerten Solidaritätserklärung überspielt, die
seit 2009 gilt: Schweden soll bei Krisen- oder
Kriegsereignissen militärische Unterstützung
gleichermaßen erhalten wie gewähren können. [...]
Per T Ohlsson, *Sydsvenskan*, 17.01.2015

...

Die USA wussten es. Die Russen wussten es. Der
Adressat des riesigen Bündels an Nebelvorhängen ist
die ganze Zeit das schwedische Volk gewesen. [...]
Leitartikel, *Sydsvenskan*, 25.03.2011

...

[…] Laut Unterlagen, über die Snowden stolperte, als er für den amerikanischen Nachrichtendienst NSA arbeitete, soll die Funkeinrichtung für nationale Verteidigung (FRA) bei der russischen Führung spioniert und Informationen, die man entdeckt hatte, mit den USA geteilt haben. »Die FRA versah die NSA […] mit einer einzigartigen Sammlung hoch priorisierter russischer Ziele, ebenso wie die Führung«, heißt es in einem NSA-Dokument vom 18. April dieses Jahres.

Mats Skogkär, *Sydsvenskan*, 06.12.2013

...

Das FRA-Gesetz war eine direkte Auftragsarbeit für die USA

Die schwedische Regierung hat sich darauf eingelassen, die Integrität ihrer eigenen Mitbürger sowie den Internetverkehr Russlands an die USA zu verkaufen. Das enthüllt ein neues geheimes Diplomatentelegramm, das über Wikileaks veröffentlicht wurde.

Das kürzlich geleakte Dokument zeigt, wie die USA das schwedische Abhörgesetz direkt beeinflusst hat, um selbst ein Ohr auf dem Boden zu haben in Bezug auf die Verbindungen, die durch Skandinavien verlaufen.

»Schweden hat im Auftrag der USA verwanzt und abgehört«, schreibt *Russia Today*, die die Enthüllung am Freitag veröffentlichte.

Das Telegramm beweist, dass das kontroverse FRA-Gesetz, das die Überwachung sämtlicher Internetverbindungen, die über Schweden laufen, erlaubt, ein Ergebnis amerikanischer Repressalien ist.

Doch natürlich unter größter Diskretion. […]

Das amerikanische Interesse an Schweden und die Überwachung der Internetverbindungen, die durch unser Land laufen, ist offensichtlich. 80 Prozent des gesamten Internetverkehrs Russlands laufen über Schweden. […]

Die russischen Vertreter sind irritiert und beunruhigt.

»Ich glaube, die Informationen, zu denen die Geheimdienste durch dieses Gesetz Zugang erhalten, sind sensibel und können natürlich den russischen Interessen schaden«, so der Sprecher des Auslandsausschusses im russischen Parlament, der Duma, Konstantin Kosachev, gegenüber *Russia Today*.

Das FRA-Gesetz wurde als weitreichendstes Überwachungsgesetz Europas kritisiert, und aus dem Telegramm der US-Botschaft in Stockholm geht hervor, man wolle Debatten vermeiden und es so reibungslos wie möglich durch den Reichstag bringen.

Doch obwohl ein regelrechtes Beben in der Bloggerwelt, ein Medienaufstand und interne Konflikte innerhalb mehrerer Fraktionen der bürgerlichen Parteien die Debatte alles andere als ruhig gestalteten, ging das Gesetz schließlich durch. Im Großen und Ganzen sah es so aus, wie die USA es haben wollten. […]

Aaron Israelsson, *nyheter24.se,* 11.02.2011

...

Schweden hat Plutonium exportiert

Ende Februar, Anfang März ging ein Transport mit zehn meterhohen Behältern in die USA. Darin lagen unter anderem 3,3 Kilogramm Plutonium. Als Motiv wurde vorgegeben, Schweden wolle sich nicht um die mühsame Endlagerung kümmern. […]

Russland verfügt über ein ähnliches Programm und hat aus der Ukraine Kernbrennstoff erhalten. […]

Niklas Dahlin, *Ny Teknik,* 27.03.2012

Eine Atombombe kann mit nur 2 kg Plutonium zusammengebaut werden.

Aus Anfrage an den Schwedischen Reichstag, 1997/98:U413, von Eva Goës

⇛⇚

Nach dem Meeting mussten Mira und ich in verschiedene Richtungen, ich nahm die Treppe in den achten Stock. Als ich gerade den Computer wieder eingeschaltet hatte, stand der Stabschef neben mir.

»Wie gut, dass Sie beim Meeting dabei waren«, sagte er. »Ich bin jetzt auf dem Weg zu einer anderen Sitzung, aber wir sprechen morgen ausführlicher über das, was dort diskutiert wurde.« Er sah mich dermaßen prüfend an, dass ich sofort ein schlechtes Gewissen hatte.

»Nur noch eine Sache«, sagte er ernst. »Was im Lagezentrum des Oberbefehlshabers gesagt wird, ist *einhundert Prozent vertraulich*. Ich hoffe, Sie verstehen.«

»Natürlich.«

Der Stabschef nahm seine Sachen und ging. Sein Ton machte mir Sorgen: Hatte er nicht sogar verärgert geklungen?

Als er verschwunden war, schlich ich mich zum Tresor und tippte den Code ein. Ein langer Ton und eine immer noch verschlossene Tür überzeugten mich: Jemand hatte seit gestern Abend den Code gewechselt.

≡≡

Ich arbeitete bis fünf Uhr; der Stabschef kam nicht zurück. Dann musste ich gehen, damit ich es noch rechtzeitig nach Hause schaffte und mich umziehen konnte, bevor ich zum Abendessen beim Major ging.

Im Aufzug auf dem Weg nach unten fiel mir plötzlich ein, dass ich Therese versprochen hatte, bei ihr in der Poststelle vorbeizukommen. Widerwillig bog ich beim Empfang nach links ab.

Therese saß an ihrem Schreibtisch, als ich hereinkam. Auch Sture und Klas waren da.

»Soso«, sagte Sture und lehnte sich zurück. »Wichtiger Besuch aus höheren Sphären! Was führt dich in unser bescheidenes Reich?«

»Brillant wie immer, Sture«, sagte Therese in gleichgültigem Ton.

Dann wandte sie sich zu mir.

»Komm«, sagte sie.

Therese ging durch die Flure voran, und ich folgte ihr. Als wir zum Presseraum kamen, wo der Oberbefehlshaber vor Fernsehkameras und Journalisten aller Art sprach, tippte sie den Code ein und öffnete die Tür.

»Hier hinein«, sagte sie leise. »Der Raum ist schallisoliert.«

Verwundert folgte ich ihr, und die Tür schloss sich hinter uns. Therese blieb direkt vor dem Staatswappen mit den drei Kronen stehen. Auf beiden Seiten des Wappens stand eine schwedische Flagge schräg angebracht, außerdem eine EU-Flagge. Es sah fraglos dramatisch aus, wie sie dort zwischen den Flaggen stand.

»Du hast nicht auf mich gehört«, sagte sie ernst. »Ich habe dir gesagt, du sollst vorsichtig sein!«

Erneut spürte ich, dass ich unglaublich wütend wurde.

»Weißt du was?«, platzte ich heraus. »Alle spielen Katz und Maus mit mir, ohne mir irgendetwas zu erklären. Wer bist du, zum Beispiel? Warum sollte ich dir vertrauen? Du hast mir nicht das kleinste bisschen über dich erzählt. Wie soll ich wissen, für wen du arbeitest?«

»Ich arbeite für die Sicherheit des Landes«, sagte Therese. »Für die, die Schweden wohlgesinnt sind.«

Es klang beinahe lächerlich, als sie das sagte, so wie sie zwischen dem Staatswappen und den Flaggen stand. Die ganze Situation ließ mich zornig werden.

»Alle versuchen, mich auszunutzen. Vielleicht entscheide ich mich ja, mit demjenigen zusammenzuarbeiten, der zuerst seine Karten auf den Tisch legt? Denn ich habe überhaupt keine Lust mehr, übergangen zu werden!«

Therese hörte aufmerksam zu. Dann sammelte sie sich.

»Jemand unternimmt gerade einen sehr ernsthaften Versuch, Schweden zu destabilisieren. Wir wissen nicht, warum, auf welche

Weise oder wie die Pläne im Detail aussehen. Aber unsere Gruppe versucht, dagegen anzugehen.«

»Und ihr nennt euch der Widerstand?«

Therese zuckte die Achseln.

»Ich nenne mich Therese«, sagte sie.

»Mit wem arbeitest du? Berit? Jonathan?«

»Keine Namen. Aber wenn man Kontakt mit dir aufnimmt, musst du Stellung beziehen. Verstehst du?«

»Ohne das ganze Bild zu kennen?«

»Das bekommst du noch«, sagte Therese. »Sobald wir es selbst kennen. Aber kannst du dich zumindest bis dahin *schützen?* Und deine Freunde? Ihr seid wie drei kleine Kinder in einem Feuergefecht! *Zieht den Kopf ein,* verdammt noch mal!«

Wir starrten einander an. Plötzlich klickte es im Codeschloss, die dicke Tür schwang auf, und in der Öffnung stand Jesper, der PR-Chef des Hauptquartiers, und sah uns fragend an.

»Ja, ist es, oder?«, zwitscherte sie mit lauter Stimme.

Dann drehte sie sich zu Jesper um.

»Sara meinte gerade, sie findet das Staatswappen so *schön!*«

»Freut mich zu hören«, sagte Jesper. »Aber SVT und TV4 kommen in zehn Minuten, ihr müsst also hier verschwinden. Der Oberbefehlshaber wird eine Pressekonferenz abhalten.«

»Himmel, wie aufregend!«, sagte Therese und riss die Augen auf.

»Komm, Sara, dann müssen wir los.«

Wir gingen.

―≡≡―

Ich verabschiedete mich von Therese und beschloss, zum Fältöversten-Einkaufszentrum zu gehen, um dort Blumen für Ingela, die Frau des Majors, zu kaufen. Danach wollte ich die U-Bahn nach Hause nehmen. Es war Viertel nach fünf, und in den Fluren des Gebäudes war viel los. Durch die Schwingtüren aus Metall gelangte ich auf die menschenleeren Straßen und ging in Richtung Tessinpark. Dabei warf ich hin und wieder heimlich einen Blick über die Schulter.

Als ich an eine Straßenecke kam, sah ich plötzlich mein Spiegelbild in einem Verkehrsspiegel. Es sah aus, als würde weiter hinten jemand hinter mir schlendern.

Scheinbar unbekümmert ging ich weiter, ohne mich umzudrehen, aber als ich an einer dichten Hecke vorbeikam, bog ich unvermittelt in die Büsche ab und blieb zwischen Blattwerk und Häuserfassade stehen.

Die Hecke war so dicht, dass ich nicht hindurchsehen konnte, aber ich hörte Schritte näher kommen und vorbeigehen. Vorsichtig lehnte ich mich zur Seite und spähte zur Giebelseite des Hauses.

Marcus sah unschlüssig aus. Er sah in alle Richtungen, wartete kurz und blickte sich wieder um. Dann bog er nach links ab und ging zurück zum Lidingövägen.

Natürlich konnte es ein Zufall sein, dass er ausgerechnet hier entlangging. Aber das war nicht sehr wahrscheinlich.

≡≡

Abends um sieben stand ich im Flur eines schönen frei stehenden Hauses aus der Zeit der Jahrhundertwende in Stocksund, beim Major und seiner Frau. Für Ingela, eine blonde, freundliche Frau mittleren Alters, hatte ich einen wunderschönen Blumenstrauß besorgt, und jetzt empfing sie sowohl die Blumen als auch mich mit offenen Armen.

»Was für schöne Blumen!«, sagte sie und lächelte erfreut.

»Wirklich schön, ja«, sagte der Major. »Das wäre doch nicht nötig gewesen, Sara! Aber vielen Dank!«

»Ich verschwinde in die Küche«, sagte Ingela. »Ihr zwei habt sicher viel zu besprechen.«

Der Major führte mich in eine Bibliothek und goss uns Weißwein ein. Dann stießen wir an.

»Auf Ihre neue Stelle!«, sagte der Major. »Ich hörte, dass es gut läuft. Christer ist sehr zufrieden.«

»Freut mich zu hören. Es macht auch wirklich Spaß, für ihn zu arbeiten.«

Der Major reichte mir eine Schale mit Chips, und ich nahm ein paar.

»Welchen Eindruck haben Sie vom Hauptquartier?«, wollte er wissen. »Ich bin neugierig, wie man es wohl findet, wenn man von außerhalb kommt.«

Ich überlegte, während ich auf einem Chip kaute.

»Grundsätzlich finde ich, dass man den Streitkräften unrecht tut«, sagte ich. »Aber vielleicht sollte man sich stärker profilieren? Junge Menschen einladen und dafür sorgen, dass sie sich willkommen fühlen? Ich glaube, viele würden sich gerne bei den Streitkräften einbringen, den Wehrdienst machen oder sogar einen Beruf bei den Streitkräften wählen. Aber man weiß einfach nicht, wie. Sie sind nicht besonders gut sichtbar.«

»Die Einsparungen haben es schwierig gemacht, ein gutes PR-Profil aufrechtzuerhalten. Aber bald läuft die TV-Doku über die Fallschirmjägerausbildung.«

»Die kommt bestimmt gut an«, sagte ich. »Und eigentlich sollte es auch bald besser werden mit der neuen Wehrpflicht. Ich glaube, Sie werden in Zukunft viel mehr Antragsteller bekommen.«

»Dann fehlen ja nur noch die Gelder«, lachte der Major.

»Das ist wahr, aber wenn die Popularität der Streitkräfte zunimmt, wird es der Politik viel schwerer fallen, Ihnen die Mittel, die Sie benötigen, nicht zu bewilligen.«

»Stimmt. Doch in der Praxis läuft das alles verdammt zäh. Zu viele alte Herrschaften, die zustimmen müssen, bevor wir einen Beschluss fassen können.«

»Dann müssen Sie die Entscheidungsprozesse ändern«, sagte ich bestimmt. »Sonst manövrieren Sie sich in eine Ecke, was sich auf alle Aktivitäten auswirken und langfristig Schwedens Sicherheit gefährden wird.«

Der Major lachte.

»Ich verstehe, warum Christer Sie so schätzt«, sagte er. »Sie sind nicht nur klug, sondern nehmen auch kein Blatt vor den Mund.«

»Darf ich Sie etwas fragen?«

»Natürlich.«

»Diese Sache mit der Bündnisfreiheit: Sind wir wirklich frei, oder tun wir nur so als ob?«

Der Major lächelte.

»Wollen Sie meine offizielle oder meine ehrliche Antwort?«

»Die ehrliche.«

»Schweden hat eine lange Tradition im So-tun-als-ob, seit den beiden Weltkriegen, aber auch vorher schon. Wir stecken zudem gerne mit Parteien aller Seiten unter einer Decke. Alle wissen es, es ist kein besonders gut gehütetes Geheimnis. Was allerdings merkwürdig ist: Trotzdem ist es uns gelungen, nach außen ein so starkes Profil aufrechtzuerhalten, uns als *bündnisfrei* darzustellen. Meine offizielle Antwort ist daher – das verstehen Sie sicher: Genau das sind wir.«

»Das habe ich mir gedacht«, sagte ich bedrückt.

Der Major lächelte.

»Ach, Sie erinnern mich so sehr an Ihren Vater«, sagte er. »Dieses Gespräch hätte auch ihm Unbehagen bereitet.«

»Wie haben Sie einander kennengelernt?«, wollte ich wissen.

Der Major erzählte, wie die beiden zusammen in den Siebzigerjahren ihren Wehrdienst geleistet und dabei viel gelacht, aber auch viel gestritten hatten. Dann studierten sie gleichzeitig an der Uni, woraufhin der Major sich für eine militärische Laufbahn entschied, während Papa einen zivilen Beruf wählte.

»Aber wir sind immer in Kontakt geblieben«, sagte der Major. »Ihr Vater war ein ganz besonderer Mensch, den ich sehr schätzte. Wir waren nicht immer gleicher Meinung, aber wir respektierten die Ansichten des anderen.«

»Er konnte sehr stur sein.«

»Er hatte auch oft recht. Ich erinnere mich an eine Situation im Wehrdienst während eines Dreitagesmarsches. Wir hatten pro Nacht nur zwei Stunden geschlafen, und in der letzten Nacht, als wir das Zelt aufbauen sollten, funktionierte etwas nicht. Ihr Vater versuchte, dem Befehlshaber zu erklären, was das Problem war, doch der war völlig außer sich und schrie Ihren Vater an, dass er falschläge.«

»Die Situation kenne ich von meinem Grundwehrdienst«, sagte ich und lachte. »Anstrengend.«

»Nicht wahr?«, bestätigte der Major. »Schließlich befahl der Befehlshaber Ihrem Vater, das Zelt nicht mehr anzufassen. Stattdessen sollte er zur Strafe in den Wald gehen und Feuerholz holen, während die anderen zu Abend aßen. Ihr Vater bekam kein Essen, der Befehlshaber verteilte alle Rationen, ohne ihm eine aufzuheben, und wir anderen bemerkten das erst im Nachhinein.«

»Ist das erlaubt?«, wollte ich wissen.

»Nein«, sagte der Major. »Jedenfalls heute nicht mehr. Wie auch immer: Nach zwei Stunden kam Ihr Vater mit einem riesigen Berg Feuerholz zurück. Dem Befehlshaber war es immer noch nicht gelungen, das Zelt aufzubauen, also befahl er Ihrem Vater, das Holz abzulegen und auf der Stelle fünfzig Liegestütze zu machen. Ihr Vater gehorchte, ohne mit der Wimper zu zucken.

Dann ging er am Befehlshaber vorbei direkt zur Mittelstange des Zeltes und tat genau das, was er dem Befehlshaber vorher geraten hatte. Und jetzt ließ sich das Zelt ohne Probleme aufstellen.«
Ich grinste.
»Was hat der Befehlshaber gesagt?«
»Ihr Vater hatte gegen einen direkten Befehl verstoßen. Gleichzeitig stand aber endlich das Zelt, was konnte er also tun? Er starrte Ihren Vater an, dann machte er auf dem Absatz kehrt und ging davon. Wir haben ihn die ganze Nacht nicht mehr gesehen.«
Ich lachte.
»Das klingt wirklich nach Papa.«
Der Major warf mir einen schwer zu deutenden Blick zu.
»Ich habe eine Weile überlegt, ob ich es ansprechen soll oder nicht«, sagte er. »Ich ... ich war mir nicht sicher.«
»Versuchen Sie es.«
Der Major schwieg kurz. Dann sagte er: »In der letzten Zeit haben Ihr Vater und ich uns voneinander entfernt. In den letzten beiden Jahren hatten wir fast keinen Kontakt, außer im Zusammenhang mit Ihrer militärischen Ausbildung. Ich fand, dass er sich sehr verändert hatte.«
»Das sagen viele«, sagte ich. »Auch seine Familie hat das so empfunden.«
»Was ist passiert? Warum war er in den letzten Monaten seines Lebens so ... *anders?*«
Ich sah den Major an. Auch wenn Mama gesagt hatte, dass er nichts wusste und dass ich mich an ihn halten sollte, hatte ich doch keine Möglichkeit festzustellen, ob auch der Major in all das, was passiert war, involviert war. Ich musste mich entscheiden. Mein Instinkt sagte mir, dass ich ihm vertrauen konnte; wir kannten einander seit vielen Jahren, und er hatte mir nie Anlass gegeben, ihm zu misstrauen.

Andererseits hatte Fabian das auch nicht getan.

»Ich weiß nicht«, sagte ich und studierte weiter den Gesichtsausdruck des Majors. »Sie sagen, er hätte an einer Art Krankheit gelitten, aber so fühlt es sich nicht an. Ich glaube, dass ganz andere Dinge dahinterstecken.«

»Was meinen Sie? Was für andere Dinge?«

»Sie können das natürlich alles abtun«, sagte ich. »Nichts ist einfacher, wenn jemand herrschende Machtstrukturen infrage stellt, als die betreffende Person für rechthaberisch zu erklären. Aluhutträger, neigt zu Verschwörungstheorien, leicht paranoid, ganz einfach.«

Der Major runzelte die Stirn.

»Ich verstehe gar nichts«, sagte er. »Was versuchen Sie zu sagen?«

In diesem Moment schob seine Frau die Schiebetüren zum Esszimmer auf. Der Tisch war hübsch gedeckt, mit feinem Porzellan, Blumen und Kerzen.

»Ach, nichts«, sagte ich. »Lassen Sie meine losen Gedankenstränge uns nicht einen schönen Abend verderben. Wie schön Sie gedeckt haben, Ingela! Ich bin wirklich sehr hungrig.«

Obwohl wir beim Essen nur zu dritt waren, tat das der Stimmung keinen Abbruch. Ich fragte nach ihren drei Kindern, die schon aus dem Haus waren, und Ingela erzählte lustige Geschichten von der Weltreise eines Sohnes mit ein paar Freunden von der Königlich Technischen Hochschule und von der Arbeit des anderen Sohnes auf einem Schiff, das »nach Südamerika« fuhr. Die Tochter, das mittlere Kind, war bald fertige Betriebswirtin in Lund und hatte sich sehr im Karneval in Lund engagiert.

Während des Essens rief Anastasia an, und ich entschuldigte mich und ging hinaus.

»Hallo«, sagte sie. »Störe ich?«

»Leider ja. ich bin bei guten Freunden meiner Eltern zum Abendessen.«

»Oh, dann mache ich es schnell. Ich wollte dir nur berichten, dass ich einen Anwalt für dich gefunden habe. Es ist ein etwas älterer Mann, absolut unbestechlich und ein ganz wunderbarer Mensch. Ich schicke dir seine Kontaktdaten, dann kannst du dich bei ihm melden, sobald du Zeit hast. Er weiß, dass du anrufen wirst.«

»Tausend Dank, Anastasia!«

Ich ging zurück ins Esszimmer, und wir beendeten die Mahlzeit. Als wir fertig gegessen hatten, wollte Ingela sich dem Abwasch widmen, weil es später etwas im Fernsehen gab, was sie sehen wollte. Der Major hatte Kaffee gekocht und ein Tablett vorbereitet, und mit diesem in der Hand ging er mir voran zurück in die Bibliothek.

»Kommen Sie, Sara. Ich habe gelernt zu erkennen, wann ich in der Küche nicht erwünscht bin.«

Wir ließen uns auf dem Sofa nieder, und der Major goss Kaffee ein. Dann sah er mich an.

»Nun erzählen Sie mal«, sagte er. »Sie haben angedeutet, dass Ihr Vater in etwas verwickelt war.«

Ich schüttelte den Kopf; im Augenblick konnte ich ihm ganz einfach nicht alles erzählen.

»Oh, da haben Sie mich missverstanden. Er war nicht in etwas verwickelt, sondern ist eher in etwas hineingezogen worden.«

Ingela steckte den Kopf zur Tür herein.

»Denk dran, Sara einen Cognac anzubieten«, sagte sie. »Das vergisst du immer, wenn wir Gäste haben.«

Damit schloss sie die Tür wieder.

»Cognac?«, fragte der Major lächelnd.

»Nein, danke.«

Der Major sah mich an. »Ich habe das Gefühl, es gibt da etwas, was Sie gerne erzählen würden«, sagte er, »aber Sie sind sich nicht sicher, ob es richtig ist. Ich möchte Sie auf keinen Fall unter Druck setzen, aber ich hoffe, Sie wissen, dass Sie immer zu mir kommen können. Wenn ich Ihnen irgendwie helfen kann, werde ich das natürlich tun.«

»Danke«, sagte ich. »Ich muss darüber nachdenken. Aber es ist schön zu wissen, dass Sie da sind.«

Und damit gingen wir zu anderen, neutraleren Themen über.

Um elf Uhr bedankte ich mich und brach auf. Als wir an der Haustür standen und ich den Major und seine Frau zum Abschied umarmte, sah er mich an.

»Morgen bräuchte ich Sie für ein Stündchen in meinem Büro«, sagte er. »Um fünf Uhr. Geht das?«

»Natürlich«, antwortete ich verwundert. »Falls der Stabschef nicht gerade dann etwas von mir will.«

»Das habe ich bereits mit ihm geklärt«, sagte der Major. »Kommen Sie gut nach Hause!«

Ich ging. Aber auf dem Weg zur Roslagsbahn grübelte ich darüber nach, was der Major wohl während der Arbeitszeit von mir wollen könnte, das so wichtig war, dass er den Termin mit meinem Chef abgestimmt hatte.

Mein ganzes Leben lang habe ich geschwankt. Ich war wankelmütig wie ein neuzeitlicher Prinz Hamlet. Und damit bin ich kein Stück besser als die Mehrheit der Menschen in diesem Land.

Die Schweden.
Wir Schweden, bekannt dafür, uns über Meinungsgrenzen hinweg und wieder zurück bewegen zu können.
Auf der einen Seite habe ich ein starkes Bedürfnis nach Unabhängigkeit. Je mehr ich aufdecke und verstehe, desto mehr wundere ich mich und desto stärker wächst eine Sehnsucht nach Freiheit.
Ich habe Angst vor meiner Sehnsucht nach Freiheit.
Bin ich auch in diesem Punkt wie alle Schweden?
Gleichzeitig habe ich natürlich Angst vor meinen Feinden.
Ich möchte mich unter einen schützenden Schirm ducken.
Ich möchte weiterhin nah dran sein, zusammenarbeiten, gehorsam und hilfsbereit sein. Etwas anderes wage ich nicht.
Ich bin feige.
Eine andere Umschreibung wäre: Ich bin viel zu intelligent, um zu glauben, dass ich, so schwach wie ich bin, es mit den wirklich Mächtigen aufnehmen könnte.
So gesehen, hätte ich nichts gegen einen Partner. Einen guten Partner, einen, der nicht nur seine eigenen Interessen im Blick hat, sondern auch das, was das Beste für die Gesellschaft ist. Einen solchen Partner würde ich begrüßen. Das ist nicht das Problem.
Wogegen ich mich aufs Heftigste wehre, so heftig, dass ich mich über mich selbst wundere, ist, dass das Volk nichts wissen darf. In diesem Punkt bin ich überhaupt nicht wankelmütig, eher im Gegenteil.
In welche Richtung wir uns auch bewegen, wir müssen einen offenen, transparenten und gut durchdachten Vorschlag entwickeln, mit dem die Menschen vollumfänglich informiert werden und danach selbst Position beziehen können, bevor wir gemeinsam eine Entscheidung treffen.
Aber so funktioniert das natürlich nicht.

Tatsächlich sagen wir das eine und tun dann etwas ganz anderes.
Es ist diese Unmündigkeit der Gesellschaft, nicht der Wankelmut, der mich wahnsinnig macht.
Auch der wankelmütige Prinz Hamlet wird am Ende wahnsinnig. Sehen Sie, was aus ihm geworden ist.

⇉ ⇇

Am nächsten Tag arbeitete ich wie immer, ohne dass etwas Besonderes geschah. Ich aß mittags allein in der Kantine, und während ich eine Tasse Kaffee in der Ecke hinten am Fenster trank, fiel mir plötzlich ein, dass ich gar nicht nach »Osseus« gegoogelt hatte – was bedeutete das eigentlich? Jonathan hatte gesagt, es sei das lateinische Wort für Skelett, deshalb googelte ich *Osseus Latein*. Natürlich lautete die Antwort »ein Skelett«.

Daraus wurde ich nicht schlauer.

»Hallo!«, sagte eine freundliche Stimme.

Ich zuckte so heftig zusammen, dass das Telefon auf den Boden fiel. Marcus stand neben mir und beugte sich hinunter, um es aufzuheben.

»*Nein!*«, unterbrach ich ihn mit Nachdruck und stellte den Fuß auf das Telefon. »Ich hebe es selbst auf!«

Marcus hob abwehrend beide Hände.

»Ich wollte nicht stören, nur Hallo sagen!«

Er ging. Irritiert sah ich ihm nach, dann kontrollierte ich mein Telefon. Gott sei Dank war es immer noch ganz, und ich versank wieder in meinen Gedanken.

Osseus. Skelett? Die leuchtenden Skelette, mit denen jemand meine Wände beschmiert hatte, als ich auf Kungsholmen wohnte – gab es da eine Verbindung, oder war das alles reiner Zufall?

Das Telefon machte »Pling«, und beinahe hätte ich es erneut fallen gelassen. Eine SMS von Sally, die mich für morgen Abend zum Essen einlud. Andreas würde auch kommen. Ich sagte zu, dann überlegte ich kurz. Ich schrieb Andreas eine SMS: »*Ich muss dich im Einkaufszentrum Ringen treffen, morgen um 17 Uhr, bevor wir zu Sally gehen. Okay?*«

Es dauerte nur eine Minute, bis die Antwort da war: »*Ok.*« Am Nachmittag überschüttete man mich mit Aufgaben, und ich fing an, mir Sorgen zu machen, dass ich bis fünf Uhr nicht fertig sein würde, obwohl ich es dem Major versprochen hatte. Aber um Viertel vor fünf kam der Stabschef aus seinem Büro.

»Sie arbeiten gut, Sara«, sagte er. »Ich bin sehr zufrieden mit Ihnen. Lassen Sie es für heute gut sein, damit Sie Ihren Termin mit dem Major um fünf Uhr nicht verpassen. Ich habe versprochen, Sie rechtzeitig loszuschicken.«

»Ja, das hat er erzählt«, sagte ich. »Wissen Sie, worüber er mit mir reden möchte?«

»Keine Ahnung«, sagte der Stabschef und nahm seinen Mantel. »Ich muss jetzt los, wir sehen uns morgen.«

Ich sammelte meine Sachen zusammen und nahm die Treppe hinunter bis zur fünften Etage, wo der Major sein Büro hatte. Als ich an seine Tür kam, klopfte ich an, und nach ein paar Sekunden steckte der Major seinen Kopf aus der Tür. Er grinste von Ohr zu Ohr, als er mich sah, dann öffnete er die Tür ganz.

»Kommen Sie herein, Sara!«

Ich machte zwei Schritte in sein Büro, dann blieb ich wie angewurzelt stehen. Vor mir standen – ebenfalls breit grinsend – Nadia und Gabbe. Nadia, mit ihren schwarzen Augen, ihrem messerscharfen Intellekt und der strahlenden Laune. Gabbe, mit seiner verlässlichen Sturheit und enormen Fähigkeiten in schwierigen Situationen.

»*Surpri-i-se!*«, rief Nadia und breitete die Arme aus. »Bitte sei nicht sauer!«

»Hallo, schöne Frau«, rief Gabbe. »Haben wir dich schließlich doch noch gefunden, obwohl du nicht gefunden werden wolltest!«

Ich brachte keinen Ton hervor. Stattdessen schlug ich die Hände vors Gesicht und begann zu schluchzen.

Eine Viertelstunde später hatte ich mich so weit beruhigt, dass ich sprechen konnte. Wir saßen in der Sitzgruppe des Majors. Nadia hielt meine Hand, Gabbe saß mit drei Telefonen vor sich auf dem Tisch. Der Major stand auf, die Hände in die Seiten gestützt.

»Das kann doch nicht sein«, rief er aufgewühlt. »Ich habe so etwas noch nie gehört!«

Wir hatten unsere Telefone vollständig umgekrempelt und miteinander verglichen. Ich hatte Nadia und Gabbe meine E-Mails und SMS der letzten Jahre gezeigt, die keiner von ihnen je bekommen hatte. Sie wiederum konnten mir eine ebensolche Menge an Kontaktversuchen vorlegen, die ich nie beantwortet hatte, weil mich keiner davon je erreicht hatte.

»Ich war überzeugt, dass du sauer auf uns warst«, sagte Gabbe, »auch wenn ich mir beim besten Willen nicht vorstellen konnte, *warum*.«

»Ich war einfach nur traurig«, sagte Nadia. »Ich konnte nicht glauben, dass es *wahr* war, dass wir dir so egal sein sollten! Aber am Ende muss man die Tatsachen akzeptieren: dass eine Person keinen Kontakt haben will.«

»Aber ich hätte *nichts* lieber gewollt!«, rief ich. »Ihr seht ja, dass ich es versucht habe, per SMS und E-Mail, bei euch beiden, aber auch bei Erik und Rahim! Als keiner von euch geantwortet hat, dachte ich, dass es wohl an mir lag und dass ich mir nur eingebildet hatte, dass wir enge Freunde gewesen sind.«

»Wie ist das möglich?«, fragte Gabbe den Major. »Das sieht nicht wie ein Zufall aus. Oder bin ich einfach zu lange bei den Streitkräften und habe mich an russische Desinformation gewöhnt?«

Der Major schüttelte den Kopf.

»So wird manchmal vorgegangen, wenn man potenzielle Terroristen voneinander isolieren will. Ich glaube nicht, dass das rechtlich vertretbar ist, aber sowohl die Säpo als auch MUST und KSI arbeiten nach ihren eigenen Richtlinien. Mithilfe der Telefonanbieter können sie offenbar unsichtbare »Mauern« zwischen bestimmten Nutzern errichten, um eine Kommunikation zu verhindern. Ich für meinen Teil halte das für nicht wirklich wirksam, weil Terroristen dieses Niveaus die ganze Zeit Telefone und Prepaid-Karten wechseln. Aber es ist möglich.«

Er sah mich an.

»Ich verstehe nur nicht, warum jemand Sara und Sie isolieren sollte. Hatten Sie Probleme mit anderen Kontakten?«

»Überhaupt nicht«, sagte Nadia. »Wir haben uns nur gewundert, warum Sara uns nicht mehr mochte.«

Wir sprachen noch etwa eine halbe Stunde mit dem Major, dann wollte er nach Hause fahren, Gabbe, Nadia und ich wollten irgendwo gemeinsam zu Abend essen und versuchen, die verlorene Zeit aufzuholen. Es war das Verdienst des Majors, dass die beiden hier waren: Er hatte sie in der letzten Woche kontaktiert und erfahren, dass Gabbe gerade nach Norrland versetzt wurde, dorthin mit dem Nachtzug reisen würde und daher einen freien Abend in Stockholm hatte. Da hatte der Major Nadia vorgeschlagen, dass sie ebenfalls aus Kopenhagen kommen und mich überraschen sollte, und sie war sofort dabei.

Das Ganze war so unglaublich aufmerksam von ihm, dass ich schon bei dem Gedanken daran beinahe wieder losgeheult hätte.

Wir spazierten die Sturegatan zu dem kleinen Eckrestaurant *Proviant* hinunter, wobei Nadia und ich die ganze Zeit Arm in Arm gingen, Gabbe hielt sich an meiner anderen Seite. Unterwegs klärten wir uns gegenseitig auf, was wir seit unserer letzten Begegnung gemacht hatten. Nadia studierte für einen Master an der Copenhagen Business School und war nach einer kurzen Affäre mit – ja, tatsächlich – Erik Single. Gabbe arbeitete als Gruppenführer beim I19-Regiment in Umeå und hatte gerade ein Verhältnis mit einer Frau beendet, die auch bei den Streitkräften arbeitete. Beide sollten mich von Erik in Göteborg grüßen, der in einer Art militärischer Kooperation bei einem IT-Unternehmen arbeitete, und von Rahim, der inzwischen mit seiner Freundin in Malmö wohnte und sich im Lebensmittelunternehmen seiner Familie hocharbeitete.

Wir bekamen einen Tisch in einer hinteren Ecke des Restaurants. Nadia und ich saßen einander gegenüber, und ich sah ihr an, dass sie genauso glücklich darüber war, dass wir uns wiedergetroffen hatten, wie ich.

»Ich kann immer noch nicht glauben, dass es wahr ist«, sagte sie. »Dass es nur irgendein ... *technischer Mist* gewesen sein soll!« Gabbe schüttelte den Kopf.

»Keine Chance«, sagte er bestimmt. »Wirst du es selbst erzählen, Sara, oder müssen wir es aus dir herauspressen?«

Die Kellnerin kam mit unserem Wein, und wir bestellten Essen. Dann fing ich an zu erzählen.

Zwei Stunden später hatten wir aufgegessen, und ich hatte fertig erzählt. Gabbe sah mich sehr ernst an. Nadia saß da, die Hand erschrocken vor den Mund geschlagen.

»Wann hatten wir zuletzt Kontakt?«, sagte Gabbe zu mir. »Denkt nach.«

»Es stimmt«, sagte ich. »Im Büro des Majors habe ich nachgerechnet. Sie haben *systematisch* daran gearbeitet, mich von euch zu isolieren, wohl wissend um meine alten Wunden durch meine Mobbing-Vorgeschichte. Es hat vor mehreren Jahren angefangen, als ich den Kontakt zu euch verloren habe. Derzeit geschehen die Dinge Schlag auf Schlag: Ich habe zum Beispiel keine Ahnung, was auf mich wartet, wenn ich heute Abend nach Hause komme.«

Gabbe sah mich entschlossen an.

»Du bist nicht allein. Du wirst das hier überstehen, *with a little help from your friends*. Das sind wir und noch ein paar andere. Aber du musst extrem vorsichtig sein!«

»Ich verstehe das nicht«, sagte Nadia. »Was wollen die? Und wer sind die?«

»Das ist das, was ich immer noch nicht weiß«, sagte ich.

»Ich werde in dieser Sache nachforschen«, sagte Gabbe, »und mich bei dir melden, wenn ich etwas weiß. Wirklich zu blöd, dass ich in Umeå bin und Nadia in Kopenhagen! Wie sollen wir kommunizieren?«

Nadia richtete sich auf.

»Wie Dealer«, sagte sie. »Wir müssen mit Prepaid-Karten arbeiten.«

Gabbe sah mich an und lächelte, dann nickte er in Nadias Richtung.

»Erinnerst du dich, als wir sie schleppen mussten? Schimpfend und fauchend wie eine verdammte Katze.«

»Allerdings«, sagte ich. »Zweiunddreißig Stunden ohne Essen und dann drei Kartoffeln pro Person, die wir selbst kochen mussten.«

Nadia nickte nachdenklich und sah uns an, das Kinn leicht erhoben.

»Sie wissen nicht, wie gut wir trainiert sind«, sagte sie. »Und wie ausdauernd. Sie unterschätzen uns total.«

Wir.
Uns.
Mir wurde ganz leicht ums Herz. Ich legte meine Hände auf ihre. »Ihr ahnt nicht, wie glücklich ich bin, euch zu sehen«, sagte ich. »Alles andere spielt keine Rolle.«

Nadia sprang auf, auf ihre übliche temperamentvolle Nadia-Art, und gab mir einen dicken Schmatzer auf die Wange. Dann setzte sie sich wieder und sah mir in die Augen.

»*Süße*, das muss wirklich heftig für dich gewesen sein!«

Um zehn nahmen wir ein Taxi zum Hauptbahnhof. Gabbes Nachtzug nach Umeå sollte um 22:40 Uhr gehen, Nadias Zug nach Kopenhagen um 23:09 Uhr.

»Wann kommst du an?«, fragte Gabbe sie.

»7:48 Uhr. Und du?«

»Glückspilz. Ich bin um 6:25 Uhr in Umeå und muss dann direkt in die Kaserne.«

»Du musst wenigstens nicht in Malmö um sechs Uhr umsteigen und eine Viertelstunde auf dem Bahnsteig stehen und frieren!«

Ihre Kabbelei klang so vertraut, dass ich lächeln musste. Wir umarmten einander und versprachen, uns so bald wie möglich mit Vorschlägen zu melden, wie wir kommunizieren könnten. Dann gingen sie, und ich nahm die U-Bahn zum Medborgarplatsen.

Während ich in der Bahn saß, versuchte ich, meine Gedanken zu ordnen.

Meine Freunde hatten mich entgegen meiner jahrelangen Annahme nicht vergessen. Sie waren systematisch ferngehalten worden, sämtliche Wege in mein Leben hatte man uns versperrt, damit ich mich einsam fühlte.

Was für ein Teufel steckte hinter diesem widerlichen Szenario? Als ich aussteigen musste, hatte ich plötzlich wieder dieses unangenehme Gefühl, verfolgt zu werden. Auf dem Bahnsteig versuchte ich festzustellen, ob jemand sich besonders für mich interessierte, konnte aber keine Anzeichen dafür feststellen. Ich suchte nach Marcus, aber er war nirgends zu sehen.

Auf der Folkungagatan wimmelte es von Menschen, und für eine Weile verging das Gefühl, überwacht zu werden. Ich ging in Richtung Nytorget, während meine Gedanken die ganze Zeit zu Nadia und Gabbe zurückkehrten und dazu, wie glücklich ich war, sie wiedergetroffen zu haben. Doch nach ein paar Hundert Metern kehrte das Gefühl, verfolgt zu werden, zurück, und zwar so stark, dass ich nicht anders konnte, als mich umzudrehen.

Es war niemand da.

Ich ging auf dem kürzesten Weg nach Hause und stellte fest, dass rund um den Platz ungewöhnlich wenig Leute unterwegs waren. Wohlbehalten am Haus angekommen, öffnete ich die schwere Tür und ging hinein, doch im gleichen Augenblick, als sie hinter mir zuschlug, erlosch die Beleuchtung im Treppenhaus.

Angst packte mich. Ich rannte im Halbdunkel die Treppen hinauf und hielt nicht an, bevor ich vor unserer Wohnungstür stand. Ich zitterte am ganzen Körper, während ich gleichzeitig klingelte und in meiner Handtasche nach meinem Schlüssel suchte.

Aus unserer Wohnung drang kein Laut. Lina war wahrscheinlich nicht zu Hause.

Dagegen waren plötzlich Schritte auf der Treppe zu hören, langsame, aber schwere Schritte. Ich erstarrte und stand ganz still da, während mein Herz so heftig pochte, dass ich es in meinen Ohren hören konnte. Ich konnte nicht ausmachen, ob die Schritte von oben oder von unten kamen, aber sie näherten sich.

Die Person würde in wenigen Augenblicken auf unserer Etage ankommen.

Meine Hand schloss sich um den Schlüssel in der Tasche, und für einen Augenblick fühlte es sich an, als wäre ich einer lebensbedrohlichen Gefahr entkommen. Ich schloss die Tür auf, betrat den Flur, ohne Licht anzumachen, und beeilte mich, die Sicherheitskette anzulegen. Simåns miaute und strich mir in der Dunkelheit um die Beine, doch ich hatte jetzt keine Zeit für ihn. Stattdessen spähte ich durch den Türspion, um zu sehen, wer kam.

Niemand kam. Ich stand sicher fünf Minuten dort und wartete, aber nichts passierte. Schließlich gab ich es auf, schaltete das Licht an und hob Simåns hoch, der jetzt sehr laut miaute, erbost über meinen Mangel an Aufmerksamkeit.

»Mein Kleiner«, sagte ich und drückte meine Nase in sein Fell. »Jetzt bekommst du ganz viel Liebe und ein gutes Abendessen!«

Wir gingen in die Küche, und ich stellte Simåns eine große Portion Katzenfutter und eine Schüssel mit Sahne hin. Lina war offensichtlich nicht zu Hause, ihre Tür war angelehnt, doch in ihrem Zimmer war es dunkel, und ich hatte nicht die Absicht, ein weiteres Mal unaufgefordert hineinzugehen.

Plötzlich meldete mein Telefon, dass ich eine Nachricht erhalten hatte. Ich sah nach: eine MMS von einer unbekannten Nummer.

Im Nachhinein musste ich einsehen, dass ich bereits in dem Moment, als ich Nadia und Gabbe im Büro des Majors gesehen hatte, hätte verstehen müssen, was auf mich zukam. Ich hätte verstehen müssen, dass die, die hinter mir her waren – wer auch immer das nun war – nicht akzeptieren würden, dass ich so glücklich war darüber, dass man mir endlich wieder Beachtung schenkte. Aber ich hatte es nicht begriffen.

Ich hob das Telefon hoch, etwas zerstreut, um zu sehen, von wem die Nachricht kam. Weil anhand der Nummer nicht zu erkennen war, wer sie geschickt hatte, klickte ich auf das Symbol und wartete.

Es war der Blonde, der mir gestern vor dem Urban Deli begegnet war, der, der so erregt ausgesehen hatte – *Sergej*, laut Jonathan. Sein Gesicht sah von Nahem noch grotesker aus, die Augen wirkten wie zwei ausdruckslose Knöpfe. Sergej hatte ein kurzes Video von seinem lachenden Gesicht geschickt, und gerade als ich es wegklicken wollte, sah ich, dass er die Zunge herausstreckte und sie schnell vor und zurück bewegte, während er die Augen aufriss.

Es sah obszön aus.

Es sah aus wie die Androhung einer Vergewaltigung oder noch Schlimmerem.

Eine Buchstabenreihe bewegte sich vor seinem Gesicht, bildete einen Satz:

»*The sum of love will remain constant.*«

Die Worte lösten nichts in mir aus.

Am meisten verstörte mich, dass er genau vor meiner Wohnungstür gestanden haben musste – vor der, durch die ich gerade gegangen war – während er filmte.

»*The sum of love will remain constant.*«

In mir läuteten keine Alarmglocken.

Ich war einfach nicht in der Lage, diese glasklare Botschaft zu verstehen.

5. KAPITEL

Am nächsten Morgen war ich früh auf den Beinen. Ich zog Trainingsklamotten und Sneakers an und verließ das Haus für eine Laufrunde. Es war herrlich, mal wieder rauszukommen, die Morgenluft war kalt und feucht, und ich steigerte rasch das Tempo, damit mir warm wurde. Ich lief die Kocksgatan hinunter bis zur Renstiernasgata und dann den Katarinavägen hinunter in Richtung Stadt.

Es fing an, hell zu werden, und rechts von mir sah ich, wie Stockholm erwachte. Der Himmel färbte sich im Osten schwach rosa, gleichzeitig waren Straßenlaternen und andere Lichter immer noch eingeschaltet, und das Szenario spiegelte sich in der glatten Wasseroberfläche. Es war schlicht magisch.

Beim Laufen versuchte ich, meine Gedanken zu sortieren. Wenn ich an das gestrige Treffen mit Nadia und Gabbe dachte, wurde mir warm ums Herz, auch wenn der Gedanke, dass man absichtlich sämtlichen Kontakt zwischen uns verhindert hatte, furchtbar war. Dass beide, vor allem aber Nadia, sich viel Mühe gegeben hatten, um mich trotzdem zu treffen, machte mich unsagbar froh. Anfangs hatte ich eigentlich nicht vorgehabt, alles, was passiert war, zu erzählen, aber Gabbe hatte immer mehr

Dinge angesprochen, die ihm merkwürdig vorkamen, und ich hatte die beiden nicht anlügen wollen. Wie wir miteinander kommunizieren sollten, war eine andere Frage, da hatte ich immer noch keine Idee.

Der Blonde, der mich verfolgt hatte, verursachte mir ebenfalls Kopfzerbrechen. Was wollte er? Und was hatte er mit seiner seltsamen Nachricht gemeint: *The sum of love will remain constant?* Ich lief am Slussen vorbei bis zum Söder Mälarstrand. Das Rathaus spiegelte sich gefällig im Wasser, und es wirkte beinahe so, als sei das Gebäude sich bewusst, in welch verführerischem Licht es im sanften Schein der Morgendämmerung dastand. Doch die drei goldenen Kronen ganz oben im Turm ließen mich an BSV denken, daher wandte ich den Blick ab und konzentrierte mich aufs Laufen.

Die gesamte Torkel Knutssonsgatan hinaufzulaufen, ohne anzuhalten, war eine Herausforderung, aber ich schaffte es. An der Hornsgatan musste ich auf Grün warten, dabei konnte ich ein wenig zu Atem kommen. Dann lief ich weiter bis zur Högbergsgatan und folgte ihr die ganze Strecke bis zur Nytorgsgatan, und dann war ich auch schon fast zu Hause.

Stockholm war ein wunderbarer Ort und Schweden ein fantastisches Land zum Leben.

Bei meinem Lauf hatte mich niemand verfolgt: Ich war verschwitzt und ausgepowert, fühlte mich aber trotzdem frisch und bereit für einen neuen Tag.

Ich hatte Freunde, die mich liebten.

Und ich dachte gar nicht daran, BSV gewinnen zu lassen.

———

Als ich die Nytorgsgatan zum Platz hinunterging und die Bondegatan überquerte, saß sie wie üblich in ihrer Ecke: die Obdachlose mit ihrem Pappbecher. Ich hatte kein Geld dabei und wollte eigentlich an ihr vorbeigehen, doch als ich näher kam, sah sie mich zum ersten Mal direkt an und bedeutete mir mit der Hand, zu ihr zu kommen.

Ich blickte mich um. Es war sonst niemand da, sie musste mich meinen.

Also ging ich zu ihr. Sie sah so aus wie immer: eine ältere, etwas übergewichtige Person in verschlissener Kleidung, die sich einen Schal um den Kopf gewickelt hatte. Nur ihr Gesicht schaute daraus hervor, und man konnte deutlich die Narben nach einer reichlich stümperhaft durchgeführten Hasenscharten-OP erkennen. Die Lippen lagen immer noch nicht richtig übereinander, und die Narbe verlief an einer Seite der Nase entlang. Sie hatte außerdem einige weitere, kleinere Narben; die ganze Frau strahlte Verletzlichkeit und Leid aus.

Ich blieb vor ihr stehen, die Hände in die Seiten gestemmt, während ich versuchte, nach dem Laufen wieder zu Atem zu kommen. Sie sah zu mir hoch.

»Hallo«, sagte ich. »Wollten Sie etwas von mir?«

Unsere Blicke trafen sich. Mein Hirn weigerte sich zu erfassen, was ich sah.

»Setz dich«, sagte sie mit rauer Stimme.

Ich hockte mich hin, mein Gesicht ganz nah an ihrem. Nach ihrem Allgemeinzustand, der vernarbten Haut und den mausgrauen Haarsträhnen zu urteilen, die unter dem Schal hervorkamen, musste sie mindestens fünfzig Jahre alt sein.

Mein Hirn entschied sich für Totalverweigerung, wie ein Springpferd vor einem Hindernis.

Die Frau lächelte. Ihr fehlten mehrere Zähne.

»Ich sehe, dass du mir nicht glaubst«, sagte sie. »Und wenn ich dir sage: Ich schulde dir immer noch ein Paar blaue Strumpfhosen von Victoria's Secret. Ich habe meine Aggressionen immer noch genauso schlecht im Griff wie früher, doch inzwischen weiß ich, wie ich mit meiner Wut umzugehen habe. Und ich bin an jenem Abend nicht ins La Cucaracha gekommen, weil ich tot war.«

Wir sahen uns direkt in die Augen. Ihre waren verschiedenfarbig: ein blaues und ein grünbraunes. Ich zitterte am ganzen Körper.

»*Bella*«, flüsterte ich.

Rasch schaute sie sich um. Ein Mann ging die Bondegatan entlang, mit dem Rücken zu uns, ansonsten waren wir allein. Ich beugte mich vor und machte Anstalten, sie zu umarmen, aber Bella stoppte mich sofort.

»Fass mich nicht an«, sagte sie leise. »*Du musst jetzt aufstehen und gehen.*«

Ich konnte keinen klaren Gedanken fassen. Dann rauschten Erinnerungsfetzen durch meinen Kopf: Bella und ich in unserer Wohnung in der Storgatan mit einem Glas Champagner in der Hand, aufgestylt vor dem Spiegel vor einer Party; Bella und ich in einem gemeinsamen Lachanfall bei irgendeiner Besprechung im Konferenzraum bei Perfect Match; Bella grün und blau verprügelt und ungeschminkt vor Fabians Gartentor in Olovslund.

»Ich verstehe das nicht«, sagte ich. »*Du lebst!* Aber was ist passiert?«

Bella schenkte mir erneut ihr zahnloses Lächeln.

»Du meinst meinem Körper? *Der Leib ist vergänglich.* Außerdem weißt du doch, was ich immer gesagt habe: ›Vertraue keiner Frau, die keinen guten Appetit hat!‹«

Der Witz war flach, und das wussten wir beide. Bella wurde ernst.

»Meine Schönheit gehörte *ihnen*, fanden sie. Sie fanden, weil sie sie mir damals geschenkt hatten, durften sie sie mir auch wieder nehmen.«

»Dir *geschenkt* hatten?«, brach es aus mir heraus. »Ein Haufen Schönheits-OPs an einem Teenager, den sie dann als Luxushure missbrauchten!«

Bella zuckte die Achseln.

»Wie C-F zu sagen pflegt: Warum halten wir so stur an dem Gedanken fest, *der Tod* sei die schlimmste Alternative oder die empfindlichste Strafe? Für viele ist es umgekehrt: Weiterleben zu müssen ist die schlimmste Strafe von allen.«

Ich hielt mich nicht damit auf zu fragen, wer C-F war.

»Meine Hüfte ist gebrochen«, sprach Bella weiter. »Zertrümmert. Ich werde nie mehr laufen, Sport treiben oder tanzen können, oder auch nur richtig gehen. Ich werde nie Kinder bekommen können. Am Gesicht haben sie auch eine Weile gearbeitet, wie du siehst, auch wenn ich persönlich finde, sie hätten währenddessen etwas mehr Sorgfalt bei der Betäubung an den Tag legen können. Ich habe keine Papiere mehr, keine Identität. Ich bin nirgends willkommen. Aber ich lebe. Wie du siehst, legt man sich mit diesen Leuten nicht ungestraft an.«

Ich brachte kein Wort heraus. Bella lächelte schief, doch das Lächeln erreichte ihre Augen nicht.

»Die ›Engel‹ kamen und haben sich um mich gekümmert«, sagte sie, »sie können offenbar in beide Richtungen arbeiten. Ich bin dankbar, dass sie mir nicht die Zunge herausgeschnitten haben.«

Das Bild von Mama im hellblauen Morgenmantel kam mir in den Sinn, mit frisch gebürstetem Haar, wie sie mir Geschichten aus der griechischen Mythologie erzählt hatte.

König Tereus und Philomela: Philomela wurde von ihrem Schwager vergewaltigt, dann schnitt er ihr die Zunge heraus, damit sie nichts erzählen konnte. Nach der Vergewaltigung wurde sie in eine Nachtigall verwandelt, und jetzt können wir nachts hören, wie sie ihre Geschichte singt.

»Wer sind *sie?*«, fragte ich. »Und was hättest du mir im La Cucaracha erzählen wollen?«

»Nicht hier. Ich schicke dir Zeit und Ort per SMS, wenn es so weit ist. Du hast eine wichtige Aufgabe vor dir. Und ich habe Gott sei Dank einen Kontakt zum inneren Kreis.«

»Was für eine Aufgabe?« Ich spürte, wie die Wut wieder in mir aufwallte. »Und was für ein *Kontakt zum inneren Kreis?* Ich will konkrete Informationen, nicht nur einen Haufen wilde Theorien und Andeutungen! *Du lebst,* ich fasse es einfach nicht! Wissen sie, dass du hier sitzt? Beobachten sie dich? Oder arbeitest du mit dem Widerstand zusammen, wer auch immer das eigentlich ist? Was verdammt noch mal läuft hier?«

Bella sah mich an.

»Ich helfe da, wo ich gebraucht werde«, sagte sie. »Man könnte sagen, dass ich die Seiten gewechselt habe. Vor allem habe ich eine persönliche Vendetta zu erledigen. Ich brauche deine Hilfe, aber ich werde mich wieder melden.«

»Wer gehört zu BSV?«, sagte ich wütend. »Antworte mir!«

Ein Auto fuhr langsam auf der Straße vorbei. Bella und ich duckten uns.

»Du musst jetzt gehen«, sagte Bella. »Eine Sache: Nimm dich vor Ludwig, Linas Freund, in Acht. Er war es, der meine Hüfte gebrochen und meine Gebärmutter zerstört hat. Er ist IT-Ingenieur, oder besser gesagt Hacker, und mit seinem Pferdeschwanz sieht er aus wie ein verdammter Nerd. Aber er ist wirklich gefährlich.«

Tränen stiegen mir in die Augen.

»Ich kann dich nicht hier zurücklassen, wo ich dich endlich zurückhabe«, sagte ich. »Und ich will Antworten auf meine Fragen. Ich verdiene es!«

Bella sah weg.

»Dann bringst du uns beide in Lebensgefahr«, sagte sie ruhig. »Ist es das, was du willst?«

Wir sahen uns schweigend an.
»Geh jetzt. Ich melde mich.«
»Wie kann ich dich erreichen? Kann ich wenigstens deine Nummer haben?«
Sie schüttelte den Kopf und zog ihren Schal vors Gesicht. Dann starrte sie wieder stumpf auf den Pappbecher. Ich stand auf. Eine Gruppe Menschen ging auf der anderen Seite der Nytorgsgatan, aber sie sah ganz harmlos aus.
Ich sah Bella wieder an, aber sie schaute nicht mehr auf.
»Melde dich, sobald du kannst«, sagte ich leise. »Ich warte!«
Dann ging ich.

Eine Stunde später hatte ich geduscht und gefrühstückt, und als ich über die Kreuzung an der Bondegatan ging, war Bella nicht mehr da. Ich fuhr zur Arbeit und kümmerte mich um die Aufgaben, die ich gestern nicht mehr geschafft hatte, doch die Gedanken wirbelten in meinem Kopf umher. Was genau war Bella eigentlich zugestoßen? Wo war sie die ganze Zeit gewesen, fast ein Jahr lang? Was war das für eine persönliche Vendetta, von der sie gesprochen hatte, und wer war ihr *Kontakt im inneren Kreis?* Beim Gedanken an ihr Schicksal drehte sich mir der Magen um. Was konnte ich tun, um ihr zu helfen?

Gegen Mittag zeigte mein Telefon die Eilmeldung an, dass Olof Palmes Frau Lisbeth am Morgen gestorben war, und meine Gedanken zerfaserten in immer neue Richtungen. Ich unterbrach meine Arbeit und ging in die Kantine. Während ich noch meine Hände desinfizierte, tauchte eine Person neben mir auf. Es war Marcus.

»Hallo«, sagte er freundlich. »Auf dem Weg zum Mittagessen?«

Ich blickte ihn von der Seite an. Er hatte wie üblich eine Tarnuniform an, und so, wie er mich ansah, wirkte es, als könne er sich ein Lachen kaum verkneifen. Zu meinem Ärger bekam ich weiche Knie, doch meine Neugier war wie immer stärker.

Was wollte er?

War er vielleicht Bellas Kontakt im inneren Kreis?

»Das war der Plan, ja«, antwortete ich ruhig. »Du auch?«

»Natürlich«, sagte er. »Da könnten wir doch zusammen essen, oder?«

Wir nahmen unsere Tabletts und ließen uns in einer Ecke ganz hinten an den Fenstern nieder. Marcus hatte sich für ein Fleischgericht mit Lauch und Reis entschieden, ich mich für einen Nudelsalat, und wir plauderten über das Essen und die Kantine. Während des Gesprächs beobachtete ich ihn. Er sah unbestreitbar gut aus und war sehr trainiert, physisch sichtlich in Topform. Nun, er gehörte ja auch den geheimen Spezialkommandos an.

»Sie mästen uns ganz gut hier im Hauptquartier«, sagte Marcus und schob einen großen Bissen Hacksteak mit Reis in den Mund. »Das Essen ist sehr gut, im Vergleich zu draußen im Feld. Gar nicht zu reden von dem, was man vorgesetzt bekommt, wenn man im Ausland stationiert ist.«

Er sah mich an.

»Wie sieht's aus, treibst du Sport? Im Untergeschoss gibt es ein gut ausgestattetes Fitnessstudio, das wir benutzen dürfen.«

Bella und ich, als wir im Fitnessstudio auf Östermalm trainierten.

Wie hatte sie den Sturz auf die U-Bahn-Gleise überlebt? War sie überhaupt dort gewesen?

Ich verdrängte die Gedanken an Bella und konzentrierte mich auf Marcus.

»Sehe ich etwa untrainiert aus?«, fragte ich.

Marcus sah mich abschätzend an und lächelte.

»Im Gegenteil«, sagte er. »Gut trainiert. Daher habe ich mich gefragt, was du wohl machst, um in Form zu bleiben.«

Wieder weiche Knie – wie gut, dass ich bereits saß.

In diesem Moment kam Therese vorbei, wie immer allein mit ihrem Tablett. Sie schien uns nicht zu sehen, aber Marcus schaute ihr nach.

»Therese«, sagte er. »Ihr habt doch zusammen in der Poststelle gearbeitet.«

»Ja. Aber ich werde nicht richtig schlau aus ihr. Kennt ihr euch?«

Marcus hatte sie nicht aus den Augen gelassen. Widerwillig sah er jetzt wieder zu mir.

»Lass dich nicht täuschen«, sagte er. »Sie sieht ganz unscheinbar aus, aber hinter der Fassade steckt ein messerscharfer Verstand.«

Messerscharf?

»Also, welchen Sport machst du?«

»Heute Morgen bin ich eine Runde gelaufen, um halb Södermalm«, sagte ich. »Ich laufe ziemlich viel, das steckt wohl seit dem Militärdienst noch in mir.«

»*Södermalm?*«, fragte Marcus interessiert. »Wohnst du da?«

Vielleicht war es, weil mich das Treffen mit Nadia und Gabbe gestärkt hatte, vielleicht auch, weil die Begegnung mit Bella mich tief erschüttert hatte, vielleicht war ich dieses *Um-den-heißen-Brei-Gerede* auch einfach leid. Ich legte mein Besteck weg und lehnte mich zurück, die Arme vor der Brust verschränkt. Marcus nahm noch einen Bissen und sah mich dann an.

»Was?«, fragte er verwundert und schluckte das Essen herunter. »Was ist los?«

»Du weißt ganz genau, wo ich wohne«, sagte ich ruhig, »also hör auf, so zu tun als ob. Und du hast mich mehrmals verfolgt, zuletzt, als du mich an der Erik Dahlbergsgatan aus den Augen verloren hast, weil ich mich hinter ein paar Büschen versteckt habe. Du musstest zurück zum Lidingövägen gehen, ohne zu wissen, wohin ich verschwunden war.«

Marcus sah mich an, und in seinen warmen braunen Augen war schon wieder ein Lachen zu sehen. Wahrscheinlich war er ein meisterhafter Schauspieler, genau wie Micke.

Nimm dich vor Ludwig, Linas Freund, in Acht ... er ist wirklich gefährlich.

»Das hast du gemerkt?«, sagte er belustigt. »Die Offiziere haben mich immer gerügt, weil ich so schlecht darin war, mich hinter Büschen zu verstecken. Aber wer nicht wagt, kann nicht gewinnen, oder?«

Er flirtete offen mit mir, doch es gelang mir, mich völlig unberührt zu geben.

»Sei nicht albern«, sagte ich. »Für wen spionierst du? Diese ganze Situation ist wirklich schwierig für mich, und ich bin nicht in der Stimmung für Katz-und-Maus-Spiele. Sag mir, was du treibst.«

Marcus sah mich ernst an.

»Ich kann nicht, selbst wenn ich wollte. Ich führe nur Befehle aus.«

Er sah durch und durch verlässlich aus, aber ich hatte gelernt, dem äußeren Schein nicht mehr zu trauen.

»Habe ich eine wichtige Aufgabe vor mir?«, fragte ich. »Die schwierig und gefährlich ist?«

Marcus nickte kurz.

»Aber du wirst mir nicht sagen, welche?«

»Ich kann nicht«, sagte Marcus wieder. »Es tut mir leid.«

Ich stand auf.

»Dann ist das Gespräch an dieser Stelle beendet«, sagte ich und nahm mein Tablett. »Wir sehen uns.«

Ich ging. Marcus tat nichts, um mich aufzuhalten.

Am Nachmittag saß ich in einem Anwaltsbüro am Stureplan, mir gegenüber ein älterer Mann namens Fredrik – mit Anzug, grauen Haaren und Brille. Ich hatte keine Ahnung, wer er war, aber Anastasia hatte ihn empfohlen, und ich vertraute ihr.

Also hatte ich alles auf eine Karte gesetzt und ihm meine ganze Geschichte erzählt. Im Moment hatte ich ja kaum eine andere Wahl.

Ich sah ihn an, während ich erzählte, und sein Gesicht spiegelte wider, was er dachte. Er sah entsetzt aus, hin und wieder auch belustigt, dann blitzte etwas in seinen Augen auf. Er war ein guter, interessierter Zuhörer und unterbrach mich kein einziges Mal.

Als ich fertig war, legte er die Fingerspitzen aneinander, lehnte sich im Stuhl zurück und blickte aus dem Fenster.

Eine Weile saßen wir schweigend da.

Das schöne Wetter vom Morgen war umgeschlagen, jetzt regnete es.

Die Minuten vergingen. Ich sah Fredrik an. Langsam begann ich, mir Sorgen zu machen, dass er nicht verstand, was ich ihm erzählt hatte. Was, wenn er senil war? Er sah immerhin schon ziemlich alt und gebrechlich aus.

Da setzte er sich auf und sah mich an.

»Für die meisten wird das, was Sie mir da gerade erzählt haben, ganz und gar unglaubwürdig klingen. Das heißt aber nicht, dass ich Ihnen nicht glaube«, sagte er. »Doch es ist schwer, einen Plan zu entwickeln, wenn wir nicht genau wissen, wer unsere Gegner sind. Aber ich habe einen Vorschlag.«

»Ich bin für alles offen.«

»Zunächst einmal schreiben Sie alles auf, was bisher passiert ist, bis ins kleinste Detail, damit es etwas Schriftliches gibt«, schlug er vor. »Ich sage nicht, dass Ihnen etwas zustoßen wird, aber es ist immer gut, die Dinge schwarz auf weiß zu haben. Das machen Sie aber nicht auf Ihrem normalen Computer, sondern auf einem Gerät, das nicht mit dem Internet verbunden ist. Verstanden?«

Ich nickte. Die alte Kiste, die Andreas von der Arbeit mitgebracht hatte, war perfekt dafür.

»Ihren normalen Computer benutzen Sie stattdessen, wenn Sie Dinge kommunizieren möchten, die BSV wissen *soll*«, sprach er weiter. »Sie können mir gerne mailen und Details erzählen, sie werden alles direkt lesen. Stellen Sie sich vor, es sei eine Art ironisches Metagespräch.«

»Ironisches Metagespräch«, wiederholte ich.

Fredrik lächelte. »Außergewöhnliche Situationen wie diese erfordern außergewöhnliche Maßnahmen.«

Ich konnte ihm nur schweigend beipflichten.

»Dass die Polizei nicht mehr unternommen hat, ist einerseits bedauerlich. Andererseits ist es wahrscheinlich genauso, wie dieser Mann auf dem Polizeipräsidium gesagt hat: Wenn die Spuren so gut verwischt sind wie hier, haben sie nichts, dem sie nachgehen könnten – auch wenn es mich als Steuerzahler natürlich enorm ärgert, dass Ihnen nicht besser geholfen wurde. Aber dann müssen wir die Sache eben selbst in die Hand nehmen.«

Ich schwieg.

»Ich glaube, wir sind uns einig darüber, dass Sie überwacht werden«, sprach Fredrik weiter. »Vermutlich ist auch Ihre Wohnung verwanzt. Daher ist es jetzt wichtig, dass Sie denen die ganze Zeit einen Schritt voraus sind. Korruption auf verschiedenen Ebenen der schwedischen Gesellschaft ist keine Neuigkeit, auch wenn das, was Sie mir heute erzählt haben, fast alles übertrifft, was ich bisher erlebt habe. Aber das bedeutet nur, dass wir noch schlauer und besser vorbereitet sein müssen, nicht wahr?«

»Ich weiß nicht, was ich tun soll«, sagte ich resigniert.

»Nicht verzagen vor allem!«, versuchte Fredrik mich aufzumuntern. »Alles lässt sich lösen, wir müssen nur eine Strategie entwickeln.«

Ich sah Fredrik an, bemerkte sein freundliches Lächeln. Er war etwa fünfundsechzig und damit viel älter als ich, in seiner Art zu denken dabei jedoch so modern. Er schien gleichzeitig abgeklärt, klug und einfallsreich zu sein, und seine Vitalität und positive Einstellung färbten auf mich ab. Vielleicht war es doch möglich, aus dieser ganzen Sache wieder herauszukommen, trotz allem? Vielleicht gab es doch eine Lösung?

»Haben Sie schon einmal von Edward Snowden gehört?«, fragte Fredrik. »Der Whistleblower aus den USA?«

»Ich habe den Film gesehen, aber darüber hinaus weiß ich eigentlich nichts über ihn, muss ich gestehen.«

»Das ist ein wirklich mutiger Mann.«

Er lächelte ein wenig in sich hinein, als dächte er an etwas Lustiges. Dann wurde er ernst.

»Edward Snowden ist ein amerikanischer Whistleblower, der bei Dell und bei der CIA angestellt war. 2013 verließ er sein Zuhause und seinen Job bei der NSA – National Security Agency, dem Pendant zur schwedischen FRA – auf Hawaii. Im Gepäck hatte er jede Menge Geheimunterlagen, die bewiesen, dass die USA zusammen mit einigen europäischen Ländern wie Großbritannien weltweit illegale Überwachungen vornahm. Zum Teil spionierte man die eigene Bevölkerung aus, unter anderem Führer von Weltmächten bei beispielsweise internationalen Top-Meetings. Snowden flog nach Hongkong, wo er einige westliche Journalisten traf und seine Unterlagen übergab. Kurz danach veröffentlichten *The Guardian* und *The Washington Post* seine Enthüllungen. Die Nachrichten verbreiteten sich um die ganze Welt. Heute lebt Snowden vorübergehend im Exil in Moskau. Die USA haben abwechselnd mit der Todesstrafe und langen Gefängnisstrafen gedroht, wenn Snowden ausgeliefert wird.«

»Himmel!«, sagte ich entsetzt.

»In letzter Zeit wurden aber immer mehr Stimmen laut, dass die NSA sich komplett falsch verhalten hat«, sagte Fredrik. »Ein Mensch wie Snowden kann auf lange Sicht einen Unterschied bewirken. Einen großen Unterschied.«

Schweigend saßen wir eine Weile da.

»Ich glaube, man könnte es so ausdrücken«, sprach Fredrik dann weiter. »Früher wurden Kriege zwischen verschiedenen Nationen ausgefochten. Das gibt es heute auch noch, aber in wesentlich geringerem Umfang als früher, vor allem hier im Westen. Stattdessen hat der Terrorismus stark zugenommen, und plötzlich ist da eine viel kleinere Gruppe, die Kriege gegen uns alle führt, überall, ohne dass wir richtig verstehen, warum, und obwohl wir als Individuen unschuldig sind. Außerdem verbreiten viele Länder bewusst falsche Informationen, sowohl über andere Länder als auch über ihr eigenes – sogenannte Desinformation. Kennen Sie den Begriff?«

»Ja«, antwortete ich. »Mein Vater hatte eine ganze Mappe voller Zeitungsausschnitte dazu, die er ›IT-Angriffe und Desinformation‹ nannte.«

Fredrik hielt inne.

»Gut«, sagte er dann. »Das wird nämlich ein immer größerer Teil unserer Realität.«

Er sah mich an.

»Die Verteidigung dieses Landes wurde traditionellerweise von Generation zu Generation vererbt, manchmal über zahlreiche Linien, während die Pazifisten sich totlachten. Ich selbst bin ein Offizier der Reserve, habe ich das schon erwähnt?«

»Nein.«

»Die Pazifisten haben jedes Recht zu lachen«, sagte er. »Das macht eine Demokratie aus.«

Er machte eine kurze Pause.

»Ich persönlich denke, dass heutzutage eine stille, sehr unsympathische Kriegsführung zwischen Teilen der Verwaltung eines jeden Landes und seiner Bevölkerung läuft. Wir, die wir an Meinungsfreiheit und Transparenz glauben, fordern Einblicke und eine freie Debatte, aber nicht jeder hat daran ein Interesse. Früher haben Könige und Despoten ungehorsamen Untertanen den Kopf abgeschlagen. Das funktioniert heute in der westlichen Welt nicht mehr. Stattdessen hat man in den letzten gut siebzig Jahren, etwa seit dem Zweiten Weltkrieg, heimtückischere Methoden entwickelt. Es geht um Kommunikationsüberwachung und Meinungsregister, um die Verbreitung von Desinformation und den Versuch, die Bevölkerung mit neuen, verfeinerten Methoden zu kontrollieren. Schauen Sie sich Putin und Donald Trump und ihre ›alternativen Fakten‹ an. Und sie sind damit nicht allein. Dem möchte ich – mit vielen anderen, wie zum Beispiel Edward Snowden – Einhalt gebieten.«

»Ich auch«, sagte ich.

Fredrik lächelte breit.

»Gut! Dann fangen wir mal damit an, Widerstand zu leisten, nicht wahr?«

Nach einer kurzen Pause sprach er weiter: »*Paris ist eine Messe wert*, hat Heinrich IV. schon 1593 gesagt, als er zum Katholizismus konvertierte, um Frankreich zusammenzuhalten. Schweden ist ebenfalls ein Land, für das man kämpfen möchte, oder was meinen Sie? *Schweden ist einen Kampf wert*. Stimmen Sie mir zu?«

»Ja«, sagte ich. »Das tue ich wirklich.«

Ich sah ihn an.

»Gehören Sie zum Widerstand?«

Fredriks Mundwinkel zuckten. Er antwortete nicht, öffnete stattdessen eine Schublade in seinem Schreibtisch und nahm eine ausgerissene Zeitungsseite daraus hervor.

»Ich wusste ja, dass Sie eines Tages herkommen würden«, sagte er. »Haben Sie das hier schon gesehen?«
Er schob mir das Blatt hin, und ich las.

Bildt: »Man hat ein beunruhigendes Bild von Schweden verbreitet«

DAVOS. Nachdem die Schriftstellerin Katerina Janouch im tschechischen Fernsehen ein Interview zur schwedischen Flüchtlingssituation gegeben hat, wurde im Ausland viel über Schwedens Image diskutiert.
Stefan Löfven verurteilt ihre Aussagen – ist aber der Ansicht, dass Schweden bei anderen Ländern immer noch großen Respekt genießt.
Carl Bildt dagegen, der sich ebenfalls in Davos aufhält, ist beunruhigt. »Man hat ein beunruhigendes Bild von Schweden verbreitet, vor allem, als wir eine Kehrtwende bei der Flüchtlingspolitik gemacht haben, was sehr dramatisch war«, sagte er.
Der kleine Schweizer Alpenort Davos, Europas höchst gelegene Stadt knapp 1 600 m über dem Meeresspiegel, beherbergt wieder einmal allerhand Top-Politiker, Wirtschaftsvertreter und Hollywoodstars. Schon seit 47 Jahren treffen sich hier jedes Jahr die führenden Wirtschaftsexperten beim Weltwirtschaftsforum.
Auch einige Schweden sind in der illustren Gesellschaft vertreten, die sich unter edlen Kronleuchtern

versammelt. Unter anderem Staatsminister Stefan Löfven (Sozialdemokraten), der am Dienstag anreiste. Er begann mit einer Rede zu den globalen Zielen für die Welt, darüber hinaus hat er zahlreiche Treffen sowie ein Dinner mit geladenen Gästen eingeplant.
Vor dem Treffen in Davos betonte Finanzministerin Magdalena Andersson (Sozialdemokraten), das Brexit-Referendum in Großbritannien und die Wahl von Donald Trump als Präsident der Vereinigten Staaten hätten einige auf das schwedische Wohlfahrtsmodell als Lösung aufmerksam gemacht.
Stefan Löfven stimmte ihr zu und erklärte, er sei der Ansicht, im Ausland habe man großen Respekt vor Schweden.
Doch zur gleichen Zeit hat Schweden in den Medien in einem anderen Zusammenhang von sich reden gemacht.
Kürzlich wurde die Schriftstellerin Katerina Janouch im tschechischen Fernsehen zu ihrer Sicht auf Schweden nach der Flüchtlingskatastrophe interviewt. Sie sagte unter anderem, viele Schweden würden schießen lernen wollen, um sich zu verteidigen.
Anschließend äußerte sie sich gegenüber dem *Aftonbladet* so:
»Ich sage nicht, dass die Flüchtlinge an allem schuld sind. Aber es gibt eine Krise bei Migrationsfragen.«
Sie betonte auch, sie habe nur ihr Bild vermittelt, wie sie die Entwicklung in Schweden sehe, und das stimme mit dem überein, was andere Zeitungen schreiben. Als Beispiel nannte sie die britische *Daily Mail,* der die schwedische Botschaft in London im letzten Jahr vorgeworfen hatte, eine Kampagne gegen Schweden zu führen.

Stefan Löfven hält Janouchs Aussagen für »sehr merkwürdig«. »Sie ist eine Person, die eine – meiner Meinung nach – sehr merkwürdige Aussage trifft. Das schwedische und das skandinavische Modell sind allgemein anerkannt und respektiert, man schätzt, dass wir Produktivität mit Gleichheit kombinieren, gute Arbeitsbedingungen für Arbeitnehmer mit produktiven, effizienten Unternehmen, und dazu eine soziale Absicherung schaffen. Es herrscht großes Vertrauen in diese Dinge«, so Löfven.

Auch der ehemalige Außenminister Carl Bildt (Die Moderaten) ist nach Davos gereist, vor allem, um über Fragen der Digitalisierung und technischen Entwicklung zu sprechen. Seinen Angaben zufolge habe er nicht verfolgt, was Katerina Janouch gesagt hat. »Ich habe das Ganze nicht mitbekommen, aber es ist klar, dass ein beunruhigendes Bild von Schweden verbreitet wurde. Vor allem, als wir eine dramatische Kehrtwende bei der Flüchtlingspolitik gemacht haben. Wir haben gegenüber der restlichen Welt eine ganze Zeit lang moralisch auf sehr hohen Rössern gesessen und dann eine Kehrtwende vollzogen. Das führte dazu, dass man die Stabilität des Landes infrage gestellt hat«, so Bildt. Seiner Ansicht nach sei es wichtig, dass Schweden und schwedische Politiker an das Image Schwedens im Ausland denken.

»Ich glaube, man sollte die Risiken nicht überbewerten, aber es ist wichtig, dass wir eine langfristige, konsequente Politik betreiben. Wir sind ein kleines Land, dem es sehr gut geht, vor allem aufgrund unserer weltweiten Erfolge: unser Außenhandel, unsere Erfolge auf den Weltmärkten und

unsere Kompetenz und Wettbewerbsfähigkeit. Daher sind sowohl unsere Präsenz als auch Schwedens Image sehr wichtig«, sagte Bildt. [...]
Annette Holmqvist, *Aftonbladet*, 18.01.2017

⇒ ⇐

Als ich fertig war, sah ich Fredrik an.
»Ich werde immer skeptisch, wenn Rechts und Links gemeinsame Sache machen«, sagte er ruhig. »Sie nicht? Ich weiß nicht, ob diese Autorin richtigliegt oder nicht, aber sie hat natürlich im Rahmen der freien Meinungsäußerung das Recht auf ihre Ansicht. Und wenn der aktuelle und ein ehemaliger Staatsminister ihre Meinung als ›beunruhigend‹ und ›sehr merkwürdig‹ bezeichnen und darüber sprechen, wie wichtig ›Schwedens Image im Ausland‹ ist, werde ich stutzig. In diesem Fall ...«
Er tippte mit dem Finger auf das ausgerissene Blatt.
»... sollte man sich natürlich fragen, worüber in aller Welt diese beiden Herren *reden*. ›Man hat ein beunruhigendes Bild von Schweden verbreitet.‹ Beunruhigend für *wen?*«
Ich starrte Fredrik an.
»Der Kampf besteht vielleicht darin, *kritischer* gegenüber der Obrigkeit zu sein, auch hier in Schweden«, sprach er weiter. »Gegenüber *allen* Formen der Obrigkeit. Manager aus der Wirtschaft. Hohe Tiere aus der Politik. Fachidioten. Zeitungsmagnaten. Promi-Blogger. Influencer. Was genau wollen sie eigentlich? Wir müssen die Macht infrage stellen, immer wieder und kontinuierlich. Wir müssen Wiederstand leisten, wenn wir mit seltsamen ›Wahrheiten‹ gefüttert werden, und das ist nicht das Gleiche, wie Zerrbilder über Schweden zu verbreiten. Ganz im Gegenteil! *Schweden ist nicht nur eine ehrliche Analyse, sondern auch einen Kampf wert.*«

Endlich fand ich die Sprache wieder.

»Aber Sie sitzen hier in einem gemütlichen Anwaltsbüro am Stureplan«, sagte ich erstaunt. »Mit *Elefantenkissen* auf dem Sofa! Ich dachte, Sie seien superkonservativ, aber was Sie gesagt haben, klingt nach klassischer Linken-Rhetorik.«

Fredrik lachte so heftig, dass sein ganzer Körper bebte. Dann wurde er wieder ernst.

»Redefreiheit, Meinungsfreiheit und Integrität sind enorm wichtige Begriffe für eine moderne Gesellschaft«, sagte er. »Wir müssen sie entlang der gesamten politischen Linie schützen, sonst sind wir bald zurück im Mittelalter. Alle müssen dabei mithelfen, auch wir, die wir Elefantenkissen von Designerläden wie Svenskt Tenn haben.«

Er beugte sich vor, mit verschwörerischer Miene.

»Manchmal ist es sogar noch effektiver, wenn der Widerstand von uns kommt«, sagte er ruhig. »Damit rechnen sie nämlich nicht.«

»Wow«, sagte ich. »Da kann ich nur zustimmen.«

Wir sahen einander an.

»Ja, ich gehöre zum sogenannten Widerstand. Deshalb sind Sie hier.«

Das Zimmer drehte sich um mich, wie immer, wenn ich starken Emotionen ausgesetzt war. Ich konzentrierte mich auf Fredriks Gesicht.

»Erzählen Sie.«

Fredriks Mundwinkel zuckten erneut, und hinter seiner Brille blitzte etwas auf, so als würde auch er von einer starken Empfindung bewegt. Oder als würde er gleich lachen müssen.

»Den Widerstand haben Mitglieder eines Debattierclubs in Uppsala in den Siebzigerjahren gegründet. *Disputandum* hieß er.«

»Da war ich auch mal Mitglied!«, sagte ich begeistert. »Als ich Politikwissenschaft studiert habe!«

Fredrik lächelte. »Ich weiß.«

Wieder Erinnerungsfetzen: ich an einem Rednerpult vor etwa fünfzig Studenten bei einer der Studentnationen in Uppsala. Ich weiß nicht mehr, was wir diskutierten, aber ich hatte meinen Standpunkt sehr engagiert vertreten und Applaus bekommen, als ich fertig war.

»Einige von uns studierten Jura und sind über seltsame schwedische Affären gestolpert«, sagte Fredrik. »Je tiefer wir gruben, desto merkwürdiger wurde es. Aber erst als der Eifrigste von uns – ein extrem begabter Student, der ein paar Jahre älter war als ich – in seiner Karriere auf Widerstände stieß, begriffen wir, dass da etwas nicht mit rechten Dingen zuging.«

»Inwiefern?«

Fredrik zuckte die Achseln.

»Junge Menschen merken, wenn etwas nicht stimmt. Dieser Mann konfrontierte Behörden und Privatpersonen, Politiker und Geschäftsleute. Und plötzlich ging nichts mehr, als er eine Stelle suchte. Ein halbes Jahr später wurde er tot aufgefunden, und die Polizei ging von Selbstmord aus.«

Regungslos saß ich da.

»War es Selbstmord?«

Fredrik schüttelte den Kopf.

»Nicht aus unserer Sicht. Nicht ein einziger Angehöriger der juristischen Fakultät glaubte, dass dieser Mann sich je das Leben hätte nehmen wollen. Danach wurden wir viel vorsichtiger.«

»Und genau das wollten sie erreichen«, sagte ich.

»Richtig. Es gibt viele wirksame Methoden, den Widerstand in einer Gesellschaft zum Schweigen zu bringen. Aber wir dachten nicht daran, *für immer* zu schweigen, wir mussten nur etwas cleverer vorgehen. Viele haben sich im Laufe der Jahre zurückgezogen, aber ein harter Kern traf sich auch weiterhin, während wir unsere Karrieren voranbrachten. Als das vollbracht war, nahmen wir unsere Zusammenarbeit wieder auf, auf etwas andere Art und mit neuen, jüngeren Mitgliedern.«

»Sagen Sie mir: Wer gehört zu BSV? Und was ist das Ziel des Widerstands?«

»Wir sind noch dabei, das herauszufinden«, sagte Fredrik. »Selbst wenn ich wollte, könnte ich Ihnen keine detaillierte Beschreibung geben, um Sie und andere Personen nicht zu gefährden. Aber man könnte sagen, dass auch BSV einen Auftrag hat, der von Generation zu Generation weitergegeben wird. Und wir sind sehr froh, dass wir mit Ihnen in Kontakt gekommen sind.«

»Hat mein Vater mit dem Widerstand zusammengearbeitet?«

»Nicht dass ich wüsste.«

Ich sah ihn an.

»Sie erinnern mich an ihn«, sagte ich. »Auch er hatte Zivilcourage.«

Fredrik lächelte, und ich fühlte mich erleichtert wie schon lange nicht mehr: *Ich war nicht allein.*

»Noch eine Frage: Was bedeutet *Osseus?*«

»Das fragen wir uns auch«, sagte Fredrik. »Es ist uns noch nicht gelungen, das herauszufinden.«

—≡ ≡—

Nach dem Treffen mit Fredrik fuhr ich mit der U-Bahn zum Skanstull und nahm dann den Ausgang, der direkt ins Ringen-Einkaufszentrum führte. Dort hatte ich mich mit Andreas verabredet. Ich hatte Angst, seine Gefühle zu verletzen, aber das Bedürfnis, ihm zu helfen, überwog.

Wenn man gegenüber seinen Freunden nicht ehrlich sein konnte, was sagte das über die Freundschaft aus?

Bella. Ich konnte nicht aufhören, an sie zu denken; es war wie ein wiederkehrender Albtraum.

Andreas wartete vor dem Schmuckgeschäft Guldfynd. Er sah aus wie immer: ein wilder roter Schopf, unförmige Cordhosen, ein verschlissener grüner Parka, eine schmutzige Brille und die alte Canvas-Tasche über der Schulter. Wir wollten ein paar Stunden im Ringen verbringen und dann zu Sally gehen, die etwas weiter den Ringvägen hinunter wohnte.

»So, hier bin ich«, sagte Andreas. »Worum geht es denn?«

»Dies ist eine Art Prüfung«, antwortete ich. »Eine Prüfung für unsere Freundschaft und um herauszufinden, wer du wirklich bist.«

»Ich verstehe kein Wort«, sagte Andreas. »Erzähl.«

»Es gibt keinen einfachen Weg, dir das zu sagen, daher sage ich es geradeheraus. Ich habe mir überlegt, dass ich gerne dein Personal Coach wäre.«

Andreas stutzte.

»Mein *was?*«

»Schlag mich, wenn dir das hilft, aber als ich Sally und dich bei Aysha und Jossan rumknutschen gesehen habe, ist mir aufgegangen, dass ich dir helfen muss.«

»Helfen? Wobei?«, fragte Andreas stirnrunzelnd.

»Bei vielen Dingen«, sagte ich. »Ich habe Sally angesehen, dass sie mochte, was ihr getan habt. Aber du machst es ihr nicht leicht.«

»Was meinst du damit, *nicht leicht?*«

Ich nahm seine Hand und zog ihn mit.

»Komm.«

Ich führte Andreas zur Herrenabteilung von H&M. Dort fand ich einen Spiegel, in dem man sich ganz sehen konnte, und richtete ihn davor aus.

»Was siehst du?«, fragte ich.

Andreas zuckte die Schultern.

»Vielleicht gäbe es etwas Optimierungsbedarf«, sagte er. »Aber das interessiert mich nicht.«

»*My point exactly.* Warum solltest *du*, zufällig einer der fantastischsten Menschen, die ich je getroffen habe, es zulassen, dass dein Marktwert auch nur *einen Deut* sinkt, nur weil du zu *faul* bist?«

»Was willst du von mir?«, fragte Andreas barsch. »Sag mir erst, was du vorhast, bevor ich mich entscheide.«

»Zwei Stunden deiner Zeit. Und eine Investition von etwa zwei- bis dreitausend Kronen. Das sollte fürs Erste reichen.«

Andreas betrachtete sein Spiegelbild. Er strich sich den Pony aus der Stirn und seufzte dann.

»Also gut, leg los.«

Zwei Stunden später standen wir vor dem Einkaufszentrum mit ein paar Tüten in der Hand, die unter anderem Andreas' alte Klamotten und Stiefel enthielten. Er trug immer noch den Parka, dazu aber neue Jeans, T-Shirt und Pullover von JC und H&M. Seine Füße steckten in einem Paar schicken Sneakern aus dem Schlussverkauf bei Stadium. Wir hatten Brillenputztücher gekauft, und jetzt war seine Brille blitzblank. Und ein Spontanbesuch beim Friseur hatte aus seinem ungekämmten Strubbelkopf eine neue, halblange Frisur gemacht. Der stoppelige Bart war glatt rasierten Wangen gewichen, nur ein Stück am Kinn durfte stehen bleiben und zu einem gepflegten Bart wachsen.

»Was für eine Verbesserung!«, jubelte ich. »Immer noch der gleiche Inhalt, aber eine so viel hübschere Verpackung!«

»Warum habe ich nur das Gefühl, ich werde gleich auf Brautschau geschickt?«, sagte Andreas übellaunig und drückte auf die Taste an der Fußgängerampel. »Das ist doch albern.«

»Weil du auf Brautschau *bist*«, sagte ich. »Daran ist überhaupt nichts albern.«

In diesem Moment blickte ich auf und sah eine Person in Jeans, Jacke und mit einem merkwürdigen schwarzen Hut auf dem Kopf vorbeihuschen.

Zorro. Der Kerl, den ich im Djurgården mit Björn gesehen hatte und dann noch einmal an der U-Bahn-Haltestelle Alvik; die gleiche Person, die Bellas Brief beim Personal im La Cucaracha abgegeben hatte.

»Andreas«, sagte ich hastig und hielt ihn am Arm zurück. »*Da!* An der Wand!«

Andreas drehte sich um.

»Oder habe ich es mir eingebildet?«, sagte ich, mehr zu mir selbst.

»Was? Wen hast du gesehen?«

»Ich dachte, es sei Zorro. Der Kerl mit Schlapphut, der Björn bedroht und mich dann verfolgt hat. Der, der den Brief im La Cucaracha abgegeben hat!«

»*Der Typ?*«, sagte Andreas. »Komm!«

Wir rannten in die Richtung, in der ich meinte, Zorro gesehen zu haben. Nirgends war eine Person mit schwarzem Schlapphut zu sehen, und nachdem wir das Einkaufszentrum in beide Richtungen je einmal abgelaufen waren, waren wir wieder da, wo wir angefangen hatten.

Andreas sah auf die Uhr und dann mich an.

»*Mrs. Majesty* wartet«, sagte er. »*Boom shang-a-lang-a-lang, boom shang-a-lang.*«

Die Ampel wurde grün, und wir überquerten die Straße.

Sally öffnete die Tür. Dann stand sie wie angewurzelt da und sah Andreas an, ohne auch nur eine Miene zu verziehen.

»Was ist denn mit dir passiert?«, fragte sie scheinbar gleichgültig.

»Ich habe geduscht«, sagte Andreas ebenso ungerührt.

»Sollen wir noch länger hier rumstehen, oder dürfen wir reinkommen?«

Wir gingen hinein und hängten unsere Jacken auf, dann folgten wir Sally in die Küche. Sie nickte in Richtung Küchentisch, während sie zum Herd ging und in einem Topf rührte.

»Setz dich und unterschreib die Papiere da«, sagte sie zu mir.

»Wartet«, sagte Andreas. »Wir müssen uns besser schützen.« Auf dem Tisch lagen unsere Handys.

»Zuallererst sollten wir das hier tun.« Er nahm die Telefone und ging damit ins Badezimmer.

Wir hörten, wie er die Tür schloss, dann kam er mit leeren Händen wieder.

Sally hob die Augenbrauen.

»Ah, du hast sie im Klo heruntergespült«, sagte sie freundlich.

»Ich verstehe! Ich hatte eh schon lange das Gefühl, dass diese Handy-Sucht die Kontrolle über mein Leben übernommen hat. Trotzdem hätte ich es nicht schlecht gefunden, wenn du vorher gefragt hättest.«

»Entspann dich«, sagte Andreas zu Sally. »Sie liegen auf dem Klodeckel.«

»Warum das?«

»Vielleicht werdet ihr mich für übervorsichtig halten«, sagte Andreas. »Aber ich habe mich ein wenig mit der Technikfrage beschäftigt und herausgefunden, dass es möglich ist, uns über unsere Handys abzuhören.«

Ich dachte kurz an Therese, Marcus und Fredrik, den Anwalt. Genau das hatten sie auch alle schon gesagt.

»Obwohl die Telefone nicht aktiv waren«, sagte ich. »Ich meine: Sie waren zwar eingeschaltet, aber wir haben nicht telefoniert. Dann geht das doch nicht, oder?«

»Da liegst du leider falsch. Nach der neuesten Technik installiert man eine Software auf dem Telefon, mit der man es jederzeit per Fernsteuerung in Betrieb nehmen kann. Auf dem Display ist nichts zu sehen, das Telefon scheint im Ruhemodus zu sein, es wird nicht telefoniert. Aber tatsächlich funktioniert es wie ein Mikro und gibt alles wieder, was im Raum gesprochen wird.«

»Jetzt hör aber auf«, sagte Sally aufgebracht. »Was soll denn das für eine verdammte Sci-Fi-Technik sein?«

»Das ist eigentlich nichts Neues«, erwiderte Andreas. »Bei den Nachrichtendiensten ist das sozusagen schon kalter Kaffee. Neu ist nur, dass sie es ganz ungeniert bei uns einsetzen: drei Privatpersonen, die wohl kaum ein Sicherheitsrisiko darstellen. Und Schweden hat – im Gegensatz zu anderen Ländern – keine offizielle Behörde für Spionage gegen die eigene Bevölkerung.«

»Warum nicht?«, wollte Sally wissen. »Wenn alle anderen das haben.«

»England hat den MI5 für Inlands- und den MI6 für Auslandsspionage. Frankreich, Israel und die USA: Alle verfügen über einen Inlands- und einen Auslandsgeheimdienst – und über die totalitären Staaten reden wir besser gar nicht erst.«

»Aber Schweden nicht«, sagte ich. »Offiziell jedenfalls.«

Ich dachte an Miras Worte über den KSI: »*KSI beobachtet ausländische Spionage, während die Säpo sich um das kümmert, was hier im Land passiert. ... Wir alle kennen Leute, die für KSI arbeiten, ohne dass wir wüssten, wer es ist. Wir haben überhaupt keine Möglichkeit, es herauszufinden, und sie werden es uns niemals erzählen.*«

»Nach der IB-Geheimdienst-Affäre war das hierzulande nicht mehr möglich«, sagte Andreas.

»Die Menschen waren so aufgebracht über die Tatsache, dass ihre eigene Regierung zwanzigtausend Personen in der sozialdemokratischen Partei eingesetzt hat, um ihre Kollegen auszuspionieren, dass niemand einen Inlands-Nachrichtendienst auch nur zu erwähnen wagt.«

»Also gibt es heute keine Inlandsspionage?«, fragte Sally.

»Das habe ich nicht gesagt. Ich habe gesagt, dass wir *offiziell* keine Inlandsspionage haben.«

»Trotzdem gibt es sie«, sagte ich. »Wie das KSI.«

»Das Büro für Spezialabfragen«, sagte Andreas.

»Wo liegt dieses verdammte Büro?«, wollte Sally wissen. »Denen sollte man mal einen Besuch abstatten.«

»Das geht nicht«, sagte Andreas. »Sie laufen vollständig unterhalb des Radars. Keiner weiß, wer dort arbeitet oder wer KSI leitet.«

»Hör auf«, sagte Sally. »Das klingt wie Stoff aus einem ganz schlechten Krimi.«

»Das ist es nicht. Nur schwedische Spionage.«

»In London kann man die Gebäude, in denen MI5 und MI6 sitzen, wenigstens sehen«, sagte ich. »Warum müssen wir hier in Schweden mal wieder etwas anderes vorgeben? Es kann doch nicht nur an der IB-Affäre liegen.«

»Schau dir die FRA-Debatte an«, sagte Andreas. »Seit man angefangen hat, Informationen digital zu übertragen, müssen Informationen von den Telefonanbietern abgefragt werden. Da gab es einen Aufschrei aus allen Richtungen.«

»Findest du als Journalist einen solchen Aufschrei nicht gut?«, fragte Sally. »Ich möchte jedenfalls meine persönliche Integrität nicht auf immer neue Art und Weise verletzt sehen!«

»Das ist *genau das Missverständnis*, das die Debatte ausgelöst hat«, sagte Andreas und zeigte bei jedem Wort auf sie. »Als ob das ein *neues* Phänomen wäre! Verstehst du nicht, dass die FRA das schon all die Jahre getan hat? Sie haben alle Funkwellen nach Lust und Laune abgehört und genau die Informationen aus dem öffentlichen Raum abgezapft, die sie haben wollten. Die neue Technik bedeutete eine mögliche *Einschränkung* dessen, was man bereits tat, daher brauchten sie Zugang dazu. Es ist also genau umgekehrt: Das Abhören hat nicht zugenommen. Es ist einfach *business as usual!*«

»Mir gefällt ganz und gar nicht, was du da sagst«, sagte Sally, die Augen beinahe zu Schlitzen verengt.

»Kann sein«, sagte Andreas. »Aber so ist es nun mal.«

»Kinder, nicht streiten«, ging ich dazwischen.

Ich zog den Papierstapel zu mir heran, den Sally mir zum Unterschreiben hingelegt hatte. Es waren einige Auszahlungsanweisungen sowie Anfragen zur Verschiebung meines Guthabens, keine der Unterlagen trug ein Datum. Außerdem lag eine Vollmacht dabei, die Sally die Möglichkeit geben sollte, stellvertretend für mich zu handeln.

»Soll ich das wirklich unterschreiben?«, fragte ich provokant. »Dann kannst du mir all mein Geld wegnehmen.«

»Genau das ist die Idee«, sagte Sally zufrieden. »Damit haben wir totale Flexibilität, wenn es einmal eilt. Wir arbeiten beide in Branchen, in denen Vertrauen unerlässlich ist, nicht wahr?«

Ich unterschrieb alle Unterlagen und gab sie Sally.

»Bevor wir über etwas anderes reden, muss ich euch etwas erzählen. *Ich habe heute Morgen Bella getroffen.*«

Andreas und Sally sahen mich mit weit aufgerissenen Augen an. Niemand rührte sich.

»Es ist wahr«, sagte ich. »Sie lebt. Aber sie sieht jetzt etwas anders aus.«

Sally hatte offenbar die Luft angehalten und atmete jetzt hörbar aus.

»Erzähl.«

Ich gab das Treffen mit Bella und das, was sie gesagt hatte, so gut wie möglich wieder, dann schilderte ich Simåns Verschwinden, das Ereignis in der Tiefgarage, Nadias und Gabbes Auftauchen, die MMS des Blonden mit der merkwürdigen Mitteilung über Liebe und schließlich mein Treffen mit dem Anwalt Fredrik.

Als ich fertig war, sahen Sally und Andreas sehr ernst aus.

»Ich kann kaum glauben, dass es wahr ist. Bella lebt?«, fragte Sally. »*Schrecklich*, was sie für einen Mist hat durchstehen müssen! Aber wie gut, dass du diesen Fredrik getroffen und mit dem Widerstand in Kontakt gekommen bist!«

»Diese Nachricht, die du bekommen hast, gefällt mir nicht«, sagte Andreas. »*The sum of love will remain constant.* Was zur Hölle bedeutet das?«

»Hoffentlich nur leeres Geschwätz, das sich Sergej ausgedacht hat«, sagte ich. »Er schien die ganze Zeit so high wie Amy Winehouse zu sein.«

»Die Idee mit der Flucht nach Südamerika fängt an, mir zu gefallen«, sagte Sally.

»Ich finde den Gedanken auch ziemlich verlockend«, stimmte ich ihr zu.

»Die Schlinge zieht sich zu«, sagte Andreas. »Was immer es ist, es kommt näher.«

Plötzlich klingelte eines der Handys im Badezimmer.

»*Sie sind hier!*«, sagte Sally und riss die Augen auf wie Carol Anne im Film *Poltergeist*.

Ich stand auf.

»Ich sehe nach, wer es ist«, sagte ich. »Es könnte Bella sein. Oder Fredrik.«

»Oder der Blonde mit der Zunge«, sagte Andreas.

Ich ignorierte ihn und ging ins Bad. Es war Lina.

»Du hast einen Umschlag mit einer Nachricht bekommen. Ich lege ihn auf dein Bett.«

»Ist gut«, sagte ich, aber Lina hatte mich schon weggedrückt.

Als ich wieder am Tisch saß, fiel mir ein, dass ich eine Sache noch gar nicht erzählt hatte.

»Weiß jemand von euch, was *Osseus* bedeutet?«, fragte ich.

»Ein Wort, das genauso aufgetaucht ist wie Kodiak im Frühjahr,

und ich frage mich, worum es dabei geht. Osseus ist lateinisch für Skelett, aber was bedeutet es?«
Andreas lächelte durchtrieben.
»Selbsterkenntnis, natürlich«, sagte er. »Endlich! Kennst du nicht das alte Sprichwort?«
»Nein, welches?«
»*Fast jeder Politiker, der etwas erreicht hat, hat irgendwo ein Skelett im Schrank*«, sagte er. »*Er muss nur darauf achten, dass die Knochen nicht klappern.*«
»Sehr witzig«, sagte Sally.
»Und so wahr«, ergänzte ich.
Kurz darauf ging ich nach Hause. Andreas blieb bei Sally.

≡≡

```
Der Server der schwedischen Streitkräfte wurde 2013
für einen Überlastungsangriff gegen amerikanische
Banken genutzt, um deren IT-Systeme auszuschalten.
Immer noch können Tausende schwedischer Server für
ähnliche Angriffe eingesetzt werden.
Beim sogenannten DDoS-Angriff wurden Internetseiten
aller großen amerikanischen Banken ausgeschaltet. Der
Vorfall erlangte große Aufmerksamkeit und wurde vom
FBI untersucht. […]
TT/Svenska Dagbladet, 11.04.2016
```

...

```
Am Samstagabend fielen einige der größten Medien-
seiten Schwedens nach einem anscheinend koordinierten
Angriff aus. […]
```

Um genau 19.30 Uhr am Samstagabend war der Betrieb mehrerer schwedischer Nachrichtenseiten gestört. Die Seite des *Aftonbladet* war ganz oder teilweise über mehrere Stunden nicht zu erreichen. Auch *Expressen, Dagens Nyheter, Svenska Dagbladet, Dagens Industri, Sydsvenskan* und *Helsingborgs Dagblad* gehörten zu den betroffenen Medien. Um 19.28 Uhr wurde eine anonyme Drohung über Twitter veröffentlicht. »In den nächsten Tagen werden sich weitere Angriffe gegen die Regierung und die Medien richten, die falsche Propaganda verbreiten«, stand in einem der Posts. Nach Informationen des *Aftonbladet* ist den Ermittlern der Polizei das Twitterkonto bekannt. Sie arbeitet derzeit daran, herauszufinden, wer hinter dem anonymen Konto steckt. […]

Sofia Olsson Olsén ist die verantwortliche Herausgeberin und Interims-Chefredakteurin des *Aftonbladet* […]

»Ich erwarte umfassende Gespräche über das Geschehene mit den betroffenen Behörden. Dies ist ein Angriff auf die Demokratie und ein Versuch, unabhängige Nachrichtenverbreitung zu stoppen, der die schwedische Gesellschaft in ihren Grundfesten bedroht.« […]

Julia Wågenberg und Sebastian Hagberg, *Aftonbladet*, 19.03.2016

...

Täglich Desinformationsangriffe in Schweden
Psychologische Kriegsführung stellt eine immer
größere Bedrohung dar, und derzeit ist Schweden
täglich Angriffen mit sogenannter Desinformation
ausgesetzt, berichtet die Behörde für Zivilschutz
und Bereitschaft [...]
Mikael Tofvesson von der Behörde erklärt, vor allem
aus Russland und durch den Islamischen Staat würden
immer mehr Desinformation, also absichtlich verzerrte
Informationen, die die Allgemeinheit und
Entscheidungsträger in die Irre führen oder
beeinflussen sollen, nach Schweden gelangen.
»Meist werden falsche Details in anderen
Informationen versteckt. Aber gerade bei so sensiblen
Themen wie Einwanderung, Terrorismus oder Argumente
gegen eine NATO-Mitgliedschaft kann schon ein Detail
dazu beitragen, die Debatte weiter zu polarisieren«,
so Tofvesson. [...]
Dass Schweden Informationseinflüssen aus anderen
Ländern ausgesetzt ist, ist nichts Neues. Doch die
Behörde hat in der letzten Zeit eine dramatische
Eskalation feststellen müssen. Eine Entwicklung,
vor der auch die Säpo gewarnt hat. [...]
Es gibt einige bekanntere Fälle von Desinformation,
wie zum Beispiel der gefälschte Brief, der im letzten
Herbst über die russischen Medien verbreitet wurde.
Er schien von einem schwedischen Staatsanwalt zu
stammen, der andeutete, Schweden unterstütze die
Ukraine im Konflikt mit Russland.
Ein halbes Jahr später wurde ein weiterer gefälschter
Brief verbreitet, der angeblich von Verteidigungs-
minister Peter Hultqvist stammte. Darin sprach er

sich positiv für Waffenexporte in die Ukraine aus. Dies sind recht spektakuläre Ereignisse, die vor allem Schwedens internationalen Ruf schädigen. Doch in den meisten Fällen geschieht Desinformation viel subtiler und richtet sich direkt gegen Schweden. Denn Tofvesson zufolge sind es vor allem Internettrolle, die mit unermüdlichem Eifer falsche Fakten in den sozialen Medien verbreiten.

»Diese Art der Desinformation birgt ein großes Risiko«, erklärte Lars Nicander, Leiter des Zentrums für asymmetrische Bedrohungslagen an der Hochschule der schwedischen Streitkräfte. »Wir können keine rationalen Entscheidungen treffen. Die Bevölkerung wird beeinflusst, was wiederum die Fähigkeit der Politik zur Beschlussfassung beeinflusst. Man bekommt ein verzerrtes Bild von der Wirklichkeit, wenn man nicht kritisch genug ist.«

Jonas Ahlman und Emelie Rosén, Sveriges Radio, Nachrichten, 27.07.2016

Zu Hause war es dunkel, als ich die Tür aufschloss. Als ich in mein Zimmer kam, sah ich auf dem Bett einen großen wattierten Umschlag liegen, der in Umeå abgestempelt war. Ich riss ihn hastig auf. Ein Handy mit Ladegerät sowie ein von Hand beschriebener Zettel fielen heraus.

»*So schön, dass wir Dich wiedergesehen haben*‹, *stand auf dem Zettel.* ›*Hier ist Deine Rettungsleine: vier Nummern unter Kontakte. All you need is love. Fühl Dich umarmt. Gabbe*«

Sofort schaltete ich das Telefon ein, und es war, wie er geschrieben hatte: Die Nummern von ihm, Nadia, Erik und Rahim waren unter den Kontakten gespeichert. Ich tippte auf Gabbes Namen, und er hob nach zweimaligem Klingeln ab.

»Sara!«, rief er. »Es hat funktioniert!«

»Du bist der Beste. Mann, es war so schön gestern, euch zu sehen!«

»Finde ich auch. Aber ich mache mir Sorgen um dich. Wie war es gestern Abend?«

Ich erzählte von der MMS des Blonden und der Begegnung mit Bella.

»*Creepy*«, sagte Gabbe. »Halte uns ab jetzt auf dem Laufenden, okay? Was hältst du von einer Telefonkonferenz zu fünft, übermorgen? Die anderen können um acht Uhr abends, passt das?«

»Ich werde es einrichten«, sagte ich. »Ich freue mich!«

»Ich schicke dir die Nummer und den Code, den du für den Anruf brauchst.«

Wir beendeten das Gespräch, und wieder spürte ich, wie sehr ich mich über den Kontakt zu meinen alten Freunden freute. Ich holte mir ein Glas Wasser und schaltete dann meinen Computer ein, um ein wenig Arbeit nachzuholen.

Nach einer guten Stunde, als ich mit dem Dokument, an dem ich gerade arbeitete, fast fertig war, ging das Display plötzlich aus, und der Rechner reagierte nicht mehr, wenn ich auf die Tasten drückte. Es dauerte einen Moment, dann tauchten in grünem Text vor dem dunklen Hintergrund einige Sätze auf. Dieses Mal auf Englisch.

»*Good evening, Sara*«, stand dort. »*We hope that you are well. We hope that you are snug and warm in your bedroom.*«

Ich fotografierte den Text ab. Der Bildschirm wurde schwarz, dann erschien nach ein paar Sekunden neuer Text.

»*We hope that you are safe. Because out here the world is an unsafe place, very cold und terribly unfeeling. Your friend Bella knows a little bit about it.*«

Es lief mir eiskalt den Rücken herunter: Sie wussten, dass ich Bella getroffen hatte. Dann atmete ich tief durch und fotografierte den Bildschirm, bevor er wieder schwarz wurde.

»*If you want us to, we can protect you from all evil. We can transform your whole world into a place as warm and snug as your own bedroom.*«

Neues Foto. Dann wurde der Bildschirm wieder schwarz, dieses Mal fast eine ganze Minute lang.

»*That is: if you co-operate and deliver the property that your father stole from us. If you don't, it is likely that your own bedroom will become as cold and hostile as the outside world, almost to the same extend as Bella's. That would be most unfortunate.*«

Was hatte Papa ihnen gestohlen?

Ich fotografierte, der Bildschirm wurde schwarz. Bei den nächsten Sätzen wurde mir eiskalt.

»*Contacting your old friends was not a very clever move*«, ging der Text weiter. »*You do care about their well-being, don't you? Remember that ›the sum of love will remain constant‹.*«

Nach ein paar Sekunden war plötzlich wieder mein Dokument zu sehen, vollständig und unverändert. Es war, als habe der Text auf dem Bildschirm nur in meiner Fantasie existiert.

Ich sah mir die Bilder auf meinem Telefon an. Doch: Da war alles festgehalten. Wort für Wort.

Mithilfe unseres verschlüsselten Systems schickte ich die Bilder an Sally und Andreas.

Am nächsten Tag fiel es mir nicht leicht, mich auf meine Arbeit zu konzentrieren, doch der Stabschef schien nichts davon zu merken, denn er kam wie üblich zu mir und lobte mich. Ich hatte versprochen, Überstunden zu machen, um alle Aufgaben zu erledigen, und jetzt fragte ich ihn, ob ich stattdessen eine etwas längere Mittagspause machen und im Fitnessstudio des Hauptquartiers trainieren könne. Der Stabschef erlaubte es mir ohne Weiteres.

»Wie schön, dass Sie Lust darauf haben«, sagte er. »Sie wissen: Das Ziel unserer kleinen Fitnesseinrichtung im Untergeschoss ist es, dass alle Angestellten mindestens drei Sporteinheiten pro Woche absolvieren können.«

»Wow«, rief ich erstaunt aus. »Trainieren hier alle so oft?«

Der Stabschef lachte.

»Nein«, antwortete er. »Ich jedenfalls nicht.«

Ich rief Mira an, um sie zu fragen, ob sie Lust zu trainieren hatte. In Wahrheit wollte ich mich davor drücken, allein ins Fitnessstudio zu gehen, aber das wollte ich nicht einmal mir selbst eingestehen.

»Training? Gerne. Wann wolltest du gehen?«

»Gegen zwölf«, sagte ich. »Sonst schaffe ich keine komplette Einheit.«

»Ich habe ein Meeting, das um zwölf endet«, sagte Mira. »Spätestens um fünf oder zehn nach bin ich da. Okay?«

»Super, bis dann!«

Um fünf vor zwölf bekam ich eine SMS von Mira: »*Bin im Fitnessraum. Kommst du?*«

Erleichterung überkam mich: Sie war schon da. Ich schaltete meinen Computer aus, nahm meine Sporttasche und ging zur Damenumkleide, um dort Mira zu treffen. Aber als ich in die Umkleide kam, war sie bis auf ein Stapel Wechselklamotten und eine Tasche leer. Mira war nicht da.

Ich atmete tief durch, dann begann ich, mich umzuziehen. Die Klamotten, die dort hingen, schienen von Mira zu sein. Vielleicht war sie auf die Toilette gegangen? Oder hatte ein Telefonat annehmen müssen? Wahrscheinlich war sie in ein paar Minuten wieder da.

Ich verdrängte alle beunruhigenden Gedanken und dachte stattdessen darüber nach, ob das Ziel, dass alle Angestellten dreimal pro Woche trainierten, wohl realistisch war, wenn jetzt keiner hier war. Als ich mich umgezogen hatte, versuchte ich, Mira zu schreiben und anzurufen, aber sie ging nicht dran und antwortete nicht.

Verdammt!

Nun ja, Mira konnte ja nichts dafür, wie schwierig es gerade für mich war und wie unwohl ich mich allein hier fühlte.

Sollte ich mich wieder umziehen und zurück ins Büro gehen? Das kam nicht infrage.

Aldrig Ge Upp. Niemals aufgeben.

Ich startete ein Laufband und steckte mir die Kopfhörer in die Ohren, um meine aktuelle Playlist zu hören. Es war eine schöne Mischung alter und neuer Dance-Titel, und ich kam gut in Fahrt.

Sicher, ich war hier unten allein, aber das war in Ordnung für mich. Ich war in einem Fitnessstudio im Hauptquartier der Streitkräfte, es war mitten am Tag, und das ganze Haus war voller Leute.

Ein paarmal hörte ich über die Kopfhörer das »Pling« einer SMS, aber ich wollte sie nicht lesen, während ich lief – Mira wusste ja, wo ich war. Stattdessen erhöhte ich das Tempo, und nach fünfundvierzig Minuten war ich nass geschwitzt.

Mira war immer noch nicht da.

Ich redete mir ein, es würde keine Rolle spielen.

Es gab einen Raum mit Geräten für Krafttraining, Matten und Hanteln. Nachdem ich meinen Lauf beendet hatte, absolvierte ich noch eine halbe Stunde Sit-ups und Krafttraining. Dann dehnte ich mich.

Es machte unheimlich Spaß, endlich wieder meine Kraft zu trainieren, ich hatte in letzter Zeit nicht annähernd so viel gemacht, wie ich eigentlich wollte. Während ich den einen Wadenmuskel dehnte, sah ich auf mein Telefon.

Mira hatte um Viertel nach zwölf geschrieben: »*Wurde spontan zum Oberbefehlshaber gerufen, sorry! Sitze in rosa Sportklamotten in einer Konferenz. Alle Kerle starren mich an. Komme so schnell wie möglich!*«

Dann hatte ich eine MMS mit einem Foto bekommen, verschickt von einer unbekannten Nummer.

Ich öffnete sie. Es war ein Bild von mir auf dem Laufband, von schräg oben aufgenommen. Ich sah mich um. Ganz oben auf der Wand im Trainingsraum war eine große Lüftung mit einem Gitter davor. Jemandem war es gelungen, mich durch dieses Gitter zu fotografieren, während ich lief. Dieser Jemand hatte mir das Foto geschickt.

Für einen kurzen Moment setzte mein Herz aus.

Sofort suchte ich meine Sachen zusammen, während ich in Richtung der Lüftung schielte. Ob derjenige noch da war? Dann ging ich schnell zum Ausgang.

Die Tür ließ sich nicht öffnen.

Ich zog mit aller Kraft daran. Keine Chance: Sie war entweder abgeschlossen oder irgendwie blockiert.

Wieder ein »Pling« meines Telefons. Eine neue MMS.

Als ich sie öffnete, spürte ich, wie meine Hände zitterten und in meiner Brust Panik aufstieg.

Das Bild zeigte die Tür zu den Trainingsräumen von außen – die mit einem Stahlträger blockiert worden war. Jemand hatte mich eingeschlossen und dann sein Werk fotografiert.

In diesem Moment ging das Licht in allen Räumen aus.

Das war zu viel für mich. Ich warf mich gegen die Tür, hämmerte und schrie. Panik bahnte sich ihren Weg. Ich spürte, wie die Haut in meiner Handfläche von den Schlägen gegen das harte Holz aufplatzte.

Ich weiß nicht, wie lange ich gegen die Tür hämmerte, aber plötzlich hörte ich eine Stimme von draußen.

»Hallo, hören Sie mich? Ich komme. Sie sind eingesperrt, ich muss nur diesen verdammten ...«

Ich hielt inne und lauschte, mein Atem ging so heftig wie vorhin auf dem Laufband. Mein Brustkorb hob und senkte sich unter den schweren Atemzügen, und Hände und Unterarme brannten und schmerzten.

Da wurde die Tür geöffnet. Wieder einmal sah ich in Marcus' dunkle Augen.

»Himmel«, sagte er lächelnd, »*du* schon wieder?«

Dann sah er, in welchem Zustand ich mich befand, und wurde ernst. Er schloss mich in die Arme und wiegte mich beruhigend.

»Ist ja gut ...«, sagte er. »Beruhige dich. Es ist alles gut.«

Die Panik ebbte nur langsam ab, und ich klammerte mich an ihn, was Flecken auf seinen Klamotten hinterließ. Nach einer Weile löste er meine blutigen Hände und betrachtete sie.

»Diese Wunden müssen gesäubert werden«, sagte er, und jetzt wirkte er zum ersten Mal betroffen. »Was für ein verdammter Idiot hat dir das angetan?«

Wir sahen einander an, während ich versuchte, mich zu beruhigen.

Marcus, mein Retter. Oder war er vielleicht die ganze Zeit da gewesen, eifrig mit Kamera und Stahlträger beschäftigt?

Hinter Marcus tauchte Mira auf, trabte auf uns zu.

»Tut mir leid, Sara«, sagte sie, »ich kam einfach nicht früher weg. Du bist sicher fertig mit dem Training, oder?«

Dann fiel ihr Blick auf meine Hände.

»Um Gottes willen ...«, sagte sie und sah Marcus und mich an. »Was ist passiert?«

»Sie ist einfach nicht zu bremsen«, sagte Marcus leichthin, »an den Hanteln.«

Marcus half mir, die Wunden zu säubern und zu verbinden, und ich konnte nicht anders, als seine Berührung zu genießen. Dann dankte ich ihm und ging in mein Büro.

Dort stellte ich das Telefon auf lautlos und versteckte es für den Rest des Tages in einer Schublade. Erst gegen zehn Uhr abends, als der Stabschef und ich endlich fertig waren und nach Hause gehen wollten, nahm ich es wieder heraus. Ich hatte keine neuen MMS von der unbekannten Nummer, nur eine SMS von Andreas mit der Aufforderung, ihn anzurufen. Und sechs verpasste Anrufe von ihm.

Ich entschied mich, den Bus nach Hause zu nehmen, weil ich in meinem derzeitigen Zustand keine Lust hatte, in die U-Bahn hinunterzugehen.

Als ich eingestiegen war, rief ich Andreas an, der sofort dranging.

»Ich habe Schwierigkeiten auf der Arbeit bekommen«, sagte er. »Mein Chef, Börje, war immer geduldig mit mir, aber jetzt wird er anstrengend. Er bekommt enormen Druck von oben, die Redaktion einzudampfen und alle Nichtsnutze zu identifizieren, die ihren Job nicht machen. Heute hatte ich ein Einzelgespräch mit ihm, und ich habe ihn noch nie so sauer erlebt. Er glaubt, ich verschwende einen Teil meiner Arbeitszeit damit, um in etwas herumzuschnüffeln, von dem er nichts weiß.«

»Das stimmt ja auch.«

»Genau«, sagte Andreas. »Ich versuche, Börje weiszumachen, dass es ein Riesenknaller wird, aber er ist wütend, weil er nie etwas zu sehen kriegt.«

»Du musst vorsichtig sein, du darfst wegen dieser Sache nicht deinen Job verlieren!«

»Das werde ich nicht, aber ich weiß nicht, wie lange das noch gut geht.«

Er schwieg einen Moment.

»Noch eins«, sagte er dann. »Meiner Meinung nach gibt es Anzeichen dafür, dass das Ganze nicht auf Schweden begrenzt ist, sondern dass es hier um eine größere internationale Zusammenarbeit geht.«

»Was für Anzeichen? Außer der englischen Nachricht auf meinem Computer?«

»Ich weiß es nicht genau«, sagte Andreas. »Ich muss weitergraben. Aber ich finde Verbindungen zum Drogen-, Waffen- und Menschenhandel, und viele Organisationen mit *fancy names*. Aber egal, wie chic die Namen klingen mögen, am Ende lässt sich alles auf Geld, Geld und noch mal Geld reduzieren.«

Er machte eine Pause.

»Hast du schon mal von einer Organisation in den USA gehört, die *Skull and Bones* heißt?«

»Nein, was ist das?«

»Es gibt keine Verbindung zu unserer Sache. Ich musste nur an sie denken, als ich recherchierte. Das ist ein Orden an der Yale University, in den jedes Jahr nur wenige Menschen gewählt werden. Die Mitglieder werden *Bonesmen* genannt, und sie treffen sich im letzten Schuljahr ein paarmal pro Woche. *Skulls and Bones* entstand ursprünglich aus einem Streit zwischen einigen Debattierclubs in Yale.

»Warte mal«, sagte ich. »*Debattierclubs?* Bist du sicher?«

»Ja. Sie besitzen irgendwo eine eigene Insel, auf der sie bei privaten Partys regelrechte Verwüstungen anrichten. Die Mitglieder gehören zur absoluten Elite der USA, sowohl politisch als auch finanziell. Georg Bush war Mitglied, John Kerry gehört auch dazu. Und einige Finanzstars wie Rockefeller und Stanley – wie in Morgan Stanley – und der Schriftsteller John Hersey. Hört sich das nicht verdächtig ähnlich an wie dein *Osseus?*«

»Verdächtig ist gar kein Ausdruck«, sagte ich. »Recherchier weiter. Verlier dabei nur bitte nicht deinen Job.«

»Ich versuche es.«

»Wie lief's eigentlich gestern bei Sally? Nachdem ich nach Hause gefahren bin, meine ich?«

Andreas schwieg ein paar Sekunden, aber ich konnte beinahe hören, dass er lächelte.

»Ganz hervorragend, danke«, antwortete er dann. »Du bist ein sehr erfolgreicher Coach.«

Wir hatten das Gespräch gerade beendet, und ich schaute aus dem Busfenster nach draußen, als mein Telefon sich meldete. Diesmal war es eine SMS von einer Nummer ohne Anruferkennung, und ich öffnete sie.

»*Hier ist deine Skinny Bitch, über eine verschlüsselte Verbindung*«, stand darin. »*Versuch nicht, mich zu finden, es würde dir nicht gelingen. Aber ich werde bald deine Hilfe brauchen, wäre schön, wenn du dich bereithältst. Ich melde mich. B.*«

Bella.

Was wollte sie? War sie wirklich auf der Seite des Widerstands, oder versuchte sie, mich zu täuschen?

Ihre SMS löste ein unbehagliches Gefühl in mir aus.

Schnellen Schrittes ging ich von der Bushaltestelle bis zu unserer Wohnung, und in regelmäßigen Abständen schaute ich mich um, um zu sehen, ob ich verfolgt wurde. Wurde ich nicht. Trotzdem konnte ich dieses Gefühl von zunehmendem Unbehagen, das so schwer zu beschreiben war, nicht abschütteln.

Als ich vor der Haustür in meiner Tasche nach meinem Wohnungsschlüssel suchte, weil ich das lieber draußen auf dem hell erleuchteten Gehweg als im Halbdunkel oben im Treppenhaus machen wollte, öffnete sich die Tür plötzlich, und der blonde Mann mit dem breiten Grinsen stand vor mir.

Ich verlor die Fassung.

»Was zum Teufel willst du?«, schrie ich. »Was machst du hier?«

Er starrte mich an. Dann steckte er sich eine Zigarette in den Mund und zündete sie an.

»*I don't speak Swedish*«, sagte er in gebrochenem Englisch. »*But you have nice sister.*«

Ich starrte ihn an.

Lina.

Ohne ein weiteres Wort drängte ich mich an ihm vorbei ins Haus und rannte die Treppen hinauf. Mit zitternder Hand schloss ich die Tür auf und lief in die Wohnung, ohne zu wissen, was ich vorfinden würde.

Lina saß mit einem Becher Tee vor sich auf dem Sofa und sah aus wie immer. Erstaunt blickte sie auf, als ich keuchend vor ihr stand. Auf dem Tisch stand ein weiterer Becher, der aber schon leer war.

»Was ist los?«, fragte sie ruhig. »Warum bist du so abgehetzt?«

»Hattest du ... Besuch?«, wollte ich wissen und versuchte, wieder zu Atem zu kommen.

Lina betrachtete mich mit ihrem ruhigen, unterkühlten Blick.

»Warum?«, fragte sie nach einer Weile. »Willst du jetzt mein gesamtes Privatleben erfassen?«

Ich sank ihr gegenüber auf das Sofa, während mein Herz allmählich wieder langsamer schlug.

»War ein blonder Typ hier? Mit einem irren Grinsen?«

»Ich weiß nicht genau, was dich angeht, wer mich besucht.«

»Lina, lass es gut sein«, sagte ich. »Warum ist es so zwischen uns geworden? Im Frühjahr standen wir uns sehr nah. Jetzt fühlt es sich so an, als seist du die ganze Zeit sauer auf mich. *Warum?*«

Unsicherheit flackerte kurz in Linas Blick auf. Sie nahm einen Schluck Tee und sah mich an.

»Sauer auf dich?«, sagte sie ruhig. »Warum sollte ich das sein?«

Die übliche Kombination aus Verwirrung und Hoffnungslosigkeit stieg in mir hoch, wie so häufig in letzter Zeit, wenn ich versuchte, mit meiner Schwester zu sprechen. Statt noch etwas zu sagen, öffnete ich die MMS, die der Blonde mir geschickt hatte, und zeigte Lina den Clip mit der Zunge.

»War er hier?«, fragte ich sie.

»Er ist sehr nett.«

»Findest du, dass dieser Clip sehr nett aussieht?«

Lina sah sowohl das Telefon als auch mich mit Abscheu an.

»Nein«, sagte sie. »Aber ich weiß auch nicht, was du machst, wenn du einsam bist. Das ist deine Privatsache. Im Gegensatz zu dir finde ich, dass man das Privatleben anderer respektieren sollte.«

»Es ist nicht so, wie du denkst«, sagte ich. »Dieser Mann ist gefährlich!«

Lina lächelte.

»Sara: Nur weil er kein Schwedisch spricht, ist er nicht gleich *gefährlich*. Du hast aus Örebro ganz schön viele Vorurteile mitgebracht.«

Ich sah sie an.

»Warum war er hier?«, wollte ich wissen. »Wie hast du ihn kennengelernt?«

Lina zuckte die Achseln.

»Gemeinsame Freunde«, sagte sie. »Er hat mich gefragt, ob ich ihm ein bisschen Schwedisch beibringen kann, und ich habe Ja gesagt. Das ist ja nun nicht so furchtbar gefährlich, oder? Er hatte den da dabei.«

Sie nickte in Richtung Kommode. Erst jetzt sah ich, dass darauf ein Blumenstrauß stand.

Dann sah Lina mich an.

»Aber er hat schon von dir gehört. Ihr habt wohl *auch* gemeinsame Freunde.

»Aha, und wer soll das sein?«

»Das hat er nicht gesagt.«

»Was hat er denn gesagt?«

Lina zuckte erneut die Achseln.

»Das spielt keine Rolle.«

Ich beugte mich vor und legte meine Hände auf ihre. »Lina«, sage ich. »Triffst du Ludwig noch? Denn ich glaube, auch er ist gefährlich. Ich möchte, dass du *sehr, sehr gut* auf dich aufpasst!«

Lina zog langsam ihre Hände unter meinen hervor und lehnte sich auf dem Sofa zurück.

»Und weißt du, was ich glaube?«, sagte sie. »Ich glaube, es geht dir *sehr, sehr* schlecht.«

Da beschloss ich, dass es an der Zeit war, Lina alles zu erzählen, von Anfang an und ohne Umschweife. Dann würde sie vielleicht endlich verstehen, wogegen wir hier kämpften.

»Lina«, sagte ich. »Ich muss mit dir sprechen. Das ist längst fällig. Ich muss dir einige Dinge erzählen, in die unsere Familie verwickelt war – und immer noch ist. Dinge, die Mamas und Papas Tod betreffen, und noch vieles mehr. Hast du Zeit? Denn es wird eine Weile dauern.«

Lina lächelte schief.

»Soll ich wohl besser meinen Schlafanzug anziehen?«, fragte sie. »Das klingt so, als sei das nötig.«

»Unbedingt«, sagte ich, erleichtert darüber, dass sie mich nicht weggestoßen hatte. »Mach das.«

Wir setzten uns aufs Sofa und ich begann zu erzählen. In der Rückschau begriff ich, wie viel passiert war, angefangen im Winter, bevor Papa starb, als ich vergewaltigt wurde und Papa anfing, sich merkwürdig zu verhalten. Sein Tod, all die seltsamen Vorkommnisse in Stockholm im letzten Herbst, Fabians Verstrickung in das Ganze und sein Tod, meine Zeit bei McKinsey, die Vogeldame, Johan und Mama, Bellas Rückkehr und ihre warnenden Worte über Ludwig – all das erzählte ich ihr, bis ins kleinste Detail. Es wurde spät, aber ich konnte nicht mittendrin aufhören, sondern musste ihr alles von Anfang an bis zum heutigen Tag schildern.

Lina unterbrach mich nicht, sie hörte sich alles an, was ich zu sagen hatte und ich ging davon aus, dass sie den Ernst der Situation wirklich verstanden hatte. Ich erzählte ihr alles, was passiert war, das Einzige, was ich ausließ, waren der Widerstand, Bellas Aufforderung, ihr zu helfen, und meine Zusammenarbeit mit Sally und Andreas.

Als ich fertig war, war es halb eins, ich hatte zwei Stunden lang geredet. Ich erwartete, dass die Fragen aus Lina nur so hervorsprudeln würden und dass es sicher noch eine Stunde dauern würde, bis wir ins Bett kamen. Doch zu meinem Erstaunen musste ich feststellen, dass sie stattdessen aufstand und in die Küche ging. Ich blieb noch ein paar Minuten sitzen, dann folgte ich ihr. Sie stand da und wischte das Spülbecken aus, was völlig untypisch für Lina war.

»Frag mich alles, was du wissen willst«, sagte ich. »Ich will nicht, dass du das mit dir allein ausmachst. Lass uns über alles reden. Ich werde deine Fragen beantworten, so gut ich kann.«

Eine Weile sagte Lina nichts. Sie wusch den Spüllappen aus und trocknete sich dann die Hände am Handtuch ab. Dann wandte sie sich zu mir um, mit dem gleichen kühlen Ausdruck im Gesicht wie zuvor.

»Ich glaube dir nicht«, sagte sie ruhig.

Ich war fassungslos. Mit vielen Reaktionen hatte ich gerechnet: Wut, Trauer, Erstaunen und Schock. Aber *Misstrauen?* Darauf war ich nicht vorbereitet.

»Oh«, sagte ich. »Aber alles, was ich dir erzählt habe, ist wahr. Warum glaubst du mir nicht?«

Lina sah auf die Uhr auf ihrem Handy.

»Ich muss jetzt schlafen«, sagte sie. »Ich hatte den ganzen Tag Vorlesungen.«

Mir fiel nichts mehr ein. Dann legte ich meine Hände auf Linas Schultern und sah ihr in die Augen.

»Bist du wirklich an der Uni eingeschrieben?«, fragte ich. »Ich habe gehört, dass du nicht hingehst.«

Lina schob meine Hände von ihren Schultern.

»Das ist ja wohl meine Privatsache.«

»Lina, ich weiß, dass das alles schwer zu verdauen ist, aber das heißt nicht, dass es nicht wahr ist. Es tut mir leid, dass ich nicht ehrlich zu dir war und dir direkt alles erzählt habe, aber ich wusste nicht, ob du damit fertigwerden würdest. Als ich endlich verstanden hatte, wie erwachsen du inzwischen geworden bist, starb plötzlich Mama, und das hat mich derart aus der Bahn geworfen, dass ich es einfach nicht geschafft habe. Verstehst du das?«

Lina sah mich an.

»Weißt du was?«, sagte sie. »Als erst Salome und dann Mama gestorben sind, da bin auch ich gestorben. Und erst jetzt, ein halbes Jahr später, fühle ich mich langsam wieder lebendig. Du verstehst vielleicht, dass ich dich dieses Gefühl nicht gleich wieder zerstören lasse?«

»Warum sollte ich das tun wollen?«

Lina lächelte. Es war ein kurzes, zynisches Lächeln.

»Ich wollte eigentlich nichts sagen«, sagte sie, »aber jetzt bin ich leider dazu gezwungen. Vor genau dieser Situation wurde ich gewarnt.«

Ich runzelte die Stirn.

»*Gewarnt?* Wovor? Und von wem?«

»Es spielt keine Rolle, wer mit mir gesprochen hat«, sagte Lina. »Sie haben mich extra gebeten, es nicht zu verraten. Aber alle haben das Gleiche gesagt: ›*Sara geht es nicht gut. Früher oder später wird sie dir völlig sinnlose, erfundene Dinge erzählen, über den Tod eurer Eltern und über ganz viele Dinge, denen sie ausgesetzt war. Glaube ihr nicht. Nichts von dem, was sie sagt, ist wahr.*‹«

Sprachlos starrte ich Lina an, die mich immer noch anlächelte.

»Und jetzt muss ich mich umziehen und schlafen gehen. *Ich will leben, Sara!* Und ich denke, das solltest du auch tun.«

Sie umarmte mich kurz und verschwand dann in ihrem Zimmer. Ich blieb in der Küche zurück und starrte vor mich hin, mein Kopf war völlig leer.

Bis auf eine einzige Sache, die mir mit aller Deutlichkeit klar wurde. Meine geliebte kleine Schwester Lina: Sie – BSV – hatten sie zuerst erreicht.

≡≡

Ich ging in mein Zimmer, um noch mal in Mamas Tagebuch zu blättern und zu prüfen, ob ich es Lina zeigen konnte. Ich hatte es zuletzt vor ein paar Tagen in den Händen gehabt und danach mit dem Film in meiner roten Reisetasche versteckt, die im Schrank stand.

Jetzt öffnete ich die Reisetasche. Sie war leer.

Das Tagebuch war weg. Das Handy mit dem Film auch.

Ich klopfte an Linas Tür. Sie öffnete und sah mich voller Mitleid an.

»Sara, ich *muss* jetzt wirklich schlafen. Wir haben stundenlang geredet!«

»Der Blonde, der heute Abend hier war«, sagte ich. »Sergej. War er in meinem Zimmer?«

Lina runzelte die Stirn.

»Natürlich nicht! Wofür hältst du mich eigentlich?«

»Mamas Tagebuch ist weg, zusammen mit einem Video, das sie aufgenommen und in einem Bankschließfach für mich aufbewahrt hat. Ich hatte beides in meine Tasche eingeschlossen, und die ist jetzt leer. Er muss beides gestohlen haben.«

Lina starrte mich an.

»*Mamas Tagebuch?*«, fragte sie erstaunt. »Mama hat kein Tagebuch geschrieben.«

Ich seufzte.

»Doch, hat sie. Ich habe es von Ann-Britt bekommen, und jetzt ist es weg.«

Lina sah mich an.

»Du bist verrückt. Erstens *gibt* es kein Tagebuch, okay? Und zweitens: *Wenn* Mama Tagebuch geschrieben hätte, warum zur Hölle hast du es mir nicht gezeigt? Und von was für einem Schließfach sprichst du? Mama hätte niemals ein Schließfach eröffnet, zu dem nur du Zugang bekommst.«

Danach schlug sie heftig die Tür zu.

Ich blieb noch einige Sekunden davor stehen und starrte auf das weiß lackierte Holz.

Als ich am Samstag aufstand, war Lina schon verschwunden. Ich ließ das Frühstück ausfallen und beschloss, einen Spaziergang zum Tantolunden-Park zu machen. Während ich in Richtung Ringvägen ging, dachte ich noch mal über Linas Worte nach. Sie hatten mich den größten Teil der Nacht über wach gehalten, und ich fühlte mich ausgelaugt und deprimiert.

Als erst Salome und dann Mama gestorben sind, da bin auch ich gestorben ...
Vor genau dieser Situation wurde ich gewarnt ...
Es spielt keine Rolle, wer mit mir gesprochen hat ...
Aber alle haben das Gleiche gesagt: Sara geht es nicht gut ...
Früher oder später wird sie dir völlig sinnlose, erfundene Dinge erzählen, über den Tod eurer Eltern und über ganz viele Dinge, denen sie ausgesetzt war ...
Glaube ihr nicht ... Nichts von dem, was sie sagt, ist wahr ...
Ich will leben, Sara! Und ich denke, das solltest du auch tun ...

Bei 7-Eleven kaufte ich mir einen Kaffee, überquerte dann den Ringvägen und ging weiter in Richtung Wasser.

Ein eisiger Wind schlug mir entgegen, und es sah aus, als würde es gleich anfangen zu regnen.

Wer konnte mit Lina gesprochen haben? Ludwig?

In meinem aktuellen Zustand war ich bereit, jeden zu verdächtigen.

Konnte es Sally gewesen sein? Hatte BSV auch sie angeworben? Oder Ann-Britt? Hatte sie mich den ganzen Sommer über hinters Licht geführt? Sie hatte vor einigen Wochen angerufen, um mir wie versprochen zu erzählen, was sie über Linas Therapie in Erfahrung gebracht hatte. Aber wie es schien, ging Lina gar nicht mehr zu ihrem Therapeuten. Hatte Ann-Britt mich womöglich belogen?

Denn Andreas war es doch sicher nicht gewesen, oder?

Je mehr ich grübelte, desto einsamer fühlte ich mich. Erneut schoss mir kurz der Gedanke durch den Kopf, mir das Leben zu nehmen, genau wie nach Johans Tod. Das alles würde nie aufhören, ich würde es nicht schaffen, es machte einfach keinen Sinn mehr weiterzukämpfen.

Und plötzlich verstand ich, was die Nachricht in der MMS des Blonden bedeutete. Die Erkenntnis traf mich hart, aber es half nichts: *Genauso musste es sein*, und genauso würde es kommen.

Die Tränen brannten hinter meinen Lidern.

Mein Handy klingelte. Im Display stand *Unbekannte Nummer*, ich wusste nicht, wer es war. Aber eigentlich spielte es auch keine Rolle.

»Hallo, hier ist Sara«, sagte ich und konnte selbst hören, wie apathisch ich klang.

Zunächst war es einige Sekunden lang still am anderen Ende.

»Hallo?«

Keine Antwort. Ich wollte gerade das Gespräch wegdrücken, als plötzlich eine Stimme zu vernehmen war.

»*Ich weiß, dass das alles schwer zu verdauen ist*«, hörte ich mich selbst sagen, »*aber das heißt nicht, dass es nicht wahr ist. Es tut mir leid, dass ich nicht ehrlich zu dir war und dir direkt alles erzählt habe, aber ich wusste nicht, ob du damit fertigwerden würdest. Als ich endlich verstanden hatte, wie erwachsen du inzwischen geworden bist, starb plötzlich Mama, und das hat mich so aus der Bahn geworfen, dass ich es einfach nicht geschafft habe. Verstehst du das?*«

Eine kurze Pause. Dann war Linas Stimme zu hören.

»*Ich wollte eigentlich nichts sagen*«, sagte sie, »*aber jetzt bin ich leider dazu gezwungen. Vor genau dieser Situation wurde ich gewarnt ...*«

Ich dachte nicht nach, drückte einfach nur das Gespräch weg. Vor mir breitete sich die Bucht Årstaviken aus, bleigrau unter dem anhaltenden Regen. Ich hatte keine Lust mehr, spazieren zu gehen. Stattdessen machte ich kehrt und ging zurück zum Nytorget.

In meiner Kindheit spielten wir ein Spiel namens Stille Post. Man saß in einem großen Kreis, eine Person fing an und flüsterte der Person neben ihr etwas ins Ohr. Diese Person flüsterte es der nächsten ins Ohr, und so ging es reihum, bis man wieder am Ausgangspunkt war. Dann verglich man das, was die erste Person gesagt hatte, mit dem, was die letzte gehört hatte. Es waren immer zwei völlig verschiedene Geschichten, was viel Gelächter verursachte.
Unser Umfeld spielt eine fortgeschrittenere Variante von Stille Post mit uns.
Man flüstert uns verschiedene Informationen zu, die wir dann weitergeben sollen. Wenn das Erzählte allmählich wieder unser Umfeld erreicht, ist es stark verwaschen. Vielleicht gibt es Flüsterer unter uns, die auch wissen, wie man eine gute Geschichte so verdreht, dass sie noch spannender wird.
Auf der anderen Seite wissen wir nie, ob die Information, die man uns anfangs eingeflüstert hat, wahr ist.
Wir haben begriffen, dass Russland eines der Länder ist, das Stille Post mit uns spielen will.
Aber wer spielt Stille Post mit den Russen?
Auch hier, in unserem Land, wird geflüstert. Nicht zuletzt hinter dem Rücken derjenigen, die die Wahrheit sagen. Hinter dem Rücken der Whistleblower. Oder, wenn man so will, der Verräter. Aber wer wird hier eigentlich verraten?
Wer bestimmt, wie die Worte zu formen sind, wenn der Kreis sich wieder schließt?
Wessen Stille-Post-Spiel werden wir spielen?

⇛ ⇚

Um halb acht am gleichen Abend saß ich auf meinem Sofa, hatte Gabbes Telefon in der Hand und sah mir die Nachrichten an, während ich auf unsere Telefonkonferenz wartete. Lina war wie üblich nicht zu Hause, was mir ganz recht war. Bei SVT sprachen sie über einen etablierten saudischen Journalisten namens Jamal Khashoggi, der Anfang Oktober im saudi-arabischen Konsulat in der Türkei verschwunden war. Jetzt hatte sich herausgestellt, dass er ermordet worden war – erdrosselt und mit einer Knochensäge zerstückelt –, das Ganze war im Konsulat geschehen. Dann hatte man die Leichenteile im Garten vergraben. Während ich den Beitrag sah, merkte ich, wie abgestumpft ich allmählich war; nichts an dieser Geschichte klang für mich besonders unwahrscheinlich oder spektakulär.

Als die Nachrichten zu Ende waren, tippte ich erst die Nummer der Telefonkonferenz und dann den Zugangscode ins Handy ein. Eine metallische Stimme dröhnte in meinem Ohr: »*Ein neuer Teilnehmer ist der Konferenz beigetreten ...*«

»Sara!«, schrie Nadia. »Bist du da?«

»Hallo, schöne Frau!«, sagte Gabbe.

»Wo bist du gewesen?«, fragte Erik mit seinem typisch Göteborger Singsang. »Versuchst du, dich interessant zu machen?«

»Sie versucht es nicht«, sagte Rahim. »Sie *ist* interessant. Etwas, was dir nie gelingen wird, Erik. Sara! Bist du da?«

Vielleicht war es Rahims Stimme, die mich direkt losheulen ließ.

»Ich bin hier«, sagte ich, doch mehr brachte ich nicht hervor.

»Aber Liebes«, sagte Nadia, »das hier sollte schön sein, nicht dich traurig machen!«

»Verdammt, wir sollten zu ihr fahren und sie in den Arm nehmen!«, sagte Erik. »Das hört man doch!«

»Wie geht es dir, Sara?«, fragte Gabbe ruhig. »Ist noch etwas passiert?«

»Wenn du möchtest, kommen wir sofort«, sagte Rahim. »Ich nehme morgen früh gleich den ersten Flieger.«

Ich wollte sprechen, brachte jedoch kein Wort heraus, konnte nur weinen.

»Sara«, sagte Nadia. »Warum bist du so traurig?«

Ich zwang mich, mich zu beruhigen.

Schließlich sagte ich: »Weil die, die hinter mir her sind, mir eine Nachricht geschickt haben. *The sum of love will remain constant*, lautete sie, und jetzt verstehe ich endlich, was sie damit meinen. Wenn ich euch wieder in mein Leben lasse, werden sie mir etwas anderes wegnehmen. Vielleicht Lina, vielleicht meine Freunde Sally und Andreas oder einen von euch. Ich habe ihre Botschaft verstanden, und ich werde mich daran halten. Ich *muss* mich daran halten. Versteht ihr?«

»Nein«, sagte Erik mit Nachdruck. »Ich verstehe überhaupt nichts!«

Zwischen den Schluchzern holte ich mühsam Luft.

»Wenn all das hier vorbei ist«, schluchzte ich, »*falls* es je vorbei sein wird, komme ich euch besuchen, egal, wo ihr seid. Dann fangen wir zusammen neu an und machen all das, was man mit seinen allerbesten Freunden macht. Denn das seid ihr für mich: ihr, Sally und Andreas. Ihr bedeutet mir so viel!«

Am anderen Ende der Leitung war es still. Die vier hörten mir zu.

»Aber jetzt werde ich auflegen und das Telefon in den Müllschlucker werfen. Versucht nicht noch mal, mich zu kontaktieren, das möchte ich nicht. Ich werde euch diesem Risiko nicht aussetzen. Und dieses Mal meine ich es ernst: *Lasst mich in Ruhe!*«

Ich drückte das Gespräch weg. Bevor ich es mir anders überlegen konnte, ging ich ins Treppenhaus, öffnete die Klappe zum Müllschlucker und warf das Telefon hinein. Es polterte auf dem Weg in den Keller mehrmals gegen die Wände, während ich hemmungslos weinte.

Plötzlich stand Aysha in der Tür zu ihrer und Jossans Wohnung.
»Bügeleisen?«, fragte sie.
Ich schüttelte den Kopf.
»Mobiltelefon«, brachte ich hervor.
»Es ist *strengstens verboten*, Mobiltelefone in den Müllschlucker zu werfen!«, sagte sie streng. »Das gilt auch für Tretautos, Bootsmotoren und Bügeleisen. *Zuwiderhandlungen werden geahndet!*«
Ich weinte immer noch, musste aber gleichzeitig lachen.
Aysha legte den Kopf schief und sah mich an
»Komm her. Du siehst aus, als könntest du eine Umarmung vertragen.«
Ich ließ mich umarmen. Aber die Tränen liefen mir unaufhörlich die Wangen hinunter.

Mitten in der Nacht erwachte ich davon, dass mein Monitor ansprang und hell leuchtete. Ich setzte mich im Bett auf, verwirrt und noch nicht richtig wach, und sah, dass auf dem Bildschirm eine Nachricht blinkte: *You've got mail.*

Ich würde ohnehin nicht wieder einschlafen können; also konnte ich auch direkt nachsehen, was sie wollten.

Zerzaust und verschlafen stand ich auf, tappte zum Schreibtisch und klickte mit der Maus. Sofort gelangte ich zu meinem Postfach, in dem eine neue Nachricht wartete. Genau wie beim letzten Mal war der Absender unbekannt; es ließ sich nicht herausfinden, von wem die Nachricht kam. Und genau wie beim letzten Mal enthielt die Nachricht weder Betreff noch Text, sondern nur einen Dateianhang.

Ich seufzte tief, voller böser Vorahnungen, und öffnete die Datei.

Ein Video wurde geladen, ich klickte auf den kleinen Pfeil.

Bella und ich, ins Gespräch vertieft, an Fabians Gartentor.

Ola und ich, als wir im Griffin's miteinander anstießen.

Ein verschwommenes Video – offenbar aus weiter Entfernung aufgenommen, doch scharf genug, dass man den Inhalt in all seinen Details erkennen konnte – von mir, wie ich den Tresor des Stabschefs im Büro öffnete und die Dokumentenmappen darin durchsah.

Und schließlich, genauso kristallklar, wie der Herbsttag gewesen war: ein Video von Bella und mir an der Kreuzung Nytorgsgatan und Bondegatan. Die Kamera zoomte erst auf mich, dann auf Bella, und man konnte deutlich sehen, dass sich unsere Lippen bewegten und wir miteinander sprachen. Danach wurde noch stärker reingezoomt, auf Bellas grünbraunes Auge, bis die Iris mit der Pupille in der Mitte so groß war, dass sie den ganzen Bildschirm ausfüllte.

Das Bild fror ein, das Auge starrte mich an. Dann wurde der Bildschirm schwarz.

6. KAPITEL

Am Montag war es sonnig, daher entschloss ich mich in der Mittagspause, einen kleinen Spaziergang zu Bertils Büro zu machen. Ich hatte sicher zwanzig Mal versucht, ihn anzurufen, seit ich seine Nummer von Göran bekommen hatte, aber er war nicht drangegangen und hatte auch nicht zurückgerufen. Jetzt trat ich auf den Lidingövägen hinaus und legte das kurze Stück zum Valhallavägen, der Straße, in der sein Büro lag, zu Fuß zurück.

Bertil Caverfors, Cavendum Invest, stand auf einem Schild, das in die Tür eingelassen war. Eine freundliche Empfangsdame empfing mich über die Gegensprechanlage und ließ mich ein.

»Um wie viel Uhr ist Ihr Termin?«, fragte sie, als ich vor ihr am Empfang stand.

»Ich habe keinen Termin«, sagte ich. »Ich würde Herrn Caverfors aber gerne sprechen. Er ist ein alter, guter Freund meines Vaters.«

Das freundliche Lächeln der Rezeptionistin verschwand.

»Oh, in diesem Fall glaube ich nicht, dass Sie ihn heute treffen können.«

In diesem Moment hörte ich das Geräusch einer Tür, und kurz darauf kam Bertil im Mantel zur Rezeption.

»Ich gehe zu Tisch«, sagte er zur Empfangsdame.
»Hallo, Bertil«, sagte ich. »Mein Name ist Sara. Wir haben uns im Frühjahr bei McKinsey getroffen, und ich habe kürzlich erfahren, dass Sie ein guter Freund meines Vaters waren.«
Bertil wurde weiß im Gesicht, und ich fürchtete, er könnte ohnmächtig werden. Die Empfangsdame offenbar auch.
»Wie ich bereits sagte, wenn Sie keinen Termin haben ...«
»Schon in Ordnung«, unterbrach Bertil sie, ohne mich aus den Augen zu lassen. »Wir gehen zusammen hinunter.«
Er ging durch die Tür, und ich folgte ihm.
Auf halbem Weg die Treppe hinunter hielt er an und drehte sich zu mir um. Ich beeilte mich, meine Frage zu stellen.
»Haben Sie zusammen mit meinem Vater Vorlesungen beim K3-Regiment gehalten?«, wollte ich wissen.
»Passen Sie auf: Ich hatte seit vielen Jahren keinen Kontakt mehr zu Ihrem Vater«, presste er zwischen zusammengebissenen Zähnen hervor. »Wir haben zusammen die Fallschirmjägerausbildung absolviert, dann hatten wir hin und wieder Kontakt über unsere Arbeit. Ich erinnere mich nicht an K3. *Aber ich war nie mit ihm befreundet.* Und ich möchte nicht, dass Sie mich weiter belästigen. Es reicht!«
Einen Augenblick lang sah er mich an, dann wandte er sich ab, um weiterzugehen. Mir kam eine Idee.
»Ist Ihr Engagement bei McKinsey überhaupt damit vereinbar, dass Sie ein eigenes Investmentunternehmen nebenbei betreiben? Welches der Büros ist denn da nur Fassade?«
Bertil antwortete nicht und drehte sich auch nicht mehr um. Die Haustür schlug hart hinter ihm zu.

Als ich nach dem Rückweg das Hauptquartier wieder erreicht hatte, blieb mir noch eine halbe Stunde meiner Mittagspause, daher beschloss ich, noch ein wenig draußen die Sonne zu genießen und die Zeit auf den Grünflächen zwischen dem Hauptquartier und dem alten K1 zu verbringen. Ich schlenderte langsam in Richtung der Stallgebäude der Königlichen Leibgarde, während ich meinen Gedanken freien Lauf ließ. Bertil war offensichtlich eine sehr unsympathische Person, und ich hatte nicht das Gefühl, dass weitere Gespräche mit ihm noch etwas bringen würden. Nach dem Wochenende lastete die Trauer immer noch schwer auf meiner Brust: Es war so schön gewesen, Nadia und Gabbe zu treffen und Rahims und Eriks Stimmen am Telefon zu hören. Sie hatten am Sonntag und Montagmorgen probiert, mich über den Major zu erreichen, und ich hatte versucht, ihm zu erklären, dass wir aus bestimmten Gründen derzeit keinen Kontakt haben konnten. Was ich tat, war richtig; es gab keine Alternative.

Als ich direkt vor dem Gebäude des Königlichen Hofstalls stand, hörte ich jemanden meinen Namen rufen. Es war Marcus.

»Hej«, sagte er, als er zu mir aufgeschlossen hatte. »Ich habe gesehen, dass du unterwegs bis. Darf ich mich dir anschließen?«

»Ich wollte hier nur ein paar Schritte gehen. In einer halben Stunde habe ich eine Besprechung mit dem Stabschef.«

Marcus holte seine Zugangskarte heraus und nickte in Richtung Lidingövägen und den Sportplatz von Östermalm.

»Komm«, sagte er. »Drehen wir eine Runde. Es tut gut, sich zu bewegen.«

Wir verließen das Gelände und gingen eine Weile schweigend nebeneinanderher. Überall trainierten Schulklassen. Auf der großen Rasenfläche liefen mehrere Fußballspiele, zwei Mädchenmannschaften auf der einen und ein paar Jungen auf der anderen Seite. Ein paar ältere Schüler trainierten Leichtathletik neben der Rasenfläche: Hundertmeterlauf, Weit- und Hochsprung.

Es war wie eine Reise zurück in die eigene Schulzeit.

»Sara ist nicht gewählt worden. Welche Mannschaft kann Sara nehmen?«

»Okay, wir nehmen sie, wenn es sein muss.«

Ich schob diese Gedanken beiseite und sah Marcus an.

»Wolltest du mit mir über etwas Bestimmtes reden?«, fragte ich ihn.

Marcus hielt und blickte sich um, doch es war niemand in Hörweite. Dann sah er mich an.

»Ich weiß nicht, ob du verstanden hast, was ich neulich gesagt habe, aber du musst sehr vorsichtig sein.«

»Vielen Dank auch«, sagte ich mit einem freudlosen Lachen. »Das ist so ungefähr das Einzige, was ich *wirklich* verstanden habe. Vielleicht könntest du etwas *konkreter* werden!«

»Eigentlich nicht«, sagte Marcus.

»Dann lauf mir nicht hinterher«, sagte ich zornig. »*Shit or get off the potty.* Schlepp mich nicht hierher, nur um dich interessant zu machen!«

Ich betrachtete Marcus, während ich sprach. In der blassen Herbstsonne sah er unverschämt gut aus mit seinen dunklen Augen und dem durchtrainierten Körper.

»Ich habe nur ein Ziel«, sagte er ruhig, »und das ist, dir zu helfen.«

Es spielte keine Rolle, was er sagte; ich konnte ihm nicht vertrauen.

»Wer bist du eigentlich? Ich weiß wirklich nicht mehr, wer Freund und wer Feind ist.«

Marcus lächelte ein wenig schief.

»Das ist unser Alltag, in meiner Abteilung, aber auch an vielen anderen Stellen. Wie kann man wissen, wem man vertrauen kann, wenn Korruption so verbreitet ist, nicht nur in Schweden, sondern weltweit? Trotzdem muss man es versuchen. Es wäre verheerend für Schweden, wenn wir es nicht täten.«

»Das klingt, als wärt ihr in eurer Abteilung ziemlich wichtig«, sagte ich sarkastisch.

»Nicht als Individuum. Auf mich kann man jederzeit verzichten. Die Gruppe ist wichtig. Ich denke, dass das, was wir tun, wichtig ist für die Sicherheit des Landes.«

Da war es wieder: *für die Sicherheit des Reiches; für die Sicherheit des Landes.*

»Und was habt ihr mit mir vor?«

Marcus lächelte.

»Ich kann wie gesagt nicht all deine Fragen beantworten, aber ich muss dich warnen. Ein paarmal habe ich dich retten können, aber nächstes Mal bin ich vielleicht nicht da. Könntest du vielleicht in Zukunft ein bisschen mehr nachdenken? Geh nicht abends allein in leere Garagen. Trainier nicht im Fitnessstudio, wenn kein anderer da ist.«

»Es scheint keine Rolle zu spielen, was ich mache. Sie kriegen mich trotzdem.«

»Du hast mit Fredrik gesprochen, dem Anwalt. Das ist gut. Er ist hundertprozentig zuverlässig, sprich dich mit ihm ab.«

»Gehörst du zum Widerstand?«, fragte ich. »Beantworte mir wenigstens das.«

Marcus sah mich an. Unsere Gesichter waren ganz nah, und unter anderen Umständen hätte ich seinen Kopf zwischen meine Hände genommen und ihn geküsst.

»Ja. Wir sind nicht so gut organisiert wie der Feind, aber trotzdem ziemlich effektiv.«

»Der Feind. Wen meinst du?«

Marcus antwortete nicht auf die Frage. Stattdessen sagte er: »Noch etwas: Falls du eine neue Vergangenheit brauchst, kümmern wir uns darum. Dann sorge ich dafür, dass du zukünftig nicht mehr mit hineingezogen wirst, wenn es das ist, was du willst.«

Ich starrte ihn an.

»Du weißt schon: eine neue Vergangenheit«, sagte Marcus. »Eine neue Identität, ein neuer Name, ein neuer Job: kein Kontakt mehr zu deinem alten Leben. Es wird unmöglich sein, dich aufzuspüren. Du kannst irgendwo in Schweden ganz neu anfangen und bekommst dafür alle Hilfe, die du brauchst, das verspreche ich.«

»Ich *will* nicht irgendwo neu anfangen!«, rief ich aufgewühlt. »Die Polizei hat das auch schon gesagt! Aber ich will kein neues Leben! Ich will mein altes Leben und meine alten Freunde zurück!«

»Gut«, sagte Marcus. »Aber du sollst wissen, dass die Möglichkeit besteht. Und wir sind bei so was wirklich gut.«

Jetzt wurde ich sarkastisch: »Ich riskiere lieber, ich selbst zu bleiben. Was hast du neulich beim Mittagessen gesagt, in deiner ach so herausragenden Weisheit: *Wer nicht wagt, der nicht gewinnt?*«

Marcus lächelte, ohne zu antworten. Dann sah er auf seine Uhr.

»Stabschef um fünf. Komm nicht zu spät!«

»*Osseus*. Was weißt du darüber? Antworte!«

Marcus sah mir tief in die Augen, und zu meiner Überraschung antwortete er.

»Waffen und Drogenhandel, unter anderem. Dann gibt es da noch etwas, das wir noch nicht geknackt haben, etwas, das uns immer wieder durch die Lappen geht und wahrscheinlich ziemlich gefährlich ist. Es könnte ein militärisches Komplott sein, eine verirrte Gruppe, die beseitigt werden muss. Wir wissen es noch nicht, aber wir arbeiten daran.«

Ich stand ganz still da, ohne ihn aus den Augen zu lassen.

»Bella«, sagte ich. »Arbeitet sie jetzt für euch oder immer noch für die anderen?«

Marcus sah bedrückt aus.

»Bella ist ein gebrochener Mensch. Nach all dem, was sie ihr angetan haben, ist sie nur noch ein Wrack, nichts weiter. Daher kann ich deine Frage tatsächlich nicht beantworten.«

Ich sah ihn an. Dann drehte ich mich um und ging über den Lidingövägen zurück zum Hauptquartier. Marcus begleitete mich nicht. Aber ich konnte seine Blicke im Rücken spüren.

Nach der Besprechung mit dem Stabschef verbrachte ich den restlichen Nachmittag an meinem Computer. Um vier klingelte mein Telefon. Es war Lotta, meine Bankberaterin bei der SEB, und ich ging sofort dran.

»Hallo, Lotta! Wie geht es Ihnen?«

»Gut, danke. Wissen Sie Bescheid darüber, was mit Ihren Konten passiert ist?«

In meinem Kopf stand alles still.

»Mit meinen *Konten?* Nein, was ist los?«

Lotta holte tief Luft.

»Ihre Freundin Sally hat das Guthaben von all Ihren Konten abgehoben.«

Die Impulse kamen Schlag auf Schlag, und ich musste mir auf die Zunge beißen, um nicht zu sagen, was ich dachte.

»Sie haben ihr eine Vollmacht gegeben«, sagte Lotta. »Stimmt das? Zur Sicherheit möchte ich Sie darüber informieren, dass dieses Gespräch aufgezeichnet wird. Aus personalrechtlichen Gründen.«

Atme, Sara, atme. Denk nach, bevor du sprichst.

»Ja, das stimmt. Sally hat eine Vollmacht von mir bekommen. Ich gehe davon aus, dass hier ein Missverständnis vorliegt, aber ich würde gerne zunächst mit ihr sprechen, bevor wir das weiter ausführen.«

»Natürlich. Aber zu Ihrer Information: Die Gelder wurden auf Sallys private Konten überwiesen, und dort haben wir sie eingefroren, bis wir entweder eine Bestätigung oder andere Anweisungen von Ihnen erhalten.«

»Gut. Ich spreche mit Sally, dann melde ich mich wieder bei Ihnen.«

―――

»Du musst mir glauben«, sagte Sally. »Warum *zur Hölle* sollte ich das tun?«

So panisch hatte ich sie noch nie erlebt.

»Entweder versuchst du, mir mein Geld zu stehlen. Oder jemand möchte es so aussehen lassen.«

»Wir zerreißen sofort die Vollmacht«, sagte Sally. »Das hier geht gar nicht.«

»Hör auf! Natürlich glaube ich dir! Ich möchte mir diesen Notausgang aufheben, wenn wir schnell reagieren müssen. Wir werden die Vollmacht *nicht* zerreißen. Wir müssen cleverer sein.«

Sally seufzte schwer.

»BSV, verdammt! Sie sind überall.«

―――

»Lotta«, sagte ich, sobald sie dranging. »Hier ist Sara. Ich habe mit Sally gesprochen. Da ist etwas schiefgelaufen. Ich vertraue ihr zu hundert Prozent und lasse nichts auf sie kommen. Sie hat mit ihrem Chef gesprochen, und die Gelder wurden bereits auf meine Konten zurücküberwiesen. Kann man sehen, wer die Transaktion durchgeführt hat?«

Lotta antwortete nicht, aber ich hörte ihre Fingernägel auf der Tastatur klacken.

»Es ist Sallys Personalnummer«, sagte sie. »Sie hat das Geld überwiesen.«

»Oder jemand, der Zugang zu ihrer Personalnummer hatte«, sagte ich.

Lotta antwortete einige Sekunden lang nicht. Dann sagte sie: »So funktioniert das hier bei der SEB nicht.«

»Dann muss es Zauberei gewesen sein«, sagte ich freundlich.

Lotta seufzte.

»Möchten Sie, dass wir die Vollmacht aufheben?«, wollte sie dann wissen.

»Nein, danke. Das ist nicht nötig.«

Als ich an diesem Nachmittag das Hauptquartier verließ, stieß ich mit Mira zusammen.

»Hallo, Sara«, sagte sie und zog ihre Zugangskarte hervor. »Ich habe immer noch ein schlechtes Gewissen wegen der Sache im Fitnessstudio. Natürlich solltest du nicht allein trainieren, nach dem, was dir in der Tiefgarage passiert ist.«

»Kein Problem«, sagte ich. »Es ist ja gut ausgegangen.«

»Dank Marcus«, sagte Mira und grinste. »Ich glaube, er mag dich. Warum sonst sollte er immer da auftauchen, wo du bist?«

Miras Augen waren so blau und unschuldig. Aber war sie so aufrichtig, wie sie aussah?

Oder war doch Marcus der Joker in diesem Spiel?

»Wie auch immer«, sagte Mira und hakte sich bei mir ein, als wir in den kalten Herbstnachmittag hinausgingen. »Ich würde

gerne mal mit dir ausgehen und ein wenig Spaß haben, als Wiedergutmachung. Ich zahle! Ich kenne da einen wunderbaren Laden auf Söder, in den wir gehen können. Leckere Drinks!«
»Okay, ich bin dabei. Wann?«
»Wie wäre es am Freitag? Ich komme zu dir, dann machen wir uns zusammen fertig. Du wohnst am Nytorget, oder?«
Mädchenabend, gemeinsames Aufhübschen; Gelächter und Flirts mit Männern; eine Runde durch die Stadt.
Genau das, was ich jetzt brauchte.
»Abgemacht«, sagte ich. »Klingt prima!«
Am Sportplatz stieg ich in den Bus. Er fuhr durch die Herbstdämmerung, im Westen zeigte der Himmel eine dramatische hellgelbe und dunkelgraue Färbung. Ich blätterte durch Papas Mappen, die ich noch nicht gelesen hatte, und ließ den Zufall entscheiden, womit ich mich als Nächstes beschäftigte.
FRA und Überwachung lautete der Titel. Nach ein paar Minuten war ich tief in das Material versunken.

```
Die Snowden-Enthüllungen haben vor allem gezeigt, in
welchem Umfang die Überwachung unserer SMS, E-Mails,
Telefonate, Chats und GPS-Positionen geschieht. Es
ist gewaltig. Außerdem wird alles in Datenbanken
gespeichert, damit es später jederzeit hervorgeholt
und näher untersucht werden kann - wenn Sie aus
irgendeinem Grund plötzlich verdächtig sind. Das
jedenfalls erzählt uns Snowden, und es ist mit Fakten
untermauert. [...]
Unser Verhalten wird sich möglicherweise ändern,
wenn wir wissen, dass alles, was wir digital tun,
gespeichert wird. Wenn unsere smarten Fernseher
```

Informationen über uns sammeln, während wir
fernsehen, hören wir auf damit. Es ist wichtig, dass
wir erfahren, welchen menschlichen Preis wir für die
Massenüberwachung bezahlen. [...]

Monica Kleja, *Ny Teknik*, 13.12.2013

...

Immer mehr Überwachungskameras in Schweden

Die Anzahl an Überwachungskameras in unserer
Gesellschaft nimmt kontinuierlich zu. Schulen, Taxis
und öffentliche Plätze sind nur einige Orte, wo man
davon ausgehen muss, gefilmt zu werden, und jedes Jahr
kommen Tausende neuer Kameras hinzu. [...]

Die Überwachung von zum Beispiel U-Bahnsteigen und
Bankkonten ist nichts Neues, aber in den letzten
Jahren sind immer neue Bereiche hinzugekommen.

Das können Schulen, Taxis und Busse sein, aber es
wurde auch schon der Wunsch geäußert, zukünftig auch
Umkleiden und Kinos zu überwachen. [...]

Mikael Eriksson, *Sveriges Radio*, 29.07.2005

...

Die Überwachungsgesellschaft existiert längst

In der Innenstadt von Stockholm gibt es Menschen, die
sich über Nachbarn aufregen, die ihren Müll nicht
richtig trennen. Um das in den Griff zu bekommen,

möchten sie im Müllraum eine Kamera anbringen, »damit wir feststellen können, wer sich nicht zu benehmen weiß, und denjenigen dann zur Rechenschaft ziehen können«. Dahinter scheint die Idee zu stecken, eine Kamera, die aufzeichnet, was wir tun, würde uns dazu bringen, dass wir mehr Verantwortung übernehmen, oder uns daran hindern zu betrügen. Kameras sollen uns erziehen - wie technische Eltern - um ein moralisches Bewusstsein zu schaffen. Und es ist eine Tatsache, dass wir Schweden auch nicht in nennenswertem Umfang protestieren. Stockholm ist eine der Städte in Europa, in der die Kameraüberwachung am stärksten ausgeprägt ist. Über 30 000 Kameras sind in U-Bahnen, Parks, Geschäften und anderen öffentlichen Bereichen installiert. [...]

Susanne Wigorts Yngvesson, *Svenska Dagbladet,* 01.09.2008

...

So viele Kameras gibt es in der Hauptstadt
Gesamte Provinz: 22.641 [...]
U-Bahn: 7.700 [...]
Busse: 11.000 [...]

Außerdem müssen Unternehmen, die keine Genehmigung benötigen - Banken, Postfilialen und Geschäfte -, nicht angeben, wie viele Kameras sie einsetzen. [...]

Jesper Eriksson, *Expressen,* 23.03.2012

...

»Schweden hat beim FRA-Gesetz mit den USA kooperiert«

Schweden und die USA haben ihre Legalisierung der Fernmeldeaufklärung über das Internet miteinander abgestimmt.

Schweden, die USA und Großbritannien hatten einen gemeinsamen strategischen Plan, die Internetüberwachung dieser Länder legal zu machen, was in Schweden in dem heftig kritisierten FRA-Gesetz mündete. Das berichtet in der heutigen Ausgabe der *Dagens Nyheter* der britische Journalist Duncan Campbell, der bereits früher die bedeutsame Rolle Schwedens als internationaler Akteur in Sachen Nachrichtendienst hervorgehoben hat.

»Schwedens neue Gesetze von 2008 fallen mit dem sogenannten Fisa Amendment Act in den USA zusammen, der, wie wir jetzt wissen, dafür genutzt wurde, um den gesamten amerikanischen Teil des Internets für die Überwachung zu öffnen. In Großbritannien wurden vergleichbare Gesetze eingebracht, aber nicht verabschiedet«, so Campbell gegenüber *DN*.

Campbell bezieht sich auf Informationen, die er in Dokumenten des Whistleblowers Edward Snowden gelesen hatte.
»Wenn die Behörden das nicht veröffentlichen, braucht Schweden einen eigenen Edward Snowden«, sagte Duncan Campbell und kündigte sogar weitere Enthüllungen basierend auf Snowdens Dokumente an.

Filip Struwe und Bo Öhlén, *SVT Nyheter*, 13.10.2013, aktualisiert 25.10.2013

...

Ich blickte von meiner Lektüre auf und dachte an die Filme, die ich am Abend zuvor erhalten hatte. Bellas vergrößertes Auge in einem eingefrorenen Bild; ich selbst, wie ich den Tresor des Stabschefs durchsuchte.

Wie war es möglich, dass es davon eine Aufnahme gab? Wer überwachte uns?

Kurz vor der Haltestelle, an der ich aussteigen musste, bekam ich eine SMS von Lina: »*Übernachte bei Ludwig. Kein Abendessen.*« Mehr nicht. Kein Kommentar zu dem langen Gespräch vom Freitagabend, nichts.

Ich rief sie sofort an, obwohl ich im Bus saß. Lina ging dran, aber im Hintergrund hörte ich Stimmengewirr von vielen Menschen. Es klang, als befände sie sich in einem Restaurant.

»Ich habe dir gerade geschrieben, hast du die SMS nicht gesehen?«, fragte sie.

»Deshalb rufe ich an. Hast du noch mal über unser Gespräch am Freitag nachgedacht?«

Lina schwieg. Im Hintergrund hörte ich jemanden ihren Namen rufen.

»Ich komme«, antwortete sie, mit etwas Abstand zum Hörer. Dann wandte sie sich wieder an mich.

»Pass auf, ich weiß nicht, was genau du brauchst, ob Medikamente oder eine Therapie. Aber ich kann Ann-Britt fragen, wenn du willst, vielleicht kann sie helfen.«

»Lina, du bist in Gefahr«, sagte ich leise. »Verstehst du das nicht? Du weißt nicht, wer Ludwig ist! Wir müssen zusammenarbeiten!«

»Ich rufe Ann-Britt morgen an«, sagte Lina, dann legte sie auf.

Mehrere Sekunden lang starrte ich das Telefon an. Dann schickte ich eine Gruppennachricht an Sally und Andreas.

»*Könnt ihr heute Abend um 19 Uhr vorbeikommen?*« Das war der Code dafür, dass ich dringend mit ihnen reden musste. Ihre Antworten kamen im Abstand von nur wenigen Sekunden.

»*Bin um 19 Uhr da*«, schrieb Sally.
»*19 Uhr, geht klar*«, schrieb Andreas.

Der Bus war da. Ich stand auf und ging zum Ausstieg, während ich hinaus in den dunklen Himmel sah. Es war mir wirklich wichtig, mit Sally und Andreas sprechen zu können.

Aber am meisten sehnte ich mich danach, mein Gesicht in Simåns weiches Fell zu drücken.

Zuerst fand ich den Gedanken sehr verlockend. Mir gefiel, dass man der neuen Technik Zaumzeug anlegte und sie zum Vorteil der Gesellschaft einsetzte.
Das ist lange her.
Ich weiß, dass wir sehr von der Überwachung profitieren. Manchmal können wir Schwerststraftäter gerade deshalb festnehmen, weil es uns gelungen ist, sie auf bewegten Bildern einzufangen - unbestreitbare Beweise für kriminelle Machenschaften.
Aber was ist mit der anderen Seite?
Man kann die Parallelen zum Meinungsregister nicht leugnen. So umfassend und in den meisten Fällen vollkommen unnötig. Eine kontinuierliche, sinnlose Verletzung der Integrität.

Es stimmt, ich habe meinen Teil dazu beigetragen. Auch wenn ich das meist erst hinterher verstanden habe.

Das entbindet mich jedoch nicht von meiner Schuld. Jetzt winke ich manchmal in die Kamera. Hallo. Manchmal werfe ich einen Stein.

⇁≽

Als ich in die dunkle Wohnung kam, hatte ich ein starkes Déjàvu: Simåns war nicht da. Ich ließ meine Tasche in der Küche fallen und suchte ihn in der ganzen Wohnung, ohne Erfolg. Er war nicht da. Schließlich ging ich zu Aysha und Jossan hinüber und klingelte, doch niemand machte auf.

Unschlüssig wartete ich noch ein paar Minuten, als plötzlich der Nachbar am Ende des Flurs aus seiner Tür schaute. Er war ein älterer Mann, ein freundlicher Rentner in Strickjacke und Pantoffeln.

»Hallo«, sagte er. »Haben Sie schon gehört, was passiert ist?«

»Nein, was denn?«, fragte ich beunruhigt.

Der Nachbar schüttelte den Kopf.

»Die beiden Mädchen sind im Krankenhaus. Sie wurden mit dem Krankenwagen abtransportiert, die Polizei war auch da. Direkt vor der Tür auf der Straße! Da waren ein paar Kerle, die sich auf sie gestürzt und sie misshandelt haben.«

Misshandelt?

»Um Gottes willen, wie geht es ihnen?«

Der Nachbar schüttelte den Kopf.

»Ich glaube, es war nicht allzu schlimm«, sagte er. »Ich kam gerade vorbei, als sie abfahren wollten. Sie sind windelweich geprügelt worden, aber beide waren bei Bewusstsein. Es war wohl eher eine Art Warnung.«

»Warnung? Wovor?«

Wieder schüttelte der Nachbar den Kopf.

»Aysha hat erzählt, ihre Familie könne nicht akzeptieren, dass Frauen Frauen lieben«, sagte er. »Warum sollte man sich da einmischen? Leben und leben lassen, sage ich immer. Aber was weiß ich schon?«

Ich dankte ihm für die Information. Dann schickte ich Aysha eine SMS und erhielt sofort eine Antwort: *»Grün und blau, ansonsten ganz okay. Kommen bald nach Hause, dann kommen wir vorbei, damit du uns bewundern kannst.«*

»Wer hat das getan?«, schrieb ich.

»Ein paar Unbekannte. Wahrscheinlich hat meine verdammte Familie sie geschickt.«

Ich suchte das ganze Haus und den Hof nach Simåns ab, fand ihn aber nirgends. Warum hatte ich nicht auf Cia, die Tierärztin, gehört, als sie vorgeschlagen hatte, Simåns chippen zu lassen?

Ich setzte einen Topf Pasta auf, deckte den Tisch in der Küche und öffnete dann Sally und Andreas.

»*Sara: Ich habe nicht versucht, dein Geld zu stehlen!*«, rief Sally, sobald sie zur Tür hereingekommen war.

»Jetzt hör endlich auf«, sagte ich abwehrend. »Ich habe wirklich andere Sorgen als dein mieses Selbstwertgefühl.«

Wir brachten unsere Handys ins Bad und schlossen die Tür, dann gingen wir in die Küche. Während ich das Essen auftischte, erzählte ich von dem Überfall auf Aysha und Jossan sowie von Linas Reaktion auf das, was ich ihr erzählt hatte. Doch die ganze Zeit waren meine Gedanken bei Simåns.

»Falls ich zerstreut wirke, ist das, weil Simåns wieder verschwunden ist. Vielleicht können wir später noch mal eine Runde nach ihm suchen?«

»Natürlich!«, sagte Sally. »Wir können direkt nach dem Essen gehen, wenn du möchtest.«

»Ich habe schon das ganze Haus abgesucht, er ist nirgends zu finden. Aber ich würde es gerne noch mal versuchen, bevor ihr nach Hause geht. Und ich würde gerne mit Aysha und Jossan sprechen, wenn sie kommen, um zu hören, was passiert ist.«

»Lina wurde ganz schön bearbeitet«, sagte Andreas. »Und das offenbar von Personen, die sie gut kennt, ansonsten wäre sie mit ihren Schlussfolgerungen sicher vorsichtiger. Du hast gesagt, sie klingt, als sei sie sich sehr sicher, oder?«

»Vollkommen«, sagte ich. »Sie denkt, ich sei komplett übergeschnappt. Ich habe übrigens auch eine SMS von Bella bekommen. Sie möchte, dass ich mich für irgendetwas bereithalte, bei dem sie meine Hilfe braucht. Aber Marcus aus dem Hauptquartier meint, sie sei ein psychisches Wrack, und man könne nicht sicher sagen, ob sie zu BSV oder zum Widerstand gehört.«

»Kann man das denn von Marcus sicher sagen?«, wollte Andreas wissen.

»Nein.«

»Das ist zu viel auf einmal!«, sagte Sally und presste die Hände gegen die Stirn.

»Ja, sie ziehen die Daumenschrauben immer stärker an«, sagte Andreas. »Beunruhigend.«

Sally sah uns an.

»Ich weiß nicht, was ich machen soll«, sagte sie.

»Geht es schon wieder ums Bankkonto?«, frage Andreas.

Sally warf ihm einen vernichtenden Blick zu. Dann sah sie mich an.

»Heute, kurz bevor ich Feierabend machen wollte, waren nur noch mein Chef Massoud und ich im Büro. Ich hatte schon meine Jacke an, als er mich bat, in sein Büro zu kommen.«

Sally machte eine Pause. Sie sah auf eine Art angespannt und besorgt aus, wie ich es noch nie an ihr gesehen hatte.

»Massoud bat mich, Platz zu nehmen. Er müsse mir etwas mitteilen, sagte er.«

Da wurde mir klar, dass Sally kurz davor war zu weinen. Es war das erste Mal, soweit ich mich erinnern konnte, dass ich sie mit Tränen in den Augen sah.

»Was hat er gesagt?«, fragte ich sie und strich ihr beruhigend über den Arm.

»Tut mir leid, aber ich bin so *verdammt sauer!*«, brach es aus ihr hervor.

Wir schwiegen und gaben ihr die Möglichkeit, sich zu sammeln. Dann sprach sie weiter.

»Ich hatte Massoud schon heute Morgen erklärt, dass ich die Gelder *nicht* von deinen Konten überwiesen habe«, sagte sie. »Und ich bin überzeugt, dass er mir geglaubt hat. Er vertraut mir, das weiß ich. Er hat mich sogar gefragt, ob er mir irgendwie helfen könne.«

»Dieser verdammte Schleimer«, sagte Andreas.

»Sei still«, blaffte Sally ihn an.

Sie schluckte.

»Massoud sagte, er habe im Laufe des Tages Order von höherer Stelle erhalten, sich ›Gedanken über meine Anstellung‹ zu machen. Es heißt, ich ›würde den Erwartungen nicht voll entsprechen‹ und möglicherweise sollte ›mein Vertrag nach der Probezeit nicht verlängert werden‹.«

»Wieso Probezeit?«, fragte ich erstaunt. »Du hattest doch eine feste Stelle!«

»In Örebro, ja. Aber als ich ein Angebot aus Stockholm bekam, war das in Form einer Anstellung auf Probe, und ich habe Ja gesagt. Ich hätte mir nie träumen lassen, dass sie nicht zufrieden sein und mir keine feste Stelle anbieten könnten!«

»Gibt es irgendeinen Grund für die Kündigung?«, fragte Andreas. »Außer dieser Sache mit Saras Konten? Hand aufs Herz!«

»Überhaupt keinen. Ich leiste viel und bin sehr beliebt. Ich habe die besten Arbeitskollegen der Welt, mag meinen Chef und verstehe mich gut mit den Kunden. Massoud sah ganz geknickt aus, als er mir das erzählte, und er hat versprochen, alles zu tun, um mir zu helfen.«

»Wende dich an die Gewerkschaft«, schlug Andreas vor.

Sally verzog müde das Gesicht.

»Wende dich doch selbst an die Gewerkschaft«, sagte sie. »Dir hat man doch auch mit Kündigung gedroht. Und wie geht das überhaupt, ganz praktisch? Ich bin ja nicht einmal Mitglied.«

»Ich habe auch keine Festanstellung, genau wie viele meiner Kollegen«, sagte Andreas. »Man macht elf Monate eine Vertretung, dann wird einem eine neue Vertretung angeboten. So geht es jetzt schon sechs Jahre, nur damit sie nicht die Verantwortung für noch eine Festanstellung übernehmen müssen, mit allem, was dazugehört.«

»Zum Beispiel, dass sie das hier nicht mit uns machen könnten«, sagte Sally. »Wie viele junge Menschen leben derzeit unter solchen Bedingungen? Wenn man überhaupt einen Job gefunden hat. Sie *wollen* uns nicht auf dem Arbeitsmarkt, sie wollen nur die Löhne niedrig halten und uns allgemein verunsichern.«

»Das ist überall in der westlichen Welt das Gleiche«, sagte Andreas resigniert.

Ich starrte sie an.

»Hier geht es nicht um euch!«, brach es aus mir heraus. »Versteht ihr das nicht? Das Ganze ist *mein* Fehler! Vor der Verbindung zu mir hätten sie euch nie gekündigt! In beiden Fällen gab es eine Order *von oben*. Welch lustiger Zufall, nicht wahr?«

Ich dachte ein paar Augenblicke nach.

»Wir dürfen uns nicht mehr treffen«, erklärte ich dann. »Ich kann nicht länger mit euch befreundet sein. Ich werde nicht euer Leben zerstören.«

»Und da war der Gong für BSV, der das Match so für sich entscheiden konnte«, sagte Andreas mit aufgesetzter Kommentatorenstimme. »Sara liegt k.o. am Boden, isoliert von ihren Freunden. Der Ringrichter zählt bis zehn ... und *jetzt* reißt er den Boxhandschuh von BSV in die Luft und erklärt ihn zum *Gewinner!*«

»Hör auf«, sagte ich.

Sally sah mich lange an.

»Ich verstehe dich«, sagte sie. »Und ich schätze deine Rücksichtnahme, wirklich. Aber im Gegensatz zu Nadia und den anderen stecken wir *viel zu tief* drin, und zwar sowohl Andreas als auch ich. Selbst wenn wir dich ab jetzt in Ruhe ließen, würden wir nicht unbeschadet aus der Sache herauskommen. Sie würden vielleicht ein paar Wochen warten, aber früher oder später würde etwas passieren. Wir kennen noch nicht das ganze Bild, aber in deren Augen wissen wir trotzdem schon viel zu viel.«

In diesem Moment klingelte es, und ich öffnete die Tür. Es waren Aysha und Jossan.

Aysha hatte ein leuchtend blaues Auge und große Schürfwunden an Armen und Beinen. Jossan hatte einen gebrochenen Arm, der eingegipst war und in einer Schlinge hing; ihr Gesicht war voller Kratzer.

»Du lieber Gott«, rief ich erschüttert aus. »Was ist passiert?«

»Zwei Typen haben uns unten direkt vor der Haustür angegriffen«, sagte Jossan. »Ein dunkler und ein heller Typ. Sie haben uns beide niedergeschlagen, dann sind sie abgehauen.«

Hell?

Blond?

»Das müssen Kumpel von meinem Bruder gewesen sein«, sagte Aysha. »Er hat mir das seit Langem angedroht. Als ich ihn aus dem Krankenhaus angerufen habe, hat er allerdings behauptet, es nicht gewesen zu sein. Wie auch immer: Wir haben Anzeige erstattet, damit ist das für mich erledigt, und ich will heute Abend nicht mehr darüber reden.«

»Sah der blonde Typ zufällig aus wie Billy Idol?«, fragte ich.

Aysha runzelte die Stirn.

»Wer ist Billy Idol?«

»War es dieser Mann?« Ich zog mein Telefon hervor, suchte nach der MMS von Sergej, die er vor meiner Wohnungstür aufgenommen hatte. Sie war weg; vom Handy gelöscht.

»Ist Simåns inzwischen aufgetaucht?«, fragte Jossan.

»Nein«, sagte ich.

»Wollt ihr über das, was passiert ist, sprechen?«, fragte Andreas. »Ihr wisst, dass ich Journalist bin, oder?«

»Nein danke«, sagte Aysha. »Auf *keinen Fall*. Ich finde, wir sollten jetzt nach Simåns suchen.«

Wir sahen uns alle an.

»Schafft ihr das? In diesem Zustand?«

»Wir schaffen das«, sagte Jossan bestimmt. »Es wäre schön, endlich an etwas anderes denken zu können.«

Wir teilten uns in zwei Gruppen auf und durchsuchten das ganze Haus, vom Keller bis zum Dachboden. Wir klingelten bei uns nahezu unbekannten Nachbarn und fragten, ob sie meinen Kater gesehen hatten. Wir gingen hinüber ins Nachbarhaus und klingelten auch dort bei den Bewohnern. Wir kämmten alle Höfe ab, in die Simåns möglicherweise von unserem Hof aus geklettert sein konnte, und wir gingen den gesamten Nytorget ab.

Er war nirgends zu sehen.

Warum, *warum nur*, hatte ich ihn nicht chippen lassen?

Um elf sagte Aysha, Jossan und sie müssten am nächsten Morgen sehr früh aufstehen und daher jetzt schlafen gehen. Auch Andreas und Sally wollten nach Hause fahren, daher trennten wir uns in unserem Flur. Als alle gegangen waren, legte ich mich aufs Sofa, drückte das Gesicht ins Kissen und konnte nur noch weinen.

Simåns, mein lieber Freund. Wo bist du?
Die Worte hallten in meinem Kopf wider: »*The sum of love will remain constant.*«

※

Ich schlief unruhig. Die ganze Nacht über träumte ich von Simåns und erinnerte mich an Bilder aus seinem Leben: von dem Moment, als er als winziges Katzenbaby zu mir kam, von den vielen schönen Stunden, in denen wir spielten und kuschelten. Simåns war ein kluges, liebevolles Lebewesen, oft war er mir in Nächten der Einsamkeit die größte Stütze. Nach der Vergewaltigung, als alle mit mir reden wollten, statt mich einfach in Ruhe zu lassen, fand ich bei Simåns Trost – er forderte nichts, rollte sich einfach neben mir auf dem Kissen zusammen und sah mich mit seinem ruhigen Blick an. Als Papa starb, war Simåns da, wenn ich tieftraurig war, aber weder Mama noch Lina wecken wollte. Nach der Fehlgeburt und nach Johans Tod hielt ich Simåns im Arm, als ich heiße, bittere Tränen weinte. Als Mama starb, war es Simåns, der mich im Sommer in Ann-Britts Garten immer mal wieder von meiner rabenschwarzen Stimmung ablenkte. Er war mehr als nur eine Katze, er war mein allerbester Freund.

Jetzt war er fort.

Es klingelte. Ich schrak auf und sah auf mein Handy: halb sechs morgens. Noch ein Klingeln. Ich ging in den Flur und sah durch den Türspion.

Vor der Tür standen Aysha und Jossan, beide in Jacken.

Sie weinten.

Ich öffnete die Tür und sah sie an. Keiner von uns sagte ein Wort, aber Jossan bedeutete mir, die Wohnungstür von außen zu schließen.

The sum of love remains constant.
Das, was ich da sah, hätte sich meine Fantasie niemals ausdenken können.
Jemand hatte Simåns – oder das, was von ihm übrig war – an die Tür genietet.
Ich starrte ihn an, aber mein Gehirn wollte nicht begreifen, was ich da sah.
Dass man so etwas mit einer Katze anstellen konnte, überstieg meine Vorstellungskraft.
Dass man so etwas einem Menschen antun konnte, war ebenso unbegreiflich.
Ich hörte jemanden laut schreien, und es dauerte mehrere Sekunden, bis ich begriff, dass es mein Schrei war.

Ich lag den ganzen Tag in meinem Bett, die Rollos heruntergezogen. Die Polizei kam und ging, erklärte das Ganze als »*bestialischen Katzenmord mit sadistischen Vorzeichen*«. Ich wurde gefragt, ob ich Feinde hatte. Ich verwies auf Torbjörn und die frühere Untersuchung. Ich erfuhr, dass keine früheren Untersuchungen zu Angriffen gegen mich vorlagen und dass Torbjörns Assistentin nicht sicher war, ob wir uns überhaupt schon einmal begegnet waren. Er selbst sei auf einer Konferenz in Dänemark und daher leider nicht telefonisch erreichbar.
Die Polizei legte eine neue Akte an.
Ein Journalist der Abendzeitung, der sich für Tierschutzthemen begeisterte, kam und ging.
Ich lag unbeweglich da, eingewickelt in eine Decke, und weinte mit trockenen Augen.
Aysha und Jossan halfen mir dabei, mich krankzumelden, und saßen dann mehrere Stunden bei mir.

Sally und Andreas kamen vorbei. Aysha und Jossan gingen. Sally bot an, auf dem Sofa zu schlafen, und ich stimmte zu, obwohl ich eigentlich keine Meinung dazu hatte.

Simåns, mein geliebter Kater, mein allerbester Freund. Ich habe dich im Stich gelassen. Ich habe zugelassen, dass du das Opfer geisteskranker Tierquäler wirst, die dir auf furchtbare Art und Weise das Leben genommen haben. Verzeih mir, Simåns!

Der Stabschef meldete sich. Er fand, ich könne ruhig ein paar Tage zu Hause bleiben und es ruhig angehen lassen, wünschte aber, dass ich ihn am nächsten Morgen anriefe.

Natürlich könnte ich das tun. Aber das würde Simåns nicht zurückbringen.

Gegen Abend, als die Polizei verschwunden und Sally zum Urban Deli gegangen war, um uns mit etwas zu essen zu versorgen, tauchte Lina mit Ludwig im Schlepptau auf. Ich hatte mich tagsüber nicht bei ihr gemeldet. Sie würde schon noch rechtzeitig erfahren, was passiert war. Jetzt betrat sie die Wohnung und kam direkt ins Wohnzimmer, wo ich mit meiner Decke saß.

»Aha«, sagte sie mit müder, gleichgültiger Stimme. »Was ist es diesmal?«

Ich schaffte es nicht zu antworten. Lina ging an mir vorbei in ihr Zimmer und dann weiter ins Bad.

Da kam Ludwig näher. Er blickte kurz zur Badezimmertür, setzte sich dann vor mir auf den Couchtisch. Er lächelte freundlich, aber sein Blick war Unheil verkündend.

»Du hast also Lina vor mir *gewarnt?*«, sagte er leise.

Ich wich seinem Blick nicht aus.

»Ich habe ihr nur erzählt, was ich über dich gehört habe«, sagte ich, so ruhig ich konnte.

Ludwig nickte nachdenklich, während er mir starr in die Augen sah.

»Und ich für meinen Teil habe das eine oder andere über *dich* gehört«, sagte er.

Erneut blickte er zur Badezimmertür, dann wieder zu mir. »Anscheinend magst du es etwas rauer«, sagte er. »Man sagt, du magst es auf die harte Tour. Von hinten, in Tunneln und so. Ein bisschen so wie Fabian und Bella, wenn du verstehst, was ich meine.«

Ich sah rot und warf mich auf Ludwig, der rückwärts über den Couchtisch fiel und zu Boden ging, wo er mit dem Kopf auf dem Teppich aufschlug. Ich setzte mich rücklings auf seine Brust und hielt seine Hände fest, dann schlug ich auf ihn ein. Ludwig schrie und versuchte, sich zu wehren, aber es gelang ihm kaum. Lina stürzte aus dem Bad, gleichzeitig kam Sally zur Wohnungstür herein, und beide stürmten auf zu uns. Lina fing an, mich zu schlagen, während Sally versuchte, sie zurückzuhalten.

Ich saß auf dem Boden und atmete stoßweise. Ludwig blutete aus der Nase, Lina stand mit angefeuchtetem Klopapier daneben und half ihm. Sally war auf den Couchtisch gesunken. Unsere Blicke trafen sich.

»*Was zum Teufel ist los mit dir?*«, schrie Lina mich an. »Du bist doch total verrückt, man sollte dich wegsperren!«

»Frag doch Ludwig, was er zu mir gesagt hat«, brachte ich mühsam hervor. »Er hat mir mit Vergewaltigung gedroht.«

»Ich habe dich nicht bedroht«, murmelte Ludwig weinerlich hinter dem Klopapier. »Ich habe mich nur aufs Sofa gesetzt! Mit dir stimmt doch was nicht!«

Lina stand auf.

»Ich kann hier nicht länger wohnen!«, sagte sie. »Sally, kann ich zu dir ziehen?«

»Jetzt beruhige dich erst mal«, sagte Sally.

Dann sah sie Ludwig an.

»Hör zu, ich halte es für das Beste, wenn du jetzt gehst.«

Ludwig stand auf, das Klopapier immer noch aufs Gesicht gedrückt.

»Glaub mir, ich habe nicht die geringste Lust, noch länger hier zu bleiben, bei dieser verrückten Hexe«, fauchte er. »Ich werde dich anzeigen, nur damit du's weißt!«

Er ging in den Flur, und Lina folgte ihm und versuchte, ihn zu besänftigen. Dann ging sie in ihr Zimmer und knallte die Tür hinter sich zu.

Mühsam stand ich auf und ging zur Wohnungstür, weil ich die Sicherheitskette vorlegen wollte. Ludwig stand noch in der Türöffnung und wartete auf mich. Er sah mich voller Verachtung an.

»Hüte dich vor Tunneln«, sagte er leise. »Man weiß nie, wer dort wartet.«

Ich stieß ihn zurück und schlug die Tür zu, dann legte ich die Sicherheitskette vor. Als ich mich umdrehte, stand Sally hinter mir.

»Ich habe es gehört«, sagte sie. »Was hat er im Wohnzimmer zu dir gesagt?«

»So was in die Richtung, dass ich es auf die raue Art möge, von hinten und in Tunneln. *So ein Arsch!*«

Sally nickte nachdenklich.

»Du hattest recht. Es ist, wie Bella gesagt hat: Er ist gefährlich.«

Ich ging zurück zum Sofa und legte mich unter die Decke. Plötzlich liefen mir die Tränen unkontrolliert die Wange hinunter. Ich hatte mehrere Minuten nicht an Simåns gedacht.

Lina stand in der Tür zu ihrem Zimmer.

»Und wieso heulst du jetzt schon wieder, wenn man fragen darf? Es ist ja nicht *dein* Freund, der von deiner eigenen Schwester misshandelt und aus der Wohnung gejagt wurde!«

»Lina«, sagte Sally bestimmt. »Setz dich.«

Lina sah sie ausdruckslos an.

»Ich stehe gut hier«, sagte sie, lehnte sich gegen den Rahmen und kreuzte demonstrativ die Arme.

»*Setz dich*«, brüllte Sally lauter, als ich ihr zugetraut hätte.

Lina ließ verschreckt die Arme sinken und trottete zu einem Sessel.

»Es ist so«, sagte Sally und richtete ihren Blick auf Lina. »Sara hat versucht, dir eine ganze Reihe von Dingen zu erzählen, doch du weigerst dich, ihr zu glauben, richtig?«

»Sie ist krank«, sagte Lina.

»Sagt wer? *Ludwig?* Oder dieses blonde Ekel, Sergej?«

Lina schüttelte den Kopf und verzog keine Miene, um anzudeuten, dass sie nicht zu antworten gedachte.

»*Alles, was Sara erzählt hat, stimmt*«, sagte Sally. »Je länger du dich weigerst, das einzusehen, desto größer ist die Gefahr, der du dich aussetzt. Verstehst du?«

»Ich *höre*, was du sagst«, sagte Lina. »Aber ich muss dir nicht glauben.«

»Ludwig ist auch daran beteiligt. Du darfst ihm nicht vertrauen. Er hat Sara weitere Vergewaltigungen angedroht, deshalb hat sie sich auf ihn gestürzt. Ich selbst habe ihn draußen im Flur gehört.«

»Du bist genauso verrückt wie sie«, sagte Lina voller Abscheu.

Sally sah sie lange an.

»Heute Morgen wurde Simåns ermordet und gehäutet aufgefunden, festgenagelt an eure Wohnungstür. Man hat ihn zu Tode gequält und dann das Ganze so inszeniert, dass Sara ihn unweigerlich finden musste. Du kannst dir gerne die Bilder ansehen, auch wenn ich dir davon abraten würde.«

Lina stand verwirrt auf. Sie lief im Zimmer umher, dann hielt sie an und sah Sally an.

»*Simåns?*«, fragte sie und runzelte die Stirn.

Sally nickte. Lina lief weiter im Zimmer umher. Dann drehte sie sich plötzlich zu mir um. Ihre Augen waren tiefschwarz.

»Ich kann leider nicht anders, ich finde es gerecht«, schrie sie beinahe. »Warum soll nur *ich* leiden? Warum soll nur *Salome* sterben? Jetzt weißt du selbst, wie sich das anfühlt!«

Mit diesen Worten lief sie in den Flur, schnappte sich Jacke und Tasche und verschwand. Ich hörte das Rasseln der Sicherheitskette, dann schlug die Wohnungstür hinter ihr zu.

»*Lina!*«, schrie Sally.

Aber Lina war fort.

—≡≡—

Länger als bis Freitag wollte ich der Arbeit nicht fernbleiben. Freitag war auch der Tag, an dem ich mit Mira ausgehen wollte. Ich war immer noch unheimlich traurig über Simåns' Tod, aber ich musste bald wieder ins Hauptquartier gehen und mich nützlich machen, wenn ich nicht verrückt werden wollte. Natürlich kam mir der Gedanke, den Abend mit Mira abzusagen, aber im Grunde war es hier das Gleiche: besser, etwas zu tun und auf andere Gedanken zu kommen, als sich die ganze Zeit mit dem zu beschäftigen, was passiert war.

Tagsüber verließ ich die Wohnung kurz, um Milch zu holen. Ich sah, dass irgendein *neuer Schmiergeldskandal* Schlagzeilen beim *Expressen* machte, aber ich war zu müde und zu wenig interessiert, um genauer nachzusehen. Stattdessen ging ich hoch und setzte Kaffee auf, dann ließ ich mich aufs Sofa fallen und beweinte Simåns.

Um fünf Uhr hämmerte es an meine Wohnungstür, und jemand klingelte wie verrückt. Durch den Türspion sah ich, dass es Andreas war. Er stürzte in die Wohnung, und die Worte sprudelten nur so aus ihm hervor, während er seine Schuhe von sich schleuderte und dann im Wohnzimmer auf und ab ging.

»... noch nie so behandelt!«, sagte er. »Das muss im Lektorat passiert sein. Aber der Nachtredakteur meint, es sei niemand Unbefugtes dort gewesen! Alles deutet auf mich, *aber ich sage denen die ganze Zeit, dass ich es nicht war!*«

Er starrte mich an.

»Beruhige dich erst mal«, sagte ich. »Was ist passiert?«

»Hast du es nicht verstanden? *Es steht doch überall!* Mein Telefon habe ich ausgeschaltet, ich halte die ganzen Anrufe und *Angriffe* nicht mehr aus!«

»Jetzt mal von vorne. Ich habe keinen Schimmer, worum es geht.«

Andreas holte tief Lust.

»Ich habe vorgestern einen Artikel über einen mutmaßlichen Schmiergeldskandal geschrieben. Diesmal ging es sowohl um Ericsson als auch um Telia. Ich habe keine Quellen genannt und deutlich betont, dass es sich um *Spekulationen* handelt, keine Fakten. Heute wurde der Artikel mit den *Namen aller meiner Quellen* veröffentlicht, den Text hat jemand so geändert, dass es so aussieht, als würde ich behaupten, all das seien *Fakten* und es sei bereits ein Urteil verkündet worden! *Ich habe das nicht geschrieben!*«

Er sank auf das Sofa und fuhr sich mit beiden Händen durchs Haar.

»Börje ist außer sich. Der verantwortliche Herausgeber wird wahrscheinlich angeklagt. Ich bekomme einen Tritt in den Hintern, wenn ich nicht beweisen kann, dass ich einen anderen Text eingereicht habe!«

»Und, kannst du das?«

Andreas sah wild entschlossen aus.

»Mal sehen«, sagte er. »Wir werden den ganzen Abend in Besprechungen mit Rechtsanwälten sitzen.«

»Was kann ich tun, um dir zu helfen?«

»Im Augenblick nichts«, sagte Andreas und sah auf die Uhr. »Ich wollte nur, dass du Bescheid weißt. Wir hören uns morgen, dann sage ich dir, wie es gelaufen ist.«

»Dir ist doch klar, was da läuft, oder? Mit deinem und Sallys Job.«

Andreas lehnte sich zurück.

»Ja«, sagte er resigniert. »Mir ist sonnenklar, was da läuft. Aber was *zur Hölle* sollen wir tun?«

Schweigend dachte ich nach.

»*The Wire*«, sagte ich dann.

»Was meinst du? Diese alte Fernsehserie, bei der sie die Verdächtigen abgehört haben?«

»Genau. Aber ich meine nicht das Abhören, sondern die Methode, mit der sie die Ermittlungen voranbringen.«

Ich begann, auf einem Papier, das vor mir lag, ein paar Dinge aufzuschreiben. Dann gab ich es Andreas.

»Große Blätter aus Karton. Klebeband oder Klebepads, damit wir sie an die Wände hängen können. Dicke Filzstifte in verschiedenen Farben. Jetzt ermitteln wir auf eigene Faust, und zwar so, dass uns niemand abhören kann. Kümmerst du dich darum?«

Andreas murrte, nahm aber den Zettel an sich.

Um neun Uhr am gleichen Abend standen Mira und ich im Bad und legten letzte Hand an unser Make-up. Es wunderte mich, dass sie, die immer in Tarnuniform herumlief, Spaß daran hatte, sich zu schminken und zu stylen. Wir trugen Hosen und Schnürstiefel, weil der Laden, in den wir gehen wollten, eher ein Pub als ein Nachtclub war. Aber wir trugen Tops und Schmuck dazu sowie reichlich Make-up.

»Das war's!«, sagte Mira zufrieden und betrachtete sich im Spiegel. »Die zukünftige Braut holt das Letzte heraus aus ihrer Junggesellinnenzeit!«

»Ich werde tun, was ich kann, um dir dabei zu helfen«, kündigte ich an.

Wir suchten unsere Sachen zusammen. Ich hatte Mira nicht erzählt, was mit Simåns passiert war; mir war klar, dass ich es sonst nicht einmal aus der Tür geschafft hätte. Aber jetzt entdeckte sie den leeren Katzenkorb, der in einer Ecke stand. Simåns' Lieblingsspielzeug lag immer noch darin.

»Du hast eine Katze?«, fragte sie erfreut. »Das wusste ich ja gar nicht.«

»Leider nicht mehr«, sagte ich und presste ein Lächeln hervor.

»Bitte frag nicht weiter.«

Als wir aus der Haustür traten, kamen uns Jossan und Aysha auf dem Gehweg entgegen, in Begleitung eines Mannes. Er sah aus wie eine dickere Version von Aysha, wenn auch mit Bart. Mir war sofort klar, dass es sich um ihren Bruder Basir handeln musste.

»Sara, das ist Basir«, stellte Aysha uns vor.

Basir und ich schüttelten einander die Hand, während ich versuchte zu verstehen, was passiert war – hatte Aysha sich mit ihm wegen des Überfalls ausgesprochen? Hatte Basir beschlossen, Jossan zu akzeptieren? Wie kam es, dass alle drei wirkten, als seien sie beste Freunde?

»Wir haben eine Friedenspfeife geraucht«, sagte Aysha und lächelte. »Basir sagt, dass er nichts mit dem Überfall zu tun hat, und ich glaube ihm.«

Auch Mira streckte Basir ihre Hand entgegen, doch er sah nur lächelnd von ihr zu mir.

»Sind etwa alle Bräute hier auf Söder Lesben?«, fragte er provokant.

Eine Sekunde später lag er mit dem Gesicht nach unten auf dem Gehweg, Mira saß rittlings auf ihm und bog ihm die Arme auf den Rücken.

»Ich mag deinen Humor nicht«, sagte sie, und jetzt konnte man deutlich ihren amerikanischen Akzent hören. »Ich finde das überhaupt nicht lustig.«

»Lass mich los«, keuchte Basir unter ihr.

Mira sah zu uns anderen hoch, wirkte irgendwie weggetreten. Dann klopfte sie sich die Hose ab und half Basir hoch.

»Tut mir leid«, sagte sie und klang wieder genauso schwedisch wie sonst. »Seit Afghanistan ist das so etwas wie ein Reflex, wenn ich mich angegriffen fühle.«

»Dann fühl dich halt nicht angegriffen«, gab Basir mürrisch zurück. »Immerhin habe ich eine Schwester, die lesbisch ist!«

Aysha und ich mussten uns sehr beherrschen, um nicht zu lachen. Wir verabschiedeten uns, und Mira und ich gingen weiter.

Der Pub, zu dem wir wollten, lag in der Renstiernas Gata. Ich hatte das kurze Gespräch über Simåns noch nicht ganz verdaut, und sobald wir in der Bar angekommen waren, sehnte ich mich nach einem ordentlichen Drink.

»Was möchtest du?«, wollte Mira wissen. »Einen Cocktail? Heute lade ich dich ein.«

»Einen Lemon Daiquiri«, sagte ich zum Barkeeper. »Einen starken.«

»Zwei«, sagte Mira.

Dann standen wir an der Bar und warteten, während der Barkeeper unsere Drinks mixte.

»Tut mir leid, das mit ihrem Bruder«, sagte Mira peinlich berührt. »Bei solchen Kerlen setzt es manchmal bei mir aus.«

Bellas Stimme, als sie ihren Computer auf den Boden geworfen hatte, hallte in meinem Kopf wider: »*Mein Mangel an Selbstbeherrschung ...*«

»Was ist eigentlich in Afghanistan passiert?«, wollte ich wissen. »Ich wundere mich ein bisschen, dass du so stark reagierst.« »Lass uns ein anderes Mal darüber sprechen«, sagte Mira und lächelte.

Small Talk schien ihr nicht so zu liegen.

»Wie ist dein Freund so?«, versuchte ich es stattdessen. »Du hast von der Hochzeit erzählt, aber über ihn hast du kaum ein Wort verloren.«

»Ich versuche Arbeit und Privatleben, so gut es geht, zu trennen«, sagte Mira.

»Was macht er?«

Miras Lächeln wirkte angestrengt.

»Halten wir es doch wie eben, als die Rede auf deine Katze kam. Am besten fragst du nicht weiter.«

Ich verstummte. Warum wollte sie nichts von ihm erzählen? Sie hatte doch gerade noch darüber gescherzt, dass ihre Junggesellinnenzeit bald vorbei war. Was hatte das zu bedeuten?

Plötzlich wurde mir klar: *Es gab überhaupt keinen Freund. Vielleicht war Mira lesbisch.*

Warum hätte sie sonst so heftig auf Basirs doch ziemlich unschuldigen Scherz reagieren sollen?

»Okay«, lenkte ich ein. »Kannst du mir dann vielleicht etwas mehr über deinen Hintergrund erzählen? Du bist in den USA aufgewachsen. Wie war das?«

Bevor Mira antworten konnte, kamen die Drinks, und wir stießen an.

»Auf einen richtig coolen Abend!«, sagte Mira. »Und nächstes Mal begleite ich dich ins Fitnessstudio!«

Wir tranken. Der Drink schmeckte gut, hervorragend ausgewogene Süße und Säure.

»Oh, das ist wirklich ein guter Drink!«, sagte Mira. »Da bestellen wir gleich noch einen. Möchtest du das Gleiche noch mal?«

315

»Gerne«, sagte ich.

Mira bestellte noch zwei Drinks für uns, dann sah sie mich an.

»Afghanistan ... erinnert ein wenig an Arizona, wo ich als Kind gelebt habe. Heiß, staubig, viele Drogen. Ein Elend, das man nicht versteht, wenn man es nicht selbst gesehen hat. Mädchen und Frauen, die vollkommen unsichtbar gemacht wurden. Soldaten aller möglichen Nationalitäten, die manchmal helfen wollen, manchmal aber auch einfach nur Spaß am Töten hatten.«

Wovon sprach sie jetzt? Die USA oder Afghanistan?

»Klingt hart«, sagte ich. »Prost!«

Wir tranken aus, und kurz danach brachte uns der Barkeeper zwei neue Gläser.

»*Enjoy!*«, sagte er.

»Danke«, antwortete ich und trank.

Später war mir nicht mehr klar, in welcher Reihenfolge die Dinge geschehen waren. Der Tresen bog sich vor und zurück wie eine gigantische chromfarbene Seeschlange. Mira sprach mit mir, ich konnte sehen, wie sich ihre Lippen bewegten, aber ich hörte nur die Musik aus den Lautsprechern. Mal kam der Boden näher, dann die Decke. Dann wieder Mira, und dann beugte sich der Mann neben ihr vor und sah mich an.

Es war Sixten.

Sixten, mein Zimmernachbar aus Vällingby, den ich durch die Wand schnarchen und schreien gehört hatte. Jetzt sah er plötzlich ganz anders aus: attraktiv, eine angenehme Erscheinung in T-Shirt und Sakko, und in seinem Mund fehlten keine Zähne.

»*Hallo, Sara*«, sagte er, und es klang, als spräche er durch einen Tunnel oder eine Röhre mit mir. »*Wie geht es dir? Du siehst gut aus!*«

Danke, gut, wollte ich sagen, doch ich brachte keinen Ton heraus. Hinter Sixten stand noch eine Person, die ich wiedererkannte: Siv, meine ehemalige Vermieterin aus der Hölle. Dieses Mal trug sie eine blonde Perücke mit Pagenschnitt und Pony, und sie rauchte eine Zigarette in einem langen Mundstück, obwohl es ganz sicher verboten war, hier in der Bar zu rauchen. Ich versuchte, auf die Zigarette zu zeigen, doch wieder kam kein Wort über meine Lippen. Siv betrachtete mich mit ernster Miene, hielt den Kopf leicht schief, dann nahm sie einen tiefen Lungenzug zwischen knallpinken Lippen und blies mir den Rauch direkt ins Gesicht. Ich musste husten, so heftig, dass mein ganzer Körper sich krümmte, und als ich mich wieder aufrichtete, war Siv verschwunden.

»*Sie musste gehen, um mit jemandem über ihr Haus zu sprechen*«, sagte Sixten und lächelte mich mit unfassbar weißen Zähnen an.

Tatsächlich lachte er so heftig, dass sein ganzer Körper bebte, so wie alles andere um ihn herum: Gläser, Flaschen, Kerzenleuchter, alles hüpfte und bebte im Takt mit Sixtens lautem Gelächter.

»*Sara*«, sagte er schließlich, während er sich die Tränen aus den Augen wischte, »*warum hast du Sivs Haus abreißen lassen? Das hat ihr nicht gefallen! Sie war ganz und gar nicht erfreut.*«

Dann folgten die Bilder Schlag auf Schlag: Mira, Sixten und ich, die in einem schmalen Gang zwischen Ziegelfassaden liefen. Sixten, der plötzlich unhöflich wurde und Miras Jackenumschläge packte, während er ganz nah an ihrem Gesicht sprach. Sixten auf dem Boden vor mir, jetzt mit roten Blutflecken auf seinem weißen T-Shirt, während ich schlug und schlug. Oder war es Mira, die schlug und die ich verzweifelt davon abzuhalten versuchte? Sivs Gesicht, in dem sich die knallpinken Lippen bewegten, als würde sie uns anschreien, obwohl ich kein Wort hörte. Blaulicht, das lautlos blinkte. Das Gefühl, als man mich auf eine Trage hob und abtransportierte.

Erst verschwamm alles vor meinen Augen, dann wurde es schwarz. Als ich den Blick wieder fokussieren konnte, sah ich direkt in eine helle Deckenlampe.

Ich drehte den Kopf. Offenbar lag ich auf einer Art Pritsche, in einer Zelle mit offener Tür. Auf dem Stuhl neben mir saß eine Polizistin in Uniform.

»*Robba-a-an!*«, rief sie, ohne mich aus den Augen zu lassen. »Sie wacht auf.«

Noch ein Uniformierter kam in den Raum. Er zog einen Stuhl heran und setzte sich neben seine Kollegin.

»Wo bin ich?«, fragte ich und richtete mich halb auf, auf die Ellenbogen aufgestützt.

Meine Stimme war rau, der Mund ganz trocken.

»Möchten Sie ein Glas Wasser?«, fragte die Polizistin.

»Ja, bitte«, sagte ich.

Ich trank. Dann wurde mir so schlecht, dass ich mich wieder hinlegen musste.

»Was ist passiert?«, fragte ich nach einer Weile.

»Mal sehen«, sagte der Polizist und blätterte in seinem Block.

»Verdacht auf Drogenmissbrauch, gewalttätiges Verhalten, Misshandlung von Passanten, Gewalt gegen Beamte. Und noch ein paar Dinge.«

Ich schloss die Augen. Nach einer Weile öffnete ich sie wieder.

»Jemand muss mir Drogen in meinen Drink getan haben«, sagte ich. »Mein Kopf hat sich ganz merkwürdig angefühlt.«

»Das ist so, wenn man Drogen nimmt«, sagte die Polizistin trocken.

»Ich schwöre: *Ich habe keine Drogen genommen*«, sagte ich matt. »Nicht wissentlich.«

Der Polizist blätterte wieder in seinem Block.

»Es ist eine Anzeige wegen Misshandlung eingegangen«, sagte er. »In Ihrer Wohnung, neulich Abend. Sie sollen einen

Mann misshandelt haben, der offenbar bei Ihrer Schwester zu Besuch war.«

Er sah mich interessiert an.

»Neigen Sie zu Eifersucht? Das kann ein auslösender Faktor sein.«

»*Nein*, ich neige nicht zu Eifersucht. Das Ganze ist einfach unglaublich! Wo ist Mira, meine Freundin?«

»Sie hat netterweise die ganze Nacht im Warteraum verbracht«, sagte der Polizist. »Eine wirklich gute Freundin, wenn Sie mich fragen! Trotz des Dramas, das sich wohl zwischen Ihnen beiden in dieser Bar abgespielt haben muss?«

»Ich weiß nicht, was Sie meinen«, sagte ich. »Wieso Drama?«

»Dem Barkeeper zufolge ging es zwischen Ihnen heiß her.«

»Inwiefern: Haben wir uns geprügelt?«

»Ich darf darauf leider nicht antworten.«

Schweigend lag ich da. Es schien unmöglich zu sein, meine Erinnerungen zu ordnen.

»Was passiert jetzt?«, fragte ich schließlich.

Die beiden Polizisten sahen sich an, die Polizistin seufzte resigniert.

»Sie können nach Hause gehen«, sagte sie dann zu mir.

Nach Hause gehen?

»Sie haben gerade eine ganze Reihe von Dingen aufgezählt ...«, sagte ich.

Der Polizist sah mich mit unbewegtem Gesichtsausdruck an.

»Ich weiß nicht, was Sie für Freunde auf höchster Ebene haben«, sagte er und schlug seinen Block zu. »Wir haben erfahren, dass eine *ruhende* Anzeige gegen Sie vorliegt, die sich jederzeit aktivieren lässt. Sogar mehrere ruhende Anzeigen, aber das wissen Sie sicher. Jedenfalls erfolgen jetzt keine weiteren Maßnahmen mehr, Sie können also gehen. Das bedeutet aber nicht, dass wir nicht wissen, was Sie getan haben.«

Im Warteraum der Polizeiwache saß Mira auf einer Couch, in Jacke und mit einem Kaffeebecher in der Hand.
»*Liebes!*«, rief sie und stand auf. »Wie geht es dir? Was ist passiert?«
»Keine Ahnung«, sagte ich. »Ich dachte, dass du mir vielleicht helfen könntest, das Ganze zu verstehen.«
»*Ich?*«, sagte Mira. »Ich habe nur zugesehen, als du dich wie ein Berserker aufgeführt hast.«
Wir traten auf die Außentreppe der Polizeiwache, die in der Morgensonne lag. Ich war ganz benommen.
»Wie ein Berserker«, wiederholte ich. »Was ist mit Sixten und Siv passiert, wo sind sie hingegangen? Er war ja voller Blut.«
»*Sixten?*«, fragte Mira und runzelte die Stirn. »Und *Siv?* Von wem sprichst du? Heute Abend waren doch nur wir beide da.«
»Die beiden, die neben dir an der Bar standen. Er hatte extrem weiße Zähne. Und sie war blond, hatte einen Pony und pinken Lippenstift, und sie hat mit einer Zigarettenspitze geraucht. Und dann war Sixten plötzlich überall voller Blut, als wäre er verprügelt worden.«
Mira sah mich lange voller Mitleid an und schüttelte langsam den Kopf.
»Sara, da stand niemand neben mir«, sagte sie. »Wir waren ganz allein in der Bar. Erinnerst du dich nicht?«

7. KAPITEL

Am Samstagvormittag lag ich unter meiner Decke und überlegte, was ich tun sollte.

Lina antwortete einsilbig auf meine SMS, und gegen Mittag teilte sie mir mit, dass sie den Rest des Wochenendes woanders verbringen würde. Andreas schrieb mir, dass er Gespräche mit der Verlagsleitung geführt habe und erst gegen Ende der Woche Bescheid bekommen würde. Er habe vor, am Nachmittag mit dem »Material« vorbeizukommen. Zunächst wusste ich nicht, was er meinte, doch dann verstand ich, dass er sich auf meinen Vorschlag bezog, Ermittlungen wie in der Fernsehserie *The Wire* nachzuahmen und große Plakate mit allen Verdächtigen an die Wände zu hängen.

Gerade fühlte sich das wie eine ganz erbärmliche Idee an.

Mühsam rappelte ich mich auf und kochte Kaffee.

Während die Kaffeemaschine gurgelte, meldete sich mein Telefon. Eine SMS von Mira mit einem Selfie von uns, das sie an der Bar gemacht hatte, als wir gerade an unserem zweiten Drink genippt hatten, und darunter der Text:

»*Es war schön, solange es ging! Wie geht es dir?*«
»*So, wie ich es verdiene*«, antwortete ich.

Um zwei Uhr tauchte Andreas mit einer Plastiktüte und großen Pappen von Office Depot auf. Wir nahmen uns Kaffee, dann erzählte ich von meinem Abend mit Mira und der Nacht in der Ausnüchterungszelle. Andreas hörte aufmerksam zu, und als ich fertig war, stellte er seinen Becher ab.

»Okay«, sagte er. »Es ist offensichtlich, dass du entweder von Mira, Sixten oder Siv unter Drogen gesetzt wurdest.«

»Waren sie überhaupt da?«, fragte ich skeptisch. »Oder hat mein zugedröhntes Hirn sie erfunden?«

»Weiß ich nicht. Aber lass uns loslegen. Ich habe über deine Idee nachgedacht und finde sie sehr gut.«

Ich riss mich zusammen. Andreas glaubte mir – wie immer. Das brachte meine Streitlust zurück. Ich zog mir ein Paar alte Jeans und ein T-Shirt an, dann legten wir los.

»Wie willst du es angehen?«, fragte Andreas, nachdem wir das Material auf dem Boden im Wohnzimmer ausgebreitet hatten. Gibt es einen Grund, weshalb wir uns vorsichtig herantasten sollten, oder können wir ganz offen arbeiten? Hast du heute schon nach Abhörgeräten gesucht?«

»Ganz offen«, sagte ich. »Ich suche jeden Tag, aber entweder haben sie aufgehört, oder ich finde nichts mehr. Ich denke, es spielt auch keine Rolle: Es scheint, als sei die Zeit der Heimlichtuerei vorbei. Angesichts dessen, was inzwischen passiert ist.«

Wir gingen methodisch vor. Einige Pappen galten BSV, darauf schrieben wir alle Personen, mit denen ich seit der Vergewaltigung in Kontakt gekommen war. Eine andere Abteilung galt dem Widerstand, da nahmen wir eine ähnliche Aufstellung vor. Zu jedem Namen ergänzten wir einen Namen und ein Foto – falls wir eins hatten, das wir ausdrucken konnten –, dazu eine kurze Auflistung all dessen, was wir über die betreffende Person wussten: Beruf, wie sie involviert war, Beziehungen zu anderen. Alle, die einander kannten, verbanden wir mit farbigen Linien: Arbeit,

Freundschaft, Verwandtschaft, allgemeine Zusammenarbeit. So führten wir alle Personen auf, die beteiligt waren.

Abends um sechs waren wir fertig. Sechs große Pappen hingen an den Wänden: drei für »BSV«, zwei für den »Widerstand« und eine für »Sonstige«. Zwischen den Personen verliefen zahlreiche Linien in verschiedenen Farben, manchmal sogar zwischen BSV und dem Widerstand. Andreas und ich standen da, die Arme verschränkt, und betrachteten unser Werk.

»Wow«, sagte Andreas. »Was für ein Sumpf, gelinde gesagt.«

Schweigend betrachtete ich unsere Aufstellung.

»Im Gegenteil: Ich glaube, ich erkenne ein Muster«, sagte ich schließlich. »Du nicht?«

Andreas nickte langsam.

»Ja. Jetzt sehe ich deutlich die Linien, zwischen Perfect Match, McKinsey und dem Hauptquartier der Streitkräfte, und zwischen den verschiedenen Personen. Beunruhigend. Aber an einigen Stellen fehlen auch Linien. Siehst du? Vielleicht sollten wir da weitermachen.«

»Was meinst du?«, fragte ich.

»Dein Major zum Beispiel. Er ist nirgends aufgeführt, oder? Und wir sollten uns jemandem im Hauptquartier anvertrauen können.«

Ich sah genauer hin. Den Major hatten wir unter »Sonstige« aufgeführt, und Andreas hatte recht: Außer zu seinem Arbeitgeber gab es überhaupt keine Linien, die von seiner Person abgingen. Er war sauber.

»Stimmt. Ein wirklich guter Ausgangspunkt.«

»Und jetzt«, sagte Andreas und steckte den Deckel auf den dicken grünen Filzstift, »muss ich nach Hause. Ich habe Pläne für den Abend.«

»Sally? Viel Spaß!«

Andreas sagte nichts, grinste nur und zog seine Jacke an.

Abends um neun klingelte es, und ich schlurfte zur Tür und sah durch den Türspion. Davor stand Aysha mit einem Brief in der Hand. Ihr Auge war immer noch geschwollen, aber die Blaufärbung war einer Mischung aus Grün und Lila gewichen. Ich öffnete die Tür, und wir umarmten einander. Dann wedelte Aysha mit dem Brief.

»Hast du kurz Zeit?«, fragte sie.

»Natürlich.«

Wir gingen ins Wohnzimmer. Dort blieb Aysha stehen und betrachtete mit weit aufgerissenen Augen die Pappen, Personen und farbigen Linien, die sich darauf befanden.

»Wow«, sagte sie. »So läuft das also, wenn ihr an einem Manuskript arbeitet? Ich dachte, das sei nur Gerede gewesen.«

»Lass uns später darüber reden. Worüber wolltest du sprechen?«

Wir setzten uns aufs Sofa. Aysha legte den Brief vor mir ab.

»Der lag auf der Fußmatte, als wir heute nach Hause kamen«, sagte sie.

Der Brief bestand aus ausgeschnittenen, aufgeklebten Zeitungsbuchstaben in verschiedenen Größen, genau wie in alten Agentenfilmen. Da hatte jemand weder sprachlich noch beim Aufkleben besondere Sorgfalt walten lassen.

»StaY awAy from hEr or yoU GeT in Big TrOuble«, stand da.

Darunter war ein Totenkopf mit einem Knochenkreuz aufgeklebt.

Aysha schob den Brief über den Tisch und lehnte sich dann auf dem Sofa zurück.

»Mein verdammter Bruder«, sagte sie angewidert. »Ich dachte, wir hätten gestern Frieden geschlossen, aber das ist offenbar nur Theater gewesen. Er versucht um jeden Preis, Jossan und mich auseinanderzubringen, und wenn das nicht funktioniert, schaltet er seine bescheuerten Kumpel ein. Ich werde das hier der Polizei zeigen, aber bringen wird es wahrscheinlich nichts.«

Sie seufzte tief und sah mich an.

»Am schlimmsten ist, dass es seine Kumpel gewesen sein könnten, die Simåns zu Tode gequält haben. Er selbst würde so etwas nie machen, aber ich weiß nicht, wie verrückt seine Freunde sind. Vielleicht haben sie angenommen, dass es Jossans Katze war. Und es tut mir *so* leid, falls Simåns' Tod unsere Schuld sein sollte!«

Ich atmete tief ein. Die Gedanken wirbelten in meinem Kopf umher, ordneten sich dann aber wie eine Wasserfläche, die sich beruhigt und ganz glatt wird. Ja, es war das einzig Richtige.

»Weißt du, ich glaube eigentlich nicht, dass dein Bruder hinter alldem steckt, weder hinter dem Angriff auf euch noch hinter Simåns oder dem Brief. Und ich glaube auch nicht, dass sich der Brief auf Jossan bezieht. Ich glaube, der Briefeschreiber meint, du sollst keinen Kontakt mehr *mit mir* haben.«

Aysha hob die Augenbrauen und sah mich an, als sei ich nun endgültig verrückt geworden.

»Mit *dir?*«, sagte sie. »Warum um Himmels willen sollte es hierbei um dich gehen?«

Ich holte weit aus. Eine Stunde später hatte sie im Großen und Ganzen alles erfahren.

»Und deshalb solltet ihr euch von mir fernhalten. Es ist besser für euch. Ich möchte euch nicht weiter einem Risiko aussetzen.«

Aysha starrte mich an. Dann schüttelte sie den Kopf.

»Ich weiß nicht, was ich sagen soll«, sagte sie und lachte. »*Das ist das Schlimmste, was ich je gehört habe!* Bist du sicher, dass dir nicht vielleicht Andreas' Ambitionen als Dramatiker den Kopf verdreht haben?«

»Hundertprozentig. Wenn sich alles beruhigt hat, melde ich mich wieder bei euch, aber bis dahin sollten wir aufhören, miteinander zu sprechen.«

Als ich die Tür hinter Aysha geschlossen hatte, wallten die üblichen Gefühle in mir auf: Einsamkeit, das Gefühl, verrückt zu sein und ausgeschlossen zu werden. Genau wie es BSV beabsichtigt und die ganze Zeit geplant hatte.

Verrückt.

Aber etwas hatte sich verändert. Ich stellte mich vor den Spiegel und betrachtete mich darin. Die Schlinge zog sich zu, genau wie Andreas gesagt hatte. Aber ich war nicht länger schwach und hilflos. Etwas in mir war in den letzten Tagen stärker geworden und hatte sich seit Simåns' Tod noch gesteigert. *Ich war kein Opfer. Ich war nicht verrückt.* Ich war bereit, diese Sache bis zum Schluss auszufechten, wie auch immer sie ausgehen würde.

Jetzt würden diese Mistkerle bezahlen.

—≡ ≣—

Am Montag ging ich wieder zur Arbeit. Der Stabschef war auf dem Weg nach Göteborg, und ich hätte ihn begleiten sollen, aber angesichts der Umstände hatte er beschlossen, mich im Büro bleiben zu lassen.

»Wenn es Ihnen schlecht geht, sind Sie mir ohnehin keine große Hilfe«, sagte er freundlich. »Was Sie durchmachen mussten, ist schrecklich. Anna und ich haben einen zwölf Jahre alten Hund, er ist für uns fast wie ein Kind. Ich mag mir gar nicht vorstellen, wie es mir in einer solchen Situation gehen würde.«

»Sie sind sehr verständnisvoll«, sagte ich.

Der Stabschef sah mich geduldig an.

»In meinem Job braucht man Menschenkenntnis. Ich glaube, dass Sie eine glorreiche Zukunft bei den Streitkräften vor sich haben. Und was für ein kranker Mensch auch immer sich an Ihrer Katze vergangen hat, ich werde diese Situation nicht noch schlimmer machen. Ich brauche Sie in Zukunft voll einsatzfähig, also sorgen Sie dafür, dass Sie bald wieder richtig in Form sind. Aber lassen Sie sich Zeit, Rückschläge wollen wir lieber vermeiden.«

»Okay, vielen Dank!«

Der Stabschef verließ das Büro mit seiner Reisetasche, und ich fing an zu arbeiten.

Am Fenster stand ein Radio, und in den Nachrichten berichtete man, dass es auch Stefan Löfven nicht gelungen war, eine Regierung zu bilden, die der Schwedische Reichstag tolerierte. Obwohl ich eigentlich gerade mit einem wichtigen Bericht beschäftigt war, musste ich einfach zuhören, und was ich hörte, stimmte mich nachdenklich.

Warum hatten wir in diesem Land keine funktionierende Regierung?

Die Wahlen waren im September gewesen, jetzt war es bereits Ende Oktober, und es gab immer noch keine neue Regierung. Schweden war doch kein korrumpierter, unorganisierter Staat in irgendeinem Teil der Welt, in dem man mit politischen Schwankungen rechnen musste. Was also ging hier gerade vor?

Als ich später mit einem Stapel sensibler Dokumente von einer Abteilung in die andere ging, traf ich den Major. Er hielt mich im Flur auf und legte den Arm um meine Schultern. Andreas' Worte von Samstag kamen mir in den Sinn: »*Dein Major zum Beispiel. Er ist nirgends aufgeführt ... Wir sollten uns jemandem im Hauptquartier anvertrauen können.*«

»Hallo, Sara«, sagte der Major freundlich. »Wie geht's?«

Ich bekam einen Kloß im Hals und konnte kaum antworten. Der Major drückte meine Schulter in einer freundschaftlichen Geste.

»Wie geht es Ihnen wirklich? Sie wissen doch, dass Sie jederzeit zu mir kommen können, oder?«

Ich nickte und schluckte. Dann entschied ich mich.

»Hätten Sie heute Nachmittag Zeit? Es dauert aber sicher eine Stunde.«

Der Major zog sein Smartphone hervor und sah in seinen Kalender. »Wie wäre es um fünf Uhr? Meine Frau und ich sind heute Abend eingeladen, aber nicht vor acht Uhr. Kommen Sie in mein Büro, dann sorge ich dafür, dass wir in Ruhe sprechen können.«

»Gern.«

Den restlichen Tag über arbeitete ich wie benebelt. Gedanken an Simåns drangen immer wieder an die Oberfläche, aber inzwischen war der schlimmste Schmerz durch eine tiefe, dumpfe Trauer ersetzt worden.

Auch die Gedanken an meine Nacht in der Zelle und die Frage, was tatsächlich passiert war, ließen mir keine Ruhe, aber ich versuchte, sie beiseitezuschieben, indem ich mich auf die Arbeit konzentrierte, die sich während meiner Abwesenheit angesammelt hatte.

Um drei Uhr holte ich mir einen Kaffee und vertiefte mich in einen von Papas Heftern. Er hatte ihn *Saudi-Waffen* genannt.

―≡ ≣―

```
Brief von Wallenberg entschied Saudi-Affäre

Die Regierung wollte sich aus den Waffengeschäften
mit Saudi-Arabien zurückziehen. Doch dann schickte
der Aufsichtsratsvorsitzende Marcus Wallenberg einen
wütenden Brief an den Verteidigungsminister und
sorgte damit dafür, dass das Waffenfabrikprojekt
fortgesetzt wurde, schreibt Dagens Nyheter.
Im März 2012 brachten die beiden Journalisten
```

Göran Bodin und Daniel Öhman in ihrer Sendung *Ekot* die sogenannte Saudi-Affäre ans Licht. Sie deckten auf, dass das Forschungsinstitut der Streitkräfte (FOI) mit Saudi-Arabien beim Aufbau einer Waffenfabrik im Land zusammengearbeitet hat. Jetzt haben die Journalisten ein Buch über die Affäre geschrieben, und immer mehr Details werden bekannt. Als die Regierung sich 2006 aus dem Geschäft zurückziehen wollte, waren die Saudis damit überhaupt nicht einverstanden. 2008 brach die Regierung die Zusammenarbeit mit dem Land im Nahen Osten ab, heißt es bei *Ekot*. Der stellvertretende Verteidigungsminister Saudi-Arabiens schrieb im gleichen Jahr einen Brief an den damaligen schwedischen Verteidigungsminister Sten Tolgfors (Die Moderaten) und forderte ihn auf, die Situation zu klären. Doch Tolgfors erhielt noch einen weiteren Brief. Im Buch »Saudi-Waffen« wird ein Brief des Aufsichtsratsvorsitzenden von Saab Marcus Wallenberg zitiert. Saab war ebenfalls an den Geschäften beteiligt, denn Saudi-Arabien hatte im Tausch für den Bau der Waffenfabrik eine viele Milliarden teure Bestellung über das Überwachungssystem Erieye angekündigt, das Saab und Ericsson entwickelt hatten.

Wallenberg-Brief gab den Ausschlag

Wallenberg hatte geschrieben, in Saudi-Arabien sei man irritiert über das Verhalten des FOI, und man müsse die Angelegenheit schnell lösen.«… Andernfalls besteht leider das Risiko, dass einige Bereiche der

Zusammenarbeit, nicht zuletzt ERIEYE, in die
Gefahrenzone geraten.«
Der Brief habe die Schwedische Kanzlei der
Ministerien ordentlich aufgeschreckt, denn immerhin
sei Saudi-Arabien Schwedens wichtigster
Handelspartner im Nahen Osten, schreibt *Dagens
Nyheter*.
Laut Bodin und Öhman waren der Druck durch die Saudis
und vor allem durch Marcus Wallenberg entscheidend
dafür, dass Tolgfors und die Moderaten bezüglich der
Waffenfabrik ihre Linie änderten.
Weder Wallenberg noch Tolgfors wollten die
Informationen gegenüber DN kommentieren.

Tarnfirma gegründet

Die Enthüllung im März hatte dazu geführt, dass Sten
Tolgfors zurücktrat. Im Oktober 2012 gab das FOI an,
die Zusammenarbeit mit Saudi-Arabien zu beenden.
Das Memorandum of Understanding (MOU) zwischen
Schweden und Saudi-Arabien war 2005 von der
sozialdemokratischen Regierung unterzeichnet worden.
2010 wurde die Allianz erneuert.
Um die Geschäfte weiter verfolgen zu können, hatte
das FOI 2008 die Tarnfirma SSTI gegründet. Man wollte
damit die Situation ohne Beteiligung der Regierung
lösen.

Erik Melin, *Aftonbladet*, 07.08.2014

...

Mats Lindberg, Professor der Staatswissenschaften, wies am Montag in der Sendung *Ekot* auf ein Demokratieproblem hin:
»So etwas darf natürlich in einem demokratischen Staat nicht passieren. Es ist moralisch und politisch verwerflich, weil die Regierung eigentlich gerade dabei war, das Projekt zu beenden. Durch diesen direkten Druck wurde das Verfahren beeinflusst«, erklärte er und ergänzte: »Man bezeichnet dies als illegitime Macht. Mit anderen Worten: Eine Regierung versucht, unsere Gesetze zu befolgen, und dann mischt sich Wallenberg ein und versucht, auf die Politik einzuwirken.«
Der außenpolitische Sprecher der Sozialdemokraten, Urban Ahlin, sagte, die Regierung hätte in dieser Angelegenheit »Rückgrat beweisen müssen«. […]
Jan Majlard, *Svenska Dagbladet*, 18.08.2014

Nachmittags um fünf ging ich hinunter und klopfte an die Tür des Majors.

»Herein«, hörte ich ihn rufen.

Ich betrat sein Büro und schloss die Tür hinter mir. Der Major saß an seinem großen Schreibtisch, doch der Raum verfügte auch über eine Sitzgruppe, in der wir uns jetzt niederließen. Auf dem Tisch stand Kaffee, und er goss uns beiden eine Tasse ein.

»Möchten Sie einen Keks?« Er schob mir einen Teller hin.

»Nein, danke.«

»Also ich nehme einen«, sagte der Major und biss in etwas Helles, Knuspriges. »Bis acht Uhr ist es noch lang!«

Er sah mich freundlich an, während er kaute.

»Jetzt erzählen Sie mal«, forderte er mich auf. »Was bedrückt Sie?«

»Kennen Sie eine Organisation, die BSV heißt?«, fragte ich. Ich betrachtete ihn prüfend, während ich die Frage stellte. Er sah vollkommen ahnungslos aus.

»Ich glaube nicht«, sagte er. »Wofür steht diese Abkürzung?«

»Das weiß ich nicht«, sagte ich. »Aber ich glaube, dass sowohl meine Eltern als auch andere Personen in meinem Umfeld von ihnen ermordet wurden. Es scheint sich um eine Art Schattenorganisation zu handeln, und es gibt da etwas, das sie haben wollen und von dem sie glauben, dass ich es besitze. Was aber nicht der Fall ist. Außerdem gibt es Anzeichen dafür, dass da noch etwas anderes läuft, das mit den Streitkräften in Verbindung steht und dem Land schadet. Wie Sie an der Sache mit meinen alten Freunden gemerkt haben, versucht BSV, mich von Familie und Freunden zu isolieren, und die, die dennoch loyal sind, riskieren, ihre Jobs zu verlieren – das Ganze kann also auch für Sie gefährlich werden. Am Montag hat jemand meinen Kater getötet und die Überreste an meiner Wohnungstür festgenagelt.«

Der Major sah mich ungläubig an.

»Zu Hause habe ich den Polizeibericht und Fotos. Ich kann sie Ihnen gerne morgen zeigen, wenn Sie mir nicht glauben.«

Er sah mich an, ohne ein Wort zu sagen. Dann machte er eine unbestimmte Geste.

»Sie müssen von vorne anfangen«, sagte der Major schließlich. »Lassen Sie nichts aus. In Ordnung?«

Also begann ich ganz von vorne und ließ fast nichts aus.

Knapp zwei Stunden später beendete ich meinen Bericht. Der Major hatte ein paar Fragen gestellt, aber im Großen und Ganzen nur zugehört, was ich zu erzählen hatte – und war währenddessen aschfahl im Gesicht geworden. Auch seine gute Laune, die er am Nachmittag noch gehabt hatte, war verschwunden. In seinen Augen entdeckte ich etwas, was ich darin noch nie zuvor gesehen hatte: Angst.

»Mein Gott«, sagte er, als ich geendet hatte. »Ich weiß nicht, was ich sagen soll! Wenn das, was Sie mir erzählt haben, stimmt, ist das wirklich furchtbar!«

»Es ist alles wahr. Aber ich verstehe nicht, wer hinter BSV steckt und was sie von mir wollen.«

Der Major dachte nach. Sein Blick verlor sich in der Ferne.

»Ich muss ein paar Telefonate führen«, sagte er. »Geben Sie mir ein paar Tage, dann melde ich mich bei Ihnen. Zuerst müssen Sie und Lina vernünftigen Personenschutz erhalten, bevor noch mehr passiert. Meinen Sie, Sie können sie dazu bringen, eine Weile zu uns zu ziehen, bis wir die Situation im Griff haben? Sie könnten schon heute Abend zu uns kommen.«

Unmöglich.

»Ich kann mit ihr sprechen, aber Lina ist im Moment ziemlich ... schwierig.«

»Ja, das klingt so. Umso wichtiger ist es, dafür zu sorgen, dass sie außer Gefahr ist.«

Ich stand auf, und wir umarmten einander.

»Passen Sie auf sich auf, Sara. Ich meine es ernst.«

»Sie auch. Das Ganze ist ernst, das ist es wirklich.«

Der Major lächelte gezwungen.

»Ich bin Offizier bei den schwedischen Streitkräften«, sagte er. »Machen Sie sich um mich keine Sorgen.«

Ich fuhr nach Hause und fragte mich, ob Lina da sein würde. Sie war in der letzten Zeit zu ganz anderen Zeiten als ich gekommen und gegangen, sofern sie überhaupt zu Hause gewesen war, und ich begriff, dass sie mir – nach dem, was ich ihr über Ludwig erzählt hatte – bewusst aus dem Weg ging. Ich hatte keine Ahnung, inwieweit sie verstanden hatte, dass Sally und ich die Wahrheit gesagt hatten, oder ob sie sich immer noch an die Idee klammerte, dass wir beide einfach völlig verrückt waren.

Lina war nicht zu Hause, aber auf dem Teppich im Flur lag ein dicker Umschlag von der Polizei. Ich riss ihn auf und ließ mich am Küchentisch nieder, während ich die vielen Seiten durchblätterte. Es war die Aufforderung, mich in der nächsten Woche zu einem Verhör einzufinden, wegen der vielen ruhenden Anzeigen gegen mich, die sich im Polizeiregister angesammelt hatten. Ich blätterte durch den Stapel, während mir einzelne Worte ins Auge sprangen: »*Diebstahl ... Misshandlung ... Bedrohungen ... Widerstand gegen die Staatsgewalt – Videofilme von verdächtigen Tatorten ...*«

BSV arbeitete gründlich.

Ich schob die Papiere wieder zusammen und steckte sie zurück in den Umschlag, ohne mir den Termin für das Verhör auch nur aufzuschreiben. Dann schob ich eine Tiefkühlpizza in den Ofen, ging ins Wohnzimmer und schaltete den Fernseher an.

Gegen zwei Uhr, als ich schon im Bett war und schlief, hörte ich, wie Lina in ihr Zimmer ging. Als ich um sieben Uhr aufstand, war sie schon wieder verschwunden.

Ich ging am Morgen ganz normal zur Arbeit, und am Empfang traf ich Therese. Es war das erste Mal, dass ich sie sah, seit sie mich beim Kaffeetrinken einfach sitzen gelassen hatte.

»Hallo! Du bist letztes Mal aus dem Café so schnell verschwunden.«

Therese bedachte mich mit einem schwer zu deutenden Blick und einem leichten Lächeln.

»Es gibt da ein paar Leute, die mit dir sprechen müssen«, sagte sie kryptisch. »Hast du Zeit?«

Ein Leiter einer Einsatztruppe ging vorbei, und Therese tat so, als tippe sie etwas in ihr Telefon. Als er außer Hörweite war, sah sie mich wieder an. Ihr Blick war genauso leer wie damals, als wir einander in der Poststelle gegenübersaßen: Es war einfach unbegreiflich, dass sie – wie Marcus sagte – »einen messerscharfen Verstand« haben sollte.

Wer außer Therese könnte mit mir sprechen wollen?

Ich nickte zustimmend. »Wo?«

»Komm«, sagte Therese. »Wir gehen hinunter zum JOC.«

Bevor ich antworten konnte, lief sie auch schon los, und mir blieb nichts anderes übrig, als ihr zu folgen. Aber warum zum JOC? Die Abkürzung stand für Joint Operations Centre, was in der Praxis bedeutete: die Zentrale des Einsatzstabs. Wenn der Leitungsstab in der achten Etage das Gehirn des Hauptquartiers war, dann war diese Abteilung auf jeden Fall das Herz. Was war so wichtig, dass man ins JOC gehen musste, um darüber zu sprechen? Würde ich endlich mehr Informationen bekommen?

Wir schlossen unsere Smartphones in den kleinen Schließfächern am Eingang zum JOC ein, da es verboten war, Telefone mit hineinzunehmen. Ich musste daran denken, was mir Andreas über die Abhörmöglichkeiten bei Mobiltelefonen erzählt hatte. Dass ich überhaupt das JOC betreten durfte, verdankte ich der Tatsache, dass ich eine Assistentin des Stabschefs war, die eine Sicherheitsprüfung durchlaufen hatte. Sonst hätte ich keinen Fuß hineinsetzen dürfen. Wie konnte es sein, dass Therese, die in der Poststelle arbeitete, einfach so hineinspazieren konnte?

In der Einsatzzentrale wurden der Oberbefehlshaber und sämtliche Stabsleiter zweimal täglich mit einem *JOC Update* gebrieft, bei dem besprochen wurde, was in Schweden und bei den Auslandseinsätzen der schwedischen Streitkräfte passierte und welche großen internationalen Ereignisse anstanden – vor allem diejenigen, die schwedische Soldaten betrafen.

Man beschäftigte sich mit territorialer Integrität, begleitenden Maßnahmen für die Gesellschaft und Unterstützung für internationale Operationen, und ich konnte an einer Hand abzählen, wie oft ich diese wichtige Abteilung schon hatte betreten dürfen.

Jetzt folgte ich Therese in das JOC, einen großen Raum, in dem emsiges Treiben an den Schreibtischen und vor einigen großen Monitoren herrschte. Therese nickte einem Mann in weißem Hemd mit goldenen Streifen, schwarzen Hosen und Lackschuhen zu, und er erwiderte ihr Nicken und deutete mit der Hand einen Gruß an. Er schaltete einige Monitore aus, ließ ein paar andere an, dann winkte er uns zu sich. Wir wurden offenbar erwartet.

Ich betrachtete die großen Bildschirme, die an der Wand hingen und auf denen die laufenden schwedischen Einsätze in Afrika angezeigt wurden: Somalia, Kongo, Südsudan, Mali und so weiter. Diese Informationen waren nicht für mich gedacht, doch alle Monitore, auf denen wirklich sensible Informationen gezeigt wurden, waren ausgeschaltet. Therese führte mich durch den großen Raum. Rechts von uns waren lange Reihen von Stühlen an der Wand und am Boden befestigt, darauf standen die Initialen der Stabsleiter, die dort üblicherweise saßen. Wir gingen an den Reihen entlang und setzten uns auf zwei Plätze in der Ecke in der letzten Reihe.

Ich hatte mich an Thereses leeren Gesichtsausdruck schon gewöhnt, aber als sie mich jetzt ansah, war es, als habe man eine

Gardine vor ihrem Gesicht zurückgezogen. Ihr Blick in den hellblauen Augen war wachsam und konzentriert.

»Hör zu«, sagte sie. »Heute sind hier im Hauptquartier ein paar Personen anwesend, die unbedingt mit dir sprechen möchten. Wenn ihr fertig seid, hast du sie weder gesehen noch mit ihnen gesprochen, falls jemand fragt.«

»Verstanden.«

Eine rotblonde Frau in Kleid und schwarzen Pumps, mit einem dicken Stapel Papier unter dem Arm, ging unterhalb der Stuhlreihen vorbei, ohne uns anzusehen. Therese wartete, bis sie vorbei war, dann sah sie mich mit diesem neuen, kristallklaren Blick an.

»Ich gehöre zum Widerstand«, sagte sie dann. »Das hast du dir vermutlich schon gedacht.«

»Ich versuche, die Puzzleteile zusammenzusetzen, so gut es eben geht. Es ist nicht ganz einfach.«

»Das wissen wir. Wenn wir selbst schon alle Puzzleteile hätten, wäre es viel leichter, aber das haben wir nicht. Du hast dich bisher ziemlich gut geschlagen, aber wir wissen, dass du etwas hast, was der Feind haben will. Weißt du, was das ist?«

Ich schüttelte den Kopf.

»Ich habe keinen blassen Schimmer. Aber sie scheinen zu glauben, dass ich es weiß.«

»Das ist nicht sicher. Sie haben dich unter enormen Druck gesetzt, und das ist vielleicht nur ihre Art, dich zum Nachdenken zu bewegen.«

Ich sah ihr direkt in die Augen.

»Bin ich in akuter Gefahr?«, fragte ich. »Sind meine Schwester und meine Freunde in akuter Gefahr?«

»Ich würde lügen, wenn ich Nein sagen würde«, sagte Therese. »Aber wir können das Gesamtbild noch nicht beurteilen, weil wir nicht wissen, worum es geht. Man kann das Ganze aber auch von der anderen Seite betrachten und sagen, es gibt offenbar einen Grund, warum du noch am Leben bist.«

»Und der ist?«

»Dass es ihnen ungeheuer wichtig ist, an das heranzukommen, was du ihnen geben kannst.«

»Aber ich weiß nicht, worum es dabei geht!«

Therese sah mich leicht verächtlich an.

»Dann ist es vielleicht an der Zeit, dass es dir endlich einfällt«, sagte sie.

Ich antwortete nicht. Therese schien ihren scharfen Ton zu bereuen.

»Du weißt, dass du eine neue Identität bekommen kannst. Aber es ist äußerst wichtig für uns, dass du zuerst findest, was sie haben wollen. *Ohne es ihnen zu geben*, natürlich.«

»Ich weiß doch nicht einmal, wo ich anfangen soll!«, brach es aus mir hervor. In meiner Frustration hatte ich ein wenig zu laut gesprochen.

Die rotblonde Frau in Kleid und Pumps, die vor einem der Monitore stand und sich Notizen machte, warf Therese einen kurzen Blick über die Schultern zu. Die setzte sofort wieder ihren üblichen leeren Gesichtsausdruck auf.

»Nicht so laut«, raunte sie mir zu.

Ein paar Sekunden lang saßen wir schweigend da. Dann stand plötzlich die rotblonde Frau vor uns. Wie auf Kommando stand Therese auf und ging davon, und die Frau im Kleid nahm ihren Platz ein. Ich sah sie an.

Es war Berit.

Vielleicht hatte sich über all die Zeit zu viel Anspannung aufgestaut, aber ich konnte mich einfach nicht beherrschen. Ich begann zu lachen, ein glucksendes Lachen, das ganz tief aus meinem Bauch kam und sich unmöglich aufhalten ließ. Mir liefen die Tränen übers Gesicht; meine Heiterkeit war nicht zu bremsen. Berit dagegen verzog keine Miene. Sie sah mich ganz neutral an und wartete, bis sich mein Lachanfall gelegt hatte.

»Tut mir leid«, sagte ich schließlich und wischte mir die Tränen ab. »Aber ich kann bald nicht noch mehr verkraften.«

»Das musst du aber leider«, sagte Berit ruhig, »wenn du überleben willst.«

Ich betrachtete sie. Perfekt gebügelte Bluse; rotblondes Haar als Pagenschnitt; ein hübsches Kleid; erneut hatte sie sich bis zur Unkenntlichkeit verwandelt. Die Wirklichkeit übertraf die Fiktion um Längen.

»Letztes Mal, als wir uns gesehen haben, meintest du, ich würde von allen Seiten ausgenutzt. Also auch vom Widerstand. Erklär mir das!«

Berit sah mich an.

»Wir alle werden ausgenutzt«, sagte sie. »Der Staat und das Kapital nutzen uns aus, wir nutzen uns gegenseitig aus, andere Nationen nutzen uns aus.«

»Hör auf mit diesem verdammt rechthaberischen Mist«, sagte ich zornig. »Bleib beim Thema!«

Berit verzog das Gesicht.

»Wie ich sehe, hast du seit dem letzten Mal ein bisschen dazugelernt. Okay. Ich gehöre zur Führungsebene.«

»Des Widerstands?«

Berit nickte kurz.

»Die Lage ist ernst. Außerdem müssen wir uns auch noch mit einer Splittergruppe befassen.«

»Innerhalb des Widerstands?«

»Ja. Daher müssen wir ganz klar und schnell agieren. Du bist unsere Chance, Zugang zu dem Material zu bekommen. *Denk nach!*«

Den letzten Satz sagte sie in einem auffordernden Ton, während sie mich mit Blicken durchbohrte.

»Reicht BSV nicht als Gegner?«, fragte ich. »Müsst ihr auch noch intern kämpfen?«

»Das Einzige, was *du* wissen musst, ist: Wenn du überleben willst, musst du das Material finden. Ihre Geduld ist allmählich am Ende. In nicht allzu ferner Zukunft wartet ein Stehplatz in der Bucht Nybroviken auf dich.«

»Ola?«, fragte ich.

Berit nickte.

»Betonblock und Kette am Fuß«, sagte sie. »Die Fische haben seine Knochen bereits vollständig gesäubert.«

Those are pearls that were his eyes.

Mama auf dem Sofa in ihrem blauen Morgenmantel, als sie laut auf Englisch aus Shakespeares *The Tempest* über Ferdinands Vater vorlas, der ertrank, als ihr Schiff unterging.

»Full fathom five thy father lies;
Of his bones are coral made;
Those are pearls that were his eyes;
Nothing of him that doth fade,
But doth suffer a sea-change
Into something rich and strange ...«

»Sara!« Berit schnippte mit den Fingern vor meinem Gesicht herum und holte mich so aus meinen Gedanken.

»Tut mir leid«, sagte ich und konzentrierte meinen Blick wieder auf sie. »Wer gehört zum Widerstand?«

»Anastasia war lange treue KSI-Mitarbeiterin. Leider ist sie auch in dem Zweig des Widerstands aktiv, der korrumpiert wurde.«

KSI? Meine Verwunderung hätte nicht größer sein können. »Beschäftigt sich KSI nicht mit Auslandsspionage?«, wollte ich wissen.

»Ja. Und?«

Anastasias zahlreiche Reisen, bevor sie Titti und Theo bekommen hatte, wie sie bei unserer Zusammenarbeit bei McKinsey häufig erzählt hatte. *Hongkong, China, Singapur.*

»Und jetzt ist sie für Charolais zuständig? Insider Trading auf dem Bull Market?«

Berit nickte kurz.

»Wir glauben, dass sie sowohl mit BSV als auch mit dem Widerstand unter einer Decke steckt«, sagte sie.

»Wer noch?«, fragte ich.

»Konzentriere dich jetzt auf die Aufgabe«, sagte Berit. »Finde das Material!«

»Damit ich dann selbst eine Zielscheibe aus allen Richtungen werden kann? Ausgenutzt von allen, wie immer?«

»Nein«, sagte Berit, beinahe übertrieben geduldig. »Damit du selbst, *mit ein wenig Glück*, überleben kannst.«

Ich sah sie an.

»Du hast meine Mutter im Krankenhaus besucht und sie ein Video aufnehmen lassen. Warum?«

Berit sah mich mit dem gleichen widerwilligen Gesichtsausdruck an, den ich schon aus der Zeit bei McKinsey kannte.

»Deine Mutter brauchte Hilfe. Genau wie du. Denke lieber daran, was in dem Film gesagt wurde.«

Der Mann im weißen Hemd mit den goldenen Streifen stand unterhalb der Stuhlreihen und betrachtete Berit interessiert.

»Es tut mir leid«, sagte er. »Wir haben gleich unser *Update* mit dem Oberbefehlshaber, daher müssen Sie jetzt leider gehen.«

Berit stand auf und ging, und ich folgte ihr. Der Mann lächelte mich freundlich an.

»Ich hoffe, es war interessant für Sie, mal einen Blick hinter die Kulissen zu werfen. Und sicher spannend, es mit *ihr* zusammen tun zu dürfen.«

»Wer ist sie?«, fragte ich, ohne nachzudenken.

Der Mann sah mich an, als traute er seinen Ohren kaum.

»Das *wissen* Sie nicht?«, fragte er. »Sie ist legendär! Der Star des KSI!«

Ich fasste mich und lächelte.

»Nur ein Scherz! Natürlich weiß ich das.«

Im Gang vor dem JOC wartete Therese. Wir nahmen unsere Smartphones aus den Schließfächern, und Berit ging davon, ohne uns eines Blickes zu würdigen. Therese dagegen sah mich an.

»Jonathan wartet in der Kantine auf dich«, sagte sie.

Jonathan?

Dann ging auch sie davon, ohne meine Antwort abzuwarten.

≡≡

Es war so früh, dass in der Kantine noch kein Mittagsandrang herrschte. Nur ganz hinten in der Ecke saß eine einsame Gestalt an einem Tisch. Im Gegensatz zu Berit sah Jonathan aus wie immer: groß und dunkelhaarig, mit leuchtend grünen Augen und einem freundlichen Lächeln. Wir begrüßten einander, und ich setzte mich auf den Stuhl ihm gegenüber.

Jonathan entfaltete eine Karte vom Djurgården und ein Satellitenbild des gleichen Bereichs und zeigte dann auf ein Haus.

»Kennst du diesen Ort?«, wollte er wissen.

Ich sah genauer hin. Es war nicht das Haus, in dem Bella und ich auf der Party gewesen waren.

»Leider nicht, nein«, sagte ich. »Warum?«

»Wir wollen nur wissen, ob du auf irgendeine Weise von ihnen kontaktiert wurdest«, sagte er. »Es gibt sehr viele Anzeichen für Kommunikation zwischen dem Nytorget und diesem Ort.«

Ich schüttelte den Kopf.

»Wenn du mir sagst, wer ›sie‹ sind, kann ich dir vielleicht helfen. Ist es der BSV? Und was bedeutet BSV? Warum kann mir das keiner beantworten?«

Jonathan lächelte.

»Vermutlich, weil es niemand genau weiß«, sagte er. »Wie auch immer: Du musst uns besser unterstützen bei der Beschaffung von Informationen. Und ich meine nicht diese ominöse Sache, bei der niemand weiß, worum genau es sich handelt, sondern richtige, konkrete Informationen hier aus dem Hauptquartier.«

»Ich soll euch also Geheimnisse liefern? Solche, für die ich ins Gefängnis gehen kann?«

»Eine Haftstrafe wäre wohl gerade dein geringstes Problem«, sagte Jonathan.

»Was willst du haben?«, fragte ich. »*Das, was am meisten geschützt werden muss?*«

Er grinste.

»Nein, darum kümmern wir uns selbst. Aber jemand hat wichtiges Material kopiert und auf einen Stick gespeichert. Wir wollen nur wissen, wer das war.«

»Wie sollte ich euch dabei helfen können?«, fragte ich verständnislos.

Jonathan hielt einen kleinen handbeschriebenen Zettel hoch.

»Das Passwort des Stabschefs für seinen Computer«, erklärte er. »Ich möchte, dass du dich einloggst und das Ereignisprotokoll kopierst. Das ist alles, was ich brauche. Am besten heute Nachmittag.«

»Sonst nichts weiter?«, sagte ich mit gespielter Heiterkeit. »Natürlich logge ich mich in den Computer meines Chefs hier im Hauptquartier der schwedischen Streitkräfte ein und kopiere Dateien! Kein Problem, nichts leichter als das.«

Jonathan drückte meine Schulter.

»Du bist eine Soldatin, Sara. Wir setzen auf dich.«

»Ich wünschte, ich könnte sagen ›Danke, gleichfalls‹«, erwiderte ich sarkastisch.

Auf dem Weg nach oben kam ich im Büro des Majors vorbei. Die Tür war angelehnt, und ich klopfte vorsichtig an. Niemand antwortete, daher schob ich sie auf. Was ich sah, schockierte mich. Der Major saß auf dem Sofa, an der gleichen Stelle wie gestern Abend, aber er sah völlig verändert aus. Er trug noch immer die gleichen Kleider, jetzt verknittert, und er wirkte ungepflegt und unrasiert. Auch seine Augen hatten sich verändert, als läge jetzt eine Art Schleier über ihnen. Das, was ich vorher als Angst in seinem Blick gesehen hatte, hatte sich zu unverhohlenem Schrecken entwickelt.

»Sara«, sagte er tonlos. »Sie können jetzt leider nicht hereinkommen, ich erwarte Besuch.«

»Okay ...«, antwortete ich fragend. »Möchten Sie, dass wir später sprechen?«

»Ja, aber nicht am Telefon«, sagte er. »Ich werde irgendwie Kontakt mit Ihnen aufnehmen.«

Er warf einen Blick auf seine Uhr.

»Sie sollten jetzt gehen.«

Ich hatte ihn noch nie so kurz angebunden und unfreundlich erlebt.

Verwundert zog ich mich zurück und ging zur Treppe. Als ich fast dort war, begegnete ich einem Mann, den ich wiedererkannte. Es war dieses hohe Tier von der Party bei Andreas' Zeitung, der Mann mit dem Siegelring. Er begegnete meinem Blick mit einer Miene, die beinahe triumphierend aussah. Keiner von uns sagte etwas, wir sahen uns nur an, als wir aneinander vorbeigingen. Dann drehte ich mich um und betrachtete seine rechte Hand. Genau: Am kleinen Finger saß ein Siegelring.

Den restlichen Tag über arbeitete ich wie immer. Der Stabschef war noch nicht von seiner Reise zurückgekommen, daher war es im Büro relativ ruhig, und ich konnte mich darauf konzentrieren, die Papierarbeit zu erledigen. Sobald ich an Jonathans

Auftrag dachte, bekam ich heftiges Herzklopfen, aber es gab nicht viel zu überlegen: Ich hatte mich entschieden.

Um drei Uhr nachmittags begann eine Strategiesitzung mit dem Oberbefehlshaber im Konferenzraum, an der ich nicht teilnehmen sollte.

Um kurz nach drei ging ich daher in die Teeküche, um Kaffee zu holen, und konnte dabei feststellen, dass alle angrenzenden Büros gerade leer waren. Ich nahm mir einen Kaffee und ging zurück an meinen Platz. Von dort aus waren es nur ein paar Schritte bis zum Schreibtisch des Stabschefs. Ich achtete darauf, die Tür hinter mir zu schließen, damit niemand sah, was ich dort tat.

Ich startete den Computer, und ein Bild des Stabschefs und seiner Familie tauchte auf. Mit zitternden Fingern tippte ich das Passwort ein, das auf Jonathans Zettel stand, dann war ich auch schon eingeloggt. Jonathan hatte mir genau erklärt, wie ich das Ereignisprotokoll finden konnte, um es dann auf einen USB-Stick zu kopieren, und ich arbeitete schnell und effizient. Dem Kopiervorgang konnte ich in Echtzeit zuschauen, es dauerte nicht mehr als ein paar Minuten, das gesamte Protokoll zu übertragen.

Als ich fast fertig war und gerade den Computer herunterfahren wollte, stand plötzlich der Major an der Tür. Vor Schreck zuckte ich zusammen, überzeugt davon, dass er sehr erstaunt – um nicht zu sagen wütend – sein würde, mich im Büro des Stabschefs vorzufinden, wo ich mich gerade in dessen Abwesenheit am Computer zu schaffen machte.

Aber der Major schien über die seltsame Situation nicht einmal zu bemerken, er wirkte auf eine Weise abwesend, die ich noch nie zuvor erlebt hatte.

»Kommen Sie, Sara«, sagte er nur. »Schalten Sie das aus. Wir sprechen hier draußen.«

Ich schaltete den Computer des Stabschefs aus, steckte den USB-Stick in meine Tasche und folgte dem Major zu meinem Schreibtisch. Dort blieben wir stehen.

Sein Anblick erschreckte mich erneut, so sehr hatte er sich in dem einen Tag verändert, seit er mir in seinem Büro gestern Abend den Teller mit den Keksen zugeschoben hatte. Er sah aus, als habe er eine Art persönliche Krise gehabt, und sah inzwischen noch ungepflegter aus, als ich ihn je zuvor erlebt hatte. Er blickte sich im Flur in beide Richtungen um, dann beugte er sich ganz nah zu mir.

»Ich habe nicht viel Zeit«, sagte er leise. »Aber ich werde Ihnen und Lina aus dieser Sache heraushelfen. Sie müssen das Land so schnell wie möglich verlassen. Ich werde mich um alle Details kümmern. Ich möchte, dass Sie heute Abend zu Lina nach Hause fahren und Sie beide das Nötigste einpacken. Bitte nicht mehr als ein wenig Handgepäck, verstehen Sie? Morgen gehen Sie wie gewohnt zur Arbeit und nehmen die Tasche mit, und Lina soll es genauso machen, wenn sie zur Uni fährt. Ich werde Sie beide im Laufe des Tages mit weiteren Details kontaktieren.«

»Aber ...«, sagte ich.

»Kein Aber«, wehrte der Major meinen Widerspruch ab. »Sie *können* einfach nicht mehr hierbleiben! Ich kann nicht mehr sagen, aber Sie müssen mir jetzt vertrauen! Verstehen Sie?«

Ich nickte.

Erneut sah der Major sich um und senkte seine Stimme wieder.

»Es geht um Spionage auf höchster Ebene«, sagte er. »Verbrechen gegen die Sicherheit des Reiches: solche, bei denen lebenslange Haft droht.«

Er tippte auf seine Tasche.

»Die Beweise schließe ich zu Hause in den Tresor ein«, sagte er. »Ich wage nicht, etwas hier zu lassen, ich weiß nicht mehr, wem ich vertrauen kann.«

Eisige Kälte breitete sich in meinem Inneren aus.

»Warten Sie«, sagte ich. »Es könnte für Sie und Ingela gefährlich sein, die Beweise zu Hause zu haben.«

Mit einer kurzen, leicht wütenden Geste brachte er mich zum Schweigen.

»Ingela und ich sind nicht in Gefahr, aber aus verschiedenen Gründen müssen wir Lina und Sie hier wegbringen«, sagte er. »Ich werde die ganze Zeit über sichere Quellen Kontakt mit Ihnen halten, während Sie sich im Ausland befinden, und ich bleibe hier vor Ort im Hauptquartier. Ich kümmere mich darum, hundertprozentige Rückendeckung für die gesamte Operation zu bekommen, aber Sie müssen genau das tun, was ich sage. Sind wir uns einig?«

Wieder nickte ich. Der Major ging in den Flur und sah sich um, wieder in beide Richtungen. Dann kam er zu mir zurück.

»Gut«, sagte er leise. »Ich hole Sie aus dieser Sache heraus, das verspreche ich.«

Er versuchte sich an einem Lächeln, aber es ähnelte eher einer Grimasse. Dann ging er.

Als ich etwas später Richtung U-Bahn lief, war ich so in Gedanken versunken, dass ich erst merkte, dass mich jemand eingeholt hatte, als ich eine Hand auf meiner Schulter spürte. Ich wirbelte herum, schlug nach meinem Verfolger, ohne nachzudenken, und nahm gerade noch wahr, wie Marcus sich vor dem Schlag duckte. Er wich ein paar Schritte zurück, die Hände zu einer abwehrenden Geste erhoben.

»*Whoa, whoa, whoa*«, sagte er mit amerikanischem Akzent.

»*We come in peace!*«

»Was zur Hölle soll das!«, brach es zornig aus mir heraus.

»Hör auf, dich auf solche Weise anzuschleichen!«

Ich war sauer, trotzdem bekam ich beim Anblick seiner dunkelbraunen Augen weiche Knie.

»Tut mir leid«, sagte er. »Ich habe dich gerufen, aber du warst völlig in Gedanken versunken.«

Wir waren jetzt fast an der U-Bahnstation des Stadions angelangt.

»Können wir noch eine Runde gehen?«, sagte Marcus und nickte in Richtung Musikhochschule.

Ich folgte ihm, und wir kamen in eine kleine Straße, die passenderweise das Wort Melodie im Namen trug. Nach einigen Metern ging Marcus ein paar Schritte in den Schutz der Häuser. Ich folgte ihm, und er drehte sich zu mir um. Wir standen so nah beieinander, dass sich unsere Gesichter beinahe berührten.

»Therese hat mit dir gesprochen«, sagte er leise. »Berit auch. Und Jonathan.«

»Ja«, sagte ich. »Aber ich kann nicht gerade sagen, dass ich jetzt viel schlauer bin.«

»Hast du das Protokoll kopiert?«, wollte Marcus wissen.

Ich wusste nicht, wem ich vertrauen konnte, trotzdem nahm ich den USB-Stick aus meiner Tasche und legte ihn in Marcus' ausgestreckte Hand. Es war wohl, wie Jonathan gesagt hatte: Eine Haftstrafe mit Bewachung rund um die Uhr war nicht das Schlimmste, was mir passieren konnte. Obwohl BSV sicher auch im Gefängnis Leute hatte.

Obwohl die Situation so seltsam war, oder vielleicht gerade deshalb, konnte ich nicht aufhören, Marcus' Lippen anzustarren. Sie bildeten einen hellen Kontrast zu seinen dunkleren Wangen, und die Augen hatten ein genauso warmes Dunkelbraun, wie ich es in Erinnerung hatte.

»Tu ab jetzt bitte genau das, was man dir sagt«, sagte Marcus. »Das ist wichtig.«

Wer waren diese Menschen? Sie sprachen von *Widerstand,* aber war dieser Widerstand echt oder nur eine Lüge? Konnte ich irgendjemandem von ihnen vertrauen? Und dann vergaß ich plötzlich meinen eigenen Widerstand und küsste Marcus. Ich umschloss seinen Kopf mit meinen Händen, und unsere Lippen trafen sich, zunächst vorsichtig, aber dann voller Verlangen. Gedanken und Gefühle wirbelten in meinem Kopf umher, aber ich hörte auf, sie zu analysieren.

Marcus und ich küssten uns. Das musste reichen.

Nach einer Weile schob er mich leicht von sich weg und sah mir fragend in die Augen.

»›*Wer nicht wagt, der nicht gewinnt.*‹«, sagte ich. »Deine Worte.«

Marcus umarmte mich, und ich schloss die Augen. Dann sagte er etwas, das mich verwunderte.

»*Aber die Liebe ist die größte unter ihnen*«, flüsterte er mir ins Ohr.

Danach sah er mir wieder in die Augen.

»In jeder Armee gibt es Spione. Einer der Schwachpunkte des Landes.«

»Was hat das mit mir zu tun?«

»Es geht nicht um dich, sondern um deinen Vater«, sagte Marcus.

»Aber warum? Was weißt du?«

Marcus sah mich an.

»Ich werde alles tun, um dir zu helfen«, sagte er. »Ich weiß nur noch nicht genau, wie.«

Seine Worte hallten in meinem Kopf nach, als ich zum Bahnhof ging und die U-Bahn nach Hause nahm. Während der Zug über die Brücke in Richtung Stadtmitte fuhr und sich das glitzernde Abendlicht Stockholms im Riddarfjärden spiegelte, musste ich wieder daran denken, dass ich nicht beurteilen konnte, ob all das, was Marcus, Therese, Berit und Jonathan mir im Laufe des Tages erzählt hatten, die Wahrheit war. Vielleicht hatte ich gerade eine verabscheuungswürdige Tat begangen. Vielleicht hatte ich gerade mein Land verraten.

Sally und ich hatten verabredet, dass sie am Abend vorbeikommen würde: Wenn Lina zu Hause war, würde ich Sallys Hilfe brauchen, um sie von der Idee zu überzeugen, eine Tasche zu packen und diese am nächsten Morgen mitzunehmen. Wie ich Lina dazu bringen würde, sich auf die Sache einzulassen, war eine andere Frage. Daran wollte ich jetzt noch nicht denken, während ich von der U-Bahn in Richtung Nytorget lief.

Vor unserer Haustür stand der Blonde. Ich hatte nicht einmal mehr Angst, warf ihm nur einen müden Blick zu, ohne etwas zu sagen. Er wiederum starrte mich mit diesem breiten Lächeln an. Ich wartete. Ich würde nicht durch diese Tür gehen, bevor er nicht verschwunden war; da wartete ich lieber auf Sally. Sie würde in etwa einer Viertelstunde kommen.

Wir blieben mit ein paar Metern Abstand zwischen uns stehen und starrten einander an.

»*Are you waiting for something?*«, fragte er schließlich mit einem frechen Grinsen.

»*I'm waiting for you to leave*«, sagte ich und starrte ihn weiter an.

Plötzlich kam mir ein Gedanke.

»*What about my mother's diary? And the video?*«

Er nickte und lächelte, ein wahnsinniges Lächeln.

»*Very ... inspiring*«, sagte er.

Dann tat er etwas, was ich nicht vorausgesehen hatte und was mich bis in die kleinste Faser meines Körpers anwiderte. Mit ein paar schnellen Schritten kam er auf mich zu, ergriff mein Kinn und zwang seine Zunge in meinen Mund. Bis in meinen Rachen schob er sie, und ich war so geschockt, dass ich nicht reagieren konnte.

In der nächsten Sekunde hatte er mein Gesicht wieder losgelassen und war ein paar Schritte zurückgetreten, während er mit leuchtenden Augen wieder dieses verrückte Lächeln aufsetzte.

»*Bye, bye, S-s-ara!*«, sagte er lispelnd, dann drehte er sich um und ging.

Ich aber wandte mich zur Seite und übergab mich direkt in den Rinnstein.

Zwanzig Minuten später, als Sally kam, hatte ich mich wieder ein wenig gesammelt. Ich hatte mein Gesicht gewaschen und die Zähne geputzt, geduscht und mich umgezogen. Außerdem hatte ich die ganze Wohnung – zum gefühlt hundertsten Mal – nach Abhörgeräten abgesucht, ohne etwas zu finden. Dabei fragte ich mich die ganze Zeit, welche Krankheiten wohl über tiefe Zungenküsse übertragen werden konnten, versuchte aber gleichzeitig, so gut es ging, diese Gedanken von mir fernzuhalten. Als Sally klingelte, war ich beinahe wieder ganz ruhig. Aber nur beinahe.

»Was ist passiert?«, fragte Sally sofort, als sie mich sah.

Ich erzählte von dem Blonden und dem Zungenkuss. Von Marcus' Kuss sagte ich dagegen nichts; ich war mir nicht sicher, was da zwischen uns war.

Über Sallys Kopf schien eine riesige Gewitterwolke zu schweben.

»Ich verstehe, dass du kotzen musstest«, meinte sie. »Das ist gut. Du hast wahrscheinlich alle Bakterien auf einmal ausgekotzt.«

»Hör auf«, sagte ich, »sonst werde ich noch verrückt. Hast du was Neues von Andreas und seinem Job gehört?«

»Noch nichts Genaues. Jetzt konzentrieren wir uns auf dich. Andreas hat mir von euren Plakaten erzählt.«

Sie sah sich um.

»Hast du heute schon nach Abhörgeräten gesucht?«, wollte sie wissen.

»Ja, gerade erst, kurz bevor du gekommen bist.«

Wir legten unsere Handys ins Bad, dann ging Sally vor mir ins Wohnzimmer, wo die großen Plakate hingen, auf denen wir uns an einer Bestandsaufnahme von BSV und dem Widerstand versucht hatten. Sie ging von Blatt zu Blatt, las alles sorgfältig durch und betrachtete sie schweigend. Dann drehte sie sich zu mir um.

»Gut gemacht. Wenn man das Ganze auf diese Weise mit ein wenig Abstand betrachtet, ergibt sich beinahe ein Muster. Siehst du?«

Ich sah hin, verstand aber nicht, was sie meinte.

»Tut mir leid, ich kapier's nicht.«

Sally zeigte auf etwas.

»Siehst du nicht, wie das alles zusammenhängt? Das ist doch ganz deutlich. Ich meine, in allen Krimis und Thrillern – zum Beispiel *The Wire*, der Sendung, aus der diese Idee stammt –, ermitteln die Guten gegen die Bösen, und alles passt irgendwie zusammen. Aber hier sind wir es, die – aus einer Perspektive von außen – gegen die Guten *und* die Bösen ermitteln. Das Muster zeigt sich in all diesen Linien.«

»Was meinst du?«

Sally sah mich mitleidsvoll an.

»Sie hängen zusammen«, sagte sie. »Siehst du das nicht? Wie es aussieht, arbeiten sie zusammen.«

Wir setzten uns aufs Sofa, und ich versuchte, Sallys Behauptung sacken zu lassen. Währenddessen erzählte ich ihr vom gestrigen Treffen mit dem Major und von der enormen Veränderung, die er über Nacht durchgemacht hatte. Dann fasste ich mein Treffen mit Therese und Berit im JOC sowie die Treffen mit Jonathan und Marcus zusammen und erzählte ihr, dass ich die Informationen übergeben hatte. Sally dachte intensiv nach, während ich sprach, das sah ich ihr an.

»Berit«, sagte sie und lächelte. »Unfassbar! Wie kann sie nur immer wieder wie ein Schachtelteufel ganz plötzlich auftauchen? War sie nicht in Asien? Und wieso überhaupt ›legendärer Star des KSI‹?«

»Ich konnte nicht nachfragen«, sagte ich. »Es war schon verdächtig genug, dass wir uns im JOC befanden.«

Sally dachte nach.

»Das Ganze ist höchst verdächtig«, sagte sie schließlich. »Also all diese Personen sind auf irgendeine Weise beteiligt?«

»Der Major nicht«, sagte ich. »Er sah aus, als sei er über etwas gestolpert, von dem er nicht glauben konnte, dass es existiert, und dann zu seinem absoluten Entsetzen feststellen musste, dass es wahr ist.«

»Natürlich ist er schockiert. Hast du ihn nachdrücklich genug gewarnt?«

»Ich hoffe es. Aber er hat mir nicht richtig zugehört.«

Ich erzählte von seinem merkwürdigen Besuch in meinem Büro gegen Ende des Tages sowie von seiner Nachricht, er würde dafür sorgen, dass Lina und ich außer Landes gebracht würden.

»Ich glaube, dass er in der Sache recht hat. Aber er wählt die falschen Mittel. Hast du gepackt?«

Ich schüttelte den Kopf.

»Hast du Lina erreicht?«

»Ich habe es versucht. Sie beantwortet weder meine Anrufe noch SMS.«

Sally ging ins Bad und holte ihr Handy, dann verbrachte sie einige Minuten damit, Mitteilungen an Lina zu verschicken.

»Du schreibst hoffentlich nicht, worum es geht?«, sagte ich.

Mit ausdrucksloser Miene sah mich Sally an.

»Sehe ich dermaßen beschränkt aus?«

Ich lachte.

»Tut mir leid. Diese ganze Sache macht mich einfach so schrecklich nervös.«

»Kein Wunder!«

Es verging knapp eine Minute, dann schrieb Lina zurück. Sally las ihre Antwort laut vor.

›Bin gleich da‹, stand darin. ›Wir können kurz reden, aber ich schlafe heute nicht zu Hause.‹

Sally schickte eine kurze Antwort. Dann sah sie mich an.

»Bravo«, sagte ich. »Was hast du zuerst geschrieben?«

»*Sara ist heute Abend nicht da*«, las Sally vor. »*Ich bin bei euch. Wir müssen reden! Wann kommst du nach Hause?*«

Ich lachte.

»Versuchst du sie etwa zu überzeugen, du hättest eingesehen, dass ich verrückt bin?«

»So in etwa«, sagte Sally. »Sieh mich nicht so an, es hat doch funktioniert!«

»Stimmt. Danke.«

»Bitte.«

≡≡

Eine halbe Stunde später stand Lina im Wohnzimmer und sah uns beide wütend an. Sie hatte einen dicken Umschlag in der Hand.

»Du hast mich angelogen«, sagte sie zu Sally. »Du hast behauptet, Sara würde heute Abend nicht da sein.«

»Sie ist einfach aufgetaucht«, gab Sally zurück.

»Ich habe meine Pläne geändert«, sagte ich. »Sally wusste nichts davon. Lina, wir müssen reden.«

Ich sah Sally an. Sie streckte ihre Hand nach Lina aus.

»Kannst du mir dein Telefon geben?«, sagte sie.

Lina stöhnte. Dann holte sie ihr Handy aus der Tasche und gab es Sally, die damit aus dem Zimmer ging. Ich wandte mich an Lina und sprach leise mit ihr.

»Der Major aus dem Hauptquartier – Papas alter Freund – hat versprochen, uns zu helfen«, sagte ich. »Wir beide sind in Gefahr. Du musst eine Tasche packen und sie morgen mit zur Uni nehmen. Wir müssen das Land verlassen.«

»Du bist doch komplett verrückt! Ich werde nirgendwohin gehen.«

Sie sah auf den großen Umschlag in ihrer Hand. Dann warf sie ihn mir zu.

»Der hier lag vor der Tür, als ich kam«, sagte sie. »*Sally!* Bring mir sofort mein Handy!«

Sally kam widerwillig mit dem Telefon zurück.

»Ich gehe jetzt«, erklärte Lina. »Wir hören uns morgen.«

»Lina, das hier ist wirklich ernst. Du musst tun, was Sara sagt!«

Lina bewegte sich rückwärts zur Wohnungstür, die Hände abwehrend erhoben.

»Oder was? Werdet ihr mich zwingen, *das Land zu verlassen*, auch gegen meinen Willen? Soll ich bei euren Verschwörungstheorien etwa mitmachen? Okay, wenn ihr wollt, spiele ich die russische Agentin! Oder arbeite für die CIA! *Ihr seid doch irre!*«

Letzteres schrie sie geradezu, dann drehte sie sich um und ging.

Die Wohnungstür schlug hinter ihr zu.

Sally und ich sahen einander an.

»Es bringt nichts, ihr nachzulaufen«, sagte ich. »Dann verschwindet sie endgültig.«

Wir ließen uns wieder auf dem Sofa nieder, und ich stellte fest, dass ich den Umschlag, den Lina gefunden hatte, noch gar nicht geöffnet hatte. Er war dick und braun, auf einer Seite mit einer Pappe verstärkt. Als ich ihn aufriss, fiel ein großer Stapel Fotos heraus.

»Was ist das?«, fragte Sally.

Ich reichte sie ihr. Es waren jede Menge Bilder von mir: bei der Arbeit, beim Laufen, im Café mit Andreas und Sally, als ich mit Lina über den Nytorget ging, in einem Zug auf dem Weg nach Örebro, sogar als ich in meinem Bett lag. Es waren Bilder von Simåns dabei, lebendig und tot. Der Anblick ließ mir Tränen in die Augen steigen. Dieses Mal waren die Bilder nicht mit Photoshop bearbeitet oder irgendwie manipuliert worden. Sie zeigten eine ganz authentische und unglaublich genaue Dokumentation meines Lebens. Als ich sie sah, verstand ich, dass ich ständig überwacht wurde: Es gab keinen Freiraum. Und genau das war natürlich die Idee dahinter.

»Das hatten wir doch alles schon mal. Sie brauchen wirklich jemanden, der ihnen ein neues Drehbuch schreibt«, sagte Sally mit gespielter Leichtigkeit und warf die Bilder auf den Couchtisch. »Kein Grund, sich davor zu fürchten.«

Ich antwortete nicht, legte nur den Umschlag auf den Tisch neben die Bilder.

»Es ist merkwürdig«, sagte Sally und verschränkte die Hände im Nacken. »Ich habe immer gedacht, Menschen mit Macht – Politiker, Firmenchefs – seien gezwungen, sich an die Wirklichkeit zu halten. So wie wir im Handarbeitsunterricht gezwungen wurden zu stricken. Erinnerst du dich?«

»Oh ja, das war die Hölle.«
»Wenn man unkonzentriert war und einen Fehler machte, war die Lehrerin unbarmherzig«, sagte Sally. »Man musste das Ganze noch mal machen, von vorne anfangen. Aber in der Realität scheinen sie sich *die Stricknadeln zurechtzubiegen*. Sie bezeichnen einen hässlichen Pullover als ›hübsch‹, nur damit sie nicht von vorne anfangen müssen.«
Sie sah mich an.
»Bin ich naiv?«
»Ein wenig. Ich aber auch, jedenfalls war ich es bis vor Kurzem.«
Sally sah auf den Umschlag, dann setzte sie sich plötzlich gerade auf.
»Auf der Pappe steht etwas«, sagte sie und zeigte darauf. »Siehst du?«
Ich schnappte mir den Umschlag. Auf der Pappe, die die Bilder schützen sollte, stand mit Bleistift geschrieben:
»*Ein herrliches Leben, oder? Du hast jetzt noch vierundzwanzig Stunden. Danach wird es keine Sara mehr geben.*«

Ich bin eine sehr altmodische Person.

Ich interessiere mich für Themen wie Ethik, Moral und Verantwortung; überholte Begriffe in einer modernen Zeit, in der sich stattdessen alles nur noch darum dreht, sich bestmöglich zu verkaufen, koste es, was es wolle. Auch der reine Kommerzialismus kommt mir altmodisch, fast schon mittelalterlich vor. Ich sehe Wucherer und Kaufleute vor mir, die mit voll beladenen Karren – vielleicht Diebesgut – umherziehen, und niemand macht sich irgendwelche Gedanken über Herkunft und Echtheit der Gegenstände oder die Identität des Verkäufers.

In unserer modernen Zeit, so dachte ich jedenfalls, hätten wir längst weiter sein müssen. Wir sollten Verantwortung, Menschlichkeit und Moral priorisieren. Waffen zu verkaufen wäre dann undenkbar, und damit würden auch alles Streiten, Töten und Leid minimiert. Ohne Waffen kann man nicht töten. Man ist gezwungen, seine Meinungsverschiedenheiten anders zu lösen. Wenn Moral und Verantwortungsbewusstsein herrschen, wird das Leid, das andere Menschen verursachen, begrenzt.
Zu meinem »kultivierten« Weltbild gehört auch der Begriff Vorbilder. Ein Vorbild muss ein Mensch sein, der sich aus den richtigen Gründen von den anderen abhebt. Das kann ein intelligenter Forscher sein, der bahnbrechende Erkenntnisse in einem Forschungsbereich, der den Menschen nützt, erzielt hat. Das kann ein populärer Politiker sein, der tatsächlich das Vertrauen der Wähler genießt und zeigt, wie Menschlichkeit funktioniert. Das kann eine beliebte Königliche Hoheit sein, die Werte vertritt, die das Beste an unserem Land hervorbringen. Das kann ein Firmenchef sein, der mit seiner Fähigkeit, groß und langfristig zu denken, neue Arbeitsmöglichkeiten schafft und das Land und seine Bevölkerung zu neuen Verkaufserfolgen führt, basierend auf Nachhaltigkeit, Regionalität und langfristigem Denken.
Ein Vorbild ist auch ein Mensch, der die Kunst zu schweigen beherrscht, nicht für seinen eigenen Profit, sondern um sein Land und sein Volk zu schützen. Jemand, der Geheimnisse bewahrt und sie nicht verrät.
Wenn ich an diesem Punkt meines Gedankenganges angekommen bin, versuche ich zu verstehen, wo ich falsch abgebogen bin und warum ich irgendwo hinter meinem Rücken immer einen kleinen, heiseren Lachanfall höre, wenn ich diese Beispiele nenne. Aber es gelingt mir einfach nicht.
Stattdessen komme ich wieder auf die Unterlagen zurück, denn davon habe ich viele: mehr, als ich eigentlich bewältigen kann.

Nicht nur die, bei denen es um Erieye geht, sondern auch die, die das Luftradarsystem der nächsten Generation behandeln. Es wird jetzt als Global Eye bezeichnet. Wo Erieye entweder Luft- oder Seeziele sieht, kann Global Eye Ziele sowohl auf dem Meer als auch in der Luft oder am Boden erfassen, mit einer um siebzig Prozent größeren Reichweite. Außerdem lässt es sich für die Gefechtsleitung bei Luftangriffen einsetzen.
Bravo, Saab, und bravo, Familie Wallenberg. Ein Hoch auf den Verteidigungsminister, den Staatsminister und den Außenminister, und ein Hurra auf Kronprinzessin Victoria, die auch dabei war. Lang mögen sie leben, die Forscher hinter der neuesten todbringenden Ausrüstung, getarnt als »nicht zerstörendes Kriegsgerät, das im Grunde als Überwachungssystem dient«. Ein so ausgefeiltes Konzept – das viele Milliarden Kronen für die Aktionäre, viele Tausend Jobs und Steuereinnahmen, den Politikern möglicherweise eine Neuwahl sowie der schwedischen Industrie eine hohe Dosis »Goodwill« seitens der Regierungen auf der arabischen Halbinsel bringt – ist unbestritten einen gewaltigen Applaus wert.
Die Verluste an Menschenleben lassen sich leider nicht mit einem Preis versehen.
Was kommt als Nächstes?
Welches gut durchdachte Konzept dürfen wir als Nächstes erwarten, am besten ebenso kreativ verkauft?
Trojanische Pferde, hergestellt aus Carbon und Graphen, mit chemischen Waffen bestückt?
Und unsere »Vorbilder«? Werden sie weiter die Wahrheit verschweigen, nichts von all dem nach außen dringen lassen, was eigentlich eine gigantische Lüge ist?
Ich bin wirklich zu alt für all das.
Oder vielleicht ganz einfach zu altmodisch?

Sally und ich hatten die Füße auf den Couchtisch gelegt.

»Werde ich jetzt sterben?«, fragte ich.

Sally schüttelte den Kopf.

»Sie wollen einfach nur den Druck maximal erhöhen«, antwortete sie. »Worum auch immer es geht, sie wollen, dass du es für sie suchst, und sie wollen es jetzt haben. Aber da ist noch etwas anderes, was ich nicht so richtig greifen kann. Haben nicht mehrere Personen eine Art Leck bei den Streitkräften oder eine Verschwörung angedeutet?«

»Ja«, sagte ich. »Aber nicht einmal der Widerstand scheint zu wissen, worum es dabei geht.«

»Und *Osseus?* Was ist das? Ein Skelett? Was für eins?«

»Ich weiß es nicht.«

Eine Weile schwiegen wir.

Dann fragte ich: »Was soll ich bloß tun? Soll ich abreisen, mit oder ohne Lina? Ist sie sicherer, wenn ich verschwinde? Oder soll ich sie zwingen mitzukommen? Wie soll das gehen? Das wäre doch Kidnapping!«

»Lass uns mal über Ursache und Wirkung sprechen«, sagte Sally. »Wir haben es schon tausendmal gemacht, aber lass uns noch mal alles von Anfang an durchgehen. Der Grund dafür, dass wir uns in dieser Situation befinden – dass du bedroht wirst ...«

»Du auch«, unterbrach ich sie. »Und Andreas, Lina, der Major und Ingela, Nadia, Gabbe, Erik und Rahim, Aysha und Jossan und all die anderen, mit denen ich irgendetwas zu tun hatte.«

»... dass du bedroht wirst«, sprach Sally ungerührt weiter, »ist, dass es da etwas gibt, was sie haben wollen und was nur du finden kannst. Selbst Therese hat das bestätigt, egal, auf welcher Seite sie nun steht. Aber sie scheinen nicht verstanden zu haben, dass du nicht weißt, was sie meinen.«

»Sie wissen, dass ich ›das Material‹ nicht habe«, sagte ich. »Warum zur Hölle hören sie nicht auf, mich unter Druck zu setzen? Das bringt doch nichts! Glauben sie etwa, eine *Todesdrohung* hilft mir beim Nachdenken.«

»Vielleicht. Jedenfalls sitzen wir hier und sprechen darüber. *Wieder einmal.*«

Sie sah mich lange an.

»Könnte es sein, dass sie annehmen, du würdest dich weigern, etwas zu verraten?«, fragte sie. »Dass du keine *Verräterin* sein willst?«

Tief in meinem Inneren spürte ich, wie ein Feuer alte, noch nicht ganz verheilte Wunden aufriss, die Hitze stieg in mir hoch, und ich wurde tiefrot. Mein Herz schlug schneller.

»Aber genau das bin ich«, sagte ich leise. »Ich bin so jemand, der zum Schulleiter geht, das weißt *du* besser als sonst irgendjemand.«

Zwischen uns entstand eine kompakte, beinahe greifbare Stille. Sally antwortete nicht, saß nur da und grübelte.

»Das muss es sein«, rief sie dann aus und wandte sich wieder mir zu.

»Was meinst du?«

»Sie *wissen*, dass du nicht verstehst, was sie haben wollen oder wonach du suchen sollst. Und der Grund dafür, dass sie dich so unter Druck setzen, ist, dass du – *und nur du* – darauf kommen kannst, wo es ist. Deshalb die Todesdrohung. Wenn sie dich nur genug verrückt machen, wirst du dich selbst zwingen, dieses nicht näher definierte ›Material‹ für sie zu suchen, denn du willst ja überleben.«

»Und wenn ich mich entscheide, genau das nicht zu tun?«

Sally sah mich mit klarem, ernstem Blick an.

»Dann werden sie dich töten«, sagte sie schlicht. »Wahrscheinlich aber erst, nachdem sie Lina, Andreas und mich getötet haben, um dich weiter zu brechen. Damit du noch ein wenig Zeit zum Nachdenken hast.«

Ich lehnte mich im Sofa zurück und wog die Alternativen ab.
»Wenn ich verschwinde, müssen sie euch nicht mehr töten«, sagte ich, ohne die Augen zu öffnen.

»Oh doch«, sagte Sally. »Natürlich müssen sie das. Wir wissen viel zu viel. Und sie werden alle Formen von Druck gegen dich einsetzen, die ihnen einfallen, zum Beispiel indem sie detailreiche Bilder von einem von uns – nach der Hinrichtung natürlich – an dein Versteck schicken.«

Mehrere Minuten schwiegen wir. Ich war wie gelähmt. Sally sah ruhig aus, aber ihre Augen waren ungewöhnlich dunkel.

»Hast du Angst?«, fragte ich sie.

Sie schüttelte den Kopf. Dann lachte sie.

»Doch, natürlich habe ich Angst. Ich habe eine Scheißangst!«

In diesem Moment klingelte Sallys Telefon im Bad, und wir zuckten beide zusammen.

»Ich muss da rangehen«, sagte Sally. »Es könnte Andreas sein. Oder meine Eltern.«

Sie ging ins Bad und kam mit dem Telefon in der Hand zurück. Es klingelte immer noch.

»Unterdrückte Nummer«, sagte Sally.

»Geh nicht ran.«

»Hallo?« sprach Sally in das Gerät.

Dann schwieg sie und sah mich an, während sie der Stimme am anderen Ende lauschte.

»Wer ist es?«, fragte ich.

Sally antwortete nicht. Sie drückte auf die Lautsprechertaste und legte das Telefon vor uns auf den Tisch.

»Du bist auf Lautsprecher«, sagte Sally laut.

»Sara!«, hörte ich Nadias Stimme. »Mann, das ist wirklich schwierig mit dir! Wir haben dich überall gesucht, und dann kam Gabbe darauf, dass wir es über Sally versuchen könnten. Wie geht es dir?«

»Ich wollte keinen Kontakt mehr mit euch!«, sagte ich. »Sie bedrohen euer Leben, verstehst du das nicht?«

»Halt den Mund!«, sagte Nadia mit ungewohnter Schärfe, was mich verstummen ließ. »Das hast nicht du zu entscheiden, verstanden? Wir sind deine Freunde und wir lieben dich! Keinen von uns interessiert, dass du hier eine Märtyrer-Nummer abziehen willst! Wir werden helfen, ob du willst oder nicht!«

Ich brachte kein Wort heraus. Aber eine Träne kullerte mir über die Wange.

»Leider habe ich schlechte Nachrichten«, sagte Nadia. »Erik arbeitet anscheinend für die anderen.«

»Was meinst du damit?«, fragte ich.

»Ich weiß noch nicht mehr. Aber wir vier haben uns getroffen, um die Situation zu diskutieren, und Erik ist total ausgerastet. Er meinte, wir seien ›verbohrt‹ und ›unmodern‹, und er habe sich ›für einen Weg entschieden‹. Wenn wir mit dir zusammenarbeiteten, würde es uns damit schlecht ergehen und sich ›spürbar auf unsere Karrieren auswirken‹.«

»Das verstehe ich nicht. Eriks IT-Firma arbeitet doch für die Streitkräfte?«

»Genau. Also kannst du jetzt endlich aufhören, so verdammt widerspenstig zu sein, und begreifen, dass es hier um etwas weit Größeres geht als nur um dich?«

Um uns herum war es völlig still, die Kerze auf dem Tisch war nahezu runtergebrannt.

Wir hatten das Gespräch mit Nadia beendet und danach das Thema noch ein paar Stunden von allen Seiten beleuchtet und diskutiert.

»Fällt dir nichts aus deiner Kindheit ein, was gemeint sein könnte?«, fragte Sally schläfrig. »Etwas, was du einfach verdrängt hast? Wir sind doch immer mehrere Wochen am Stück in eurem Sommerhaus gewesen, und dort ist auch dein Vater gestorben. Kann es sein, dass dir etwas entgangen ist, etwas, an das du ganz einfach nicht gedacht hast?«

»Wie zum Beispiel?«

Sally starrte vor sich hin, eine tiefe Falte hatte sich zwischen ihren Augenbrauen gebildet.

»Ich weiß nicht. Dein Vater ... er war irgendwie speziell, vor allem wenn es um Ehre, Moral und Ehrlichkeit ging ... als wir Veronika und dich am stärksten gemobbt haben, da war er es, vor dem ich am meisten Angst hatte. Verstehst du?«

»Ja«, sagte ich.

Die Sehnsucht nach meinem Papa und noch etwas anderes, schwer Greifbares, schnürten mir die Kehle zu.

Scham?

Veronika.

»Aber wenn ich an euer Sommerhaus denke«, sprach Sally weiter, »muss ich irgendwie auch immer daran denken, dass er etwas zu schützen schien, wie ein Soldat. Als würde er etwas eisern bewachen: seine Familie, sein Haus, sein Land. Ich weiß nicht, wieso mir das einfällt, vielleicht wegen dieser unheimlichen Pflanze, von der dein Vater immer gesprochen hat. Die so schön war, aber auch sehr giftig. Wie habt ihr sie noch gleich genannt?«

»Blutblume«, sagte ich zögerlich.

»Genau. Blutblume war es. Fällt dir dazu etwas ein?«

Plötzlich musste ich an mein erstes Gespräch mit Tobias denken, damals in der Engelbrektsgatan, als er mit mir über Papa gesprochen hatte. Die Blutblume war vor meinem inneren Auge aufgetaucht, hochgewachsen und beängstigend, als bewache sie ein Geheimnis. Sie war Furcht und Respekt einflößend. Sie war mächtig, doch gleichzeitig furchtbar einsam.

Was hatte die Blutblume mir mitteilen wollen?

Und was war es, das so tief in meinem Gedächtnis saß, das ich vergessen hatte und an das ich jetzt nicht mehr herankam? In meinem Unterbewusstsein löste sich etwas, wie ein Eisberg, der kalbt, oder eine Luftblase, die sich vom Boden löst und langsam, aber mit klarem Ziel durchs Wasser nach oben steigt. Ich spürte, dass sich etwas verändert hatte, aber entweder war ich nicht in der Lage, es zu interpretieren, oder ich wollte mich der unvermeidlichen Schlussfolgerung nicht stellen. Egal, wie intensiv ich nachdachte, es brachte nichts. Mein Kopf war völlig leer.

»Nein«, sagte ich schließlich und blies die blaue, flackernde Flamme im Kerzenständer aus. »Mir fällt einfach nichts ein. Überhaupt nichts.«

Mitten in der Nacht erwachte ich und setzte mich im Bett auf.
Veronika.
Der Baum.
Die Blutblume.
Papas und mein Geheimversteck draußen im Wald.
Sally war weit nach Mitternacht nach Hause gegangen, ich hatte noch abgewaschen und war dann ins Bett gefallen. Eigentlich ging ich davon aus, nicht einschlafen zu können, doch ich fiel sofort in einen unruhigen Schlaf voller Albträume. Ein Wirrwarr aus Albträumen, in denen ich mich mit Papa draußen auf dem Land befunden hatte, gejagt von unbekannten, maskierten Monstern. Der Himmel war blauschwarz gewesen, wie er es in meinen Albträumen immer war, und Papa und ich hatten Schutz im Wald

gesucht. Wir hatten nicht miteinander gesprochen, uns nur instinktiv zwischen die hohen, dunklen Tannen zurückgezogen.

Dort inmitten des Tannenwaldes stand eine einsame Eiche mit einem natürlich gewachsenen Loch im Stamm. Dieses Loch hatten Papa und ich als Geheimfach benutzt.

Es war genau wie bei Papas geheimer Schublade im Schreibtisch zu Hause in Örebro: ein praktischer Ort, an dem man Dinge verstecken konnte. Mit der Zeit hatte Papa die Eiche vergessen, aber ich hatte sie auch später noch als Versteck benutzt.

Veronikas Worte, als ich sie vor dem Bahnhof getroffen hatte: *»Erinnerst du dich, als wir im Wald heimlich geraucht haben?«*
Wir hatten Zigaretten und Feuerzeug in der Eiche versteckt.
Wie hatte ich das nur verdrängen können?
Was hatte ich noch alles verdrängt?

Der Blick des Rektors über den großen Schreibtisch hinweg, sein gleichzeitig ermunternder und leicht verächtlicher Blick. Oder hatte ich mir das nur eingebildet? Der Lehrer, der danebenstand und mich ermunterte: *»Nun erzähl schon, Sara, sag uns alles, was du weißt, genauso, wie du es mir erzählt hast. Denk nicht nur an dich, denk auch an Veronika und die anderen Kinder, die dem ausgesetzt sind, aber vielleicht nicht deinen Mut und deine Stärke haben.«*

Und so erzählte ich alles. Ließ nichts aus. Schonte keinen.

Und dann: die Blicke. Der Gruppendruck. Der Hohn. Die Verachtung, die dann folgte. *Verräterin!*

Die Wahrscheinlichkeit, dass mein Vater wichtiges Material in einem ausgehöhlten Baum im Wald versteckt haben könnte, war beinahe nicht existent. Auf der anderen Seite war es gerade deshalb möglich: Genau das hätte ich ihm zugetraut. Dass er selbst im Sommerhaus verbrennen und nicht die Möglichkeit haben würde, mir diese Information mitzuteilen, konnte er kaum voraussehen haben.

Oder hatte er genau das getan? Hatte er damit gerechnet, dass ich früher oder später verstehen würde, wie er gedacht hatte?

Plötzlich hallte unser Gespräch damals in der Garage in meinem Kopf wider.

»*Papa ... bin ich der Sohn, den du dir immer gewünscht hast?*«, hatte ich gefragt.

Und Papa hatte geantwortet: »Überhaupt nicht! Du bist die Tochter, die ich mir immer gewünscht habe.«

Eine Petze?

Verräterin.

Oder diejenige, die es wagt, es laut auszusprechen?

8. KAPITEL

Ich stand auf und sah auf die Uhr auf meinem Telefon: Es war halb sechs morgens.

Dann zog ich dunkle Kleidung an, schmierte mir ein Butterbrot und schlich mich durch die Tür zum Hof aus dem Haus. Ich kletterte über mehrere Mauern und fand schließlich eine unverschlossene Tür, die mich zu einem Teil des Viertels führte, der möglichst weit vom Nytorget entfernt war.

Von dort nahm ich die U-Bahn und fuhr eine Station in die andere Richtung, kehrte dann um und fuhr mehrere Stationen in die andere Richtung. Ich nahm den Ausgang, der Sallys Haus am nächsten lag. In der Ferne sah ich einen Mann mit Hund, ansonsten schien niemand außer mir wach zu sein. Ich umrundete den Häuserblock bis zu einer Kellertür, die Sally mir einmal gezeigt hatte. Über den Keller gelangte ich in den Innenhof und schließlich in die Tiefgarage. Immer noch war ich keiner Menschenseele begegnet.

Zehn Minuten später saß ich in Mamas Auto auf dem Weg Richtung E4. Anscheinend war es mir wirklich gelungen, unbeobachtet aus Stockholm herauszukommen. In Södertälje parkte ich an einer Q8-Tankstelle und mietete ein kleineres Auto für einen Tag. Dann rief ich bei der Arbeit an und meldete mich krank. Das Telefon blieb im Handschuhfach meines Autos liegen, und ich fuhr mit dem Mietwagen in Richtung unseres Sommerhauses vor den Toren von Örebro.

Niemand wusste, dass mir etwas eingefallen war, nicht einmal Sally und Andreas.

Und soweit ich es beurteilen konnte, wusste auch niemand, dass ich auf dem Weg zum Sommerhaus war.

Beim Fahren blickte ich immer wieder nervös in den Rückspiegel. Es war ein grauer, eiskalter schwedischer Herbstmorgen mit nur einem Streifen gelben Lichts am Horizont, der unter den Wolken hervorlugte. Die Felder waren mit einer dünnen Frostschicht überzogen, und als die Sonne durchbrach, tauchte sie die Umgebung in goldene und silberne Töne. Die Natur strahlte eine unheimliche Stille aus und signalisierte so, dass es an der Zeit war, sich vor dem kommenden Winter zurückzuziehen. Es war völlig windstill, und nur wenige Autos fuhren auf der Autobahn.

Ich schaltete das Radio ein. Eine Stimme leierte die Nachrichten herunter.

Kurz vor Örebro bog ich ab und folgte den gewundenen Sträßchen in den Wald. Immer wieder sah ich in den Rückspiegel, um festzustellen, ob ich verfolgt wurde, und einmal dachte ich, ich hätte ein verdächtiges Auto mit verdunkelten Scheiben gesehen. Ich bog in einen Abzweig und ließ es vorbei, dann wartete ich noch ein paar Minuten, doch ich konnte es nirgends entdecken. Wahrscheinlich fuhr der Wagen nur zufällig hinter mir.

Je näher ich unserem alten Sommerhaus kam, desto angespannter wurde ich. Ich war seit Papas Tod nicht mehr an diesem Ort gewesen. Lina und Mama hatten dort einmal mit Ann-Britt zusammen Blumen abgelegt. Aber ich hatte mich nicht überwinden können mitzufahren. Ich wollte Papa lebendig in meinem Herzen bewahren, nicht den Ort sehen, an dem er gestorben war.

Doch dieses Gefühl hatte sich verändert. Auch wenn die Chance minimal war, bestand dennoch die Möglichkeit, dass ich in dem Loch im Baum tief im Wald irgendetwas finden würde, was Papa mir hinterlassen hatte. Dass ich streng geheime Dokumente in einem hohlen Eichenstamm finden würde, hielt ich für immer unwahrscheinlicher, je länger der Tag dauerte und je wacher ich wurde, aber ich wollte die Hoffnung auch nicht ganz aufgeben. Vielleicht würde ich dort etwas anderes aus meiner Kindheit finden, etwas, das Papa vor langer Zeit dort hineingelegt und ich vergessen hatte?

Mamas Worte im Video fielen mir wieder ein: *Ehre unsere Geheimnisse. Erinnere dich an deinen Namen. Vergiss niemals den Familiencode.* Mit einem Mal war es mir ungeheuer wichtig, Papas und mein Geheimnis mit einem Besuch zu ehren, selbst wenn das Loch im Baum leer wäre. Ich war froh, mich endlich wieder daran zu erinnern, dass wir in diesem Wald ein Spiel gespielt hatten, in einer Zeit in meinem Leben, in der noch alles hell war, es allen gut ging und wir eine ganz normale Familie waren und als die Möglichkeiten für die Zukunft unendlich schienen.

Ich fuhr bis zum Tor und parkte das Auto auf der Kiesfläche davor. Dann überlegte ich es mir anders, fuhr ein paar Hundert Meter zurück und stellte das Auto auf einem Nachbargrundstück ab, wo niemand zu Hause zu sein schien und wo es vom Weg aus nicht zu sehen war. Von dort ging ich zu Fuß zu dem Ort, an dem ich einen Großteil meiner glücklichen Kindheit verbracht hatte.

Wo einst unser einfaches, aber gemütliches Sommerhaus gestanden hatte, waren jetzt nur noch verkohlte Grundmauern zu sehen. Anderthalb Jahre waren seit dem Feuer vergangen, und zwischen den Steinen war inzwischen Gras gewachsen, aber man konnte immer noch deutlich sehen, wo das Haus gestanden hatte. Als ich mich umsah, überwältigten mich die vielen Erinnerungen. In dieser Ecke des Grundstücks hatte immer unsere Hollywoodschaukel gestanden, die im Holzschuppen aufbewahrt wurde. Darin hatten Papa und ich viele faule Sommernachmittage verbracht, während er mir aus seinen alten Kinderbüchern vorlas: Pelle Svanslös in Amerika, die Bill-Bücher und zerfledderte Micky-Maus-Hefte. Im Schuppen standen unsere Angeln: Papa und ich hatten zwischen den Himbeerbüschen nach Regenwürmern gesucht und dann lange Nachmittage auf dem Steg verbracht, wo wir Ukeleien und Barsche aus dem Wasser gezogen hatten. Wir besaßen ein Strandgrundstück an einem kleinen See, in dem Lina und ich stundenlang im Wasser planschen konnten. Und es gab einen kleinen, selbst gebauten Kahn, mit dem Papa und ich zwischendurch hinausruderten, um mit der Wurfangel auf Hechte zu gehen.

Der Frost lag wie eine feine Decke über allem, wie ein Leichentuch, das über meiner Kindheit ausgebreitet worden war. Der Kahn lag immer noch am Strand, er sah leckgeschlagen und morsch aus. Und auch sonst zeugte nichts mehr von unseren langen, glücklichen Sommern.

Ich verließ das Grundstück und folgte dem Weg in den Wald. An diesem Bergrücken hatten wir immer Walderdbeeren gepflückt. Und Mamas beste Pfifferlingsstellen lagen auf den alten Pferdekoppeln auf der anderen Seite des Sees. Bald würde ich Papas und meinen Lieblingsort erreichen: den tiefen Tannenwald mit dichten, hohen Bäumen, zwischen denen sich nur ein paar einzelne Laubbäume mit wirklich starkem Lebenswillen emporkämpften. Ein ganzes Stück in den Wald hinein stand unsere Eiche. Ich ging weiter, während meine Gedanken um Papa und meine Kindheit kreisten.

Ich weiß nicht, wie lange ich gegangen war – vielleicht zehn Minuten –, als ich plötzlich innehielt.

Der Wald war weg.

Wo Tannen dicht und beinahe undurchdringlich gestanden hatten, verlief nun aus Süden kommend ein Weg. Unser Nachbar

Torsten musste ihn angelegt haben. Ihm gehörte der Wald, er lebte mit seiner Frau das ganze Jahr hier, und er war es auch, der den Brand im letzten Jahr entdeckt hatte. Eigentlich war es gar kein richtiger Weg: Zwei tiefe Reifenspuren von einem Traktor oder vielleicht einer Erdbewegungs- oder Forstmaschine hatten sich einen Weg durch das Gelände gebahnt. Die Reifenspuren waren teilweise mit Wasser gefüllt, und auf den kleinen Pfützen hatte sich eine hauchdünne Eiskruste gebildet. Aber hier wäre keine Maschine durchgekommen, wenn man nicht zuerst die Bäume gefällt hätte.

Man hatte die Bäume gefällt.

Wo sich die Tannen einst in den Himmel gestreckt und sich mit dem Wind bewegt hatten, zeugte nur noch ein riesiges Feld voller Baumstümpfe davon, dass hier einmal ein Wald gestanden hatte. Hier und da, verteilt über den gesamten Kahlschlag, wuchs hoher, aber verwelkter Riesenbärenklau. Blutblumen, wie wir sie genannt hatten. Ich spürte, wie mir Tränen in die Augen stiegen und meine Wangen herabliefen, während ich versuchte abzumessen, wo Papas und meine Geheimnis-Eiche gestanden hatte. Es brachte nichts, das musste ich schnell einsehen. Nicht ein einziger Baum stand mehr da, auf einer Fläche, die mehrere Hundert Meter in alle Richtungen maß.

Papas und mein Geheimversteck war fort.

Plötzlich knackte ein Zweig hinter mir, und ich wirbelte kampfbereit herum; ich war überzeugt, dass mir jemand in den Wald gefolgt war.

Doch es war Torsten, der hinter mir stand und mich ansah. Wie immer trug er einen Blaumann und die grüne Jacke mit dem flauschigen Futter, die ich von früher kannte.

»Oh, hallo, Sara!«, rief er aus und lächelte. »Das ist ja lange her. Wie schön, dich zu sehen! Ich dachte, es sei so ein Naturschutztroll aus Uppsala, der auf Streit aus ist.«

»Hallo, Torsten«, sagte ich, trat einen Schritt vor und umarmte ihn. »Wie geht es dir?«

Torsten roch nach Tabak und Harz. Wie früher.

Torsten kratzte sich die Bartstoppeln auf seinen Wangen. »Na ja, so weit ganz gut. Hier und da ein Wehwehchen. Aber ich bin alt, daher macht das nichts. Wie geht es dir?«

Er studierte mich mit plötzlichem Interesse.

»Du bist dünn geworden. Gibt es bei euch in Stockholm nichts Anständiges zu essen?«

»Doch, natürlich.«

Schweigend standen wir ein paar Sekunden da. Dann sagte Torsten:

»Das mit deinen Eltern tut mir wirklich leid. Ich mochte sie sehr, beide. Und für euch Mädchen tut es mir leid. So früh schon allein ...«

Er schüttelte den Kopf.

»Das ist nicht fair.«

Er hielt inne und sah mich an.

»Ich hätte begreifen müssen, dass es böse enden würde«, sagte er. »Ich hätte ihn viel ausdrücklicher warnen müssen.«

»Was meinst du?«, fragte ich verwundert.

»Ich wollte damals nichts sagen, als es gerade erst passiert war. Aber Lennart war viel zu neugierig. Er hat so tief gegraben, dass man Angst bekam. Ein bisschen hat er erzählt, und das allein hat einem schon die Sprache verschlagen.«

Papa hatte mit Torsten gesprochen? Aber nicht mit uns?

»Was hat er erzählt?«

Torsten schüttelte den Kopf.

»Da ging es oft um Machtmissbrauch auf höchster Ebene. Sowohl bei Politikern als auch in der Wirtschaft. Bestechungen und Skandale, und ich weiß nicht, was noch alles. Und er hatte *Beweise*, sagte er. Da bekam ich Angst und riet ihm, aufzupassen.

Mit so hohen Tieren sollte man sich besser nicht anlegen, das endet nie gut. Dann ist euer Haus abgebrannt, mit ihm drin. Und wahrscheinlich auch mit allen Beweisen, von denen er gesprochen hat.«

Torsten sah mich betrübt an.

»Habe ich dich jetzt traurig gemacht?«, fragte er. »Ich wollte nur, dass du es weißt.«

»Nein, alles okay. Aber Torsten: Was hast du mit den Bäumen gemacht?«

»Wir haben den Wald abgeholzt. Das muss man in regelmäßigen Abständen tun. Warum?«

»Es ist wahrscheinlich kindisch, aber Papa und ich hatten hier ein Versteck in einer alten Eiche. Ich wollte nur sehen, ob noch etwas drinliegt. Du weißt schon: Erinnerungsstücke.«

Torsten dachte über meine Worte nach. Er schien sie nicht im Mindesten seltsam zu finden.

»Du kannst gerne überall suchen«, sagte er. »Ich hatte ein paar Männer hier, die das Abholzen vorgenommen haben, daher weiß ich nicht genau, wie es abgelaufen ist. Aber wenn sie getan haben, was sie tun sollten, dann haben sie sie mit großen Maschinen gefällt und danach sortiert. Alle Tannen sollten dort drüben liegen.«

Er wies mit der Hand in Richtung eines großen Baumstammstapels auf der anderen Seite des Kahlschlags.

»Die einzelnen anderen Bäume, die dabei mit angefallen sind, sollten sie daneben ablegen«, erklärte er weiter. »Ich weiß nicht, ob sie es so gemacht haben. Aber du kannst dich gerne umsehen. Fang aber bloß nicht an, an den Stämmen zu ziehen, sonst geraten sie ins Rollen, und du könntest eingeklemmt werden.«

»Danke. Ich drehe eine Runde und schaue nach.«

»Wenn du fertig bist, musst du auf einen Kaffee vorbeikommen. Kerstin hat gebacken, und sie erschlägt mich, wenn sie erfährt, dass du hier warst und es mir nicht gelungen ist, dich zu uns einzuladen.«

Ich lächelte.

»Bei Kerstins Gebäck kann ich natürlich nicht Nein sagen. Ich habe es nur leider sehr eilig, nach Stockholm zurückzufahren.«

Torsten nickte.

»Wir machen es so: Ruf an, wenn du fertig bist, dann kann sie selbst versuchen, dich zu überzeugen. Es wäre wirklich schön, dich eine Weile bei uns zu haben, falls du Zeit hast.«

»Das finde ich auch. Ich melde mich, bevor ich fahre.«

Torsten ging den gleichen Weg zurück, den er gekommen war, und ich sah ihm nach: der leicht gekrümmte Rücken eines Mannes, der sein ganzes Leben lang hart gearbeitet hat. Er sah viel älter aus, als er eigentlich war.

Papa und Torsten waren gleich alt gewesen.

Erst als Torsten weg war, ging mir auf, dass ich ja gar kein Handy dabeihatte: Das lag im Handschuhfach von Mamas Auto in Södertälje. Ich musste ein anderes Telefon finden.

Ich begann, auf dem großen Kahlschlag umherzugehen, auf der Jagd nach »einzelnen Bäumen«. Hier und da sah ich Reisighaufen, ein paar junge Birken auf einem Haufen oder eine einzelne Ulme oder Esche, achtlos zur Seite geworfen. Soweit ich wusste, durfte man nicht einfach wahllos alle Bäume abholzen, aber ich hatte keine Lust, mit Torsten zu streiten – das konnten diese »Naturtrolle aus Uppsala« sicher viel besser als ich. Doch dabei kam mir ein Gedanke: Mussten Eichen nicht geschont werden? War mir das eingefallen, weil die Eiche ein altes schwedisches Symbol für Bootsbau und Seefahrt, königliche Macht und Wohlstand war? Oder gab es tatsächlich Vorschriften für das Fällen von Eichen?

Rund um die riesige Fläche lag nicht ein einziger Eichenstamm. Ich brauchte mehr als eine Stunde, um den gesamten Kahlschlag abzuschreiten und die Haufen »einzelner Bäume« durchzusehen, die an den Rändern aufgeschichtet worden waren. Dann ging ich diagonal über das Feld, erst in die eine, dann in die andere Richtung, nur um festzustellen, dass nirgends einzelne Stämme herumlagen.

Die Eiche war fort. Spurlos verschwunden.

Ich setzte mich auf einen Baumstumpf und überlegte. Ich konnte nichts mehr tun. Nicht eine Sekunde lang dachte ich, dass Papa irgendwo anders auf dem Grundstück etwas versteckt haben könnte. Ich konnte genauso gut den Mietwagen nach Södertälje zurückbringen, mit unserem Auto nach Stockholm fahren und es wieder in Sallys Garage abstellen.

Der Ausflug war völlig sinnlos gewesen: Ich war des Rätsels Lösung kein Stück näher.

Eine Weile saß ich noch da und fühlte, wie Schwärze meinen Körper und meine Seele erfüllte. Dann stand ich auf und ging an einem Rand des Kahlschlags entlang langsam zurück. Ich streckte meine Hand aus und ließ sie über die borstigen Tannen in dem Teil des Waldes streichen, der verschont geblieben war. Sie dufteten intensiv nach Borke und Harz, und ein wenig fühlte es sich an, als wollten die Bäume mir Trost spenden.

Als ich etwa zwei Drittel des Rückwegs zurückgelegt hatte, hielt ich plötzlich inne. Aus dem Boden zwischen den Tannen ragte etwas hervor, was wie ein abgebrochener Zweig mit getrockneten Eichenblättern aussah. Ich hob ein paar dichte Zweige voller Nadeln an und drückte mich zwischen den Bäumen hindurch.

Ein paar Meter in den Wald hinein öffnete sich eine kleine Lichtung, auf allen Seiten umgeben von dichten, hohen Tannen.

Und dort lag im welken Gras – vor Blicken aus allen Richtungen verborgen – die Eiche, die Papa und ich als Geheimversteck genutzt hatten.

Gefällt.

Neben der Eiche stand ein einsamer Riesenbärenklau, als wachte er über einen Freund. Er war längst verblüht, doch der Frost hatte es nicht geschafft, ihn zu brechen. Groß und majestätisch stand er da, mit seinen ausladenden, gefiederten Blättern und den gut sichtbaren purpurnen Flecken auf dem Stängel.

Die Blutblume.

Ich betrachtete den toten Baum auf dem Boden, es war beinahe, als würde man einen verstorbenen Menschen ansehen.

Es war keine schöne Eiche gewesen, weder stattlich noch majestätisch, sondern eher knorrig und krumm – ein bisschen wie Torsten –, denn sie hatte nur mehr schlecht als recht wachsen können zwischen all den hohen Tannen. Sie hatte überlebt, sie hatte sich im Wald gegen alle Widerstände behauptet. Trotzdem lag sie nun hier, war wahllos gefällt worden von Menschen, die mit dem Wald nur Geld verdienen wollten und nicht in der Lage waren, zwischen den verschiedenen Baumarten zu unterscheiden. Ich verstand, warum die Männer die Eiche nicht auf den Haufen mit den anderen Stämmen geworfen hatten, sondern sie in den Wald gezogen und dort versteckt hatten.

Eine gefällte Eiche war eine Art Heiligenschändung.

Es fühlte sich an wie ein Verbrechen, nicht nur gegen irgendein Naturschutzgesetz, sondern auch gegen Dinge, die mir persönlich wichtig waren: *Traditionen, Ehrlichkeit, Loyalität.*

Wieso verband ich all diese Werte mit einem einfachen Baum? Es schien völlig verrückt.

Ohne Vorwarnung drehte sich der Wald eine Viertelumdrehung um mich, und ich tastete nach etwas, um mich abzufangen. Die Blutblume war das Einzige, was ich erreichen konnte, und als ich nach ihr griff, spürte ich, wie ihr kräftiger Stiel in meiner Hand brach. Eine zähe Flüssigkeit klebte an meinen Fingern: der gefährliche Saft einer giftigen Pflanze.

Aber es gab doch hier auf der Lichtung zu dieser Jahreszeit keinerlei Sonnenlicht, das mir Blasen verursachen konnte.

Ich wischte meine Finger, so gut ich konnte, am feuchten Moos zu meinen Füßen ab.

Dann umrundete ich die Eiche und betrachtete sie von allen Seiten. Etwa anderthalb Meter über dem Boden war unser Versteck gewesen, in einer tiefen Öffnung im Stamm. Doch so, wie der Baum jetzt lag, war überhaupt keine Öffnung zu sehen. Dann entdeckte ich sie plötzlich. Sie befand sich in dem Teil des Stammes, der Richtung Boden zeigte, etwa so, als läge die Eiche auf dem Boden und schliefe, das Gesicht ins Kissen gedrückt. Aber meine Hand würde ich hineinstecken können, um zu prüfen, ob sich etwas darin befand.

Ich hockte mich neben die Eiche und strich über die raue Borke, während unzählige Erinnerungen in mir aufstiegen. Viele Male hatte ich als Kind an diesem Baum gestanden und fast mit ihm gesprochen, ihm heimliche Wünsche erzählt oder mich einfach in seiner Nähe ein wenig ausgeruht. Manchmal hatte ich Dinge in seinem Inneren versteckt, ohne dass Papa es wusste. Dinge, die ich vor Linas neugierigen Blicken in Sicherheit bringen wollte. Meinen ersten Liebesbrief, den ich in der zweiten Klasse von einem Jungen namens Patrick bekommen hatte, zum Beispiel. Ich war nicht in Patrick verliebt gewesen, aber in diesem Sommer hatte ich den Brief oft herausgeholt und gelesen, während ich am Fuße des Baumes saß, den Rücken an den Stamm gelehnt. Es fühlte sich erwachsen und ganz wunderbar an, einen Liebesbrief zu besitzen, und ich wollte ihn ganz für mich allein haben.

Als Mama Ende Juli ihren Geburtstag feierte und ich ihr im Werkunterricht ein Schmuckstück angefertigt hatte, hatten Papa und ich es gemeinsam in der Eiche versteckt. Diese Holzkette, die ich für sie geschnitzt und poliert hatte, sollte unbedingt eine Überraschung für sie sein. Und das wurde sie auch. Nicht einmal Lina wusste, dass ich daran gearbeitet hatte, und Mama war überglücklich. Ich erinnerte mich, wie oft sie die Kette getragen hatte, nicht nur bei Familienfeiern, sondern auch bei verschiedenen Essenseinladungen, und wie stolz ich jedes Mal gewesen war, sie an ihrem Hals zu sehen.

In dem Sommer, in dem ich zwölf wurde, versteckte ich ein kleines Tagebuch in der Eiche. Eine halbe Flasche Wodka lag ein paar Jahre später dort versteckt, als ich mit einer Freundin, deren Eltern ein Sommerhaus ganz in der Nähe hatten, zu einer Mittsommer-Party gehen wollte. Sie hatte mich gebeten, »Proviant mitzunehmen«. Zigaretten und ein Feuerzeug, als ich heimlich rauchen wollte, allein oder zum Beispiel mit Veronika. Als Papa und ich nach London reisen wollten und erst Mama überzeugen mussten, hatten wir einen Reiseführer im Baum versteckt.

Es war sicher mehr als zehn Jahre her, dass ich zuletzt etwas in die geheime Eiche gelegt hatte, zehn ereignisreiche Jahre meines Lebens, und ich konnte mich nicht daran erinnern, seither jemals an sie gedacht zu haben.

Das Loch im Baumstamm sah dunkel und wenig einladend aus. Was, wenn ein Tier mit scharfen Zähnen dort eingezogen war, ein Nerz oder Wiesel, das mich beißen würde, wenn ich die Hand hineinsteckte?

Zunächst versuchte ich es mit einem Stock. Es war kein Geräusch zu hören, kein aufgescheuchtes Nagetier sprang heraus.

Dann steckte ich die Hand hinein, zog sie aber sofort wieder heraus. Etwas Flauschiges lag darin, etwas, das sich wie ein Tier anfühlte.

Plötzlich fiel mir die kleine Taschenlampe ein, die an meinem Schlüsselbund hing. Ich schaltete die Lampe ein und richtete den Lichtstrahl auf das Loch.

Etwas Flauschiges, dunkelrot wie Blut.

Erst nach ein paar Sekunden fiel mir ein, was es war.

Meine alten roten Lovvika-Fäustlinge – jedenfalls einer davon –, die Torstens Frau Kerstin für mich gestrickt hatte und die ich immer angehabt hatte, wenn Papa und ich Ski gefahren waren.

Wann hatte ich den Handschuh in das Loch gelegt?

War ich es überhaupt gewesen?

Ich zog meinen dunkelroten, weichen Fäustling aus dem Loch. Er war etwas feucht, darüber hinaus aber völlig intakt. Erinnerungen daran, wie es war, die wollenen Fäustlinge anzuziehen, wenn ich mit Papa zum Langlaufen im Wald aufbrechen wollte, stiegen in mir auf.

Ich befühlte den Handschuh. Er war leer. Und es lag auch nichts anderes im Loch.

Enttäuschung überkam mich. Es konnte nicht wahr sein, dass ich so weit gekommen war, nur um dann einen alten Handschuh zu finden! Enttäuscht befühlte ich ihn noch mal. Und dann steckte ich die ganze Hand hinein.

Es stimmte, der Fingerteil war leer. Aber im Daumen verbarg sich etwas Kleines, Hartes. Ich zog den Gegenstand heraus.

Es war ein USB-Stick. Darauf stand nur ein Wort, mit schwarzem Filzstift geschrieben und in Papas Schrift.

Mein Spitzname.

Tummetott.

So leise ich konnte, ging ich quer durch den Wald zurück und hielt mich dabei neben den tiefen Reifenspuren. Durch eine kleine Birkenschonung, die hinter dem Sommerhaus unserer Nachbarn stand, schlich ich mich zum Auto.

Die ganze Zeit rechnete ich damit, dass ein unbekannter Verfolger auftauchen würde.

So schnell wie möglich startete ich den Wagen und fuhr auf dem gewundenen Waldweg zurück; es würde mir leider nicht möglich sein, Torsten und Kerstin zu besuchen. Ich begegnete keinem anderen Fahrzeug, und als ich zur großen Straße kam, bog ich dort in Richtung Örebro ab.

Ich wollte mir so schnell wie möglich die Informationen ansehen, die Papa mir hinterlassen hatte. Leider hatte ich meinen Laptop nicht dabei, aber ich hatte ja auch nicht gewusst, was ich finden würde. Und selbst wenn ich ihn dabeigehabt hätte, hätte ich es nicht gewagt, ihn zu benutzen. Man überwachte und durchleuchtete mich aus allen Richtungen, daher war es unmöglich, meinen Computer für dieses Material zu benutzen. Was der Stick enthielt, wusste ich zwar nicht, aber alte Urlaubsbilder waren es wahrscheinlich nicht.

Als ich nach Örebro hineinfuhr, hatte ich einen Plan entwickelt. Es war beinahe Mittagszeit, und ich wusste, dass Henke noch bei der SEB Bank in der Drottninggatan arbeitete. Mein Instinkt sagte mir, dass wir Martin, den Büroleiter, nicht einbeziehen sollten, aber es war auf jeden Fall gut, dass wir uns kennengelernt hatten.

Ich stellte das Auto in einer Parklücke auf der Engelbrektsgatan direkt am Fluss ab und ging zu Fuß zur Bank.

Was sollte ich bloß tun, wenn Henke krank war oder frei hatte?

Beunruhigt betrat ich die alte, traditionsreiche Bankfiliale mit dem schwarz-weißen Steinboden in der Eingangshalle und der schönen Marmortreppe, die von einem gusseisernen Geländer mit Handlauf aus poliertem Holz flankiert wurde.

Und dort stand er hinter einem der Schalter, genau wie ich gehofft hatte: Henke, mit seinen eng stehenden Augen und seiner Überkämmfrisur. Nie hatte mich sein Anblick so froh gemacht wie in diesem Augenblick. Martin stand in einem der kleinen gläsernen Büros auf der rechten Seite und blätterte in ein paar Papieren, der Kassenschalter neben Henkes war nicht besetzt. Ich zog eine Nummer und wartete, bis ich dran war. Gerade als ich zu Henke vorgehen wollte, tauchte Martin hinter mir auf.

»Oh, hallo, Sara!«, sagte er. »Wie schön, Sie zu sehen. Wie geht es Ihnen? Hat das mit dem Telefon geklappt?«

Ich brauchte ein paar Sekunden, bis ich begriff, dass er das Handy in Mamas Schließfach meinte.

»Ganz wunderbar«, presste ich hervor. »Auch schön, Sie zu sehen! Henke und ich sind heute zum Mittagessen verabredet, nicht wahr, Henke?«

Henke sah aus wie ein einziges Fragezeichen. Aber Martin kam mir unbewusst zu Hilfe.

»Aber Henke, Sie hatten doch versprochen, die Mittagsschicht zu übernehmen«, sagte er vorwurfsvoll. »Kajsa ist krank, und ich muss aus dem Haus und komme nicht vor drei Uhr wieder. Nach der Mittagspause habe ich noch einen Kundentermin in der Stadt.«

Letzteres sagte er zu mir gewandt.

»Ich weiß«, sagte ich schnell und klopfte auf meine Tasche. »Ich habe ein paar Sandwiches für uns dabei.«

»Hervorragend«, sagte Martin und griff nach seinem Mantel. »Dann viel Spaß, wir sehen uns später.«

Er ging zum Ausgang, gefolgt vom letzten Kunden. Henke starrte mich an.

»Worum geht es?«, flüsterte er. »Ich hoffe, es sind gute Sandwiches, denn ich wollte eigentlich mit Flisan Sushi essen gehen. Wir haben uns gerade verlobt.«

Ich sah hinauf zu dem großen Glasdach, während ich darauf wartete, dass Martin verschwand. Als die Eingangstür hinter ihm zuschlug, sah ich Henke an.

»Ich habe keine Sandwiches«, flüsterte ich. »Aber du musst mir bei einer Sache helfen!«

Henke sah mich erstaunt an.

»Ich würde dich nicht bitten, wenn es nicht wirklich dringend wäre.«

»Natürlich helfe ich dir«, sagte Henke, »nicht zuletzt wegen dem, was du wegen Liam und Kevin für Flisan und mich getan hast. Habe ich eigentlich erzählt, was passiert ist? Das war wirklich lustig ...«

Er brach in Gelächter aus und schüttelte den Kopf, während er weitersprach.

»Henke«, unterbrach ich ihn. »*Nicht jetzt*, okay? Ich habe nur wenig Zeit.«

Henke sah mich mit bedauernder Miene an. Dann schaute er sich vorsichtig um.

»Wir haben hier drinnen überall Überwachungskameras«, sagte er. »Wobei brauchst du Hilfe? Es ist hoffentlich nicht illegal?«

»Überhaupt nicht. Es eilt nur. Glückwunsch zu den Hochzeitsplänen übrigens.«

Ich zog den kleinen USB-Stick hervor.

»Ich muss das hier ausdrucken, auf einem Computer, der nicht online ist. Kannst du das machen?«

Henke runzelte die Stirn.

»Wie viele Seiten sind es?«

»Ich habe keine Ahnung. *Kannst du es bitte, bitte einfach machen?*«

Henke sah mich aus seinen eng stehenden Augen prüfend an. »Deine Pupillen sind riesig«, stellte er mit Interesse fest. »Du scheinst gerade einen ziemlichen Adrenalinschub zu haben.«

»*Bitte*, Henke! Ich habe noch nie jemanden um etwas so Wichtiges gebeten wie das hier.«

Eine Kundin kam in die Bank, eine ältere Dame mit weißen Locken unter einer Strickmütze. Eine Sekunde lang dachte ich, es sei Frau Lilliecrantz aus der Engelbrektsgatan in Stockholm, und erstarrte. Dann erkannte ich, dass es eine ganz andere Person war. Henke sah ihr entgegen, während er leise zu mir sagte: »Okay. Ich stecke dich in die ›Rumpelkammer‹. Dort stehen unsere ältesten Geräte, die überhaupt nicht mit dem Internet verbunden sind. Der Drucker klingt wie ein Mähdrescher aus den Fünfzigern, ist aber einigermaßen schnell.«

»Perfekt«, sagte ich »Ich werde mein Erstgeborenes Henrik nennen, auch wenn es ein Mädchen wird.«

Die lockige Dame stand am Schalter und sah Henke erwartungsvoll an.

»Komme sofort«, sagte Henke fröhlich. »Leider sind einige Kollegen krank, daher bin ich im Moment allein.«

»Ich verstehe«, sagte die Dame freundlich, »ich habe es nicht eilig.«

Henke führte mich durch den Schalterraum zu einem kleinen fensterlosen Raum, in dem ein riesiger Computer mit Tastatur und einem Röhrenmonitor stand. An ihm war ein Drucker angeschlossen, der die Hälfte des Schreibtisches einnahm. Henke schaltete beide Geräte ein und fand einen USB-Anschluss. Er steckte den Stick hinein.

Dann sah er mich an.

»Der Stick ist verschlüsselt«, sagte er. »Du brauchst einen Code, um ihn zu öffnen.«

Code?

Panisch dachte ich nach. Was für ein verdammter Code konnte das sein? Ich hatte keinen Code! Der einzige Code, an den ich mich gerade erinnerte, war der für den Tresor des Stabschefs, den ich von seiner Frau Anna erhalten hatte.

»961203«, sagte ich automatisch.

Henke tippte ihn ein.

»Nein, der funktioniert nicht. Es müssen Buchstaben und Ziffern sein.«

Vergiss niemals den Familiencode.

Mamas Stimme hallte in meinem Kopf wider, beinahe als stünde sie mit in diesem Raum. Ich sah sie vor mir, in ihrem hellblauen Morgenmantel aus Samtfrottee, mit gebürsteten Locken und einem Lächeln.

»... Der Code ist ›SELL1984‹. Das steht für Sara-Elisabeth-Lina-Lennart, und dann das Jahr, in dem wir uns kennengelernt haben. 1984. Das ist außerdem Lennarts Lieblingsbuch, 1984 von George Orwell, und ich glaube, er mag die Doppeldeutigkeit von ›SELL1984‹ – verkaufe die Big-Brother-Gesellschaft – oder wirf sie raus. Ich finde den Code wirklich gut, und ich werde ihn nie vergessen ...«

Der Film.

Das Tagebuch.

SELL1984.

Laut wiederholte ich den Code für Henke, und kurz darauf später tauchte das Dateiverzeichnis des USB-Sticks auf dem Bildschirm auf. Es gab fünf Ordner, von denen die ersten drei sehr groß waren.

»1. Eingescanntes Medienmaterial«, las Henke laut vor. *»2. Tagebuchaufzeichnungen. 3. Geldtransaktionen und wichtige externe Dokumente. 4. Internationale Kooperationen: Skarabäus, Kodiak, Osseus etc. 5. Briefe an Sara u.a.«*

Er sah mich an.

»Wessen Material ist das?«

»Es gehört meinem Vater. Er ist letztes Jahr gestorben, und ich habe es erst jetzt gefunden.«

Henke nickte nachdenklich.

»Willst du all das ausdrucken? Die ersten drei Dokumente sind groß.«

»Drucke alles aus. *Ohne Ausnahme.* Ich bewege mich hier nicht weg, bis alles fertig ist.«

»In den Kartons unter dem Tisch findest du Papiernachschub und Farbpatronen.«

Dann startete er den Drucker, der geduldig begann, Blätter auszuspucken, und stand dann auf, um zur wartenden Kundin zu gehen. In der Tür drehte er sich noch mal um.

»Falls jemand fragt, ist das hier nie passiert. Vor allem wenn Martin fragt.«

»Ganz deiner Meinung«, sagte ich. »Wir beide sitzen gerade im Pausenraum und essen Sandwiches.«

Henke nickte, ging hinaus und schloss die Tür hinter sich.

Die ersten Dokumente, die der Drucker ausspuckte, kannte ich aus Papas Klarsichthüllen. Sie hatten in einem roten Hefter gelegen, der mit *Waffenhandel* betitelt war.

1986 brachte der Rüstungskonzern Bofors den bis dahin größten Industrieauftrag überhaupt nach Schweden: Die indische Armee kaufte Feldhaubitzen aus Karlskoga für 8,4 Milliarden Kronen.

Staatsminister Olof Palme war in großem Umfang in das Geschäft involviert und tat sein Bestes, um die schwedischen Kanonen zu vermarkten, unter anderem in Absprache mit seinem Freund, dem damaligen

Premierminister von Indien, Rajiv Gandhi. Der war
mit einer Kampagne zur Bekämpfung der Korruption
an die Macht gekommen. Offiziell hatte er gefordert,
dass es bei den Kanonengeschäften keine Zwischen-
händler geben dürfe.
Doch 1987 kam heraus, dass Bofors mindestens
300 Millionen Kronen an verschiedene Geschäftsleute
gezahlt hatte, damit diese die richtigen Fäden
zogen. [...]
Später war Olof Palmes Engagement in der Indienaffäre
als mögliches Motiv für seine Ermordung herangezogen
worden.
In Indien führte der Skandal dazu, dass Rajiv Gandhi
die Macht verlor. 1991 wurde auch er ermordet.
Olle Lönnaeus und Niklas Orrenius, Sydsvenskan,
10.10.2007

...

Der Staat und das Kapital: JAS für Brasilien [...]
Die Liste kreativer PR-Maßnahmen, um JAS zu
verkaufen, ist lang. Filmfestivals, Lucia-Züge,
Rockfestivals, Designmessen, königliche Besuche,
Dinner mit Kaviar, samische Musik, Dr. Alban, Mando
Diao, Uno Svenningsson, Kronprinzessin Victoria und
der Ostindienfahrer Götheborg – nichts hatte man
unversucht gelassen. Die Enthüllungen des Ekot im
letzten Frühjahr über die Bemühungen der Allianz-
Regierung und der Botschaft in Bern, den politischen
Prozess in der Schweiz zu beeinflussen, zunächst durch
zielgerichtete Lobby-Arbeit gegen Parlamentarier und
mit gut geplanten PR-Maßnahmen, um die verbindliche

Volksabstimmung zu beeinflussen, gab einen
einzigartigen Einblick in ein ansonsten lichtscheues
Unternehmen.

Stefan Löfvens aktive Rolle bei der Argumentation für
mehr Unterstützung der Waffenindustrie führte dazu,
dass die Gesellschaft Svenska Freds ihm im Jahr 2010
einen Platz auf der Rangliste der stärksten
Waffenlobbyisten Schwedens gab. Und dort befindet er
sich in bester Gesellschaft vieler Personen, die
durch ihre Posten, die sie abwechselnd in der
Waffenindustrie, der Parteipolitik, bei Ministerien,
Fachverbänden und PR-Büros bekleiden, Karriere
gemacht haben. Auf diese Weise finden die Interessen
der Waffenindustrie Eingang in die schwedische
Beschlussfassung, man kann Informationen und Kontakte
nutzen. Das Problem ist dabei nicht auf einige der
politischen Blöcke beschränkt. Der ehemalige
Verteidigungsminister Sten Tolgfors (Die Moderaten)
wechselte beispielsweise direkt von seinem Posten als
Verteidigungsminister zu einem als Berater und
Gesellschafter des PR-Büros Rud Pedersen, deren Kunde
Saab ist. Svenska Freds fordert schon seit Langem
eine Karenzzeit für scheidende Politiker, wie es sie
bereits in vielen anderen Ländern gibt. Eigentlich
eine Selbstverständlichkeit, sollte man meinen. [...]

Linda Åkerström, *Liberal debatt*, 16.03.2015

...

Wieder einmal wurden Unregelmäßigkeiten rund um
einen Kompensationshandel bei Waffengeschäften
aufgedeckt, und wieder einmal wurde hinsichtlich

der Waffengeschäfte gelogen. Dieses Mal geht es um die JAS-Gripen-Geschäfte mit Thailand. Die Reportage-Seite Blank Spot Project hat aufgedeckt, dass die Kompensation dieses Mal aus Gratisschulungen für 37 Offiziere der thailändischen Militärdiktatur bestand, und das, obwohl offizielle schwedische Vertreter die Existenz von Kompensationsgeschäften geleugnet hatten. In diesem Fall ging es um eine relativ unbedeutende Summe, sofern es sich nicht nur die Spitze eines Eisbergs handelt. Doch das Prinzip Kompensationsgeschäfte als solches und die Leugnung ihrer Existenz sollte dennoch diskutiert werden. Bei den erheblich umfangreicheren JAS-Gripen-Geschäften mit Brasilien habe es angeblich keine Kompensation gegeben, nur die Übertragung von Technik. Doch man hatte ja auch bei den Geschäften mit Thailand Kompensationen geleugnet, obwohl diese offensichtlich existierten.

Vor diesem Hintergrund möchte ich den Verteidigungsminister Peter Hultqvist Folgendes fragen:

1. Hatte der Verteidigungsminister Kenntnis von den Stipendien, die den 37 thailändischen Offizieren im Rahmen der JAS-Gripen-Geschäfte mit Thailand angeboten worden waren?
2. Kann der Verteidigungsminister erklären, warum dies geheim gehalten wurde?
3. Wie lässt sich nach Meinung des Verteidigungsministers die Glaubwürdigkeit in Bezug auf frühere Aussagen zu Kompensationsgeschäften wiederherstellen?

4. Welche grundsätzlichen Schlussfolgerungen zieht der Verteidigungsminister aus dem Ereignis?

Debatte zur parlamentarischen Anfrage von Stig Henriksson (Linke), Schwedens Reichstag, 15.10.2015

Beinahe drei Stunden lang saß ich in der Rumpelkammer, der langsame Drucker hatte ununterbrochen gearbeitet. Ich musste viele Male Papier nachfüllen, ebenso schwarze Farbpatronen. Doch schließlich hatte ich sämtliche Dokumente als Ausdruck in meiner Tasche sowie in mehreren Tüten, die ich von Henke bekommen hatte. Jetzt konnte ich den USB-Stick nehmen und gehen.

Henke hatte eine Schlange von drei Kunden an seinem Schalter, als ich in die Halle trat, aber zwischen zwei Kunden drehte er sich zu mir um.

»Ich kann jetzt schlecht reden«, sagte er leise. »Hat alles funktioniert? Himmel, so viel Papier!«

»Es lief alles bestens«, sagte ich. »Ich habe die Geräte heruntergefahren und ausgeschaltet. Kannst du jetzt noch kurz eine Kontonummer für mich prüfen?«

Henke warf einen Blick zu den Kunden, ging dann aber mit mir im Schlepptau zum nächsten Schalter.

»Es muss aber schnell gehen.«

Ich zeigte ihm den Ausdruck mit der Kontonummer, und er tippte die Ziffern ein. Dann sah er verwirrt aus.

»Lass mich noch mal sehen«, sagte er. »Da muss irgendwas schiefgelaufen sein.«

»Wieso, was ist das Problem?«

Henke schüttelte den Kopf und tippte die Nummer erneut ein. Dann starrte er auf den Bildschirm.

»Das ist unmöglich! Die Finanzaufsicht hätte reagieren müssen.«

»Wie hoch ist der Saldo?«, fragte ich.

»Dreizehn Milliarden vierhundertfünfzig Millionen, in etwa. Da muss es einen Fehler im System gegeben haben.«

»Wer ist Kontoinhaber?«

Henke sah mich streng an.

»All das ist vertraulich, das weißt du, oder?«

»*Bitte, Henke!*«

Er seufzte tief.

»Es ist eine Organisation, die *Osseus* heißt«, sagte er. »Nie gehört. Du?«

»Ja, leider. Wann wurde die letzte Einzahlung gemacht?«

Henke sah nach.

»Am zehnten Oktober. Bei der SEB in Växjö, Kungsgatan 5. Aber man kann nicht sehen, wie die Gelder überwiesen wurden oder von wem.«

Der Stromausfall.

Eine perfekte Gelegenheit für Geldwäsche.

Einer der Kunden am anderen Schalter hustete betont und sah uns an.

»Und wirst du mich noch zu einem Fressgelage einladen?«, fragte Henke leise, während er die Seite schloss.

»Wenn ich kann, lade ich Flisan und dich zum Verlobungsdinner im Operakällaren ein, wenn ihr das nächste Mal in Stockholm seid«, versprach ich. »Vielen Dank, das war unschätzbar wertvoll für mich.«

Henke kehrte zu den wartenden Kunden zurück, und in diesem Moment kam Martin aus Mittagspause und Kundentermin zurück, offenbar sehr zufrieden mit seinem Leben.

»Hattet ihr es nett?«, fragte er Henke und mich. »Satt und zufrieden?«

»Sehr«, antwortete Henke matt.

»Prima«, sagte Martin. »Dann kannst du ja vielleicht in den nächsten Stunden auch noch arbeiten, denn du musst ja jetzt nicht mehr zum Essen rausgehen, oder?«

»Stimmt«, sagte Henke und sah mich an.

Martin stellte sich hinter den anderen Schalter.

»Was für Sandwiches habt ihr gegessen?«, fragte er freundlich über die Schulter.

»Thunfisch«, sagte ich.

»Käse und Schinken«, sagte Henke im gleichen Augenblick.

»Ja, es ist toll, wenn man eine Auswahl hat und sich nicht entscheiden muss«, sagte Martin freundlich und wandte sich dann den Kunden zu. »Wem kann ich weiterhelfen?«

Nur einmal in meinem Leben war ich bisher richtig betäubt worden. Das war bei einer Zahnoperation gewesen, die gut verlaufen war, aber das betäubte Gefühl in einem Großteil meines Gesichts würde ich nie vergessen. Die Betäubung ließ erst nach ein paar Stunden nach, und die ganze Zeit über fühlte ich mich wie ein *Alien*.

Dieses Gefühl ergriff mich jetzt wieder.

Von der SEB Bank aus ging ich zurück zur Engelbrektsgatan, sprang ins Auto und fuhr hinaus zum Café Naturens Hus. Jetzt saß ich ganz hinten in der Ecke an der großen Fensterfront – Sallys und mein üblicher Tisch – und las Hunderte Seiten ausgedruckten Materials, und das taube Gefühl war überwältigend. Ich war derart geschockt über das, was ich da in den Händen hielt, dass ich mir wie ein Alien vorkam. Die Besitzerin Camilla kam und ging, sie füllte sogar regelmäßig meine Kaffeetasse auf, weil sie fand, ich »wirke ein wenig abwesend«. Ich nahm einen

Schluck, während ich las, dann war der Kaffee plötzlich eiskalt, als ich den nächsten Schluck nahm.

Mein Vater – der ohnehin nie nachlässig gewesen war – hatte sich dieses Mal selbst übertroffen. Er musste Hunderte, nein, Tausende Stunden in die Zusammenstellung seines Materials investiert haben, gar nicht zu reden von der enormen Vorarbeit, die ihn an diesen Punkt geführt hatte.

Der Inhalt war auf fünf Ordner aufgeteilt. Eine riesige Sammlung an Ausschnitten und Bildern aus Artikeln in Massenmedien nannte er »*Eingescanntes Medienmaterial*«, und das entsprach dem Material, das ich in seinen Heftern gefunden hatte. Das konnte ich erst mal überspringen, das meiste davon hatte ich ja schon gelesen.

Der nächste Ordner enthielt persönliche Gedanken und war mit »*Tagebuchaufzeichnungen*« bezeichnet. Diese Lektüre interessierte mich sehr, denn es war, als würde ich Papas Stimme hören und seine Gedanken lesen.

Die dritte Dokumentensammlung war schwierig zu lesen, aber unglaublich interessant. Papa hatte sie »*Geldtransaktionen und wichtige externe Dokumente*« genannt. Auch darin befand sich einiges eingescanntes Material, wie Quittungen und Kontoauszüge von Banken, während er anderes in Tabellen, Aufstellungen und Berechnungen zusammengestellt hatte. Aber vor allem hatte er in diesem Ordner einige eingescannte Dokumente aufbewahrt, deren Inhalt mich an meinem Geisteszustand zweifeln ließ. Ich versuchte, die Bedeutung des Ganzen zu begreifen, aber das war nahezu unmöglich: Was er da gesammelt hatte, war brandheißes Material.

Darin fanden sich Hintergründe, Erläuterungen und Erklärungen – einschließlich aller involvierten Personen, namentlich bezeichnet – zu so gut wie jeder schwedischen Affäre oder jedem Skandal seit den späten Sechzigerjahren. Doris Hopps heimliches Buchmanuskript, mit Adresslisten all der hochrangigen Bordellkunden. Schreckliche Informationen zu nicht geklärten Todesfällen im Zusammenhang mit dem Mord an Olof Palme. Eine Beschreibung des gesamten Hintergrunds der IB-Tätigkeiten und anderer illegaler Überwachungen in Schweden bis in die heutige Zeit. Und alle Verantwortlichen auf sämtlichen Ebenen unserer Gesellschaft wurden namentlich genannt.

Es würde mich Wochen kosten, mich ernsthaft in all das einzuarbeiten.

Den vierten Ordner hatte Papa »*Internationale Kooperationen: Skarabäus, Kodiak, Osseus etc.*« genannt, und dieser enthielt Informationen zu einer langen Reihe Organisationen mit kreativen Namen, die sich verschiedenen Formen illegaler Machenschaften widmeten. Dass Skarabäus mit Menschenhandel und der Prostitution Minderjähriger zu tun hatte, wusste ich schon, und auch, dass Kodiak und Charolais Geld mit Insidergeschäften an Bear- bzw. Bullmarkets machten. Aber dass Osseus so eindeutig mit Drogen- und Waffenhandel in Verbindung stand, war mir nicht klar gewesen. Darüber hinaus gab es etwa zwanzig weitere Organisationen, die sich allem Möglichen von Sklavenhandel im Zusammenhang mit Migranten bis zu regelrechten Mafiaaktivitäten widmeten. Aber gerade hatte ich keine Zeit, sie alle durchzusehen.

Unter der Rubrik »*Briefe an Sara u.a.*« hatte Papa ein paar Briefe gespeichert, aber sobald ich versuchte, sie zu lesen, stiegen mir Tränen in die Augen. Ich entschied, mir diese bis zum Schluss aufzuheben, und widmete mich stattdessen dem dritten Ordner mit externen Dokumenten zu all den alten schwedischen Affären und Skandalen.

Nach der ersten halben Stunde der Lektüre hatte ich begriffen, dass Papas Material unglaublich kompromittierend war für eine große Anzahl an Personen, von denen sich viele in der Öffentlichkeit bewegten. Darunter waren aktuelle und ehemalige Minister und andere Politiker, Manager, Sportler und Kulturschaffende. Die meisten Namen kannte ich, aber ich hatte sie noch nie im Zusammenhang mit all diesen Affären gesehen.

Nach einer weiteren halben Stunde hatte ich Magenschmerzen angesichts dessen, was mein Vater da ausgegraben hatte.

Noch eine halbe Stunde später verstand ich zum ersten Mal wirklich, warum Papa tot war.

Ich verstand auch, warum eine Gruppe von Personen so verzweifelt versuchte, das Material in die Hände zu bekommen, dass sie sowohl ihn als auch einige andere Personen getötet hatten, und ich begriff – zum ersten Mal richtig –, dass ich selbst sehr bald getötet werden könnte.

Wenn ich das Material nicht an BSV übergab. Oder an den Widerstand.

Vielleicht aber auch in beiden Fällen.

Todesangst ergriff mich. Ich saß ganz still in meinem Sessel und schaute auf die glatte Wasseroberfläche des Sees, die von dunklen Baumskeletten umgeben war. Eine Woge der Übelkeit überkam mich, gepaart mit bodenloser Verzweiflung. Die Gedanken wirbelten in meinem Kopf umher. Gleichzeitig festigte sich in mir immer stärker das Gefühl: *Ich wollte leben.* Ich, die bereits mit dem Gedanken gespielt hatte, mein Leben selbst zu beenden, bekam plötzlich einen Tunnelblick: *Ich wollte nicht, dass es vorbei war.* Das Leben: das wunderbar schöne Leben, mit unzähligen sonnigen Morgen, grünen Wiesen, Frost im Gegenlicht und blauem Himmel. Die Gesichter von Menschen, die mir etwas bedeuteten, zogen vor meinem inneren Auge vorbei. Das Leben war vielleicht kompliziert, aber es war trotzdem großartig, und ich stellte zum ersten Mal fest, dass ich bereit war zu tun, was auch immer nötig war, damit es noch nicht vorbei war.

Mit aller Kraft versuchte ich, meine Angst zu unterdrücken, und konzentrierte mich auf meine Situation.

Nachdem ich jetzt das Material gelesen hatte, kannte ich endlich das ganze Bild, was mich in den Augen aller Beteiligter noch gefährlicher machte. Es war, als hätte ich monatelang einen Kartoffelacker bearbeitet, der metertief gefroren war, und plötzlich hatte jemand beschlossen, mich stattdessen in einem Hubschrauber in die Luft zu bringen, damit ich alles von oben sehen konnte.

Kilometer für Kilometer an Äckern und Wiesen bewegten sich unter mir vorbei, und ich konnte Zusammenhänge verstehen, die mir bisher unbegreiflich gewesen waren. Doch es war nicht gerade ein schöner Anblick, der sich mir bot. Ich sah nicht nur eine fruchtlose Kartoffelernte aus einem gefrorenen Boden. In der Nähe und in der Ferne wurde gekämpft und gestritten, und zwar um das gesamte Themenspektrum rund um Geld, politische und religiöse Ansichten. Es floss Blut, wenn es auch meist durch lichtscheue Gestalten im Verborgenen vergossen wurde.

Ein Streben nach Offenheit, Frieden, Gerechtigkeit und Demokratie gab es nicht, weder in Schweden noch aus internationaler Sicht. Dafür aber eine beinahe unstillbare Gier nach Gewinnen und politischem Einfluss, die offenbar die Mittel über alle moralischen Grenzen hinweg heiligte. Das Schlimmste aber war, dass es direkt vor der Nase von uns normalen Bürgern passierte, ohne dass wir es mitbekamen.

Was war aus dem großen, wunderbaren Projekt *Demokratie* – Herrschaft des Staatsvolkes – geworden? Sie hatte sich vor unseren Augen in nichts aufgelöst. Viele Stunden Sozialwissenschafts- und Geschichtsunterricht in der Schule behandelten, wie sich Schweden durch zielgerichtete Arbeit von einer Nation von armen, versoffenen Landarbeitern und Kleinbauern, die einigen wenigen Großgrundbesitzern unterstellt waren, zu einer

Nation entwickelt hat, die sich für allgemeines Wahlrecht einsetzte – und es auch einführte –, für die Schulpflicht mit kostenlosem Unterricht für alle Kinder, für die Krankenpflege und Zahnpflege für Kinder und Erwachsene, für Impfprogramme, eine Reduzierung des Säuglingssterbens, die Gleichstellung und Gleichheit aller Bürger.

Auf all das war ich stolz gewesen: In dem Land, in dem ich aufgewachsen war, waren wir scheinbar auf dem richtigen Weg gewesen. Das traf auch auf die große weite Welt zu, hatte ich gedacht: auf dem Weg zu einem immer kultivierteren Leben, in dem wir Kriege, Hunger und Durst auf dem gesamten Planeten abschafften und stattdessen Ausbildung, medizinische Versorgung und Arbeit für so viele Menschen wie möglich anboten.

Aber was war daraus geworden? Hier in Schweden waren wir inzwischen eingeklemmt zwischen einem chauvinistischen Russen auf der einen Seite und einem ebenso chauvinistischen Amerikaner auf der anderen Seite, denen beiden grundlegendes Verständnis für Menschenrechte fehlte. Um uns herum sahen wir ein Europa in wirtschaftlichem und politischem Verfall, mit ständig wechselnden Bedrohungen in Form von militanten Terroristen, für die ein Menschenleben nichts wert war, und mit anscheinend unlösbaren Klima- und Umweltproblemen.

Wie hatte das Ganze so schieflaufen können?

Camilla stand plötzlich vor mir, ihr Handy in der Hand.

»Sara, du musst jetzt gehen«, sagte sie.

»Oh, tut mir leid«, sagte ich verwundert, weil Camilla sonst eigentlich kein Problem damit hatte, wenn man sich so lange an einer Tasse Kaffee festhielt. »Ich kann noch was bestellen, wenn du willst.«

Camilla warf sich das Küchenhandtuch über die Schulter.

»Nun hör aber auf«, sagte sie lächelnd. »Nein, es hat gerade jemand angerufen und nach dir gefragt.«

Ich runzelte die Stirn.

»Nach mir? Niemand weiß, dass ich hier bin.«

Camilla zuckelte die Achseln.

»Dieser Typ schien es jedenfalls zu wissen. Er fragte, ob ›Sara wie immer am Fenster sitzt‹. Ich habe gesagt, dass ich keine Ahnung habe, wovon er spricht, und dann hat er einfach aufgelegt. Ich denke, du solltest jetzt lieber verschwinden, er klang nicht besonders nett.«

Sofort sammelte ich meine Papiere zusammen, steckte sie zurück in die Tüten und ging in Richtung Tür. Doch dann fiel mir ein, dass ich versprochen hatte, Torstens Frau Kerstin anzurufen. Ich wandte mich an Camilla.

»Du, ich habe kein Handy dabei. Darf ich kurz jemanden anrufen?«

»Natürlich«, sagte Camilla und reichte mir ihr Telefon.

Kerstins Nummer hatte ich nicht, aber Torstens Handynummer konnte ich auswendig, es war seit zwanzig Jahren die gleiche. Es klingelte ein paarmal, dann hörte ich Kerstins Stimme. Ich begrüßte sie gut gelaunt, doch aus ihrem Mund kamen nur unzusammenhängende Laute: Sie weinte so sehr, dass ich kaum verstand, was sie sagte.

»Da wa-haren ein pa-ar Männer auf Motorrä-hädern ...«, brachte sie schließlich hervor. »Und verschwanden dann direkt in den Wa-hald. Torsten hat sich geärgert und ist hinterhergegahangen, du weißt ja, wie er ist ...«

Kerstin schluchzte heftig. Ich wartete, und dabei überkam mich wieder eine Woge der Angst.

»Und schli-hießlich, als er nicht zurü-hückkam, wurde ich unruhig und ging ihm nach«, sagte sie. »Die Motorräder waren schon la-hange fort ...«

Sie weinte weiter, ohne mehr zu sagen.

»Kerstin, *was ist mit Torsten passiert?*«

»Ich bin im Krankenhaus«, sagte sie, plötzlich beinahe flüsternd. »Irgendwie müssen die Baumstämme ins Rollen geraten sein. Torsten wurde unter ihnen begraben ... er li-hiegt im Koma.«

Ich starrte vor mich hin, ohne etwas zu sehen. »Sara«, hörte ich Kerstin sagen. »Glaubst du, dass das diese Naturtrolle aus Uppsala waren?«

»Nein«, sagte ich und musste schwer schlucken. »Das glaube ich nicht.«

Als ich auf den Parkplatz kam, war es bereits dunkel – wie lange hatte ich dort drinnen gesessen? – und höchste Zeit für mich, hier zu verschwinden. Schnell schloss ich das Auto auf, warf die Tüten mit den Dokumenten auf den Beifahrersitz und fuhr los. Ich folgte dem Oljevägen zurück in die Stadt und fuhr dann so schnell wie möglich zur E18. Gerade als ich die Auffahrt auf die Autobahn erreichte, begegneten mir zwei Motorräder, die von der E18 abgefahren waren. Als ich in den Rückspiegel schaute, sah ich, dass sie in Richtung Rynninge abbogen. Ich beschleunigte und fuhr auf die Autobahn nach Stockholm.

Natürlich war es politisch – Palme und Rajiv Gandhi trafen sich in Delhi im Rahmen von Abrüstungsgesprächen. Abends gab es eine Party bei Rajiv zu Hause, und dort ging man zu Gesprächen über eine lukrativere Branche über – die Rüstung. »*Ihr erhaltet politische Vorteile, dafür darf Indien in verschiedenen Zusammenhängen schwedische Waffen von uns kaufen.*«

Und Brasilien und Südafrika? »*Du wirst nie ein Flugzeug verkaufen, wenn du nicht richtig gute Kontakte zum Chef der Reichsbank hast.*«
Es geht um politische Direktinvestitionen in diesen Ländern und ihren Märkten. Deshalb ist der Waffenmarkt so lukrativ – er ist nur ein Schmiermittel für andere gigantische wirtschaftliche Investitionen.

Zwischen vielen Ländern lautet der Deal: »*Ihr dürft unsere Flugzeuge kaufen, im Gegenzug ›schützen‹ wir euch.*« *Mit anderen Worten:* »*Wir haben eine militärische Kooperation, aber ihr tut, was wir sagen.*«
In Schweden ist das nicht so. Wir sind doch »*das gute Schweden*«*. Die schwedische Wirtschaft ist unerhört wichtig für unseren Wohlstand, und der Staat und das Kapital sitzen bequem im gleichen Boot.*

Ende der Neunzigerjahre gab es drei Kuchen, von denen Göran Persson gerne ein Stück haben wollte:
1. *Ein gutes Gewissen:* »*Das bündnisfreie Schweden verkauft selbstverständlich keine Waffen.*«
2. *Die ersten richtig großen Auslandsverträge über die JAS-Flugzeuge. Die Viggen-Jets waren kein Verkaufsschlager gewesen, aber mit den JAS kamen jetzt große Aufträge rein. Palme hatte insgeheim den südafrikanischen ANC mit Geldern des schwedischen Steuerzahlers unterstützt, das zahlt sich jetzt aus. Wie im Robin-Hood-Film:* »*Gepriesen sei der Herr, jetzt kommt die Steuerrückzahlung!*«
3. *Und die* »*Flugzeuggeschäfte*«*? Dabei handelt es sich im Grunde um gigantische industrielle Investitionsprojekte. Das JAS-Flugzeug könnte man mit Plastikspielzeug in der Cornflakes-Packung vergleichen. Aber was entspricht bei diesem Vergleich der Cornflakes-Packung selbst, sowohl in Südafrika als auch in Brasilien und in anderen Ländern?*

Genau: die gigantischen, schwedischen, staatlich subventionierten Investitionen in diese Länder. Schwedens Investitionen in Südafrika sind nichts anderes als verdeckte Investitionen für die schwedische Wirtschaft. Rettet die Industrie, rettet Arbeitsplätze und schickt Steuermittel in einer großen Schleife ins Ausland und wieder zurück.

Das Kapital wird immer reicher, und die Politiker – die einen ach so »guten Job« gemacht haben – dürfen an der Macht bleiben.

Die Flugzeuge sind nur das Schmiermittel. Die anderen großen Geschäfte sind die Hauptsache.

Ich sehe das ganze Bild.

Ich sehe, dass das größte Ziel der schwedischen Politiker ist, an der Macht zu bleiben, egal wer sie ganz formal innehat.

In Schweden kann man sich ganz bequem auch an den großen Brocken bedienen, selbst wenn man in der Opposition sitzt.

Um jeden Preis vermeiden möchte man aber, sich zu blamieren, aus der Reihe zu tanzen und auf den Elefantenfriedhof abgeschoben zu werden wie Danielsson und Sahlin.

Nein: Man muss sich oben halten, egal, ob man gerade der gleichen Meinung ist oder nicht, denn so trägt man zum ewigen politischen Kreislauf bei. Und das ist eigentlich das schwedische Modell.

Schweden verkauft Flugzeuge an Länder, die über eine große einheimische Industrie verfügen, wo viele bei schwedischen Unternehmen angestellt sind. Im Gegenzug werden große Bestellungen in Schweden getätigt, woraufhin die Politiker an die Öffentlichkeit gehen und erzählen können, wie sie hier »die Arbeitsplätze gerettet« haben.

Die Wirtschaft reibt sich die Hände, und die Aktionäre profitieren. Ein paar Flugzeuge wechseln den Kontinent. Im schlimmsten Fall werden sie dann in Kriegen eingesetzt, und Menschen sterben.

Der Staat und das Kapital sitzen in ihrem gemeinsamen Boot und prosten sich zu, ganz und gar unberührt, wenn es ein paar Wellen gibt, denn beide haben ja eine ordentliche Schwimmweste um den dicken Bauch.
Natürlich mit ihrem bündnisfreien »guten Gewissen«.

≡≣

Auf dem Weg zurück nach Stockholm war ich davon überzeugt, verfolgt zu werden. Wahrscheinlich war es nur eine Frage der Zeit, bis sie mich erwischen würden. Todesangst tobte in mir.
Wie würde es ablaufen, wenn sie mich hatten?
Würden sie es hinauszögern und mich quälen, oder würde es schnell und schmerzlos gehen?
Wäre es nicht trotz allem besser, das Ganze gleich hier und jetzt zu beenden, auf meine Art?

Ich verlor den Kopf, schwitzte heftig, zitterte am ganzen Körper und fuhr mit fast 200 Stundenkilometern, es war reines Glück, dass ich nicht von der Polizei aufgehalten wurde oder einen Unfall verursachte. In Södertälje angekommen, gab ich den Mietwagen zurück und stieg in Mamas Auto. Kurz dachte ich darüber nach, mein Handy aus dem Fenster zu werfen. Aber das würde natürlich nichts bringen.

Wie zur Hölle war es ihnen gelungen, mich den ganzen Weg bis zum Holzlager in Torstens Wald zu verfolgen?

Die Antwort war so einfach wie selbstverständlich: Wenn sie mich kontrollieren wollten, taten sie das auch.

Und daraus folgte: *Wenn sie mich töten wollten, würden sie es tun.*

Aber ich musste ihnen ja nicht die Arbeit abnehmen.

Der Gedanke an Torsten ließ mir wieder die Tränen die Wangen herablaufen, aber ich wischte sie störrisch mit dem Handrücken weg, während ich auf die E4 nach Stockholm abbog. Während der folgenden zehn Minuten gelang es mir, mit normaler Geschwindigkeit zu fahren, und ich näherte mich einem Schild mit einem Fährsymbol und dem Wort »Slagsta«, als ich sie plötzlich im Rückspiegel entdeckte.

Die Motorräder.

Es waren zwei Stück, beide Fahrer ganz in Schwarz gekleidet, und ich hätte schwören können, dass es die gleichen Personen waren, die mir vor gut anderthalb Stunden auf der Abfahrt von der E18 entgegengekommen waren.

Evas Stimme im Café, im letzten Herbst: »*Wenn in Stockholm viel Stau ist, kann man immer noch die Fähre nach Slagsta nehmen. Sie fährt direkt nach Ekerö, und von da aus ist man ganz schnell hier* ...«

Bevor die Panik mich wieder packen konnte, riss ich das Steuer in letzter Sekunde herum und bog von der Autobahn ab, fuhr durch einen Kreisverkehr und auf einer Brücke über die Autobahn. Im Rückspiegel sah ich, dass die beiden Motorradfahrer auch abbogen. Ohne nachzudenken, trat ich das Gaspedal durch und bog rechts ab, dann unternahm ich ein paar lebensgefährliche Überholmanöver auf der kleinen Landstraße. Die Leute hupten wie verrückt, aber jetzt lagen mehrere Autos zwischen mir und den Motorrädern.

Direkt vor mir sah ich die Fähre nach Ekerö, und die Schranken begannen gerade, sich zu senken. Es musste einfach reichen: Ich trat das Gaspedal bis zum Anschlag durch und schaffte es, an Bord der Fähre zu fahren, kurz bevor die Schranke das Autodach gestreift hätte.

Die Fähre legte ab. Ein Mann in Ölzeug mit Reflektoren und einer Tasche mit Bargeld vor dem Bauch näherte sich meinem Auto, hochrot im Gesicht, und ich sah, dass er schon angefangen hatte, mich wegen meiner Wahnsinnsfahrt anzuschreien. Es spielte jedoch keine Rolle: Die Fähre war schon etwa zwanzig Meter vom Ufer entfernt, als die beiden Motorräder gleichzeitig Vollbremsungen auf dem Kai machten und dabei beinahe umstürzten. Die Fahrer starrten mir wütend nach und begannen gleichzeitig, heftig miteinander zu diskutieren.

»... *sind doch verrückt!*«, schrie der Fährbedienstete direkt vor meinem Wagenfenster, und ich kurbelte die Scheibe herunter und ließ mich von ihm anschreien.

»Tut mir leid«, sagte ich, noch einen Blick in den Rückspiegel werfend. »Ich hatte es einfach furchtbar eilig.«

Die beiden Motorradfahrer hatten ihre Maschinen gewendet und setzten sich in Richtung Autobahn in Bewegung.

⇒ ⇐

Sobald die Fähre auf der anderen Seite des Sunds andockte, startete ich den Motor, und als ich an Land war, bog ich rechts nach Bromma ab. Ich hatte keinen Plan, alles, was ich wusste, war, dass ich mich von den beiden Männern auf den Motorrädern fernhalten musste. Ekerön flog vorbei. Schloss Drottningholm tauchte im Rückspiegel auf und verschwand wieder. Ich überholte mehrere Autos auf der Nockebybro und fragte mich, wie lange mein Glück noch andauern würde – wer würde mich zuerst erwischen, die Motorradfahrer oder die Polizei?

Bei Brommaplan hätte ich rechts nach Alvik abbiegen und über die Västerbro nach Södermalm fahren sollen, aber das tat ich nicht. Stattdessen fuhr ich weiter geradeaus und verstand dabei selbst nicht, was ich da tat. Erst als ich auch die Abfahrt zum Flughafen Bromma hinter mir gelassen hatte und auf den Huvudstaleden kam, ging mir auf, wohin ich unterwegs war: Ich würde zu Eva und Gullbritt fahren und mich in ihrem Café verstecken. Logisch war das nicht, aber das war mir egal: Ich wollte

Evas Stimme hören und den Duft von Gullbritts frisch gekochtem Kaffee und einer warmen Focaccia riechen. Ich fuhr zum Parkplatz der großen Willys-Filiale, sprang aus dem Wagen und rannte zurück Richtung Zentrum bis zum Café. Die Ausdrucke ließ ich im Auto, aber den kleinen USB-Stick hielt ich fest umklammert. Autos hupten, als ich die Esplanade überquerte, ohne mich umzusehen, aber auch das kümmerte mich nicht. Das Einzige, was zählte, war, dass ich zu Eva und Gullbritt kam. Der Gedanke, dass ich gerade völlig irrational handelte, überkam mich, aber ich konnte mich nicht damit auseinandersetzen. Mir blieben so wenige Orte auf der Welt mit Menschen, bei denen ich mich ein bisschen sicher fühlte, dass ich mich nicht darum kümmern konnte, ob es logisch war, sie gerade jetzt aufzusuchen.

Die Türglocke klingelte wie gewohnt, als ich hineinstürmte, dann blieb ich stehen und versuchte, zu Atem zu kommen. Glücklicherweise waren kaum Kunden im Café. Eva stand an der Kasse und kassierte einen Mann im Lodenmantel ab, und sie lächelte fröhlich, als sie mich erblickte. Sonst war nur noch ein junges Mädchen mit Dreads zu sehen, gekleidet in schwarze Stiefel und sackige grüne Armeehosen. Sie drückte sich in der Nähe der Regale herum, wo sie Gullbritts Marmeladengläser betrachtete und an Evas Duftkerzen schnüffelte.

»Hej Sara!«, rief Eva erfreut. »Wie schön, dich zu sehen!«

Ich antwortete nicht und rührte mich auch nicht vom Fleck, stand einfach nur da, atmete schwer und wartete darauf, dass mir eine Eingebung kam, was ich als Nächstes tun sollte. Eva warf mir einen beunruhigten Blick zu, während sie dem Kunden die Quittung und eine Tüte mit Essen reichte.

»Trainierst du für einen Marathon?«, scherzte sie. »Bekomm hier bloß keinen Herzinfarkt, ich sag's dir! Das wäre nicht gut für unser Image.«

Das Mädchen mit den Dreads warf mir kurz einen Blick zu und widmete sich dann wieder den Duftkerzen. Der Mann im Lodenmantel musterte mich verwundert, als er an mir vorbeiging und die Türglocke gleich darauf vermeldete, dass er draußen war.

Eva stand vor mir, die Hände in die Hüften gestemmt. Sie sah mich prüfend an.

»Wie steht's? Geht es dir gut? Ist etwas passiert?«

Auch Gullbritt kam aus der Küche und trocknete sich dabei die Hände an einem Handtuch ab.

»Hallo, Sara! Willst du dich nicht setzen? Brauchst du ein Glas Wasser?«

Gullbritts Freundlichkeit ließ mich aus meiner Starre erwachen. Ich sah von ihr zu Eva, und ein Schluchzen löste sich aus meiner Kehle. Dann räusperte ich mich und schüttelte den Kopf.

»Ich wusste nicht, wo ich hin sollte«, sagte ich, und meine Stimme klang seltsam heiser. »Sie verfolgen mich, und ich kann nirgendwohin.«

»Ich verstehe nicht, was du meinst«, sagte Eva mit gerunzelter Stirn. »*Wer* verfolgt dich? Und *warum?*«

Jetzt schaute das Mädchen mit den Dreads erneut in meine Richtung, und ich erwiderte ihren Blick.

»*Veronika!*« Ich schnappte nach Luft. »Was machst *du* hier?«

»Du brauchst jede Hilfe, die du kriegen kannst«, sagte Veronika. »Aber das ist wirklich nicht leicht!«

»Wovon redet ihr?«, sagte Eva mit gerunzelter Stirn.

In diesem Moment schraken wir unter einem lauten Knall zusammen. In einem Regen aus Glasscherben landete ein schwarz gekleideter Mann vor uns auf dem Boden. Es war einer der beiden Motorradfahrer, und er hatte darauf verzichtet, die Tür zu nehmen, sondern sich ganz einfach mit der Schulter voran durchs Schaufenster geworfen.

Alle begannen zu schreien. Der Boden war von Scherben übersät, und zwei maskierte Männer in schwarzer Ledermontur standen vor uns. »Was zum Teufel geht hier vor?«, schrie Eva.

In der nächsten Sekunde hatte einer der beiden Männer ihr den Arm auf den Rücken gedreht und sie auf die Knie gezwungen. Ihr Schrei ging in schmerzerfülltes Wimmern über.

Beide Männer sahen mich an, und der eine streckte auffordernd seine behandschuhte Hand aus.

Ich öffnete den Mund, um etwas zu sagen, aber bevor ich dazu Gelegenheit hatte, kam eine Art kakifarbener Blitz von der Seite angeflogen. Ich hörte einen heftigen Schlag und ein knirschendes Geräusch, dann sah ich den Mann, der Eva festgehalten hatte, zur Seite kippen, während er sich mit den Händen das Gesicht hielt. Blut rann zwischen seinen Fingern hindurch und bildete auf dem Boden unter ihm ein Muster. Er schien nicht mehr in der Lage zu sein, sich zu bewegen.

Veronika war nach ihrem Kickbox-Tritt gegen sein Kinn auf dem Boden hinter Eva gelandet, stand jetzt vornübergebeugt da, die Hände auf die Knie gestützt, und atmete schwer.

Der andere Mann bewegte sich in ihre Richtung, und ein Grollen drang aus seiner Kehle. Doch im gleichen Augenblick sah ich Gullbritt, die mit wild entschlossenem Ausdruck in den Augen einen der neuen Stühle – Stühle, die sie meinetwegen hatten kaufen können – hoch über ihren Kopf hob und mit aller Kraft auf seinen Schädel hinuntersausen ließ.

Massives Holz, der Polsterstoff ganz feine Handarbeit.

Das Holz zersplitterte am Kopf des Mannes. Er gab einen gurgelnden Laut von sich und ging in die Knie. Dann fiel auch er zur Seite, und ein Husten begleitet von einer Wolke hellroten Blutes kam aus seinem Mund.

Eva stand mit zitternden Knien neben mir, das Handy am Ohr.

»Ist da SOS Alarm? Hier wird gerade eingebrochen, wir werden angegriffen, und es gab Verletzte. Können Sie sofort die Polizei und einen Krankenwagen schicken?«

Der erste Mann stöhnte und bewegte sich, als wollte er versuchen, sich aufzusetzen. Eva, Gullbritt und Veronika sahen erst sich und dann mich an.

»Die Hintertür«, rief Eva mir zu und nickte in Richtung Küche. »Bevor sie aufwachen. *Lauf!*«

Und ich lief. In den Hof hinter dem Café und von dort weiter durch das nächste Tor zur Straße. Dann rannte ich zielgerichtet in Richtung Zentrum, an der Esplanade entlang zurück zum Parkplatz. Währenddessen hörte ich Sirenen und sah die Blaulichter von Polizei- und Krankenwagen, die sich dem Café näherten. Die ganze Zeit hielt ich den kleinen USB-Stick fest umklammert.

Fast eine Stunde lang fuhr ich planlos umher, bis ich mich so weit beruhigt hatte, dass ich mich in Richtung Nytorget bewegen konnte. Allein in Sallys Garage zu fahren war ausgeschlossen, und genauso wahnsinnig wäre es natürlich, zurück in die Wohnung zu gehen, mit dem USB-Stick in der Hand. Aber wie schon in Sundbyberg handelte ich nicht rational. Ich wollte nach Hause, ich konnte einfach nicht mehr.

Am Ringvägen fand ich einen freien Parkplatz. Dort stellte ich das Auto ab, ohne ein Parkticket zu ziehen. Dann ging ich zu Fuß, die Tüten mit den Ausdrucken in der einen und den USB-Stick in der anderen Hand.

Als ich die Haustür erreicht hatte, war es mir beinahe gelungen, mich selbst davon zu überzeugen, dass ich nicht länger verfolgt wurde und dass Evas, Gullbritts und Veronikas Einsatz dem Wahnsinn des heutigen Tages ein Ende gesetzt hatte. Wie Veronika hatte wissen können, wo ich mich befand, war mir ein Rätsel, und das Gleiche galt für die Motorradfahrer. Arbeitete Veronika für den Widerstand? Ich konnte mir einfach keinen Reim darauf machen: Die ganze Zeit wirbelten meine Gedanken zwischen meiner physischen Realität, der Bedrohung, der ich ausgesetzt war, und dem Inhalt in Papas gesammelten Unterlagen umher. Ich war völlig am Ende, sowohl physisch als auch mental, und schließlich mündete alles in einer einzigen Feststellung: Ich *musste* bald Schlaf kriegen, wenn ich nicht verrückt werden wollte.

Auf dem Weg vom Auto hierher hatte mein Telefon sich mehrere Male gemeldet, aber ich hatte es ignoriert. Nachdem die Haustür hinter mir ins Schloss gefallen war, las ich meine SMS. Lina hatte gerade geschrieben: »*Wo bist du verdammt noch mal? Komm SOFORT nach Hause!*«

Lina saß in der Küche und weinte, sie kochte vor Wut. Sie war gut eine halbe Stunde vor mir gekommen und hatte feststellen müssen, dass unser Heim völlig verwüstet war – es war rücksichtslos durchsucht worden, dann hatte man alles kurz und klein geschlagen. In allen Zimmern lagen die Sachen in großen Haufen auf dem Boden: zerschlagenes Geschirr gemischt mit Unterwäsche, verschüttete Lebensmittel neben zerfetzten Zierkissen, und Bilder, die man ebenso wie die beschrifteten Pappen von den Wänden gerissen hatte. Mamas Bücher waren zerfleddert und mit Katzenstreu bestreut worden.

Ein unglaubliches Chaos.

Ich stellte mich in die Küchentür und sah Lina an, ohne ein Wort zu sagen. Das war auch nicht nötig: Lina sprach für uns beide.

»*Sieh dich doch mal um!*«, schrie sie wie von Sinnen. »Das ist *deine* Schuld! Sie haben unser Zuhause zerstört! Sie haben unser ganzes Leben zerstört! *Kannst du ihnen nicht einfach geben, was sie wollen?«*

Ich öffnete den Mund, um etwas zu sagen, aber Lina schrie weiter.

»*Es ist alles deine Schuld!* All die Todesfälle, für all das bist du verantwortlich! Papa, Mama, Bella, Johan, diese Vogelfrau, Salome, Simåns – *deine Schuld, alles deine Schuld!*«

Ich wollte protestieren. Ich wollte Lina sagen, dass sie und ich nun unsere Taschen packen mussten – oder zumindest versuchen sollten, in diesem Chaos unsere Pässe zu finden – und zum Major zu fahren, der versprochen hatte, uns außer Landes zu bringen. Ich wollte Lina beruhigen und dann gemeinsam mit ihr, meiner geliebten kleinen Schwester, einen durchdachten Plan entwickeln.

Doch ich brachte kein Wort heraus. Lina schrie sich heiser, ohne dass ich mich verteidigte: Kein Laut kam über meine Lippen. Sie ergriff meine Schultern und schüttelte mich, aber vergeblich: Ich sprach nicht. Schließlich verstummte Lina und starrte mich ein paar Sekunden lang an. Dann ging sie in ihr Zimmer und verschloss die Tür. Ich griff nach dem einzig Wertvollen, das mir noch geblieben war – zwei große Tüten mit Massen an ausgedruckten A4-Seiten und ein kleiner USB-Stick –, dann ging auch ich in mein Zimmer und tat es ihr nach.

Nicht dass ein umgedrehter Zimmerschlüssel etwas bringen würde; aber es fühlte sich besser an.

Ich setzte mich aufs Bett und starrte leer vor mich hin.

Wie ging es Torsten?

Was war mit Eva, Gullbritt und Veronika geschehen?

Hatte die Polizei die Motorradfahrer festgenommen?

Waren sie jetzt unschädlich gemacht? Oder war etwas noch Schlimmeres und Brutaleres passiert, seit ich von dort verschwunden war?

Einschlafen zu können schien abwegig; zu viele Gedanken wirbelten in meinem Kopf umher. Stattdessen griff ich wahllos nach einem Stapel Papier und las weiter in Papas Tagebuchaufzeichnungen – sie zu lesen beruhigte mich, es war beinahe, als könnte ich seine Stimme hören. Beim Blättern spürte ich, dass meine rechte Hand brannte und schmerzte. Meine Finger sahen geschwollen aus.

Die Blutblume.

Ich hatte die Wachen umgangen und war in das Versteck eingedrungen. Jetzt bekam ich meine Strafe.

Was macht ein Dieb tagsüber?
Bin ich einfach nur ein Dieb?
Ich schlafe ein, wache auf, schlafe wieder ein. Erwache bei Tagesanbruch. Weiß nicht, an wen ich mich wenden soll, wohin ich gehen soll.
Wie soll ich mit meinem Diebesgut umgehen?
Manchmal denke ich, ich bin verrückt geworden. Oder man hat mich hereingelegt. Ich zucke zusammen und erwarte beinahe, dass neben mir ein Fernsehteam auftaucht, mit einem lachenden Showmaster, der mich fragt, ob ich wirklich darauf hereingefallen bin und geglaubt habe, dass all das wahr ist.
Oder ich stecke zu Hause den Schlüssel ins Schloss und werde von Familie und Freunden mit einer gigantischen Überraschungsparty empfangen, bei der die letzten Wochen nur ein Teil des großen Spaßes waren.
Die Tage vergehen. Ich weiß nicht, was ich tun soll.
Dateien von Zusammenarbeiten in vielen Ländern: Auszahlungsaufträge, handgeschriebene Quittungen, getätigte Bestellungen, PR- und Partykosten, Kompensationsgeschäfte

und Barauszahlungen an Personen mit unklarer offizieller Funktion. Waffen für Kriegsherde an vielen Orten auf der ganzen Welt, Ereignisse, die wir offiziell verurteilen, in Ländern, in die wir gleichzeitig hohe Beträge für humanitäre Hilfe schicken. All das gut dokumentiert und zusammengestellt in kleinen Akten, aufbewahrt, geschützt vor dem Blick der Öffentlichkeit, in einem Umfang, den ich mir nicht hätte träumen lassen, und sorgfältig archiviert zusammen mit Material zu Kinderprostitution, Korruption und illegalem Wertpapierhandel.

Leider zeichnet sich ab, dass kein Showmaster und keine Überraschungsparty auf mich warten. Was passiert ist, ist passiert, und meine Beteiligung ist unbestreitbar.

Ich habe alles in meinem Besitz.

Vermutlich hat noch niemand den Diebstahl entdeckt.

Ich war geschickt und habe meine Spuren verwischt.

Aber früher oder später wird man dahinterkommen.

Dann muss ich bereit sein, die Konsequenzen zu tragen.

Wie lang wird es dauern? Eine Woche, ein Jahr oder ein Jahrzehnt?

Was macht ein Dieb den lieben langen Tag lang?

Werde ich meinen Plan ausführen können?

9. KAPITEL

Nachdem ich eine Weile gelesen und nebenbei versucht hatte, die Finger meiner rechten Hand mit Wundsalbe einzuschmieren, um das Brennen zu lindern, lag ich still auf meinem Bett und starrte an die Decke. Ich war deutlich ruhiger als noch vorhin. Sie konnten jeden Moment kommen, mich töten und den USB-Stick an sich bringen. Also warum hatten sie es noch nicht getan? Hatten sie einen anderen Plan?

Nadias Stimme am Telefon: »*... Also kannst du jetzt endlich aufhören, so verdammt widerspenstig zu sein, und begreifen, dass es hier um etwas viel Größeres geht als nur um dich?*«

Meine Finger taten weh, aber statt mich von meinen Fragen abzulenken, half der Schmerz mir dabei, mich zu konzentrieren. Ich würde hoch pokern müssen, und ich hatte keine Ahnung, was meine Widersacher zu tun gedachten. Aber es gab einfach keine Alternative mehr.

Ich stand auf und ging durch das Chaos zum Schreibtisch. Vor lauter Klamotten, Büchern und Papieren, die aus den Regalen und vom Schreibtisch gefegt worden waren, konnte man kaum den Boden sehen, aber das kümmerte mich nicht mehr. Ich klappte meinen Laptop auf und verfasste eine einfache E-Mail.

»*Hej Fredrik*«, schrieb ich in dem Versuch eines »Metagesprächs«, wie er es mir geraten hatte. »*Ich schreibe Ihnen, weil ich jetzt berichten kann, dass ich gefunden habe, was anscheinend alle so dringend suchen. Was soll ich Ihrer Meinung nach jetzt tun? Mit freundlichem Gruß, Sara.*«

Natürlich wusste BSV bereits, dass ich das Material gefunden hatte, das war schon bei meinem Aufenthalt im Naturens Hus deutlich geworden. Aber hatte der Widerstand Zugriff auf die gleichen Informationen? Während ich nachdachte, ging eine Antwort von Fredrik ein.

»*Da bleibt mir nur, Ihnen zu gratulieren*«, schrieb er. »*Haben Sie BSV informiert? Schöne Grüße, Fredrik.*«

»*Gut, dass Sie mich daran erinnern*«, antwortete ich. »*Ich kümmere mich gleich darum, mit Kopie an Sie.*«

Ich schrieb einen kurzen Text in den BSV-Ordner auf dem Desktop und schickte eine Kopie an Fredrik.

»*Hallo BSV, ich weiß immer noch nicht, wer Ihr seid, auch wenn ich glaube, langsam Eure Konturen erahnen zu können. Ich habe lange nicht verstanden, was Ihr von mir wollt oder warum Ihr mein Leben und das vieler anderer Menschen zerstört habt.*
Gerne hätte ich ein vollständiges Bild. Deshalb schicke ich Euch jetzt eine kurze Nachricht.
Wie Ihr vermutlich bereits wisst, habe ich das Material gefunden und an mich genommen.
Die beiden Biker auf mich zu hetzen war meiner Meinung nach ein Zeichen Eurer Schwäche. Aber wie sie erfahren mussten, gibt es immer noch Menschen in dieser Gesellschaft, die bereit sind, Widerstand zu leisten. Ich bin nicht mehr sicher, ob ich zu ihnen gehöre, aber es gibt sie.
Mir ist klar, dass es eine Frage der Zeit ist, bis Ihr Euren nächsten Zug macht. Daher will ich jetzt ganz deutlich werden.

Aus irgendeinem Grund lasst Ihr mich am Leben – warum? Ich fühle mich auserwählt. Und ich möchte gerne mehr über Euch wissen. Wie wäre es, wenn Ihr aus Eurem Versteck kommt und es mir erzählt? Ich bin bereit, einen Tausch anzubieten: Ihr bekommt all die gesammelten Informationen, die ich habe, und im Gegenzug erklärt Ihr mir, wer Ihr seid, was Ihr tut und warum ich immer noch lebe. Ich weiß nicht, wie Eure nächsten Schritte aussehen. Aber dies ist meiner.«

Ich vergewisserte mich, dass die Kopie an Fredrik rausgegangen war. Dann fuhr ich den Laptop herunter und ging ins Bad, um meine Zahnbürste zu suchen. Sie lag in der Badewanne, zusammen mit einem Großteil des Inhalts unseres Badezimmerschranks. Ich holte die Zahncreme aus dem Mülleimer, putzte meine Zähne, wusch mein Gesicht mit kaltem Wasser. An meinen Fingern hatten sich bereits ziemlich große, mit Wasser gefüllte Blasen gebildet. Sie taten immer noch weh, aber mir fiel nichts ein, um die Schmerzen zu lindern. Stattdessen ging ich zurück in mein Zimmer, fand in einer Schublade einen Flanellschlafanzug, der den Vandalismus auf wundersame Weise überlebt hatte, und zog ihn an. Schließlich schob ich all das Gerümpel, das auf dem Bett lag, auf den Boden und kroch unter die Decke. Ich wagte es nicht, die Nachttischlampe auszuschalten, drehte nur ihren Schirm Richtung Wand.

Im Halbdunkel kehrten die Gedanken zurück, und mit ihnen die Todesangst.

Jedes Geräusch ließ mich aufhorchen.

Es rauschte in den Rohren. Es knackte am Fenster. Unten im Hof schepperte etwas.

Würden sie jetzt kommen?
Waren sie schon auf dem Weg in die Wohnung?

Würden es die Biker oder würde es der Blonde sein? Oder vielleicht Micke?

Was würden sie mit mir tun, wenn sie kamen?

Nichts passierte.

Ich hatte mindestens eine Nachricht von BSV auf meinem ausgeschalteten Laptop erwartet, doch es tauchte nichts darauf auf. Dass sie meine Nachricht nicht gefunden hatten, konnte ich mir nicht vorstellen. Wie würde ihr nächster Zug aussehen? Plötzlich war es beinahe schlimmer, nichts von ihnen zu hören, als wenn sie sich melden würden.

Im Laufe der Nacht musste ich immer mal eingeschlafen sein. Es war nicht gerade erholsamer Tiefschlaf, sondern eher eine Art Dämmerschlaf gewesen. Ich hatte mich nicht entspannen und in eine Traumphase versinken können, denn die Schmerzen in den Fingern plagten mich. Dennoch war ich zu müde, um wach zu bleiben und klar zu denken. Zu meiner Verwunderung stellte ich fest, dass es draußen schon hell wurde: Ein Streifen graues Novemberlicht drang durch die Gardinen herein. Als ich auf die Uhr sah, war es schon nach sieben, ich musste doch mehrere Stunden geschlafen haben.

Ich stand auf und prüfte meinen Laptop.

Nichts.

In meinen Fingern pochte und hämmerte es, und vielleicht trübte der Schmerz mein Urteilsvermögen. Zornig öffnete ich wieder das BSV-Dokument auf dem Desktop und tippte hastig ein paar Zeilen: *»Ich stelle fest, dass ich Euch offenbar keine Antwort wert bin. Darf ich das so auslegen, dass ich das Material frei verwenden kann, wie ich es für richtig halte? Sara.«* Dann schickte ich den gleichen Text als E-Mail an Fredrik.

Aus Linas Zimmer war kein Laut zu hören, und als ich in das chaotische Wohnzimmer trat, sah ich, dass ihre Zimmertür offen stand. Sie war nicht da, keine Ahnung, wann sie gegangen war.

Ich duschte und zog saubere Klamotten an. Dass Fremde in unserem Heim alles auf den Kopf gestellt hatten, berührte mich seltsamerweise kaum noch. Es war, als wäre ich in den letzten vierundzwanzig Stunden abgestumpft, als wären die meisten meiner normalen Reaktionen außer Funktion.

Ich wartete vor dem Computer bis kurz vor acht, ohne eine Antwort von BSV zu bekommen. Zwischendurch schrieb ich Eva eine SMS. Eigentlich hatte ich auch Kerstin anrufen und nach Torsten fragen wollen, aber dafür war es noch zu früh.

»Tausend Dank für die Hilfe gestern«, schrieb ich stattdessen an Eva. *»Ist alles in Ordnung mit Euch? Was ist passiert?«*

Nach nur ein paar Minuten antwortete sie.

»Du musst dir einen besseren Umgang suchen und vor allem damit aufhören, Freunde mit nach Hause zu bringen!«

Auf die Nachricht folgte ein wütendes, orangefarbenes Emoji, das auf und ab hüpfte.

Ich musste lächeln. Es klang zumindest so, als sei Eva einigermaßen in Form.

Ein paar Sekunden später kam ihre nächste SMS.

»Polizei und Krankenwagen haben die Biker mitgenommen«, schrieb sie weiter. *»Beide in bedauernswertem Zustand, vor allem im Vergleich zu ihrem vorher so großspurigen Verhalten. Wir haben sie ins Kreuzverhör genommen, aber nichts aus ihnen rausgekriegt. Versicherung übernimmt Scheibe und Stühle. Das Mädchen mit den Dreads ist toll, sie liebt meinen Hummus, ich habe ihr was davon mitgegeben. Fortsetzung folgt. Oder hast du eine Erklärung dafür?«*

»Noch nicht«, schrieb ich. *»DANKE, und fühl dich gedrückt! Ich bin so froh, dass ihr OK seid!«*

Um genau acht Uhr rief ich bei der Arbeit an und fragte nach dem Major, der als Frühaufsteher um diese Zeit schon da sein müsste. Die Frau in der Zentrale stellte mich durch, und während es klingelte, spürte ich, wie sehr ich mich danach sehnte, seine Stimme zu hören. Stattdessen landete ich wieder bei der Frau in der Zentrale. »Er scheint noch nicht da zu sein«, sagte sie. »Oder warten Sie ...«

Es wurde still in der Leitung.

»Ich sehe gerade, dass er heute nicht reinkommt«, sagte sie dann. »Er ist krankgeschrieben.«

»*Krankgeschrieben?*«, fragte ich verblüfft. »Der Major ist nie krank. Was fehlt ihm denn?«

Die Telefonistin konnte ein kurzes Aufstöhnen nicht verbergen.

»Natürlich sind wir hier in der Zentrale gut informiert«, sagte sie dann leicht herablassend, »aber so gut dann auch wieder nicht. Vielleicht ist er einfach erkältet?«

Ich dankte ihr und legte auf. Dann stopfte ich alle Unterlagen in eine große Schultertasche und rief ein Taxi.

»Abholung am Nytorget ...«, wiederholte die Telefonistin zerstreut an meinem Ohr, und ich hörte, wie sie tippte. »Wohin soll es gehen?«

»Nach Stocksund«, sagte ich. »Am besten so schnell wie möglich.«

Das Taxi hielt vor dem Haus des Majors, und ich stieg aus. Es sah eigentlich so aus wie immer, doch keines der Fenster war erleuchtet, und vor der Tür stand auch kein Auto. Das konnte natürlich in der Garage geparkt sein.

Ich ging den kleinen Plattenweg bis zur Haustür und klingelte. Niemand öffnete.

Da ging ich um das Haus herum, durch den Garten auf der Rückseite und wieder zurück bis zum Tor.

Alles sah so aus wie immer. Aber es war offenbar niemand zu Hause.

Zum sicher zehnten Mal, seit ich am Nytorget losgefahren war, versuchte ich, den Major auf seinem Handy zu erreichen, aber auch dieses Mal ging nur seine Mailbox dran: »*Dies ist der Anschluss von Major Bengt Petterson vom Hauptquartier der Streitkräfte. Bitte hinterlassen Sie eine Nachricht nach dem Signalton.*«

Aus dem Briefkasten am Tor ragte die Tageszeitung, und ich zog sie heraus. Sie war von heute.

Vielleicht war er kurz einkaufen? Erkältet und krankgeschrieben, wie er war, hatte er sein Handy vielleicht ausgeschaltet gelassen. Sicher würde er jede Minute in die Einfahrt biegen, und wenn er aus dem Auto stieg, würden wir darüber lachen, dass er in Schlafanzug und Mantel Milch kaufen war.

Ein normaler Novembermorgen in Stocksund, Schweden, Europa, in der Welt, im Universum.

Die Angst, die ich, seit ich aufgewacht war, hatte in Schach halten können, brach erneut durch. Ich versuchte, tief durchzuatmen, wie es mir die Traumatherapeutin nach der Vergewaltigung beigebracht hatte, und mich auf die Umgebung zu konzentrieren.

Der Himmel war gleichmäßig grau, die Bäume schwarz und starr in der feuchten Morgenluft. Kein Mensch war zu sehen.

Plötzlich schrak ich zusammen, als ich ganz in der Nähe eine Stimme vernahm.

»Suchen Sie den Major?«

Ich drehte mich in die Richtung, aus der die Stimme kam, und entdeckte einen älteren Mann im Pullover. Er stand nur ein paar Meter von mir entfernt, hinter den Büschen auf der anderen Seite des Zauns, der die beiden Grundstücke voneinander trennte.

»Warum?«, fragte ich, obwohl es ja offensichtlich war, dass ich genau das tat.

»Weshalb sollten Sie sonst in seinem Garten herumschleichen?«, sagte der Mann.

»Tut mir leid«, sagte ich. »Ich wollte nicht unfreundlich erscheinen. Ja, ich suche den Major. Wir sind gute Freunde.«

»Aha«, sagte der Mann geheimnisvoll. »Sie wissen, wo er arbeitet?«

Ich betrachtete ihn. Ein älterer, freundlicher Herr mit leicht einfältigem Aussehen. Aufregung blitzte in seinen Augen auf. Hier geschah etwas Spannendes, das war ganz offensichtlich.

»Er ist bei den Streitkräften«, flüsterte er erregt. »*Major!*«

Ihm schien nicht aufzufallen, dass wir diesen Titel schon ein paarmal erwähnt hatten.

Ich sah mich in alle Richtungen um. Es war ein Schuss ins Blaue, aber ich musste es einfach versuchen.

»*Ich weiß!*«, flüsterte ich ebenfalls. »Tatsächlich arbeiten wir zusammen im Hauptquartier der Streitkräfte. Daher wollte ich mich nur vergewissern, ob heute Nacht alles gut gelaufen ist, wenn Sie verstehen, was ich meine.«

Wieder ein Aufblitzen in seinen Augen. Der Mann sah sich ebenfalls um, zog ein paar Büsche auseinander und trat vor.

»*Ich verstehe*«, sagte er mit leiser, erregter Stimme. »Wie gut, dass Sie es ansprechen, ich wusste einen Moment lang gar nicht, was ich denken sollte! Ich habe sogar die 112 angerufen, aber sie wussten bereits, dass es sich um eine Übung handelte.«

Meine Eingeweide verknoteten sich, aber ich tat mein Bestes, um zu lächeln.

»Super«, presste ich hervor. »Erzählen Sie mir, wie es gelaufen ist!«

»Es war so unheimlich spannend! Ich bin immer ab halb fünf wach, deshalb habe ich alles vom Küchenfenster aus gesehen.

Wirklich professionell! Man hätte wirklich denken können, das sei alles echt gewesen.«
»Wie schön!«, brachte ich mühsam hervor. »So sollte es auch sein. Haben sie beide mitgenommen?«

Der Mann drückte sich durch die Büsche, um noch ein wenig näher zu kommen. Er sah aus, als würde er gleich mit dem Geheimnis herausplatzen, wer das Rad erfunden hatte.

»Lassen Sie es mich mal so sagen: Würde ich den Major nicht kennen und hätte ich nicht erfahren, dass es eine Übung war, ich wüsste nicht, was ich getan hätte.«

»Gut. Wie waren die, die sie abgeholt haben, gekleidet? Manchmal versuchen wir, mit der Kleidung eine Verbindung zu fremden Mächten zu schaffen. Ansonsten entscheiden wir uns häufig für einen zivilen Look, wie bei Geheimagenten.«

Mit einer Geste deutete ich Anführungszeichen an. Der Nachbar dachte so intensiv nach, dass man sein Gehirn beinahe arbeiten hören konnte; er wollte wirklich etwas beitragen.

»Das Ganze sah eher nach Zivil aus«, sagte er dann. »Dunkle Anzüge. Einige hatten Sonnenbrillen auf, obwohl es immer noch stockdunkel war. Das fand ich ein wenig übertrieben.«

»Ganz Ihrer Meinung«, sagte ich und deutete eine angewiderte Miene an. »Völlig übertrieben! Das werde ich der Abteilung melden.«

Er lächelte mich glücklich an.

»Bengt und Ingela kamen beide mit hoch erhobenen Händen heraus«, sagte er. »So ungefähr!«

Lebhaft demonstrierte er, wie es ausgesehen hatte.

»Dann zwang man sie in ein Auto. Es wirkte beinahe wie ein *Ehrengeleit* oder so etwas. Mindestens drei Autos, und sie saßen im mittleren.«

Ich nickte. »Okay. Konnten Sie die Kennzeichen erkennen?«

Der Mann sah mich misstrauisch an.

»Die können Sie doch sicher selbst über Ihre Arbeit herausfinden?«, sagte er. »Denn Sie *arbeiten* doch bei den Streitkräften?«

»Natürlich«, sagte ich, »ich frage nur, weil es wichtig ist, dass Sie keine Kennzeichen gesehen haben. Sie sollten übermalt sein.«

»Ach so«, sagte der Mann und lächelte erleichtert. »Nein, nein, keine Sorge. Ich habe keine Kennzeichen gesehen.«

»Sehr gut.« Ich wandte mich ab, um zu gehen. Dann hielt ich inne, als sei mir noch etwas eingefallen. »Sagen Sie: Der Major hat mich in sein Sommerhaus eingeladen. Wo liegt das noch mal?«

»In Östergötland, glaube ich. Außerhalb von Linköping.«

»Ach ja, das war es. Gut, vielen Dank für Ihre Hilfe!«

»Keine Ursache«, sagte der Mann. »Eine Sache noch: Wann kommt er zurück? Vielleicht schon heute Abend?«

»Warum?«

Er grinste verhalten.

»Mittwochs spielen wir immer Karten«, sagte er. »Poker. Keine hohen Einsätze natürlich, nur so zum Spaß. Ich hatte mich nur gefragt, ob er wohl beim nächsten Mal dabei ist.«

»Das weiß man nie«, sagte ich. »Aber ich würde nicht damit rechnen.«

Ich nahm die Roslagsbahn zurück in die Stadt und ging dann vom Ostbahnhof bis zum Humlegården, wo ich mich auf einer Bank niederließ. Es hatte angefangen zu regnen, aber das machte mir nichts aus, denn so sah man wenigstens meine Tränen nicht. Es war ohnehin kaum ein Mensch draußen. Erinnerungen von früher tauchten vor meinem inneren Auge auf: der Major zu Besuch bei uns in Örebro, und wie nett er immer gewesen war; die

Freude des Majors, als ich mich für den Militärdienst entschieden hatte, seine Tränen bei Papas Beerdigung. Er war so ein wunderbarer Mensch. Was war bloß mit ihm passiert?

Die Leben aller, die mit mir in Verbindung standen, wurden zerstört.

Ich schrieb eine SMS an Fredrik und berichtete, was ich über das Verschwinden des Majors wusste. Er antwortete, er sei bereits informiert und arbeite daran. Dann rief ich im Krankenhaus in Örebro an und fragte, wie es Torsten ging. Sein Zustand hatte sich nicht verändert.

Ich blieb auf der Bank sitzen und starrte leer vor mich hin.

Hier hatte ich vor knapp einem Jahr gesessen, als Björn mit mir sprechen wollte, und es endete damit, dass ich davonlief. *Björn*. Noch einer von Papas Freunden, der mir wohlgesinnt gewesen war. Noch einer von Papas Freunden, dem es meinetwegen schlecht ergangen war.

Björn war tot. Torsten lag im Koma. Wo waren der Major und Ingela?

Ich hatte schon etwa eine halbe Stunde dort gesessen, als ich bemerkte, dass das Telefon in meiner Tasche zu klingeln begann. Als ich es mit meinen schmerzenden Fingern, an denen sich die Blasen allmählich in Wunden verwandelten, herausgezogen hatte, hörte das Klingeln gerade auf.

Sechs verpasste Anrufe, alle von Sally. Ich rief sie an und hielt mir mit der linken Hand das Telefon ans Ohr, weil sie nicht ganz so wehtat wie die rechte.

»Wo zur Hölle bist du gewesen?«, brüllte sie in den Hörer.

»Hast du gestern und heute Morgen meine SMS nicht gelesen? Ich habe dich ungefähr *fünfzig Mal* angerufen!«

»Tut mir leid«, sagte ich. »Ich bin nicht ... es ist viel passiert. *Ich habe das Material gefunden.*«

In der Leitung wurde es still.

»Wow«, rief Sally dann aus. »Wo war es? Und was ist es überhaupt? Können wir uns treffen?«

»Natürlich. Es ist besser, wenn ich es *live* erkläre. Wo?«

»Gunnarssons auf der Götgatan. Obergeschoss. Ich gehe hin und besetze den Tisch ganz hinten.«

»Okay. Gib mir eine halbe Stunde.«

Ich nahm die U-Bahn quer durch die Stadt, stieg am Medborgarplatsen aus und lief zur Konditorei Gunnarssons. Hier auf der Götgatan waren mehr Menschen unterwegs, aber niemand achtete auf eine Frau, der die Tränen die Wangen herabliefen.

Sally saß an einem Fenstertisch in der ersten Etage und sah aus, als habe sie ebenfalls geweint. Um zehn Uhr vormittags war es hier noch ziemlich ruhig, und wir konnten ungestört reden.

»Erzähl«, forderte sie mich auf, als ich ankam.

Ich fasste die Ereignisse, so gut ich konnte, zusammen, ebenso den Inhalt des USB-Sticks. Sally hörte mir gebannt zu.

»Veronika«, sagte sie und lächelte leicht. »Jetzt wundert mich gar nichts mehr. Warum sitzt du also hier, warum haben sie dich noch nicht geschnappt? Wo ist der USB-Stick?«

Ich klopfte auf meine Jackentasche.

»Hast du keine Angst?«, fragte Sally stirnrunzelnd. »Was willst du jetzt tun?«

»Was ist hier passiert?«, sagte ich, ohne ihre Frage zu beantworten. »Wie läuft es bei Andreas?«

»Andreas hat gute Nachrichten bekommen. Sie geben ihm noch eine Chance, trotz des Fehlers. Offenbar ist es ihm am Ende doch noch gelungen nachzuweisen, dass ein anderer Artikel veröffentlicht wurde als der, den er eingereicht hatte.«

»Wie schön. Ich habe mir wirklich Sorgen um ihn gemacht.«

Sally sah aus dem Fenster, dann blickte sie wieder mich an.

»Mir wurde fristlos gekündigt«, sagte sie. »Die Nachricht kam heute Morgen. Ich habe einen Karton bekommen, in den ich meine persönlichen Dinge packen kann, und zwei Tage für die Übergabe. Dann muss ich Schlüssel und Passwörter abgeben und stehe ohne Einkommen auf der Straße.«

Erst jetzt fiel mir auf, dass sie vormittags ein Treffen in einer Konditorei vorgeschlagen hatte, obwohl sie eigentlich bei der Arbeit sein müsste.

»Warte mal«, sagte ich. »Was sagt Massoud dazu?«

»Dass er es nicht versteht«, sagte Sally. »Aber weil die Entscheidung von ganz oben kommt, scheinen die Leute zu glauben, dass ich etwas wirklich Dummes getan haben muss – wie zum Beispiel dein Geld zu stehlen – und dass das Management mich jetzt schützt, indem es mich ›nur‹ vor die Tür setzt und keine Anzeige erstattet.«

»Die Überweisung des Geldes von meinen Konten diente also als Vorbereitung für das hier«, stellte ich fest.

»So viel ist klar. Aber dein Kontakt bei der Bank, *Lotta* – keine Ahnung, wer das eigentlich ist – behauptet, sie habe mich ›gesehen‹. Wann auch immer das gewesen sein soll, ich habe diese Person ja noch nie getroffen.«

Ich schloss die Augen.

Papas Spruch, mit dem er mich als Kind oft aufgezogen hatte, hallte in meinem Kopf wider: *Neugierig hoch zehn – wer zu neugierig ist, dem wird es schlecht ergehen.*

Als ich die Augen wieder öffnete, sah mich Sally wieder mit diesem katzenhaften Gesichtsausdruck an, an den ich mich noch aus Grundschulzeiten erinnerte.

Ihre grünblauen Augen – jetzt rot geweint – leuchteten durch den dicken schwarzen Lidstrich noch intensiver, und es war offensichtlich, dass nicht einmal diese lebensverändernde Situation, die Tatsache, dass sie ihren Job verloren hatte, sie zum Aufgeben bewegen würde. Vermutlich war eher das Gegenteil der Fall.

»Jetzt gehen wir zur Polizei«, sagte sie bestimmt. »BSV hat dir nicht geantwortet, jetzt kümmern wir uns nicht mehr um sie. Wir haben ohnehin keine Kontrolle über die Situation, und du weißt nicht mal, ob du dem Widerstand vertrauen kannst – alle scheinen auf irgendeine merkwürdige Art zusammenzuarbeiten. Wir gehen zu diesem Typen, den du kennengelernt hast, als Bella starb, Samir irgendwas. Er schien nett zu sein. Jetzt *müssen* sie dir einfach zuhören!«

Samir. Ich erinnerte mich sehr gut an ihn: ein netter, aufmerksamer Kerl, der mir gegenüber offener gewesen war, als er gedurft hätte. Aber das war fast ein Jahr her.

»Wahrscheinlich wurde er inzwischen auch korrumpiert«, sagte ich verbittert.

»Wer weiß! Vielleicht halten sie ihn in seinem naiven Wohlwollen für nicht wichtig genug und lassen ihn in Ruhe? Du würdest ihm wahrscheinlich einen Gefallen tun, wenn du ihm das hier gibst, obwohl er so weit unten in der Nahrungskette steht, weil du *ihm als Person so sehr vertraust*. In diesem Fall würde er uns bei Gott weiß was helfen. Oder wir sterben.«

»Du Strategin«, sagte ich.

»Das ist etwas, was man wohl lernt, wenn man herumläuft und Katniss spielt«, sagte Sally.

Ich sah aus dem Fenster. Unten auf der Götgatan gingen Menschen jeden Alters vorbei: vereinzelte in Gedanken versunkene oder auch Gruppen, die sich unterhielten, lachende und offenbar glückliche Menschen. Zwei Mütter mit Pferdeschwänzen und Turnschuhen, die jede einen Zwillingskinderwagen vor sich herschob, plauderten sorglos, während die Leute ihnen auf dem Gehweg ausweichen mussten. Eine Horde Jungs rannte in die andere Richtung, einer von ihnen trug eine limettengrüne Daunenjacke. Ein älterer Mann verlor seine Mütze, und eine Frau mit einem großen Pudel an der Leine beugte sich hinunter und hob sie für ihn auf.

Das Leben. Es ging ganz ohne uns und würde sich nicht im Mindesten ändern, wenn wir verschwänden.

»Wo ist Andreas?«, fragte ich und klopfte auf meine Tasche. »Ich muss ihm die Dokumente zeigen, er wird umfallen.«

»Im Gegensatz zu uns beiden Faulpelzen wird er vermutlich bei der Arbeit sein«, antwortete Sally. »Wir können hingehen, wenn du willst. Ich habe gerade nichts Besonderes vor, außer zu packen, und das mache ich morgen oder übermorgen. Auf dem Weg kommen wir am Polizeipräsidium vorbei, wo Samir arbeitet.«

Bilder aus Sallys und meinem Leben seit der Vorschule flogen vor meinem inneren Auge vorbei. Sally, die Veronika und mich ärgerte; Sally, betrunken in der achten Klasse; Sally, die vor den Augen der Lehrer Kaugummiblasen produzierte und dafür zum Rektor musste. Sallys Miene, als Flisan und sie vor mir standen und mich ins Kreuzverhör nahmen, nachdem ich sie wegen des Mobbings gemeldet hatte. Sie war mehrere Wochen von der Schule suspendiert worden, obwohl der Rektor eigentlich nicht dazu berechtigt war. Aber Sallys Eltern hatten sich so über das Verhalten ihrer Tochter aufgeregt, dass sie Partei für die Schule ergriffen hatten. Sally hatte monatelang kein Taschengeld und auch sonst keine Privilegien erhalten. Unser Verhältnis hatte über die Zeit einiges einstecken müssen, hatte sich jedoch immer wieder erholen können.

Sie hatte in all der Zeit erwähnt, dass alles mit der Untreue ihres Vaters zusammengehangen hatte, und das Einzige, was nun zählte, war ihre unerschütterliche Loyalität.

»Was willst du jetzt machen?«, fragte ich besorgt. »Wovon willst du leben?«

Sally zuckte die Achseln und verzog das Gesicht. Der Ausdruck in ihren grünblauen Augen war hart.

»Jedenfalls nicht mehr im Bankwesen arbeiten«, sagte sie. »Im Augenblick interessiert mich auch eigentlich viel mehr, wie ich am Leben bleibe.«

Gut eine Stunde später saßen wir mit Samir im eisigen Wind auf einer Bank vor dem Polizeipräsidium. Sally hatte mich überzeugt, ihn anzurufen und mich mit ihm zu verabreden, ohne zu sagen, worum es ging. Und er war tatsächlich im Haus gewesen und hatte sich mit uns treffen können.

»Warum möchten Sie nicht drinnen mit mir sprechen?«, sagte er und zog den Reißverschluss seiner Jacke höher. »Hier ist es furchtbar kalt.«

Ich betrachtete Samir, wie er da saß. Er sah genauso nett aus, wie ich es von unserer letzten Begegnung in Erinnerung hatte. Die Jacke war an den Ellenbogen verschlissen, und jemand – wahrscheinlich er selbst – hatte unbeholfen versucht, sie mit dickem schwarzem Garn auszubessern. Er war Polizist, und aus diesem Grund sollte man auch bei ihm sicher wachsam sein. Aber ich konnte mir nicht helfen: Ich spürte dasselbe Vertrauen und dieselbe Sympathie ihm gegenüber wie bei unserer früheren Begegnung.

»Es gibt dort ein paar Personen, denen wir lieber nicht begegnen möchten«, sagte ich und nickte in Richtung Polizeipräsidium. »Ihr Freund zum Beispiel. Wie hieß er noch? Sigge?«

»Sigge Bergkvist«, sagte Samir und lachte. »Wir arbeiten nicht mehr zusammen, sie haben mich versetzt. Ich glaube, er hat darum gebeten.«

Ich erinnerte mich an seinen Kollegen: blond und reserviert, mit einer leicht spitzen Nase. Er hatte unheimlich viel Ähnlichkeit mit Carl Bildt gehabt. Vielleicht war das einer der Gründe gewesen, warum ich mich mit ihm so schwergetan hatte.

Mein Papa hatte sich auch mit Carl Bildt schwergetan, jedenfalls nach den Affären um Lundin Oil; das war aus seinen Unterlagen mehr als deutlich geworden. Auf der anderen Seite tat er sich mit Korruption und Bestechungen aller Art seitens der Behörden und gewählter Amtsträger schwer, ob es um Ölgeschäfte, Gewerkschaftspartys oder Wohnungsdeals ging, und nachdem ich seine Hefter gelesen hatte, konnte ich ihm nur zustimmen.

Jetzt konzentrierte ich mich wieder auf Samir und das, was wir erzählen wollten.

»Sie werden es verstehen, wenn Sie die ganze Geschichte kennen«, sagte ich freundlich.

»Sollen wir ein Stück gehen?«, sagte Sally. »Wir nehmen Samir zwischen uns. Sara erzählt Ihnen die Geschichte, und ich ergänze sie hier und da. Oder bestätige vielleicht, dass sie keine Schraube locker hat.«

»Eine Schraube locker?«, fragte Samir. »Ich nehme an, hier geht es nicht um die Anzeige eines Fahrraddiebstahls?«

»Nein«, sagte ich, »um einen Fahrraddiebstahl geht es nicht.«

Und dann erzählte ich die Geschichte von Anfang an.

⇒ ⇐

```
Einer Sifo-Untersuchung zufolge sinkt das
Vertrauen in die Gewerkschaften. Danken Sie
der Kommunal dafür. [...]

Die Gewerkschaft Kommunal, deren Mitglieder
überwiegend im Niedriglohnsektor arbeiten, hatte
mehrere Hundert Millionen Kronen in ein
Ausbildungszentrum im Stockholmer Schärengarten
sowie in ein Gourmetrestaurant investiert, das sie
```

in der Stockholmer Innenstadt betreibt und das jetzt zum Verkauf steht. An beiden Orten wird die eigene Weinmarke der Gewerkschaft namens Grosshandlargårdens verkauft.

Die Gewerkschaftsführer bewilligten sich gegenseitig außerdem kostspielige Reisen und Partys mit viel Alkohol. Und die Außenministerin Margot Wallström (Sozialdemokratische Arbeiterpartei) hatte einen Vertrag für eine Wohnung über 100 Quadratmeter in der Innenstadt von Stockholm bekommen.

Als diese Affäre öffentlich wurde, sorgte das nicht nur für viel Aufregung bei den Lesern des *Aftonbladet*. Es führte auch dazu, dass der Schatzmeister der Gewerkschaft, Anders Bergström, seinen Hut nehmen musste. Und die Sprecherin, Anneli Nordström, wird beim Kommunal-Kongress Ende Mai zurücktreten.

Seit 19 Jahren untersucht Sifo im Auftrag der Organisation Medieakademien das Vertrauen der schwedischen Bevölkerung in zahlreiche wichtige Akteure unserer Gesellschaft. Die diesjährige Auflage der Untersuchung ist von Misstrauen geprägt. Bei nahezu allen ist das Vertrauen gesunken. […]

Lena Mellin, *Aftonbladet,* 07.04.2016

...

Hat Wallström sich mit einer Wohnung bestechen lassen?

Außenministerin Margot Wallström (Sozialdemokratische Arbeiterpartei) hat sich möglicherweise der

Bestechlichkeit schuldig gemacht, als die Gewerkschaft Kommunal ihr eine Wohnung verschafft hat.
»Der bloße Verdacht ist schlimm genug«, so Helena Sundén, die Generalsekretärin des Antikorruptionsinstituts, die der Ansicht ist, die Staatsanwaltschaft sollte eine Untersuchung des Vorfalls einleiten.

Nur ein halbes Jahr hat es gedauert. So schnell hat die Außenministerin von Kommunal den attraktiven Mietvertrag mitten in Stockholm bekommen. Andere müssen am kommunalen Wohnungsmarkt durchschnittlich 13 Jahre warten.

»Natürlich sollten so hochrangige Personen wie Margot Wallström wissen, dass das nicht so einfach geht«, findet auch Stellan Lundström, Professor für Immobilienwirtschaft an der KTH. [...]
Staatsanwalt Gunnar Stetler, Leiter der landesweiten Einheit gegen Korruption, bestätigt, auf den Sachverhalt aufmerksam gemacht worden zu sein.
»Zum jetzigen Zeitpunkt möchte ich das nicht weiter kommentieren.«
Die politische Opposition äußerte sich angesichts des Vorfalls sehr kritisch, und auch die Moderaten (M) sehen hier einen Fall von Bestechung.
»Sie ist ein Teil der Regierung und sollte sich nicht von einer Gewerkschaft abhängig machen, die eigene politische Interessen verfolgt«, sagt Parteisekretär Tomas Tobé.
Wallström selbst gibt an, sie fühle sich von Kommunal hintergangen, denn man habe ihr versichert, dass sie niemanden übervorteilt habe. [...]

Tomas Tobé nimmt Wallström diese Erklärung nicht ab.
»Ich glaube nicht, dass ihre Ausrede standhält. Sie muss ihr eigenes Verhalten erklären. Da kann sie nicht anderen die Schuld zuschieben.«
Der wohnungspolitische Sprecher der Liberalen Robert Hannah stimmt in die Kritik ein.
»Stockholm hat die längsten Wartezeiten der Welt, wenn es um Wohnraum geht, und ich finde es bemerkenswert, dass Sozialdemokraten vorgezogen werden oder eine Extrawurst bekommen.« […]
Olle Lindström, Owe Nilsson und Maria Davidsson, *Borås Tidning*, 15.01.2016

...

»High level corruption« ist etwas, das Dennis Töllborg als Nepotismus bezeichnet, man sorgt für sich selbst, seine Partei oder seine Freunde.

Sie sagen, wir haben in Schweden viel mehr Korruption, als wir vielleicht denken, daher müssten die Gesetze verschärft werden?
»Darauf können Sie Gift nehmen.«
Elsa Sjögren, *SVT Nyheter*, 19.01.2016

—

Wir spazierten mit Samir fast ganz um Kungsholmen herum. Einmal bogen wir in ein menschenleeres Café ab, um uns aufzuwärmen und einen Kaffee zu trinken, doch dann gingen wir weiter, die Straßen auf und ab, um Parks herum und am Wasser entlang, bis ich meinen Bericht beendet hatte. Sally hatte hin und wieder etwas ergänzt und außerdem bezeugt, dass das, was ich da behauptete, tatsächlich passiert war.

Samir sah von mir zu Sally und wieder zurück, und seine Augen leuchteten.

»Das Ganze ist doch *völlig verrückt!*«, rief er aus. »Wie viel davon können Sie beweisen?«

»Ich verfüge über all die Dokumentation, von der Sie träumen, und darüber hinaus noch viel mehr«, sagte ich. »Ich habe Doris Hopps geheimes Buchmanuskript, in dem sie offen die Namen der Kunden in ihrem Bordell nennt, einschließlich ihrer speziellen Wünsche. Ich habe Olof Palmes Tagebuch, das aus seinem privaten Tresor verschwunden war. Ich habe Gehaltslisten von allen schwedischen Agenten, die in Schweden oder im Ausland sitzen, seit den Sechzigerjahren und bis vor anderthalb Jahren, und unterschriebene Quittungen der Nachrichtendienste fremder Nationen, mit denen man zusammengearbeitet hat. Sie werden sich über einige Namen, die da auftauchen, sehr wundern. Ich habe das gesamte IB-Register, das nicht nur diejenigen enthält, die erfasst wurden, sondern auch die ›Kameraden‹, die sie gemeldet haben. Ich habe das Meinungsregister der Säpo von A bis Ö. Ich habe Auszahlungen an schwedische Journalisten, die sie als Bestechung für Artikel erhalten haben, in denen sie das Rechtssystem angreifen und bewusst lügen, um den Hals diverser hochrangiger Personen zu retten, und Kopien von Einzahlungen auf ihre Konten. Auch dabei werden Sie sehr überrascht sein, wenn Sie bestimmte Namen sehen. Sagen Sie einfach, welches Material Sie haben wollen, dann holen wir es aus dem Versteck. Es ist ein wahres Festmahl sowohl für die Justiz als auch für die Massenmedien.«

»*Das ist unglaublich*«, stieß Samir mit einem breiten Grinsen hervor und machte eine Siegerfaust. »Ich muss hierüber einen

Bericht schreiben, und erst dann gehen wir zu den Chefs. Nicht zu *einem* Chef, denn er könnte sich die Geschichte unter den Nagel reißen, sondern zu mehreren.«

»Sie sagen ›er‹«, bemerkte Sally trocken. »Frauen gibt es natürlich bei Ihnen nicht, oder?«

»Doch, schon«, sagte Samir. »Aber nicht auf dieser Ebene. Können wir das gleichzeitig an die Presse geben? Ich weiß, dass ich gerade egoistisch denke, aber es wird viel schwerer für die Typen da oben, mich auszuschließen, wenn mein Name von Anfang an bei der Untersuchung auftaucht.«

»Natürlich«, sagte ich. »Wir sind auf dem Weg zum *Expressen*. Ich dachte an ein halbseitiges Porträt von Ihnen, in dem ich erzähle, dass Sie der einzige Polizist sind, dem ich vertraue. Was ja tatsächlich stimmt.«

Samir trat einen Schritt vor, nahm meinen Kopf zwischen seine Hände und drückte mir einen dicken Schmatzer auf den Mund. Danach sah er genauso schockiert aus, wie ich mich fühlte.

»Tut mir leid«, sagte er.

»Okay«, sagte ich mit hochgezogenen Augenbrauen.

Dann sah Samir Sally und mich plötzlich zweifelnd an.

»Sie haben doch nicht alles erfunden, oder?«, sagte er. »Dies ist kein *practical joke?*«

»Was genau meinen Sie«, fragte Sally. »Dass Saras Vater in einem Sommerhaus zu Tode gefoltert wurde? Oder dass ihre geliebte Katze an ihrer Wohnungstür festgenagelt wurde?«

»Tut mir leid«, entschuldigte sich Samir wieder. »Aber das Ganze klingt so unwahrscheinlich. Das verstehen Sie sicher, oder?«

»Wir verstehen«, sagte ich. »Sehen Sie sich das hier an.«

Ich wühlte in meiner Tasche und nahm einen Hefter heraus, der einen Teil des Materials enthielt, von dem ich ihm gerade erzählt hatte. Samir blätterte in dem Stapel und sah dann breit lächelnd zu mir auf.

»Kaum zu glauben, dass es wahr ist«, jubelte er.

Sally sah dagegen nicht so glücklich aus. Ich begriff, dass sie die gleiche Todesangst ergriffen hatte, die auch in mir gerade wieder aufwallte.

»Wir verstehen, dass Sie das fragen mussten«, sagte sie zu Samir. »Wir leben nun schon eine ganze Weile mit diesem Mist, und das Unglaublichste daran ist, dass wir jeden Morgen aufwachen und immer noch leben.«

»Dann sterben Sie jetzt bitte nicht«, sagte Samir beunruhigt. »Das hier kann sehr groß werden!«

Sally sah ihn belustigt an, so als könne sie ihren Ohren kaum glauben. Dann lachte sie, ein kurzes, freudloses Lachen.

»Glauben Sie etwa, das hätten wir in der Hand?«

Wenn Samir schon begeistert gewesen war, war das nichts im Vergleich zu Börje, Andreas' Chef bei der Abendzeitung.

Wir hatten Andreas angerufen und ihn vorgewarnt, und als wir mit Samir fertig waren, liefen wir zum DN-Hochhaus und der Redaktion des *Expressen,* deren Eingang gleich danebenlag. Andreas traf uns an der Rezeption, und wir umarmten einander.

»Schön, dass sie es nicht geschafft haben, dich rauswerfen zu lassen«, sagte ich.

»Noch nicht«, knurrte Andreas. »Aber bei Sally haben sie zugeschlagen.«

Die beiden wechselten einen Blick, und ich begriff, dass ihre Beziehung noch inniger geworden war. Das machte mich inzwischen überhaupt nicht mehr eifersüchtig, sondern einfach nur froh.

Dann wandte ich mich wieder an Andreas.

»Wie sehr wackelt dein Stuhl? Denn sie haben natürlich nicht aufgegeben.«

»Ein großer Knüller wäre gut«, sagte Andreas. »Dann kann man mich nicht mehr so leicht rauswerfen.«

»Gutes Timing, würde ich sagen«, sagte ich und klopfte auf meine Tasche.

Wir verließen die Rezeption und gingen zu einem Café in der Nähe, mit schönen Sofas und einem laut Andreas so schlechten Kaffee, dass man dort lange in Ruhe sitzen konnte. Ich hatte ihm in groben Zügen bereits von den Entdeckungen des gestrigen Tages erzählt, und er wiederum konterte mit weiteren Dokumenten, die er selbst entdeckt hatte und die auf internationale Zusammenarbeit im großen Stil hinwiesen. Als wir uns auf den Sofas niedergelassen hatten, holte Sally Kaffee, und währenddessen beschrieb ich den Inhalt von Papas USB-Stick detaillierter. Andreas wurde ganz still.

»Ich muss dieses Material sehen«, sagte er dann.

Ich klopfte wieder auf die Tasche, die ich an einem Riemen quer über den Körper trug.

»Mein ständiger Begleiter«, sagte ich. »Sogar, wenn ich schlafe. Willst du es jetzt lesen?«

»Ja, bitte«, sagte Andreas.

»Ich auch«, sagte Sally, die gerade mit einem Tablett an unseren Tisch zurückkam.

Dann vertieften sich die beiden in Papas Material, Seite an Seite. Ich selbst lehnte mich in dem unheimlich weichen Sofa zurück und schloss die Augen. Ich spürte, wie ich endlich – hier im Café, zusammen mit Sally und Andreas – loslassen und in eine erschöpfte Bewusstlosigkeit sinken konnte.

Nach gefühlt nur ein paar Augenblicken stieß Andreas mich an, und ich setzte mich verwirrt im Sofa auf.

»Jetzt musst du aufwachen«, sagte er.»Wir sind fertig.«
Ich sah mich um. Es musste einige Zeit vergangen sein, denn inzwischen war es dunkel geworden.
»Oh«, sagte ich gähnend.»Wie spät ist es?«
»Du hast etwas mehr als drei Stunden geschlafen«, sagte Sally.»Das hast du wahrscheinlich auch gebraucht.«
»Es ist fünf Uhr«, sagte Andreas.»Wir haben das Material gelesen, teilweise überflogen, teilweise sehr genau studiert.«
»Und?«
Andreas schüttelte den Kopf. Dann lachte er.
»Einfach unfassbar!«
Wir sahen einander an.
»Ich finde, diese internationalen Organisationen sind am schlimmsten«, sagte ich.»Pädophilennetzwerke. Kinderprostitution. Und Osseus mit enormen Einnahmen aus dem Drogenhandel in ganz Europa.«
Sally stimmte mir zu.»Klar, nach den ganzen Waffengeschäften regt mich das auch am meisten auf. All die Transaktionen an Personen, von denen man sich nie hätte vorstellen können, dass sie daran beteiligt sein könnten, sowohl in Schweden als auch anderswo. Und dann diese Auftragsmorde.«
Andreas streichelte die Tasche liebevoll.
»All das ist ganz furchtbar«, sagte er.»Aber für einen alten Journalisten ... in meiner Branche stößt man auf viele ungelöste Rätsel, die im Lauf der Zeit schlicht liegen geblieben sind, und man wird schier verrückt, wenn man anfängt, darüber nachzudenken und in ihnen zu wühlen. Und dann taucht ein solcher *Schatz* an Erklärungen auf ...«
Sally sah mich an und schüttelte den Kopf, so als wäre Andreas nicht ganz zurechnungsfähig.
»Das Stella-Polaris-Archiv«, sagte er und bekam einen verträumten Blick.»Und die Plauderbänder von Wennerström, *mit*

allen Gesprächen! Sogar die Geheimpläne der Streitkräfte sind dabei, die von Oberbefehlshaber zu Oberbefehlshaber vererbt werden und von denen ich nie gedacht hätte, dass es sie schriftlich gibt!«

»Du bist so eine Wühlmaus!«, sagte Sally. »Sara und ich haben keine Ahnung, wovon du redest!«

»Stellt euch vor, dass wir endlich wissen, was mit Cats Falck passiert ist«, sagte Andreas. »Algernon, Winberg, Gunnarsson, Casselton, Heimer ... all die ungeklärten Todesfälle: *Jetzt wissen wir es.*«

Wir saßen schweigen da.

»Glaubt ihr, das Material ist echt?«, fragte Sally.

»Es gibt nur einen Weg, das herauszufinden«, sagte Andreas. »*Wir veröffentlichen es.* Bevor BSV uns schnappt.«

Sie sahen mich beide an, Andreas durch seine gut geputzten Brillengläser unter seinem roten Haarschopf und Sally mit ihrem intensiven blaugrünen Blick.

»Bist du sicher, dass du für das hier bereit bist?«, wollte sie wissen.

»Ich bin bereit«, sagte ich. »Jetzt legen wir los.«

Ich ging zur Toilette und machte mich frisch, putzte mir die Zähne und wusch mir das Gesicht mit eiskaltem Wasser. Dabei musste ich feststellen, dass jetzt auch die Finger der linken Hand knallrot und von Blasen bedeckt waren. An der rechten Hand waren aus den Blasen schon offene Wunden geworden; ich würde sie behandeln müssen.

Ich ging wieder hinaus zu den anderen, dann nahmen wir den Fahrstuhl hinauf in die Redaktion des *Expressen*.

Börje, den ich bereits bei der großen Party der Zeitung kennengelernt hatte, war groß und zottelig wie ein Bär. Wir setzten uns in sein Büro, eine Art gläserner Raum mit Schreibtisch und Sitzgruppe, der an einem Ende eines offenen Großraumbüros stand. Zunächst schien Börje nicht völlig überzeugt. Er blinzelte Sally aus seinen kleinen Augen an und betrachtete mich anschließend mit einem wachsamen Blick.

»Also Sie waren das, die Andreas von seiner Arbeit als normaler Reporter abgehalten hat?«, sagte er angesäuert. »Tag und Nacht verschwindet er plötzlich zu merkwürdigen Einsätzen oder Nachforschungen, weil er ›Ihnen helfen‹ muss. Er behauptet, Sie würden nicht miteinander schlafen und er sei nicht in Sie verliebt. Also was ist Ihr Geheimnis?«

»Das hier«, sagte Andreas und zeigte auf meine Tasche, »ist das Geheimnis. Erzähl es ihm, Sara.«

Ich erzählte. In der Redaktion vor Börjes Büro ging man allmählich in den Feierabend, während ich sprach, aber ich wollte ihm die ganze Story von Anfang bis Ende erzählen. Als ich fertig war, hatte sogar die Putzfrau ihre Schicht beendet und rollte ihren Wagen mit stumpfem Blick an uns vorbei. Die Redaktion lag im Halbdunkel. Hinten im Lektorat arbeiteten noch ein paar Leute, aber auf dieser Seite des Büros waren nur noch wir übrig.

Börje lief in seinem Büro auf und ab. Dann stoppte er und wühlte in einer Schreibtischschublade nach Zigaretten.

»Jetzt brauche ich eine Zigarette«, sagte er. »Nein, verdammt, ich habe aufgehört, und außerdem gilt hier Rauchverbot. Ach, was soll's!«

Er zündete sich eine an und nahm dann seine Bewegungen wieder auf. Als er aufgeraucht hatte, drückte er die Zigarette in einen Blumentopf mit rosa Pelargonien, der auf der Fensterbank stand, dann setzte er sich wieder in seinen Bürostuhl.

»Wenn das wahr ist«, sagte Börje und sah uns drei an, »dann ist das der größte Knüller, der mir *in meinem ganzen Berufsleben* begegnet ist. Wir sprechen von einer Regierungskrise, ist Ihnen das klar? Nicht, dass wir gerade eine funktionierende Regierung hätten, aber es handelt sich im gleichen Maße auch um eine Oppositionskrise – wie auch immer die Opposition aussehen wird.«

»Ist Ihnen eigentlich klar, wie Sie klingen?«, sagte Sally.

Börje warf ihr einen Blick zu.

»Ich sage nur, wie es ist«, sagte er. »Es ist nicht meine Schuld, dass das Parlament gerade Reise nach Jerusalem spielt. Man könnte beinahe annehmen, nicht in Schweden, sondern in einem ganz anderen Land zu sein.«

Sally antwortete nicht.

»Das hier wird sich auf die Börse auswirken, die Aktienkurse werden in den Keller gehen, wenn die Öffentlichkeit erfährt, wie bestimmte Manager gehandelt und mit der Zeit ein Vermögen angehäuft haben«, sprach er weiter. »Auch in meiner Branche werden Köpfe rollen: Ausgehend von dem, was Sie gerade erzählt haben, wird sich wahrscheinlich auch die Leitung dieser Zeitung für das eine oder andere verantworten müssen. Was natürlich genauso für sämtliche großen Zeitungen und alle anderen Nachrichtenkanäle gilt.«

Er runzelte die Stirn und klopfte auf seine Brusttasche.

»Wo habe ich nur meine Zigaretten?«

»In der rechten Schublade«, sagte ich hilfsbereit.

Börje zog eine neue Zigarette daraus hervor und zündete sie an.

»Falls es aber *nicht* wahr sein sollte«, sagte er und blies den Rauch aus, »werden wir in Grund und Boden geklagt, wenn wir auch nur ein Wort von dem veröffentlichen, was Sie da behaupten. Das sind *extrem* schwerwiegende Anschuldigungen, und wir müssen sie beweisen können.«

»Mein Material *besteht* aus Beweisen«, sagte ich. »Sie entscheiden selbst, welche Teile Sie veröffentlichen möchten.«

Börje legte den Kopf schief, sah mich an und blies einen Rauchring aus.

»Wie kann ich wissen, dass Sie all das nicht erfunden und das Material gefälscht haben?«

»Na, das wäre ein spannendes Hobby! Dann hätte ich also auch die Sterbeurkunden meiner Eltern gefälscht?«

Börje zuckte mit den Schultern.

»Wer weiß? Es sind schon seltsamere Dinge passiert. Auf der anderen Seite mussten Sie das vielleicht gar nicht tun? Sie könnten bei Unfällen gestorben sein, und Sie sind vielleicht einfach eine notorische Lügnerin.«

Sally räusperte sich.

»Wenn ich etwas sagen dürfte, Börje: Ich finde, Sie sollten das Material erst lesen und dann Ihre Einwände vorbringen. Es ist sehr überzeugend.«

»Das glaube ich«, sagte Börje. »Wenn ich mir die Papiere über Nacht ausleihen dürfte, schaue ich sie mir an.«

»Tut mir leid«, sagte ich, »aber ich habe keine Kopien davon und möchte sie daher niemandem überlassen.«

»Dann kopieren wir sie einfach«, sagte Börje und nickte in Richtung Redaktion. »Dauert nicht mehr als ein, zwei Stunden.«

»Nein«, sagte ich.

»*Nein?*«, wiederholte Börje verblüfft und sah mich mit hochgezogenen Augenbrauen an.

Ich schüttelte den Kopf.

»Ich muss es bei dieser einen Kopie belassen und sicherstellen, dass das Material nicht herumgereicht wird. Gerade ist das meine Lebensversicherung. Ich kann morgen wiederkommen, wenn Sie es lieber dann lesen möchten. Aber die Papiere bleiben bei mir, und es werden keine Kopien gemacht.«

»Darf ich mal sehen?«, fragte Börje und streckte die Hand aus.

Ich gab ihm den gleichen Stapel, den Samir bekommen hatte, und er begann, darin zu blättern und zu lesen.

Nach einer Weile pfiff er anerkennend.

»Algernon«, sagte er. »Ich hätte wetten können, dass es sich genauso abgespielt hat! Aber sie haben sich geweigert, meine Theorien zu veröffentlichen.«

Er sah zu uns auf.

»Der Mord an Algernon war viel bedeutender als der an Olof Palme«, sagte er. »Aber genau das hat einfach keiner begreifen wollen.«

»Saras Vater schon«, meinte Andreas ruhig.

»Und Sie sehen ja, was er davon hatte«, sagte Börje mit einem rauen Lachen. »Entschuldigen Sie, Sara.«

Er blätterte und las weiter.

»Also war er doch Kunde bei Doris Hopps Vierzehnjährigen«, sagte er nach einer Weile. »Ich wusste es die ganze Zeit.«

»Wer?«, fragte Andreas.

»Etwas weiter hinten finden Sie die gesamte Kundenliste«, sagte ich. »Inklusive der Vorlieben von jedem Einzelnen.«

Börje blätterte und las. Dann sah er zu uns auf, mit einer angewiderten Miene.

»*Too much information!*«

Er blätterte vor.

»Ach ja ... die Auslieferung der Ägypter ...«, murmelte er. »Und dann hat man Anna Lindh beschuldigt! Und die Saudi-Waffen ... Es war schon komisch, dass man die Jungs all das veröffentlichen ließ, das hätte sich doch sicher auch auf andere Weise lösen lassen ... Pädophilennetzwerk ... Umweltgifte in der Ostsee, aha ... IB ... KSI ... Ericsson ... Telia, ach ja, genau ... Barnevik und Rainer ... Menschenhandel ...«

Börje murmelte und las, blätterte, hielt inne, lachte oder rief etwas aus. Nach einer Weile schob er alles wieder zusammen und legte den Stapel auf den Schreibtisch. Dann setzte er sich und sah uns an.

»Okay«, sagte er. »Das meiste in diesen Papieren bestätigt Theorien, die ich selbst viele Jahre mit mir rumgetragen habe. Und es tut *verdammt gut*, es endlich schwarz auf weiß vor mir zu haben!«

Ohne Vorwarnung schlug er mit der flachen Hand so fest auf den Schreibtisch, dass wir drei zusammenzuckten.

»*Ich will das hier veröffentlichen!*«, rief Börje aus, und jetzt war alles, was er sagte, von glühendem Enthusiasmus geprägt. »Ich werde mich an eine höhere Ebene wenden und einen Veröffentlichungsbeschluss durchsetzen, so gut es geht, ohne den Vorstand selbst einzuschalten, denn sonst kommen wir nicht weiter. Aber ich persönlich möchte das hier gedruckt sehen. Und ich bin bereit, ein Risiko einzugehen, damit uns das gelingt.«

»Ich habe noch eine ganz andere Frage«, sagte ich. »Und ich möchte eine hundert Prozent ehrliche Antwort haben.«

»Schießen Sie los.«

»Haben Sie irgendeinen Grund zu der Annahme, dass da etwas bei den Streitkräften läuft?«

Börje runzelte die Stirn.

»Bei den Streitkräften? Was meinen Sie damit? Außer dass sie immer genug Geld haben und ganz schlecht im Rechnen sind?«

»Irgendeine Art von Leck«, sagte ich. »Etwas Großes, das bald passieren wird.«

Börje lachte auf und zeigte auf Andreas.

»Der Einzige, der sich für solche Dinge interessiert, ist wohl dieser Kerl da«, sagte er. »Fragen Sie ihn.«

Er sah Andreas an und klopfte auf den Papierstapel neben sich.

»Was das Material hier angeht: Sie überprüfen alles, was sich überprüfen lässt. Quellen, Zitate, Zeitangaben, Titel von Akademikern und Politikern, Finanzunterlagen. *Alles.* Und Sie ...«

Damit wandte er sich an mich.

»... zeigen dieses Material *niemand anderem*, vor allem nicht anderen Medien. Sind wir uns einig?«

»Vollkommen«, sagte ich. »Nur noch eine Sache: Mit diesem Knüller hat Andreas Ihnen eine einzigartige Möglichkeit in der schwedischen Medienlandschaft gegeben, eine Chance, der Erste bei etwas zu sein, das so groß ist, dass andere Redakteure ihren Arm dafür geben würden, auch nur einen Bruchteil des Materials zu bekommen. Preise, Lob und internationale Anerkennung winken. Wie wollen Sie ihn dafür belohnen?«

Börje sah von mir zu Andreas.

»Sind Sie sicher, dass Sie nicht miteinander schlafen?«, fragte er.

Einen Moment lang war es still. Dann gähnte Sally geräuschvoll.

»Ganz sicher«, warf sie dann ein und durchbohrte Börje mit ihrem Blick. »Er schläft nämlich mit mir.«

Börje stockte, und wieder war es ganz still im Raum.

»Möchten Sie das Material nun veröffentlichen oder nicht?«, sagte ich kühl zu ihm.

»Natürlich wird Andreas eine Entschädigung erhalten«, sagte Börje. »Aber denken Sie daran, dass er gestern noch kurz davor war, rausgeworfen zu werden! Wir haben immer noch mit den Konsequenzen aus der schlampigen Veröffentlichung des Artikels zu den angeblichen Bestechungsaffären zu tun.«

»Was nicht Andreas' Schuld war, und das sollten Sie inzwischen sehr gut wissen.«

»Aha. Also, was wollen Sie?«

Ich sah ihn an.

»Andreas wird Autor aller Artikel, die dieses Material betreffen, mit Porträt und Namensnennung.«

»*Jetzt hören Sie aber auf*«, fauchte Börje wütend. »Wir haben hier viele erheblich routiniertere Journalisten, die einen fantastischen Job machen würden!«

»Das kann sein«, sagte ich. »Aber jetzt wird Andreas einen fantastischen Job machen und außerdem eine Festanstellung und eine ordentliche Gehaltserhöhung bekommen.«

Börje schnaubte.

»Sie können doch nicht einfach hier sitzen und mir vorschreiben, was ich in meiner Redaktion zu tun und zu lassen habe!«, sagte er zornig.

»Natürlich nicht«, sagte ich ruhig. »Sie sind hier der Chef, deshalb bestimmen Sie auch, ob Sie das Material veröffentlichen wollen oder ob wir stattdessen besser zum *Aftonbladet* gehen sollten.«

Börje schwieg. Sekundenlang starrte er mich wütend an.

»*Also gut!*«, presste er dann hervor.

»Schriftlich, bitte. Rechtlich bindend. Bevor Sie noch weiteres Material zu lesen bekommen.«

Börje starrte mich an und versuchte, mich dazu zu bringen, den Blick abzuwenden. Seine buschigen Augenbrauen zogen sich zu einem dicken Strich zusammen, seine Augen verwandelten sich in schmale Linien. Trotzdem war er es, der dann den Blick abwandte.

»Ja, ja, ja«, spuckte er aus, »abgemacht. Zur Hölle mit Ihrem Verhandlungsgeschick!«

»Reiß dich zusammen, Börje!«, sagte Andreas und klopfte ihm freundschaftlich auf den Rücken. »Du magst mich doch!«

Börje warf ihm einen wütenden Blick zu.

»*Don't push your luck*«, stieß er sauer hervor.

Vertrauen. Moral. Verlässlichkeit.
Hohe, komplizierte Ideale.
So schwierig, danach zu leben, und so leicht, sie in nur wenigen Augenblicken über Bord zu werfen.
Wem – außer meiner direkten Familie – bringe ich noch Vertrauen entgegen?
Niemandem. Nicht einmal mir selbst.
Und wessen Moral respektiere ich?
Es gab mal eine Zeit, da hätte ich als Antwort auf diese Frage viele Namen nennen können. Menschen, mit denen ich Seite an Seite gekämpft habe, Personen, die ich hoch geachtet habe und auf deren Urteilsvermögen und Meinung ich große Stücke hielt.
Wen verbinde ich heute noch mit Zuverlässigkeit?
Vielleicht ist gerade das das Schlimmste an meiner derzeitigen Situation.
Wenn du begreifst, dass alle um dich herum Bausteine einer riesigen Pyramide sind, weißt du nicht länger, wer wer ist.
Auf wen kannst du dich noch verlassen? Wer ist Freund und wer Feind?
Ich bringe nicht einmal mir selbst mehr Zuversicht entgegen.
Wie soll ich da jemals wieder jemand anderem vertrauen?

Andreas, Sally und ich nahmen den Bus über die Västerbron, und nach nur ein paar Minuten fühlte es sich beinahe so an, als seien wir ganz normale Freunde auf dem Weg zu einem netten Abend im Restaurant. Im Bus roch es nach feuchter Wolle, wir standen und hielten uns an einer Stange fest, während wir über das Wetter und die Politik plauderten. Ich verdrängte die Gedanken an den Major, bis mein Telefon eine SMS von Fredrik meldete.

Können wir uns heute um 21:00 Uhr treffen, stand darin. Bei mir zu Hause?

Natürlich, schrieb ich.

An der Långholmsgatan stiegen wir aus dem Bus und überquerten die Straße. Wir wollten zum Ramblas, um Tapas zu essen, Bier zu trinken und dabei über die nähere Zukunft zu sprechen – falls wir eine hatten.

Draußen blies ein rauer, eisiger Wind, doch im Ramblas war es warm und gemütlich. Wunderbare Aromen breiteten sich von den Tellern auf den Tischen im Lokal aus, und ich stellte fest, dass ich den ganzen Tag noch nichts gegessen hatte – eigentlich sogar schon mehrere Tage nicht.

Wir hatten Glück und bekamen einen Tisch im hinteren Teil des Restaurants, wo der Geräuschpegel der Gespräche um uns herum so hoch war, dass man über alles Mögliche leise sprechen konnte, ohne von anderen gehört zu werden, und außerdem vor dem unangenehmen Wind verschont blieb, der hereinwehte, wenn die schwere Tür zum Lokal geöffnet wurde. Unsere Handys gaben wir an der Bar ab, wo man sie freundlicherweise in ein Regal legte, und bestellten dann jeder ein Sol mit einer Limettenspalte. Zurück am Tisch, starteten wir mit Gambas picantes – Garnelen aus Wildfang in Olivenöl und Weißwein, mit spanischem Pfeffer, Chili und Knoblauch. Binnen weniger Minuten standen die duftenden Garnelen, in einer Pfanne brutzelnd, auf dem Tisch, und gierig tunkte ich ein Stück Weißbrot in den Sud.

Wir aßen schweigend, waren alle gleich hungrig.

Schließlich sagte ich: »Okay, die Lage ist ernst, und es ist Zeit für eine Feuerrache.«

»Für was?«, fragte Sally und runzelte die Stirn, während sie die Speisekarte studierte. »Ich hätte lieber Alcachofas confitadas!«

»Für mich auch«, sagte Andreas und winkte der Kellnerin.

»Feuerrache«, sagte ich, sobald wir eine weitere Runde Tapas bestellt hatten. »Ein militärischer Begriff für das Abfeuern einer Waffe, um eine bestimmte Wirkung zu erzielen, also das Ziel zu treffen, und dadurch den Feind zu zerstören, zu verletzen oder zu töten.«

»Aha«, sagte Sally und warf sich noch ein Stück Brot mit Knoblauchöl in den Mund. »Ja, sie ziehen die Schlinge immer enger.«

»Mein Vater hat häufig über den Begriff Feuerrache gesprochen«, sagte ich. »Er hat immer wieder betont, es spiele keine Rolle, wie groß die Waffe ist, die man mit sich rumträgt, wenn man nicht richtig zielt, bevor man abdrückt.«

»Ein kluger Mann«, sagte Andreas.

»Im Moment können wir das Ziel nicht anvisieren, weil wir nicht wissen, was sie vorhaben. Sie haben mich immer wieder aufgefordert, dieses verdammte Material zu suchen, und jetzt, wo ich es endlich aufgespürt habe, ignorieren sie mich!«

»Die Biker haben dich nicht ignoriert«, wandte Sally ein.

»Veronika hat sie dazu gebracht, die Taktik zu ändern«, sagte ich. »Selbst für BSV muss es zu kostspielig sein, so viele blutige Wunden zu hinterlassen. Ich glaube, sie haben sich jetzt einen neuen Plan überlegt.«

»Heute haben sie euch zur Polizei und uns drei zur Presse gehen lassen«, sagte Andreas. »Warum?«

»Da steckt etwas dahinter«, sagte ich. »Es gibt irgendeinen teuflischen Hintergedanken.«

»Was hast du ihnen noch mal geschrieben?«, fragte Sally. »Dass du einen Tausch vorschlägst?«

»Ich habe ihnen das Material angeboten, und im Gegenzug sollen sie mir sagen, wer sie sind und was sie tun. Und warum wir immer noch am Leben sind.«

Andreas schüttelte den Kopf.

»Das ist das Seltsamste an der ganzen Geschichte«, sagte er.

»Warum haben sie dich nicht schon längst aus dem Verkehr gezogen? Besonders jetzt, wo du gefunden hast, was sie suchen.«
»Sie wollen noch etwas anderes«, sagte ich. »Ich tappe noch ziemlich im Dunkeln, aber ich habe da so ein Bauchgefühl.«
»Was meinst du?«, fragte Sally.
»Sie wollen mich auf ihre Seite ziehen.«
Andreas lachte zunächst, doch dann wurde er immer ernster, je länger er darüber nachdachte.
»Seid ihr bereit für eine Scharade?«, fragte ich. »Ich glaube, dass wir sie überlisten müssen, und das könnte ein wichtiger Teil der Feuerrache sein.«
»Ich bin bei allem dabei«, sagte Sally.
Ich sah mich im Restaurant um und spürte wieder, wie Todesangst in mir aufwallte. Es war hier genauso wie auf der Götgatan: Die Leute lachten und unterhielten sich, waren fröhlich oder hatten tiefe Sorgenfalten auf der Stirn. Um uns herum ging das Leben weiter, und das würde es auch mit unverminderter Kraft tun, egal, was mit uns passierte. Wieder verspürte ich den Wunsch, daran teilzuhaben: an den Gesprächen und dem Gelächter; am Weinen, Glück und Leid, an Leidenschaft und Langeweile. Und ich wünschte mir das Gleiche für meine Schwester: dass Lina aus dieser merkwürdigen Blase, in der sie sich befand, zu mir zurückkehrte und ein glücklicher, ausgeglichener Mensch wurde, der ein langes Leben vor sich hatte. Es durfte einfach noch nicht vorbei sein. Plötzlich sprudelten die Worte nur so aus mir heraus.
»Ich will nicht sterben«, sagte ich. »Ich möchte leben und lieben, arbeiten und Kinder bekommen, mich ärgern und lachen und Geld für meine Rechnungen zusammenkratzen und mit meinen Freunden Wein trinken und in die Sonne fliegen. Und ich möchte, dass Lina das Gleiche tun darf.«
Sally und Andreas sahen einander an, dann mich.

»Wir auch«, sagte Andreas. »Wir wollen genau die gleichen Dinge wie du. Glaub nicht, dass es uns anders geht.«

Die Kellnerin kam mit marinierten Artischockenherzen und frittiertem Ziegenkäse. Wir aßen wieder schweigend, und ich nahm einen Schluck Bier.

»Noch eine Sache, bevor wir eine Strategie entwickeln«, sagte ich. »Wenn das hier schiefgeht, möchte ich, dass ihr wisst, wie sehr ich schätze, was ihr alles für mich getan habt. Ihr beiden seid derzeit die zwei wichtigsten Menschen für mich.«

Sally sah mich aus halb geschlossenen Augen an, den Kopf leicht zurückgelehnt.

»Was für eine Verantwortung«, sagte sie und hob die Augenbrauen. »Jetzt brauche ich noch ein Bier.«

»Sprich bitte für dich selbst«, sagte Andreas. »Ich mag Verantwortung. Also bis zu einem gewissen Grad.«

Sally sagte nichts mehr. Doch dann hob sie ihre Bierflasche an und stieß mit meiner an, und wir sahen einander in die Augen, während wir tranken.

Andreas beugte sich zu uns vor.

»Ich habe eine Idee«, sagte er. »Diesen Ort hat BSV noch nicht auf dem Schirm, er ist perfekt. Hier in der Bar hinterlassen wir schriftliche Mitteilungen, falls es nötig sein sollte, in einem verschlossenen Umschlag mit unseren Namen darauf. Dann schicken wir ein Emoji mit einer Chilischote an die Person, für die die Nachricht bestimmt ist, und die Person kann dann herkommen und sich den Umschlag abholen.«

Sally und ich sahen ihn an.

»Eine Chilischote«, sagte Sally und wirkte dabei fassungslos. »Du meinst dieses rote Ding, das aussieht wie eine Paprika.«

»Keine schlechte Idee«, sagte ich.

»Nicht schlecht?«, sagte Andreas. »Sie ist brillant! Jetzt müssen wir nur noch die Scharade ausarbeiten. Sara?«

»Himmel«, sagte Sally. »Können wir danach Urlaub machen?«
»Das hängt ganz davon ab, wie gut du schauspielern kannst«, sagte ich und wischte mir den Mund ab. »Okay, Zeit, unserem Plan den Feinschliff zu verpassen.«

⇛ ⇚

Vom Ramblas aus leistete ich mir ein Taxi zu Fredriks Wohnung in Östermalm. Sally und Andreas waren in der U-Bahn am Hornstull verschwunden, aber nach den Anstrengungen der letzten Tage war ich zu müde, um mit dem Nahverkehr zu fahren, außerdem hatte ich zu viel Angst vor neuen Überfällen. Sogar der rasierte Schädel des Taxifahrers beunruhigte mich. Doch er plauderte die ganze Zeit über die Schwedendemokraten, die eine immer größere Plattform bekamen, und warum man Jimmie Åkesson hätte bitten sollen, eine Regierung zu bilden, und zwar noch vor Stefan Löfven und Ulf Kristersson. Ich stellte meine Ohren auf Durchzug, noch bevor wir auf der Söder Mälarstrand, die am Südufer entlangführte, waren. Es hatte angefangen zu regnen, und wegen des Windes schlugen die Tropfen wie kleine Nadeln von der Seite gegen die Windschutzscheibe des Wagens, sodass man kaum die Silhouette des Rathauses am anderen Ufer erkennen konnte. Aber die drei goldenen Kronen leuchteten trotzdem im Halbdunkel, beinahe gespenstisch beleuchtet vom grünen Licht auf der Aussichtsplattform des Turms.

Fredrik wohnte direkt am Strandvägen, und ich bat den Taxifahrer zu warten, bis ich den Code eingetippt und das Haus betreten hatte. Es war kein Mensch zu sehen, und ich gelangte ungehindert in den vierten Stock, wo Fredrik mich empfing. Die Innenseite seiner Wohnungstür war mit einem massiven Sicherheitsgitter ausgestattet, das dickste, das ich je gesehen hatte. Aber vielleicht war das hier am Strandvägen normal.

»Schön, Sie wiederzusehen, Sara«, sagte er. »Sie sehen müde aus, wie geht es Ihnen?«

»Es ging mir schon besser, könnte man sagen«, sagte ich.

»Wofür das Tor?«

Fredrik lächelte. »Um das zu schützen, was am meisten beschützt werden muss«, sagte er. »Heute Abend sind Sie das.«

Fredrik führte mich in sein Arbeitszimmer, und ich bemerkte, dass sogar die Fenster vergittert waren. In einer Privatwohnung hatte ich das noch nie gesehen.

Wir setzten uns in zwei Sessel, und ich berichtete von den neuesten Ereignissen. Fredrik hörte auf seine scheinbar zerstreute, tatsächlich aber hoch konzentrierte Art zu. Als ich zu den Motorradfahrern und dem Café kam, musste ich ihn nach Veronika fragen.

»Gehört sie auch zum Widerstand?«

Fredrik lächelte.

»Eine unserer besten Rekrutinnen«, sagte er. »Sobald Sie die Fähre nach Slagsta genommen haben, ist sie nach Sundbyberg gefahren.«

»Handyortung?«

Fredrik nickte.

»Starkes Mädchen, diese Veronika«, sprach er weiter. »Sie ist früher gemobbt wurden, aber das wissen Sie ja bereits. Diejenigen, die selbst solchen Dingen ausgesetzt waren, gehören später oft zu den Besten.«

»Haben Sie mich deshalb kontaktiert?«

»Wir folgen nur den Spuren von BSV. Wir wissen nicht genau, was sie wollen.«

»Können Sie mir erklären, worum es überhaupt geht und wer dazugehört?«

»Sie haben mit Andreas zusammen bereits eine hervorragende Bestandsaufnahme gemacht«, sagte Fredrik. »Ich habe Bilder von den Plakaten in Ihrer Wohnung gesehen. Sehr intelligente Aufstellung.«

Ich lachte auf, es war ein verbittertes, kurzes Lachen.

»Gibt es eigentlich irgendetwas, was der Widerstand und BSV nicht von mir wissen?«

Fredrik lächelte.

»Möglich, dass wir alles über Sie wissen. Aber wir verstehen nicht genau, wofür BSV Sie braucht.«

Ich sah ihn an.

»Leiten Sie den Widerstand?«, fragte ich.

Fredriks Mundwinkel zuckten belustigt.

»Vielleicht ein bisschen. Aber es gibt viele Schlüsselpersonen.«

Ich klopfte auf meine große Tasche.

»Sind Sie neugierig? Hier ist das Material, um das sie so viel Aufhebens gemacht haben.«

»Ich möchte mich nicht aufdrängen«, antwortete Fredrik. »Aber natürlich würde ich gerne einen Blick darauf werfen.«

»Möchten Sie den USB-Stick kopieren?«

»Ich denke nicht, dass Sie Kopien machen sollten«, sagte Fredrik. »Er könnte jetzt Ihre Lebensversicherung sein.«

»Aber Therese hat doch gesagt, dass Sie das Material unbedingt haben wollen«, sagte ich.

Fredrik lächelte.

»Therese arbeitet eng mit Berit zusammen«, sagte er. »Sie haben eine etwas kompromisslosere Einstellung zum Thema Leben und Tod als wir anderen.«

»Und Anastasia? Arbeitet sie für BSV oder für den Widerstand?«

»Anastasia hat den Wert Ihres Materials erkannt, sowohl für BSV als auch für den Widerstand. Aber sie arbeitet vor allem für sich selbst.«

Fredrik begann, die Papiere in meiner Tasche durchzublättern, und während er das tat, lehnte ich mich in die Kissen zurück und dachte darüber nach, was er gesagt hatte. Die beiden Biere, die ich getrunken hatte, in Kombination mit meiner Erschöpfung, führten dazu, dass ich innerhalb weniger Sekunden eingenickt war.

Ich erwachte vom Geräusch von Fredriks Stimme.

»Also, ich denke mir das so«, hörte ich ihn durch die Dunkelheit sagen.

Ich öffnete die Augen. Fredrik stopfte die letzten Papiere in meine Tasche und lächelte freundlich.

»Ich glaube beinahe, Sie sind eingeschlafen«, sagte er. »Ich versuche, mich kurz zu fassen.«

Ich beugte mich im Sessel vor und konzentrierte mich.

»Das Material, das Ihr Vater da zusammengestellt hat, ist reines Dynamit«, erklärte Fredrik. »Es enthält ungeheuer schwerwiegende Anschuldigungen gegen viele noch lebende Personen, und sie werden natürlich ihr Möglichstes tun, dass nichts davon ans Licht kommt. Auf der anderen Seite sind Sie im Besitz des Materials, und BSV hat es Ihnen noch nicht weggenommen. Die Polizei hat es gesehen, der Chefredakteur des *Expressen* hat es gesehen, und Sie und ich haben es gesehen. Trotzdem sitzen wir hier, Sie und ich. Es gibt also ein Geschehen hinter dem Geschehen, bei dem Sie immer noch eine Rolle spielen.«

»Erklären Sie es mir«, forderte ich ihn auf.

»Wir wissen noch nicht so viel darüber«, sprach Fredrik weiter. »Aber im Hauptquartier der Streitkräfte stimmt etwas nicht. Wir glauben, dass es auf mehreren Wegen infiltriert wurde.«

»Inwiefern?«

»Wir arbeiten noch daran. Aber es geht um die Sicherheit des Landes und die Stabilität der gesamten Ostseeregion. Ruhen Sie sich jetzt aus, es kommen bald Leute her, die mit Ihnen sprechen möchten.«

Ich schloss die Augen für einen kurzen Augenblick.

Ein Murmeln weckte mich. Der Raum lag im Halbdunkel, die Lampen waren ausgeschaltet, doch im Flur brannte Licht. Ich lag ausgestreckt im Sessel, die Füße auf einem Hocker, und jemand hatte eine Decke über mich gebreitet. Ein Blick auf mein Handy verriet mir, dass es drei Uhr morgens war.

Fredrik stand in der Tür. Er schaltete einige Spots im Bücherregal ein, und ich setzte mich auf.

»Wie gut, dass Sie ein wenig geschlafen haben«, sagte Fredrik und lächelte. »Sie waren sehr müde. Fühlen Sie sich jetzt besser?«

»Viel besser.«

»Erinnern Sie sich, worüber wir gesprochen haben, bevor Sie eingeschlafen sind?«, wollte Fredrik wissen.

»Ich erinnere mich an alles«, sagte ich. »Tut mir leid, dass ich so fertig bin.«

»Es ist ein Wunder, dass Sie sich überhaupt noch auf den Beinen halten können, nach allem, was Sie durchgemacht haben. Wenn Sie nur noch ein wenig länger durchhalten könnten, wäre das ganz wunderbar.«

Weitere Personen betraten den Raum, und ich erhob mich schnell, hellwach und bereit, mich zu verteidigen.

»Georg und Dragan kennen Sie bereits«, sagte Fredrik.

Georg und Dragan schüttelten mir die Hand. Hinter ihnen kam Marcus herein.

»Und meinen Sohn«, sagte Fredrik.

Marcus lächelte mich warm an.

»Hallo, Sara«, sagte er.

»Ihr Sohn?«, sagte ich zu Fredrik. »Jetzt komme ich nicht mehr mit.«

»Marcus ist hier, um dafür zu sorgen, dass Sie gut nach Hause kommen«, sagte Fredrik. »Sie und ich haben über eine offene Leitung SMS geschrieben, also weiß BSV, dass Sie hier sind. Und damit sind sie nicht die Einzigen. Ich glaube, sie haben ein wenig die Kontrolle über einige ihrer Partner verloren, was nicht ungewöhnlich ist – nicht wenige der alten ungeklärten Todesfälle in Schweden sind darauf zurückzuführen, dass die Schweden nicht in der Lage waren, die ausländischen Geheimdienste, mit denen sie kooperierten, unter Kontrolle zu halten. Das macht die Situation volatil und ziemlich unangenehm. Sollen wir anfangen?«

Georg und Dragan ließen sich in Sesseln nieder, Marcus auf dem Sofa.

»Um direkt zur Sache zu kommen, Sara«, sagte Georg, »es gibt Anzeichen dafür, dass Sie in der nächsten Zeit von BSV kontaktiert werden. Wenn das passiert, möchten wir gerne, dass Sie mitspielen.«

Scharade.

Great minds think alike.

»Ich werde es versuchen«, sagte ich, »aber ich bin keine gute Schauspielerin. Was soll ich tun?«

»Wenn sie Ihnen die Möglichkeit für ein Gespräch geben, egal ob per E-Mail oder am Telefon oder sogar mitten auf der Straße«, sagte Dragan, »versuchen Sie, so viele Informationen wie möglich aus ihnen herauszubekommen. Seien Sie kooperativ, nicht feindselig.«

»Werden sie das nicht durchschauen? Ich war ja bisher nicht gerade gut auf sie zu sprechen.«

»Versuchen Sie, sich nicht in Gefahr zu bringen«, sagte

Georg, »dabei aber möglichst viel Wissen darüber zu sammeln, was sie tun. Wissen ist derzeit Mangelware. Wir wissen nur, dass es schlimmer ist, als wir dachten, und dass es um große potenzielle Probleme für Schweden und andere Länder geht.«

»Was ist mit dem Major und Ingela passiert?«, fragte ich. »Haben Sie sie finden können?«

Georg und Dragan wechselten einen raschen Blick.

»Leider nicht«, sagte Dragan. »Sie wurden mitten in der Nacht weggebracht, wie Sie wissen.«

»Haben Sie es bei ihrem Sommerhaus in Östergötland versucht? Außerhalb von Linköping?«

»Natürlich«, sagte Georg. »Sie waren nicht dort. Aber sie können natürlich später dort auftauchen.«

»Der Major wollte meine Schwester und mich außer Landes bringen«, sagte ich. »Aber sie begreift den Ernst der Lage nicht. Ich bin bereit, mit Ihnen zusammenzuarbeiten, aber ich möchte, dass Sie im Gegenzug dafür sorgen, dass Lina schon morgen ins Ausland gebracht wird, an einen Ort, an dem ich sie später treffen kann.«

Georg und Dragan sahen Fredrik an, der nickte.

»Gut«, sagte ich. »Nun sagen Sie mir, was ich tun soll.«

Eine knappe Stunde später waren wir fertig, und Marcus und ich wollten gehen.

»Komm«, sagte Marcus und streckte eine Hand nach mir aus. »Wir nehmen den Aufzug in die Tiefgarage.«

Ich stand neben Marcus im Aufzug, während sich dieser durch das Haus ins Untergeschoss bewegte, und war mir seiner körperlichen Präsenz sehr bewusst. Wir sahen uns nicht an, aber die Stimmung im Aufzug war angespannt. Gleichzeitig war ich so erfüllt von dem, was ich erfahren hatte, dass ich mich nur schwer auf etwas anderes konzentrieren konnte.

Konnte ich Marcus vertrauen?

Konnte ich Fredrik vertrauen?

Die Fragen kamen unweigerlich, doch es war zu spät, um darüber nachzudenken.

Wir gelangten in die Tiefgarage. Sie war voller Autos, und Marcus führte uns zu einem silbernen Porsche. Als er auf die Fernbedienung drückte, war ein Piepen zu hören, und die Lampen des Autos leuchteten auf.

»Du hast einen teuren Geschmack bei Autos«, stellte ich fest.

Marcus lächelte.

»Nicht ich«, sagte er, »mein Vater.«

Als wir es fast zum Auto geschafft hatten, nahm ich aus dem Augenwinkel eine blitzschnelle Bewegung wahr. Marcus reagierte schneller als ich: Er wirbelte herum und packte den Angreifer. Ein erstickter Schrei war zu hören, dann lag die Person regungslos auf dem Zementboden.

Es war Sergej, und es sah aus, als würde er schlafen.

Spezialkommando.

»Rein ins Auto«, sagte Marcus verbissen. »Er wird in ein paar Minuten aufwachen.«

Wir sprangen ins Auto, Marcus startete den Motor und fuhr los, bevor ich auch nur die Wagentür schließen konnte. Wir kamen auf den Strandvägen hinaus, wo alles ganz friedlich aussah. In dem anhaltenden Regen waren keine Fußgänger und kaum Autos zu sehen.

Marcus reduzierte das Tempo, und wir rollten durch die Stadt. Die Hamngatan hinauf, am NK vorbei und rechts in den Tunnel, dann auf die Brücke Richtung Riddarholmen. Das Rathaus mit seinen drei Kronen türmte sich rechts neben uns auf, näher und bedrohlicher, als ich es je wahrgenommen hatte. Dann beschleunigte Marcus, und wir fuhren über Riddarholmen in den nächsten Tunnel.

Ich betrachtete Marcus von der Seite. Ich sehnte mich danach, ihn wieder zu küssen, aber unsere Autofahrt war kurz. Wenn ich ein paar Antworten bekommen wollte, musste ich schnell fragen.

»Mira?«, fragte ich, und Marcus verstand sofort.

»BSV«, sagte er. »Hat deinen Drink präpariert und dich zu der Prügelei aufgehetzt, um die Anzahl der Anzeigen bei der Polizei zu erhöhen. Sie waren beide da: Sixten und Siv. Oder wie auch immer sie wirklich heißen.«

»Was werden sie mit den Anzeigen machen?«

Er zuckte die Schultern, um zu verdeutlichen, dass man das unmöglich wissen konnte.

»Spielt es eine Rolle?«, sagte er, und die Antwort darauf ließ mich frösteln.

»Und Therese?«

»Unglaublich tüchtig«, sagte er. »Eine unserer Topkräfte.«

Spürte ich da einen Hauch von Eifersucht?

»Berit und Anastasia?«

»Berit ist in Ordnung«, sagte Marcus. »Sie arbeitet international, wie Therese ist sie sehr effektiv, wenn auch manchmal zulasten menschlicher Werte. Anastasia ist uns leider entglitten, in eine ungute Richtung. Ich glaube, sie zieht da irgendein eigenes Ding im Widerstand durch, vielleicht in Kooperation mit BSV. Wenn du mich fragst, glaube ich sogar, dass sie es war, die Johan getötet hat.«

Mein Verstand setzte einen Moment aus, und es dauerte ewig, bis er die Information verarbeitet hatte.

Anastasia hatte Johan getötet?

»Aber warum?«, flüsterte ich. »Und warum hätte sie mich dann mit Fredrik zusammenbringen sollen?«

Marcus lächelte.

»Alle wollen etwas von dir«, sagte er. »Hast du das noch nicht begriffen?«

Wir fuhren von der Hauptstraße ab und waren auf dem Weg zur Götgatan.

»Eine letzte Frage«, sagte ich, ohne nachzudenken. »Was bedeutet ›Verteidigung‹ in einer so ungeschützten Welt?«

Marcus lächelte und schüttelte den Kopf.

»Das ist eine Frage, die ich mir nahezu täglich stelle«, sagte er. »Manchmal fühlt sich alles, was wir tun, vollkommen sinnlos an. Aber wenn ich mich dann umsehe ... man muss doch trotzdem versuchen, an Konzepten und Ideen, an die man glaubt, festzuhalten, findest du nicht?«

»Doch, das muss man wohl.«

Als wir zum Haus kamen, hielt Marcus direkt vor der Tür und drehte sich zu mir um.

»Ab jetzt bin ich immer einen Schritt hinter dir«, sagte er. »Vergiss das nicht.«

Ohne zu zögern, zog ich seinen Kopf näher und küsste ihn. Dann öffnete ich die Tür, stieg aus dem Auto und ging zur Tür. Als sie offen war, drehte ich mich um, um ihm zu winken.

Alles ging blitzschnell. In zwanzig Metern Entfernung blendeten Scheinwerfer auf, und ich hörte das Geräusch eines aufheulenden Motors. Gleichzeitig sah ich Marcus in einer furchtbaren Geschwindigkeit den Porsche zurücksetzen, dann fuhr ein schwarzes Auto sehr schnell an mir vorbei.

Ich schrie auf. Marcus wendete den Porsche und stand beinahe wieder in Fahrtrichtung, als das schwarze Auto ihn traf. Der Porsche wurde ein Stück weit herumgewirbelt, blieb aber nicht stehen, sondern fuhr um die Ecke und verschwand. Das schwarze Auto folgte ihm schlingernd. Nur das Geräusch quietschender Reifen, das sich entfernte, verriet, dass mitten in der Stadt gerade eine verrückte Verfolgungsjagd stattfand.

Plötzlich konnte ich meine Gefühle nicht mehr unterdrücken, und ich sank auf der Treppe vor der Eingangstür zusammen. Marcus. Ihm durfte nichts passieren. Nicht jetzt, wo wir uns doch gerade erst gefunden hatten.

⇛ ⇚

Es war fast fünf Uhr morgens, als ich in die Wohnung kam und begriff, dass ich mich den ganzen Tag nicht bei Lina gemeldet und auch von ihr nichts gehört hatte. Ich schloss auf und warf einen Blick in die Wohnung. Beinahe rechnete ich damit, dass sich etwas verändert hatte: dass entweder eine engelhafte Seele das Chaos beseitigt hatte oder dass jemand hinter der Tür stehen und versuchen würde, mich zu töten. Aber alles sah genauso aus wie vorher. Mit einer Ausnahme.

Als ich an Linas Zimmer vorbeiging, hielt ich plötzlich inne. Dort drinnen leuchtete etwas.

Es leuchtete nicht nur, sondern strahlte förmlich durch den schmalen Türspalt. Normalerweise war Linas Zimmer sehr farbenfroh: ein Bettüberwurf in Regenbogenfarben, Klamotten in allen möglichen Tönen und bunte Poster, die die tapezierten Wände zierten. Aber der Lichtschein, der jetzt aus Linas Zimmer drang, war nur weiß.

Ich schob die Tür auf, und was ich sah, schockierte mich.

In Linas Zimmer gab es keine Gegenstände oder Kleidungsstücke mehr. Die wenigen Möbel, die noch da waren – das Bett, der Schreibtisch – waren in leuchtendem Weiß lackiert worden. Die Wände waren weiß gestrichen, das Bett war weiß, und darauf lag ein weißer Bettüberwurf.

Nirgends sah ich persönliche Dinge von Lina. Die Schreibtischlampe – ebenfalls weiß –, die an der Tischplatte befestigt war, war so in den Raum gedreht, dass sie genau das weiße Licht produzierte, das mich hatte innehalten lassen, als ich an ihrem Zimmer vorbeigegangen war. Die Lampe schien in eine bestimmte Richtung zu zeigen: zum Kopfende des Bettes, wo sich unter einem blütenweißen Spitzenüberwurf, den ich noch nie gesehen hatte, das Kissen schwach abzeichnete.

Mitten auf dem Kissen lag ein Zettel.

Ich musste ihn nicht lesen, um zu wissen, was darauf stand, aber ich tat es trotzdem.

Dieses Mal war der Zettel sehr schön gestaltet. Das Siegel war ganz in Gold gehalten, mit goldenen Buchstaben in der Mitte und den drei kleinen goldenen Kronen darüber. Die Kombination aus Gold und dem strahlend weißen Licht ließen einen an Gott und Engel denken, an himmlische Sphären, an ein Leben danach.

Und gerade das flößte mir eine furchtbare Angst ein.

Eine Eiseskälte, die zum kalten Licht des Zimmers passte, breitete sich in meinen Eingeweiden und an der Stelle aus, wo mein Herz eigentlich sein sollte, wenn es nicht bereits vor so langer Zeit in viele tausend Stücke zerbrochen wäre.

Das weiße, engelsgleiche Licht.

Das kleine goldene Siegel.

Die Auslöschung ihrer gesamten Person, ihres Charakters, ihrer Habseligkeiten, ihres Ichs.

Sie hatten Lina geholt. Sie war von einer Sekte verschlungen worden.

Plötzlich erinnerte ich mich an die Abiturfeier am Karolinska-Gymnasium in Örebro im letzten Frühjahr. Lina, mit ihrem Pappteller um den Hals und dem Text »Erlöserin der Klasse« in goldenen Lettern darauf. Wie hatte ich das nur nicht verstehen können?

Papas Worte, als wir damals auf diesem Steg saßen, hallten in mir wider.

»Wenn mir was passieren sollte«, hatte er gesagt, »kümmerst du dich dann um Mama und Lina? Es würde mir viel bedeuten, wenn du mir das versprechen würdest. Sie sind etwas schwächer als du. Du bist stark wie eine Bärin, das sage ich ja schon immer.«
Ich hatte scherzhaft zwei Finger in die Luft gehalten, als ich antwortete.
»Ich schwöre es, Soldatinnenehrenwort. Sollte dir etwas zustoßen, kümmere ich mich um Mama und Lina. So okay?«
Papa nickte.
»Okay«, sagte er.
Angst wogte in mir: Ich hatte mein Versprechen Papa gegenüber gebrochen. Erst war es mir nicht gelungen, Mama zu beschützen, und jetzt hatte ich Lina an BSV verloren. Ich war eine Verräterin; ich war schwach; man konnte sich nicht auf mich verlassen.

Und dann begriff ich, warum BSV mich laufen gelassen hatte: warum sie mich erst zur Polizei und dann zu Andreas' Chef beim *Expressen* gehen ließen, während sie sich in aller Ruhe um Lina kümmerten. Die Absicht dahinter war so offensichtlich, dass ich nicht verstand, wie ich so dämlich hatte sein können – ich war sehenden Auges direkt in die Falle getappt.

Mit Lina in ihrer Gewalt konnten sie mich zwingen, alle Schritte rückgängig zu machen und alles zu leugnen, was ich gesagt hatte, was wiederum meine zukünftigen Beziehungen sowohl zur Staatsgewalt als auch zu den Medien sabotieren würde. Die Methode war so einfach wie brillant: Ich würde alles zurücknehmen müssen und sagen, dass ich mir das Ganze ausgedacht hatte. Und dadurch würden sie mir in Zukunft nie wieder zuhören, falls ich versuchte, die gleiche Geschichte noch einmal zu erzählen.

Lina hatten sie als Pfand genommen, und ich hatte mein letztes und wichtigstes Versprechen Papa gegenüber nicht gehalten.

Ich war zu einer Marionette in den Händen von BSV geworden, genau wie sie es wollten, und sie würden dafür sorgen, dass mein Umfeld mich ab jetzt für verrückt erklären würde.

Verrückt, verrückt, verrückt.

Mein größter Albtraum war Wirklichkeit geworden.

10. KAPITEL

Schon im Ramblas war der Akku von Sallys Handy leer gewesen, und sie hatte sicher vergessen, es ans Ladekabel anzuhängen. Andreas wiederum war inzwischen so wegen der Sicherheit besorgt, dass er sein Handy an allen möglichen Orten liegen ließ – zum Beispiel in seinem Kellerabteil im Haus –, und man konnte nie sicher sein, ob er sich gerade in dessen Nähe aufhielt. Jedenfalls konnte ich beide nicht erreichen. Vermutlich lagen sie zusammen im Bett und schliefen einen tiefen, dringend benötigten Schlaf.

Scharade.

Ich ging meine Kontakte durch, obwohl ich die Antwort schon kannte: Nein, ich hatte keine Nummer von Marcus. Auch keine E-Mail-Adresse, und wir waren weder bei Facebook noch bei Instagram befreundet.

Wie konnte ich ihn erreichen?

Plötzlich fiel mir die Nummer ein, die Jonathan mir auf eine Serviette geschrieben hatte. Sie lag immer noch in meiner Tasche.

Jonathan antwortete nach wenigen Sekunden und klang überhaupt nicht, als wäre er gerade erst aufgewacht.

»Hier ist Sara«, sagte ich. »Es ist ein Notfall.«
Ich erklärte die Situation.
»Gib mir ein paar Minuten«, sagte Jonathan, »ich melde mich gleich. Und Sara: Du hältst dich super. Auch wenn du das nicht oft merkst, wir sind unheimlich stolz auf dich.«
Er legte auf. Ich saß mit dem Telefon in der Hand da, verwirrt über sein unerwartetes Lob.

Ich hatte meinen Vater im Stich gelassen. Das stimmte zwar, aber ich hatte trotzdem mein Bestes gegeben. Hatte nicht vielmehr er unsere gesamte Familie im Stich gelassen, bloß weil er immer so verdammt rechtschaffen sein musste? BSV wollte jetzt sicher gerne mit mir in Kontakt treten, genau wie Georg und Dragan gesagt hatten; ich würde einen kühlen Kopf bewahren müssen. Und wie war es Marcus ergangen?

Wie als Antwort auf meine Frage klingelte mein Telefon, eine Nummer ohne Anrufer-ID. Es war Marcus, und ich hörte, dass er immer noch im Auto saß.

»Mach dir um mich keine Sorgen«, schrie er gegen das Motorengeräusch an. »Es ist besser, wenn du mich nicht anrufst. Aber ich soll dir von Jonathan ausrichten, dass du deinen Computer prüfen sollst!«

Im Hintergrund war Reifenquietschen zu hören.

»Ich muss aufhören!«, schrie Marcus und drückte das Gespräch weg.

Ich stand vom Sofa auf, ging in mein Zimmer und öffnete mein Notebook, ohne es einzuschalten. Es dauerte nur ein paar Minuten, bis die erste leuchtende Nachricht auf dem dunklen Bildschirm auftauchte. Sorgfältig fotografierte ich sie ab.

»Willkommen, Sara«, stand dort in zentimeterhohen Buchstaben, und ich spürte eine seltsame Erleichterung darüber, dass sie sich dieses Mal dafür entschieden hatten, auf Schwedisch zu kommunizieren.

Der Bildschirm wurde schwarz. Wie hypnotisiert saß ich davor und wartete.

Neuer Text tauchte auf.

»Was für eine süße, nette kleine Schwester du hast«, leuchtete es einige Sekunden lang.

Der Text erlosch und ich wartete. Innerhalb weniger Sekunden erschien der nächste Satz.

»Oder besser gesagt: wir haben.«

Der Text verschwand.

»Binnen vierundzwanzig Stunden hast du dich sowohl der Polizei als auch der Massenmedien und der Ausdrucke entledigt. Das Einzige, was du behältst, ist der Original-Stick, von dem du natürlich keine Kopie machst.«

Der Text verschwand. Ich starrte auf den Bildschirm.

»Du erhältst weitere Anweisungen, wenn du das erledigt hast«, erschien. »Viel Glück!«

Dieser seltsame gute Wunsch kam so unerwartet, dass ich stutzte. Der Text verblasste und machte einem dunklen Bildschirm Platz.

»Wir sehen dich«, stand dann dort. »Wir sehen alles, was du tust.«

Wieder ein dunkler Bildschirm. Und dann die letzte Nachricht dieser Nacht.

»Gute Nacht, Sara. Schlaf gut.«

Ich blieb lange vor dem Bildschirm sitzen, während ich meine Möglichkeiten durchdachte. Dann stand ich auf und ging ins Bad, wo ich mir mechanisch die Zähne putzte und mich bettfertig machte. Schließlich ging ich in Linas Zimmer und löschte das Licht, bevor ich ins Bett kroch.

Als ich die Augen wieder öffnete, war es hell im Zimmer. Ich musste eingeschlafen sein, ohne das Rollo heruntergelassen zu haben. Die Helligkeit im Raum musste bedeuten, dass ich mehrere Stunden ununterbrochen geschlafen hatte. Es fühlte sich an wie ein Geschenk.

Die Gedanken brachen über mich herein.

Lina.

Reiß dich zusammen. Befolge die Anweisungen aufs Genaueste.

Marcus.

Lebte er? Das Gefühl von Einsamkeit und Trauer war überwältigend.

Ich ging ins Bad, duschte, zog mich an und verließ dann die Wohnung. Alles geschah genauso mechanisch wie am Abend zuvor: Es galt jetzt, den entworfenen Plan zu befolgen, ohne nachzudenken, um eine massive Angstreaktion zu vermeiden. Ich würde alles von A bis Z erledigen und dann am Abend neue Anweisungen erhalten. Wenn ich mich genau daran hielt, würde ich gemeinsam mit Lina einer sonnigen Zukunft entgegengehen.

Mit dem Bus Nummer 3 fuhr ich von der Gotlandsgatan zum Kungsholmstorg. Währenddessen schrieb ich Fredrik eine E-Mail an seine geschäftliche E-Mail-Adresse.

»Hallo Fredrik! Ich möchte Ihnen für die interessante Zusammenarbeit danken und Ihnen mitteilen, dass ich mich jetzt imstande sehe, sie zu beenden. Gerne können Sie Ihre Rechnung für die aufgewendete Zeit an meine Adresse schicken. Mit freundlichen Grüßen, Sara«

Nachdem ich aus dem Bus gestiegen war, spazierte ich auf der Norr Mälarstrand am nördlichen Ufer bis zu der Stelle, wo ich mich während unserer Bekanntschaft ein paarmal mit der Vogeldame unterhalten hatte. Es fühlte sich an, als lägen unsere Treffen mehrere Jahre zurück anstatt nur einige Monate. Ich sah sie deutlich vor mir: die schwarzen, aufgemalten Augenbrauen; ihre blitzenden, aber wachsamen Augen; die knallroten Lippen. Die Vogeldame war gleichzeitig eine verrückte alte Frau und eine jugendliche Rebellin gewesen, und ich vermisste sie. Ich setzte mich auf die Bank, auf der wir beim Vögelfüttern gesessen hatten, und rief beim Hauptquartier an.

Die Frau in der Zentrale nahm das Gespräch an, und ich fragte nach Marcus, mit Vor- und Nachnamen.

Es vergingen einige Sekunden, während sie im System suchte. Dann war ihre Stimme wieder zu hören.

»Tut mir leid«, sagte sie freundlich. »Wir haben niemanden mit diesem Namen, der hier arbeitet.«

Warten Sie weitere Anweisungen ab. Tun Sie ansonsten so, als habe er nie existiert.

»Ich verstehe«, sagte ich beherrscht. »Vielen Dank für Ihre Hilfe.«

Ich drückte das Gespräch weg, dann saß ich ruhig da und sah auf das Wasser hinaus. Es war ein Morgen mit bleigrauem Himmel, und Nebelschwaden verdeckten abwechselnd die Wasseroberfläche und die Insel Långholmen auf der anderen Seite der Bucht.

Der Herbst war da.

Mir fiel ein Satz aus Hjalmar Söderbergs »Das ernsthafte Spiel« ein, ein Roman, den Mama geliebt hatte und mir zu lesen nahegelegt hatte, als ich zwölf war. Es war ein Ausdruck auf Norwegisch, den Lydia für Arvid auf eine Bleistiftzeichnung geschrieben hatte, ein Zitat von Bjørnstjerne Bjørnson: »Hinaus will ich, hinaus, o so weit, weit, weit.« Genauso fühlte ich mich. Ich wollte weg von hier. Aber wie den Figuren Arvid und Lydia in dem Roman fehlte mir ein geeigneter, einfacher und natürlicher Ausweg.

Ich stand auf, überquerte die Uferstraße und ging weiter in Richtung Polizeipräsidium.

Um Punkt neun Uhr betrat ich Samirs Büro. Er hatte sich mit Computer, Diktiergerät und Kaffee bewaffnet und sah mich über den Schreibtisch hinweg erwartungsvoll an.

»Sind Sie bereit?«, fragte er und startete die Aufnahme. »Dann geht's jetzt los!«

Er sprach in Richtung Mikrofon.

»Verhör mit Sara am 2. November«, sagte er.

Samir richtete sich auf und sah mich an.

»Jetzt erzählen Sie genau, was Ihnen widerfahren ist. Von Anfang an, wir haben alle Zeit der Welt. Es ist wichtig, dass Sie alles richtig wiedergeben und nichts auslassen.«

Ich atmete tief ein und sah ihm direkt in die Augen.

»Nein«, sagte ich. »Ich werde nichts auslassen.«

Dann verstummte ich. Samir sah mich mehrere Sekunden lang erwartungsvoll an.

»Bitte, fangen Sie an«, sagte er schließlich.

»Samir«, sagte ich. »Ich habe diese ganze Geschichte von Anfang bis Ende erfunden. Nichts von dem, was ich Ihnen erzählt habe, ist passiert. Ich konnte Sally überzeugen mitzuspielen. Es war als Streich gedacht, aber dann hatten wir das Gefühl, dass uns die ganze Sache über den Kopf wächst.«

Samir starrte mich verständnislos an.

»Warten Sie«, sagte er. »Nichts von dem, was Sie mir erzählt haben, ist wahr?«

Ich schüttelte den Kopf.

»Nichts. Alles gelogen.«

Ich konnte sehen, wie Samir einen stillen Kampf ausfocht. In ihm stieg Zorn auf, aber er war Profi genug, um sich zu beherrschen und mir nicht das Diktiergerät an den Kopf zu werfen, obwohl er wahrscheinlich nichts lieber getan hätte.

»Werden Sie irgendwie bedroht?«, fragte er. »Ich habe doch die Dokumente gesehen.«

Mit bedauernder Miene sagte ich: »Wir haben sie selbst verfasst. Sally möchte Schriftstellerin werden, sie hat einen Schreibkurs an der Volkshochschule besucht. Also leider: nein, keine Bedrohung, alles nur Fantasie.«

Samir schloss die Augen und stieß langsam die Luft aus. Dann öffnete er die Augen.

»Okay«, sagte er. »Es gibt also nichts zu erzählen, was Sie nicht erfunden haben?«

»Nein«, sagte ich. »Es war alles gelogen.«

Samir warf mir einen langen Blick zu, auf eine Art, wie ich sie in meinem Leben bisher noch nicht häufig erleben musste. Darin lagen Verachtung und Enttäuschung, vor allem aber eine Art Sehnsucht nach einer tief greifenden Veränderung, mit der ich mich hundertprozentig identifizieren konnte und die mir beinahe das Herz zerriss.

Der Blick dauerte ein paar Sekunden, dann sah Samir weg.

»Das Verhör ist beendet«, sagte er und schaltete dann die Aufnahme ab.

Er sah mich nicht an, als ich den Raum verließ.

Vom Polizeipräsidium aus nahm ich den gleichen Weg wie beim letzten Mal. Der Nebel hatte sich teilweise aufgelöst, während ich bei Samir gesessen hatte, Wind war aufgekommen, und es schien ein klarer, sonniger Herbsttag zu werden. Ich spazierte in Sonnenschein und Gegenwind durch den Rålambshovspark zum Zeitungshochhaus, während ich versuchte, meine Gefühle in den Griff zu bekommen: Verräterin, die andere zerstört, die Menschen die Hoffnung raubt. Snitch, Petze, Angeberin. Trottel.

Mobbingopfer.

Tränen stiegen mir in die Augen. Ich schob es auf den Wind und setzte meine dunkle Sonnenbrille auf.

Atme, Sara, atme.

Bei der Zeitung angekommen, meldete ich mich als Börjes Besucherin an und durfte direkt hochfahren. Börje wollte mich selbst an den Aufzügen in Empfang nehmen, was der Rezeptionistin zufolge sehr ungewöhnlich war, und sie sah mich mit einer Mischung aus Verwunderung und Interesse an. Andreas war nicht da, er war für einen sehr wichtigen Job unterwegs.

Börje strahlte mit der Sonne um die Wette, als er mir entgegenkam.

»Willkommen, Sara!«, sagte er. »Wir setzen uns in mein Büro, ich habe alles für eine Aufnahme vorbereitet und uns Kaffee und etwas Obst bestellt.«

Ich folgte ihm zu seinem schicken Glasbüro. Die Sonne schien durchs Fenster und bildete Lichtrechtecke auf dem dicken Teppich. Das löste den spontanen Impuls in mir aus, mich in einem dieser Rechtecke auf dem Boden zusammenzurollen, die Augen zu schließen und die Wärme zu genießen, wie ich es als Kind in unserem sonnigen Wohnzimmer in Örebro oft getan hatte.

Wie zuvor Samir strahlte Börje erwartungsvoll, als ich mich ihm gegenüber auf einen Stuhl setzte. Er sah sich schon den Großen Journalistenpreis für seine Hammerstory entgegennehmen, das war offensichtlich.

»Konnten Sie ein wenig schlafen?«, fragte er, während er uns Kaffee eingoss. »Sie sehen etwas ausgeruhter aus als gestern.«

»Ja, ich habe geschlafen«, sagte ich.

Wir tranken Kaffee. Dann konnte Börje sich nicht länger beherrschen.

»Also, legen wir los«, sagte er und drückte eine Taste am Rekorder. »Fangen Sie von vorne an, Sara. Und fühlen Sie sich bloß nicht unter Druck gesetzt. Alles, was Sie mir erzählen, ist interessant.«

Börje würde nicht so professionell reagieren wie Samir, das spürte ich.

»Also«, begann ich, »ich weiß gar nicht, wie ich es sagen soll.«

»Beginnen Sie einfach am Anfang«, sagte Börje. »Wenn Ihnen später noch etwas einfällt, spielt das keine Rolle, wir werden alle unsere Gespräche ins Reine schreiben, und dann können wir alles ganz nach Belieben zusammensetzen.«

Schweigend saßen wir ein paar Minuten da. Staubkörner tanzten im Sonnenlicht.

»Es gibt nichts zu erzählen«, sagte ich. »Alles, was ich Ihnen erzählt habe, war gelogen. Ich habe alle Unterlagen gefälscht, genau, wie Sie vermutet haben.«

Börjes freundliches Lächeln wirkte plötzlich versteinert, gleichzeitig sah er so aus, als habe er nicht wirklich verstanden, was ich gesagt hatte.

»Wie bitte?«, fragte er. »Ich habe bereits alles mit der Chefetage geklärt, alle warten auf das Material!«

»Es gibt kein Material. Es existiert nur in meiner Fantasie.«

Wir sahen einander an.

»Sie machen Witze. Ich habe es doch gestern selbst gesehen! Das waren sehr solide Unterlagen!«

»Ich habe auch lange dafür gebraucht«, sagte ich.

»Sie haben vom *Aftonbladet* ein besseres Angebot bekommen, oder?«, sagte Börje. »Was bezahlen die? Wir können mehr bieten, da bin ich ganz sicher.«

»Nein«, widersprach ich, »ich habe mit niemand anderem als mit Ihnen gesprochen. Es fällt mir nicht leicht, das zu sagen, aber ich habe alles erfunden. Es gibt keine Story. Sie müssen es der Chefetage sagen.«

In Börjes Blick meinte ich jetzt Hass zu erkennen.

»Wo ist das Material?«, fragte er. »Ich habe gesehen, dass es echt ist.«

»Ich habe es verbrannt«, sagte ich. »Es gibt keine Kopien.«

Nein, Börje hatte nicht die Selbstbeherrschung, die Samir gezeigt hatte. Das war schade, denn ich war nicht ganz sicher, ob man die dunklen Kaffeeflecken mitten in dem Sonnenfleck auf seinem dicken Teppich würde entfernen können.

—≡ ≋—

Als ich aus der Redaktion kam, ging ich ohne Eile zur Västerbron und über sie hinweg nach Södermalm. Rechts von mir breitete sich der Mälaren aus, dieser uralte Binnensee, Zeuge so vieler wichtiger Ereignisse in Schwedens Geschichte. Hier waren Wikingerschiffe vorbeigefahren, hier war das Christentum verankert worden, hier hatten Bauern Laubwälder von Hand gerodet und Felder auf dem nutzbaren Boden bestellt. Auf der anderen Seite des Riddarfjärden spiegelte sich Gamla Stan in der Wasseroberfläche. Es war ein kalter, aber sonniger Herbsttag. Ich liebte Stockholm, und unter anderen Umständen hätte ich mich hier auch wohlgefühlt. Die drei Kronen des Rathauses glänzten in der Sonne, sie ließen mich wieder an BSV und an das denken, was mit Lina und mir in den nächsten Tagen passieren konnte.

Nie hatte ich mich mehr nach einem normalen Job und einem gewöhnlichen, langweiligen Alltag gesehnt.

Mitten auf der Brücke hielt ich an und rief im Universitätskrankenhaus von Örebro an. Ich wurde mit der Abteilung verbunden, in der Torsten lag. Der zuständigen Krankenschwester erzählte ich, ich sei seine Tochter.

»Er hat leider eine Hirnblutung erlitten und ist bisher nicht aus der Bewusstlosigkeit aufgewacht«, sagte sie. »Wir können nicht sagen, wie lange es dauern wird, bis wir eine Veränderung sehen.«

Sie machte eine Pause.

»Leider besteht ein recht hohes Risiko, dass er überhaupt nicht mehr aufwacht.«

Schuldgefühle wallten in mir auf.

»Ist Kerstin, also meine Mutter, da?«

»Kerstin hat die ganze Nacht über bei ihm gewacht«, sagte die Schwester. »Wir haben ihr ein Beruhigungsmittel gegeben, und jetzt liegt sie in einem Zimmer für Angehörige und schläft.«

»Vielen Dank«, sagte ich traurig. »Ich rufe wieder an.«

Die Sonne war jetzt hinter Wolken verschwunden, und es wehte ein kalter Wind. Ich zog die Jacke enger und ging weiter.

Im Ramblas hinterließ ich eine schriftliche Nachricht an der Bar, adressiert an Sally und Andreas. Dann schickte ich ihnen je ein rotes Chilischoten-Emoji.

Als ich nach Hause kam, lag ein dicker Umschlag von der Polizei auf meiner Fußmatte. Ich riss ihn auf und setzte mich aufs Sofa, um zu lesen. Es war eine erneute Vorladung zur Besprechung der vielen ruhenden Anzeigen, die gegen mich vorlagen, und die Liste war noch länger als beim letzten Mal. Der Termin bei der Polizei sollte schon am nächsten Tag stattfinden, vormittags, und ich konnte gerne einen Anwalt mitbringen.

Ich zerknüllte das Schreiben, setzte mich dann in den Sessel vor dem Kamin und machte ein Feuer. Es dauerte eine Weile, es in Gang zu setzen, aber der Brief war dabei sehr hilfreich. Er ging unter den trockenen Holzscheiten in Flammen auf, und nach einer Weile knisterte es vielversprechend hinter den Ofenklappen. Vor dem Fenster war das Wetter umgeschlagen, es war jetzt bedeckt und nieselte. Ein Feuer passte also wirklich gut.

Weniger gut fühlte es sich an, systematisch die Papiere zusammenzufalten, die ich bei Henke ausgedruckt hatte, und das Feuer damit zu füttern, auch wenn sich der USB-Stick ja weiterhin in meiner Tasche befand. Voller Trauer sah ich, wie sich Papas Lebenswerk und der wahre Grund für seinen Tod vor meinen Augen in Asche verwandelte. Ich ließ mir Zeit, es gab gerade nichts Wichtigeres, das auf mich wartete oder erledigt werden musste. Während ich arbeitete, blieb mein Blick hin und wieder an Dokumenten hängen, die ich versäumt hatte zu lesen, dann erlaubte ich mir eine Pause und überflog sie. Alles, was ich sah, bestätigte meine Vermutung, was mein Vater getan haben musste, ich betrachtete es sozusagen aus der Vogelperspektive. Dass er selbst nicht begriffen haben sollte, dass das Ganze lebensgefährlich gewesen war, kam mir beinahe unwahrscheinlich vor. Auf der anderen Seite entsprach das genau seinem Wesen: Er war halsstarrig, stur, gefangen in seiner Haltung zu dem, was seiner Meinung nach richtig und falsch war; überzeugt davon, dass es gut war, sich für die Wahrheit einzusetzen.

Leider war ich, seine Tochter, ihm im Grunde sehr ähnlich.

Das Feuer prasselte jetzt richtig, und ich lehnte mich mit einem Dokument im Sessel zurück, das Papa mit »Die Harvard-Affäre« betitelt hatte.

──≡≡──

```
Im Herbst 1983 wurde Olof Palme eingeladen, eine
Vorlesung im Rahmen des Programms »Jerry Wurff
Memorial Lecture« in den USA zu halten. Die Vorlesung
sollte entweder an der John F. Kennedy School of
Government, die zur Harvard University gehört, oder
in der Geschäftsstelle der AFSCME (American
```

Federation of State, County and Municipal Employees) in Washington, D.C., stattfinden.
Olof Palme nahm die Einladung an.
Bei einem Telefonat im Februar 1984 zwischen Hans Dahlgren, dem außenpolitischen Berater in der Kanzlei des Ministerpräsidenten, und Hale Champion, Executive Dean an der John F. Kennedy School of Government, wurde als Termin für die Vorlesung der 3. April des gleichen Jahres festgelegt.
Bei dem Gespräch brachte Hans Dahlgren vor, dass Olof Palme üblicherweise kein Honorar für Vorträge dieser Art verlangte. Des Weiteren informierte Hans Dahlgren im Namen von Olof Palme, dass Olof Palmes Sohn Joakim gerne die John F. Kennedy School of Government besuchen und dort eine Zeit lang am Unterricht teilnehmen wolle.
Bei Olof Palmes Aufenthalt in Harvard im Rahmen der Vorlesung wurde Joakim Palmes Wunsch erneut thematisiert.
Am 18. Mai 1984 erhielt Joakim Palme telefonisch die Nachricht der John F. Kennedy School of Government, dass ihm ein Stipendium bewilligt worden war und man ihn gerne im Herbstsemester an der Universität begrüßen würde.
Am 25. Juli 1985 nahm Olof Palme an einer Fragestunde im Radio teil. Dabei wurde er gefragt, ob er für seine Vorlesung in Harvard ein Honorar erhalten habe und ob es einen Zusammenhang mit Joakim Palmes Aufenthalt in Harvard gebe.
Am 27. Juli 1985 schrieb Olof Palme der Steuerbehörde. In dem Brief gab er an, er habe keine Kenntnis über einen Zusammenhang zwischen der

Vorlesung in Harvard und Joakim Palmes Aufenthalt dort.

Am 1. August 1985 erfuhr Olof Palme über ein Kommuniqué der Harvard University, dass die Stiftung Jerry Wurff Memorial einen Betrag von 5 000 Dollar an den Stipendienfonds der Universität überwiesen hatte, aus dem das Stipendium für Joakim Palme finanziert worden war.

Der Steuerbezirksausschuss befand, es bestehe ein enger Zusammenhang zwischen der Vorlesung, die Olof Palme im April gehalten hatte, und der Stipendienzusage für seinen Sohn nur einen Monat später. Das Stipendium schien tatsächlich Palmes Honorar für die Vorlesung gewesen zu sein. Der Steuerbezirksausschuss schlug daher den Wert des Stipendiums – 5 000 Dollar oder 40 000 Kronen – Olof Palmes zu versteuerndem Einkommen zu.

Olof Palme war mit der Entscheidung des Steuerbezirksausschusses nicht einverstanden und klagte vor dem Verwaltungsgericht. Die Beschwerdeunterlagen wurden dem Gerichtspräsidenten, dem Vorsitzenden Richter Åke Lundborg, am 26. Februar 1986 per Boten überbracht, und zwar in zwei Ausfertigungen. Sie erhielten einen Eingangsstempel, wurden registriert, und die Informationen wurden noch am gleichen Tag elektronisch erfasst.

Am 12. März 1986 vormittags wollte der Registrator eine Kopie in die Akte legen. Die Akte war jedoch nicht auffindbar. Der Registrator suchte im Computer nach dem Verfahren, fand aber überhaupt keine Informationen mehr dazu.

Eine Überprüfung ergab, dass am 26. Februar 34

Verfahren registriert worden waren, von denen aber
nur noch 33 vorhanden waren. Ein Verfahren war
vollständig gelöscht worden. Dies war am 28. Februar
von Terminal 23 im Verwaltungsgericht erfolgt, der in
der Registrierungsabteilung stand.
Über die staatliche Behörde für Datenverarbeitung in
der Verwaltung (DAFA) versuchte das Personal am
Verwaltungsgericht die Bestätigung zu bekommen, dass
es sich bei dem gelöschten Verfahren um das von Olof
Palme handelte, und herauszufinden, zu welchem
Zeitpunkt die Löschung erfolgt war. Am Nachmittag des
12. März rief Lundborg Staatsanwalt Claes Zeime an
und berichtete, was passiert war. Zeime versprach,
Hans Holmér zu kontaktieren.
Am späten Nachmittag des gleichen Tages suchte Håkan
S. von der Stockholmer Polizei das Verwaltungsgericht
auf. Håkan S. und Lundborg verständigten sich darauf,
mit einer offiziellen Anzeige zu warten, bis das
Verwaltungsgericht die Angelegenheit näher untersucht
hatte.
Gegen 17 Uhr am gleichen Tag bestätigte die DAFA,
dass die sogenannten Sternnummern von Olof Palmes
Verfahren und dem, das gelöscht worden war,
übereinstimmten.
Am 13. März teilte die DAFA mit, dass eine Delete-
Transaktion (Löschung) am 28. Februar um 18.23 Uhr
durchgeführt worden war. Am gleichen Tag wurde beim
Verwaltungsgericht überprüft, welche Personen nach
diesem Zeitpunkt »ausgestempelt« hatten.
Am 14. März 1986 bestätigte die DAFA, dass die
Delete-Transaktion von 18.23 Uhr diejenige war, die
Olof Palmes Verfahren gelöscht hatte. Weiter teilte

man mit, das jeweilige Terminal sei am 28. Februar um
16.00 Uhr geschlossen und zwischen 18.23 und 18.30
Uhr erneut geöffnet worden.
Zu diesem Zeitpunkt hatte das System den Benutzer
zuerst darauf hingewiesen, dass dieser eine
Zugangskarte benötigte. Neben der Delete-Transaktion
hatte sich der Benutzer auch noch ein anderes
Verfahren angesehen. […]

Bericht der Prüfungskommission anlässlich der
strafrechtlichen Ermittlungen nach dem Mord an
Staatsminister Olof Palme, Öffentliche Untersuchungen
des Staates (SOU) 1998:88

Ein paar Stunden später war der letzte ausgedruckte Zeitungsartikel – genau wie alle schockierenden Beweisdokumente zu Unregelmäßigkeiten in Schweden – in Rauch aufgegangen. Ich spürte eine innere Leere, Erschöpfung. Nach einer Weile ging mir auf, dass ich den ganzen Tag noch nichts gegessen hatte, daher schnappte ich mir mein Portemonnaie und ging hinunter zum Urban Deli.

Der Laden war gut gefüllt mit Leuten, die ein spätes Mittagessen oder eine kleine Kaffeepause zu sich nahmen. Einige saßen allein und arbeiteten an ihren Laptops, neben denen ein angebissenes Sandwich lag oder ein leeres Latte-Glas stand. Ich stellte fest, dass ich sehr hungrig war, jedoch keinen Appetit hatte, daher kaufte ich einen schwarzen Kaffee und ein Käsesandwich und setzte mich an einen kleinen Tisch am Fenster.

Hier, genau an diesem Tisch, hatte ich gesessen, als ich Sergej dabei ertappt hatte, wie er mich quer über die Straße ausspionierte. Wer spionierte mich jetzt aus? Die Straße war menschenleer, dort stand jedenfalls niemand. Aber hier drinnen?

Ich sah mich im Lokal um, während ich aß. Niemand sah mich an, niemand sah von seinem Gespräch oder seiner Arbeit auf: Ich war vollkommen unsichtbar. Ein gutes Gefühl, wenn es auch trügerisch war.

Mein Blick glitt über die Menschen an den Tischen um mich herum. Sie sahen sorglos und glücklich aus, hoch konzentriert oder gelangweilt. Sie waren mit ihrem Leben und ihren Beziehungen beschäftigt, ihrem Studium, ihren Karrieren. Womit war ich beschäftigt? Mit nichts, außer damit, meine kleine Schwester, meine Freunde und mich selbst am Leben zu halten, und allein das erforderte eine beinahe übermenschliche Anstrengung.

Ich ließ den Rest meines Sandwiches liegen und wollte gerade zurück in die Wohnung gehen, als ich auf dem Weg nach draußen plötzlich eine Person wiedererkannte. Es war Jalil, einer meiner Mitbewohner aus Vällingby. Er saß allein in einer Ecke, einen Latte und eine Zeitung vor sich. Ich sah noch einmal genau hin: Ja, er war es. Die erbsengrünen Hosen in Kombination mit einem lila gestreiften Jackett und einem sonnengelben Taschentuch in der Brusttasche waren unverwechselbar.

Ich ging zu seinem Tisch und setzte mich. Jalil sah mich verwundert an, dann breitete sich ein Lächeln in seinem Gesicht aus.

»Sara!«, sagte er. »Wir haben uns ja lange nicht gesehen! Ich glaube übrigens, ich muss mich bei dir entschuldigen, für die Aktion damals in der Sturegallerian. Man hatte mich übel zugerichtet, und alles deutete auf dich. Aber im Nachhinein betrachtet muss ich wohl falschgelegen haben.«

Ich sah ihn kalt an.

»Für wen arbeitest du?«, sagte ich. »BSV oder Widerstand? Nicht, dass es noch eine Rolle spielen würde, aber du brauchst nicht hier zu sitzen und mir etwas vorzuspielen, während du mich gleichzeitig überwachst.«

Jalil sah mich verständnislos an.

»Was meinst du mit ›überwachen‹? Ich sitze nur hier und trinke einen Latte!«

Ich packte sein Handgelenk.

»Red keinen Blödsinn«, sagte ich. »Für wen arbeitest du?«

Noch in der Sekunde, in der die Worte aus meinem Mund kamen, begriff ich, wie falsch ich lag. Ich ließ sein Handgelenk los und fasste mir an die Stirn.

»Ich wohne auf der Katarina Bangata«, sagte Jalil entrüstet und rieb sein Handgelenk. »Ich komme oft her, um einen Kaffee zu trinken, wenn ich Zeit habe, ich liebe diesen Ort! Was hast du für ein Problem?«

»Tut mir leid«, sagte ich. »Es gibt kein Problem. Ich bin nur im Augenblick sehr gestresst.«

»Den Eindruck habe ich auch!«, murrte Jalil gekränkt.

Dann lächelte er aber wieder.

»Schon gut«, sagte er, »wenn ich daran denke, wie ich dich beim letzten Mal behandelt habe ... ich schäme mich, wenn ich daran denke. Darf ich dich auf einen Kaffee einladen?«

Ich versuchte zu lächeln.

»Gerne ein anderes Mal«, sagte ich.

Jalil nickte. Dann wurde er ernst.

»Werd jetzt nicht nervös, aber wenn du unter Verfolgungswahn leidest, warne ich dich besser vor, damit du nicht aus allen Wolken fällst, wenn du ihn siehst.«

»Wen?«, fragte ich.

Jalil riss die Augen auf und senkte seine Stimme.

»Sixten«, sagte er. »Der Irre aus Vällingby. Er schleicht schon eine Weile hier in der Gegend rum.«

Die Begegnung mit Jalil hatte mich sehr geschlaucht. Ich schleppte mich in die Wohnung zurück, ohne mich beim Überqueren der Straße umzusehen, und sobald ich die Wohnungstür hinter mir geschlossen hatte, ließ ich einfach fallen, was ich in den Händen hatte.

Obwohl ich heute Nacht ein paar Stunden geschlafen hatte, war ich so müde, dass ich es nicht einmal mehr schaffte, das Licht anzuschalten, sondern direkt ins Bett fiel und sofort einschlief.

Ich erwachte von einem Hämmern an der Wohnungstür. Verwirrt setzte ich mich auf und nahm mein Handy vom Nachttisch. In der Wohnung war es dunkel, es war halb sieben. Die Ziffern auf dem Display leuchteten in der Dunkelheit und erinnerten mich an etwas anderes, das bald aufleuchten würde: neue Anweisungen in Form von Mitteilungen auf meinem Laptop-Bildschirm.

»Sara!«, hörte ich eine Stimme im Treppenhaus rufen. »Mach auf!«

Es war Andreas.

Mühsam stieg ich aus dem Bett, das Handy in der Hand, ging in den Flur und öffnete die Tür.

Dort standen Sally und Andreas, und sie waren beide außer sich vor Zorn.

Niemand sagte ein Wort, sie drängten sich einfach an mir vorbei in die Wohnung und schalteten dabei ein paar Lampen an. Nachdem ich die Wohnungstür geschlossen hatte, fand ich sie im Wohnzimmer. Sally saß auf dem Sofa, die Arme über der Brust verschränkt, während Andreas im Zimmer auf und ab ging. Ihre beiden Handys lagen auf dem Tisch. Als ich ins Zimmer kam, hielt Andreas an und sah mich an. Ich kannte diesen Blick; er erinnerte mich an den Ausdruck in Samirs Augen im Polizeipräsidium.

»Warum?«, fragte Andreas. »Warum?«

Ich spürte, wie müde ich immer noch war, und sank auf einen Hocker.

»Sie haben Lina. Ich konnte euch gestern Abend nicht erreichen, als ich es entdeckt hatte. Dann bekam ich Nachrichten über meinen Laptopbildschirm: Werde die Polizei und die Massenmedien los, wenn du sie lebend wiedersehen willst.«

Andreas schüttelte den Kopf und ging hinüber zum Fenster.

»Börje ist außer sich, und Andreas wurde gekündigt«, sagte Sally. »Jetzt haben wir nichts mehr. Niemand wird uns mehr helfen. Nicht die Polizei, und die Zeitungen auch nicht.«

»Wo sind die Ausdrucke?«, fragte Andreas, ohne sich umzudrehen.

»Im Ofen«, sagte ich. »Ich habe alles verbrannt, das war eine ihrer Forderungen.«

Sally lachte auf. Es klang beinahe wie ein Schluchzen.

»Und Henke, der alles getan hat, um dir zu helfen?«, sagte sie verbittert. »Auch ihm wurde mit Kündigung gedroht, ohne Erklärung. Er hatte eine verlängerte Probezeit, daher müssen sie ihre Gründe nicht nennen. Flisan und er wollten heiraten.«

»Ich weiß nicht, was ich sagen soll«, sagte ich. »Es tut mir furchtbar leid. Ich habe euch in das Ganze hineingezogen, und es ist alles schiefgegangen. Verzeiht mir!«

»Wir sollen dir verzeihen?«, sagte Andreas leise. »Wofür genau? Dass du bei meinem Chef die Story zurückgezogen hast, ohne vorher mit mir zu sprechen, und mich damit wie einen verdammten Idioten hast aussehen lassen? Ich werde nie wieder einen Job als Journalist bekommen, in der Branche bin ich komplett unten durch.«

»Ich hatte keine Wahl«, sagte ich. »Eines der wenigen Dinge, um die mich mein Vater je gebeten hat, war: Kümmere dich um deine kleine Schwester. Ich muss sie zurückholen!«

Sally starrte mich mit diesem intensiven Blick an, den ich schon kannte. Mehr als je zuvor ähnelte sie einer großen, gefährlichen Katze: ein Raubtier, das sich jederzeit auf mich werfen konnte.

»Lina«, sagte sie langsam, »vergiss mal dich selbst. Hast du es noch nicht begriffen? Du hast alles aufgegeben, wofür wir monatelang gekämpft haben, für ein Versprechen an deinen Vater, das komplett sinnlos war. Lina liebt dich nicht mehr! Sie will nicht bei dir sein. Sie denkt nur noch an sich.«

In meinem Schädel breiteten sich furchtbare Kopfschmerzen aus; das Ganze war schrecklich.

Andreas sah mir direkt in die Augen.

»Du hast mich sehr enttäuscht«, sagte er mit Eiseskälte in der Stimme. »Nicht nur mich, sondern auch deine Familie. Vor allem deinen Vater. Sein Material zu finden und dann so zu handeln ...«

Er schüttelte den Kopf.

»Ich dachte nicht, dass ich das mal sagen würde, aber ich bin fertig mit dir, Sara.«

Auch Sally stand auf.

»Tut mir leid, aber ich sehe das ganz genauso.«

Sie nahmen ihre Sachen und gingen: meine beiden besten Freunde, die einzigen Menschen, die mich in diesem Wahnsinn, in den ich hineingezogen worden war, unterstützt hatten, die beiden Menschen, die mir am meisten bedeuteten. Sie nahmen ihre Sachen und gingen, und obwohl wir uns von Anfang an einig waren in Bezug auf diese Scharade, konnte ich mich nicht länger beherrschen. Als die Tür hinter ihnen ins Schloss fiel, brach ich in heftiges, hemmungsloses Weinen aus.

Der Wind dreht sich für Palme. Diejenigen, die mit ihm arbeiten, sagen, die Harvard-Affäre macht ihn fertig. Die Sache mit der Steuerbehörde verdrängt alles andere. Palme wird aus dieser Situation nicht unbeschadet herauskommen, egal, wie sehr er sich bemüht.

Heutzutage erinnert sich kaum noch jemand daran, weil Palme dann ermordet wurde.

Was ist eigentlich genau passiert?

Es gibt ein dramaturgisches Regelwerk für Krimis und andere Geschichten, die man liest oder im TV sieht.

Der Autor oder Dramatiker schließt eine Art Vertrag mit seinen Lesern / seinem Publikum, und dann müssen sich beide Parteien daran halten. Der Leser / das Publikum muss aufmerksam sein und darf von dem, was dargestellt ist, nichts verpassen, sondern muss sein Hirn die ganze Zeit mit Vermutungen am Laufen halten. Der Autor / Dramatiker wiederum muss eine zukünftige Entwicklung frühzeitig in der Geschichte verankern und kontinuierlich aktualisieren, um bei den Rezipienten ein Gefühl der Zufriedenheit auszulösen, wenn die Puzzleteile allmählich an die richtige Stelle fallen.

In der Realität gibt es kein Regelwerk.

Die Verwirrung ist meist riesig. Die Polizei rennt herum, zerstört aus Versehen Beweise und ist grundsätzlich unbeholfen. Die Öffentlichkeit hört nicht zu, telefoniert und versäumt, das zu bezeugen, was passiert, oder wichtige Beweise einzusammeln, selbst wenn sich diese direkt vor ihrer Nase befinden.

Die meisten Verbrechen werden nie aufgeklärt.

Vielleicht wird man gerade deshalb so misstrauisch, wenn die Puzzleteile der Realität an ihre Stellen fallen, ganz so, wie es sich nach dem Regelwerk in der fiktiven Welt gehört. Es bildet sich ein ungutes, aber logisches Muster.

Wie bei der Harvard-Affäre.

Ungut schon allein deshalb, weil es sich um nicht erklärte Einnahmen eines Staatsministers in Form eines akademischen Vorteils für seinen Sohn handelt. Weil ich mich schon lange in der akademischen Welt bewege, weiß ich, was ein Aufenthalt in Harvard wert sein kann, weil dieser den eigenen Status grundsätzlich aufwertet. Hier wurde zudem ein Platz ohne einen gerechten Wettbewerb mit den Tausenden anderen – vermutlich qualifizierteren – jungen Menschen angeboten, die sich bewerben und sich die gleiche Möglichkeit wünschen, sie jedoch nie bekommen.

Aber zurück zur Logik.

Es ist so, als würde das Laub auf dem Boden plötzlich ein regelmäßiges Muster bilden oder sich Vögel auf dem Wasser absichtlich zu einem bestimmten Symbol formieren.

Die Untersuchung der Harvard-Affäre nimmt ihren Anfang im Rahmen der Fragestunde im Radio im Juli 1985 und läuft immer noch.

Am 28. Februar 1986 um 18:23 Uhr wird der Fall von einer bisher nicht identifizierten Person beim Verwaltungsgericht gelöscht.

Fünf Stunden später, am 28. Februar 1986 um 23:21 Uhr wird Olof Palme auf dem Sveavägen getötet.

Kein vernünftiger Verleger oder Dramaturg hätte das durchgehen lassen.

Es ist viel zu offensichtlich und logisch; schon beinahe langweilig.

Auf jeden Fall unwahrscheinlich.

Was ist also tatsächlich passiert?

Ich weiß, was passiert ist und wer dahintersteckt.

Ist das Weltpublikum bereit für einen dermaßen gigantischen Vertragsbruch?

Ich lag im Dunkeln auf dem Bett, die Arme neben meinem Körper, und starrte an die Decke. Draußen bliesen eisige Herbstwinde, und Licht und Schatten tanzten über die weißen Gipsplatten über mir. Das Treffen mit Sally und Andreas hatte mich beinahe gebrochen.

Was bedeutete es für einen Menschen, vollständig den Boden unter den Füßen zu verlieren?

Was bedeutete es, den Glauben an sein Land, sein Volk, seinen Stamm, seinen Klan, seine Anführer, seine Freunde, seine Geliebten und seine Familie zu verlieren? Was tat man, wenn man alles verloren hatte und es keine Möglichkeit gab, wenigstens einen Teil davon zurückzubekommen?

Ich hatte augenscheinlich alles für Lina geopfert, genau wie es BSV verlangt hatte. Sie hatten sich ihre Trumpfkarte bis zuletzt aufgehoben und sie erst ausgespielt, als sie sicher waren, dass ich im Besitz des Materials war, und es dann auf eine Weise als Rammbock gegen die Polizei und die Massenmedien verwendet, die mich nun vollkommen handlungsunfähig machte. Ich war den ganzen Herbst über sträflich unvorsichtig gewesen, trotz der ganzen Warnungen, die ich erhalten hatte, und am Ende hatte ich das Ganze BSV auf dem Silbertablett serviert.

Gedanken an den Major, Torsten, Johan, Björn, Mama und Papa ließen mir das Herz schwer werden – so viele Menschen hatten in diesem Prozess so viel opfern müssen. Ich hatte die zentralen Puzzleteile bekommen und war trotzdem kurz vor der Ziellinie gestolpert.

Therese und Marcus hatten recht: Ich hatte mich wahnsinnig unvorsichtig verhalten. Und obwohl ich wusste, dass Andreas und Sally vorhin im Wohnzimmer nur das gesagt hatten, was wir vereinbart hatten, trafen mich ihre Worte wie Messerstiche und brachen mir beinahe das Herz.

Verräterin. Petze. Snitch.

Mobbingopfer.

Noch eine Träne lief meine Wange herab und kitzelte mich am Ohr. Ich ignorierte sie.

In der Ferne waren Sirenen zu hören. Sie ließen mich an die Push-Nachrichten denken, die ich so sehr fürchtete und mit denen ich jederzeit rechnete: »Major und seine Frau im Sommerhaus verbrannt«. Oder auch: »Hochrangiger Mitarbeiter der Streitkräfte begeht Selbstmord in seinem Sommerhaus«. Und natürlich: »Porsche im Riddarfjärden gefunden – Fahrer hat nicht überlebt«.

Hier lag ich nun allein auf meinem Bett, in einer ungeschützten Wohnung am Nytorget ohne Eisentor oder Gitter vor den Fenstern, und wartete auf neue Anweisungen. Jetzt, wo sie Lina und das gesuchte Material in Reichweite hatten, welchen Grund sollten sie noch haben, mich am Leben zu lassen?

Für welche Methode würden sie sich entscheiden, wenn sie es beendeten?

Ein Brand? Misshandlungen? Ertrinken? Eine Explosion? Ein Unfall mit dem Aufzug?

Würden sie mich in eine neue Falle locken?

Vielleicht wollten sie mich zuerst quälen? Foltern, ganz so, wie sie es mit Papa getan hatten?

Vom Schreibtisch aus war plötzlich ein grüner Lichtschein zu sehen, und ich setzte mich langsam auf.

»Good evening, Sara.«

Die grünen Buchstaben auf dem Bildschirm strahlten mich in der Dunkelheit an.

Ich setzte mich auf den Stuhl vor dem Laptop, mein Telefon in der Hand.

Der Klebezettel vor der Webcam war weg; es spielte jetzt keine Rolle mehr, ob sie alles sahen, was ich tat. Vielleicht würde es sogar die Ereignisse beschleunigen?

Der Bildschirm war wieder dunkel geworden, aber nach nur wenigen Sekunden erschien die nächste Textzeile.

»You've had a very productive day«, stand dort. »Well done.«

Man lobte mich für den produktiven Tag. Ich hatte den spontanen Impuls, den Laptop aus dem Fenster zu werfen, beherrschte mich aber und versuchte zu lächeln.

»Burning the papers in the old-fashioned Swedish ceramic oven was a brilliant idea«, lautete die nächste Botschaft. »Almost poetic.«

Die poetische Kraft eines alten schwedischen Ofens. Wieder Schwärze.

»Now please hold the USB memory in front of the screen«, ging die Nachricht weiter.

Der USB-Stick lag in meiner Tasche. Ich hielt ihn vor den schwarzen Bildschirm, ganz nah an die Kameralinse am oberen Rand des Bildschirms.

»Very good«, lautete der nächste Schriftzug. »That is the entry ticket to your sister's hiding place.«

Hiding place? Sie versteckte sich? Sie hatten sie doch entführt! Oder etwa nicht?

Hatte ich recht gehabt, als ich BSV mit einer Art Sekte verglichen hatte? Oder war es ganz einfach so, wie Sally es beschrieben hatte: dass Lina mich nicht mehr liebte, sondern mich freiwillig verlassen hatte? Hatte ich meine Beziehungen zur Polizei und zu den Massenmedien ganz umsonst zerstört?

Atme ganz ruhig, in tiefen, langen Atemzügen. Verlier nicht die Beherrschung. Ich ließ den Kopf sinken und atmete tief ein und aus, bis ich mich wieder unter Kontrolle hatte. Dann sah ich wieder auf.

»The time has come for a bit of conversation«, lautete die Botschaft, die quer über den Bildschirm geschrieben stand. »IRL.«

Ich wartete.

»You will be picked up by a car outside your building at 7 am. Be on time.«

»Das werde ich«, sagte ich halblaut. Pünktlich um sieben draußen vor dem Haus.

»Good«, stand auf dem Bildschirm, als hätte der Computer mich gehört. »Now sleep tight, Sara. Don't let the bedbugs bite.«

Der Bildschirm wurde wieder schwarz. Ich legte den Laptop in meine Schreibtischschublade und schob sie zu.

Dragans Worte kamen mir in den Sinn: »Wenn sie Ihnen die Möglichkeit für ein Gespräch geben, egal ob per E-Mail oder am Telefon oder sogar mitten auf der Straße, versuchen Sie, so viele Informationen wie möglich aus ihnen herauszubekommen ... seien Sie kooperativ, nicht feindselig.«

Und Georgs Worte: »Wissen ist derzeit Mangelware ...«

Und schließlich Fredriks: »Es geht um die Sicherheit des Landes und die Stabilität der gesamten Ostseeregion.«

In meinem Schädel hämmerte der Schmerz und machte mich beinahe verrückt. Gleichzeitig wuchs in mir Entschlossenheit, mich aufzulehnen, genau wie früher. Aus der Dunkelheit entstand eine Art Licht: eine Stärke, die ich über Monate aufgebaut hatte und jetzt in die Tat umsetzen würde. Ich fühlte mich wie ein Rennpferd an der Startlinie bei einem Vielseitigkeitsrennen: frisch gestriegelt, mit glänzendem Fell und zitternd vor Erregung vor dem wichtigsten Lauf meines Lebens.

Gute Nacht, BSV. Passt ebenfalls auf die Bettwanzen auf.

Zeit für die Feuerrache.

11. KAPITEL

Um kurz vor sieben Uhr am nächsten Morgen stand ich vor der Haustür bereit, den USB-Stick in der Hand. Es war immer noch nicht ganz hell, trotzdem setzte ich meine Sonnenbrille auf. Sie gab mir wenigstens ein bisschen das Gefühl, mich schützen zu können.

Um Punkt sieben Uhr fuhr ein schwarzes Auto mit getönten Scheiben am Nytorget entlang. Als es vor mir hielt, stieg ein Mann in Anzug mit gegeltem Haar aus dem Fond. Er hatte einen kleinen Kopfhörer im Ohr, und einen Moment lang dachte ich, es könnte auch die Säpo sein. Doch dann verwarf ich den Gedanken wieder; er war einfach zu absurd.

»Guten Morgen«, sagte ich.

Der Gegelte hielt mir die Tür auf, ohne zu antworten, und ich zögerte nur kurz – als mich der Impuls überkam, quer über den Nytorget davonzurennen –, dann stieg ich ein. Er ging ums Auto herum und stieg auf der anderen Seite ein. Eine Glasscheibe trennte uns von dem Fahrer, den man nur vage hinter dem Steuer erkennen konnte. Der Gegelte sprach etwas in sein Mikrofon, das ich nicht verstand, die Türen wurden mit einem Klicken verschlossen, und dann fuhren wir los.

Verstohlen betrachtete ich den Mann neben mir, doch er blickte aus dem Fenster und schien kein Interesse an einer Kontaktaufnahme zu haben. Vielleicht war er den ganzen Tag mit nichts anderem beschäftigt, als Personen abzuholen? Eine Tussi mit dunkler Sonnenbrille mehr oder weniger spielte da keine Rolle. Also sah ich auch aus dem Fenster und betrachtete Stockholm. Wir fuhren über die Folkungagatan bis zur Götgatan und dann auf die Zentralbrücke. Der Himmel färbte sich im Osten rosa in der Morgendämmerung, die Laternen in der Gamla Stan gaben ein warmes Licht ab, und eine große Schar Vögel ließ sich auf dem Wasser vor dem Reichstagsgebäude treiben. Es war so schön, dass es beinahe wehtat.

War dies das letzte Mal, dass ich Stockholm sah? Würde ich jetzt sterben?

Tief atmen, konzentriere dich auf deine Umgebung.

Dann fuhren wir hinter dem Sheraton auf die Malmskillnadsgatan bis hinunter zum Schloss. Als der Wagen abbog, sah ich das mächtige Gebäude der Oper zur Linken und vor uns das Grand Hôtel, vor dessen Eingang wahrscheinlich ein Portier mit Zylinder stand. Plötzlich musste ich an Papa denken, an eine Situation damals, als ich Kind war und wir der Hauptstadt einen Besuch abstatteten. Wir wohnten nicht im Hotel, das war viel zu teuer. Stattdessen kamen wir bei Papas Tante unter, einer älteren Dame, die in einer altmodischen, aber geräumigen Vierzimmerwohnung auf Kungsholmen wohnte. Papa und Mama schliefen im Gästezimmer, Lina und ich auf Matratzen im Wohnzimmer. Papa liebte es, uns Stockholm zu zeigen, und ich als Ältere unternahm – meine Hand fest in seiner – lange Spaziergänge mit ihm, während er die Namen von verschiedenen Gebäuden und Sehenswürdigkeiten nannte. Wir kamen am Grand Hôtel vorbei, und Papa erwähnte, dass dort die Nobelpreisträger wohnten. Mit großen Augen hatte ich den Mann mit dem Zylinder angestarrt, dann Papa am Ärmel gezogen und geflüstert: »Welchen Nobelpreis hat er bekommen?«

Papa hatte gelacht, daran erinnerte ich mich genau, und während wir weiter Richtung Kungsträdgården gingen, sagte er etwas, was sich mir ins Gedächtnis einbrannte.

»Es ist nicht alles Gold, was glänzt«, sagte er. »Manchmal ist der schicke Mann mit Zylinder nur derjenige, der allen anderen die Tür öffnet, aber selbst weder hinaus noch hinein darf. Während der kleine, hässliche Kerl mit Glatze Professor an der Universität in Harvard ist und aus der Hand des Königs eine goldene Medaille in Empfang nimmt.«

Hier am Kai zwischen dem Königlichen Schloss und dem Grand Hôtel war ich eines Abends im Frühling ins Wasser geworfen worden und wäre beinahe ertrunken, und ich wusste immer noch nicht, wer mich gestoßen hatte.

Björn. Johan. Torsten. Mama und Papa. Wer steckte hinter ihren Unfällen und Ermordungen?

So viele waren in diesem seltsamen Durcheinander ums Leben gekommen.

Während der Wagen weiter seinem unbekannten Ziel entgegenfuhr, dachte ich an einen von Papas gelben Heftern. Er enthielt mehr als dreißig ungeklärte Todesfälle von Personen, die irgendwie mit der Palme-Ermittlung in Verbindung standen und die er »Mysteriöse Todesfälle nach dem Mord an Olof Palme« genannt hatte.

Ingvar Heimer, geboren 1943, gestorben am 9. Februar 2000, war einer der sogenannten Privatermittler rund um den Palme-Mord. Über einen Zeitraum von elf Jahren veranstaltete er zusammen mit dem Privatdetektiv

Fritz G. Pettersson öffentliche Treffen, um den Mord an Olof Palme und dessen Untersuchung zu diskutieren. […]

Ingvar Heimer wurde am 27. Januar 2000 schwer verletzt mit einer Wunde am Hinterkopf in der U-Bahn-Station in Vårberg gefunden. Er wurde ins Karolinska Krankenhaus gebracht, wo er am 9. Februar starb.

Die Polizei ordnete den Todesfall als Unglück ein. Dem Ombudsmann des Reichstags wurde später gemeldet, dass die Untersuchung mangelhaft gewesen war, doch dieser Ombudsmann ergriff keine weiteren Maßnahmen.

sv.wikipedia.org

...

Anér behauptet in »Die Affäre Borlänge«, Hans Holmér habe sich seiner eigenen Aussage zufolge in der Mordnacht in Borlänge aufgehalten. Eine ganz schön unverschämte Behauptung, und – falls sie wahr sein sollte – auch sensationell und konspirativ. Vor allem aber ist sie sehr kompromittierend für Holmér. So beschreibt Sven Anér seine eigene Untersuchung im Buch »Cover Up: Der Palme-Mord«:

»Am 26. Mai 1988 fragt Anér die Empfangsleiterin Maj Lundén vom Hotel Scandic, ob Hans Holmér vom 28.2. bis 1.3.1986 im Hotel gewohnt habe. Sie antwortet direkt am nächsten Tag: Nein, wir haben keine Unterlagen, aus denen hervorgeht, dass sich Holmér in dieser Nacht hier im Hotel aufgehalten hat.

Statt des Gästeregisters haben wir Kopien der Hotelrechnungen, aufgeführt in chronologischer Ordnung. Holmér ist nicht dabei. Er hat in dieser Nacht nicht im Hotel übernachtet.«

www.jallai.se, 18.12.2011

...

Veröffentlichung am 8. November 2012

Moderna Tider Special, mit Göran Rosenberg als Moderator, beschäftigt sich mit einer Spur der Polizei, die sich auf die Zeitangaben des ehemaligen Polizeikommissars Gösta Söderström konzentriert. Diese seien angeblich manipuliert worden, um den Zeitpunkt der Alarmierung und der Ankunft am Tatort vorzuverlegen. Darüber hinaus werden Hans Holmérs Aktivitäten in der Mordnacht thematisiert. Holmérs Chauffeur Rolf Dahlgren wird durch seinen Briefkasten hindurch interviewt. Er behauptet, er habe Holmér und seine Verlobte am Tatort vorbeigefahren, was vom damaligen Leiter der Ermittlungen Hans Ölvebro kategorisch ausgeschlossen wurde. Holmér selbst lässt mitteilen, die Grenze zur Verleumdung sei längst überschritten.
Auch der Privatdetektiv Fritz G. Pettersson wird in der Sendung interviewt.

Youtube, Moderna Tider Special über den
Mord an Olof Palme (1991)

...

1996 sorgte die Nachricht, Südafrikas Apartheidsregime stecke hinter dem Mord an Olof Palme, für Aufsehen. Der Superspion Craig Williamson wurde als Kopf hinter dem Mord identifiziert, und der Agent Peter Casselton führte zunächst den schwedischen Rechtsextremisten Bertil Wedin als Täter an, um dann auszusagen, dass er an der Planung beteiligt gewesen war. Nur ein paar Tage bevor er vor der Wahrheitskommission hätte aussagen sollen, wurde er von einem Lkw überfahren. In einem zusammenfassenden Bericht schreibt die Polizei, »aufgrund der Vorgehensweise können wir eine südafrikanische Beteiligung nicht ausschließen«.

Ola Billger und Jan Stocklassa, *Svenska Dagbladet*, 25.02.2014

...

Gunnarsson, von den Medien »der 33-Jährige« genannt, verdächtigt des Mordes an Olof Palme, begangen am 28. Februar 1986. Er wurde erstmals am 8. März für ein Verhör festgenommen, jedoch am gleichen Abend wieder freigelassen. Am 12. März erfolgte ein weiteres Verhör, und am 17. März beantragte der Staatsanwalt die Verhaftung. Nachdem die Indizien immer schwächer wurden, unter anderem aufgrund der Neubewertung einer Zeugenaussage, wurde er am 11. April 1986 auf freien Fuß gesetzt, stand jedoch über die Abhörung seines Telefons auch danach zeitweise unter Beobachtung. [...]

Gunnarssons beinahe vollständig entkleideter Leichnam wurde im Waldgebiet Deep Gap ca. 300 Kilometer von seiner Wohnung in Salisbury, North Carolina, entfernt aufgefunden. Man hatte ihm zweimal mit einer Waffe Kaliber .22 in den Kopf geschossen. Der Zeitpunkt des Todes wurde auf irgendwann zwischen dem 3. und 4. Dezember 1993 bestimmt. Lamont C. Underwood, ein ehemaliger Polizist, wurde für den Mord an Gunnarsson verurteilt und sitzt eine lebenslange Freiheitsstrafe plus 40 Jahre in einem Gefängnis in North Carolina ab. Als Motiv wurde ein Eifersuchtsdrama angegeben. Das Urteil wurde angefochten, und man bewilligte L.C. Underwood, der auf nicht schuldig plädiert hatte, eine Untersuchung auf Wiederaufnahme des Verfahrens, nachdem mehrere Journalisten und eine Bürgerrechtsorganisation, die sich für den Fall eingesetzt hatte, behaupteten, das Urteil basiere auf mangelhaftem Beweismaterial. Einer davon ist der Privatdetektiv im Palme-Mord Anders Leopold. Für das Wiederaufnahmeverfahren sollte untersucht werden, ob die Anwälte von L.C. Underwood sich falsch verhalten hatten und das Verfahren daher wiederholt werden müsse. Doch die Wiederaufnahme wurde nicht zugelassen.

Quelle: Wikipedia

⇒⇐

Das Auto rollte am Hotel vorbei und fuhr weiter in Richtung Nybroplan, wo mir die erleuchtete Fassade des Theaters Dramaten mit ihren vielen goldenen Details ins Auge fiel. Dann bogen wir rechts in den Strandvägen ein. Stockholm lag immer noch ruhig da, obwohl es schon fast halb acht war. Erst als ich genauer darüber nachdachte, fiel mir ein, dass Samstag war. Ich hatte keinen Überblick mehr über die Wochentage.

Als wir weiter den Strandvägen entlangfuhren, wandte ich mich an den Gegelten.

»Entschuldigen Sie, wo fahren wir hin?«

Er warf mir einen kurzen Blick zu.

»Das werden Sie dann schon sehen«, sagte er und starrte wieder aus dem Fenster.

Charmanter Typ.

Erneut versuchte ich, mich auf meine Umgebung zu konzentrieren, um die in mir aufsteigende Panik unter Kontrolle zu bringen.

Der Wagen bog rechts ab und fuhr über die Djurgårdsbron, vorbei am riesigen Gebäude des Nordischen Museums. Kurz darauf passierten wir die Schranken, ohne auch nur langsamer zu werden, und ich sah, wie ein Wachposten so etwas wie eine Verbeugung zum Auto andeutete. An Gröna Lund und dem Skansen vorbei und dann in eine der kleineren Straßen bis zu einer eindrucksvollen Villa, die fast vollständig im Wald verborgen lag.

Plötzlich begriff ich: Das war das Haus, das auf der Karte und dem Satellitenbild markiert gewesen war, das Jonathan mir in der Kantine des Hauptquartiers gezeigt hatte. Wenn ich es nur früher begriffen hätte, vielleicht hätte ich Lina dann selbst dort herausholen können? Doch das Haus wurde schwer bewacht. Mechanische Tore glitten auf, und während wir über ein parkähnliches Grundstück zum großen Haus weiterfuhren, bemerkte ich einige Kameras an verschiedenen Stellen im Garten und rund um die Auffahrt.

Der Wagen hielt vor der Treppe, und der Gegelte stieg aus. Er ging um das Auto herum und öffnete mir die Tür, dann bedeutete er mir mit einer Geste, dass ich die Treppe zur Haustür hinaufgehen sollte. Als ich die oberste Stufe erreicht hatte, glitt die Tür lautlos auf, und es erschien ein Butler, gekleidet in ein weißes Jackett mit goldenen Streifen.

»Willkommen«, begrüßte er mich freundlich. »Welch wunderbarer Morgen! Mein Name ist Rudolf, bitte sagen Sie mir, wenn ich Ihnen irgendwie behilflich sein kann. Darf ich Ihnen Ihre Jacke abnehmen?«

Welch wunderbarer Morgen? Rudolf?

»Nein, danke«, sagte ich und steckte die Hände in die Taschen meiner Lederjacke.

In der rechten Tasche umklammerte meine Hand den USB-Stick. Im Augenblick dachte ich gar nicht daran, mich von irgendeinem Besitz zu trennen, wenn ich nicht dazu gezwungen wurde.

»Bitte hier entlang«, sagte Rudolf und führte mich durch die riesige Halle zu einer gewaltigen Doppeltür aus Holz, die er öffnete.

»Bitte warten Sie hier in der Bibliothek«, sagte er freundlich. »Der Direktor kommt gleich.«

Ich betrat eine riesige Bibliothek. Bücherregale bedeckten die Wände vom Boden bis zur Decke, und im Raum standen verschiedene Couchgarnituren und Sessel. An der einen Längsseite des Zimmers befand sich ein gigantischer offener Kamin, in dem ein Feuer brannte. Davor war ein Teeservice mit zwei Tassen gedeckt. Jemand hatte ein Frühstück mit Croissants elegant auf Silberplatten angerichtet.

Ich drehte mich um, um den Butler etwas zu fragen, konnte aber nur noch sehen, wie sich die Türen hinter ihm schlossen. Ich ging zur Tür und versuchte, sie zu öffnen. Der Griff ließ sich nicht bewegen.

Erneut sah ich mich um und stellte fest, dass der Raum keine Fenster hatte. Neue Wellen der Panik; neue Versuche meinerseits, sie zu unterdrücken.

Ich war eingesperrt, der Willkür meines Gastgebers, des »Direktors«, ausgeliefert.

Wer auch immer er war.

Es verging eine halbe Stunde. Ich versuchte, strategisch zu denken und mir in Erinnerung zu rufen, was ich beim Militär zu verschiedenen Vorgehensweisen gelernt hatte, wenn man eingesperrt war.

Ich untersuchte die Wände des Raumes, nur um bestätigt zu sehen, was ich bereits wusste – es gab keine Fenster und keine anderen Türen als die, durch die ich hineingelassen worden war. Sie war solide, und es gelang mir nicht, sie auch nur einen Millimeter zu bewegen, wie sehr ich auch am Griff rüttelte oder meine Schulter gegen das Türblatt drückte. Ich suchte nach einem Codeschloss neben der Tür, fand aber nichts.

Schließlich verharrte ich stehend mitten im Raum, den Blick zur Tür gerichtet, während ich vor Anstrengung keuchte. Es kostete mich viel Willensstärke, meine heftige Atmung in den Griff zu bekommen und in tiefe, ruhige Atemzüge zu verwandeln. Meine Gedanken konnte ich jedoch nicht so einfach steuern.

Würde ich für immer hier eingeschlossen sein?

Handelte es sich um eine raffinierte Art, mir das Leben zu nehmen?

Warum dann Tee und Croissants vor dem Kamin?

»Guten Morgen, Sara«, hörte ich hinter mir eine freundliche Stimme sagen. Ich wirbelte herum. Ein weißhaariger älterer Mann stand mitten im Zimmer, gestützt auf einen Stock mit Silberknauf. Er trug einen dunklen Anzug und ein weißes Hemd, dazu eine passende Seidenkrawatte in Blautönen und ein weißes Einstecktuch. Seine klaren blauen Augen waren klug und freundlich, und er lächelte breit.

Ich erkannte ihn sofort wieder.

»Ich muss mich dafür entschuldigen, dass wir Sie hier eingesperrt haben«, sagte er. »Ich sehe Ihnen an, dass Ihnen das nicht gefällt. Doch es handelt sich um eine reine Vorsichtsmaßnahme.«

Ich betrachtete ihn, ohne etwas zu sagen. Mit einer Geste lud er mich zur Sitzgruppe vor dem Kamin ein.

»Setzen wir uns. Darf ich Ihnen Frühstück anbieten?«

Ich setzte mich in einen Sessel, er ließ sich in dem anderen nieder. Dann sah er mich an, wieder mit diesem freundlichen Lächeln.

»Soso, am Ende sitzen wir nun doch hier. Es ist sehr nett von Ihnen, dass Sie sich bereit erklärt haben, hierherzukommen und einen alten Mann wie mich zu treffen.«

Ich konnte nicht länger schweigen.

»Hatte ich denn eine Wahl?«, fragte ich ruhig.

Er lächelte.

»Nein, die hatten Sie natürlich nicht«, sagte er. »Aber nett ist es trotzdem. Sie scheinen eine freundliche, aufmerksame Person zu sein, und ich bilde mir ein, dass ich das auch bin.«

Er sah mich an und streckte seine Hand aus.

»Wenn ich jetzt um den USB-Stick bitten dürfte ... Danach können wir uns unterhalten.«

Ohne ein weiteres Wort steckte ich die Hand in die Tasche und legte den Stick in seine offene Hand. Diese schloss sich sofort, dann verschwand sie in der Tasche des Mannes.

»Danke«, sagte er. »Das ist nett von Ihnen. Wir haben uns oft gefragt, wo er sich wohl befindet.«

»Das da auf dem Stick ist reinstes Dynamit«, bemerkte ich. »Belastend für sehr viele Personen.«

Er hob die Augenbrauen und lächelte, schwieg aber.

»Lina«, sagte ich. »Sie haben den Stick. Mir wurde versprochen, dass ich jetzt meine Schwester zurückbekomme.«

»Natürlich«, antwortete der Mann. »Sie macht sich gerade zurecht, sollte aber in ein paar Minuten hier sein.«

Unfreiwillig sog ich die Luft ein und atmete dann aus.

»Sie waren anscheinend sehr beunruhigt«, stellte der Alte fest und sah mich bedauernd an.

»Natürlich. Ich gehe davon aus, dass sie unverletzt ist.«
»Sicher. Aber es gibt da eine kleine Komplikation.«
Mein Herz setzte einen Schlag lang aus.
»Was meinen Sie?«, fragte ich. »Wenn Sie ihr etwas getan haben, breche ich Ihnen das Genick, das schwöre ich Ihnen.«
Er lächelte wieder.
»Überhaupt nicht. Ich glaube, es ist am besten, wenn sie es Ihnen selbst erklärt.«
Das Schloss der Doppeltür klickte, und Lina trat ein, gefolgt von Ludwig. Sie sah frisch und ausgeruht aus, und die Situation schien sie überhaupt nicht zu stressen. Ludwig trug Jeans, ein weißes Hemd und den gleichen nervigen Pferdeschwanz wie immer; der Traum jeder Schwiegermutter. Er ging auf den alten Mann zu, übernahm den USB-Stick und steckte ihn in seine Hosentasche. Dann stellte er sich wieder neben Lina.

Ich ging auf Lina zu, und es dauerte einen Moment, bis ich begriff, dass sie meine Umarmung nicht erwiderte.

»Wie geht es dir?«, fragte ich beunruhigt und sah sie an. »Haben sie dir wehgetan?«

Lina seufzte schwer. Sie sah von dem älteren Mann zu Ludwig und dann zu mir.

»Sara, da ist so vieles, was du nicht begreifst und was ich dir gerne erklären würde. Wenn es nur etwas brächte.«

»Komm«, sagte ich und ergriff ihren Arm. »Wir fahren nach Hause und reden in Ruhe.«

Lina sah mich an und lächelte, ein trauriges kleines Lächeln.

»Du verstehst es wirklich nicht, oder?«, sagte sie. »Ich bin zu Hause! Ich wohne jetzt hier! Ich habe keine Lust, von hier wegzugehen.«

Ich starrte sie an.

»Was heißt das, du wohnst hier?«, brach es aus mir heraus. »Haben sie dich einer Gehirnwäsche unterzogen? Ist das hier eine verdammte Sekte? Das ist nicht dein Zuhause, du wohnst mit mir am Nytorget!«

Lina und Ludwig sahen einander an. Der alte Mann wandte sich an mich.

»Sara, Lina arbeitet hier bei uns. Das tut sie schon seit Längerem, genau wie Ludwig. Jetzt wurde im Haus ein Zimmer frei, deshalb ist sie eingezogen. Es wohnen noch einige andere Mitarbeiter hier, das Haus ist riesig. Daran ist nichts auszusetzen, Lina ist volljährig, nicht wahr?«

Lina arbeitete für BSV.

Ich starrte alle drei an, einen nach dem anderen. Dann wandte ich mich an Lina.

»Verstehst du nicht, was sie getan haben?«, fragte ich. »Was sie unserer Familie angetan haben? Was sie Salome angetan haben? Hast du irgendetwas von dem gehört, was ich dir erzählt habe?«

Lina sah Ludwig an, der einen bedauernden Ausdruck im Gesicht hatte. Dann sah sie wieder zu mir.

»Sara«, sagte sie beherrscht. »Du weißt, was ich von deinen Geschichten halte. Du musst dir Hilfe suchen! Ich kenne mich da nicht aus, weiß nicht mal genau, wie man das nennt. Wahnvorstellungen vielleicht? Oder eine Zwangsstörung?«

Ich betrachtete meine kleine Schwester. Sie sah so ruhig aus, fast schon glücklich, und sie war völlig überzeugt davon, dass sie recht hatte und ich nicht. Ein paar Sekunden lang schwieg ich.

»Okay«, sagte ich dann. »Was genau machst du hier?«

Lina schüttelte den Kopf.

»Ich kann dir keine Details nennen. Administrative Arbeiten, Datenlisten, Berichte. Es macht wirklich Spaß, wir haben hier ein wunderbares Team. Ich fühle mich wohl. Und ich weiß, dass Papa stolz auf mich wäre.«

Beinahe unmerklich hob sie das Kinn, und da ging mir auf,

dass gerade das ihr am wichtigsten war: Sie war jetzt diejenige, die ihr Leben in Ordnung gebracht hatte; sie war es, die einen festen Job und einen Freund hatte; sie war es, die ein gut organisiertes Leben führte, wie es sich Papa ihrer Meinung nach gewünscht hätte. Papa und ich hatten uns immer viel nähergestanden, und das hatte Lina vielleicht eifersüchtig gemacht.

Als könnte sie meine Gedanken lesen, sprach Lina weiter.

»Papa hat immer nur dich gesehen. Du warst die Fleißige, du würdest eine tolle Karriere machen. Niemand hätte wahrscheinlich geglaubt, dass ich auch nur ansatzweise deine Leistungen erreichen könnte. Aber weißt du was, Sara? Ich habe gerade das anstrengendste Jahr meines Lebens hinter mir und bin trotzdem auf den Füßen gelandet. Jetzt bin ich es, die einen Superjob in einem wichtigen Bereich hat, auch wenn ich dir dazu nichts Näheres sagen kann. Jetzt bin ich es, die Papa stolz gemacht hätte, während dein Leben auseinanderbricht. Es tut mir leid, aber genauso sieht es aus.«

Lina sah auf ihr Handy.

»Jetzt muss ich leider gehen. Es wartet viel Arbeit auf mich.«

Sie kam auf mich zu und umarmte mich, und eine Sekunde lang schien sie beinahe schüchtern zu sein.

»Aber jetzt hast du die ganze Wohnung für dich allein, ist das nicht schön?«, fragte sie. »Und du hast einen Job bei den Streitkräften und ... und sicher wirst du bald auch einen neuen Mann finden? Glaub mir, auch für dich wird bald alles gut, so wie für mich! Wenn du nur diese merkwürdigen Zwangsgedanken loslassen könntest.«

Sie löste sich von mir, und ich spürte, wie sie mir sowohl physisch als auch emotional entglitt. Für einen Moment verstand ich, wie sich Geschwister und Eltern fühlen mussten, wenn sie Kinder, Partner, Schwestern und Brüder bei Katastrophen verloren: in Flutwellen, bei Krankheiten, bei Verkehrsunfällen, bei

Bränden. Das Gefühl, jemanden um jeden Preis festhalten, retten zu wollen, obwohl die Naturgewalten um einen herum übermächtig waren, und dann zusehen zu müssen, wie derjenige einem entgleitet, dem sicheren Untergang entgegen.

Verzeih mir, Papa. Ich habe getan, was ich konnte.

Ich hatte den USB-Stick ganz umsonst übergeben.

Lina verschwand durch die Tür, Seite an Seite mit Ludwig. Dann drehte sie sich kurz noch mal um, sah aber den älteren Mann an, nicht mich.

»Das Beste für Schweden«, sagte sie leise, und ich sah, dass sie ihre Faust ballte.

»Es ist gut, Lina«, sagte er freundlich. »Jetzt geh wieder an die Arbeit.«

Lina warf mir noch einen Blick zu und sah dann wieder ihn an.

»Versuchen Sie bitte, ihr zu helfen«, sagte sie. »In ihrem Herzen ist sie ein guter Mensch.«

Dann ging sie.

Die Doppeltür fiel hinter ihr mit einem Klicken ins Schloss. Vielleicht war es Linas letzter Kommentar oder das Geräusch des einrastenden Schlosses, das mich aufwachen und mit aller Deutlichkeit einsehen ließ, wie ich mich verhalten musste, wenn ich lebend aus dieser Situation herauskommen wollte und sie in etwas Positives verwandeln wollte. Es war beinahe wie bei den Hypnoseübungen mit Tobias, in dem kühlen Raum am Humlegården, damals, in einer ganz anderen Zeit: »Wenn du das Klicken hörst, schärfen sich all deine Sinne, und du bist auf dem Höhepunkt deiner intellektuellen Leistungsfähigkeit.«

Oder wie bei der militärischen Grundausbildung, wenn es besonders anstrengend war:

Die Stirn bieten! Widerstand leisten! AGU – Aldrig Ge Upp!

Widerstand leisten.

Dragans Stimme hallte in meinem Kopf wider: »Versuchen

Sie, so viele Informationen wie möglich aus ihnen herauszubekommen ... seien Sie kooperativ, nicht feindselig.«

Ich drehte mich zu dem alten Mann um und schüttelte verwirrt den Kopf. Dann lächelte ich.

»Vielleicht sollten wir noch mal von vorne anfangen«, sagte ich und streckte meine Hand aus. »Ich bin Sara. Und Sie heißen ...?«

Der Alte lächelte. Dann beugte er sich vor und schüttelte meine Hand. Sein Handschlag war trocken und warm.

»Wie schön«, sagte er. »Ein Neuanfang. Ich heiße Carl Fredrik Oscar Reuterholm und bin der Vorsitzende einer Organisation, die sich BSV nennt. Sie können mich C-F nennen.«

Endlich.

Ich lächelte.

»Als wir uns das erste Mal begegnet sind, trugen Sie einen anderen Namen«, sagte ich. »Das war auch hier auf Djurgården, bei einem großen Fest mit dem König und der Königin. Erinnern Sie sich? Ich glaube, Sie haben sich ›Magnus‹ genannt. Und dann ›Gustav‹, als wir uns im Restaurant Operaterrassen getroffen haben. Alles Namen ehemaliger Könige.«

»Wir alle haben verschiedene Identitäten in verschiedenen Kontexten, nicht wahr?«, antwortete er sanft. »Aber C-F nennen mich meine Freunde. Ich hoffe, dass Sie sich zu diesem Kreis zählen möchten.«

Tief atmen.

»Dann habe ich Sie noch bei mehreren Gelegenheiten kurz gesehen. Bei der McKinsey-Feier. Bei der Party des *Expressen*. Und beim After Work der Streitkräfte, nicht wahr?«

»Sie sind aufmerksam«, sagte C-F. »Das gefällt mir.«

Schweigend saßen wir eine Weile da.

»Und wofür steht BSV?«, fragte ich schließlich. »Das frage ich mich schon die ganze Zeit.«

»Dazu kommen wir noch«, sagte C-F und schenkte mir Tee ein. »All in good time, wie man in England zu sagen pflegt. Ich liebe England und die Engländer, Sie nicht?«

»Doch, durchaus.«

All in good time.

Nun goss er auch sich Tee ein und sah mich dann an.

»Sie haben uns beeindruckt, Sara«, sagte er. »Sie sind sehr ausdauernd.«

»Vielen Dank.«

»Man muss erst etwas brechen, bevor man etwas Neues aufbauen kann«, sprach er weiter. »Das ist ein grundlegendes Prinzip zum Beispiel bei den Streitkräften. Doch die meisten brechen erheblich früher als Sie.«

War ich gebrochen?

Na schön.

»Gerade Ihre Ausdauer ist eine Eigenschaft, von der wir in unserer Organisation sehr profitieren würden«, sagte C-F. »Neben den vielen anderen Qualitäten, die Sie besitzen. Daher habe ich mich entschlossen, ein vollkommen ehrliches Gespräch mit Ihnen zu führen. Ich weiß nicht, wohin Sie und uns das führen wird, aber ich werde ganz ehrlich auf Ihre Fragen antworten. Ich nehme an, davon haben Sie im Moment sehr viele?«

»In der Tat.«

C-F lächelte, als könne er beinahe sehen, was ich dachte. Ich beschloss, enorm vorsichtig zu sein.

»Sie verstehen wahrscheinlich, dass ich sehr wütend auf Sie war«, sagte ich. »Völlig besessen.«

»War? Soll ich das so deuten, dass Sie es jetzt nicht mehr sind?«

»Im Gegenteil«, sagte ich. »Ich bin immer noch genauso wütend wie bisher. Aber ich bin bereit zuzuhören.«

»Gut. Mehr kann ich wohl nicht verlangen.«

Es klopfte an der Tür, und Ludwig schaute herein.

»Er ist nicht kopiert worden«, sagte er.

»Gut«, sagte C-F und lächelte mich an. »Das habe ich auch nicht angenommen. Ich vertraue Sara.«

Ludwig schloss die Tür wieder von außen, und C-F und ich sahen uns an.

»Fleißiges Kerlchen.« C-F nickte in Richtung Tür. »IT-Ingenieur. Ausgebildet am MIT.«

IT-Ingenieur? Genau das hatte Bella gesagt, als sie mich vor ihm gewarnt hatte.

»Soll ich anfangen zu erzählen?«, fragte C-F.

»Ja, bitte.« Ich lehnte mich im Sessel zurück.

C-F setzte sich zurecht.

»Man könnte sagen, es begann mit Unzufriedenheit über die Idee – und den Erfolg – des schwedischen Folkhemmet«, sagte er. »Der Auslöschung der traditionellen Hierarchien in unserem Land.«

Ein Rätsel, das unser Interesse verdient, muss lösbar sein. Wenn es zu schwierig und kompliziert ist, verlieren viele den Fokus, und wenn die Zeit vergeht, ohne dass es weitere Anhaltspunkte gibt, die uns in die richtige Richtung führen, verlieren die meisten die Lust und springen ab.

Ein Rätsel darf nicht zu schwer zu lösen sein.

Der Palme-Mord lässt mich manchmal an den Hobbit Bilbo denken, wenn er mit dem Geschöpf Gollum tief im Berg Rätselraten spielt. Das Spiel läuft gut, sie sind abwechselnd dran, die Rätsel des anderen zu erraten. Alle Rätsel sind lösbar, selbst schwere. Doch dann steckt Bilbo seine Hand in die Tasche und denkt laut:

»Was habe ich da in meiner Tasche?«
Gollum missversteht ihn und glaubt, dies sei die nächste Herausforderung, begreift aber sofort, dass dieses Rätsel zu schwer ist. Gollum wird wütend, der Ring rutscht auf Bilbos Finger, macht ihn unsichtbar, und damit ist das Spiel vorbei. Stattdessen beginnt die Jagd.
Die Liste all der Personen, die mit dem Mord an Olof Palme in Verbindung stehen und unter mysteriösen Umständen gestorben sind, ist lang. Sie enthält Genickschüsse, Selbstmorde, Flugzeugunglücke, Herzinfarkte, Überdosen, rätselhafte Krankheiten, Autounfälle, Messerstechereien, Fährunglücke, Folter, Alkoholvergiftungen, Brandstiftung, Spritzen in den Hals und dazu eine lange Reihe scheinbar natürlicher, aber nicht aufgeklärter Todesfälle in einem ungewöhnlich frühen Alter.
Ein Rätsel darf nicht zu schwer zu lösen sein.
Aber die Antwort darauf darf auch nicht so widerwärtig sein, dass die Gesellschaft die Augen davor verschließt und sich die Ohren zuhält, weil sie ganz einfach nicht damit umgehen kann. Dann ist es besser, dass der Dieb unsichtbar wird und das Rätsel ungelöst bleibt.
»Was habe ich da in der Tasche?«

»Sie verstehen also«, sagte C-F gut eine Stunde später, »dass es nicht ganz einfach war, zu einem Ergebnis zu kommen. Gleichzeitig ist es ganz erstaunlich, was man mit einem richtig guten Netzwerk alles zustande bringen kann. Aber das war ja schon immer so.«

»Damit ich das richtig verstehe«, sagte ich langsam. »Und bitte entschuldigen Sie, wenn ich etwas begriffsstutzig wirke, aber das ist ganz schön viel zu verdauen.«

»Begriffsstutzig ist sicher der letzte Begriff, der mir für Sie einfallen würde. Ich bin nicht nur beeindruckt von Ihrer schnellen Auffassungsgabe, ich freue mich auch sehr, dass Sie sich die Zeit nehmen, meiner langen Erzählung zu lauschen, mit der ganzen Historie und dem Hintergrund. Viele in Ihrer Lage hätten einen Wutanfall bekommen und mir die Teekanne an den Kopf geworfen. Oder hätten voller Panik versucht, irgendwie durch diese versperrte Tür zu kommen. Und das wäre keine gute Idee. Es gibt einige Personen in diesem Haus, die erheblich nervöser veranlagt sind als ich.«

Ich dachte ein paar Sekunden nach.

»Sie sind also seit mehr als hundert Jahren aktiv, seit Generationen. Es gibt etwa fünfhundert Schlüsselpersonen, weit verzweigt, und einige von ihnen sind zwar mit dem Gesamtbild nicht einverstanden, tun aber, was Sie wollen, entweder aus ideologischen Gründen oder gegen eine finanzielle Entschädigung.«

»Meist beides«, sagte C-F. »Wir haben großen Respekt vor dem Geldbedarf der Menschen.«

Vor allem aber vor Ihrem eigenen Geldbedarf.

»Was haben Sie eben gesagt? Dass es in Schweden rund zweitausend Personen gibt, die tatsächlich alle wichtigen Entscheidungen treffen und nahezu die gesamte Macht innehaben?«

»So in etwa. Unter ihnen gibt es nur sehr wenige, die nicht irgendwie mit unserer Organisation verbunden sind, bewusst oder unbewusst. Doch die Kerngruppe, der innere Kreis, ist natürlich sehr engagiert.«

»Sie sind der Direktor von BSV«, sagte ich. »Führen Sie die Organisation an?«

C-F lächelte bescheiden.

»Teilweise ist das gewiss so«, sagte er. »Aber wir sind viele, die für verschiedene Abteilungen verantwortlich sind. Sie sind zum Beispiel auf Anders gestoßen, einen unserer Vorstandsprofis. Er ist der Einzige, der seinen Siegelring offen trägt, und ich glaube, man hat ihn noch nie danach gefragt.«

Der blonde Mann bei der Party des *Expressen*. Und im Flur des Hauptquartiers.

»Verschiedene Abteilungen«, sagte ich. »Wie Skarabäus? Und Kodiak? Wofür steht Osseus?«

»Das haben Sie zum Teil schon herausgefunden.« C-F lächelte. »Und tatsächlich leitet Anders ebendiesen Bereich. Osseus, was Skelett bedeutet, beschäftigt sich mit einem Großteil unseres Kerngeschäfts.«

»Waffen- und Drogenhandel.«

C-F ignorierte meinen Kommentar, als fände er ihn unangemessen.

»Darüber hinaus steht Osseus für einige unserer Grundwerte«, sprach er weiter. »Wie zum Beispiel, dass unser Auftrag weitervererbt werden muss. Dass es eine Art genetische Verbindung gibt. Wir sind wie eine große Familie. Wir können einander wirklich vertrauen, bis ins Mark.«

Plötzlich schienen die Wände der Bibliothek ein wenig zu schwanken.

»Okay. Aber diejenigen, die am aktivsten sind, befinden sich – wenn ich Sie richtig verstehe – an Spitzenpositionen in der Wirtschaft, in sämtlichen Parteien, in Gewerkschaften, in den Massenmedien, einschließlich der öffentlich-rechtlichen Sender, in allen wissenschaftlichen Fakultäten und Forschungsinstanzen, im Sport, im Kulturbereich und unter den sogenannten ›Promis‹ – Artisten, Schauspieler, Musiker, Schriftsteller, Künstler und andere – sowie bei den Streitkräften, der Polizei und den Geheimdiensten. Stimmt's?«

»Völlig richtig«, sagte C-F zufrieden. »Wir haben ganz einfach – Sie verzeihen mir hoffentlich meine Selbstgefälligkeit – massiven Einfluss.«

Ich nickte nachdenklich.

»Und trotzdem schaffen Sie es, die Organisation geheim zu halten?«

»Das ist eine Voraussetzung für ihre Existenz, und das wissen wir alle. Sie begreifen sicher, was passieren würde, wenn alles herauskäme.«

»Was würde passieren?«

C-F schüttelte den Kopf.

»Das lässt sich schwer überblicken«, sagte er. »Die Konsequenzen wären enorm. Es würde die Politik stören, die Börse und die Aktienkurse sowie das Vertrauen in die Massenmedien und den unabhängigen Journalismus. Es würde die allgemeine Meinung über viele unserer herausragendsten und bekanntesten Spitzen der Gesellschaft verändern, die man heute bewundert und respektiert. Und es würde auf ungeheuer negative Weise die Haltung der restlichen Welt zu Schweden als Vorbild in Sachen Demokratie, Gleichberechtigung und Gleichstellung verändern.«

»Wieso?«

»Weil das, was wir tun, vollkommen undemokratisch ist«, erklärte C-F.

Er füllte seine Teetasse.

»Demokratie ist eine hübsche Idee. Aber sie lässt sich nicht auf die Wirklichkeit übertragen. *Demos kratos,* aus dem Griechischen, bedeutet Herrschaft des Staatsvolks. Aber das Volk eignet sich nicht zum Herrschen. Der Mensch ist im Allgemeinen faul und unbegabt. Diejenigen, die herausragen, in Form einer Elite, eignen sich dagegen sehr zum Herrschen. Daher sollten sie das auch tun. Am Ende geht es darum, Verantwortung zu übernehmen.«

»Ohne das Volk darüber zu informieren?«, wollte ich wissen.

»Unbedingt! Was ich nicht weiß, macht mich nicht heiß. Also haben wir in diesem Land Parlamentswahlen, steuerfinanzierte Parteihilfen für alle Parteien, die mindestens vier Prozent der

Stimmen bekommen, riesige politische Kampagnen aller Parteien und einen scheinbar vollkommen transparenten Entscheidungsprozess im schwedischen Reichstag.«

»Doch all das ist nur Theater, weil Sie im Hintergrund die Fäden ziehen?«, fragte ich.

»Es ist nicht schwer, die Macht über eine Demokratie zu ergreifen. Es ist sogar viel leichter als bei einer Diktatur. Manchmal habe ich beinahe das Gefühl, dass man sich in der freien Welt geradezu danach sehnt, dass jemand die Macht ergreift, damit die Mitbürger sich ihrer sehr großen und schwierigen Verantwortung entziehen können.«

Ich dachte über seine Worte nach.

»Und wenn jemand aufdeckt, was Sie tun?«

»Sie meinen bestimmt Ihren Vater. Es schmerzt mich immer noch, dass es so für ihn enden musste. Die Situation ist uns entglitten, ein ausländischer Nachrichtendienst war beteiligt, und sie haben sich einiger Methoden bedient, an die wir hier in Schweden nicht gewöhnt sind.«

Nein, ihr handhabt das mit dem Morden viel eleganter.

»Ihr Vater«, sagte C-F und sah mich jetzt direkt an, »war ein wunderbarer Mensch. Ich mochte ihn sehr.«

»Wie gut kannten Sie ihn? In welchem Zusammenhang hatten Sie Kontakt?«

C-F lächelte.

»Manchmal gehe ich fälschlicherweise davon aus, dass Sie viel mehr wissen, als Sie es tatsächlich tun«, sagte er. »Tut mir leid, nicht Ihr Fehler.«

Ich wartete.

»Ihr Vater war ein sehr vertrauenswürdiges Mitglied von BSV. Er kam nach seinen Einsätzen beim IB zur Organisation und wurde sofort für seinen Intellekt, seine analytischen Fähigkeiten und seinen Humor geschätzt.«

Papa? Mitglied bei BSV?

Jetzt war ich vollkommen verwirrt.

»Anfangs weiß man nicht genau, wofür BSV steht«, sagte C-F. »Das soll man auch nicht. Man muss erst vertrauenswürdig werden, bevor man Informationen erhält. Hier lastet meiner Meinung nach eine große Verantwortung auf uns.«

»Was meinen Sie?«

»Zunächst lief alles perfekt für Ihren Vater. Er arbeitete in der Peripherie, verschaffte sich aber mit der Zeit immer mehr Bewunderer und Freunde in der Organisation. Und nach und nach wurde er immer tiefer in den inneren Kreis hineingelassen. Manche behaupten, es sei zu schnell gegangen und er sei nicht im gleichen langsamen Tempo aufgeklärt worden wie andere. Aber er war so charmant! Und dann ging leider etwas schief.«

»Inwiefern?«

»Wir waren zusammen bei einem Kongresswochenende, auf einem schönen Hof oben im Bergbaugebiet Bergslagen. Wir sprechen jetzt vom innersten Kreis mit rund fünfzig Personen, und Ihr Vater war zum ersten Mal dabei. Es kamen ein paar Themen auf, von denen er bis dahin nichts gewusst hatte, und in der Nacht, nach ziemlich vielen guten Drinks, wurden die Leute sehr redselig. Da war Ihr Vater plötzlich völlig blockiert. Er stritt mit vielen der Anwesenden, und es endete damit, dass er aufstand und hinausstürmte. Am nächsten Morgen beim Frühstück erfuhren wir, dass er ausgecheckt hatte, und am Montag kam die Nachricht: Er wolle BSV mit sofortiger Wirkung verlassen.«

»Was tun Sie, wenn jemand die Organisation verlassen möchte?«

C-F lächelte schief.

»Es wollte noch nie jemand die Organisation verlassen«, antwortete er. »Nicht vor Ihrem Vater. Und auch nicht danach.«

Schweigend saßen wir ein paar Sekunden da.

»Ich habe mich natürlich mit ihm getroffen und versucht, ihm den Kopf zurechtzurücken. Zuerst hatte ich das Gefühl, dass es gut lief. Er entschuldigte sich für sein Verhalten und sagte, er sei betrunken gewesen und habe sich unnötig provoziert gefühlt. Dann bat er darum, auf einer niedrigeren Ebene zu BSV zurückkehren zu dürfen, weil er sich noch nicht dazu bereit sah, zum inneren Kreis zu gehören. Dumm, wie ich war, willigte ich ein, und damit hatten wir lange Zeit viel weniger Kontakt. Was ich nicht begriff, war, dass Ihr Vater uns hinterging und heimlich die Organisation entlarven wollte. Er nahm nur an Besprechungen und Aktivitäten teil, um Material zu sammeln – Sie haben seine Arbeit ja gesehen. Er brach in unsere Tresore ein, in denen wir einige sensible Dokumente aufbewahren, die auf keinen Fall verbreitet werden dürfen. Es geht um die Sicherheit des Landes. Aber Ihr Vater kümmerte sich nicht um unsere Restriktionen. Er verhielt sich wie ein simpler Dieb: Er stahl Dokumente, fertigte Kopien an und übermittelte sie elektronisch an sich selbst. Sie haben ja schon selbst festgestellt, dass das, was er da angehäuft hat, pures Dynamit war.«

C-F sah bedrückt aus.

»Fabian versuchte, mich zu warnen«, sagte er. »Er behauptete, etwas würde nicht stimmen, aber ich wollte nicht hören. Zum einen war ich zu beschäftigt, zum anderen war ich von Ihrem Vater immer noch überaus fasziniert: Das ist leider eine Schwäche, die ich bei manchen Menschen habe. Der Gedanke, dass er mir ein Messer in den Rücken stoßen würde, ist mir nie gekommen.«

»Aber warum haben Sie meinen Vater überhaupt aufgenommen?«, wollte ich wissen. »Wie kamen Sie auf die Idee?«

C-F lächelte.

»Sagen wir mal, es hatte mit einer alten Schuld zu tun. Belassen wir es dabei.«

»Wie sind Sie vorgegangen? Ich habe einige der Dokumente gesehen, und ich gehe davon aus, dass es noch mehr gibt. Wie konnten Sie dieses fantastische Material sammeln? Das war bestimmt nicht leicht!«

C-F sah mich begeistert an. Er hatte offenbar eine Schwäche für Schmeicheleien.

»Wir sind geschickt«, sagte er, »und verfügen über viele Jahre Erfahrung. Sobald Dokumente auftauchen, die den Aktivitäten des BSV einen Knüppel zwischen die Beine werfen könnten, sind wir leider gezwungen, sie uns zu besorgen. Manchmal gegen eine Entschädigung, manchmal mit Zwang. Unsere Zielsetzung steht fest, und wir haben eine Erfolgsstatistik von beinahe einhundert Prozent. Es sind nur sehr wenige Dokumente im Umlauf, die wir dort eigentlich nicht sehen möchten.«

»Aber anderes, was Sie für nicht schädlich halten, lassen Sie durch?«

»Man kann sich nicht in alles einmischen. Denn sonst verliert man an Glaubwürdigkeit. Hin und wieder muss man den Journalisten und der Allgemeinheit einen Knochen hinwerfen. Ich versichere Ihnen, das verursacht intern immer große Diskussionen. Alle haben Favoriten, die sie schützen wollen, oder bestimmte Personen, die geopfert werden können. Manchmal glaube ich, unsere Konzile, wie wir sie nennen, müssen an die Sitzungen der Schwedischen Akademie erinnern, wenn sie sich auf einen Literaturnobelpreisträger einigen sollen. Alle wollen ihren Favoriten fördern.«

Ich schweig.

»Um noch etwas deutlicher zu werden: Es geht nicht nur darum, bestimmtes Material zu verstecken, das verheerende Folgen hätte, wenn die Bevölkerung Kenntnis von ihm hätte. Es geht auch darum, Ungewissheit zu erzeugen, und zwar durch die bewusste Zurückhaltung von Informationen. Die meisten sind sich zum Beispiel bewusst, dass es einige Personen gibt, die wissen, wer Olof Palme ermordet hat, doch sie verstehen auch, dass auch ihnen die Wahrheit vorenthalten wird, auch wenn sie nicht verstehen, warum. Dies wiederum schafft Unsicherheit, was die Demokratie unterminiert, und genau das wollen wir erreichen.«

»Warum wollen Sie die Demokratie unterminieren?«

C-F lächelte und legte den Kopf ein wenig schief, beinahe als wäre ich ein Kind.

»Selbstverständlich, um Kontrolle zu haben«, sagte er.

»Was tun Sie mit Verrätern? Mit Lecks?«

»Wir haben keine Verräter«, sagte C-F ruhig, »und keine Lecks.«

Seine lächelnden blauen Augen sahen mich abwägend an.

»Warum fragen Sie? Sie wissen doch genau, was mit Verrätern passiert, Sie waren ja selbst einer. Genau deshalb glaube ich, Sie möchten nicht erneut zur Überläuferin werden. Eine Kollaborateurin. Eine Verräterin.«

Atme. Konzentriere dich auf deine Umgebung.

»Wie also haben Sie es schlussendlich entdeckt?«, fragte ich. »Was mein Vater getan hat?«

»Er hat über mehrere Jahre hinter unserem Rücken Informationen gestohlen und kopiert«, sagte der alte Mann voller Abscheu. »Dann kam er selbst zu uns und erzählte, was er getan hatte. Er forderte, dass wir die gesamte Organisation auflösen sollten, und drohte damit, sich andernfalls an die Presse zu wenden, und zwar sowohl hier in Schweden als auch international.

Er hatte bereits begonnen, einen Brief an sie zu schreiben. Den Entwurf kennen Sie ja. Glücklicherweise war es nicht mehr als ein Entwurf, und er hat es nicht mehr geschafft, ihn abzuschicken.«

Ich erinnerte mich an den angefangenen Brief in Papas Dokumenten: »Dear Sir/Madam ...«

»Anfangs lachten wir laut darüber«, sagte C-F. »Wir glaubten selbstverständlich, dass es sich um einen Scherz handeln musste.«

»Klar. Hat er nicht begriffen, wie gefährlich es war, Sie auf diese Weise anzugehen?«

C-F sah mich an.

»Ihrem Vater fehlte das Gen für ganz gewöhnliche Furcht. Kein Mensch im Vollbesitz seiner geistigen Fähigkeiten würde auch nur auf die Idee kommen, BSV zu bedrohen. Es ist ein lebensgefährliches Projekt und vom ersten Augenblick an zum Scheitern verurteilt. Und es wird für den Anstifter schwerwiegende Konsequenzen haben.«

»Wie zum Beispiel zu Tode gefoltert zu werden«, sagte ich.

»Ihr Vater ist nicht an der Folter gestorben«, sagte C-F. »Es ging leider schief, die Männer vom ausländischen Nachrichtendienst haben Mist gebaut, und um die Spuren hinter sich zu verwischen, ließen sie seinen Tod wie ein Unglück aussehen und haben den Brand inszeniert.«

Wir schwiegen.

»Das letzte Mal, als ich Ihren Vater gesehen habe, war auf der Treppe zum Erbfürstenpalais. Ich umarmte ihn und küsste ihn auf die Wange. Er war ein sehr besonderer Mensch.«

»Das war dann wohl eher ein Judaskuss«, bemerkte ich. »Ihre Art, um den ausländischen Geheimdiensten zu zeigen, dass er die Zielperson war.«

»Natürlich«, sagte C-F. »Und das ist dann leider ein wenig aus dem Ruder gelaufen.«

Er sah mich mit seinem freundlichen Blick an, wie ein netter Großvater, der liebevoll seine Enkelin betrachtet.

»Sie verstehen sicher, warum ich Ihnen das alles erzähle, Sara. Ich finde, Sie haben große Ähnlichkeit mit Ihrem Vater, aber ich glaube, im Gegensatz zu ihm besitzen Sie dieses Gen. Deshalb weiß ich, dass Sie für BSV wertvoll wären – sehr wertvoll sogar –, wenn Sie sich dafür entscheiden, mit uns zu arbeiten anstatt gegen uns.«

Mein Hirn ließ nur noch einen Gedanken zu: *Sei clever, aber nicht zu clever.* Also fixierte ich C-F mit meinem Blick.

»Alles, was ich an Schweden so liebe, basiert auf einer Lüge?«

C-F zuckte ein wenig zusammen, so als hätte ich in der Kirche geflucht.

»Natürlich *nicht!*«, sagte er mit Nachdruck. »Nichts davon ist eine Lüge, all das Schöne existiert und verdient es, bewahrt zu werden! Es ist genau umgekehrt: Wir agieren so, um Schweden zu *retten!* Schwedische Gleichberechtigung, schwedische Gleichstellung! Schwedische Arbeitsplätze!«

Ich erwiderte nichts.

»Doch wie in allen anderen Ländern muss der Zweck manchmal die Mittel heiligen, wenn man sein Ziel erreichen will«, sprach C-F weiter. »Was meinen Sie, wie die USA sich hinter den Kulissen verhalten? Haben Sie auch nur eine Sekunde über Donald Trumps Methode der *alternativen Fakten* nachgedacht? Oder China? Putin, drüben in Russland? Frankreich, mit Le Pen? Um nur einige Beispiele zu nennen.«

»Was in diesen Ländern passiert, ist furchtbar. Sie betrügen ihr eigenes Volk.«

C-F verzog eine Miene, die andeutete, dass ich es mir mit meinen Schlussfolgerungen ein wenig zu leicht machte.

»Eine Frage der Definition. Es sind Demokratien, in denen das Volk selbst wählt, was es haben will.«

»China ist eine Diktatur«, wandte ich ein. »Sie geben nicht vor, ein Vorbild in Sachen Demokratie, Gleichberechtigung und Gleichstellung zu sein, wie wir es tun.«

»Aber deshalb kann man doch wohl kaum ihre Methoden, um die Weltherrschaft zu übernehmen, gutheißen?«, fragte der alte Mann milde. »Was meinen Sie?«

»Sie sagen, Schwedens Größe basiert auf einer Lüge«, sagte ich. »Dann sage ich, dass Sie bei BSV ...«

Ich zuckte die Schultern, ohne den Satz zu beenden.

»... ein Geschwulst am Körper der Gesellschaft sind, das weggeschnitten werden sollte?«, sagte C-F lächelnd. »Aber denken Sie doch nach – wenn Sie uns entfernen, wer soll übernehmen? Wir sind das Sahnehäubchen auf dieser Gesellschaft: gebildet, geschult, erfahren. Es gibt uns überall: unter den Politikern, in der Wirtschaft, bei den Gewerkschaften, den Kleinunternehmern und der gesamten intellektuellen und kulturellen Elite. Wenn Sie uns entfernen, wird der schwedische Wohlstand verschwinden, und Schweden verwandelt sich in eine Bananenrepublik, in der alles stillsteht.«

»Der Staat und das Kapital«, zitierte ich einen Song der Punk-Band Ebba Grön.

»Raten Sie mal, wie dieses Lied zustande gekommen ist und worum es eigentlich geht. Über die gesamte Gegenwartsgeschichte Schwedens hat es starke Verbindungen zwischen dem Staat und dem Kapital gegeben. Auf diese Weise hat das Land überlebt. Dann haben wir Bürger und Arbeiter demonstrieren und miteinander streiten lassen, damit es etwas hermacht. Wie eng die Zusammenarbeit zwischen Staat und Kapital tatsächlich ist, darf natürlich niemand erfahren.«

»Jedenfalls nicht die breite, dumme Masse«, sagte ich.

»Leider ja. Die breite, dumme Masse, sowohl am rechten als auch am linken Rand. Außerdem ahnungslose Direktoren – deren Lebensmittelpunkt auf dem Golfplatz liegt – sowie kleingeistige Revolutionäre und andere Unruhestifter der Pseudolinken.«

Dazu fiel mir nichts mehr ein, daher schwieg ich. C-F sah mich mitleidig an.

»Sie sind fünfundzwanzig«, sagte er. »Sie könnten jetzt gerade mit Ihrem und Johans Baby spielen. Oder mit Bella im Nachtclub stehen und Spaß haben. Die ganze Zeit über sind Sie so naiv gewesen.«

Tränen stiegen mir in die Augen. Wie Andreas einmal gesagt hatte: *Sie waren verdammt geschickt.*

»Haben Sie sich nie gefragt, warum Sie so leicht eine Stelle und eine Wohnung gefunden haben, mitten in Stockholm?«, fragte C-F sanft. »Ich habe den anderen gesagt, dass Sie *niemals* darauf hereinfallen würden, aber sie bestanden darauf, und wieder einmal lag ich falsch. Auch in diesem Punkt haben Sie Ähnlichkeit mit Lennart: Sie sind beinahe unfassbar gutgläubig. *So unglaublich schwedisch!*«

»Ich dachte, Sie mögen das Schwedische.«

»Das tue ich«, sagte C-F, und jetzt klang seine Stimme ungewohnt hart. »Aber noch lieber mag ich Intelligenz und analytische Fähigkeiten. Bei allem Respekt: Warum sollte eine kleine Göre wie Sie, aus Örebro, plötzlich einen Job in Stockholms angesagtester Medienagentur bekommen? Und Freundin und Mitbewohnerin einer internationalen Schönheit wie Bella werden?«

»Olga«, verbesserte ich ihn schroff.

Ich hatte das Gefühl, es ihr schuldig zu sein.

»Nennen Sie sie, wie Sie wollen«, sagte C-F. »Dagegen hatte sie nichts. *In meinen Armen aber war sie immer Lolita.*«

Ich zuckte zusammen. Mit diesem literarischen Zitat von Nabokov hatte ich nicht gerechnet.

»Was haben Sie mit ihr angestellt? Als Sie vorgaben, sie sei tot?«

»Das wissen Sie doch schon, denn Sie haben sich mehrmals getroffen. Wir haben ihr damals ihre Schönheit gegeben, also war es auch unser Recht, sie ihr wieder zu nehmen. Finden Sie nicht?«

»Ich verstehe Ihre Denkweise«, gab ich zurück. »Aber ich sehe das anders.«

»Um den Rest hat sich Ludwig gekümmert. Er ist nicht nur ein guter Ingenieur, sondern hat auch eine Vergangenheit beim Geheimdienst. Auf internationaler Ebene.«

Mich schauderte bei dem Gedanken. Aber C-F lächelte nur.

»Das ist Ihr Schwachpunkt«, stellte er fest. »Wir alle haben eine Achillesferse. Ihre ist, dass Sie so sentimental und leichtgläubig sind und damit nicht rational handeln.«

Ich antwortete nicht, und C-F beugte sich vor.

»Erklären Sie mir, warum Sie einen Job bei einem Beratungsunternehmen wie McKinsey bekommen sollten, nur aufgrund Ihrer Qualifikationen?«, sprach er weiter. »Ich habe Ihre Arbeit gelesen, und sicher ist sie ganz nett und gut geschrieben. Aber *McKinsey?* Und wenn Sie fertig sind, brauchen Sie nur mit den Fingern zu schnipsen, damit eine freie Stelle beim Hauptquartier der Streitkräfte auftaucht, *als Assistentin des Stabschefs?*«

Er lachte, ein perlendes, sehr belustigtes Lachen. Ich sagte nichts, es schien nicht nötig zu sein. Das Glänzen in C-Fs vorher so freundlichen Augen war einer Härte gewichen, als er mich jetzt ansah.

»Sie haben uns viel Zeit und Geld gekostet. Genau wie Bella. Jetzt dürfen Sie sich gerne dafür erkenntlich zeigen.«

»Das habe ich bereits«, antwortete ich. »Der USB-Stick.«

C-F lächelte. Plötzlich begriff ich, dass er jünger war, als er vorgab zu sein. Ich hatte ihn für einen Achtzigjährigen gehalten, aber tatsächlich konnte er kaum älter als siebzig sein. Der Stock mit dem Silberknauf war vermutlich nur Requisite.

»Wenn wir nur den USB-Stick gewollt hätten, würden wir jetzt nicht hier sitzen«, sagte er ruhig.

»Was wollen Sie noch?«, fragte ich ihn. »Warum bin ich immer noch am Leben?«

»Wir wollen Sie. Und gerne Ihre Freunde gleich mit dazu: Sally und Andreas. Analytische, clevere junge Menschen im

Bankwesen und den Massenmedien brauchen wir dringend. Wie es scheint, sind ihre Karrieren ohnehin gerade ein wenig ins Stocken geraten, nicht wahr?«

»Durch Ihre Schuld.«

C-F sah belustigt aus.

»Manchmal muss man Menschen bei der Entscheidungsfindung helfen. Betrachten Sie es als unser Geschenk an Sie: Wenn Sie herkommen, dürfen Sally und Andreas mitkommen.«

Eine Weile saßen wir schweigend da; ich brauchte mehr Zeit. Und mehr Informationen.

»Sie sagten, ich dürfe fragen, was ich will«, sagte ich scheinbar unberührt.

»Nur zu.«

»Was ist mit Micke passiert?«

C-F lächelte.

»Sie haben ihn geliebt.«

Ich antwortete nicht.

»Micke, oder Günther Flach, wie er eigentlich hieß, ist tot. Er wurde nach dem Ableben Ihrer Mutter entsorgt.«

Entsorgt?

»Also hat er meine Mutter getötet?«, fragte ich.

»Nicht direkt«, sagte C-F. »Man könnte es eine internationale Zusammenarbeit nennen. ›Julia‹, die Krankenschwester, ist eigentlich eine amerikanische Krankenschwester, die bei der CIA sehr erfolgreich war.«

»Hat sie meiner Mutter die Injektion verabreicht?«

C-F bekam einen Ausdruck im Gesicht, den ich nicht verstand. Doch dann hatte er sich auch schon wieder im Griff.

»Ich weiß es nicht«, sagte er. »Ich war nicht dabei.«

Ich dachte nach.

»Der blonde Mann, wurde auch er entsorgt?«

»Sie meinen Sergej? Er gehört zu meinen absoluten Favoriten.

Manchmal etwas hemmungslos, aber sehr effektiv. Nein, er arbeitet immer noch für uns. Wenn er nicht mit seinen anderen Aufträgen beschäftigt ist.«

»Welche da wären?«

»Er hat eine Vollzeitstelle bei der russischen Botschaft. Zwar nur in der Küche, aber dennoch. Sie müssen ihm seine Übertreibungen verzeihen, aber manchmal brauchen wir alle ein wenig Unterhaltung.«

Mir kam eine Idee.

»Ich weiß nicht, ob ich Ihnen glauben kann«, sagte ich. »Das Ganze klingt einfach unvorstellbar.«

Als hätte ich es geahnt, bekam der Mann neue Energie durch meine Zweifel.

»Denken Sie doch mal nach«, erklärte er eifrig. »Glauben Sie, die Politik sieht ohne Grund so aus? Haben Sie ernsthaft geglaubt, die Flüchtlingsfrage, die bettelnden Roma und der Erfolg der Schwedendemokraten waren Zufall? *So unbeholfen kann keine Innenpolitik sein, ohne eine Agenda im Hintergrund*, das müssen Sie doch verstehen! Die Linken haben neu angekommene Flüchtlinge und Einwanderer jetzt schon recht lange schlecht behandelt, nur um für positive PR für sich selbst und ein gutes Gefühl bei den Wählern zu sorgen, damit sie an der Macht bleiben. Unsere politisch korrekten Massenmedien spielen ihnen ganz nach Plan in die Hände. Die Rechten sind nicht weniger positiv, eifrig angefeuert von der Wirtschaft: Offiziell beschweren sie sich vielleicht und stimmen für die Schwedendemokraten, aber tatsächlich sehen sie den Einfluss billiger Arbeitskräfte – in der Pflege, in der Gebäudereinigung, bei der Müllabfuhr und allem anderen, womit wir Schweden uns nicht beschäftigen wollen und wo Risikokapitalisten viel Geld an der Privatisierung verdienen – als kleinen Bonus in ihrem Leben. Es entsteht eine neue Unterschicht in unserem Land, und insgeheim jubeln alle.«

»Himmel, sind Sie zynisch!«, brach es aus mir hervor, bevor ich mich zurückhalten konnte.

»Ich dachte, Sie wollten es hören«, sagte C-F und zog die Augenbrauen hoch.

»Das will ich auch«, sagte ich verkniffen. »Tut mir leid; erzählen Sie weiter.«

»Unsere *Neutralitätspolitik* bedeutet lediglich, dass wir mit allen unter einer Decke stecken. Wir haben starke Verbindungen zum Osten und zum Westen, und Schweden hat lange daran gearbeitet, unter wechselnden Regierungen, mit sehr erfolgreichen Ergebnissen.«

»Welche Agenda hat also BSV?«, wollte ich wissen. »Innen- und außenpolitisch?«

C-F machte eine abwehrende Geste.

»Die ist nicht besonders originell, auch wenn ich auf das Niveau der Durchführung an sich sehr stolz bin. Das ist in den meisten Ländern, mit denen wir zusammenarbeiten, das Gleiche, deshalb ist der Faschismus überall in Europa auf dem Vormarsch. Die innenpolitischen Probleme nehmen den Fokus von der Außenpolitik, was die internationale Zusammenarbeit erleichtert. Ein ständiger Strom an Flüchtlingen hilft dabei, den Arbeitsmarkt zu destabilisieren und die Mindestlöhne niedrig zu halten. Die Klassenunterschiede nehmen genauso zu, wie wir es haben wollen: *Social unrest* bedeutet mehr Stabilität für uns. Gegen Unordnung in den ländlichen Gebieten, in Flüchtlingsunterkünften, in Schwimmbädern und bei Pop-Festivals können wir leider nicht viel machen. *Ein bisschen Schwund ist immer.*«

»Ich dachte, Klassenunterschiede seien schlecht«, hielt ich dagegen. »Ich habe gelernt, jedes Land sollte nach einer so großen und so sicheren Mittelklasse wie möglich streben. Das schafft dauerhafte Stabilität.«

»Natürlich«, bestätigte C-F. »Aber das ist nicht unbedingt die Art von Stabilität, die wir haben wollen.«

»Was wollen Sie dann?«

»Kontrolle. Manchmal braucht es ein paar gesellschaftliche Unruhen, um für Gefügigkeit und Kooperationsbereitschaft zu sorgen. Manchmal braucht es eine Katastrophe. Oder Staatstrauer.«

»Wie bei Anna Lindh«, sagte ich. »Sie haben sie umbringen lassen.«

»Jeder Erfolg hat Grenzen. So einfach ist das.«

»Wer hat Olof Palme getötet? Ich kann die Dokumente nicht richtig deuten, alles, was ich verstehe, ist, dass es sich um eine Verschwörung gehandelt hat. War es der Mossad? Die SAVAK? Stay Behind? Oder die Südafrikaner? Indien?«

»BSV hat Olof Palme getötet«, antwortete er. »Es gab keine Alternative.«

»Wieso?«

C-F schüttelte den Kopf.

»Palme war ein kleines Teil im damaligen Puzzle, kleiner, als die Leute im Allgemeinen denken. Aber er war ein Meister der PR, wie dieser Popstar David Bowie, der vor ein paar Jahren seinen Tod so spektakulär in Szene gesetzt hat. Palme brauchte sehr viel Aufmerksamkeit, und das passte perfekt zu unseren Zielen. Den Scheinwerfer auf Palme, während wir uns mit etwas anderem beschäftigen konnten.«

»Warum also musste er sterben? Wenn Sie ihn doch so gut gebrauchen konnten?«

C-F hielt einen Moment inne.

»Er hat sich überschätzt«, sagte er dann. »Fing an, sich einzubilden, dass er die Regeln vorgeben konnte. Die Arbeit hatte ihn ausgebrannt, und er hatte sich unmöglich gemacht.«

»Christer Pettersson? War er beteiligt? Viele behaupten, dass er es gewesen ist.«

C-F lächelte breit und glücklich.

»Eine wunderbare Nebelkerze, nicht wahr?«

Ich dachte über seine Worte nach.

»Lassen Sie uns die Lage im Land zusammenfassen«, sprach C-F weiter. »Mit ein paar einfache Wahrheiten.«

»Die da wären?«

»Erstens: *Unser gesamter Wohlstand basiert auf dem Export.*«

»Okay«, sagte ich.

»Zweitens: *Unser gesamtes gutes Renommee basiert auf politisch korrekten Stellungnahmen, die über einen langen Zeitraum gemacht wurden.*«

»Einverstanden.«

»Und drittens: *Diese beiden Größen sind nicht miteinander vereinbar.*«

Ich dachte ein paar Sekunden nach.

»Nicht für Schweden«, sagte ich dann.

»Nein, nicht für Schweden.«

»Aber wie ist es möglich, dass der Kuchen, an dem wir uns bedienen, nicht kleiner wird?«

»Das, meine Liebe, ist das, worauf ein Großteil der Arbeit von BSV abzielt. Schauen Sie sich unsere Vereinbarungen mit Südafrika, Brasilien und Saudi-Arabien an. Stellen Sie sich Palme nicht als großen Politiker, sondern eher als Staatsbediensteten vor, entsendet von BSV, der herumrennt und mit politisch korrekten Botschaften und Steuergeldern um sich wirft und damit große Verträge für die schwedische Wirtschaft anbringt. Wenn die Aufträge dann eingehen, freut sich das Kapital über den Geldsegen, während Palme sich damit brüsten kann. Die Gelder durchlaufen den üblichen Kreislauf: Steuermittel gegen Aufträge, die neue Jobs bringen, die neue Steuermittel bringen. Sie können auch Palme durch Göran Persson oder Carl Bildt ersetzen, es spielt eigentlich keine Rolle, wer die erste Geige spielt.

Vor dem Ganzen steht BSV als Dirigent und schwingt den Taktstock.«

»Warum werden Sie nicht entlarvt?«

C-F lächelte sein bisher breitestes Lächeln.

»Kennen Sie den Begriff *Aluhutträger?*«, fragte er.

»Natürlich.«

»Ich habe ihn nach Schweden gebracht«, sagte er und zog die Augenbrauen in sichtbarem Stolz hoch. »Gefällt er Ihnen? Sie glauben gar nicht, wie hilfreich fleißige PR- und Medienagenturen wie Perfect Match in unseren modernen Zeiten sein können. Sie *platzieren* etwas, und das bleibt dann kleben wie Kaugummi. Vollkommen unmöglich, es wieder loszuwerden.«

Ich antwortete nicht.

»Darüber hinaus sind Faulheit und Furcht unsere stärksten Verbündeten«, sprach C-F weiter, »sowohl bei den Journalisten als auch beim gemeinen Volk. Die Leute wagen es einfach nicht, an Verschwörungstheorien zu glauben, und noch weniger, nachzuforschen, um Informationen zu erhalten. Keiner will als Aluhutträger bezeichnet werden. Und die Angst vor dem, was man dabei finden könnte, wenn man anfängt zu graben, hält die meisten davon ab, die einfachsten Fragen zu stellen. Denn wenn das Schlimmste wahr wäre, was sollte man dann tun? Mit seinem Job, dem Kredit, der Ehe? Denken Sie nach: Wie läuft es eigentlich für Edward Snowden, den Mann, der aufgedeckt hat, in welchem Umfang die amerikanische Regierung die eigenen Mitbürger überwacht? Glauben Sie, dass er je wieder irgendwo Frieden finden wird?«

»Wir Schweden sind aber selbst auch ziemlich fleißig«, sagte ich. »Nehmen Sie zum Beispiel die Musikindustrie. Die können Sie sich jedenfalls nicht als Verdienst anrechnen.«

Jetzt lachte C-F glucksend.

»Machen Sie Witze?«, sagte er. »Jedes Mal, wenn behauptet wird, dass das Phänomen des enormen internationalen Erfolgs schwedischer Musikproduktionen nur dank der städtischen Musikschulen entstehen konnte, muss ich so lachen, dass mir die Tränen kommen. *Die städtischen Musikschulen!* Was für ein Unsinn! Sie sind viel zu jung, aber wir alle, die jahraus, jahrein *den Schneewalzer* mit dem Zeigefinger in das Klavier gehämmert haben, wissen, was ich meine. Der Gedanke erregt immer viel Heiterkeit bei uns.«

Er sah mich belustigt an.

»Glauben Sie, es ist Zufall, dass wir den Eurovision Song Contest sechs Mal gewonnen haben? Glauben Sie, dahinter stecken die städtischen Musikschulen? Verstehen Sie nicht, dass es sich um das Werk gigantischer PR-Arbeit handelt, finanziert sowohl aus Steuermitteln als auch durch die Wirtschaft? Beim Sport ist es das Gleiche: Björn Borg, Stenmark, Forsberg, Zlatan und all die anderen Stars der letzten Jahre. Glauben Sie, dass es nicht mehr als einen glücklichen Zufall braucht, damit wir – *Schweden:* ein kleines eingeschneites Land mit kaltem Klima, das über weite Teile des Jahres nahezu alles natürliche Training draußen verhindert – international so ungeheuer erfolgreich beim Sport sind, trotz unserer bescheidenen Größe und Bevölkerungsmenge? Glauben Sie, das haben wir der guten Milch zu verdanken? Oder verstehen Sie, dass dahinter andere Kräfte und wirtschaftliche Muskeln stecken?«

Ich war müde und wollte hier weg, auch wenn mir überhaupt nichts einfallen wollte, was den Mann mit dem silbergrauen Haar dazu bringen würde, mich gehen zu lassen.

Plötzlich wurde er ernst.

»Die Allgemeinheit ist viel zu sehr mit der politischen Korrektheit beschäftigt, um klar zu sehen, und die öffentliche Debatte ist so von Beschimpfungen und Erniedrigungen und Tratsch geprägt, dass man den großen investigativen Journalismus verpasst. Dafür sind wir bei BSV ganz besonders dankbar.«

Ich wechselte das Thema. »Andreas und Sally, wovon sollen sie leben? Sie müssen ihre Jobs zurückbekommen.«

»Das geht nicht«, sagte C-F. »Durch den Umgang mit Ihnen haben sie sich an ihren Arbeitsplätzen untragbar gemacht. Ihre einzige Alternative ist, herzukommen und für uns zu arbeiten, dann können wir sie nach und nach in neue Jobs bringen, bei doppeltem Gehalt. Clevere junge Leute, wie gesagt. Sie sind herzlich willkommen.«

»Sie können nur sie oder mich haben«, sagte ich. »Wir haben den Kontakt abgebrochen.«

Etwas blitzte in C-Fs Augen auf. Es war die gleiche Härte, die ich vorhin schon gesehen hatte.

»Tatsächlich? Ich hatte angenommen, dass Sie das Ganze möglicherweise nur inszeniert haben.«

Sein Satz löste eine Erinnerung in mir aus, und nach Monaten der Trauer und Schwärze hörte ich wieder Johans Stimme:

»*Um einen Bären schießen zu können, muss man sich tot stellen können. Scheintot. Für den Fall, dass der Bär angreift, und man nicht rechtzeitig das Gewehr auf ihn richten kann.*«

»*Scheintot?*«, hatte ich gefragt. »*Und warum macht man das?*«

»*Damit der Bär sich nicht bedroht fühlt und einen nicht anfällt*«, sagte Johan. »*Meist hilft es nicht, oft weil der Bär schon viel zu wütend ist. Aber man kann natürlich Glück haben. Dazu legt man sich in Embryonalstellung auf den Boden, schützt den Kopf mit den Armen. Oder, wenn man einen dabeihat, mit einem Rucksack. Im besten Fall beruhigt sich der Bär, schnüffelt an dir und verschwindet.*«

»*Und im schlimmsten Fall?*«

Johan lächelte.

»*Dann ist es vorbei*«, sagte er. »*Dann war man nicht überzeugend genug.*«

In diesem Augenblick fing ich an zu weinen. Kein hysterisches Heulen, nur ein paar stille Tränen.

Ich konnte nicht mehr.

Sie hatten mich gebrochen.

Ich wollte hier weg.

C-F sah aufrichtig mitfühlend aus. Sein Lächeln war fort, und er streichelte meine Hand.

»Sara, Liebes, ich wollte Sie nicht traurig machen. Ich verstehe, dass Sie müde sind, aber wir müssen das hier trotzdem beenden.«

Ich nickte, obwohl mir die Tränen vom Kinn tropften. C-F sah mich weiter an und streichelte meine Hand.

»Verstehen Sie doch: Dies ist *meine* Achillesferse«, sagte er. »Ich möchte Ihnen so gerne glauben!«

Schluchzend atmete ich einmal tief durch. Dann sah ich ihn direkt an.

»Was werden Sie mit mir machen?«, fragte ich. »Werden Sie mich töten?«

C-F lächelte aufmunternd.

»Nicht dass ich wüsste. Aber das hängt natürlich davon ab, wie Sie sich entscheiden.«

»Werden Sie mich gehen lassen?«

»Sobald wir unser Gespräch beendet haben.«

»Und wenn ich zur Polizei und zur Presse gehe? Immerhin habe ich alle Dokumente gesehen.«

C-F sah mich freundlich an.

»Es steht Ihnen vollkommen frei zu reden, mit wem Sie möchten«, sagte er. »Natürlich haben Sie keinen Zugang mehr zu dem Material, und Ihre Glaubwürdigkeit im Polizeipräsidium und bei den Medien dürfte nicht die beste sein. Aber vielleicht klappt es dennoch, ich weiß es nicht. Ich möchte nur, dass Sie, bevor Sie es tun, über die Folgen nachdenken.«

»Dass Sie mich töten?«

C-F beugte leicht den Kopf.

»Ich verstehe nicht, warum Sie so beharrlich an der Idee festhalten, der *Tod* könnte die schlimmste aller Alternativen oder die empfindlichste Strafe sein«, sagte er. »Für viele Menschen ist es genau umgekehrt: Gezwungen zu sein, weiterzuleben, ist die schlimmste mögliche Strafe.«

Bella.

»Aber wir wollen Sie nicht bestrafen. Wir möchten, dass Sie sich mit Ihrer Schwester zusammentun und für uns arbeiten. Sie können in Ihrer Wohnung bleiben und im Hauptquartier der Streitkräfte arbeiten, und nebenbei arbeiten Sie für uns. Das wäre sogar wünschenswert. Sie würden beinahe das doppelte Gehalt bekommen.«

Er machte eine kleine Pause.

»Ich komme langsam in die Jahre«, sagte er. »Einige von uns werden sich zurückziehen, was eine Reihe von Umstrukturierungen innerhalb der Organisation zur Folge haben wird. Wir brauchen neue Kompetenzen.«

Ich sah C-F direkt an.

»Und wenn ich versuchen würde, Sie zu entlarven, und es mir tatsächlich gelänge?«

C-F sah mich ruhig an.

»Sie sind eine sehr intelligente Frau, Sara, wenn auch manchmal ein wenig naiv. Das ist wohl hauptsächlich der Grund, warum wir jetzt hier sitzen: Ihre Intelligenz, Ihr Durchhaltevermögen und Ihre Kompetenz. Ich habe jedoch leider – wie Sie gemerkt haben – keine vollständige Kontrolle über unsere Partner. Manchmal schießen sie bei den ›blutigen Aufgaben‹, also bei Auftragsmord, über das Ziel hinaus, und dann können wir nichts anderes mehr machen, als unser Bedauern auszudrücken. Wie in Lillehammer in Norwegen 1973, als der Mossad aus Versehen die falsche Person getötet und einen unschuldigen Kellner vor den Augen seiner schwangeren Frau erschossen hat. Das ist peinlich, dann muss man sich entschuldigen, und die andere Seite muss die Entschuldigung akzeptieren. Etwas anderes passiert nicht, die diplomatischen Beziehungen zwischen den Ländern sind, wie Sie sicher verstehen, für alle sehr wichtig.«

Ich schwieg.

»Aber lassen Sie uns für einen Moment mit dem Gedanken spielen, es würde Ihnen gelingen, uns vollständig zu entlarven«, sprach er weiter. »Sie erzählen dem schwedischen Volk und der Welt, dass es in dieser kleinen, perfekten Demokratie eine riesige Machtkonzentration gibt, die sich kaum jemand vorstellen kann. Und damit nicht genug: Es gelingt Ihnen auch, Beweise vorzubringen, wie Schweden als nahezu einzige Nation der Welt im Laufe von ziemlich genau hundert Jahren das Kunststück gelungen ist, dass der Kuchen nicht weniger wird, obwohl man sich kräftig daran bedient. Wir haben uns mit unserer berühmten Neutralitätspolitik aus beiden Weltkriegen herausgehalten, während unsere Realpolitik alles andere als neutral gewesen ist. Unsere Wirtschaft hat sich große finanzielle Vorteile verschafft, sowohl durch Waffenverkäufe als auch dadurch, dass die Infrastruktur des Landes in der Nachkriegszeit erhalten geblieben ist, während alle anderen Nationen dazu gezwungen waren, den Kurs zu ändern und ihre Wunden zu lecken.«

Ich wartete ab.

»Lassen Sie uns einmal davon ausgehen, dass Sie auch alle Unregelmäßigkeiten aufdecken, die es in der Zivilgesellschaft, in der Justiz und bei den Streitkräften gibt«, sagte C-F. »Sie führen der Reihe nach alle unaufgeklärten *Affären* in Schweden auf, wie Perlen auf einer Schnur, und lassen Ihre Zuhörer nach Luft schnappen angesichts der enormen Frechheit, mit der alle Machthaber gegenüber der Allgemeinheit und deren Recht auf

Information agieren. Wir haben schlicht und einfach lange vor Donald Trump unsere *alternativen Fakten* produziert und sie mit der Sehnsucht der Bevölkerung danach, *gut* zu sein, kombiniert. Grundlegende demokratische Prinzipien wurden völlig ignoriert. Die Streitkräfte wurden demontiert, und Desinformationen durch fremde Mächte – Partner von BSV – nahmen stetig zu. Es wurden ständig Milliardenbeträge aus dem Staatshaushalt *weggezaubert*, ohne dass jemand es mitbekam. Stattdessen wurden die Karten immer wieder neu gemischt, ungefähr so wie bei diesen Jungen, die das Publikum mit dem Hütchenspiel verwirren, und die Zuschauer – das schwedische Volk und die Welt um uns herum – haben freundlicherweise gleich noch eine Münze eingesetzt, nur um dann wieder leer auszugehen.«

Er beugte sich vor.

»Lassen Sie uns überlegen, welche Konsequenzen dieses Chaos hätte, das Sie da schaffen«, sagte er. »Führende Köpfe in der Industrie müssen ihre Posten als Geschäftsführer und Vorstandsvorsitzende aufgeben, bei außerordentlichen Versammlungen mit aufgeregten Aktionären ginge es hoch her. Die Parteispitzen und beliebte politische Vertreter sämtlicher Parteien werden ebenfalls zum Rücktritt gezwungen, um dann durch wesentlich weniger erfahrene und kompetente Personen ersetzt zu werden. Angesehene Persönlichkeiten aus Sport und Kultur würden schikaniert, ihre internationalen Karrieren kämen zu einem vorzeitigen Ende – Sponsoren und andere Investoren würden hellhörig und würden sämtliche Kooperationen beenden. In der Forschung und Wissenschaft wäre der Knall noch heftiger. Die Nobelpreisverleihung würde boykottiert, und zwar nicht aufgrund der Dummheiten der Schwedischen Akademie und nicht nur aufgrund fragwürdiger Figuren wie Bob Dylan, sondern von angesehenen Forschern fast aller Länder. Im Ausland würde man sich darüber freuen, dass das schwedische Modell nur ein großer

Bluff war, und die internationale Presse würde keine Gelegenheit versäumen, Schweden lächerlich zu machen und sich auf unseren Mangel an Moral zu stürzen – bis sie selbst mit hineingezogen wird, denn: Dies hier ist ein weitverzweigtes internationales Unternehmen. Doch dann würde die Strafe für Schweden nur noch empfindlicher ausfallen: Der alte Neid, der seit der Nachkriegszeit herrscht, würde in nie da gewesenem Maße wieder aufflammen, jetzt gepaart mit frischem Zorn. Die internationale PR-Maschinerie ist schonungslos. Schweden würde am Ende all dieser Listen landen, die Wohlstand, Aufrichtigkeit, Gleichstellung, Gleichberechtigung und – nicht zuletzt – Demokratie messen.«

Er sah mir direkt ins Gesicht.

»Wollen Sie das wirklich?«, fragte er mich. »Ihr Vater hat Schweden und das, wofür wir Schweden stehen, geliebt. Glauben Sie, das wollte er erreichen? Das glaube ich nicht.«

»Mein Vater hat an Ehrlichkeit geglaubt«, erwiderte ich. »Er hat an Politiker und Wirtschaftsköpfe und Kulturschaffende geglaubt, die es gewagt haben, für etwas *einzustehen*, auch wenn es politisch nicht korrekt war. Er mochte Menschen mit Rückgrat, die die Wahrheit geäußert haben, auch wenn sie unbequem war. Er hat gesagt, so müssen unsere Anführer sich verhalten, wenn wir, die Bevölkerung, weiterhin an den Begriff Demokratie glauben sollen.«

»Schöne Worte«, sagte C-F ruhig. »Aber in der Praxis unmöglich umzusetzen, jedenfalls für jemanden, der in irgendeiner Form von Wohlstand leben möchte.«

Er lehnte sich zurück.

»Ich kann wie gesagt nicht genau absehen, wie unsere internationalen Partner in Bezug auf Sie persönlich reagieren werden. Auch wenn *wir* Ihnen nichts Böses wollen, können wir Ihre Sicherheit natürlich nicht garantieren, wenn Sie Informationen preisgeben.«

Genau wie während der Kriege: Ihr lasst andere Nationen »the dirty work« für Schweden machen.

»Man könnte sagen«, sprach C-F weiter, »dass nicht nur wir, sondern die ganze Welt auf Ihre Entscheidung wartet.«

»Ich verstehe.«

Ich sah ihn direkt an.

»Lassen Sie uns ein wenig über Geld reden. Angenommen, ich lasse alles andere einmal beiseite: Geschichte, Moral und Werte. *What's in it for me?* Was habe ich davon? Was macht BSV für einen Umsatz?«

Jetzt hatte ich wieder C-Fs volle Aufmerksamkeit. *Geld:* Das war ein Thema nach seinem Geschmack.

»Wir verfügen über sehr gute internationale Beziehungen«, sagte er. »Und Sie wissen bereits, über welche riesige Summen wir reden. Ola hat bereits versucht, Ihnen das mitzuteilen, aber da waren Sie noch nicht empfänglich dafür.«

Ich sah Ola vor mir, bei unserem Mittagessen im Griffins Steakhouse, mit dem Champagnerglas zwischen den Fingern: *»... auch in dieser Branche, genau wie bei den Bankern und beim Assetmanagement und allen anderen Großunternehmen geht es nur um eins: richtig widerlich reich zu werden«*, hatte er gesagt. *»Wenn du – und besonders du – Interesse daran hast, richtig ordentlich Geld zu machen, stehen dir alle Möglichkeiten offen ...«*

Stehplatz im Nybroviken.

Those are pearls that were his eyes.

»Man könnte es wohl so ausdrücken«, unterbrach C-F meine Gedanken. »Rein wirtschaftlich sind alle Demokratien gescheitert. Überall steuert die Mafia, wie die italienische 'Ndrangheta, von der Andreas Ihnen erzählt hat. Ihre Ahnenriege reicht bis ins 15. Jahrhundert zurück, sie setzen fünfhundert Milliarden pro Jahr um. Selbstverständlich gibt es also sehr gute Möglichkeiten für Sie und Ihre Freunde, sich ein ganz ansehnliches Vermögen anzuhäufen.«

»Interessant.«

»Außerdem ist es so, dass unsere Aktivitäten im Zusammenhang mit den Wahlen im Herbst den Weg bereiten für das, was danach kommt.«

»Inwiefern?«, sagte ich und versuchte, unberührt auszusehen.

»Es ist uns, wie Sie sicher wissen, gelungen, ordentliches politisches Chaos anzurichten, und alle tun netterweise alles dafür, um es noch schlimmer zu machen. Ich weiß nicht, mit wem ich mich schwerer tue: den dummen Rechten oder den dummen Linken. Oder mit den strategischen, *gutherzigen* Liberalen in der Mitte.«

»Also stecken Sie dahinter«, sagte ich. »Wow!«

Bitte, hören Sie nicht auf zu sprechen.

»Wir haben Schweden in eine sehr instabile Lage gebracht«, verkündete C-F mit hörbarem Stolz. »Die Leute verstehen gar nicht, wie instabil: dass wir derzeit tatsächlich überhaupt keine Führung haben.«

»Welche Führung will BSV haben?«, wollte ich wissen.

»Das spielt keine Rolle. Wichtig ist jetzt nur, dass die Regierung aus dem Spiel ist und keine wichtigen Entscheidungen getroffen werden können. Das ist ein wichtiger Zeitpunkt, auf den wir seit Langem intensiv hinarbeiten. Erinnern Sie sich an den Stromausfall in Växjö?«

Ich nickte.

»Eine schön durchgeführte Übung«, sagte C-F. »Wir haben auch auf Gotland viel geübt, bei Stürmen. Das Wetter hat uns in letzter Zeit mehrere gute Gelegenheiten für Übungen geboten. Wir warten einfach damit, den Strom hinterher wieder einzuschalten, schieben es auf die Energiekonzerne und sehen uns die Effekte an.«

»Mit welchem Ziel?«

»Das sollte ich Ihnen wohl eigentlich nicht erzählen, aber Sie werden keinen Schaden damit anrichten können. Im Gegenteil: Ich hoffe, dass Sie zu uns an Bord kommen. Dies hier bedeutet enorme Einnahmen für uns, und es gibt sowohl Gelder als auch Macht an diejenigen zu verteilen, die es verdienen.«

Reglos zählte ich innerlich bis zehn. C-F schien sich in angenehmen Gedanken zu verlieren.

»Einfach gesagt: Unsere Nachbarn im Osten wünschen sich etwas mehr Einfluss auf ein paar unserer Nachbarländer. Und dem wollen wir selbstverständlich nicht im Wege stehen. Es ist ihnen ziemlich viel wert, in barer Münze, also muss man bereit sein, bestimmte Maßnahmen zu ergreifen.«

Ich erinnerte mich an das Gespräch mit Fredrik: »Im Hauptquartier der Streitkräfte stimmt etwas nicht. Wir glauben, dass es auf mehreren Wegen infiltriert wurde, auch wenn wir nicht verstehen, wozu das führen soll ... Es geht um die Sicherheit des Landes und die Stabilität der gesamten Ostseeregion.«

»Wie spannend«, sagte ich. »Was für Maßnahmen meinen Sie?«

C-F konzentrierte seinen Blick auf mich, wieder blitzte ein harter Ausdruck in seinen Augen auf.

»Man könnte fast meinen, Sie seien auf Informationen aus.«

»Überhaupt nicht«, sagte ich unberührt. »Ich habe noch nicht eingewilligt, auf Ihre Seite zu kommen, vergessen Sie das nicht. Und ich habe noch eine Frage: Was passiert mit Lina?«

C-F lächelte.

»Es ehrt Sie, dass Sie sich immer noch Sorgen um sie machen, obwohl sie Ihnen gegenüber alles andere als Nachsicht hat walten lassen.«

»Es geht um ein altes Versprechen, an das ich mich halten möchte.«

C-F nickte nachdenklich.

»Es hängt von Ihrer Entscheidung ab«, antwortete er vage.

Genau das, was ich nicht hören wollte.

»Im Großen und Ganzen wird es Lina gut gehen, auch wenn sie sich nicht wirklich für die Art der Tätigkeit eignet, die wir für Sie vorgesehen haben. Sie ist eine sehr engagierte Mitarbeiterin innerhalb des administrativen Teils der Organisation. Man könnte die Leute in zwei Gruppen einteilen: diejenigen, die den großen Zusammenhang verstehen wollen und danach mit offenen Augen arbeiten, und diejenigen, die es vorziehen, die Augen vor der Wirklichkeit zu verschließen, und auf der Grundlage irgendeines ideologischen Traums arbeiten, bei dem es keine Unregelmäßigkeiten gibt. Ihre Schwester gehört zur zweiten Gruppe. Sie selbst zweifellos zur ersten.«

Ich nickte langsam. Er hatte natürlich vollkommen recht.

»So ist es nun mal mit Biologie und Genetik«, sagte C-F. »Beides unvorhersehbar.«

Ich spürte, wie müde ich inzwischen war.

»Ich bin völlig am Ende«, sagte ich.

»Das verstehe ich«, entgegnete C-F. »Ich denke, wir sind für heute fertig. Sie sollten in aller Ruhe nachdenken und sich dann so schnell wie möglich bei mir melden.«

»Wann brauchen Sie Bescheid?«

»Morgen.«

C-F stand auf und ging, auf seinen Stock gestützt, zu dem Bücherregal neben der Tür hinüber, und ich folgte ihm. Im Regal betätigte er eine Taste oder einen Hebel, dann glitten die Doppeltüren auf, und ich konnte direkt in den Flur sehen. Dem Sonnenlicht nach zu urteilen waren seit meiner Ankunft einige Stunden vergangen.

In diesem Moment öffnete sich am anderen Ende des Flurs eine Tür, und eine blonde Frau in Tarnkleidung kam heraus, begleitet von zwei Männern in Anzügen. Es war Mira. Die Männer an ihrer Seite waren der McKinsey-Partner Bertil und Klas, mein langweiliger Kollege aus der Poststelle. Sie blieben vor uns stehen.

Also arbeiteten sie alle drei für BSV?

»Kennen Sie sich alle?«, fragte C-F.

»Sicher«, sagte ich. »Hallo, Mira, hallo, Klas. Und Bertil, der alte Freund meines Vaters.«

Bertil warf mir einen kühlen Blick zu.

»Wie Sie bereits wissen, war ich nie mit Ihrem Vater befreundet«, sagte er kalt. »Und ich ziehe es vor, nicht über ihn zu sprechen, nach dem, was er versucht hat, gegen uns zu unternehmen.«

»Mit der Betonung auf *versucht hat*«, meinte C-F und lächelte. »Wir haben uns um das Material gekümmert, und Sara hat gerade eine Chance bekommen, den Schaden wiedergutzumachen, indem sie uns ihre Dienste anbietet.«

Mira sah mich an, und aus ihrem Blick las ich starke Zweifel heraus. Doch sie sagte nichts.

»Ich werde darüber nachdenken. Ich habe mich noch nicht entschieden.«

Klas lächelte mir freundlich zu und blinzelte.

»Ich glaube an dich, Sara«, sagte er. »Du wirst das Richtige tun.«

Dann gingen die drei und verschwanden durch eine andere Tür.

C-F und ich blieben allein vor der Bibliothek zurück.

»Haben Sie alles verstanden?« C-F streckte mir die Hand entgegen.

Ich schüttelte sie und antwortete: »Ich denke schon.«

C-F hielt meine Hand zwischen seinen beiden Händen fest und sah mir in die Augen.

»Ihr Vater war ein großer Mann. Sehr rechtschaffen. Leider sind es selten die rechtschaffenen Männer, denen Gutsherren und Politiker in die Freundschaftsbücher schreiben oder die emotionale Nachrufe in Zeitungen bekommen, wenn sie sterben. So etwas fällt eher denjenigen zu, die etwas *pragmatischer* sind, so wie ich. Nach meinem Tod werden hübsche Texte über mich geschrieben, während Ihr Vater in Stille starb. *Das Leben ist ungerecht*, könnte man sagen, wenn man defätistisch sein möchte. Ich gebe Ihnen das als Denkanstoß für Ihre eigene Zukunft mit auf den Weg.«

C-F ließ meine Hand los.

»Sie haben wie gesagt einen Tag Zeit, es sich zu überlegen«, sagte er. »Morgen möchten wir Ihre Antwort.«

Ich sah ihm in die Augen.

»Finden Sie nicht, dass es jetzt an der Zeit wäre?«, fragte ich. »Dass ich lange genug gewartet habe?«

C-F hob die Augenbrauen.

»Worauf?«

»Dass Sie mir erklären, wofür BSV steht. Sie haben es versprochen.«

»Ach so, das«, C-F lächelte, als wäre es ein lustiges Detail. »Verstehen Sie es nicht?«

»Nein, tue ich nicht.«

C-F antwortete mit feierlicher Stimme: »Der Name unserer Organisation lautet *Bevara Sveriges Välstånd*. Und beschreibt damit unser oberstes Ziel.«

»Aha«, sagte ich. »Und wie sieht nach Ihrer Definition Schwedens *Wohlstand* aus, der bewahrt werden soll?«

C-F dachte nach.

»Wahrscheinlich nicht anders als in irgendeinem anderen westlichen Land«, sagte er. »Wir wollen, dass es den Menschen gut geht, ohne dass sie selbst zu viel nachdenken müssen oder zu viel Einblick haben, wie die Dinge laufen. Und dass damit eine Elite, die Verantwortung übernimmt, die übergeordnete Kontrolle hat, der es im Gegenzug materiell sehr gut geht. In Schweden ist mit dem Erfolg der Sozialdemokratie, der Idee des Folkhemmet und einer übertriebenen Vorstellung von Mitbestimmung Unordnung entstanden. Deshalb hat sich eine kleine Elite sehr ins Zeug legen müssen: BSV. Und das ist ganz gut gelaufen, finden Sie nicht? Und für Sie gibt es Platz in unseren Reihen.«

»Ich werde darüber nachdenken«, sagte ich. »Das ist alles, was ich versprechen kann.«

»Mehr verlange ich nicht«, sagte C-F.

Eine Weile standen wir uns schweigend gegenüber, C-F hat wieder sein freundliches Lächeln aufgesetzt.

»Eine letzte Frage«, sagte ich dann. »Gibt es keinen Widerstand?«

C-Fs Lächeln verschwand, und der Ausdruck in seinen blauen Augen wurde hart und kalt.

»Nein«, sagte er, »den gibt es nicht.«

Als ich durch die große Halle ging, war keine Spur mehr von dem Butler zu sehen. Die Haustür ging auf, und ich trat hinaus auf die Treppe, während sich hinter mir die Tür wieder schloss. Als ich ans Tor kam, öffnete sich dieses geräuschlos und schloss sich hinter mir.

Dann stand ich auf einer asphaltierten Straße im Kungliga Djurgården, an einem bewölkten Tag im November, in der kleinen, wohlgeordneten Demokratie, die auf der ganzen Welt als vorbildliches Schweden bekannt war.

In meinem ganzen Leben hatte ich mich noch nie so desillusioniert gefühlt.

12. KAPITEL

Ich spazierte durch den Djurgården zurück, ohne einen klaren Gedanken fassen zu können. Meine Beine bewegten sich mechanisch, sie wussten, in welche Richtung ich wollte. Doch mein Hirn war wie in Watte gepackt, eine watteweiche Wolke verhinderte jede Form von Denkaktivität. Zwischendurch leuchtete etwas auf, wie eine flackernde Leuchtreklame. Dann wurde es wieder dunkel, und das benebelte Gefühl kehrte zurück.

BSV kontrolliert unser Leben.

Das Nordische Museum türmte sich vor mir auf und verschwand dann zu meiner Linken. Eine Brücke glitt langsam unter meinen Füßen hindurch. Das Historische Museum lag so schnell hinter mir, dass ich es kaum wahrnahm. Danach zog eine lange Reihe an Gebäuden aus dem vorherigen Jahrhundert mit Erscheinungsbalkons auf beiden Seiten an mir vorbei.

Sie haben mich die ganze Zeit überwacht, tun es auch jetzt.

Ein runder Platz mit einem Brunnen. Eine U-Bahn-Station. »*Lasst, die ihr eingeht, alle Hoffnung fahren!*«

Wie erstarrt fuhr ich auf der langen Rolltreppe in den Untergrund. Dantes berühmte Worte aus dem Buch, das Mama so mochte, fielen mir ein: »*Es war in unseres Lebensweges Mitte ...*«

Doch ich stand nicht in der Mitte meines Lebenswegs. Ich war erst fünfundzwanzig Jahre alt, mein Leben als Erwachsene hatte gerade erst begonnen, und ich sollte voller Erwartungen stecken. Stattdessen war ich todmüde und völlig antriebslos. Ich fühlte mich, als wäre ich hundert Jahre alt.

Hundert Jahre Einsamkeit.

Plötzlich fielen mir C-Fs Worte zu Edward Snowden wieder ein: »*Denken Sie nach: Wie läuft es eigentlich für Edward Snowden, den Mann, der aufgedeckt hat, in welchem Umfang die amerikanische Regierung die eigenen Mitbürger überwacht? Glauben Sie, dass er je wieder irgendwo Frieden finden wird?*«

In der Unterwelt blinkten und blitzten Lampen. Die Belüftungen arbeiteten, große mechanische Maschinen waren in Bewegung versetzt worden, Reihen riesiger Wagen fuhren vorbei. In der Ferne vernahm ich Stimmen: »*Vorsicht an den Türen ... Türen schließen.*«

Fredrik Algernon, der in Zeitlupe rückwärts ins Gleis fiel und von einem einfahrenden Zug erfasst wurde.

Bella, die in Zeitlupe rückwärts ins Gleis fiel und von einem einfahrenden Zug erfasst wurde. Wiederhergestellt, aber ganz und gar entstellt und unkenntlich geworden.

Ihre Stimmen flüsterten verlockend: »*Komm, Sara ... komm!*«

Wollte ich ihnen Gesellschaft leisten?

Doch nach einer Weile – ich wusste nicht, wie lange – begriff ich, dass ich nicht bereit war, mich vor den Zug zu werfen. Stattdessen setzte ich mich auf eine Bank auf einem leeren U-Bahnsteig vor einer großen Werbetafel, die mich davon überzeugen wollte, dass ich es *wert war*.

Was würde BSV jetzt tun?

Stromausfall. Infiltration. Politische Instabilität in der gesamten Ostseeregion.

»Unsere Nachbarn im Osten wünschen sich etwas mehr Einfluss auf ein paar unserer Nachbarländer. Und dem wollen wir selbstverständlich nicht im Wege stehen. Es ist ihnen ziemlich viel wert, in barer Münze, also muss man bereit sein, bestimmte Maßnahmen zu ergreifen.«

»Unsere Nachbarn im Osten« konnte sich eigentlich nur auf Russland beziehen. Und die Nachbarländer, auf die sie mehr Einfluss haben wollten?

Die baltischen Staaten? Estland, Lettland und Litauen?

Ein Zug näherte sich durch den Tunnel. Auf der digitalen Anzeige sah ich, dass er in die richtige Richtung fahren würde, und als er hielt, stieg ich ein. Der Wagen war nur zur Hälfte gefüllt, und ich fand sofort einen Sitzplatz.

Wer hier drinnen behielt mich im Blick?

Der Zug setzte sich in Bewegung, und ich betrachtete meine Mitreisenden. Ich hatte überhaupt nicht das Gefühl, überwacht zu werden, im Gegenteil. Fast alle waren mit ihren Handys beschäftigt. Jemand saß mit Kopfhörern und geschlossenen Augen da und hörte Musik. Einige wenige starrten mit mürrischer Miene aus dem Fenster. Die meisten schienen mindestens schlecht gelaunt oder sogar wütend zu sein.

Warum waren sie wütend? Hatte ihr Chef oder ein Kollege etwas Erniedrigendes zu ihnen gesagt? Ein flüchtiger Kommentar zur heutigen Kleiderwahl oder Frisur? Waren sie über eine Rechnung beunruhigt, die sie kaum bezahlen konnten? Sauer auf einen Freund, der einfach nicht in der Lage war, sich einen neuen Job zu suchen? Verärgert über die eigenen Eltern, die es immer noch nicht lassen konnten, sich in ihr Leben einzumischen?

Wenn sie nur wüssten, wie viel Glück sie hatten in ihrer Unwissenheit.

Apropos Unwissenheit: Man wusste rein gar nichts von seinen Mitmenschen – einige hatten sich vielleicht aus einem brennenden

Inferno oder einem blutigen Massengrab gerettet, andere hatten vielleicht kürzlich erst Familienmitglieder verloren, Menschen, die ihnen nahestanden. Doch hier in der U-Bahn zwischen den Haltestellen Karlaplan und Östermalmstorg sahen sie genauso aus, wie wir Schweden es für gewöhnlich und normal hielten.

Wir, die wir unseren Wohlstand als gegeben hinnahmen.

Lebte der Mensch nur richtig intensiv, wenn er in Lebensgefahr war, bedroht wurde, im Krieg war? In diesem Fall sollte ich mich im Moment viel lebendiger fühlen als die meisten anderen, und nicht so wie jetzt: mehr tot als lebendig. Aber wollte ich andererseits ruhig und unbehelligt im Wohlstand leben, in dem alles von diktatorischer Kontrolle und Manipulation abhing und auf einer ständigen Ausnutzung der Bevölkerung basierte?

Nein danke.

Am Slussen wechselte ich auf die grüne Linie. Menschen liefen auf beiden Seiten an mir vorbei, doch ihre Gesichter sahen eines aus wie das andere. Die Wolke in meinem Kopf hatte sich jetzt auch über meinen Seh- und Hörsinn gelegt und mir die Möglichkeit genommen, meine Umgebung wahrzunehmen. Ich fuhr eine Station bis zum Medborgarplatsen, und es fühlte sich an, als bewegte ich mich in einem dichten Nebel.

Mein Hirn war nicht mehr in der Lage, vollständige Sätze zu bilden. Der Nebel verdichtete sich.

Als ich am Medborgarplatsen aus der Bahn stieg und mich mit dem Strom in Richtung Ausgang bewegte, spürte ich plötzlich eine Hand auf meiner Schulter. Ich zuckte zusammen und sah nach rechts, während sich mein Blickfeld klärte. Eine Frau mit Kopftuch ging neben mir.

Bella.

»Ich weiß, wo du gewesen bist«, sagte sie leise. »Jetzt ist es so weit. Warte um Mitternacht an der Ecke, wo ich normalerweise sitze. Dunkle Kleidung.«

»Bitte, sag mir, was los ist«, sagte ich. »Ich kann einfach nicht mehr!«

Bellas Augen leuchteten unter den Stofffetzen, ein blaues und ein grün-braunes.

»Natürlich kannst du noch«, sagte sie. »Der alten Freundschaft wegen.«

Dann machte sie auf dem Absatz kehrt und humpelte in die Richtung, aus der ich gekommen war, davon. Ich sah ihr nach, bis sie in der Menschenmenge verschwunden war, dann ging ich weiter in Richtung Ausgang.

Wieder im Tageslicht angekommen, ging ich die Folkungagatan hinunter bis zum Nytorget, dann bog ich rechts in die Östgötagatan ab. Aber erst als der Wagen vor mir abbremste, verstand ich, worin dieses diffuse Gefühl in meinem Kopf wirklich bestand. Es ging weder um Bella noch um das, was ich im Djurgården erlebt hatte.

Als sie aus dem Auto sprangen und mich an den Armen packten, wurde mir plötzlich klar: Ich hatte gewartet, dass sie kamen und mich holten.

Weil mir, sobald ich im Auto saß, eine Augenbinde angelegt wurde, konnte ich nicht mit Sicherheit sagen, in welche Richtung wir fuhren, aber es war nicht besonders weit. Mein erster Impuls war, mich zu wehren, aber gesunder Menschenverstand und meine militärische Ausbildung übernahmen das Kommando: *Warte, bis du in einer besseren Position bist.* Nach einer Weile bremste das Auto ab, und ich wurde aus der Autotür gezogen. Ein Tor öffnete sich, um mich herum wurde es kälter. Wir gingen eine Treppe hinunter bis in einen Raum, wo man mich auf einen Stuhl drückte. Dann wurde mir die Augenbinde abgenommen.

Vor mir saß der Blonde, sein Gesicht ein einziges breites, freches Grinsen.

Sergej.

»Well, hellooo ... S-s-s-Sara!«, sagte er und lispelte absichtlich bei der Aussprache des S in meinem Namen.

Ich antwortete nicht. Er beugte sich vor.

»*Did you enjoy your breakfast with big C-F?*«, wollte er wissen.

Ich antwortete immer noch nicht.

Der Blonde fixierte mich mit seinem Blick, inzwischen hatte er aufgehört zu grinsen. Dann verpasste er mir plötzlich eine brutale Ohrfeige, die meinen Kopf so heftig nach rechts schleuderte, dass ich beinahe vom Stuhl fiel. Mein Gesicht brannte wie Feuer, vor allem die linke Wange, und in meinem Ohr hörte ich ein Pfeifen. Vorsichtig befühlte ich mein Kinn, während ich mich wieder aufrecht hinsetzte.

Einer der schwarz gekleideten Männer hinter mir trat vor und schlug dem Blonden so heftig ins Gesicht, dass dieser wiederum beinahe vom Stuhl fiel. Sie begannen, einander in einer Sprache anzuschreien, die ich nicht verstand, dann setzte sich der Blonde wieder hin und sah mich an.

»*Sorry*«, lispelte er mit Bedauern in der Stimme und riss die Augen auf.

»*Terrible mood swings!*«

»*Perhaps you should see a doctor*«, sagte ich, so ruhig ich konnte, während ich den Mund abwechselnd weit öffnete und schloss. »*Or a psychiatrist.*«

Der Schlag tat weh, hatte mich aber auch aus meinem vorher so diffusen Zustand aufwachen lassen. Ich dachte überhaupt nicht daran, diesem blonden Mistkerl auch nur einen Deut nachzugeben. Wenn er mir wehtun wollte, sollte er das tun, aber ich würde mich nicht einfach kampflos ergeben.

Er lehnte sich zurück und starrte mich an, die Arme vor der Brust verschränkt.

»*Cool S-s-s-s-Sara*«, sagte er. »*Not afraid of anything in the whole world, yes?*«

»*I'm afraid of you*«, sagte ich ruhig. »*Because you are crazy.*«

Das war offensichtlich die Bestätigung, die er brauchte, denn jetzt breitete sich erneut das breite Grinsen in seinem Gesicht aus. Er nickte mir zu.

»*Shall I rape you?*«, sagte er und zog dabei die Worte genussvoll in die Länge. »*Would you like that?*«

Ich antwortete nicht, versuchte lediglich, ruhig auszusehen und seinem Blick standzuhalten.

»*Or maybe just kill you? Torture you, perhaps?*«

Ich schwieg. Worauf wollte er hinaus?

Etwa so unerwartet wie die Ohrfeige, die er mir gegeben hatte, schlug er plötzlich mit der flachen Hand auf den Tisch. Der Raum hallte von dem lauten Knall wider. Dann schrie er mich an und betonte jedes Wort mit seinem ausgestreckten Zeigefinger.

»*You ... will ... shut ... up!*«, schrie er. »*You will not talk about any of this! Understand?*«

Ich versuchte, einen möglichst neutralen Gesichtsausdruck aufzusetzen. Mir war nicht klar, was er vorhatte, und ich wollte ihn nicht noch mehr provozieren.

»*You are a fucking snitch, just like your d-d-d-daddy!*«, schrie er. »*But you will not talk this time!*«

Es vergingen einige Sekunden. Dann sprang er auf und kam um den Tisch herum auf meine Seite, ergriff mein Gesicht, sodass meine Wangen zusammengedrückt wurden, und zwang mich, ihm aus sehr kurzer Distanz in die Augen zu sehen.

»*Because if you talk, this is what will happen to you!*«

Ohne den Griff zu lockern, wandte er sich an einen der schwarz gekleideten Männer hinter mir und sagte einige Worte in der mir fremden Sprache. Der Mann reichte dem Blonden einen großen Umschlag, der mit einer einfachen Handbewegung den Inhalt herauszog und auf dem Tisch verteilte.

Fotos. Massenhaft große Hochglanzfotos, in Schwarz-Weiß und in Farbe.

Der Blonde packte mich am Nacken, drückte mein Gesicht nach unten und zwang mich, die Bilder anzusehen.

»See?«, schrie er. »*See what will happen to you if you talk?*«

Ich sah hin, obwohl ich es nicht wollte. Die Bilder drängten durch meine Pupille, weiter durch die Linse, erreichten die Netzhaut und wurden gefiltert, bevor sie zum Sehzentrum und der Festplatte meines Gehirns weitergeleitet wurden, wo sie sich sofort einbrannten.

Jetzt waren sie dort verewigt, sodass ich sie für den Rest meines Lebens jederzeit hervorholen und jedes Detail darauf studieren konnte.

Mein Vater im Sommerhaus, kurz vor dem Feuer.

Mein Vater, oder das, was von ihm noch übrig war, kurz vor seinem Tod.

Es war kein besonders professioneller Job, ich glaube nicht, dass das jemand hätte behaupten können.

Aber der Anblick war trotzdem absolut unvergesslich.

Ich stand draußen auf der Straße, an eine Hauswand gelehnt, und hatte gerade erst aufgehört, mich zu übergeben.

Die Haustür hinter mir war verschlossen – falls es sie überhaupt je gegeben hatte.

Ich wusste nicht mehr, wie ich aus dem Zimmer gekommen und dort gelandet war, wo ich mich jetzt befand, aber jetzt stand ich hier.

Mein Körper war leer, genauso wie mein Kopf und mein Herz.

Papas Worte, die ich gerade erst in seinem Brief auf dem USB-Stick gelesen hatte, tanzten vor meinen Augen. Es war beinahe, als stünde er direkt neben mir hier auf der Straße, um mir Kraft zu geben:

Meine geliebte Tummetott!

Ich weiß, dass Du es nach dem, was Dir im Winter passiert ist, schwer hast. Und ich wünschte von ganzem Herzen, ich könnte es ungeschehen machen. Es ist meine Schuld, dass sie sich an Dir vergangen haben. Das haben sie getan, um an mich heranzukommen: um mich zu bestrafen und mich zu zwingen, ihnen das Material zu geben.

Doch egal, wie viele Sorgen ich mir um Mama, Lina und Dich mache, ich darf nicht nachgeben. Es wäre nicht richtig. Denn sonst wäre alles, wofür ich stehe und was ich je zu Euch gesagt habe, nur leere Worte gewesen. Ich habe Lina und Dir beigebracht, dass man sich gegen die Obrigkeit behaupten muss, wenn diese falsch handelt, auch wenn man damit riskiert, dabei gebrochen zu werden. Sonst ist man, um es mit Astrid Lindgrens Worten zu sagen (und Du weißt, ich liebe es, sie zu zitieren), nichts anderes als »ein Häuflein Dreck«.

Mir bleibt nicht viel Zeit, wenn ich meinen Plan durchziehen will. Gerne hätte ich einen langen, glühenden Liebesbrief an Mama geschrieben, aber ich hoffe, dass sie bereits weiß, wie sehr ich sie liebe. Sie war immer meine große Liebe – the love of my life. Versichere ihr das bitte immer wieder, wenn mir etwas passieren sollte. Und sag ihr – ein für alle Mal –, dass ich ihr verziehen habe. Es muss Dich nicht kümmern, worum es geht, wichtig ist nur, dass sie es erfährt.

Und ich wollte einen langen Brief voller Liebe und Aufmunterung an Lina schreiben, über die Person, die sie ist, und was sie mit Salome alles erreichen kann. Ich glaube, für die beiden zu-

sammen ist alles möglich. Versichere Lina, dass ich sie sehr liebe und an sie glaube, sag ihr, dass ich unfassbar stolz auf sie bin und ich weiß, dass sie alles schaffen kann – sogar eines Tages das Reiten aufzugeben und sich mit etwas anderem zu beschäftigen, wenn das erforderlich sein sollte. Richte ihr aus, dass sie immer meine kleine Loppa ist und sein wird!

Ich habe mich entschieden, Dir zu schreiben, meine geliebte Sara. Dir, der Tochter – nicht dem Sohn –, die ich mir immer gewünscht habe. Dir, die mir so ähnlich ist. Dir, die Du versprochen hast, Dich um Mama und Lina zu kümmern, sollte mir etwas passieren. Ich werde diese Nachricht an einem Ort hinterlassen, von dem ich weiß, dass nur Du ihn finden kannst, und ich bin überzeugt, dass Du es auch finden wirst.

Wenn Du diesen Brief liest, hast Du das Versteck gefunden, und dann haben sie mich bereits geholt. Vermutlich haben sie mich entweder verletzt oder getötet; aus einem dieser Gründe kann ich nicht mehr mit Dir kommunizieren. Vielleicht bin ich auch einfach nur verschwunden.

Ich weiß, dass sie das Material zurückhaben wollen, das sich auf diesem Stick befindet, und dass sie bereit sind, sehr weit zu gehen, um ihr Ziel zu erreichen.

Lass nicht zu, dass es ihnen gelingt.

Mache es Dir zur Aufgabe, das Material weiterzugeben. Berichte der Welt, was da läuft, was seit Langem läuft, sowohl in Schweden als auch in anderen Ländern.

Es geht ihnen nicht nur darum, ihr gigantisches Vermögen zu mehren, sie wollen auch unser Land verraten. Es ist der erste Schritt auf dem Weg, eine fremde Macht die Kontrolle über die Ostsee übernehmen zu lassen, und dann gibt es bald kein Schweden mehr – nur einen Vasallenstaat, der Schweden heißt, kontrolliert entweder durch Russland oder die NATO und die USA. Ich weiß nicht, wie sie es anstellen wollen, aber so wird es kommen.

Ihre Macht ist groß und weit verzweigt, aber nicht so groß, wie sie uns glauben machen wollen. Es gibt auch einflussreiche Menschen außerhalb ihrer Kreise, die inzwischen genug haben. Es ist höchste Zeit für uns, Widerstand zu leisten, uns zu organisieren und für eine Wiedereinführung der Demokratie in ihrem ursprünglichen Sinne – eine Herrschaft des Volkes – zu kämpfen. Benutze sie. Gib vor, gebrochen zu sein; Du hast aufgegeben; Du hast nicht vor weiterzukämpfen.
Stelle Dich tot, falls es nötig ist.
Dann erhebe Dich im Geheimen und beweise ihnen, dass sie falschlagen.
Erzähle der Welt, was läuft, und lasse sie Stellung beziehen.
Ich setze ein so tief verankertes Vertrauen in Dich, meine geliebte Tummetott.
Wenn jemand all das bewältigen kann, dann Du.
Mit all meiner Liebe,
Dein Papa

Ich schleppte mich zu unserem Haus am Nytorget und stieg langsam die Treppen hinauf. Natürlich hätte ich mich von zu Hause fernhalten sollen, und natürlich hätte ich einen gut durchdachten Plan für jede Minute in den nächsten vierundzwanzig Stunden haben sollen, auch wenn wir ihn nicht so detailliert aufgestellt hatten. Aber ich war einfach nur völlig am Ende. In der Wohnung angekommen, schob ich mit den Füßen das Gerümpel zur Seite, legte mich mit einem Kissen auf den Teppich im Wohnzimmer und schlief auf der Stelle ein.

Als ich erwachte, war es draußen dunkel, und ich konnte feststellen, dass ich endlich einmal mehrere Stunden am Stück geschlafen hatte. Niemand war gekommen, um mich zu töten; niemand hatte mich gestört. Es schien, als meinte BSV es ernst damit, mir einen Tag Bedenkzeit einzuräumen.

Ich sah auf die Uhr: Es war bereits zwanzig nach elf. Also schleppte ich mich in die Küche, wo ich eine offene Packung Knäckebrot und ein Stück Butter fand. Nachdem ich ein paar mit Butter beschmierte Knäckebrote gegessen hatte, ging ich in mein Zimmer, zog schwarze Jeans und einen dunklen Pulli aus dem Chaos. Dazu schlüpfte ich in schwarze Sneaker, eine alte dunkelblaue Bomberjacke und eine schwarze Mütze. Ich schnappte mir meine Schlüssel und verließ das Haus.

Entweder es klappte oder nicht: *der alten Freundschaft wegen.*

Die Kreuzung Bondegatan und Nytorgsgatan war leer. Es war bereits ein paar Minuten nach zwölf; es war unwahrscheinlich, dass Bella kommen würde. Ich beschloss, noch zehn Minuten zu warten und dann nach Hause zu gehen.

Ein einsames Taxi kam lautlos die Renstiernas Gata heraufgefahren. Obwohl das Taxischild nicht leuchtete, hielt ich es für ausgeschlossen, dass Bella im Taxi kommen würde. Doch es hielt vor mir am Bordsteinrand an, und die Wagentür wurde geöffnet. Im Inneren saß Bella.

»Spring rein«, sagte sie nur.

Ich sprang ins Taxi und sah Bella an. Sie hatte ihre langen Röcke gegen ein paar weite Hosen und einen Strickpulli getauscht, trug grobe Stiefel mit Stahlkappen, und sie hatte den Schal abgenommen, den sie sonst um den Kopf gewickelt trug. Als ich ihren Schädel sah, schnappte ich nach Luft: Er war voller Narben, und das Haar wuchs in unregelmäßigen Flecken. Ihr Übergewicht ließ sie unförmig wirken, und die OP-Narbe im Gesicht machte es ihr unmöglich, bestimmte Buchstaben auszusprechen. Aber am schwersten konnte ich mich damit abfinden, dass sie Schmerzen zu haben schien, was ich vorher gar nicht bemerkt hatte.

Bella warf mir einen Blick zu.

»Sie vertrauen dir«, sagte sie. »Warum, weiß ich nicht, aber das ist gut. Sie werden dich bis morgen, wenn deine Bedenkzeit abläuft, in Ruhe lassen.«

»Wie kommt es, dass du all das weißt«, fragte ich. »Welchen Zugang hast du zu BSV?«

Bella lächelte. Dann machte sie eine ruckartige Bewegung, als wolle sie einem Schmerz ausweichen.

»Tut dir etwas weh?«, fragte ich besorgt. »Es sieht so aus.«

»Ach ja, die ganze Zeit«, sagte sie. »In meiner Lendenwirbelsäule und in den Beinen sind Nerven eingeklemmt, damit lässt sich ziemlich schwer leben.«

Eingeklemmte Nerven.

Ein Moment lang schloss ich die Augen. Als ich sie wieder öffnete und Bella ansah, schaute sie geradeaus.

»Wohin fahren wir?«

»Wir müssen holen, was uns gehört«, sagte Bella. »Und das zurückgeben, was wir nicht länger brauchen.«

»Was meinst du?«

Das Taxi hielt an einer Ampel. Wieder befanden wir uns an der Oper, an der Stelle, die ich früh heute Morgen passiert hatte. Plötzlich ging mir auf, was Bella vorhatte: zum Djurgården fahren, zu dem Haus, aus dem ich gerade erst lebend entkommen war. Reflexartig tastete ich nach dem Türgriff, doch die Tür war versperrt, und im nächsten Augenblick fuhr das Taxi weiter.

Bella sah mich an.

»Ich brauche dich heute Abend«, sagte sie. »Wenn du nicht mitkommst, muss ich allein da reingehen.«

Atme. Konzentrier dich.

Das hell erleuchtete Grand Hôtel tauchte rechts von uns auf und verschwand wieder.

»Okay«, sagte ich nach einer Weile. »Kannst du mir vorher so viele Infos wie möglich geben?«

Bella saß eine Weile schweigend da. Dann räusperte sie sich.

»Ich habe einen Kontakt dort drinnen«, sagte sie. »Wenn wir ankommen, wird er den Strom zu den elektrischen Toren ausgeschaltet haben, zu den Lampen, die normalerweise angehen, wenn jemand das Gelände betritt, und zu den Kameras, die im Garten und am Eingang hängen.«

»Du meinst, wir *gehen ins Haus?*«, sagte ich.

Erneut warf Bella mir einen langen Blick zu.

»Natürlich«, sagte sie. »Sonst können wir das, was wir tun müssen, nicht beenden.«

»Und was genau ist das?«

»Du musst deinen USB-Stick zurückholen«, sagte Bella. »Außerdem gibt es einen sehr wichtigen Code auf einem kleinen Chip, um den du dich unbedingt kümmern musst. Dieser Code ist nur an zwei Stellen gespeichert, und einer davon ist dieser Chip.«

Sie verstummte, augenscheinlich weil sie Schmerzen hatte, und schloss die Augen. Nachdem sie ein paar Sekunden still dagesessen und sich vor- und zurückgewiegt hatte, öffnete sie erneut die Augen und räusperte sich.

»Und der andere?«

»Im Kopf desjenigen, der den Code entwickelt hat«, sagte Bella.

»Wie ist es dir gelungen, so nah an sie ranzukommen?«, wollte ich wissen. »Also an BSV?«

Bella lachte, ein Lachen, das mehr nach einem Schnauben klang.

»Keiner rechnet mehr mit mir. Ich fliege vollständig unterhalb des Radars. Sie haben eine Missgeburt erschaffen und in den Rinnstein geworfen, und sie gehen davon aus, dass ich dort immer noch liege. Eine Arroganz, die sie teuer zu stehen kommen wird.«

»Du hast etwas von einer persönlichen Vendetta gesagt.«

»Mach dir darüber keine Sorgen. Darum kümmere ich mich selbst.«

Wir fuhren am Strandvägen entlang, und plötzlich spürte ich, wie Bella meine Hand ergriff. Ich drehte mich zu ihr um und sah ihr Gesicht ganz nah an meinem. Und dann tat sie wieder das, was sie schon nach der Feier im Operaterrassen getan hatte, damals, als wir die ganze Nacht getanzt und Spaß gehabt hatten. Sie küsste mich auf den Mund.

Genau wie beim letzten Mal war es ein völlig asexueller Kuss, ohne eine Spur von Aufforderung. Es war ganz einfach ein Kuss, und wenn ich angenommen hatte, dass mich Bellas Narben an der Oberlippe abstoßen würden, lag ich falsch. Ich spürte, dass die Narbe da war, doch sie bereitete mir keinerlei Unbehagen. Dies hier war ganz einfach die neue Bella. *Meine Freundin.*

»Danke, dass du bei mir bist«, sagte Bella. »Du bist die beste Freundin, die ich je hatte.«

Das Taxi hielt ein Stück vor den elektrischen Toren an, und von dort huschten wir in den Schatten einer Hecke. Bella hatte recht behalten: Das Grundstück lag völlig im Dunkeln, und die Tore schwangen auf, sobald wir sie berührten, um sich dann hinter uns lautlos wieder zu schließen. Mein Herz schlug so heftig, dass ich kaum normal atmen konnte, und wieder ergriff Bella meine Hand. Wir zogen uns in den Schatten neben der Treppe zurück.

»Sobald wir den USB-Stick und den Chip haben, hauen wir ab«, flüsterte sie. »Durch die Tore und zurück zum Taxi, das dort wartet, wo es uns abgesetzt hat. Okay?«

»Okay.«

»Noch eine Sache: Alles, was dort drinnen passiert, wurde vorher geplant. Was auch immer Klas und ich tun, *misch dich nicht ein.* Verstehst du? Kümmere dich nur um den Stick und den Chip.«

Klas?

»Klas ist also dein Kontakt? Auf welcher Seite steht er?«

»Auf meiner«, sagte Bella.

Wir huschten dieselbe Treppe hinauf, die ich einen halben Tag zuvor in der Überzeugung herabgestiegen war, dass ich nie wieder einen Fuß darauf setzen würde. Bella betätigte den Türknauf, und die Tür schwang auf, lautlos und ohne sichtbaren Schließmechanismus. Dann standen wir in der Halle.

Sie lag im Dunkeln, aber es war hier viel heller als vor dem Haus. Kein Mensch war zu sehen, und Bella bedeutete mir, dass wir weitergehen sollten. Als wir zum Fuß der langen Treppe kamen, trat plötzlich eine schlaksige Gestalt aus dem Schatten. Es war Klas, und er hielt etwas in der Hand.

Mit einem Nicken wies Bella mich an, es zu nehmen, und Klas legte es in meine ausgestreckte Hand. Es waren der kleine USB-Stick, denn ich heute früh C-F übergeben hatte, und ein noch kleinerer Chip. Ich schloss meine Hand darum und steckte beides in meine Tasche.

Dann ging alles sehr schnell. Ich hörte ein Brüllen und sah Ludwig, der durch einen Flur angelaufen kam. Bella versetzte Klas einen harten Stoß vor die Brust, der unsanft rückwärts auf die Treppe stürzte.

»Kümmere dich um Bella«, schrie er Ludwig zu, der sich sofort auf Bella warf.

»*Du kleine Schlampe!*«, zischte Ludwig Bella an. »Habe ich dich nicht ausgelöscht? Was *zur Hölle* machst du hier?«

Für den Bruchteil einer Sekunde hielt Bella inne und sah ihn nur an, dann gab sie ihrem Mangel an *anger management* voll nach. Mit einem brutalen Tritt in Ludwigs Kniekehlen holte sie ihn von den Füßen und drückte dann sein Gesicht zu Boden. Es musste sie alle Kraft gekostet haben, doch sie brachte ihn dazu, stillzuliegen. Vielleicht war er auch viel zu verblüfft.

»*Jetzt bin ich dran*«, zischte sie ganz nah an seinem Ohr.

Bella stürzte sich auf ihn, und bevor Ludwig reagieren konnte, erfolgte der erste Tritt mit der Stahlkappe gegen seinen Kopf, gefolgt von weiteren. Ich hörte das Knirschen bei jedem Tritt und begriff eher körperlich als mental, dass sein Schädel schon gebrochen war. Dann wünschte ich, ich hätte nicht hingesehen. Bellas Gesicht war vor Schmerz verzerrt, als sie ein letztes Mal in die Luft sprang, die Füße auf Ludwigs lebloses Gesicht gerichtet. Ein brutales Krachen war zu hören, als sie auf seinem Kopf landete, um dann über seinem toten Körper zusammenzubrechen.

In diesem Moment wurde eine Tür geöffnet, und in ihrem Lichtkegel stand Mira. Klas stand von der Treppe auf, die Arme ausgestreckt mit einer Pistole in der Hand. Bella sah ihn an, und ihre Blicke hefteten sich ineinander.

»Schieß, verdammt!«, rief Mira.

»Nein!«, schrie ich im selben Moment.

Die Schüsse gingen los: nicht einer, sondern vier, fünf, sechs Schüsse nacheinander, und Bellas Körper *zuckte* jedes Mal, während er über Ludwigs Leiche lag.

Ich rannte. Ich stürzte hinaus ins Dunkel, die Gartenwege entlang durch das Tor zum Taxi. Während ich rannte, begriff ich genau, wie Bellas und Klas' Plan ausgesehen hatte und warum sie meine Hilfe gebraucht hatten, um ihn durchzuführen.

Der andere Ort ist im Kopf desjenigen, der ihn erschaffen hat.

Linas Freund Ludwig, der IT-Ingenieur, war tot, ganz nach Plan.

Weiterleben zu müssen ist die schlimmste Strafe von allen.

Bellas Leiden war vorbei, auch das ganz nach Plan, und Klas würde von BSV nicht verdächtigt werden, dass er an dem, was wir getan hatten, beteiligt gewesen war.

Chip und USB-Stick befanden sich in meiner Tasche, und noch nie hatte ich es so eilig gehabt wie jetzt.

Ich wagte es nicht, Licht einzuschalten, als ich nach Hause kam, sondern stürmte nur in die im Dunkeln liegende Wohnung und raffte ein paar Habseligkeiten zusammen, um so schnell wie möglich wieder von dort verschwinden zu können.

Wo hatte ich bloß meinen Pass hingelegt?

Jemand hämmerte laut an die Tür.

»Öffnen Sie die Tür«, war eine tiefe Stimme von draußen zu vernehmen. »*Hier ist die Polizei!*«

War es die Polizei? Oder BSV?

Ich lief zur Tür und sah durch den Türspion. Zwei uniformierte Polizisten, ein Mann und eine Frau, standen davor.

Ich öffnete.

»Sie werden des Einbruchs und der Beteiligung an einem Mord verdächtigt«, sagte die Polizistin. »Bitte begleiten Sie uns sofort aufs Präsidium! Brauchen wir Handschellen oder kommen Sie freiwillig mit?«

Mein Herz hämmerte wie wild.

Keine Handschellen.

»Das ist nicht nötig«, sagte ich. »Ich komme freiwillig mit.«

Die Polizisten ließen mich meine Jacke und Tasche holen, dann schloss ich die Wohnungstür ab.

»Ich möchte meinen Anwalt anrufen«, sagte ich, während wir die Treppen hinuntergingen.

»Das können Sie morgen machen«, sagte der Polizist. »Wir dürfen Sie zwölf Stunden lang dabehalten, und währenddessen entscheidet die Staatsanwaltschaft, ob Sie angeklagt oder freigelassen werden. Ihr Anwalt muss nur bei Verhören dabei sein.«

Wir traten durch die Haustür auf die Straße. Ein eiskalter Nieselregen erschwerte die Sicht, aber ich sah, dass ein Polizeiwagen mitten auf der Straße vor unserem Haus stand. Ich hielt inne und atmete ein paar Sekunden lang tief ein und aus. BSV hatte wie immer an alles gedacht. Wenn ich erst einmal auf dem Polizeipräsidium war, würde ich unmöglich mit meinem Umfeld kommunizieren können, ohne dass alles, was ich sagte, gefiltert würde. Und BSV würde mich jederzeit holen können.

Genauso gut hätte ich mich aus dem Fenster stürzen können.

Plötzlich ging alles blitzschnell. Der silbergraue Sportwagen fuhr auf den Gehweg, und Marcus sprang heraus. Er rammte der Polizistin das Knie in den Bauch, sodass sie zusammenklappte. Dann vollführte er das gleiche Manöver mit dem Polizisten, was er damals bei Sergej in der Tiefgarage angewendet hatte, und legte ihn – offenbar bewusstlos – auf dem Gehweg ab.

»Los, ins Auto!«, rief Marcus, und ich warf mich auf den Beifahrersitz.

Marcus setzte zurück, dann fuhr er mit quietschenden Reifen los. Als wir um die Ecke bogen, sah ich im Seitenspiegel, dass beide Polizisten immer noch auf dem Boden lagen.

»Leg dein Handy hier rein«, sagte er und gab mir einen Behälter mit Deckel.

Darin lagen bereits zwei Handys, die ich wiedererkannte.

»Hast du den Stick und den Chip?«, sagte Markus, nachdem ich den Behälter verschlossen hatte.

»Ja«, antwortete ich. »Willst du sie haben?«

»Nein. Es ist am besten, wenn du sie hast.«

Ich schloss die Hand in meiner Tasche um den USB-Stick und den winzigen Chip. Marcus bog ein paarmal ab, kam dann zwischen dem normalen Verkehr auf der Götgatan heraus und raste in Richtung Globen.

»Du musst jetzt das Land verlassen«, sagte Marcus, »andernfalls war es das. BSV, die Polizei, die Medien: Alle sind hinter die her.«

Ich sah ihn von der Seite an.

»Wohin fahren wir?«

»Wir fangen bei der Tierärztin an«, sagte Marcus verbissen. »Halt dich fest.«

Ich gehorchte, während wir im Zickzack zwischen den Autos auf der Straße Richtung Gamla Enskede fuhren.

Die Tierärztin?

War Marcus jetzt verrückt geworden?

Vor dem Haus, in dem ich damals – auf Empfehlung von Klas – die Tierärztin Cia Simåns hatte untersuchen lassen, hielt Marcus an.

»Geh hinein«, sagte er. »Ich komme gleich. Beeil dich, wir haben nicht viel Zeit.«

Ich lief ins Haus, und dort im Wartezimmer saßen – wie ich gehofft hatte – Sally und Andreas. Es waren ihre Handys gewesen, die in dem Behälter in Marcus' Auto gelegen hatten. Mein Herz zersprang beinahe vor Freude, und ich umarmte beide gleichzeitig.

»Bella ist tot«, sagte ich, und plötzlich begannen meine Tränen unkontrolliert zu laufen.

»Was ist passiert?«, fragte Andreas.

Ich versuchte, kurz die Ereignisse des Tages – und der Nacht – zusammenzufassen.

»Hat dieser C-F dir heute Morgen geglaubt?«, fragte Sally. »Dass du ernsthaft darüber nachdenkst?«

»Zuerst war er skeptisch«, sagte ich, »aber ich habe im genau richtigen Moment angefangen zu weinen.«

»Du bist wirklich ein Star«, sagte Andreas zufrieden.

»Und bei dir?« Ich wandte mich an Sally. »Hast du meine Konten erfolgreich geschlossen?«

Sally lächelte und klopfte auf eine weiche Tasche, die neben ihr stand.

»Du wirst es nicht glauben«, sagte sie. »Massoud hat mir in letzter Sekunde US-Dollar statt der schwedischen Scheine angeboten, die sicher gekennzeichnet waren. Er schulde es mir, sagte er.«

»Schleimer«, sagte Andreas gespielt gereizt.

»Wir gehen einer rosigen Zukunft entgegen«, sagte Sally. »Also, rein finanziell natürlich.«

»Auf jeden Fall wird es ein furioser Abgang«, sagte Andreas. »Das ist mehr, als man von den meisten behaupten kann.«

Cia kam aus dem Behandlungsraum ins Zimmer, und fast im selben Moment standen Marcus und Therese im Flur. Therese trug einen Käfig mit einigen Tieren, die darin herumscharrten.

»Iiiiehhh«, sagte Sally und riss voller Ekel die Augen auf. »Das sind ja *Ratten!*«

»Die besten Kanalratten aus Södermalm«, sagte Therese und klang dabei beinahe ein wenig beleidigt.

»Cia«, sagte Marcus zur Tierärztin, »wir haben es eilig. Sie wissen, was zu tun ist, und natürlich entschädigen wir Sie für alles.«

»Kommen Sie in den Behandlungsraum«, sagte Cia und sah uns leicht verängstigt an. »Tut mir leid, das Ganze ist sehr verwirrend. Aber ich werde mein Bestes tun.«

Sie reihte Sally, Andreas und mich vor einer Art Scanner auf und untersuchte uns nacheinander mit dem Handgerät – von oben bis unten, in etwa so wie bei einer Sicherheitskontrolle am Flughafen. Ich wurde als Erste untersucht, und als Cia in meinem Nacken angelangt war, piepte die Maschine.

»Bingo«, sagte sie zu Marcus. »In der Nackenhaut, genau wie bei Hunden.«

»Wovon reden Sie?«, fragte ich.

Cia sah mich an.

»Das wird jetzt ein bisschen wehtun«, sagte sie, »aber ich versuche, es schnell zu machen.«

Ich musste mich vorbeugen und das Haar hochhalten, dann spürte ich, wie Cia mir in den Nacken schnitt. Ich schrie vor

Schmerz auf. Kurz darauf klirrte es in der medizinischen Schale vor mir. Darin lag ein winziger Microchip, in der gleichen Größe wie der, den ich in der Tasche hatte. Cia hob ihn mit einer langen Pinzette auf.

»Sie sind gechippt worden«, sagte sie, »wie ein Hund oder eine Katze. So kann man Ihre Bewegungen überwachen und sieht immer ganz genau, wo Sie sich aufhalten.«

Ich bekam einen Baumwolltupfer mit Desinfektionsmittel, den ich auf die Wunde drücken sollte, dann ein Pflaster. Danach waren Sally und Andreas dran. Andreas' Chip saß auch in der Nackenhaut, bei Sally saß er in der Hüfte. Innerhalb weniger Minuten waren die Chips herausgeholt, und wir hatten einen Teil unserer Freiheit wiedererlangt.

»Vielen Dank, Cia«, sagte Marcus. »Was Sie gerade getan haben, war von unschätzbarem Wert. Wenn Sie jetzt so freundlich wären und die Chips wieder einsetzen würden ...«

»... in die Ratten«, ergänzte Cia den Satz und nickte. »Ich verstehe.«

»Dann nehme ich sie mit«, erklärte Therese, »und lasse sie auf Söder wieder frei, dort fühlen sie sich am wohlsten. Daran werden unsere Gegner eine Weile zu knabbern haben.«

»Moment«, sagte ich und steckte die Hand in die Tasche. »Können Sie mich mit dem hier chippen?«

Cia nahm den kleinen Chip und untersuchte ihn.

»Ja, ich denke schon. Wo möchten Sie ihn haben?«

Ich sah Marcus an.

»Ist das okay?«, sagte ich. »Sonst verliere ich ihn. Der USB-Stick ist viel größer.«

Marcus zuckte die Achseln.

»Wenn du willst«, sagte er.

Ich musste den Arm ausstrecken, und Cia setzte den Chip in ihr Gerät ein. Es ziepte ein wenig, dann saß der Chip unter der Haut.

»So, ich bin bereit.«

Plötzlich wandte sich Therese an mich. Sie lächelte, es wirkte beinahe verschämt.

»Ich bleibe mit den Ratten hier«, sagte sie. »Übrigens, Sara: Du bist verdammt noch mal ein Fighter. Ihr alle seid Fighter. Viel Glück!«

Zu meiner großen Verwunderung umarmte sie mich. Ich drückte sie fest.

»Dir auch, Therese.«

Marcus führte Sally, Andreas und mich hinaus auf die Straße, wo ein Armeejeep stand, mit dem Therese wohl hergekommen war. Es regnete jetzt stärker und war ziemlich kalt.

»Wow«, sagte Sally. »Werden wir Jeep fahren?«

»So was in der Art«, sagte Marcus und öffnete die Plane über der Ladefläche.

Er klappte sie hoch, und wir sahen hinein. Auf der Ladefläche standen drei Armeefahrräder, komplett mit Ausrüstung, Schlafsäcken und Proviant.

»Zieht die hier an«, sagte er und warf uns je einen Regenanzug zu. »Ihr werdet sie brauchen.«

Dann zog er eine Plastiktüte hervor und nahm drei Handys heraus.

»Und unser Ziel ist …?«, wollte Andreas wissen, den Regenanzug über dem Arm.

»Ein Sommerhaus in Bergslagen«, sagte Marcus. »Es dauert etwa zwei Tage, bis ihr da seid, aber ihr seid im Prinzip unsichtbar. Fahrt nur auf kleinen Wegen. Weitere Anweisungen folgen.«

Dann sah er mich mit einem langen, warmen Blick an, der wie früher meine Knie schwach werden ließ.

»Passt auf euch auf«, sagte er. »In etwa zwei Wochen sehen wir uns wieder. Bis dahin: Überlebt, okay?«

Überlebt, bis ihr weitere Befehle erhaltet.

»Zunächst einmal wäre es wohl wichtig, dass wir uns nicht gegenseitig über den Haufen fahren«, sagte Sally sarkastisch und zog den Regenmantel an. »Hätte ich gewusst, dass es so mühsam ist, Edward Snowden zu spielen, hätte ich das Motorrad genommen.«

Lena Sundström über ihr Treffen mit Snowden

Viel Geheimniskrämerei und mehrere Zwischenetappen sind nötig, um den Whistleblower Edward Snowden zu treffen. Die Journalistin Lena Sundström beschreibt einen langen Prozess mit verschlüsselten E-Mails und Handys in Mikrowellengeräten.

Für *Dagens Nyheter* hat Lena Sundström den Whistleblower Edward Snowden interviewt, den ehemaligen CIA-Mitarbeiter, der die heimliche Massenüberwachung der USA aufgedeckt hat.
Sie hat sich lange dafür eingesetzt, dieses Interview zu bekommen, viele Kontaktpersonen und Anwälte waren daran beteiligt.
»Wir hatten nur über Kontakte Kontakt, die über Kontakte Kontakt hatten, bis wir schließlich zu dem Ort geführt wurden, wo wir ihn treffen durften", erzählt sie in »Guten Morgen Schweden« bei SVT.

Ehemalige Whistleblower
Lena Sundström berichtet, dass frühere Whistleblower innerhalb der NSA über nahezu keine Dokumentation verfügten. Sie sind in den USA geblieben und haben

versucht, die Wahrheit an die Öffentlichkeit zu bringen, indem sie zu ihren Chefs und Ausschüssen gegangen sind. Das ist selten gut ausgegangen. »Eine Person, die 30 Jahre lang bei der NSA gearbeitet hat, wurde von FBI-Agenten mit vorgehaltener Waffe abgeführt. Einer anderen wurden vier Jahre lang 35 Jahre Gefängnis angedroht, sie musste all ihr Geld in Anwälte investieren.«

Die USA bezeichnen ihn als einen Verräter und kündigen an, ihn vor Gericht zu stellen. Droht ihm die Todesstrafe?

»Als er aus dem Land floh, drohte ihm zunächst die Todesstrafe. Aber inzwischen haben die USA festgestellt, dass die meisten Länder, wie zum Beispiel Schweden, niemanden ausliefern, dem die Todesstrafe droht. Um die Chance, dass ihm in anderen Ländern Asyl gewährt wird, zu minimieren, hat man sich darauf beschränkt zu sagen, dass er, selbst wenn er für Verbrechen angeklagt würde, die zu einer Todesstrafe führen könnte, nicht zu einer Todesstrafe verurteilt würde«, so Lena Sundström.

Exil in anderen Ländern
Früher war es aussichtsreich, Whistleblower in anderen Ländern zu verstecken, um sie zum Schweigen zu bringen, denn wenn sie ins Exil gebracht wurden, verloren sie ihre Macht und die Möglichkeit zur Einflussnahme. Aber Lena Sundström ist der Ansicht, die Technik habe das heute erheblich erschwert. »Menschen, die sich im Exil befinden und Whistleblower

oder Dissidenten sind, können ihren Einfluss eher noch ausbauen, wenn sie sich außerhalb des Landes befinden, das sie kritisieren wollen«, sagt sie.
Snowdens Leben ist von hohen Sicherheitsmaßnahmen geprägt, aber er bewegt sich in der Öffentlichkeit und führt Aufträge für amerikanische Universitäten und Organisationen aus.
»Er ist eine Person, deren Leben sich größtenteils im Internet abspielt und immer abspielte. Daher hat sich sein Leben nicht so stark verändert.«

Elsa Sjögren, *SVT Nyheter,* 06.11.2015

...

Lena Sundström ist derzeit wahrscheinlich die angesagteste Journalistin.

Kaum jemand hat das weltweit exklusive *DN*-Interview mit dem Whistleblower Edward Snowden verpasst. Es war eines der aufsehenerregendsten Interviews dieses Herbstes, bei dem der ehemalige NSA-Mitarbeiter sich viel persönlicher geäußert hat als je zuvor. [...]
»Redefreiheit ist ein Thema, das mir wirklich wichtig ist. Es ist auch ein brandaktuelles Thema, denn angesichts der aktuellen Nachrichtenlage sprechen wir vielleicht mehr über demokratische Werte und Redefreiheit als je zuvor und füllen diese Begriffe mit neuen Bedeutungen.« [...]
»Das war auf vielen Ebenen ein außergewöhnliches Interview, weil ich immer schon von Geschichten wie diesen angezogen wurde, bei denen man aus der Perspektive einer einzelnen Person ein größeres

Geschehen schildern kann. Edward Snowden ist in dieser Hinsicht eine unheimlich spannende Person, er ist eine Figur unserer Zeitgeschichte und spricht im Prinzip alle großen Themen wie Demokratie und Menschenrechte im Verhältnis zur Sicherheitspolitik an.« […]

»Mit meinem Interview wollte ich Snowden als Person näherkommen. Ich habe erlebt, dass Interviews, die mit Snowden geführt wurden, immer ein wenig gleichförmig waren, es entstanden die gleichen Geschichten, die wieder und wieder erzählt wurden. Ich wollte mich nicht damit zufriedengeben, ihn einfach nur getroffen zu haben, denn ich hatte das Gefühl, dass er über tiefer gehende Demokratiefragen sprechen könnte, die mehr Themen als nur die Massenüberwachung berühren«, so Lena Sundström. Was ihr vorschwebte, war etwas anderes als das öffentliche Bild von Snowden, das nur einen Computer-Nerd darstellte: Sie wollte den offenen, harmonischen Menschen mit seiner ganzen intellektuellen Vielfalt zeigen.

»Es freut mich, dass viele sagen, sie hätten nach der Lektüre des Interviews ein völlig neues Bild von ihm bekommen, und dass es mehr den Menschen Edward Snowden gezeigt hätte, der eigentlich ein großer Denker ist«, sagte sie.

Andere Reaktionen, oder eher das Fehlen von Reaktionen, freuten sie weniger.

»Es hat mich schockiert, dass die sogenannten Drohnendokumente, über die Edward Snowden im Interview spricht, nicht mehr Reaktionen ausgelöst haben. In der westlichen Welt sprechen wir viel über demokratische

Werte und eine offene Gesellschaft, trotzdem nehmen die USA illegale Hinrichtungen vor, vor denen die westliche Welt die Augen verschließt. Die Dokumente zeigen unter anderem, dass es sich bei neun von zehn Personen, die bei Drohnenangriffen getötet werden, nicht um die beabsichtigten Ziele handelt, sondern um Zivilisten. Ich hoffe wirklich, dass dem in Zukunft mehr Aufmerksamkeit geschenkt wird.« [...]

Amanda Törner, *Dagens Media*, 21.11.2015

...

[...] 24. Oktober: *The Guardian* veröffentlicht Dokumente, die zeigen, dass die NSA Telefongespräche von 35 Staatsoberhäuptern abgehört hat. »Das ist natürlich inakzeptabel«, kommentiert Schwedens Staatsminister Fredrik Reinfeldt gegenüber *SVT*.

Anna H. Svensson, *SVT Nyheter*, 05.12.2013

...

»Unsicherheit ist der Preis, den wir für eine Demokratie bezahlen müssen«

Wir müssen darauf vorbereitet sein, dass Regierungen Fehler machen. Und wir müssen uns im Widerstand gegen ein Eindringen in unsere Privatsphäre starkmachen. Das war Edward Snowdens Botschaft, als er bei den Internettagen in Stockholm per Videobotschaft sprach. Das Recht und die Möglichkeit, Unregelmäßigkeiten aufzudecken, die mit Zustimmung des Staates geschehen, ist essenziell in einer Demokratie.

Das war die Botschaft von Anna Lindenfors, der Generalsekretärin von Amnesty International in Schweden, als sie Edward Snowden ankündigte, der per Videobotschaft bei den Internettagen sprach.
»Ein Mangel an Integrität bedeutet gleichzeitig die Anwesenheit von Zensur. Wenn man sich nicht äußern kann, wird man stiller und teilt sich weniger mit. Integrität fördert Fortschritt«, betonte Edward Snowden, als er auf der Bühne von Brit Stakston interviewt wurde.
»Integrität ist das, was dich zu einem Individuum macht. Es ist das, was eine Gesellschaft frei macht. Natürlich gibt es in einer offenen Gesellschaft auch Unsicherheit. Aber Unsicherheit ist der Preis, den wir für eine Demokratie bezahlen müssen. Meinungsverschiedenheiten zu haben ist kein Verrat, es ist patriotisch. Whistleblower sind die Beschützer der Demokratie«, sprach Snowden weiter.
Internettage Stockholm, 21.11.2016

...

»Was meine persönliche Genugtuung angeht«, sagte Snowden stolz gegenüber der *Washington Post,* »habe ich schon gewonnen. Sobald die Journalisten angefangen haben, mit dem Material zu arbeiten, das ich veröffentlicht hatte, wurde alles, was ich gesagt hatte, bestätigt. Ich will nicht selbst die Gesellschaft verändern, ich will der Gesellschaft eine Chance geben, selbst zu entscheiden, ob sie sich verändern will.« […]
Jeff Mackler, *Internationalen*, 01.02.2014

Wir radelten zwei Tage durch die regnerische, windige Provinz Svealand bis nach Bergslagen in das Sommerhaus, das Marcus für uns aufgetan hatte.

Ich musste die ganze Zeit an Lina denken. Wie würde sie ohne Ludwig zurechtkommen? Was würde mit ihr passieren, jetzt, da ich den USB-Stick zurückgeholt und außerdem diesen merkwürdigen Code mitgenommen hatte? Der Gedanke an meine Schwester zerriss mir das Herz, aber im Moment konnte ich nichts tun.

Wir fuhren nur auf kleinen Straßen, und es schien tatsächlich, als könne uns niemand finden. Hin und wieder machten wir eine Pause, und zwischendurch kaufte einer von uns eine Zeitung. Am Montag schlug der Reichstagspräsident Ulf Kristersson als Staatsministerkandidat vor, am Dienstag war Kongresswahl in den USA. In der Nacht von Montag auf Dienstag übernachteten wir in einer kleinen Hütte im nördlichen Teil der Provinz Västmanland, die zu einer Jugendherberge gehörte, aber niemand von uns machte sich die Mühe, sich auch nur umzuziehen.

Als wir an unserem Ziel ankamen – ein Ferienhaus, ganz abgelegen, tief im Wald, mit einem Holzofen und einem großen Vorrat an Kerzen und Konserven –, schlugen wir drinnen unser Lager auf und bereiteten uns auf eine lange Wartezeit vor.

Andreas entzündete ein Feuer, und Sally inspizierte das Haus.

»Ein Zimmer mit einem großen Doppelbett und eines mit Stockbett«, sagte sie. »Sara?«

»Ich nehme das Stockbett. Legt ihr euch nur ins Doppelbett und suhlt euch in eurem Glück.«

Während Andreas das Feuer entfachte, öffnete Sally die Schränke in Küche und Bad, dann ging sie zum Wohnzimmer über. In der Ecke stand ein Waffenschrank, dessen Tür sofort aufschwang, als Sally den Griff berührte.

»Hoppla, alles voller Kanonen.«

Ich stand auf und ging zu ihr. Im Schrank standen zwei Waffen, aber nur eine vollständig mit Schloss. Es war ein Kaliber .20 Schrotgewehr. Ich nahm es heraus und zielte durch das Fenster nach draußen. Erinnerungen an das Tontaubenschießen mit Johan überfluteten mich und bestärkten mich in meiner Überzeugung, dass ich bis zum – vermutlich bitteren – Ende kämpfen würde.

»Seht ihr irgendwo Munition?«, fragte ich und stellte das Gewehr zurück in den Schrank. »Hier ist nichts.«

Andreas war in der Küche gerade dabei, Schubladen aufzuziehen.

»Wir könnten unser Geld zählen, während wir warten«, sagte Sally zu mir und holte die weiche Tasche hervor. »Ist ein bisschen wie Monopoly spielen, nur ohne Monopoly.«

Andreas kam ins Wohnzimmer.

»Zwei Kartenspiele unter den Buttermessern«, sagte er und hielt sie in der einen Hand hoch. »Und eine Schachtel mit Munition hinter dem Handmixer. Passt sie zum Gewehr?«

Ich nahm die Munition. Es war eine volle Schachtel Gyttorp Kaliber .20: insgesamt fünfundzwanzig Patronen. Sie passten zum Gewehr im Schrank, und ich stellte die Munition auf den Boden daneben.

»Jetzt komm schon«, sagte Sally. »Ich will unser Vermögen zählen.«

Wir ließen uns vor dem Feuer nieder und zählten. Sally hatte mithilfe der Vollmacht meine Konten geschlossen und den entsprechenden Betrag als Barauszahlung bestellt, und Massoud hatte in letzter Sekunde den größten Teil davon gegen US-Dollar umgetauscht. Die Tasche war weich, aber schwer: Es lag ein Vermögen darin.

Am gleichen Abend begann Marcus, verschlüsselte Nachrichten zu schicken. Es waren nicht besonders viele, aber sie enthielten Informationen, die wertvoll sein konnten. Es schien, als habe BSV eine massive Medienkampagne gestartet, um uns mithilfe der Öffentlichkeit zu kriegen.

SEB-Angestellte betrügt Kundin um Millionenbetrag lautete der Titel eines der Artikel, die er schickte.

»Hübscher Pulli!«, sagte ich bewundernd zu Sally und zeigte auf das Zeitungsbild, ein Porträt von ihr. »Blau und Grün sind wirklich deine Farben.«

Doppelmordverdacht nach Einbruch in Villa im Djurgården lautete eine andere Titelzeile, oder auch *Leck im Hauptquartier der Streitkräfte – Angestellte mit Schlüsselinformationen verschwunden*. Darunter war ein Bild von mir zu sehen.

»Diese Wellen im Haar stehen dir«, sagte Sally begeistert und deutete auf das Bild. »Solltest du öfter tragen.«

Tagsüber hackten wir Holz, spielten Karten und wärmten Dose um Dose mit Rindfleischeintopf auf.

»Die armen Soldaten«, sagte Sally eines Abends mitfühlend, während sie in ihrer Suppe rührte. »Kann sich nicht mal jemand um abwechslungsreichere Nahrung für sie kümmern?«

Nach einer Woche erschien ein Artikel, der laut Marcus auch in der Nachrichtensendung Rapport thematisiert wurde.

Kriminelles Trio immer noch auf freiem Fuß stand dort, und jetzt waren Andreas, Sally und ich auf dem Bild zu sehen. Sie hatten ein Foto von unserem Frühstück am Hauptbahnhof vor einem halben Jahr genommen, als wir aus irgendeinem Grund direkt in die Kamera gesehen hatten, ohne zu wissen, dass wir fotografiert wurden. Außerdem hatten sie unsere Passfotos mit unseren Namen darunter abgebildet.

Jetzt würde es schwierig werden, das Sommerhaus zu verlassen, ohne erkannt zu werden.

»Quatsch«, sagte Andreas. »Das weiß jeder Knasti: Direkt nach einem Coup oder einem gelungenen Ausbruch muss man sich gut verstecken. Alle Passkontrollen, Flughäfen und Bahnhöfe werden umfassend überwacht. Aber schon nach ein paar Tagen werden die Behörden nachlässig, die Überwachung weniger engmaschig: Man kann nicht die ganze Zeit dermaßen unter Spannung stehen. Deshalb ist es klug, dass wir hier in diesem Häuschen bleiben und *Texas hold'em* spielen, bis sich alles wieder beruhigt hat.«

»Du schuldest mir übrigens achtundzwanzigtausend Dollar«, sagte Sally zu ihm.

»Und du schuldest mir fünfundvierzigtausend«, sagte ich zu ihr.

»Also *pay up or shut up.*«

Die Scheine flogen zwischen den Spielkarten und den Kerzen herum. Immer wieder musste ich an Lina denken, aber die Gedanken mündeten jedes Mal wieder in der gleichen Schlussfolgerung: Im Moment konnte ich absolut nichts tun. Die Stelle an meinem Arm, wo der Chip saß, tat weh, dafür heilten endlich meine Finger, ebenso wie Sallys Schürfwunden von der Radtour. Wir alle waren die ganze Zeit beinahe unfassbar gut gelaunt: vielleicht vor allem deshalb, weil keiner von uns über die Alternative nachdenken wollte. Oder über das, was als Nächstes passieren würde.

Als wir an diesem Abend am Küchentisch saßen, nach einem weiteren Abendessen aus Rindfleischeintopf in Dosen, kündigte mein Handy eine Nachricht an. Es war ein verschlüsselter Link von Marcus.

»*Tut mir leid, dass ich dir das schicken muss*«, schrieb er. »*Aber ich dachte, du würdest es wissen wollen.*«

Unter dem Link war ein Artikel aus einer Abendzeitung angefügt. Der Titel lautete *Schlüsselperson der Streitkräfte begeht*

Selbstmord in Ferienhaus, und mir wurde plötzlich eiskalt. Es wurden keine Namen genannt, aber es ging aus dem Text hervor, dass ein Major der schwedischen Streitkräfte zusammen mit seiner Frau in einem Sommerhaus bei Linköping tot aufgefunden worden war. Man hatte einen Abschiedsbrief gefunden, in dem der Major erklärt hatte, er sei in *unlösbare finanzielle Schwierigkeiten* geraten und wolle daher sein Leben und das seiner Frau beenden. Beide waren mit seiner Dienstwaffe erschossen worden.

Bellas Tod, ebenso wie der von Ludwig, hatten mich erschüttert – es war schrecklich gewesen, diese Szene im Haus im Djurgården mit ansehen zu müssen, und ich tat mein Bestes, um nicht nur die Bilder aus meinem Kopf, sondern auch die Gedanken daran zu verdrängen. Aber jetzt konnte ich mich nicht länger beherrschen: Ich ging in die Küche, warf Geschirr um mich und konnte einfach nur noch schreien. Als Sally und Andreas angelaufen kamen, stand ich mit den Händen vor dem Gesicht da und schluchzte.

Es war so ungerecht.

Als wir nach einer Weile wieder vor dem Kamin saßen, ich in eine Decke eingewickelt und mit einer Tasse Tee in der Hand, spürte ich, wie sich der Zorn in mir in Entschlossenheit umwandelte. Ich sah Sally und Andreas an.

»Jetzt ist mir egal, wie das hier ausgeht«, sagte ich. »Ich werde *alles* tun, um diese Arschlöcher dranzukriegen.«

»Das ist gut«, antwortete Andreas. »Es ist viel besser, wenn du sauer und nicht traurig bist.«

Ich schüttelte den Kopf.

»Ich kann es nicht genau erklären. Aber jetzt habe ich emotional einen Punkt erreicht, an dem ich nie zuvor gewesen bin. Nichts wird mich aufhalten, nur der Tod.«

Andreas zog einen Zettel hervor.

»Ich habe über *Osseus* nachgedacht. Sie lieben Wortspiele und benennen ihre Unterabteilungen nach Dingen, die eine Verbindung zur Wirklichkeit haben. Also weshalb Osseus? Wir übersehen da etwas. Hört zu, was ich bei Wikipedia gefunden habe, bevor wir abgehauen sind.«

Er entfaltete das Blatt und las laut vor.

»*Es gibt zwei Arten von Knochengewebe: der starke emailleartige Außenknochen und der leichte, innere poröse Knochen. Gemeinsam bilden sie eine Kombination aus Stärke und Leichtigkeit.*«

Dann faltete er das Blatt wieder zusammen.

»Was übersehen wir im Zusammenspiel zwischen dem äußeren harten und dem inneren porösen Teil? Ich denke daran, dass C-F von Achillesfersen gesprochen hat. Was hat er noch gesagt?«

»Er brachte Waffen und Drogen mit Genetik in Verbindung«, sagte ich. »Aber warum?«

Keiner sagte etwas. Aber Sally sah uns an.

»Ich habe ebenfalls nachgedacht«, sagte sie, »wenn auch über ganz andere Dinge als Andreas. Ich habe überlegt, ob es etwas gegeben hat, was wir hätten anders machen können. Ob wir irgendwo *Fehler* gemacht haben, ob wir uns hätten anders verhalten müssen. Aber ich kann überhaupt nichts Derartiges entdecken. Wir haben die ganze Zeit so gehandelt, wie wir mussten, deshalb können wir auch nichts bereuen.«

Andreas streckte seine Hand aus und ergriff Sallys, und sie lächelten einander an. Dann saßen wir drei schweigend im Schein des Feuers.

Am zwölften Tag bekamen wir von Marcus die Nachricht, dass es an der Zeit war, sich in Richtung Süden zu bewegen, für den weiteren Transport ins Ausland. Wir sollten um 13 Uhr fertig sein und verbrachten den Vormittag mit Packen und Aufräumen.

Um halb eins sah Andreas aus dem Fenster.

»Marcus ist früh dran«, sagte er. »Ich sehe sein Auto.«

Ich sah auf.

»Das kommt mir merkwürdig vor«, sagte ich.

Wir gingen ans Fenster. Ein Jeep hatte direkt vor der Biegung angehalten, von der aus das Haus zum ersten Mal sichtbar wurde. Dann setzte es zurück und verschwand.

»Das war nicht Marcus«, stellte ich fest.

Ich ging zum Waffenschrank, nahm das Schrotgewehr heraus und steckte die Munition ein. Dann versuchte ich, die Situation zu überblicken: Das Haus lag im Wald, und man konnte sich aus allen Richtungen anschleichen.

»Wer auch immer den Jeep fährt, das hier war nicht geplant«, sagte ich, während ich die Waffe lud. »Sie haben uns zufällig gefunden. Entweder wenden sie und holen Verstärkung, oder sie versuchen, uns zu überrumpeln. Andreas, wie viele Personen saßen in dem Jeep?«

»Weiß nicht genau«, antwortete er. »Ich habe zwei gesehen.«

»Stellt euch jeder in ein Fenster in verschiedene Richtungen«, sagte ich. »Bei der kleinsten Bewegung sagt ihr Bescheid.«

Ich zog das Handy hervor und schickte Marcus eine Nachricht.

»*Beeil dich. Sie haben uns gefunden.*«

Er antwortete sofort: »*Zehn Minuten. Haltet durch!*«

Danach warteten wir. Es vergingen ein paar Minuten, dann rief Sally vom südlichen Fenster.

»Zwei Typen sind auf dem Weg hierher.«

»Hier ist niemand«, sagte ich. »Andreas?«

»Hier auch nicht. Vielleicht sind es nur die beiden?«

Ich schlich mit dem Gewehr hinüber zu Sallys Fenster und spähte hinaus. Zwei Männer in Tarnkleidung bewegten sich langsam, aber zielsicher auf uns zu, im Zickzack zwischen Büschen und Bäumen.

Ich entsicherte das Gewehr, während Malcoms und Johans Worte in meinem Kopf widerhallten: »*Die Schulter hoch, ja, genau ... Keine Angst vor dem Rückstoß ... So lädst du ... und so entsicherst du ... Du musst unbedingt einen Jagdschein machen ... Du bist so gut, alles andere wäre Verschwendung.*«

Ich legte an. Beide Männer waren in Bewegung, sie arbeiteten sich vorsichtig zum Haus vor, schienen aber gleichzeitig voller Selbstvertrauen zu sein. Das hier würde einfach werden, dachten sie, das sah man ihnen an.

»*Du musst die Taube fangen*«, sagte er. »*Folge ihr und wenn du sie mit der Kimme überholt hast, drückst du ab. Verstanden?*«

Ich wartete, bis sie sich gleichzeitig bewegten, zielte auf das Bein des linken Mannes und drückte ab. Ein Knall war zu hören, der Mann schrie laut auf und fiel hintenüber. Ich schwenkte mit dem Gewehr zum rechten Mann und drückte erneut ab. Noch ein Knall dröhnte, aber der Mann warf sich hinter einen Busch, und ich konnte nicht ausmachen, ob ich ihn getroffen hatte oder nicht.

»Hast du sie getötet?«, fragte Sally aufgebracht.

»Nein«, sagte ich und lud schnell zwei neue Patronen nach. »Ich habe nur versucht, sie unschädlich zu machen. Aber ich weiß nicht, ob ich den einen getroffen habe.«

Ein Schuss ging los und zersplitterte den Fensterrahmen direkt neben Sally.

»Runter!«, schrie ich, und Sally warf sich zu Boden.

Ich sah wieder hinaus. Der rechte Mann versuchte sein Glück und rannte zu einem Gebüsch. Ich legte an und gab eine Salve in seine Schulter ab, und er brach brüllend zusammen.

»Marcus kommt«, rief Andreas von seinem Fenster aus. »Verdammt, fährt der schnell!«

Es waren Therese und Marcus, und sie sprangen aus dem Jeep, bevor dieser richtig zum Stehen gekommen war. Marcus entwaffnete die beiden verletzten Männer und durchsuchte sie, nahm ihnen die Handys ab und rief einen Krankenwagen. Dann warfen wir unsere Sachen in den Jeep und rasten los. Es waren kaum fünf Minuten vergangen, bis wir wieder auf dem Weg waren.

»Wohin fahren wir?«, fragte ich Marcus, als wir durch die Landschaft holperten.

»Värtahamnen«, antwortete er. »Ihr werdet mit der Tallink Silja Line zum Olympia-Terminal in Helsinki fahren, in einer Dreibettkabine – wir möchten, dass ihr die ganze Zeit zusammenbleibt. Die Fähre legt um 16:45 Uhr ab und macht einen zehnminütigen Zwischenstopp in Mariehamn um 23:45 Uhr. Dann kommt ihr um 10:30 Uhr in Helsinki an, dort erhaltet ihr weitere Anweisungen. Wisst ihr, welcher Tag heute ist?«

Wir sahen einander an.

»Ich habe den Überblick verloren«, gab ich zu.

»Freitag?«, fragte Sally.

Andreas zuckte desinteressiert die Schultern.

»Es ist Samstag, der siebzehnte November«, sagte Marcus. »Die Silja Line bietet seit Ende Oktober eine Minikreuzfahrt unter dem Motto *Rockbitch Boat Halloween* an.«

»Halloween mitten im November?« Sally war skeptisch. »Das mit Halloween ist in Schweden total aus dem Ruder gelaufen, bald werden wir wahrscheinlich einen ganzen Monat lang feiern.«

»Brillante Idee«, sagte Andreas. »Wir verkleiden uns und gehen in der Menge unter.«

»Genau«, sagte Marcus. »Hier sind eure neuen Pässe ...«

Er verteilte drei Pässe unter uns.

»... und eure Tickets. Und diese Klamotten hier zieht ihr an, bevor ihr an Bord geht. Es ist eine riesige Halloween-Party, daher werden die meisten wohl verkleidet sein, wenn auch nicht alle. Das verbessert eure Chancen ungemein, unentdeckt über die Ostsee zu kommen.«

Wir öffneten unsere neuen Pässe.

»Monika Edelstam«, sagte ich, betrachtete mein Passfoto und sah dann die anderen an. »Freut mich.«

»Anna Petterson«, sagte Sally und lächelte uns zuvorkommend an.

»Erik Lundberg«, sagte Andreas. »Hallo.«

»Ihr könnt schon anfangen, euch umzuziehen«, sagte Marcus und zog Klamotten und Schminke aus den großen Tüten, die er dabeihatte. »Es wird eine Weile dauern, bis ihr geschminkt und fertig seid.«

»Ich weiß, was ich mit dem USB-Stick mache, wenn ich lebend aus dieser Sache herauskomme«, sagte ich. »Aber was hat es mit diesem Code auf dem Chip auf sich, den ich trage?«

Marcus schüttelte den Kopf.

»Das haben wir noch nicht herausgefunden«, sagte er, »und deshalb trauen wir uns auch nicht, ihn zu zerstören. Ludwig wurde dank Bella und Klas unschädlich gemacht, aber es könnte sein, dass irgendetwas aktiviert wird, wenn wir den Chip zerstören. Wenn du dir vorstellen könntest, ihn bis auf Weiteres zu tragen, wäre das super.«

Ich war fest entschlossen; die von Mobbing und Vergewaltigung beinahe gebrochene Person in mir sollte nie wieder das Kommando übernehmen.

»Solange ihr möchtet«, sagte ich. »Was auch immer sie vorhaben, es wird ihnen verdammt noch mal nicht gelingen.«

Ein paar Stunden später standen wir am Kai in Värtahamnen ein Stück vom Check-in für die große Finnlandfähre entfernt. Fröhliche Menschen näherten sich in Gruppen aus verschiedenen Richtungen, von der Bushaltestelle und vom Parkplatz, und die meisten waren aufwendig verkleidet.

»Das ist perfekt«, sagte Sally. »Kein Mensch wird uns erkennen.«

Bei ihrem Anblick konnte ich mich vor Lachen kaum halten. Sallys Haar war auf beiden Seiten des Kopfes zu Teufelshörnern hochtoupiert, und ihr Make-up ließ einen an Gene Simmons von *Kiss* denken.

»Jetzt reiß dich zusammen«, sagte Sally wütend.

»Streck bloß nicht die Zunge raus, ich sag's dir«, sagte Andreas zu ihr, und ich brach erneut zusammen.

Andreas hatte eine knallrosa Lockenperücke und einen passenden Bart und Schnäuzer aufgesetzt, dazu trug er eine Lederweste mit nur einem Top darunter. Seine Brille hatte er in einer Innentasche versteckt, er trug über einem Auge eine schwarze Augenklappe und ein glänzendes, verschlossenes Trinkhorn aus Messing um den Hals. Er sah aus wie eine verrückte Kreuzung aus Asterix und Jack Sparrow.

Ich selbst war eine Art *Rockbitch from Hell*, mit engen Lederhosen, pechschwarzer Perücke, einem Dracula-Cape, roten Teufelshörnern und einem Schwanz. Ich hatte sehr viel Schminke im Gesicht und eine aufblasbare Plastikgitarre in der Hand.

»Die Polizei steht am Eingang und kontrolliert die Pässe«, sagte Marcus.

»Monischatz«, sprach Sally mich lässig an, »hast du die Tickets?«

»Natürlich, Annaschatz«, sagte ich. »Du kannst direkt zur Bar durchstarten.«

»Wirklich überzeugend«, sagte Marcus. »Aber ich möchte,

dass ihr auf der gesamten Strecke bis nach Helsinki *verschlüsselt* mit mir kommuniziert. Dort warte ich morgen Vormittag auf euch. In Ordnung?«

»Verstanden«, sagte ich.

»In eurer Kabine liegt eine Waffe mit Munition«, sprach Marcus weiter. »Es ist eine *Pistol 88*, und ich möchte, dass du, Sara, sie bei dir trägst. Du hast bei der Armee damit geschossen, weißt also, wie das geht.«

Ich nickte kurz, obwohl ich überhaupt keine Lust hatte, mit einer Pistole am Körper auf der Fähre herumzulaufen. Es war schon schlimm genug gewesen, auf die beiden Männer schießen zu müssen.

»Und jetzt«, sagte Marcus zu Sally und Andreas, »hätte ich gern zwei Minuten allein mit Joan Jett.«

Ich nickte in Richtung Fähre. »Geht schon vor. Ich hole euch ein.«

Sally und Andreas machten sich langsam auf den Weg zum Check-in.

Marcus und ich sahen einander an.

»Ich würde gerne behaupten, dass wir einen lupenreinen Plan haben. Aber den haben wir nicht. Euch zusammen mit dem Chip und dem USB-Stick außer Landes zu bringen hat oberste Priorität. Ihr habt Geld, ihr kommt damit weiter. Aber wie und wohin, nach der Ankunft in Helsinki, wissen wir noch nicht.«

»Weiß BSV, dass wir hier sind?«, fragte ich. »Worauf müssen wir uns vorbereiten, wenn wir an Bord gehen?«

»Ich weiß es nicht. Ich begreife nicht, wie sie euch in dem Haus finden konnten.«

»Es wirkte zufällig und übermütig. Es waren nur zwei, und sie dachten, sie könnten sich allein um uns kümmern. Vielleicht haben sie einfach auf Verdacht leere Sommerhäuser durchsucht.«

»Gut geschossen übrigens«, sagte Marcus beeindruckt. »Beide wurden abtransportiert, und beide werden es überleben.«

»Ich habe noch nie jemanden getötet«, sagte ich bedrückt. »Ich hoffe, dass ich das auch weiterhin nicht tun muss.«

Wir sahen einander an.

»Sieh einfach zu, dass du am Leben bleibst. Und denk dran: Was auch immer passiert und wohin auch immer du gehst, ich werde dich finden.«

Unsere Lippen trafen sich, und ich wünschte, dass alles, was er gerade gesagt hatte, wahr sein könnte.

Die Polizisten sahen sich beim Check-in sorgfältig unsere Pässe an und studierten unsere Gesichter, dann ließen sie uns ohne weitere Fragen passieren. Andreas hatte darauf geachtet, in einer Gruppe vor uns zu gehen, damit Sally und ich einfach wie zwei fröhliche Freundinnen aussahen, die ohne männliche Gesellschaft auf eine Rockbitch-Kreuzfahrt gingen.

Wir gingen an Bord, checkten beim Personal ein und bekamen unsere Kabinenschlüssel. Während wir darauf warteten, dass die Fähre ablegte, gingen wir zu unserer Dreibettkabine, stellten dort das Gepäck ab, und ich fand die Waffe, von der Marcus gesprochen hatte. Es war tatsächlich eine *Pistol 88*, und sie war sehr einfach zu bedienen. Aber ich wollte sie nicht benutzen.

»Die bleibt solange hier unten«, sagte ich und steckte sie unter ein Kissen.

Dann gingen wir wieder hoch und suchten eine der Bars auf.

An der Wand in der Bar hing ein Fernseher, auf dem Nachrichten liefen. Ulf Kristersson hatte die Abstimmung zu seiner Kandidatur als Staatsminister verloren, und jetzt war Annie Lööf dran, eine Regierung zu bilden. Löfven, Kristersson, Lööf: Sie schienen Reise nach Jerusalem zu spielen.

C-Fs Worte hallten in meinem Kopf wider: »*Wichtig ist jetzt nur, dass die Regierung aus dem Spiel ist und keine wichtigen Entscheidungen getroffen werden können ... Das ist ein wichtiger Zeitpunkt, auf den wir seit Langem intensiv hinarbeiten. Erinnern Sie sich an den Stromausfall in Växjö? Eine schön durchgeführte Übung ... Wir warten einfach damit, den Strom hinterher wieder einzuschalten, schieben es auf die Energiekonzerne und sehen uns die Effekte an.*«

Sally unterbrach meine Gedanken und stupste mich an.

»Sieh mal!«, sagte sie, den Blick auf den Fernseher geheftet.

»*... ein Bandenstreit bei einem Sommerhaus in Bergslagen*«, sagte der Nachrichtensprecher, während Bilder von dem Haus gezeigt wurden, das wir gerade erst verlassen hatten.

Davor standen Polizei- und Krankenwagen, eine Person wurde auf einer Trage abtransportiert.

»*... wahrscheinlich eine Abrechnung zwischen rivalisierenden Motorradclubs*«, hieß es weiter, und Andreas schnaubte abfällig.

»Rivalisierende Motorradclubs, dass ich nicht lache! So was wie die kleine Schwester von *Fake News!*«

Sally sah uns an.

»Können wir uns jetzt endlich mal hinsetzen und einen Drink genehmigen, nach zwei Wochen Abstinenz?«

»*Keinen Alkohol*«, sagte Andreas bestimmt. »Wir haben keine Ahnung, wer alles an Bord sein könnte.«

»Ich sehe das genauso«, sagte ich. »Aber ich kann dir einen Virgin Mojito bestellen, wenn du möchtest.«

»*Virgin, Schmirgin!*« Sally war enttäuscht. »Na los! Ich komme um vor Durst.«

Die Fähre legte ab, die Bar öffnete und ich stellte mich in die Schlange. Viele wollten ihre Reise mit einem anständigen Drink beginnen, daher dauerte es eine Weile, bis ich bestellen konnte. Vor dem Fenster glitt Lidingö vorbei, und wir näherten uns schon der Insel Vaxholm, als ich endlich dran war. Ich orderte drei Virgin Mojitos und balancierte sie zu dem Tisch, an dem Andreas und Sally sich niedergelassen hatten. Es war eine der ruhigeren Bars an Bord, mit Pianomusik und Spiegeln an den Wänden. Trotzdem war die Stimmung unter den Reisenden schon auf dem Höhepunkt, obwohl wir kaum den Schärengarten hinter uns gelassen hatten.

Ein Teufel mit einem Dreizack tanzte, einen Arm um einen Engel und den anderen um einen Zombie in Minirock mit riesigen Brüsten geschlungen. Ich sah auf, als ich mir einen Weg zwischen den Tischen hindurch bahnte, dann blieb ich wie zu Eis erstarrt stehen.

Durch die Türöffnung hatte ich Sergej und Mira erspäht, die gerade draußen im Gang vorbeigegangen waren, in ihrer normalen Kleidung.

Ich erreichte unseren Tisch und stellte die Drinks so heftig darauf ab, dass sie überschwappten.

»*Was ist los?*«, fragte Sally. »Wir sind hier auf einer Halloween-Party, trotzdem siehst du aus, als hättest du einen Geist gesehen.«

»Sergej und Mira sind an Bord«, flüsterte ich. »Sie sind gerade draußen vorbeigegangen.«

»*Verdammt!*«, fluchte Andreas. »Was sollen wir jetzt tun?«

Beidhändig stürzte Sally ihren Drink hinunter. Ein in Spinnweben eingehüllter Gast mit vermeintlich blutenden Wunden, der am Nebentisch saß, beugte sich zu ihr.

»Ruhig Blut, Süße«, sagte er mit tiefer Stimme. »Die Nacht ist noch jung.«

»*Virgin*«, sagte Sally und zeigte auf das Glas.

Der Gast verstand sie falsch.

»Umso mehr ein Grund, es ruhig angehen zu lassen«, sagte er. »Aber du kannst mir vertrauen: Ich bin vorsichtig.«

Sally warf ihm einen vernichtenden Blick zu, doch unter den beiden Teufelshörnern kam dieser nicht besonders wirkungsvoll rüber. Dann wandte sie sich an Andreas und mich.

»Zwei Möglichkeiten«, sagte sie leise. »Entweder verstecken wir uns die gesamte Fahrt über, schließen uns in der Kabine ein. Oder wir suchen sie aktiv und kämpfen.«

»*Kämpfen?*«, fragte Andreas stirnrunzelnd. »Inwiefern würde es uns helfen, mit ihnen zu kämpfen?«

Ich bearbeitete meine Stirn mit den Fingerspitzen.

Denk nach, Sara, denk nach!

»Sie erkennen uns vielleicht nicht«, sagte ich. »Wir sehen ganz anders aus als sonst. Vielleicht, wenn wir uns aufteilen ...«

»Niemals«, sagte Sally bestimmt. »Ich werde mich keine Sekunde von euch entfernen.«

»Sally hat recht«, stimmte Andreas ihr zu. »Marcus hat gesagt, wir sollen zusammenbleiben.«

»Okay. Passt auf: Sie sind in diese Richtung gegangen. Unsere Kabine liegt in der anderen Richtung. Es sind fast dreitausend Passagiere an Bord. Was haltet ihr davon, wenn wir in die Kabine gehen, eine Weile abwarten und beratschlagen, was wir tun? Hier in der Bar wäre ich einfach zu nervös. Danach kommen wir wieder rauf.«

Wir nahmen unsere Sachen und gingen zum Ausgang.

»Wir sehen uns später, Madonna«, rief der Gast Sally nach, »*for the very first time!*«

Wir gingen zur Kabine und diskutierten, ob ich die Waffe mitnehmen sollte oder nicht – beim Gedanken daran wurde mir schlecht, und ich hatte wirklich nicht die geringste Lust dazu. Es war eine Kabine ohne Fenster, und nach einer Weile begannen wir, uns klaustrophobisch zu fühlen. Außerdem waren wir hungrig wie ein Rudel Wölfe: die Eintopfdiät der letzten Wochen hatte Spuren hinterlassen, und der bloße Gedanke an das Buffet im Restaurant ließ uns allen das Wasser im Mund zusammenlaufen.

»Jetzt frischen wir unser Make-up auf«, sagte Sally bestimmt, »und dann gehen wir hoch. Ich werde mich jedenfalls nicht den ganzen Abend hier unten herumdrücken!«

Als wir zu den Oberdecks kamen, war zu spüren, dass die verschiedenen Restaurants zum Abendessen geöffnet hatten. Inzwischen hielten sich nicht mehr so viele Personen in den Bars auf; es schien, als hätten sich die meisten Passagiere dafür entschieden, gleichzeitig zum Essen zu gehen. Vorsichtig gingen wir an Bars und Restaurants vorbei und hielten Ausschau nach Mira und Sergej. Keine Spur von ihnen.

»Vielleicht hast du es dir eingebildet?«, sagte Sally. »Das wäre eigentlich nicht besonders erstaunlich nach dem Stress der letzten Zeit.«

»Möglich. Würde mich nicht wundern.«

»Wie auch immer«, sagte Andreas, »ich brauche frische Luft. Kommt ihr mit an Deck?«

Eine Finnlandfähre ist eine monströse Konstruktion. Diese hier verfügte über zwölf Decks, 995 Kabinen und Platz für knapp 2850 Passagiere. Es gab sieben Restaurants, vier Bars, ein eigenes Casino, ein Showprogramm und einige Rockbands, die uns an diesem Abend unterhalten sollten. Wir hatten gerade die schwedische Küste hinter uns gelassen und steuerten jetzt in Richtung offenes Meer. Es war das dritte Novemberwochenende, die Luft war eiskalt, es nieselte, und das Wasser unter uns hatte nicht mehr als fünf, sechs Grad.

»Mann, ist das kalt«, sagte Sally und schlang im Fahrtwind die Arme um ihren Körper. »Können wir nicht wieder reingehen?«

Plötzlich war ein lauter Schlag zu hören, und dann passierte alles so schnell, dass ich nicht richtig begriff, was vor sich ging.

Ich sah Mira und Andreas in einem brutalen Kampf an der Reling, dann schrie Andreas in Todesangst auf: Er hing auf der Außenseite des Geländers, zehn Etagen über dem eiskalten Wasser, das weit unter uns schäumte, mit nur einer Hand an der dünnen Eisenstange.

Mira hatte ihn angegriffen, hochgehoben und versucht, ihn über Bord zu werfen, aber Andreas hatte in letzter Sekunde die Stange greifen können. Sally schrie wie verrückt, während sie sich auf Mira warf und versuchte, sie von Andreas wegzuzerren, und ich sprang auf die Kante unterhalb der Reling, um seine andere Hand erreichen und ihn an Bord ziehen zu können.

Sergej war nirgends zu sehen.

Andreas blickte starr vor Schreck zu mir auf. Lange würde er sich nicht mehr halten können, er drohte gleich ins pechschwarze Meer zu stürzen und zu verschwinden.

»Nimm meine Hand!«, presste ich hervor. »*Nimm meine Hand!*«

Mit letzter Kraft packte Andreas meine Hand gerade in dem Moment, als er mit der anderen von der Reling abrutschte. Ohne nachzudenken, zog und zerrte ich mit aller Kraft: Ich zog und zog, bis ich plötzlich Andreas' Gewicht über mir spürte und wir beide wieder auf dem Deck lagen.

Wir waren völlig außer Atem. Ich blickte mich um; von Mira und Sally war kein Laut zu hören.

Und dann sah ich, warum.

Mira und Sally standen sich lauernd gegenüber. In Miras Hand glänzte etwas, das aussah wie ein Skalpell, ein dünnes, schmales Messer. Mira machte immer wieder Ausfallschritte in Sallys Richtung, Sally wich aus. Bisher war es Mira nicht gelungen, sie zu treffen, doch das war nur noch eine Frage von Sekunden.

Noch ein blitzschneller Ausfallschritt, und Sally schrie auf und griff sich an den Arm. Ihre Finger färbten sich sofort blutrot.

Verdammt, warum hatte ich die Pistole nicht mitgenommen?
Ich trat zu, ohne nachzudenken. Das Messer beschrieb einen Bogen in der Luft, blitzte noch ein letztes Mal auf und verschwand dann in der Tiefe.

Mira starrte mich voller Hass an, und plötzlich standen wir uns in dieser lauernden Haltung gegenüber. Hinter mir hörte ich Sallys schmerzerfülltes Weinen und wie Andreas versuchte, ihr zu helfen, doch ich konnte mich nicht umdrehen.

Mira wollte mich töten.

»Was machst *du* an Bord?«, sagte ich und versuchte, cool zu klingen. »Hattest du Sehnsucht nach mir? Sollen wir vielleicht auf einen Drink in die Bar gehen? Einen *Lemon Daiquiri?* Aber dieses Mal lade ich dich ein.«

»Du kleine Schlampe«, sagte Mira, und jetzt war ihr amerikanischer Akzent deutlich zu hören, »du wirst *sterben. Keiner von euch wird in Helsinki ankommen. Wir werden uns nur zurückholen, was uns gehört, dann sind wir ganz und gar fertig mit euch.*«

»Was du nicht sagst«, sagte ich. »Ich dachte, du magst mich und wolltest mit mir tanzen gehen. Ich kenne hier eine gemütliche Bar. Da sitzt ein Teufel, zwischen euch würden bestimmt Funken sprühen.«

Wie ich gehofft hatte, verlor Mira die Beherrschung.

»*Halt den Mund!*«, schrie sie und warf sich auf mich.

Ich war gut trainiert und vorbereitet, aber ich hatte Miras enormer Kraft und Wendigkeit kaum etwas entgegenzusetzen. Wir rollten auf dem Boden hin und her, sie hatte beide Hände um meinen Kehlkopf gelegt, und es gelang mir nicht, ihre Finger zu lösen. Vor meinen Augen flimmerte es, ich sah nur noch aus den Augenwickeln, dass aus der Wunde in Sallys Arm Blut in einer kleinen Pfütze auf das Deck gelaufen war. Plötzlich stand Mira auf und zerrte mich zur Reling. Ich schnappte heftig nach Luft. Aus meinen Armen und Beinen war sämtliche Kraft gewichen, und ich sah, wie sich Andreas näherte, um mir zu helfen. Da beugte sich Mira schnell vor und zog noch ein Messer aus dem Hosenbein, das sie mir an die Kehle hielt, während sie mich auf die andere Seite des schmalen Geländers zwang. Das ließ Andreas innehalten.

Der Griff um eine kleine, viel zu dünne Stange war jetzt das Einzige, was mich von einem nassen, eiskalten Grab trennte. Mira war viel stärker als ich und hatte ein Messer; Andreas und ich begriffen beide, wie es um mich stand. Unsere Blicke trafen sich, und in seinen Augen sah ich die gleiche bodenlose Verzweiflung, die ich selbst spürte: »*Es ist zu spät, Sara; sie hat gewonnen; es ist vorbei.*«

In genau diesem Augenblick, ich weiß nicht, warum, löste der Kapitän der Fähre oben auf der Brücke ein Tonsignal aus. Ich hätte mir gerne eingeredet, dass er es in einem Anfall von Übermut tat – wie der Kapitän der Titanic im Film, als das Schiff endlich im offenen Meer zeigen durfte, zu welcher Leistung es fähig war –, oder vielleicht war es auch nur ein Versehen. Zwei lange Signale ließ der Kapitän ertönen, und diese waren so laut, dass man sie vielleicht sogar auf der Tanzfläche hörte. Hier draußen an Deck, wo wir uns aufhielten, waren sie ohrenbetäubend. Mira schrie auf und verlor vor Schreck ihr Messer, und ich handelte, ohne nachzudenken. Ich warf mich zurück über die Reling und stieß Mira mit aller Kraft zur Seite. Als ich selbst wieder in Sicherheit auf der richtigen Seite des Geländers war, spürte ich, wie sich etwas löste, nachgab; den Kontakt zum Schiff, zu mir und zum Leben verlor. Wie in Zeitlupe wandte ich den Kopf und blickte in Miras panikgeweitete Augen, als sie fiel, stürzte, Arme und Beine weit vom Körper gestreckt. Dann schlug sie auf der Wasseroberfläche auf, zehn Decks unter uns, und war verschwunden.

Andreas zitterte am ganzen Körper, er musste unter Schock stehen.

Nach ein paar Sekunden begriff ich, dass nicht Andreas zitterte, sondern ich: Andreas hielt mich nur fest. Sally saß zu unseren Füßen und hielt sich den Arm, um den Andreas eine in Streifen gerissene Stoffserviette gewickelt hatte, um die Blutung zu stoppen. Sie sah zu uns auf.

»Können wir jetzt reingehen?«, fragte sie flehend. »Ich finde, wir hatten jetzt genug frische Luft.«

Wir gingen direkt in die Bar, und Andreas arbeitete sich bis zum Barkeeper vor – an rund zwanzig Personen vorbei, die brav in der Schlange standen – und bestellte drei große Whiskeys. Dann kam er mit ihnen zurück zu dem Tisch, an den Sally und ich uns gesetzt hatten.

»Acht Centiliter«, erklärte er. »*Runter damit!*«

Wir stürzten gehorsam unsere Drinks herunter, dann sah Andreas uns an.

»Ich habe es mir anderes überlegt. Jetzt ist Schluss mit diesem Katz-und-Maus-Spiel. Wenn wir hier fertig sind, gehen wir los und holen ihn uns. Aber erst musst du die Pistole holen, Sara.«

Ich nickte und stand auf.

»Ich denke, ich ziehe einfach meine Schuhe aus, bleibe hier sitzen und warte auf euch«, sagte Sally. »Lausche der Klaviermusik und trinke einen kleinen Mojito oder so.«

»Ganz bestimmt nicht«, sagte Andreas streng. »Ich werde nicht hierher zurückkommen und einen leeren Stuhl vorfinden. Deine Wunde ist nur oberflächlich, sie ist nicht so gefährlich, wie es zunächst aussah. Wir bleiben zusammen.«

Sally presste die Lippen aufeinander. Sie sah aus, als würde sie gleich anfangen zu weinen.

»Komm schon, Sally«, sagte ich. »Er hat recht.«

»Fertig?«, fragte Andreas. »Dann los!«

Wir standen gleichzeitig auf und gingen zur Tür. Aus heiterem Himmel tauchte der blutige Gast wieder auf, jetzt deutlich betrunkener als noch vorhin. Er *schlang* geradezu seine Gliedmaßen um Sally herum und betrachtete ihre Wunde am Oberarm.

»Cool!«, sagte er mit Neid in der Stimme. »Theaterschminke?«

»Skalpell«, sagte Sally.

Der Gast sah ihr tief in die Augen.

»Warum hast du es immer so eilig?«, sagte er schmachtend. »Jetzt, da wir uns endlich gefunden haben?«

»Tut mir leid«, sagte Sally ernst, »aber ich muss gehen und einen Russen verprügeln.«

»Aha«, sagte der Gast verliebt. »Dann warte ich hier solange.«

Wir gingen hinunter zur Kabine und holten die Pistole, die ich lud. Dann fuhren wir mit dem Aufzug wieder nach oben und durchsuchten sämtliche Bars und Restaurants, ebenso wie das Casino und den Nachtclub auf den Decks neun, acht und sieben. Keine Spur von Sergej. Wir prüften den gesamten Spa-Bereich auf Deck sechs, inklusive Sauna und Dampfbad, Kinderschwimmbecken und Behandlungsräumen. Sergej war nirgends zu finden.

Wir arbeiteten uns durch die Personalräume auf Deck fünf, an den Autodecks vorbei auf den Decks vier und drei bis hinunter zu den Kabinen der Kategorie C auf Deck zwei. Schließlich standen wir in einem Gang auf Deck eins, weit unterhalb der Wasserlinie, im Bauch der Fähre.

»*Wo zur Hölle steckt er?*«, fragte Andreas übellaunig.

Aufs Geratewohl öffnete ich eine Tür, und wir betraten eine Großküche. Hinter einigen Glastüren gingen Tierkörper in der Kühlung, und unter den Edelstahltischen wurden riesige Mengen Mehl und Getreide in Säcken aufbewahrt. Große Schüsseln mit Hackfleisch drehten sich unter einem Rührgerät, ein gigantischer, mit Fleischresten bedeckter Fleischwolf stand in einer Ecke, und ein Stapel leere Eierkartons und Tüten mit Paniermehl deuteten darauf hin, dass hier Fleischbällchen produziert wurden. Auf der anderen Seite des Raumes lagen Unmengen an Fisch und Hummer auf den Spültischen bereit, um zubereitet oder filetiert und als Sushi serviert zu werden. Aber kein Mensch war zu sehen.

»Wo kann er sich nur verstecken?«, murrte Sally. »Ich sterbe vor Hunger, wenn ich nicht bald etwas zu essen bekomme.«

»Wir lassen das jetzt«, sagte Andreas. »Kommt, wir fahren rauf auf Deck acht. Ich glaube, dort befinden sich die meisten Restaurants.«

Wir verließen die Großküche und gingen den Gang entlang zu den Aufzügen. Es dauerte einige Minuten, bis ein Aufzug den Weg zu uns nach unten gefunden hatte. Wir starrten auf die Leuchtziffern, die angaben, auf welcher Etage er sich befand.

»Drei ... zwei ...«, zählte Sally. »Nun mach schon ... *eins!*«

Die Türen zum Aufzug öffneten sich, und wir stiegen ein und drückten auf die Acht.

»Ich könnte ein ganzes Pferd verdrücken«, verkündete Sally, während wir uns durch den Rumpf des Schiffes nach oben bewegten.

Auf Deck acht öffneten sich die Türen wieder, und wir stiegen aus. Und direkt vor uns stand Sergej. Unsere Blicke trafen sich, und alle vier blieben wir wie erstarrt stehen. Dann warf sich Sergej in einen Aufzug auf der anderen Seite des Foyers und betätigte eine Taste. Die Türen schlossen sich.

»*Verdammt!*«, schrie Andreas. »Zurück in den Aufzug!«

»Nein!«, sagte Sally und hielt ihn am Arm zurück, während sie unverwandt auf den Aufzug starrte, mit dem Sergej verschwunden war. »Benutz deinen Kopf und schau dir die Ziffern an!«

Wie angewurzelt standen wir dort und beobachteten, wie die kleinen Ziffern aufleuchteten, eine nach der anderen, ohne irgendwo anzuhalten.

»Drei ... zwei ... eins«, sagte Sally ruhig. »Wir haben ihn! Er ist unten in der Großküche.«

»Oder im Maschinenraum«, sagte ich. »Der lag auf dem gleichen Deck.«

»Wie auch immer.« Sally betrat wieder den Aufzug. »Jetzt holen wir ihn uns.«

Der Aufzug hielt auf Deck eins an, und wir stiegen aus. Sally legte einen Finger an die Lippen.

»Maschinenraum oder Küche?«, flüsterte sie.

»Maschinenraum«, sagte ich.

»Küche«, sagte Andreas im selben Moment.

Wir schlichen durch den Gang und kamen an einer kleinen Tür mit Codeschloss vorbei. Sally öffnete sie, und wir sahen hinein – es war eine Art fensterlose Zelle mit vier Pritschen.

»Die Ausnüchterungszelle«, flüsterte Sally. »Hier dürfen die Leute ihren Rausch ausschlafen.«

Wir schlichen weiter zu einer Tür, auf der *Maschinenraum* stand. Der Raum dahinter war hell erleuchtet, und es herrschte dort höllischer Lärm. Etwas weiter hinten arbeiteten ein paar Männer, aber niemand nahm Notiz von uns. Sergej hätte keine Möglichkeit gehabt, sich hier zu verstecken, ohne Fragen beantworten zu müssen.

Sally sah uns fragend an, und wir nickten beide in Richtung Gang.

Vor der Tür mit dem Schild Großküche zögerte Sally, wieder mit dem Finger an den Lippen. Dann riss sie die Tür auf.

Die Küche sah noch genauso aus wie eben. Die gleichen Tierkörper, die gleichen Fische auf den Tischen, die gleichen Mehlsäcke.

Mit einem Unterschied.

Mitten im Raum stand Sergej, ein großes Tranchiermesser in der Hand.

»*Well, well, well*«, sagte er, als er uns erblickte. »*How nice of you to stop by! You take directions very well, you know! Pity we won't be working together in the future, after all.*«

Als ich Sergej sah, wie er dort stand, mit dem Tranchiermesser fuchtelnd, mit dem irren Blick unter dem weißblonden Schopf und dem Grinsen, das sein Gesicht beinahe in zwei Hälften schnitt, begriff ich, wie irrsinnig die Idee gewesen war, ihn zu jagen. Wenn ich jetzt die Pistole zog, würde er unweigerlich angreifen. Wir hätten uns in unsere Dreibettkabine zurückziehen, uns einschließen und beten sollen, dass wir uns beim Landgang in Helsinki davonschleichen konnten.

Jetzt stand er hier vor uns, und wir hatten keinen Plan. Sergej dagegen schon.

»*Too bad about Mira*«, sagte er und sah mich schmollend an. »*S-s-s-Sara, was that really, really necessary?*«

Mit bedauernder Miene klopfte er sich auf die Brusttasche, in der wahrscheinlich sein Handy steckte.

»*I have it all on film, you know. You girls can be s-s-s-s-so violent!*«

Er blickte zu Andreas hinüber, der dort stand, das Trinkhorn aus Messing um den Hals.

»*We know that you have both the USB memory and the chip*«, sagte Sergej. »*Give them to me now ... or I'll hurt the kitty!*«

Sergej kicherte, mit weit aufgerissenen Augen. Seine Pupillen waren riesig.

»*The kitty, you know!*«, sagte er wieder zu Andreas und nickte aufgeregt in Sallys Richtung. »*The pussy cat! Maybe I'll lock her up ... with some rats?*«

Er lachte unkontrolliert über seinen Witz. Plötzlich packte er Sally, immer noch mit dem großen Messer in der Hand, und zwang sie zu einer kleinen Tür in einer Ecke der Küche. Er schob sie auf, und dort drinnen wimmelte es – unfassbar eigentlich –

vor Ratten. Ein paar liefen frei auf dem Boden herum und verschwanden hinten im Lager, die meisten aber waren in Käfigen oder Fallen gefangen. Sie kratzten an ihren Netzen und Gittern, und Sally schrie vor Entsetzen. Doch wenn Sergej gedacht hatte, Sallys Rattenphobie sei der richtige Weg, um zu bekommen, was er wollte, hatte er sich getäuscht. Sally rammte ihm ihr Knie in den Bauch, sodass er das Messer verlor, und rannte dann zu einer Wand des Raumes.

»*Jetzt!*«, schrie sie und schaltete das Licht aus.

Ich war wie erstarrt, völlig perplex. *Was sollten wir Sallys Meinung nach tun?* Es war stockdunkel in der Küche, das Einzige, was zu hören war, war die riesige Schüssel, in der sich die Hackfleischmasse langsam drehte. *Wo waren Sergej und das Messer?*

»*Give it to me!*«, schrie Sergej durch die Dunkelheit, und ich hörte die Schüssel krachend zu Boden fallen.

»*Never!*«, schrie Andreas. »*You'll have to kill me first!*«

»*Fine! I will, you s-s-s-stupid newspaper boy!*«

Noch mehr Schüsseln krachten zu Boden.

»*Give it back to me!*«

Das war Andreas' Stimme.

Und dann war ein anderes, schreckliches mahlendes Geräusch zu hören.

Es war der Fleischwolf, diese riesige, alles zermalmende Maschine, die in nur wenigen Minuten ein totes Rind in Hackfleischmasse verwandeln konnte und die Sergej gerade eingeschaltet hatte.

Sally schaltete das Licht wieder ein. Auf dem Tisch vor dem Fleischwolf stand Sergej, Andreas' Halsschmuck – das verschlossene Trinkhorn – baumelte von seiner Hand. Der Triumph in seinem Gesicht war unbeschreiblich.

»*Give it back!*«, schrie Andreas von der anderen Seite des rotierenden, spiralförmigen Fleischmessers.

»*No way, José!*«, erwiderte Sergej und machte einen Satz die Treppe neben dem Fleischwolf hinauf, wieder mit hoch erhobenem Messer. »*I have it! It's mine! And I will crush it!*«

Plötzlich sah Andreas überhaupt nicht mehr wütend aus, er blickte ganz freundlich drein.

»*I see*«, sagte er. »*But isn't crushing it a shame? I believe it actually comes from Butterick's.*«

Erneut lachte Sergej irre auf und ließ Andreas' Trinkhorn in den Fleischwolf fallen. Das knirschende Geräusch war beinahe unerträglich; nach ein paar Runden konnte von dem Horn nicht mehr viel übrig sein.

Sergej sah Andreas triumphierend an. Andreas wiederum sah mich an. Ich griff in meine Hosentasche und zog dann mit gespielter Verwunderung einen USB-Stick daraus hervor.

»*Is this what you were looking for?*«, fragte ich unschuldig.

Das Grinsen in Sergejs Gesicht erstarrte. Dann warf er sich brüllend herum, um die Treppe hinunterzurennen und sich auf mich zu stürzen.

Doch direkt neben der Treppe stand Sally bereit, stabil wie eine Ziegelsteinmauer. Es war nicht klar, ob sie einfach nur dagestanden und seinen Weg blockiert oder es ein Handgemenge gegeben hatte. Doch Sergej verlor das Gleichgewicht und fiel rückwärts direkt in den mahlenden Fleischwolf. Ich hielt mir die Ohren zu und schloss die Augen, um nicht mit ansehen zu müssen, was sich vor mir abspielte. Vermutlich schrie ich, aber das war nicht so leicht auszumachen, weil die anderen auch schrien.

Später fanden wir einen Müllschlucker, der groß genug war für den ziemlich schweren Müllbeutel mit Resten, die wir loswerden mussten. Dann fanden wir einen Waschraum für das Personal, direkt neben dem Maschinenraum, wo Sally und Andreas das Blut abwaschen konnten. Erst danach fuhren wir mit dem Aufzug auf Deck acht.

»Das muss dieser riesige Whiskey gewesen sein, den zu trinken du uns gezwungen hast«, sagte Sally, als wir vor den Restaurants standen und versuchten zu entscheiden, welches wir nehmen sollten. »Der hat mich irgendwie *standfest* gemacht. Und jetzt habe ich einfach nur noch Hunger! Was haltet ihr vom Buffet?«

»Von mir aus gerne«, sagte Andreas. »Kleiner Tipp: *Stay away from The Swedish Meatballs.*«

Ich stand an die Wand gestützt da.

»Ich bin dabei«, sagte ich, »wenn ich vorher einen weiteren anständigen Whiskey bekomme. Ich muss noch etwas standfester werden.«

Es ist immer der Einzelne, der hinter den ganz großen
Enthüllungen steckt. So ist es immer schon gewesen,
und so wird es auch in Zukunft sein.
Die Putzfrau des Spions Stig Wennerström, Carin Rosén, die eine
offene Dachbodenluke vorfand und dort auf dem Dachboden
geheime Mikrofilme entdeckte.
Björn Kumms Kontakt bei der Säpo, Ingrid Windahl, eine
20-jährige Mitarbeiterin der Reichspolizei, die sich getraut hat,
über das zu sprechen, was sie in den illegalen Registern entdeckt
hatte.
Oder Fritz Kolbe, ein unauffälliger Mitarbeiter des deutschen
Auswärtigen Dienstes während des Krieges, der sich nicht wohl
damit fühlte, die Korrespondenz der Nazis zu bearbeiten. Als er
zu den Engländern ging, wollten die nichts von ihm wissen, also
wurde er stattdessen einer der wichtigsten Informanten der
Amerikaner und trug maßgeblich zum Sieg der Alliierten bei.
Auch ein Einzelner kann Großes bewirken.

Für den Einzelnen ist die Entscheidung zu reden häufig mit großen Risiken verbunden. Manchmal wird er entlarvt und aus dem Verkehr gezogen; ganz einfach ausradiert. Ein anderes Mal wird er zum Helden.
Das kommt allerdings viel seltener vor.
Meist bekommt er Anerkennung, weil er die Wahrheit sagt, wird aber gleichzeitig verächtlich angeschaut, weil er als unzuverlässig gilt. Ein Verräter, ganz einfach. Snitch.
Fritz Kolbe wurde von der Gesellschaft verstoßen.
Warum tut er es dennoch? Ist er moralischer und verantwortungsbewusster als seine Mitmenschen? Ist er ein besserer Mensch als die anderen, mit feineren Werten und einer beachtlichen Menschenkenntnis?
Das glaube ich nicht. Ich glaube einfach, dass er wie auch ich es nicht aushält. Dass er es nicht länger schafft, mit Lügen und Heimlichtuereien zu leben und damit, dass andere Menschen die Wahrheit nicht erfahren und nicht wissen dürfen, was eigentlich passiert.
Es ist ein gefährlicher Weg. Wenn man sich für ihn entschieden hat, ist es schwer – um nicht zu sagen unmöglich –, ihn wieder zu verlassen.
Die Dinge passieren in immer schnellerer Geschwindigkeit, und man ist nicht mehr selbst in der Lage, den Prozess zu steuern. Es erinnert mich an den Moment, wenn man zusammen mit seinen Kindern mit einer Mischung aus Entsetzen und Begeisterung auf die höchste und längste Wasserrutsche geht und sich dann dem Wasserstrom ausliefern muss, der einen in albtraumhaftem Tempo hinabbefördert.
Aber möchte ich wirklich der kleine Fritz, die kleine Ingrid oder die kleine Carin sein?
Möchte ich ein kleiner Edward Snowden sein?
Ein Verräter?

Habe ich überhaupt noch eine Wahl?
Angst breitet sich in mir aus, und ich muss alles tun, um sie vor meiner Familie zu verstecken.
Überall meine ich, meine Peiniger und eingebildeten Mörder zu sehen. Sie stehen unten am Tor und bewachen das Haus. Oder sind es optische Täuschungen? Im nächsten Augenblick sind sie immer verschwunden.
Ich höre ihre Schritte im Flur, wenn ich spätabends noch arbeite und weiß, dass ich in dem großen Gebäude allein bin. Auch Einbildung? Oder laben sie sich daran, mir Angst einzuflößen, mich Gewicht verlieren und immer hohläugiger werden zu sehen? Ich sehe sie sogar zwischen den Bäumen und Büschen hier auf dem Land, obwohl das reine Einbildung sein muss. Ich stehe am Fenster und schaue in die helle Sommerdämmerung, und mein Blick sucht meine Verfolger. Wenn ich mein Spiegelbild sehe, bin ich entsetzt über die Person, auf die mein Blick fällt. Abgemagert, hohläugig und unrasiert starre ich an, was von meinem früheren Ich geblieben ist.
Ich muss ein Versteck finden, nicht für mich, sondern für mein Material. Und ich muss mich beeilen, denn wahrscheinlich sind sie schon auf dem Weg hierher.
Mein ganzes Dasein besteht nur noch aus Angst.
Angst und Entschlossenheit.
Heute Abend werde ich Sara schreiben.

Wir saßen im Restaurant und hatten gerade unsere Mahlzeit beendet. Andreas und ich hatten uns je ein Bier gegönnt, Sally aber trank nur Wasser. Sie war im Laufe des Gesprächs immer stiller geworden. Jetzt legte ich meine Hand auf ihre.

»Was ist los?«, fragte ich. »Geht es dir nicht gut?«

Sally nickte. Dann lehnte sie sich zurück und sah uns an.

»Ich finde das Ganze auch widerwärtig«, sagte Andreas. »Diesen Anblick wird man nie wieder los.«

»In meinem Kopf dreht sich die ganze Zeit die gleiche Frage«, sagte ich. »*Was ist aus mir geworden?* Ich war am Tod von zwei Menschen beteiligt.«

»Und das war vielleicht erst das Warm-up«, ergänzte Andreas verbittert.

Sally sah uns beide an.

»Ich bin schwanger«, sagte sie. »Andreas, du wirst Vater.«

Andreas und ich saßen mehrere Sekunden lang schweigend da. Dann setzten wir uns beide auf.

»Jetzt hör aber auf«, brachte ich hervor. »*Machst du Witze?* Du hast doch heute Abend Alkohol getrunken? Wie lange weißt du es schon?«

»Ich habe es schon eine Weile geahnt, habe mich aber nicht getraut, einen Test zu machen«, erklärte Sally. »Jetzt habe ich ihn jedenfalls gemacht, und so sieht es aus. Und heute Abend war ja auch irgendwie ein besonderer Abend, nicht wahr?«

»Warum hast du nichts gesagt?«

Sally antwortete nicht. Ich sah Andreas an. Er hatte einen Ausdruck im Gesicht, den ich noch nie zuvor gesehen hatte, und jetzt legte er seine Hände über die von Sally.

»Ist es wahr?«, fragte er leise. »Du verarschst mich nicht?«

Sally schüttelte den Kopf, und jetzt konnte ich sehen, dass sie Tränen in den Augen hatte. Sie sahen sich an, und plötzlich spürte ich, dass ich hier vollkommen überflüssig war.

»Hört zu«, sagte ich. »Ihr beide geht jetzt in die Kabine, ich werde euch nicht stören. Versucht, ein bisschen zu schlafen. Wir wissen nicht, was uns morgen erwartet.«

Die beiden sahen sich wortlos eine Weile an, dann standen sie gleichzeitig auf.

»Und du«, sagte ich zu Sally, »versuchst bitte, es ab jetzt etwas ruhiger angehen zu lassen, okay?«

Sally hob eine Augenbraue und verzog das Gesicht. Dann gingen sie Arm in Arm davon.

Ich blieb im Restaurant sitzen und sah in die Dunkelheit hinaus, in der die große Fähre durch das Wasser schnitt. Irgendwo hinter uns trieb Miras Leiche. Sergejs Überreste waren im Müllcontainer entsorgt, wo sie vielleicht seine Freunde, die Ratten, gefunden hatten.

Was war aus mir geworden?

»When they go low, we go high«, man war nicht besser als seine Feinde, wenn man sich der gleichen Methoden bediente. Andererseits: Hätten wir eine Wahl gehabt?

Ich bestellte noch ein Bier. Es gab keine Anzeichen, dass sich noch mehr BSV-Leute auf dem Schiff befanden; vielleicht hatten uns wirklich nur Mira und Sergej verfolgt.

Sally war schwanger.

Ich erschauderte, als ich daran dachte, was sie – allein seit wir an Bord gegangen waren – alles hatte durchmachen müssen. Und wir waren noch nicht in Helsinki angekommen.

Aber es war eine fantastische Neuigkeit: Wir bekamen ein Kind, um das wir uns alle drei kümmern konnten. Jetzt mussten wir wirklich einen Ort finden, an dem wir uns gut verstecken und bleiben konnten.

Gegen neun Uhr wollte die Kellnerin abkassieren, und ich verließ das Restaurant. Wummernde Musik beschallte die Tanzfläche, und die Bars waren gestopft voll mit fröhlichen verkleideten Menschen. Ich nahm die Treppe ein Deck tiefer, wo es vielleicht eine entspanntere Bar mit Musik geben würde.

Als ich auf dem Deck ankam, stand ich direkt vor dem Bällebad. Und dort hinter der Glaswand spielten zu meiner großen Verwunderung Titti und Theo, Anastasias Kinder. Sie machten Schwimmbewegungen mit den Armen, rollten sich herum, sprangen hinein und tauchten, doch es waren keine Laute zu hören. Das Ganze wirkte surreal: *Warum befanden sich Titti und Theo im Bällebad?* Als ich den Blick hob, sah ich Christos, Anastasias Mann, auf einer Bank gegenüber dem Bällebad sitzen. Er starrte mich an, und als sich unsere Blicke trafen, schüttelte er vorsichtig den Kopf, als ob er mich warnen wollte.

Wurde ich jetzt völlig verrückt?

»Guten Abend, Sara«, hörte ich eine wohlbekannte Stimme sagen.

Ich wirbelte herum, und da stand sie: Anastasia, genauso schön und gut gekleidet wie immer, mit ihren großen, dunkelblauen Augen und ihrem glatt gebürsteten, glänzenden Haar. Sie trug ein sehr schönes blaues Kleid und die schwarzen Overknees, die ich so mochte, und vermittelte mir ein bekanntes Gefühl von – so viel hatte ich inzwischen verstanden – trügerischer Sicherheit.

»Was hältst du von einem Plausch in Ruhe, nur du und ich?«, fragte Anastasia. »Dort in der Jazz-Lounge.«

Ich folgte ihr, und wir setzten uns an einen Tisch in der Ecke. Anastasia bestellte uns zwei Gläser Wein, ohne zu fragen, was ich haben wollte, dann wandte sie sich an mich.

»Sicher hast du ganz viele Fragen«, sagte sie. »Ich werde sie beantworten, so gut ich kann.«

Ich nickte. »Du bist also für den Teil des Widerstands verantwortlich, der sich abgespalten hat?«

»Das alles ist nicht ganz einfach zu erklären«, sagte Anastasia, »aber einige von uns finden, es ist an der Zeit, dass Fredrik in Rente geht. Seine Absichten sind gut, keine Frage. Aber er sieht nicht immer das Gesamtbild und das, was das Beste für den Widerstand ist.«

»Und was ist das Beste für den Widerstand?«

Anastasia verzog das Gesicht.

»Die Organisation braucht Geld«, sagte sie. »Nicht alle sind finanziell unabhängig, so wie Fredrik.«

Ich dachte über ihre Worte nach.

»Ihr habt Johan getötet«, sagte ich. »Und wahrscheinlich auch Salome?«

Anastasia lächelte.

»Das mit Johan ist meine Schuld«, sagte sie. »Das mit Salome nicht. Ich habe versucht, dich dazu zu bringen, dass du die Verbindung von BSV zur Mafia begreifst, und ich habe die abgetrennten Pferdeköpfe und die Mafia-Methoden erwähnt. Aber liebe Sara: *Du bist so naiv.*«

Sie strich mir rasch über die Wange. Ich saß ganz still da.

Anastasia hatte gerade den Mord an Johan gestanden.

Der Kellner kam mit dem Wein, und Anastasia bezahlte. Dann erhob sie ihr Glas.

»Zum Wohl«, sagte sie. »Auf das, was hoffentlich eine gute Zusammenarbeit wird.«

Ich rührte mich nicht. Anastasia verzog enttäuscht das Gesicht und nippte dann an ihrem Wein.

»Simåns?«, fragte ich. »Wart ihr das?«

Anastasia schüttelte den Kopf.

»Nein, auch damit hatten wir nichts zu tun«, sagte sie. »Das war BSV. Wir sind keine Tierquäler.«

»Gehört Berit zu dir?«

»Berit«, sagte Anastasia mit leichter Verachtung in der Stimme, »war eine ganz hervorragende Sekretärin. Ansonsten ... nein, sie gehört nicht zu mir.«

Sie warf einen Blick auf ihre Uhr.

»Wie du gesehen hast, habe ich meine ganze Familie mitgenommen«, sagte sie, »und ich muss gleich die Kinder ins Bett bringen. Was ich aber noch wissen möchte: Wirst du mir den USB-Stick und den Chip jetzt geben? Alle sind sich einig, dass du deinem Vater gefährlich ähnlich bist, und ich möchte ungern, dass diese Situation für uns beide unangenehm wird.«

Mein Hirn arbeitete auf Hochtouren.

»Okay«, sagte ich. »Vielleicht tue ich das. Aber du musst versprechen, die Verantwortung für alles zu übernehmen, was noch passiert, und uns freies Geleit garantieren. Wir wollen fahren können, wohin wir wollen, wenn wir in Helsinki ankommen.«

Anastasia lächelte.

»Natürlich«, sagte sie und legte die Hand auf meinen Arm. »Ich weiß, dass das Ganze für dich furchtbar anstrengend war, Sara, und es tut mir leid, was du alles durchmachen musstest. Aber jetzt ist es vorbei, das verspreche ich. Ab jetzt bist du wieder ein freier Mensch.«

»Das ist alles, was ich will«, sagte ich und stand auf. »Komm: Wir müssen in die Großküche hinunterfahren.«

»In die Großküche?«, fragte Anastasia verwundert.

»Es gab dort unten einen kleinen Zwischenfall.«

»Aha, und?«

»Wir haben das Material dort versteckt.«

Sie sah mich an, als zweifelte sie an meinem Verstand. Aber dann stand sie auf; die Möglichkeit lag in Reichweite, und sie gedachte nicht, sie verstreichen zu lassen.

Auf Deck eins stiegen wir aus dem Aufzug. Alles sah genauso aus wie vorher, die Großküche zur Rechten und der Maschinenraum ganz hinten. Anastasia und ich gingen den Gang entlang, und dann blieb ich stehen. Ich sah sie an.

»Ich hoffe, du nimmst es mir nicht übel«, sagte ich. »Schlaf gut, Ana.«

Dann schlug ich direkt über der Stirn hart zu, und sie sank zu meinen Füßen in sich zusammen. Ich öffnete die Tür zur Ausnüchterungszelle und zog sie dort hinein, dann ging ich zur Küche. Genau wie ich gehofft hatte, gab es dort Freezer Tape und Schnur, und damit fesselte ich sorgfältig Anastasias Hände und Füße. Dann klebte ich ihr den Mund zu und legte sie auf eine der Pritschen.

Anschließend verließ ich die Zelle, schloss die Tür und verriegelte sie.

Um 23:45 Uhr legte die Fähre in Mariehamn an. Ich stand auf Deck neun an der Reling und beobachtete, wie einige Personen Kisten ent- und verluden. Drei Personen in dunkler Kleidung gingen an Bord, aber es war unmöglich zu erkennen, um wen es sich handelte.

Ganz oben im Schiff fand ich eine Bank in einer verborgenen Ecke, und dort zog ich mich für die Nacht zurück. Ich deckte mich mit einer Feuerlöschdecke zu und hielt darunter die geladene Pistole fest in der Hand. Sollten sie doch versuchen, mich zu finden; für den Rest der Nacht hatte ich nicht vor, mich in der Öffentlichkeit zu zeigen. Ich war erschöpft und musste schlafen.

Die ganze Nacht über störte mich niemand.

Am Morgen ging ich hinunter zu unserer Kabine, in der Sally und Andreas waren, und klopfte an die Tür. Sie ließen mich ein, und es war deutlich zu sehen, dass sie die Nacht Seite an Seite in einem der Betten verbracht hatten. Jetzt schienen sie noch unzertrennlicher zu sein, und ich lächelte, als ich mich in das kleine Bad zurückzog.

»Ich gehe duschen«, rief ich zu ihnen hinaus. »Man weiß ja nie, wann man das nächste Mal die Gelegenheit dazu bekommt.«

»Ich dusche nach dir«, rief Sally durch die Wand zurück.

Als wir uns fertig gemacht hatten, gingen wir hinauf ins Frühstücksrestaurant. Es würde bald schließen, daher nahmen wir nur jeder ein Brötchen und einen Kaffee und ließen uns an einem Fenster nieder.

»Ich bin gestern Anastasia begegnet«, sagte ich. »Fühlt sich beinahe so an, als hätte ich es geträumt.«

»Wow«, sagte Andreas und runzelte die Stirn. »Was hast du mit ihr gemacht?«

»Ausnüchterungszelle«, sagte ich. »Dort habe ich sie jedenfalls zuletzt gesehen.«

Schweigend aßen wir. Es gab nicht mehr viel zu sagen.

»Was machen wir, wenn wir an Land sind?«, fragte Sally schließlich.

»Wir kommen am Olympia-Terminal an, wo Marcus uns treffen wird, nicht wahr? Was passiert dann?«

Ich schüttelte den Kopf.

»Wir nehmen ein Taxi zum Flughafen und hoffen, dass uns niemand folgt«, sagte ich. »Sucht euch ein Land aus.«

»Ich werde erst zur Ruhe kommen, wenn wir auf der anderen Seite der Erde landen«, sagte Andreas.

»Costa Rica«, schlug Sally breit grinsend vor. »Da wollte ich schon immer mal hin.«

Sie sah uns an.

»Was glaubt ihr, wie die Versorgung für Mütter dort ist?«

»Bestimmt ganz toll«, sagte ich.

Sally und Andreas lächelten einander an. Sogar beim Frühstück hielten sie Händchen.

»Ich möchte ein Katzenbaby«, sagte ich. »Diesmal ein kleines Mädchen.«

Sally lächelte aufmunternd.

»*Simona*«, lächelte sie. »Funktioniert international auch viel besser als *Simåns*.«

Nachdem wir gegessen hatten, gingen wir zur Kabine zurück und holten unsere Sachen.

»Willst du die Pistole bei dir tragen, oder soll ich sie in die Tasche mit dem Geld legen?«, fragte Andreas.

Ich überlegte. Ich hatte nicht die geringste Lust, die Waffe zu tragen, aber jetzt war nicht die Zeit für Empfindlichkeiten.

»Ich nehme sie«, sagte ich.

Ich steckte die geladene Pistole in den Hosenbund, dann fuhren wir aufs Oberdeck. Die Fähre passierte unzählige Untiefen und Schären, und ein Stück weiter vorn näherte sich langsam Helsinki. Ich hatte Finnlands Hauptstadt immer geliebt: Sie wirkte – mit dem großen Dom im Hintergrund – gleichzeitig mächtig und übersichtlich. Das Olympia-Terminal lag auf der linken Seite des Hafens, und dorthin steuerte unser Kapitän die große Fähre in gemächlichem Tempo. Es fühlte sich an wie eine Ewigkeit, bis wir endlich am Kai lagen. Mein ganzer Körper kribbelte.

Wo war Marcus?

Was sollten wir jetzt tun?

Wir schlossen uns dem großen Strom aussteigender Passagiere an, von denen viele nach den Ausschweifungen der Nacht in schlechtem Zustand zu sein schienen. Es bildete sich eine lange Schlange, und ich spürte, dass ich es nicht aushalten würde, mich ruhig hinten anzustellen.

»Kommt mit«, flüsterte ich Sally und Andreas zu, und dann gingen wir schnellen Schrittes an der Schlange vorbei.

Niemand protestierte. Vielleicht dachten sie auch, wir gehörten zum Personal. Wir gelangten zum Ende der langen verglasten Gangway und mussten erneut unsere Pässe zeigen, aber auch dieses Mal versuchte niemand, uns aufzuhalten. Dann waren wir draußen auf dem Kai.

Es war ein sonniger Novembertag mit hellblauem Himmel und dünnen Wolkenschleiern. Am Kai herrschte reges Treiben: Leute standen in Grüppchen zusammen und warteten auf Reisende; Autos parkten ein oder fuhren mit gerade Angekommenen davon. Von Marcus keine Spur. Sally, Andreas und ich blieben eine Weile stehen, unsicher, was wir tun sollten. Dann passierte alles sehr schnell.

Eine Person stellte sich vor mich, und als ich aufblickte, erkannte ich C-F, mit einer Waffe in der Hand. Erschrocken keuchte ich auf, und in diesem Moment ergriff er mein Handgelenk und rannte los. Vom Gehstock mit dem Silberknauf keine Spur; ohne jedes Hilfsmittel lief er wie ein junger Mann. Von links dröhnte ein Schuss, und die Leute begannen zu schreien. Als ich in die Richtung sah, aus der der Schuss gekommen war, traute ich meinen Augen kaum: Zehn bis fünfzehn Personen verteilten sich über das Gelände, alle mit gezogenen Waffen. Tobias und Frasse erkannte ich wieder. Ich begriff, dass BSV uns erwartet hatte und sich jetzt den USB-Stick und den Code holen wollte.

»*Shit!*«, schrie Andreas hinter mir.

Ich versuchte, mich aus C-Fs Griff loszureißen, doch es gelang mir nicht, und da er eine Waffe hatte, wollte ich auch nicht mehr riskieren. Hinter C-F und mir rannten genauso geduckt und im Zickzack wie wir Sally und Andreas. Andreas hielt die Tasche mit dem Geld umklammert, unser übriges Gepäck stand immer noch auf dem Kai.

Noch ein Schuss ging los, dieses Mal kam er von rechts. Ich sah auf und sah Marcus auf dem Flachdach des Terminals direkt neben uns. Neben ihm standen Dragan und Jonathan, alle bewaffnet, und hinter ihnen Therese mit weiteren Personen, die ich nicht kannte. Wieder ein Schuss von links, und Jonathan fiel auf die Knie.

C-F rannte mit mir um das Gebäude herum, dann waren wir plötzlich in einer Sackgasse und mussten anhalten. Schwer atmend versuchten wir, wieder zu Atem zu kommen. C-F zielte mit der Waffe direkt auf mich. Hinter uns hörten wir das Geräusch von Schüssen aus mehreren Richtungen und viele schreiende Menschen. In weiter Entfernung waren Polizeisirenen zu hören, die sich zu einem lauten, klagenden Gesang vermischten.

»Sie sind so verdammt ... *dumm*, Sara«, stieß C-F hervor und mühte sich, wieder zu Atem zu kommen. »*Ich habe Ihnen alles geboten*, begreifen Sie das nicht?«

»Ist es nicht ziemlich offensichtlich ...«, keuchte Andreas, die Hände auf den Knien abgestützt, »... dass Sara *abgelehnt* hat?«

C-F warf ihm einen hasserfüllten Blick zu.

»Sie halten besser den Mund, wenn Sie nicht von einer Kugel durchbohrt werden wollen«, sagte er leise.

Dann sah er mich an.

»Ob Sie uns stoppen, spielt keine Rolle«, sagte er. »Wir werden es beim nächsten Mal einfach besser machen, in einer nicht allzu fernen Zukunft.«

»*Warum ich?*«, fragte ich, mehr um Zeit zu gewinnen als um eine Antwort zu bekommen.

»Warum gerade ich: *eine unfreiwillige Mitarbeiterin?*«

C-F sah mich verwundert an und schüttelte leicht den Kopf.

»Sie haben es immer noch nicht begriffen«, stellte er fest. »Es war nicht Ihr Vater, für den ich eine Schwäche hatte, *es war Ihre Mutter*. Sie war meine große Liebe, und wir hatten hinter dem Rücken Ihres Vaters ein Verhältnis. Dann fand er es heraus, und wir beendeten die Beziehung. Deshalb holte ich ihn zu BSV, auch wenn er es damals noch nicht verstand: als eine Art Kompensation dafür, dass er sich so gut um Sie kümmerte.«

Mein Hirn weigerte sich, die Information zu verarbeiten.

C-F sah mich beinahe liebevoll an.

»Du bist mein einziges Kind«, sagte er, »und ich brauche einen Nachfolger. *Osseus.* Der Kern des Skeletts. Die Familie! Sara, ich bin dein biologischer Vater! *Dein richtiger Vater!*«

Krachend wie Dominosteine fielen die Puzzleteile an die richtige Stelle. Mamas Worte, bevor sie starb:

»*Eins kann ich dir jetzt schon sagen, weil du das unbedingt wissen musst. Ich habe deinen Vater enttäuscht ... Und das hat mit diesem Siegel zu tun. BSV ...*«

Ihre Texte im Tagebuch: »*Er hat lange gebraucht, um über meine Untreue hinwegzukommen, aber es ging ... Kommt diese Geschichte jetzt zurück und verfolgt uns?*«

Und dann das Video, in dem sie so deutlich gesagt hatte: »*Ich wollte Papa nie traurig machen. Denk daran, Sara ... Er ist immer so gut zu Lina und dir gewesen.*«

Ich schlug die Hände vors Gesicht, gleichzeitig hörte ich Sallys Stimme hinter mir.

»Das ist Bullshit«, sagte sie voller Verachtung.

Ich drehte mich zu Sally um, und für einen kurzen Augenblick schienen unsere Blicke ineinander zu verschmelzen. Plötzlich begriff ich, warum sie C-F so anging: Dieses Thema war auch für sie wichtig, aus ganz eigenen Beweggründen.

C-F drehte den Kopf und sah Sally an, die seinem Blick trotzig aus ihren blaugrünen Katzenaugen standhielt.

»Sie werden nie Saras Vater sein«, sprach sie weiter und hob das Kinn ein wenig. »*Lennart* war ihr richtiger Vater, egal, wessen Blut in ihr fließt. Sie ähnelt *ihm*, nicht *Ihnen!* Und er wird bis an ihr Lebensende ihr Vater sein.«

Ich öffnete den Mund, um etwas zu sagen, um Sally zu unterstützen und ihr in dem, was sie gesagt hatte, zuzustimmen, doch ich kam nicht mehr dazu. Wie in Zeitlupe sah ich, wie C-F seine rechte Hand hob, mit der linken abstützte und mit der Waffe auf Sallys Bauch zielte.

Andreas und ich schrien gleichzeitig auf, doch es war zu spät. C-Fs Finger betätigte wieder und wieder den Abzug. Er pumpte Bleikugeln in Sallys Körper, ich drehte mich um und beobachtete, wie sie auf dem Asphalt zusammenbrach und ihr Körper unter jeder neuen Kugel zuckte, genau wie es bei Bella gewesen war. C-F hörte nicht auf zu schießen, bis die Waffe leer war.

Der Himmel spiegelte sich in Sallys Blick. Ein Rinnsal aus hellrotem Blut lief aus ihrem Mundwinkel. Mein Herz brach.

Ich dachte nicht nach, sondern warf mich herum, zog die Pistole aus meinem Hosenbund und richtete sie direkt auf C-Fs Gesicht. Ich sah das Entsetzen in seinen Augen, die weit aufgerissen waren, sah, wie der Blick darin von eiskalt zu flehend wechselte.

»Sara«, sagte er mit beschwörender Stimme. »*Überleg es dir. Ich bin dein Vater!*«

Mein Zeigefinger betätigte den Abzug, wieder und wieder, die Pistole zunächst auf C-Fs Gesicht gerichtet, dann auf sein Herz, seinen Brustkorb, seinen Bauch. Rote Flecken wuchsen auf seiner Kleidung wie große Blüten, die in alle Richtungen wucherten; vor meinen Augen wurde C-F über und über mit einer wahnsinnigen Blütenpracht bedeckt, bis er schließlich in einer Art spektakulärer Schönheit liegen blieb.

Blutblume, dachte ich apathisch, während die Waffe in meiner Hand ein leeres Klicken von sich gab. *Am Ende hat sie ihn doch geholt.*

Marcus stand vor mir auf dem Dach. Er hielt sich den einen Arm, als wäre er verletzt, und er schrie uns an, doch ich verstand nicht, was er wollte. Hinter mir hörte ich ein Brüllen, und als ich mich umdrehte, sah ich Andreas über Sallys totem Körper liegen. Die Laute, die aus seiner Kehle drangen, wirkten unmenschlich, genauso wie der Blick in seinen Augen, als er zu mir aufsah.

Sally, meine wunderbare loyale Freundin, war tot und fort.

Auch C-F war tot und fort. Aber als ich Andreas ansah, hallte C-Fs Stimme in meinem Kopf wider:

»*Ich verstehe nicht, warum Sie so beharrlich an der Idee festhalten, der Tod könnte die schlimmste aller Alternativen oder die empfindlichste Strafe sein … Für viele Menschen ist es genau umgekehrt: Gezwungen zu sein, weiterzuleben, ist die schlimmste mögliche Strafe.*«

Ein Auto hielt mit kreischenden Bremsen direkt vor uns. Nadia sprang auf der Beifahrerseite heraus, Gabbe auf der Fahrerseite und Rahim vom Rücksitz aus. Sie beförderten mich auf den Beifahrersitz, und dann trugen sie zusammen den brüllenden Andreas weg und klemmten ihn zwischen sich auf dem Rücksitz ein.

Ein paar Sekunden später waren wir unterwegs.

EPILOG

Ein bitterkalter Winter hat sich wie eine dicke Decke über Schweden gelegt, dazu gemacht, die Menschen zu wärmen, aber auch dazu, sie zum Schweigen zu bringen und zu begraben. Die Bewegungen der Menschen haben sich verlangsamt; ihre Herzen sind verkrüppelt; ihre Träume beschränkt. Sie wissen, dass ein Sommer kommt, aber gerade fühlt er sich sehr weit weg an. Besser Energie sparen, sich zurückhalten, ruhig liegen bleiben. In eine andere Richtung sehen. Und sich vielleicht sogar von der großen, dicken Winterdecke einhüllen lassen und sich ihrer einschläfernden Kraft, ihrer betäubenden Umarmung ergeben. Irgendwann wird es wieder Frühling, und dann kann man langsam unter der Decke hervorkommen.

Irgendwann muss man Farbe bekennen und zeigen, dass man bereit ist zu handeln.

»*Costa Rica*«, schlug Sally breit grinsend vor. »*Da wollte ich schon immer mal hin.*«

Wo ich mich jetzt befinde, gibt es keinen Winter, jedenfalls nicht nach schwedischen Maßstäben. Hier ist es warm und angenehm, sogar im Meer. Vögel piepsen und zwitschern, Reptilien und Insekten knacken und knistern und knirschen, Säugetiere schnattern und plappern. Die Blumen schießen in die Höhe und schlagen in farbenprächtigen Feuerwerken aus, mit einer Fülle von Farben und Mustern an Blättern, Stängeln und Stempeln, die alles übertrifft, was ich je gesehen habe. Unbändiges Leben. Ich nehme Düfte und Anblicke in mich auf, ich lasse mich bereichern, ich sammle Mut.

Die Trauer hat mich klüger werden lassen.

Direkt nach einem Vorfall ist die Suche an Grenzkontrollen und Flughäfen – genau wie Andreas gesagt hat – immer besonders sorgfältig. Je mehr Tage vergehen, desto leichter werden Kontrolleure nachlässig, und schon kann jemand durch die Maschen schlüpfen.

Auf der anderen Seite des Meeres sind die Maschen ohnehin viel durchlässiger. Gabbe, Nadia und Rahim waren nachts in Mariehamn auf die Fähre zugestiegen, um uns zu helfen. Nachdem wir das Terminal verlassen hatten, fuhren sie uns durch Finnland zu einem kleinen Hotel in der ostfinnischen Grenzstadt Niirala, wo Andreas sich ein paar Wochen lang schreiend und trinkend mit seiner schlimmsten Trauer auseinandersetzen konnte, während wir unser Möglichstes taten, um ihn aufzufangen. Von dort aus gab es eine Zugfahrt in einem stinkenden Güterwaggon bis nach Moskau und vom Bahnhof einen Spaziergang durch den ersten Schnee bis zum Budapest Hotel, wo niemand Fragen stellte.

Danke, Edward Snowden, für deine deutlichen Spuren von Hongkong aus, Fußabdrücken gleich, denen man so leicht folgen konnte.

Und danke, geliebte wunderbare Sally, für eine Tasche voller US-Dollar in unmarkierten Scheinen, die auf der ganzen Welt eingesetzt werden können.

Der Rest ist gleichzeitig Geschichte und Zukunft, um nicht zu sagen Gegenwart. Oder Jetztzeit.

All in good time, wie der Engländer und C-F zu sagen pflegten.

Sally wurde an einem eiskalten, aber schönen Dezembertag auf dem Nordfriedhof in Örebro beerdigt, in einem Grab, das nur ein paar Reihen von den Gräbern meiner Eltern entfernt lag. Fredrik reiste von Stockholm dorthin und sorgte dafür, dass wir später Fotos zu sehen bekamen.

Marcus' Arm ist nach der Schussverletzung wieder verheilt, aber er wird seine Arbeit bei den Sonderkommandos nicht mehr ausüben können. Worüber ich froh bin.

Jonathan, Tobias und Therese fanden bei den Schießereien am Olympia-Terminal den Tod: Jonathan und Tobias noch an Ort und Stelle, Therese in einem Krankenwagen auf dem Weg ins Krankenhaus. Die Medien hatten das Ereignis als »die Olympia-Schießerei« bezeichnet und behauptet, es habe sich um eine Schießerei zwischen rivalisierenden Drogenkartellen gehandelt. Und das stimmte zumindest zu einem ganz kleinen Teil.

Laut Marcus arbeitet Lina immer noch im Haus im Djurgården, aber sie ist jetzt sehr schweigsam und verschlossen. Er wird versuchen, ihr zu helfen, damit sie und ich irgendwann wieder vereint werden können. Und das Rätsel um den Code ist gelöst: Er hätte eine Kettenreaktion in Gang setzen sollen, die ganz Schweden zum Stillstand bringen würde.

Als sich das Flugzeug irgendwo mitten über dem Atlantik befand, öffnete Andreas seine geballte Faust und betrachtete den kleinen USB-Stick. Dann sah er mich an. Er hatte mindestens zehn Kilo verloren und tiefe dunkle Ringe unter den Augen, aber er war am Leben. Eine Entscheidung, die – wie er immer wieder erklärte – auch widerrufen werden konnte.

»Das hier«, sagte er sicher zum zwanzigsten Mal und schüttelte die Faust, die den kleinen Stick hielt, »muss *weltweit* veröffentlicht werden. Das sind wir ihr schuldig!«

Die Sonne glitzert in den Wellen vor mir. Zu meiner Linken sehe ich, wie Andreas an der Wasserlinie entlang herüberkommt.

Seine Stirn liegt in tiefen Falten, sein Rücken ist gebeugt, aber endlich hat er wieder Farbe bekommen. Und er ist am Leben, für den Moment jedenfalls.

Das Katzenbaby liegt auf meinem Schoß. Sie hört bereits auf den Namen Simona, und ich sehe die Narben der Blutblume an meinen Fingern, wenn ich ihr Fell streiche.

Ich versuche, die Gedanken an C-F, meinen biologischen Vater, zu verdrängen, und daran, was es für mich bedeutet, seine DNA in mir zu tragen.

Manchmal schenke ich Anastasia einen stillen Dank – obwohl sie hinter dem Mord an Johan gesteckt hat und trotz allem, was passiert ist – für ihre Freundschaft und anfängliche Unterstützung und für den ersten Kontakt mit Fredrik. Und natürlich für das so treffende Sprichwort: *Rache ist ein Gericht, das am besten kalt serviert wird.*

All in good time.

Marcus' braune Augen, ganz nah vor mir im Nieselregen am Kai in Värtahamnen, die glitzernden Lichter der großen Fähre fast direkt neben uns. Wie er mein Gesicht zwischen seinen Händen hielt und mich küsste, wieder und wieder, während Sally und Andreas schon zum Check-in vorgingen.

»Wohin auch immer du gehst, ich folge dir«, wiederholte er. »Sobald du dich entschieden hast zu handeln und mir ein Signal gibst, fange ich an zu suchen. Glaub mir: Ich werde dich finden, und dann kann uns nichts mehr trennen.«

Ich lächelte und sah in seine dunklen Augen.

»Was ist, wenn wir nicht zusammenpassen?«, fragte ich. »Wir kennen uns ja kaum.«

Marcus erwiderte mein Lächeln, ganz nah an meinem Gesicht.

»Das werden wir dann sehen. Wer nicht wagt, kann nicht gewinnen.«

Aber die Liebe ist die größte unter ihnen.

Das Tuten der Fähre, das ankündigte, dass es an der Zeit war, an Bord zu gehen. Unsere Lippen noch einen Augenblick aufeinander, unsere Hände, die verschlungenen Finger, die einander nicht loslassen wollten. Schließlich nur noch das Gefühl, das seine warmen Finger hinterlassen hatten, ein Gefühl, das ich noch spürte, während ich den Kai entlang zur Gangway ging.

Bald werden wir alle wieder zusammen sein, und bald werde ich unsere Retter Nadia, Gabbe und Rahim wiedersehen. Bald werden Andreas und ich versuchen, unser Leben weiterzuleben.

All in good time.

Heute haben alle Zeitungen und Medienkanäle das Material erhalten. Jetzt heißt es warten.

Dear Sir/Madam, ich wende mich an Sie, weil Sie Chefredakteur oder verantwortlicher Herausgeber einer Zeitung oder eines anderen Pressekanals (Funk, Fernsehen oder internetbasiertes Medium) sind und ich Sie respektiere. Im Anhang finden Sie Dokumente, und ich wäre Ihnen sehr verbunden, wenn Sie einen Blick darauf werfen würden. Ich habe viel auf mich genommen, um dieses Material zusammenzutragen. Andere Menschen mussten leiden, anfangs ohne mein Wissen, um zu verhindern, dass es Sie erreicht. Deshalb wäre ich Ihnen sehr verbunden, wenn Sie sich die Mühe machten, alles auf seine Echtheit zu prüfen, bevor Sie es ad acta legen. Dabei werden Sie herausfinden, dass alle Dokumente, die ich diesem Schreiben beigelegt habe, authentisch sind. Ich kann verstehen, dass das anfangs schwer vorstellbar ist, weil das Material so umfangreich, tiefschürfend und entlarvend ist für eine Vielzahl führender Persönlichkeiten. Es berührt nicht nur mein Land, sondern eine Vielzahl weiterer Nationen überall auf der Welt. Mir ist bewusst,

dass die Veröffentlichung dieses Materials schwerwiegende Folgen für viele Menschen haben wird, nicht nur in Schweden. Unsere ökonomischen Systeme sind verzweigt und international. Selbst auf Verteidigungs-, Handels- oder Migrationsebene oder im Bereich Arbeitskraft und Umwelt wird kooperiert.
Ich hoffe, dass Sie sich nicht vom Umfang des Materials oder den eventuellen Konsequenzen von einer Publikation abhalten lassen, sondern es der Allgemeinheit zugänglich machen. Alle Mitbürgerinnen und Mitbürger haben das Recht, dies alles zu erfahren. Dies macht den Kern einer Demokratie aus, genauso des journalistischen Auftrags. Die Bevölkerung soll bestimmen. Aber ohne Wissen und Information kann niemand eine bewusste Wahl treffen. Eine Spur zu mir werden Sie nicht finden. Ich hingegen werde voller Zuversicht darauf warten, dass das Material in den Medien auftaucht. Vielleicht sollte ich noch anmerken, dass ich das gesamte Material gleichzeitig an Redaktionen auf der ganzen Welt geschickt habe. Manche werden es sicher sofort ablehnen, anderen wird ein Maulkorb verpasst. Trotzdem hoffe ich sehr, dass es jemand wagt, der Erste zu sein, der alles veröffentlicht.
Mein Vater hat mit der Zusammenstellung dieses Materials begonnen, und das hat dazu geführt, dass er gefoltert und hingerichtet wurde. Ich bin die Tochter meines Vaters, und es ist mir wichtig, mit dem, was er nicht abschließen konnte, weiterzumachen und seine Lebensaufgabe zu beenden.
Während ich daran arbeitete, wurde ein geplanter Angriff gegen Schweden aufgedeckt, der – wenn er erfolgreich durchgeführt worden wäre – verheerende Konsequenzen sowohl für die Ostseeregion als auch für große Teile der westlichen Welt gehabt hätte. In aller Kürze ging es darum, Russland – und im Weiteren auch den USA – zu helfen, ihre Macht rund um die Ostseeregion auszubauen.

Russland hat großes Interesse daran bekundet, seinen Einfluss auf die drei baltischen Staaten Estland, Lettland und Litauen auszubauen und sich strategisch auf der schwedischen Insel Gotland zu positionieren. Um dies durchführen zu können, hatte man der Organisation BSV (siehe Dokumentation) hohe Summen für deren Hilfe angeboten, und BSV hat eingewilligt. Zunächst hat BSV über einen längeren Zeitraum, über die Massenmedien und auf andere Weise, die politische Lage in Schweden aktiv destabilisiert. Parallel dazu hat man zahlreiche Trojaner in Stellung gebracht – die mithilfe eines einzigen Codes aktiviert werden können –, und zwar sowohl bei den schwedischen Streitkräften als auch bei Institutionen der schwedischen Infrastruktur. Umfassende Experimente mit Stromausfällen, die dazu führen, dass wesentliche Teile der gesellschaftlichen Funktionen ausgeschaltet werden, fanden gleichzeitig statt. Als Schweden nach der Wahl 2018 gezwungen war, mit einer sogenannten Übergangsregierung zu leben, die rein formal keine großen, essenziellen Entscheidungen fällen kann, schien der Zeitpunkt für den Angriff gekommen.
Der Plan für die Übernahme der Ostseeregion sah so aus: Wenn der Code aktiviert worden wäre und die Trojaner begonnen hätten, ihre Aufgabe zu erfüllen – nämlich massiv die Stromversorgung, das Bankwesen, das Internet, Basisstationen für Telefonie, Radio und Fernsehen sowie andere Infrastruktur in ganz Schweden auszuschalten –, wäre das gesamte Land sofort ausgebremst gewesen, und die Situation hätte die volle Aufmerksamkeit der Übergangsregierung verlangt. Man hätte nur sehr wenig Energie und Zeit in die Überwachung etwaiger Angriffe gegen unsere Nachbarländer investieren können, und Russland hätte damit rund um die Ostsee leichtes Spiel gehabt. Natürlich hätten auch die USA und die NATO gehandelt, und in unserem unmittelbaren Umfeld wäre eine äußerst volatile Situation

DANK

Zunächst ein großes DANKESCHÖN an alle Leser für euer fantastisches Feedback. Es hat so gutgetan, eure Kommentare in Rezensionen, Blogs, bei Instagram und Facebook sowie in einigen Fällen per E-Mail und in Briefform lesen zu dürfen – wie wunderbar, dass ihr so engagiert seid und dass ihr bis zum Schluss drangeblieben seid!

Ebba Barret Bandh, Carolina Starck, Fanny Wetterdal und Claes Ericson, zusammen mit dem Rest der Mannschaft bei Bookmark – DANKE, dass Ihr diese Trilogie angenommen und euch seit Tag eins so fantastisch darum gekümmert habt! Ihr seid die Besten!!!

Anne Löfroth, seit vierzig Jahren meine Freundin und externe Redakteurin für meine Bücher – DANKE, dass du unverdrossen auch samstagsabends um 23:30 Uhr meine Fragen beantwortet und dann all meine dummen Fehler im Text gefunden hast!

Johanna Mo, ebenfalls externe Redakteurin, DANKE für deine knochentrockenen, aber gleichzeitig so klugen Kommentare dazu, wie man die Handlung verbessern kann! Ich hoffe, dass wir auch in Zukunft zusammenarbeiten!

Judith Toth, Joakim Hansson, Anna Frankl und dem Rest der Mannschaft bei Nordin Agency – DANKE, dass ihr meine Babys in die große weite Welt mitnehmt und ihnen ein internationales Publikum verschafft!

Wilhelm Agrell, Professor für Geheimdienststudien am Staatswissenschaftlichen Institut in Lund – DANKE für Humor, Wärme, Klugheit und wunderbare Anekdoten!

DANKE an Jesper Tengroth, Pressesprecher des Hauptquartiers der Streitkräfte, dafür, dass du mich in die Hochburg der Macht eingelassen und so informativ und humoristisch in Saras zukünftigen Arbeitsplatz eingeführt hast! Du bist der Einzige hier, der im Buch physisch vorkommt.

Lukas Nordström, DANKE für herrliche Geschichten dazu, was es bedeutet, beim schwedischen Militär zu dienen!

Daniel Redgert und Love Norlin, ihr schlauen Meister der PR der ganz hohen Schule: DANKE für eure gute Presse rund um diese Trilogie sowie für fantastische Release-Veranstaltungen!

Rechtsanwältin Sara Pers-Krause, DANKE für eine immer wieder wunderbare Zusammenarbeit rund um meine Verträge und Romane und dafür, dass du immer darauf achtest, dass ich nicht verklagt werde und hinter schwedische Gardinen komme!

DANKE an Tony Sandell und Björn Fröling für intelligentes Lesen und kluge Anmerkungen!

Maria Boström, du hübsche finnlandschwedische Stylistin und heute unvergleichliche Künstlerin, DANKE, dass du dir bei jedem Fotoshooting die Zeit nimmst, ein Wunder an mir zu vollbringen!

DANKE an die Fotografin Anna-Lena Ahlström für fantastische Bilder und immer wieder lustige Shootings!

Der Designerin Elina Grandin wieder einmal DANKE für die schönsten und magischsten Umschläge, die meine Bücher je hatten!

Jocke »Dee« und Linda »Lady Dee« Dominique, Stefan »Lord Kekke« Ekebom sowie der gesamten Band mit Magnus Bengtsson, Tomas Bergqvist, Johan Lyander, Per Dückhow und Johan Håkansson: DANKE für all die magischen Proben und Auftritte vom Café Opera und der NK-Buchhandlung bis zum Fotografiska Museum, der Buchmesse in Göteborg und im Josefinas! Ihr HABT ES DRAUF, lässt »Bag Lady Lou«, ausrichten!

DANKE an alle Journalisten und Redakteure, die ihr mich eure authentischen, bereits veröffentlichten Texte habt im Buch verwenden lassen! Ihr gehört zu den wichtigsten Berufsgruppen in unserem Land!

An dieser Stelle möchte ich nicht unerwähnt lassen, dass die Zeitung *Dagens Nyheter* im Besitz der Bonnier-Gruppe – Schwedens größte Morgenzeitung – sich auch dieses Mal als einzige Zeitung/Nachrichtenquelle konsequent entschieden hat, NEIN zur Nutzung von Auszügen aus auch nur einem ihrer veröffentlichten Artikel zu sagen. Diese interessante Nachricht bedeutet natürlich Zündstoff für die Fantasie des zu Verschwörungstheorien veranlagten Lesers. Die Entscheidung hat die Redaktionsleitung der DN getroffen, sie kam, kurz bevor das Buch in den Druck gehen sollte und ohne weitere Erklärung. Das bedeutete sowohl für den Verlag als auch für meine Redakteurin Anne Löfroth, am Osterwochenende (als ich verreist war) in einem »Feuerwehreinsatz« Ersatztexte zu beschaffen – vielen, vielen DANK für diesen wichtigen Einsatz! Dem Leser entgeht somit das schöne Interview von Lena Sundström mit Edward Snowden, veröffentlicht bei *DN*, was mir wirklich leidtut. Das Material anderer Zeitungen durfte jedoch verwendet werden, was man auch so auslegen könnte, dass keine noch so wichtige Nachrichtenquelle unersetzbar ist.

Neben den hier genannten Personen haben mir einige Personen, die nicht namentlich in Erscheinung treten möchten, mit wichtigen Hintergrundinformationen geholfen. Ihre Namen nicht zu veröffentlichen war eine Bedingung für ihre Mitarbeit, da ihre Nennung als Quellen Konsequenzen für ihre Berufsausübung haben könnte. Einen großen DANK – ihr wisst, wen ich meine!

Zum Schluss: ein riesiges DANKESCHÖN an meinen fantastischen Mann Calle, meinen Sohn Puffe und meine Tochter Elsa *für eure unerschütterliche Unterstützung während des gesamten Schreibprozesses!* Ihr habt gelesen, mich angefeuert, protestiert, eigene Ideen beigetragen und mich unterstützt, wenn ich ins Wanken geraten bin. Ihr habt Lieder für Auftritte vorgeschlagen, ihr habt mich mit Nahrung versorgt, wenn ich mich nicht von meinem Computer lösen konnte, und ihr habt mich schlafen lassen, wenn ich bis vier Uhr morgens gearbeitet habe. Ihr seid ganz einfach die beste Familie, die ich mir hätte wünschen können, und ich liebe euch alle von ganzem Herzen! Meinen Kindern möchte ich außerdem sagen: Vergesst niemals, dass wir in unserer Familie genauso denken wie Sara und die schwedischen Streitkräfte: »AGU: Aldrig Ge Upp!«

Und in diesem letzten Moment möchte ich euch auch noch unsere Familiendevise mit auf den Weg geben, die mir während der Entstehung der gesamten Trilogie geholfen hat: »*Work hard – play hard*«. DANKE an all unsere lieben Freunde, Verwandten und Kollegen, die mich dazu ermuntert haben, genau das zu tun!

Stockholm, im Mai 2019

Die Autorin

EIN AUSSERGEWÖHNLICHER KRIMI NOIR AUS DER TRENDSCHMIEDE KOREA

Südkorea, 1993: In der Hafenstadt Busan ist das Verbrechen allgegenwärtig. Um hier zu überleben, ist den Gangstern jedes Mittel recht. Auch Huisu ist mit allen Wassern gewaschen. Als rechte Hand von Old Son, dem Kopf von Guams Unterwelt, erledigt er seit zwanzig Jahren routiniert die Drecksarbeit. Egal ob Bestechung, Schmuggelei oder Auftragsmord – es gibt nichts, wovor Huisu zurückschreckt. Doch seine Loyalität zahlt sich nicht aus, und so fristet er ein trostloses Dasein im Schatten des übermächtigen Old Son. Vaterlos aufgewachsen, träumt er von einem geordneten Leben mit der Prostituierten Insuk. Bis er eines Tages ein verlockendes Angebot von einem aufstrebenden Ganoven aus Guam bekommt ...

Getrieben von einem erdrückenden Schuldenberg, sagt sich Huisu von Old Son los, um mit dem hitzköpfigen Yangdong ein vielversprechendes Glücksspiel-Geschäft aufzuziehen. Aber Geld fällt nicht einfach vom Himmel, und konkurrierende Kasinobetreiber bedrohen Huisu und Yangdong. Als dann auch noch eine fremde Gang versucht, die Macht in Guam zu übernehmen, geraten die Dinge außer Kontrolle ...

Ein literarischer Krimi noir um einen sensiblen Gangster, der mit der Welt hadert – fesselnd und intelligent.

entstanden, wahrscheinlich mit weitreichenden Konsequenzen auch außerhalb der Grenzen Europas.
Dieser Angriff wurde abgewehrt, und der Code für die Trojaner befindet sich inzwischen ausschließlich in meinem Besitz. Er liegt eingekapselt in meinem »Osseus« – meinem Skelett –, beinahe so, als wäre er Teil meiner DNA, und die einzige Möglichkeit, an ihn heranzukommen, um damit die Trojaner zu aktivieren, ist, mich zu töten. Am 18. Januar hat Schweden einen Staatsminister bekommen und kurz darauf auch eine funktionierende Regierung, der Zeitraum der Übergangsregierung ist damit beendet. Die angehängten Dateien – sowohl die, die schwedische »Affären« betreffen, als auch die Beschreibung der Organisation BSV und deren Arbeit mit den Trojanern – sind mit dem heutigen Datum versehen. Ich habe die Absicht, die Arbeit daran fortzusetzen, auch nachdem ich das Material an Sie gesendet habe, weil ich denke, dass das, was rund um uns passiert, kontinuierlich aufgedeckt werden muss.
Wenn man die einflussreichsten Anführer unserer Zeit – unter anderem Donald Trump, Wladimir Putin, Xi Jinping und Kim Jong-un – genau betrachtet, ist es nicht schwer zu verstehen, warum unser Vertrauen in Führerschaft dabei ist zu verschwinden. Die Ideologien sind tot, verdrängt durch eine einseitige Jagd nach Geld und Macht, und die Mittel, um dies zu erreichen, immer kombiniert mit Gewalt und Übergriffen. Meine Eltern und einige meiner engsten Freunde haben ihr Leben dafür gegeben, um zu verhindern, dass unsere Welt durch und durch korrumpiert wird.
Aber Korruption ist wie Krebs: Sie vermehrt sich durch Teilung und ist sehr schwer auszurotten. Wenn wir in einer Welt leben wollen, in der zukünftige Generationen andere Ziele als Geld und Macht haben, mit grundlegenden Werten, die auch den Glauben daran beinhalten, dass alle Menschen

gleich sind, müssen wir unaufhörlich daran arbeiten, die Demokratie am Leben zu halten.
Wenn meine Sendungen aufhören, können Sie daraus folgern, dass auch mir etwas zugestoßen ist.
Versuchen Sie nicht, mich zu finden, das hätte nicht viel Sinn.
Konzentrieren Sie Ihre Energie stattdessen auf die Inhalte, die ich Ihnen hiermit übergebe.
Ich nehme an, Sie werden verblüfft sein.

Mit freundlichen Grüßen / Sincerely,
SELL1984

www.europa-verlag.com EUROPAVERLAG